D'origine australienne, **Kim Wilkins** a publié son premier roman en 1997, et n'a cessé d'écrire depuis. Titulaire d'un doctorat, elle enseigne l'écriture à l'université du Queensland. Ses livres sont traduits dans dix-sept langues. Elle a remporté de nombreuses récompenses, dont le prix Aurealis 2013.

Du même auteur, aux éditions Bragelonne,
en grand format :

Le Sang et l'Or :
1. *Les Filles de l'orage*
2. *Les Sœurs du feu*

Aux éditions Bragelonne,
au format poche :

Le Sang et l'Or :
1. *Les Filles de l'orage*
2. *Les Sœurs du feu*

Chez d'autres éditeurs :

Le Grimoire
L'Envoûtée

Kim Wilkins

Les Filles de l'orage

Le Sang et l'Or – 1

Traduit de l'anglais (Australie) par Nenad Savic

Bragelonne

Collection dirigée par Stéphane Marsan et Alain Névant

Titre original : *Daughters of the Storm*

ISBN : 979-10-281-1127-4

Bragelonne
60-62, rue d'Hauteville – 75010 Paris

E-mail : info@bragelonne.fr
Site Internet : www.bragelonne.fr

Pour Oliver, le meilleur d'entre tous.

« Gaéð á wyrd swá híο scel. »
(Le destin ne manque jamais de se réaliser.)
Beowulf

Prologue

Mille fois, il avait murmuré son nom dans les ténèbres douces. Avant de l'oublier. Avant d'oublier son propre nom.

Il pleuvait derrière les volets en bois de la fenêtre arquée. Une succession de matinées sous des nuages gris et tourbillonnants, qui déversaient leur eau froide d'une extrémité à l'autre d'Ælmesse, transformant les routes en pistes boueuses. Gudrun ne pouvait faire appeler un médecin ni dire à personne qu'il était malade, car il était le roi. Elle ne pouvait même pas en parler à Byrta, sa conseillère, car celle-ci s'empresserait alors de faire appeler les filles de son époux.

Et Gudrun savait que ses filles la haïssaient.

Pendant trois jours, elle était restée enfermée dans cette longère sombre avec lui qui délirait. L'homme sauvage, dans le miroir, le faisait trembler de peur. Il lui criait des mots obscènes. Il pleurait comme un enfant en découvrant une couture défaite sur sa tunique. Elle le rassurait avec des mots doux et des mains fermes, même lorsqu'il lui donnait des coups de poing et l'accusait de voler sa nourriture. Ses crises étaient totalement imprévisibles ; elles s'arrêtaient aussi brusquement qu'elles survenaient. Il dormait pendant des heures sur ses couvertures en laine froissées, tandis qu'elle l'observait, ne reconnaissant ni sa peau ridée ni sa barbe grise.

Où était passé cet homme fort et noble, le roi guerrier, le Porteur d'orage, Æthlric d'Ælmesse ?

Où était la femme qu'elle avait été ? À qui donc appartenaient ces mains à la peau fine qui caressaient avec crainte le front plissé d'un vieillard ?

La pluie cessa enfin de tomber, et elle fit quérir Osred, le médecin qui l'avait accompagnée, trois ans plus tôt, lorsqu'elle était venue épouser Æthlric.

Mais elle aurait dû savoir que la nouvelle se répandrait rapidement.

La porte de la longère s'ouvrit, et un courant d'air souleva les tapisseries, qui retombèrent bruyamment. Trois personnes se tenaient dans l'entrée : Osred, grand et élégamment vêtu ; Byrta, la vieille bique au service d'Æthlric depuis son plus jeune âge ; Dunstan, un héros de guerre grisonnant, si vieux que les poils de ses mains puissantes étaient argentés.

L'estomac de Gudrun se noua. Osred était son seul allié. Les autres étaient natifs d'Ælmesse. Bien qu'ils se soient toujours montrés amicaux à son endroit, elle savait qu'ils la considéraient comme une intruse. Elle se sentait vieille, fragile. Loin de chez elle. La personne qu'elle aimait le plus et dont elle dépendait l'avait abandonnée. Avait abandonné le monde.

— Pourquoi ne m'avoir rien dit ? la réprimanda doucement Byrta en allant au chevet d'Æthlric.

Il dormait d'un sommeil profond, qui marquait les heures le séparant de sa prochaine crise.

— J'espérais que son état s'arrangerait de lui-même.

Et c'était vrai. Elle l'avait espéré si fort que ses côtes la faisaient souffrir la nuit.

Osred se rapprocha d'elle et posa une main sur son avant-bras.

— Ne vous en faites pas, dit-il d'une voix froide et morne.

Dunstan ferma doucement la porte et s'y adossa, croisant les mains sur son ventre rond.

— Personne ne doit savoir. Si nos ennemis apprenaient que notre roi n'est plus en mesure de régner… (Il se tut en ravalant des larmes qu'il refusait de verser. Puis il se redressa.) Nous devons faire venir Bluebell.

Bluebell. À la mention de ce nom, le cœur de Gudrun se glaça. La fille aînée d'Æthlric, avec ses bras secs et tatoués, son nez écrasé et sa haine non dissimulée.

— C'est certainement prématuré, lança Osred d'un ton calme. Permettez-moi d'examiner le roi et de lui prescrire un remède. Nous verrons ensuite. Il ira peut-être mieux dans quelques jours. (Il s'avança vers le lit et écarta Byrta avec douceur et fermeté.) Laissez-moi m'occuper de lui.

— J'ai reçu une formation médicale, se défendit Byrta avec agressivité.

— J'ai été formé à la Grande École.

— Une école dirigée par les Trimartyrs. Leur foi n'est pas la bienvenue en Ælmesse.

Gudrun se hérissa.

— Il suffit ! lança-t-elle. Byrta et Dunstan, partez, je vous prie. La dignité de mon époux impose que seuls sa femme et son médecin s'occupent de lui.

Cela devenait de plus en plus vrai. La pièce empestait la transpiration, le renfermé, le lit n'était qu'un monticule de couvertures sales.

— Attendez dehors. Osred vous tiendra au courant lorsqu'il aura terminé son examen.

Dunstan serra les dents et releva la tête, mais Byrta le calma.

— Madame, commença-t-elle en rivant son regard bleu sur celui de Gudrun, je comprends que vous soyez un peu perdue et triste. Je n'ajouterai pas à votre malheur. Si vous voulez que nous sortions…

Gudrun hocha la tête, tandis que son cœur battait à tout rompre. Byrta lui sourit – un sourire de façade masquant un visage de pierre – et entraîna Dunstan dehors.

— Nous attendrons dans la grande salle, dit-elle en refermant la porte derrière eux.

Seule avec Osred et un Æthlric endormi, Gudrun se sentit un peu moins désespérée. Osred l'accompagna jusqu'à une chaise en bois sculpté, à côté du lit, et l'aida à s'y asseoir. Puis il s'accroupit devant elle et demanda :

— Décrivez-moi ses symptômes.

Elle raconta au médecin les quelques derniers jours et vit le visage de l'homme se transformer peu à peu en masque de pitié, ce qui la terrifia. Son cœur se fit encore plus froid et lourd.

— Dunstan a raison, finit-il par dire. Vous devriez faire venir Bluebell. Vous devriez envoyer quérir toutes ses filles. Elles auront envie de le voir.

— Vous croyez qu'il va mourir ?

Ses mots se bousculèrent dans sa bouche, sortirent de façon difficilement intelligible, mais il les comprit néanmoins.

— Une maladie qui atteint le cerveau de cette manière est forcément très sérieuse. J'ai déjà entendu parler de ce mal. Les crises seront de plus en plus courtes et les périodes de sommeil de plus en plus longues jusqu'à ce que…

Elle se raidit. La perspective de la mort prochaine de son mari se rappelait à son bon souvenir avec violence. Son instinct de survie, toutefois, scintillait derrière le voile de ses craintes. Si Æthlric devait mourir, qu'adviendrait-il d'elle ? Elle était entourée d'ennemis qui faisaient semblant d'être ses alliés pour faire plaisir au roi. Elle avait besoin de quelqu'un à ses côtés. Auprès d'elle. Avant que toutes ces femmes arrivent pour la chasser de la maison du roi.

— Madame ? appela Osred, l'arrachant à ses noires pensées.

Elle se tourna vers lui, s'efforça de le regarder malgré ses yeux humides.

— Dois-je faire venir ses filles ? demanda-t-il.

— Non, répondit-elle avec une force qui l'étonna. Faites appeler mon fils.

Chapitre premier

Le sang. Un parfum de promesses palpitantes, mais aussi de fin – la fin de l'aventure. C'était l'odeur de son père quand il rentrait de la guerre, même quand il avait pris un bain avant de la serrer dans ses bras. La puanteur du fer persistait dans ses cheveux et sa barbe. Cependant, toutes les odeurs qui émanaient de lui étaient agréables lorsqu'elle pressait son corps maigrichon d'enfant contre son torse puissant pour l'accueillir.

À présent qu'elle était femme, Bluebell connaissait intimement le sang. Elle l'aimait et le craignait à la fois. Elle appréciait sa beauté écarlate dans la neige immaculée.

L'air était de glace, mais son corps était couvert de transpiration sous sa tunique. Elle avait mal aux épaules, comme de coutume après un accrochage rapide et intense. Autour d'elle, douze hommes gisaient, morts. Dix autres étaient debout. Les siens. Ils avaient survécu, comme elle, comme toujours.

Thrymm et Thræc, ses chiennes, reniflaient délicatement les cadavres, les pattes humides de neige poudreuse. Elles étaient à l'affût de signes de vie, mais elles n'en trouveraient pas, Bluebell le savait. Les hommes des glaces n'avaient eu aucune chance ; ils étaient à pied, gravissant probablement la montagne dans l'intention d'attaquer la garnison qui surveillait le fanal et les frontières nord du Lyteldyke. Sa bande avait dévalé la montagne à grande vitesse. Quatre ennemis avaient succombé aux lances de ses hommes avant même que Bluebell ait eu le temps de mettre pied à terre. Rapide, brutale, sans pitié. La mort comme elle l'aimait.

Bluebell s'accroupit pour nettoyer son épée dans la neige, puis la sécha et la rangea dans son fourreau. Son rythme cardiaque ralentissait. Ricbert, qui avait dû interrompre son tour de garde à la garnison, l'appela. Elle leva les yeux. Il était agenouillé près du cadavre d'un ennemi, qu'il était en train de dépouiller. Elle se mit debout, étira ses muscles et le rejoignit – tout comme les autres, qui avaient remarqué le ton pressé de leur camarade.

— Voyez, madame, dit Ricbert.

Le soldat avait ouvert la tunique du défunt, révélant un tatouage noir aux contours mal définis sous les poils épais de son torse – un corbeau aux ailes déployées.

Sighere, son officier en second, fronça ses sourcils touffus.

— Un corbeau ? Alors ce sont les hommes de Hakon.

— Hakon est mort, tué par son propre frère, rétorqua sèchement Bluebell.

Hakon, le roi Corbeau, comme on l'appelait. Le seul homme qui avait failli tuer son père au combat. Le laid jumeau, brutal et féroce, du puissant roi des Glaces Gisli. L'homme que Bluebell avait contribué à livrer à son frère.

— C'est un vieux tatouage.

Ricbert, qui examinait un autre corps, l'appela de nouveau.

— Non, madame, ils l'ont tous.

— Cela ne veut rien dire. Il est mort.

Thrymm et Thræc l'avaient rejointe en sautillant et pressaient leur corps chaud contre ses cuisses. Elle caressa la tête de Thrymm.

— Allez, venez, les filles. Descendons de cette montagne.

Elle tourna les talons et se dirigea vers Isern, son cheval, dont les gros poumons crachaient des nuages de vapeur dans l'atmosphère glaciale. Bluebell monta en selle et attendit ses hommes.

Gytha, une femme trapue aux bras pareils à des branches d'arbre et au cerveau tout aussi végétal, fut la dernière à revenir à sa monture. Tandis qu'ils se mettaient en route dans le matin éclairé par la neige, elle lança :

— Ils disent que c'est la magie du Dieu Cheval qui a permis à Hakon de s'évader du donjon de son frère.

— Les raiders ne croient pas au Dieu Cheval, assena Ricbert.

Mais Gytha poursuivit, imperturbable :

— Ils disent qu'il a un sorcier qui lui prépare des sortilèges de guerre qui…

— Ça suffit, ordonna Bluebell. Ne m'oblige pas à couper ta saleté de langue.

La bande sombra dans le silence, car ils savaient tous qu'elle était capable de mettre sa menace à exécution.

Un bruit dans les ténèbres. Bluebell s'assit et écarta sa couverture rêche en cherchant son épée sous son matelas. Elle mit quelques secondes à s'orienter. Elle se trouvait dans une petite auberge nichée dans les collines, au sud du Lyteldyke. Ils avaient chevauché longtemps vers le sud-ouest, s'éloignant des montagnes chargées de neige, s'enfonçant dans des contrées au climat plus clément, et ne se trouvaient plus qu'à une demi-journée de cheval de la Route des géants qui les conduirait chez eux. En vérité, Bluebell aurait préféré ne pas s'arrêter, mais ses hommes étaient épuisés et en avaient assez du froid. Alors, quand ils avaient aperçu cette auberge, dissimulée sous une mince couche de brume crépusculaire, elle avait accepté de s'arrêter pour la nuit, même si les chambres étaient petites et sombres, et les parois de bois hérissées d'échardes. Même si l'atmosphère y était âcre.

— Quel est votre nom et que venez-vous faire ici ? s'écria-t-elle d'une voix encore ensommeillée.

Elle se racla la gorge dans un juron. Elle ne voulait pas qu'on pense qu'elle était faible ou qu'elle avait peur. Ni l'un ni l'autre n'était vrai.

— Madame, je suis Heath, le neveu du roi Wengest.

Bluebell se hâta de sortir du lit. Elle était déjà habillée, une femme qui détenait un pouvoir physique ou politique ne pouvant se permettre d'apparaître à demi vêtue. Elle noua ses longs cheveux blonds et ouvrit brusquement la porte. Il se tenait là, une lanterne dans la main gauche.

— Comment avez-vous fait pour échapper à la vigilance de mes hommes ?

— J'ai soudoyé l'aubergiste pour qu'il me laisse passer par la porte de derrière, répondit-il dans un demi-sourire. Bonjour, Bluebell. J'ai des nouvelles, et elles ne sont pas bonnes. (Il s'interrompit pour prendre une profonde inspiration.) C'est votre père.

Le sang de la jeune femme se glaça aussitôt.

— Entrez vite.

Elle s'écarta pour le laisser passer, referma la porte et attendit. Elle se sentait capable de tout endurer ; le monde était un endroit amoral et chaotique. Mais son père… Non, elle refusait que son père meure.

— Vous devez me promettre de rester calme, commença-t-il.

— Je suis calme ! aboya-t-elle. Est-il mort ?

— Non.

Douce parole. Son estomac se dénoua.

— Mais il est malade. Il y a quelques jours, alors que j'étais encore près de la frontière avec le Bradsey, j'ai été prévenu de l'arrivée d'un envoyé de son épouse. Il voulait parler à Wylm, et cela paraissait très urgent.

— Gudrun…, marmonna Bluebell.

Gudrun, l'idiote, l'écervelée que son père avait choisi d'épouser.

— Elle a rappelé Wylm auprès d'elle ? demanda-t-elle.

— J'ai pu espionner leur conversation. Le roi Æthlric est malade, très malade.

— Et elle a prévenu son fils et non pas moi ?

Une colère brûlante lui picotait la peau.

— Ne la tuez pas. Et Wylm non plus. Rose ne voudrait pas que vous tuiez qui que ce soit. Surtout pas votre belle-famille.

Elle lui lança un regard noir. Le sang-mêlé glabre qui se tenait devant elle avait été l'amant de sa sœur. Bluebell l'avait envoyé dans une petite ville frontalière glaciale et étranglée par la laîche afin de le tenir éloigné de Rose. Trois années étaient passées, et son ton devenait toujours doux et sucré dès qu'il prononçait le prénom de son ancienne maîtresse.

— Je ne suis pas une imbécile, dit-elle. Je ne vais tuer personne, même si j'en ai terriblement envie.

Il hocha la tête.

— Wylm est parti à pied. J'ignore s'il s'est procuré un cheval après cela, mais dans tous les cas, il est sûrement déjà sur la Route des géants. Vous êtes juste au-dessus de Blicstowe, ici ; vous le rattraperez facilement.

Encore ensommeillée, elle dut secouer la tête pour s'éclaircir les idées, comme si les premières heures de la journée étaient dévolues aux rêves, comme si elle en vivait un. Pourquoi Gudrun avait-elle rappelé son fils ? Pourquoi n'avait-elle pas prévenu la fille aînée de son mari, surtout si celui-ci était mourant ? Comptait-elle mettre Wylm à la tête d'Ælmesse ? Non, ce serait ridicule. Wylm était le fruit d'une première union, il n'était pas apparenté au roi et n'avait aucune expérience de la guerre. La population d'Ælmesse aimait Bluebell. Non, elle repoussa immédiatement cette idée.

— Vous savez autre chose sur la maladie de mon père ? s'enquit-elle, tandis que sa peur rendait flous les contours de son champ de vision. Va-t-il mourir ?

Il ne pouvait pas mourir. Il était trop fort. *Elle* était trop forte. Elle trouverait le meilleur médecin du pays et le forcerait à l'accompagner à la pointe du couteau s'il le fallait.

Il secoua la tête. Sa ride du lion s'approfondit.

— Je ne sais rien de plus, mais si elle a rappelé son fils auprès d'elle…

— C'est nous, qu'elle aurait dû rappeler.

— Peut-être l'a-t-elle fait. Peut-être a-t-elle envoyé des messagers prévenir les autres mais ne savait-elle pas où vous étiez.

— Dunstan sait où je suis, et il n'y a qu'une route correcte entre la garnison et la maison. Vous m'avez bien trouvée, ajouta-t-elle, comme son cœur semblait battre dans son cou. Que s'imagine-t-elle ?

— Elle n'avait pas forcément de mauvaises intentions.

Bluebell le fixa du regard dans la pénombre vacillante.

— Je pars. Tout de suite. Je rentre.

Il l'aida à préparer ses bagages, puis l'accompagna dans le froid matinal. Elle sella et équipa Isern. Son cheval hennit doucement. C'était un cheval de guerre qui ne craignait pas les ténèbres, mais il était vieux et avait besoin de sommeil. Elle lui caressa vigoureusement la tête. Thrymm et Thræc sentirent ses bottes en tirant sur leur chaîne.

— Au lever du jour, prévenez Sighere de mon départ, mais dites-lui bien de ne pas en parler aux autres. Nous ignorons ce que l'avenir réserve à mon père ou à Ælmesse. Si un idiot comme Ricbert venait à apprendre que mon père était…

Maudit soit ce mot qu'elle était incapable de prononcer.

Heath détourna ostensiblement le regard.

— Les gens paniqueraient, poursuivit-elle. Personne ne doit savoir. Dites simplement que j'avais des affaires urgentes à régler.

Elle détacha les chiens et sauta sur le dos d'Isern.

Heath attrapa soudain les rênes du cheval.

— Attendez. Et vos sœurs ?

Le menton de la jeune femme se crispa. Il avait raison. Elles devaient être mises au courant. Un vent glacial souffla dans les branches. Bluebell recracha les cheveux qu'elle avait dans la bouche. Si elle n'avait pas envie de l'envoyer auprès de Rose – mieux valait que ces deux-là restent éloignés l'un de l'autre –, elle était sensible aux sentiments de sa sœur. Pareille nouvelle ne devrait pas être délivrée par un étranger.

— Dès que le jour sera levé, vous irez retrouver Rose. Dites-lui de me rejoindre à Blicstowe sans attendre.

— Et Ash ?

— Demandez à Rose de lui envoyer un messager, répondit-elle en fronçant les sourcils. Ash sentira sans doute qu'il se passe quelque chose.

Ses mots devinrent de la vapeur devant elle. Elle baissa la voix et ajouta :

— Peut-être sait-elle déjà.

— Oui, madame.

Heath hocha la tête et fit un pas en arrière.

Bluebell saisit les rênes de son cheval, qu'elle lança au galop dans le clair de lune, tandis que ses chiennes aboyaient dans son sillage.

Le jour commençait à poindre comme Bluebell approchait de la Route des géants. Les premières lueurs de l'aube apparurent tandis qu'elle traversait au galop un pont en bois et se dirigeait vers la large saignée. Dans un passé lointain et brumeux, les dalles en pierre de plus de deux mètres de côté tapissaient la chaussée large d'une vingtaine de mètres sur des centaines de kilomètres entre les terres du centre et l'extrémité sud d'Ælmesse. Les géants les avaient disposées à une époque oubliée de tous, et elles étaient craquelées et usées, colonisées par les herbes folles et les fleurs. Le cœur de Bluebell était plus léger. De là à Blicstowe, au sud, il y avait deux jours et demi de cheval. Elle serait bientôt chez elle.

Toutefois, Isern n'irait pas plus loin avant d'avoir bu et de s'être reposé. C'était un cheval de guerre, massif et puissant, mais elle n'avait aucune envie de l'épuiser et de finir le trajet à pied. Une fois, une princesse sorcière du Bradsey avait offert de lui vendre un cheval enchanté plus rapide qu'un lièvre, mais Bluebell avait préféré garder Isern ; dans la bataille, la vitesse importait moins que le courage et la masse.

Elle le guida jusqu'à un ruisseau, où elle mit pied à terre pour le laisser se promener un peu. Comprenant qu'ils faisaient une pause, ses chiennes se jetèrent dans l'eau en aboyant. Lorsque Isern se fut détendu, elle l'entraîna vers l'eau en lui murmurant de douces paroles. Pendant qu'il buvait, Bluebell s'allongea dans l'herbe humide et ferma les yeux. Un rai de lumière lui caressa le visage, révélant son pouls dans ses paupières. Elle était fatiguée et avait mal partout. Ses cuisses étaient à vif, mais chevaucher frénétiquement lui avait permis de ne pas nourrir d'idées trop sombres.

Bluebell n'était plus une enfant. Elle savait que son père mourrait un jour et qu'elle devrait alors prendre sa place. Toute sa vie durant, elle s'était préparée pour ce moment – pour une circonstance demeurée jusque-là abstraite, fictive. Mais la fiction était devenue une réalité brûlante et pressante, un feu dans sa poitrine. Elle aurait voulu avoir ses sœurs auprès d'elle. Elles comprendraient, elles. Les deux plus âgées, en tout cas : Ash et Rose. Elle connaissait à peine les jumelles Ivy et Willow qui, après avoir tué leur mère en naissant, avaient été élevées loin de la maison. Bluebell se demandait si quelqu'un leur avait envoyé un message. Elle se demandait quand Rose et Ash seraient prévenues.

— Ash, dit-elle doucement, dans un souffle.

Elle était particulièrement proche d'Ash, qui étudiait à Thriddastowe, sur la côte est, dans le but de devenir conseillère en foi commune. Ash avait le don de double vue, ce qui, à son jeune âge, était très inhabituel. Néanmoins, Bluebell avait usé maintes fois des prémonitions de sa sœur avant de partir à la guerre.

— Ash, répéta-t-elle en fronçant les sourcils, et en se demandant si sa sœur percevrait ses mots malgré la distance, si les rayons du soleil les porteraient jusqu'à elle.

Le sommeil la rattrapa, s'emparant d'elle dans l'aube naissante. Une douche soudaine la réveilla. Elle ouvrit les yeux et s'assit. Thrymm s'ébrouait à côté d'elle. Bluebell repoussa la chienne avec le pied et roula sur le côté. La lumière du jour naissant fit bouillonner son estomac. Une nouvelle journée. Peut-être était-il déjà mort. Non. Elle l'aurait senti – l'absence soudaine, un silence inattendu et le souffle coupé. Elle se redressa et posa ses longs bras sur ses genoux. Isern se rapprocha et la bouscula avec le bout de son nez chaud et humide. Lui aussi était pressé de repartir. Pressé comme elle l'était de rattraper Wylm et de découvrir quel dangereux projet sa mère et lui avaient l'intention de mettre en œuvre.

La Route des géants était la principale route commerciale du Thyrsland. Même en temps de guerre, le trafic y était dense. Cependant, la guerre n'avait plus touché ces régions lointaines depuis que Rose avait épousé Wengest, le roi du Netelchester. Toute animosité avait disparu d'un seul coup, si bien que le Netelchester et Ælmesse avaient levé une armée commune pour contenir les raiders d'Is-hjarta, les terres de glace de l'extrême Nord. Si ces derniers venaient à s'aventurer dans ces régions méridionales, le sang coulerait abondamment.

La route transperçait des forêts de part en part, couverte d'ombres dansantes. Les feuilles des marronniers étaient épaisses et vertes, et les branches constellées de chatons couleur crème. Des saponaires roses et blanches poussaient en gros bouquets de part et d'autre de la chaussée, du lierre rampait sur des troncs couchés, tandis que merles et rouges-gorges chantaient dans les sycomores. La vie était foisonnante tout autour d'elle, alors qu'elle effectuait ce voyage vers la mort. Bluebell lançait Isern au petit galop, puis le laissait marcher un peu avant de l'éperonner de nouveau. Toutes les deux heures, elle s'arrêtait pour qu'il se repose. Son estomac ne cessait de la démanger. Le jour touchait à sa fin. Dans le crépuscule, Bluebell fit signe à une caravane de s'arrêter. La femme qui ouvrait la marche tira sur les rênes de ses chevaux à contrecœur. Elle portait des bagues en or à tous les doigts et une robe richement teintée de rouge.

— Avez-vous croisé un homme voyageant seul vers le sud ?

— J'ai croisé nombre de voyageurs, aujourd'hui, répondit la femme en plissant les yeux.

— Un jeune homme aux cheveux noirs.

Mesquin, obtus et faux.

— J'ai croisé, il y a moins d'une heure, un jeune homme aux cheveux noirs sur un cheval bai. Peut-être était-ce lui ? ajouta la femme dans un haussement d'épaules. (Elle avisa l'équipement de Bluebell, le bouclier dentelé suspendu à la croupe d'Isern, la hache et le heaume.) Vous allez le tuer ?

— Non, répondit Bluebell en se remettant en route.

Grâce à la longue foulée d'Isern, et en le poussant un peu, elle rattraperait certainement Wylm.

Pauvre Isern. Même les chiennes étaient épuisées. Et Bluebell aussi.

Quand ils eurent atteint la crête suivante, elle crut voir le jeune homme, mais alors la route s'enfonça dans les arbres. Arrivée à l'orée de la forêt, la jeune femme pensa entendre les sabots du cheval de Wylm. De longues ombres s'étiraient sur la route gris-vert. Les rouges-gorges retournèrent à leur nid. Isern commença à ralentir. Le cœur de Bluebell était brûlant. Elle n'avait pas envie de tuer son cheval, mais elle voulait rattraper Wylm.

À travers les arbres, elle l'aperçut sur la route, à découvert. Elle siffla ses chiennes, qui se lancèrent à sa poursuite en aboyant bruyamment.

Wylm ralentit et se retourna au moment où les bêtes arrivaient à sa hauteur, se mettant à japper autour des pattes du cheval. Celui-ci prit peur, mais Wylm garda son calme. Il releva la tête et la vit qui approchait. Bluebell éperonna Isern, qui se mit à marcher. Les choses ne se passaient pas comme elle les avait imaginées. Elle avait prévu de fondre sur lui, de le terrifier, mais Isern n'en pouvait plus.

Wylm l'attendit ; il l'avait reconnue. Et était sans doute en train de chercher un mensonge à lui servir. Car il mentirait, et elle se montrerait impitoyable.

— Princesse, commença-t-il. Vous me cherchiez ?

— Ne m'appelez pas princesse, aboya-t-elle. Madame suffira. Ou alors Bluebell.

Elle tira sur les rênes d'Isern, qui s'arrêta avec gratitude, puis mit pied à terre, laissant sa monture marcher un peu pour se détendre.

Wylm descendit également de cheval et voulut lui serrer la main, mais elle refusa. Elle le dépassait de quelques centimètres, et cela lui faisait plaisir.

— Vous me cherchiez, madame ?

— Mon père est mourant, et votre putain de mère vous a rappelé auprès d'elle au lieu de me prévenir.

Il cligna lentement des yeux, et elle se prépara à l'entendre mentir.

— Oui, dit-il.

Elle mit quelques secondes à comprendre qu'il avait avoué.

— Pourquoi ? bafouilla-t-elle.

Wylm secoua la tête. Elle ne le lâchait pas des yeux. Un de ses plus grands talents était sa capacité à juger très rapidement les gens, mais un de ses plus grands défauts était son incapacité à prévoir le changement. Car Wylm avait changé. En esprit, elle revit son visage, tel qu'il était le jour de leur première rencontre. À l'époque, il était un jeune garçon insaisissable et boutonneux. Mais il était devenu un homme – pas très grand, mais puissant, musclé. Il n'était plus un enfant que l'on pouvait écarter d'un revers de la main.

— J'ignore pourquoi ma mère ne vous a pas fait prévenir. Je ne lis pas dans ses pensées.

Sa désinvolture lui donnait envie de le tuer. Elle aurait voulu détacher sa tête graisseuse de son cou misérable. Toutefois, elle ravala sa colère et hocha la tête.

— Nous voyagerons ensemble.

Il bascula son poids d'un pied sur l'autre, trahissant ainsi son malaise.

— Comme vous voudrez, madame. Le prochain village est à une vingtaine de kilomètres. Je comptais m'y arrêter pour la nuit.

Bluebell jeta un coup d'œil circulaire autour d'elle. Ses chiennes haletaient, allongées sur un carré d'herbe douce. Isern s'affaissa, la suppliant du regard de le débarrasser de sa selle. Ils n'iraient pas plus loin.

— Non, nous camperons ici… enfin, là-bas, contra-t-elle en montrant un lac situé à un peu plus d'un kilomètre.

Il fit mine de protester, mais elle l'en empêcha.

— Vous n'avez pas peur du noir, n'est-ce pas ?

— Non, répondit-il en haussant légèrement les épaules.

Son calme et sa froideur étaient comme de la teigne dans son sang.

— Suivez-moi. Je dois m'occuper de mes bêtes.

Wylm n'arrivait pas à dormir. Non pas à cause du froid ciel nocturne au-dessus de sa tête ; cela faisait bien longtemps que le froid ne le dérangeait plus. Six mois plus tôt, alors qu'il venait d'avoir dix-huit ans, Bluebell l'avait muté près de la frontière septentrionale. Là-bas, il s'était habitué aux privations et avait compris que sa belle-sœur ne le portait pas dans son cœur.

Non, ce qui l'empêchait de s'endormir, c'était ce qu'il ressentait pour Bluebell.

Elle était allongée sur une couverture à un mètre de lui, près du feu. Elle était couchée sur le côté, lui tournant le dos, et ses cheveux étaient noués en chignon sur sa tête. Elle n'avait pas prononcé plus d'une dizaine de mots depuis qu'elle l'avait rattrapé, et elle s'était endormie d'un seul coup, sur commande, semblait-il. Il regardait son cou pâle. C'était la seule partie véritablement féminine de son corps. Bluebell le répugnait et le fascinait à la fois. En dehors de son père, il n'y avait pas soldat plus illustre dans tout le Thyrsland. Dans son camp de la frontière nord, on louait son courage et sa témérité, on parlait de sa célèbre épée, de sa capacité à se battre seule contre trois ou quatre hommes en armes. Et à survivre. On disait qu'elle était invulnérable. Et pourtant, le regard rivé sur son cou découvert et blanc, il la trouvait bel et bien mortelle.

Dans la forêt distante et noire résonna un cri d'oiseau sinistre. Le feu crépitait doucement. La nuit était silencieuse, et seules les branches hautes du demi-cercle de frênes qui les entourait bruissaient dans le vent. Les ténèbres douces et grises se figèrent comme la brume. La peau de son visage était tendue et chaude à cause du feu. Lentement, ses paupières se fermèrent…

Il se réveilla en sursaut dans une nuit différente. Plus sombre et froide. Du feu, il ne restait que quelques braises rougeoyantes. La rosée en train de se former accentuait l'odeur à la fois piquante et sucrée d'humus. Et Bluebell n'était plus là.

Un moment passa, ou peut-être la moitié d'un moment seulement. Il se demanda ce qui l'avait réveillé, décida que c'était sans doute Bluebell, quand elle s'était levée pour aller se soulager dans un endroit discret. Il sourit en se demandant si elle chiait de l'acier. Comme il avait mal aux os d'être resté longtemps dans la même position, il se retourna. Une peur intense lui transperça le cœur.

À moins d'un mètre de lui se dressait un homme massif à la longue barbe emmêlée vêtu d'une cotte de mailles et pointant sa lance vers lui. Sur l'épaule, il portait le sac de Bluebell.

— T'as envie de mourir ? chuchota-t-il entre ses dents.

Wylm tâtonna discrètement dans son dos à la recherche de sa lance, mais celle-ci se trouvait à trente centimètres de son nez, dans la main du bandit qui venait de la lui prendre.

Soudain, Bluebell fut là. Tout arriva trop vite pour lui. Il était seul avec le bandit, et l'instant d'après, elle était là, au-dessus d'eux, le visage sinistre dans les ténèbres, tel un objet géant et lugubre taillé dans du fer qui aurait rouillé dans le sang. Un cri sortit de sa bouche, un bruit à mi-chemin entre un grognement et un grondement de rage guttural. Jamais il n'avait entendu cri plus terrifiant. Celui-ci lui transperça les tympans de concert avec les aboiements des chiennes, tandis que l'épée de Bluebell s'abattait sur sa victime avec assez de force et de vitesse pour blesser l'air lui-même.

Le bandit s'écroula, le crâne fendu jusqu'au nez.

Les chiennes se jetèrent aussitôt sur lui, sur sa gorge, leurs pattes rapides et pressées piétinant le visage de Wylm. Le jeune homme chercha son souffle, se redressa à la hâte et se releva.

Bluebell récupéra ses affaires et fouilla le cadavre à la recherche d'objets de valeur.

— Que s'est-il passé ? demanda Wylm.

— Je n'arrivais pas à dormir, expliqua-t-elle comme ses doigts ensanglantés se refermaient sur un umbo en or. Je l'ai vu arriver depuis l'autre côté de la route.

— Louées soient vos insomnies.

— Même si j'avais été endormie, affirma-t-elle en fixant ses yeux clairs sur lui, je me serais réveillée à temps…

Wylm songea un instant à lui faire part de ses doutes, mais préféra économiser son souffle et sa salive. En tout cas, il était satisfait de constater que la réputation de sa belle-sœur n'était pas usurpée. Peut-être même était-elle véritablement invulnérable. Car qui aurait le courage et la capacité de tuer pareil monstre ?

Chapitre 2

Ne rêve pas.

Ash émergea d'un sommeil de plomb et se réveilla, le souffle court, dans les ténèbres de sa chambre. Le bruit doux des vagues dans le lointain. La respiration lente des autres femmes endormies. Les ronflements de sa circulation sanguine.

Elle avait réussi. Elle était parvenue à repousser le rêve qui essayait de s'imposer à elle depuis six mois déjà. Elle emplit ses poumons. La chambre était sombre, la pluie matinale ayant avalé la lumière de l'aube, mais Ash n'osa pas se rendormir de peur que le rêve soit toujours là, à l'affût. Elle se leva et, sans réveiller les autres, sautilla jusqu'au volet fermé. Elle l'entrouvrit de deux centimètres, laissant entrer une bouffée d'air froid et une odeur de terre humide. La pluie tombait entre les longères dans la lumière grise. Sur la côte sud-est, les averses matinales étaient fréquentes, mais la journée serait belle. Les mouettes sécheraient les ailes déployées sur le faîtage de la grande salle d'étude, et la grisaille triste serait vite oubliée. Dans l'esprit d'Ash, cependant, les nuages gris mettraient plus longtemps à disparaître. Deux jours seulement s'étaient écoulés depuis la dernière fois qu'elle avait volontairement interrompu son rêve. L'avant-dernier rêve remontait à six jours, et le précédent à treize jours. Le rêve se faisait insistant, mais elle n'avait pas du tout envie de s'abandonner à lui et de savoir ce qu'il essayait de lui dire. Une fois qu'on avait franchi le pas, il n'y avait pas de retour en arrière possible.

Ash referma le volet et retourna s'asseoir sur le bord de son lit pour tresser ses longs cheveux noirs – une main par-dessus l'autre, danse maintes fois répétée. Une violente rafale de vent du Nord fit claquer le volet. Une de ses sœurs de longère s'agita, puis se calma ; son sommeil n'était pas troublé. Ash ouvrit le coffre situé au pied de son lit et en sortit une robe qu'elle passa par-dessus sa tunique. Elle en serra la ceinture et enfila une longue veste verte. Puis elle mit ses chaussures et sortit en refermant doucement la porte dans son dos. Elle resta quelques secondes sous le gâble. Le froid soudain et humide transperça ses vêtements chauds. La pluie tombait dru. Tête baissée, elle courut sur les planches de bois couvertes de boue jusqu'à la grande salle d'étude en s'efforçant de ne pas glisser. Elle ouvrit les lourdes portes et entra. Derrière elle, les battants claquèrent en l'isolant de l'humidité et du froid. Dans la pièce sèche et éclairée par un feu, elle écouta la pluie marteler les tuiles, au-dessus du plafond haut et voûté. Quelques gouttes tombaient dans le conduit de cheminée et s'évaporaient en sifflant dans le feu tout juste allumé par les nouvelles recrues. Ash se rappelait sa première année en ces lieux. Comme elle avait détesté se lever tôt le matin pour allumer les feux, changer les tapis de jonc et préparer le petit déjeuner. Son père étant roi, agir en servante n'était pas naturel pour elle – un peu comme parler une langue étrangère. Cependant, elle s'était vite habituée et avait même appris à apprécier les leçons que ces corvées lui inculquaient. Connaître la foi commune et la pratiquer dans la communauté – en offrant conseils médicaux ou autres, en prêtant une oreille attentive et compatissante – lui permettait de comprendre comment vivaient les gens ordinaires. Par ailleurs, la première année, tellement difficile, était vite passée. Ash en était à sa cinquième et dernière année d'études.

Elle s'assit lourdement à une des longues tables réservées aux élèves. Derrière elle, d'autres tables et des étagères croulaient sous les parchemins. Ash n'était pas une grande lectrice ; la plupart des leçons qu'elle apprenait ne pouvaient pas être mises en mots. Installée à cette table striée de marques, elle écoutait les paroles de sagesse de conseillers âgés. Les histoires qu'elle avait entendues ne la quitteraient jamais : la tristesse infinie de femmes qui avaient perdu leur enfant ; les cruautés ordinaires dont étaient capables les époux l'un envers l'autre ; les remèdes miraculeux et les enfants sauvés dans le ventre de leur mère. Bien sûr, les conseillers parlaient également de la foi commune : les rites qui ponctuaient l'année ; comment se préparer pour la nuit de la mère ; comment honorer correctement le Dieu Cheval le jour du festival. On leur avait parlé des trimartyrs, la nouvelle religion qui prenait racine dans le Thyrsland. On leur avait expliqué comment, en cas de nécessité, il était possible de travailler malgré la présence des pèlerins – malgré leur étroitesse d'esprit et leur misogynie.

En revanche, elle n'avait pas appris à gérer une prescience tellement insistante qu'elle menaçait de la noyer. Parce qu'elle n'était pas censée avoir de prescience. Elle était bien trop jeune et inexpérimentée.

— Vous vous êtes levée bien tôt, Ash.

La jeune femme releva la tête. Il s'agissait de Myrren, sa professeure au visage parfaitement ovale couvert de taches de vieillesse. Le pouls d'Ash accéléra dans sa gorge, comme si Myrren pouvait lire dans ses pensées. Ce qui n'était pas le cas – la femme le lui avait fait comprendre à l'occasion de sa première leçon.

—Nous ne sommes pas magiciens, lui avait-elle dit. Nous sommes simplement capables de juger très finement les gens. Ne commettez pas l'erreur de croire que vous êtes voyante. Devenir voyant prend de nombreuses, de très nombreuses années. Certaines d'entre vous, tout comme moi, n'auront jamais de visions exaltantes.

Des visions exaltantes ? Ash n'avait eu aucune vision exaltante. Sa première vision s'était abattue sur elle le jour de son quinzième anniversaire à la manière d'une tempête marine. Depuis, elles n'avaient fait que s'intensifier.

—Je n'arrivais plus à dormir, répondit Ash en se frottant les yeux pour appuyer son propos.

Myrren la regarda avec attention.

—Les esprits troublés ont souvent du mal à dormir. Quelque chose vous tracasse ?

—Non, affirma-t-elle, le visage totalement inexpressif. Alice ronflait.

Myrren sourit et posa une main noueuse sur l'épaule d'Ash.

—Je me rends en ville visiter une femme. Elle est fiévreuse et doit s'occuper seule d'un enfant en bas âge. J'avais promis de la voir au lever du jour. Voulez-vous m'accompagner ?

Ash hocha la tête et se leva. Désormais, elle consacrait la majorité de ses journées à travailler dans la communauté, à Thriddastowe, la plupart du temps, mais également à la campagne. Elle préférait la ville, cependant. Elle aimait les gens, l'animation, et son plus grand souhait était de retourner à Blicstowe, près de sa famille et de ses amis, une fois ses études terminées. Le lieu de son affectation n'avait pas encore été choisi. Un conseil sage et effrayant composé d'hommes et de femmes bossus déciderait de cela le dernier jour de sa scolarité en fonction de ses résultats. Myrren et elle décrochèrent leur cape à côté de la porte – la cape gris-vert qui indiquait leur profession – et sortirent dans le matin humide.

Quelque part derrière les nuages, le soleil se levait, et le ciel se teintait de bleu au-dessus de l'horizon ouest. La salle d'étude et ses dépendances se trouvaient en bordure de la ville. Les deux femmes empruntèrent des chemins boueux, passant devant le boucher et le cordonnier, la taverne et le forgeron. La ville sentait l'humidité, le sel de mer, la fumée de charbon et les fleurs décomposées. Des couches d'odeurs – les indices mêlés et sucrés de la présence des habitants, de leur vie.

Myrren la guida jusqu'à la porte d'entrée d'une petite pension de famille, dont les planches en bois fendues étaient glissantes de mousse. La vieille femme entra, et Ash attendit un peu sur le seuil, laissant ses yeux s'habituer à la pénombre. Myrren referma la porte avec circonspection, mais une femme aux yeux troubles aux cheveux noués sous un fichu s'emporta aussitôt.

— Vous ne pourriez pas faire moins de bruit ?

— Je me suis efforcée d'en faire le moins possible, rétorqua Myrren en se redressant. Je suis venue voir Ingrid et son petit.

— Vous connaissez le chemin, répondit la femme en indiquant le couloir. Elle a toussé toute la nuit. Je n'ai pas pu fermer l'œil.

Myrren la remercia et s'engagea dans le couloir. Ash sourit à la femme, qui ne réagit pas. Myrren et elle entrèrent dans la misérable chambre au volet percé de trous, au feu faiblard et aux tapis usés. Sur un matelas posé à même le sol étaient étendus une femme épuisée par sa toux et un petit garçon âgé d'environ trois ans. Ash ne put s'empêcher de comparer l'enfant à sa propre nièce, Rowan, grande et potelée, avec ses yeux noirs pétillants et ses joues roses. Le garçonnet était pâle et chétif, un oiseau tombé trop tôt du nid.

Tandis que Myrren s'agenouillait à côté d'Ingrid, Ash resta en retrait pour observer. Les démangeaisons se manifestèrent dans son bas-ventre. Pourquoi parlait-on de vision ? Pour ce qui la concernait, le phénomène était bien plus viscéral que visuel. Il se propagea en tremblant dans son corps, emplissant lentement son esprit comme de l'eau de mer s'infiltrant dans la coque d'un bateau – toujours plus rapide que prévu par les plus méfiants. Les paroles de Myrren disparurent derrière un murmure de voix susurrées, trop faibles pour être comprises. En un instant, cependant, Ash sut avec une précision absolue le Devenir de la malade – elle mourrait avant la fin de la semaine. Pire encore, l'enfant attraperait son mal s'il ne la quittait pas avant la fin de la journée. Et il mourrait.

Le sentiment se retira aussi vite qu'il était apparu. Le monde réel était de retour, mais son corps était endolori des mollets au cou, comme si elle était restée crispée pendant des heures. Myrren administrait un de ses remèdes à Ingrid – elle était experte en plantes médicinales –, à qui elle promit qu'elle serait sur pied dans un jour ou deux.

— Ne pensez-vous pas que l'enfant devrait aller ailleurs en attendant que sa mère récupère ? tenta Ash.

Ingrid la regarda avec inquiétude.

Myrren fronça les sourcils et répondit à Ash sans la regarder :

— Ce ne sera pas utile.

— Mais la maladie…

— Ce ne sera pas utile, répéta Myrren avec force et calme, avant de sourire à Ingrid et à l'enfant. Vous serez mieux ensemble.

— Je ne veux pas que mon garçon tombe malade, dit la jeune femme. Je vais envoyer quelqu'un chercher ma sœur. Nous ne nous sommes pas parlé depuis des mois, mais elle viendrait si c'était urgent.

Sa voix était ponctuée de sifflements.

Myrren lança un regard noir à Ash, qui eut un sourire joyeux et forcé, alors que son sang grondait dans son cœur.

— Si Myrren dit que tout ira bien, c'est que tout ira bien, se défendit-elle sans aucune conviction.

Sur le trajet du retour, Myrren la réprimanda un peu : les mères et les enfants devaient rester ensemble. La femme guérirait plus vite si son fils était là pour lui rappeler ses responsabilités. Les séparer à ce stade rendrait triste la patiente, qui mettrait de ce fait plus longtemps à se remettre. Ash entendit, mais n'écouta pas. Elle avait compris très vite qu'aucun conseiller âgé – et surtout pas Myrren – ne tolérerait d'entendre parler de ses prémonitions. Dans le meilleur des cas, ils la chasseraient. Dans le pire, jaloux et effrayés, ils l'enverraient dans une communauté perdue au milieu de nulle part pour lui apprendre l'humilité. Ash attendit dix minutes dans sa longère avant de retourner seule chez Ingrid.

Cette fois, l'enfant était en train de jouer par terre sur la paille humide, préparant de la soupe dans un pot fêlé.

Ingrid salua Ash d'un clignement d'yeux. Ses pupilles étaient minuscules tant sa peur était grande.

— Vous êtes revenue, dit-elle, le visage blanc et luisant.

Ash s'assit sur le cadre en bois du lit et posa la main sur l'épaule de la malade. Son rythme cardiaque s'accéléra.

— Vous êtes plus gravement atteinte que ne le pense Myrren.

— Je sais. Je le sens. Une noirceur… ici, expliqua-t-elle en montrant un triangle sous ses côtes. (Comme elle appuyait sur son ventre, elle fut prise d'une longue quinte de toux.) Je vais mourir, n'est-ce pas ? reprit-elle, les yeux emplis de larmes. Je vous ai vue, tout à l'heure, et j'ai compris que vous saviez.

Ash se tourna vers le garçonnet, occupé à fredonner une chanson.

Ingrid suivit son regard et se mit à sangloter.

— Quelqu'un peut-il venir le chercher ? s'enquit Ash.

— Comment puis-je le laisser partir ?

— En vous disant que vous vivrez en lui. Dans ses enfants, aussi. Et dans les enfants de ses enfants, dit-elle d'une voix aussi mesurée que possible, alors que son cœur se serrait. Nous finissons tous par mourir, Ingrid. Nous sommes sur cette terre un instant bref et lumineux, avant de retourner dans les ténèbres. La meilleure chose que nous puissions faire, c'est de laisser une trace dans cette lumière.

Cette phrase, on la lui avait enseignée. Elle était censée remonter le moral du mourant, mais Ash ne la trouva pas du tout réconfortante. Peut-être comprendrait-elle quand elle serait plus vieille ; pour le moment, cependant, elle était aussi terrifiée par la mort qu'une vache à l'abattoir.

Ingrid hocha la tête et prit une profonde inspiration.

— Ma sœur Gyrda habite à l'extérieur de la ville, derrière le moulin. Pourriez-vous envoyer quelqu'un la chercher ?

— J'irai la chercher moi-même, répondit Ash en se levant. Ne dites à personne que je suis venue vous voir, pas même à elle.

Ingrid secoua la tête. Son corps frissonnait et se tordait comme elle luttait contre la peur et la peine.

— Puis-je câliner mon fils jusqu'à ce qu'elle vienne ?

— Oui, bien sûr.

Ingrid hésita, puis demanda :

— Quand vais-je mourir ?

Ash la regarda fixement. *Après-demain, lorsque le soleil se couchera derrière la ville.*

— Je ne sais pas, répondit-elle néanmoins.

Comme le petit garçon était monté sur le lit, sa mère le prit dans ses bras tremblants.

— Des baisers pour toute la vie, lui chuchota-t-elle, la voix cassée.

Ash fut incapable d'en supporter davantage. Elle tourna les talons et s'en fut.

Ce soir-là, la compagnie de ses amis la réconforta, même si elle ne pouvait confier à aucun d'entre eux ce qu'elle avait fait. Alice et Pansy, avec qui elle avait commencé sa formation quatre ans plus tôt, burent avec elle dans le réfectoire et l'amusèrent avec des histoires drôles et des imitations de leurs professeurs. Elle flirta discrètement avec Conrad, un étudiant de première année. Elle savait qu'elle ne le laissait pas indifférent, mais elle n'était pas certaine de l'aimer plus qu'un ami. Le bruit, l'animation et les éclats de voix la calmaient et lui remontaient le moral à la fois, chassant sa tristesse, sa peur des rêves, son appréhension, sa crainte d'être suivie par quelque chose de noir, de grandissant – d'intelligent et d'élastique, une chose trop instable pour tenir dans ses deux petites mains.

Deux matins pluvieux se succédèrent. Pas d'autre rêve à déplorer, à la grande satisfaction d'Ash. Le troisième jour, elle se réveilla dans le silence : pas de pluie. Elle tressa ses cheveux et se couvrit de sa cape pour sortir sur la falaise et regarder le soleil se lever.

Le ciel était pâle et dégagé, le matin froid, mais pas de façon cruelle. Des nuages bleu-gris s'accumulaient à l'horizon, voilant le soleil qui semblait émerger de l'océan. Ash emprunta le sentier tapissé de galets jusqu'au sommet des falaises, puis bifurqua vers le nord où, elle le savait, se trouvait un affleurement plat de granit – un endroit parfait pour s'asseoir et admirer l'aube.

Le va-et-vient des vagues avait le pouvoir de la calmer. Enfant, elle avait récupéré d'une maladie en restant un mois chez des amis de la famille sur la côte sud d'Ælmesse. Chaque jour, elle avait passé des heures assise dans l'herbe près du bord de la falaise à regarder la mer – jusqu'à ce qu'on l'oblige à rentrer à cause du froid. Le rythme de la mer l'avait aidée à guérir, elle en était certaine. Le Thyrsland était une grande île séparée par des détroits gelés d'un vaste continent où marchands et seconds fils cherchaient fortune. Seuls les imbéciles n'aimaient ni ne respectaient la mer. Le vent se renforça et les mouettes se mirent à rire au-dessus de sa tête. Ash ferma les yeux et goûta avec plaisir le parfum brut de l'aube.

Des rais de lumière transpercèrent les nuages, embrasant ses paupières d'un éclat doré. Elle ouvrit les yeux et découvrit l'arc orangé du soleil. Une bribe de son rêve s'imposa à elle, la prenant par surprise : une falaise, une lumière orange, du feu et des griffes. Elle se secoua et posa les mains à plat sur la roche pour se stabiliser.

— Salut ! lança une voix lointaine.

Ash se retourna. Conrad gravissait la colline dans sa direction, les mains enfoncées dans les poches de sa tunique brune, le dos voûté dans le froid matinal. Elle était heureuse de le voir, de pouvoir occuper son esprit avec des choses ordinaires. Son cœur paniqué ralentit ses battements, et la jeune femme se leva pour aller à la rencontre du garçon.

— Bonjour, dit-elle dans un sourire.

Il hocha la tête une fois, mais ne répondit pas à son sourire, éveillant sa méfiance. Le vent soulevait légèrement ses boucles brunes et souples.

— Je te cherchais.

— C'est une belle et claire matinée, répondit-elle en désignant le soleil levant. Ce spectacle méritait que je me lève pour y assister.

Conrad regarda par-dessus son épaule en direction de la salle d'étude, comme s'il craignait d'être épié.

— Qu'est-ce qu'il y a ? s'enquit-elle.

Il eut un sourire contenu.

— Ce matin, alors que j'étais occupé à allumer les feux, j'ai entendu Myrren parler à de vieux voyants. De toi.

Un serpent de culpabilité dans son ventre.

— Je vois…

Il n'arrivait pas à soutenir son regard, plissant les yeux à cause du soleil levant.

— Ils disent qu'une femme est morte en ville, hier après-midi. Son petit garçon avait disparu, mais ils ont fini par le retrouver chez sa tante. Celle-ci a dit que c'était toi qui l'avais envoyé chez elle, que tu avais prévu la mort de sa sœur – et de son neveu, s'il ne quittait pas sa mère très vite.

— Oui, acquiesça Ash en déglutissant difficilement.

Pourquoi la sœur d'Ingrid avait-elle parlé ? Elle s'était sans doute dégonflée lorsque Myrren avait posé son regard gris sur elle. Le grand âge pouvait faire peur, et Ash était bien trop jeune pour impressionner qui que ce soit.

— Ils t'ont semblé furieux ?

— C'est difficile à dire. Oui, peut-être. Myrren l'était certainement. Les voyants, en revanche, m'ont paru davantage… surpris. Inquiets, peut-être, ajouta-t-il en haussant les épaules.

— Pour moi ou pour eux ?

— Impossible à dire.

Ash se mordit la lèvre, le regard perdu au-dessus de la mer.

— Ash, reprit doucement Conrad. On m'a dit que les visions ne venaient pas avant… Je veux dire, tu n'as qu'un an de plus que moi. Tu as vu son Devenir ?

Elle le considéra longuement dans la lumière dorée. Le désir, dans ses yeux, avait disparu, cédant la place à de la peur.

— Merci de m'avoir prévenue, dit-elle enfin.

Il attendit un instant, espérant sans doute qu'elle lui en dise davantage.

— J'ai besoin de réfléchir, ajouta-t-elle. On se revoit dans la salle d'étude.

Conrad acquiesça et évita de soutenir trop longtemps son regard. Comme le jeune homme s'éloignait, Ash se tourna de nouveau vers la mer, se concentrant sur le soleil, encore bas à l'horizon. L'occasion se présentait donc de leur avouer ce qui lui arrivait. Le rêve, les interférences constantes de ses visions, la peur creuse qui l'habitait à mesure que son pouvoir s'intensifiait. Seules ses sœurs et Byrta connaissaient la vérité, mais personne ne savait réellement à quel point ses aptitudes grandissaient. Peut-être les voyants pourraient-ils lui venir en aide ?

La mer grondait. Le soleil était chaud sur ses joues.

Soudain, une voix dans sa tête.

Ash.

Juste un mot : son prénom. Ainsi qu'une cascade de sensations. Bluebell, allongée dans l'herbe près d'un ruisseau. Le corps de sa sœur était endolori, mais pas à cause d'une bataille. Dans son cœur grossissait une terrible blessure.

Père était mourant.

La sensation abandonna Ash, cédant la place au seul vent frais et matinal.

— Oh…, lâcha-t-elle, et sa voix résonna fortement dans ses oreilles.

Elle aurait dû le sentir plus tôt. Le rêve qui la poursuivait avait-il un rapport avec la mort imminente de son père ? Ou bien le mal qu'elle se donnait pour le repousser avait-il étouffé ses autres visions ? Il avait fallu que Bluebell s'adresse directement à elle pour qu'elle perçoive quelque chose.

Que faire ? Rentrer à la maison, assurément. Mais comment justifier son départ à Myrren ? Celle-ci savait bien qu'aucun messager n'était venu récemment. Et Ash ne pouvait pas attendre l'arrivée hypothétique d'un porteur de lettre ; cela pourrait prendre des jours, et Bluebell avait besoin d'elle maintenant. Et puis, il était hors de question d'admettre qu'elle avait la capacité de recevoir des visions aussi facilement que d'autres respiraient. Elle n'avait besoin ni d'un bassin divinatoire, ni de se concentrer longuement, ni d'un feu sacré. Pendant un instant, l'esprit de Bluebell s'était tout simplement superposé au sien.

Ash débordait de tendresse pour sa sœur – sa sœur préférée, force lui était de l'admettre. Elle aimait son père, bien sûr, mais personne ne l'aimait autant que Bluebell.

Restait une alternative. Ash la considéra avec circonspection. Elle pourrait en effet s'enfuir. Remettre à plus tard l'inévitable confrontation avec Myrren due à son intervention dans la vie d'Ingrid et de son fils. Son père était mourant. Son père était le roi d'Ælmesse, le plus grand et le plus puissant des royaumes du Thyrsland. Quand il serait mort… que diraient-ils ? Impossible de lui infliger un blâme alors qu'elle serait en deuil, la compassion passant avant tout. Quand Bluebell deviendrait reine, peut-être Ash lui demanderait-elle de ne pas la renvoyer à l'école.

Ses pieds étaient déjà en mouvement. En route pour la demeure de son père.

Chapitre 3

Rose tenait la petite main de Rowan, qui l'entraînait aux quatre coins du jardin.

— Celle-ci ? demanda l'enfant.

— Un crocus.

— Celle-là ?

— Une jacinthe des bois.

— Comme Bluebell[1], acquiesça la fillette en hochant solennellement la tête.

— Oui, comme ta tante.

— Elle ne lui ressemble pas.

— Non ! rit Rose. Elle ne lui ressemble pas.

Elle se retourna pour voir si Wengest les regardait toujours. Oui, avec un sourire en coin. Il était assis sur une chaise sculptée qu'un serviteur avait sortie dans le jardin pour lui. Il était affalé, les jambes écartées, et Rose voyait bien que son indolence avait des effets sur son corps. Son torse s'était ramolli, et sa tunique richement brodée le boudinait.

Rowan désigna une autre fleur.

— Une marguerite.

— Comme elle est intelligente, lança Wengest. Viens ici que je t'embrasse !

Rowan se jeta sur son père, manquant de peu de le renverser de sa chaise. Wengest éclata de rire et la retourna pieds

1. « *Bluebell* » signifiant « jacinthe ». (*NdT*)

par-dessus tête sans ménagement, tandis qu'elle couinait joyeusement. Sa jupe remonta jusqu'à sa taille, révélant deux cuisses blanches et potelées.

Le jardin situé derrière la chapelle était devenu le terrain de jeux préféré de Rowan en ce début de printemps, et Rose l'y emmenait tous les après-midi si le temps le permettait. Il était rare que Wengest se joigne à elles – rare mais pas désagréable. Rose s'allongea dans l'herbe à côté d'eux et caressa les brins frais du dos de la main. Le parfum mêlé des fleurs et de la terre humide ravivait ses souvenirs, ses espoirs. Le printemps avait ce pouvoir.

Wengest luttait contre Rowan. La petite aurait dû naître garçon ; elle était pleine d'une énergie sauvage, brûlante comme le soleil d'été et aussi forte et décidée qu'un chevreau. Elle se libéra de son étreinte, retroussa les lèvres et sortit les griffes.

— Je suis un dragon !

— Il n'y a plus de dragons au Thyrsland. Ils ont disparu en même temps que les géants, affirma Wengest en adressant à Rose un hochement de tête de mise en garde.

L'étendard de son père comportait un dragon à trois pattes. D'après la légende familiale, l'arrière-arrière-grand-père de Rose aurait tué le dernier dragon du Thyrsland, après quoi son père aurait fait bâtir son château sur les ossements de la bête, assurant ainsi l'hégémonie de son royaume sur l'île. Mais Wengest préférait parler à Rowan des rois du Netelchester.

— C'est pas vrai ! protesta la fillette. J'ai trouvé un os de dragon dans le jardin !

Wengest se tourna vers Rose, qui haussa les épaules.

— Je crois que c'était plutôt un os de mouton.

— Non, un os de dragon ! Et je suis un dragon !

Wengest s'empara à nouveau d'elle pour la chatouiller violemment. Des cliquetis provenant du portail de la chapelle attirèrent leur attention. Un des hommes du corps de garde se tenait là.

— Parle, soldat, lui lança Wengest en remettant Rowan à l'endroit et la reposant au sol.

— Encore ! cria la petite fille.

— Monseigneur, votre neveu est arrivé.

La moindre veinule de Rose s'embrasa.

— Heath est ici ? s'étonna Wengest en souriant. Où est-il ?

Ses mots résonnaient à des milliers de kilomètres, ils tintaient dans les oreilles de Rose, dont la respiration était rauque et puissante. Jamais elle n'avait été aussi consciente de son corps. *Finalement, je suis en vie.*

— Au château, monseigneur, répondit l'homme avant de se tourner vers Rose. Il apporte des nouvelles de votre sœur, madame.

Bluebell avait envoyé Heath à Folcenham ? C'était une surprise : cela faisait trois ans que sa sœur les empêchait de se voir. Bluebell pensait peut-être que le temps et la distance avaient eu raison de son amour pour Heath. C'était faux. Elle avait bien essayé de ne plus l'aimer, mais la tristesse de sa vie quotidienne n'avait de cesse de faire remonter à la surface les souvenirs de ce qu'ils avaient vécu ensemble.

— File à la longère, lui dit Wengest en la poussant dans le dos. Laisse Rowan à sa nounou. On se voit plus tard au château.

— Et moi, papa, je ne peux pas y aller ? protesta Rowan.

— Elle n'a pas le droit de rencontrer Heath ? s'enquit Rose d'un ton qu'elle espéra neutre.

— Tu sais bien que je n'aime pas discuter de choses sérieuses devant la petite, rétorqua Wengest avec un geste dédaigneux. Rowan fera sa connaissance ce soir. Enfin, s'il reste dîner.

Rose prit Rowan dans ses bras – la petite était devenue si lourde – et se précipita vers le portail. Heath était là. De la musique dans ses veines…

Rose trouva la nounou dans la filature, et laissa Rowan jouer avec des bobines par terre. Le cœur battant la chamade, elle se précipita dans sa longère et entreprit de coiffer ses longs cheveux noirs en se regardant dans son miroir en bronze. Elle s'interrompit pendant une seconde, agrippa un des montants du lit. Inspirer, expirer. Wengest n'apprécierait pas de la voir avec autant de fard sur les joues ; il n'aimerait pas lire son désir incontrôlable dans ses yeux. Jamais elle n'avait cessé de croire que Heath reviendrait. Pendant tout ce temps, elle avait espéré revoir son visage et sentir le contact de sa peau, mais elle avait soigneusement dissimulé ses sentiments. Ce n'était pas le moment de flancher.

La porte du château s'entrouvrit en grinçant, comme elle la poussait de sa main tremblante. Il était là. Son cœur marqua un temps d'arrêt. Il était en pleine conversation avec Wengest et lui tournait le dos. Ce corps si familier, ce corps dont on l'avait privée pendant si longtemps – ses épaules carrées, ses jambes minces. Le voyage avait été long, et ses vêtements étaient sales, ses cheveux dorés lourds de transpiration.

Wengest la vit approcher, vint à sa rencontre et lui prit la main d'un air triste. La vision de Rose s'assombrit. Sa béatitude l'abandonnait rapidement. Les nouvelles étaient mauvaises. Voilà pourquoi Bluebell l'avait envoyé. Rose se sentit bête, jeune et égocentrique.

— Que se passe-t-il ? demanda-t-elle d'une voix qui trahissait son appréhension.

Heath la fixa de son regard turquoise.

— Rose…

Sa voix était un souffle sur des braises qui ne s'étaient jamais refroidies. La chaleur qu'elle ressentait dans son cœur était visible sur ses joues, mais une crainte froide alourdissait ses membres, notamment sa main, enserrée dans celle de Wengest.

— Mes sœurs ?

— Vos sœurs vont bien, répondit aussitôt Wengest, mais votre père est malade.

— Malade ?

Heath pencha imperceptiblement la tête sur le côté, les lèvres légèrement pincées. Ses joues si belles étaient striées de ridules, pas aussi lisses qu'auparavant. Quelles horreurs avait-il vues ces trois dernières années ?

— Votre père est mourant, précisa-t-il sans détour.

Une image de son père émergea dans son esprit : son grand corps souple, ses cheveux blonds en désordre, son sourire de petit garçon.

— Mais… je l'ai vu il y a moins de deux mois. Il est venu ici avec son épouse. Il avait l'air en forme.

— Je suis désolé, Rose, dit-il en écartant les bras dans un geste d'impuissance. Bluebell est en route pour Blicstowe au moment où nous parlons. Elle souhaite que vous la rejoigniez sans attendre.

— Bien sûr, bien sûr.

— Doucement, intervint Wengest en lui lâchant la main et en faisant un pas en arrière. Je ne peux pas me précipiter à Blicstowe maintenant. J'ai affaire ici.

— Mais je dois absolument y aller, s'indigna Rose. C'est peut-être ma dernière chance de voir mon père. Ton allié. Le roi d'Ælmesse.

— Tu ne peux pas voyager seule.

— Il y a cinq ans, je suis venue seule jusqu'ici pour t'épouser.

— Les femmes ne peuvent pas se balader seule. Cela ferait jaser les gens.

— Je me fiche de ce que racontent les gens. Si je n'y vais pas, les gens jaseront aussi. Ils diront que je n'aimais pas mon père.

Rose se rendit compte que Heath assistait à leur altercation, et se sentit toute petite.

— Je peux l'accompagner, proposa-t-il lentement.

La peau de Rose se mit à vibrer. Wengest réfléchissait. En une fraction de seconde, elle imagina ce voyage mille fois : des éclairs de caresses, des baisers, des étreintes à vous écraser les côtes…

— Wengest, poursuivit Heath. Bluebell sera bientôt couronnée, et elle voudra avoir ses sœurs auprès d'elle.

Une expression acide voila le visage de Wengest. Rose savait ce qu'il pensait des femmes au pouvoir. Et pourtant, il craignait Bluebell tout autant que les autres rois du Thyrsland. Car sa sœur était capable de lever une armée loyale et de la déployer avec célérité. Avec une terrible efficacité, aussi. Par ailleurs, ses exploits, sur le champ de bataille, étaient légendaires – les raiders, disait-on, considéraient que mourir par le fil de son épée, appelée Widowsmith, était la seule manière honorable de succomber de la main d'un habitant du Thyrsland.

— Tu as raison, Heath, dit Wengest. C'est un moment politique très important. J'ai besoin que tu représentes mes intérêts là-bas. Rose n'a qu'à t'accompagner.

Rose se mordit la langue pour ne rien dire de peur que son désir transparaisse dans sa voix.

Heath hocha la tête.

— Je vais parler aux gens des écuries, lança-t-il. Ils nous prépareront deux chevaux frais pour demain matin.

Rose prit une profonde inspiration.

— Vous dînerez avec nous, Heath ? lui demanda-t-elle.

— Je… j'ai chevauché pendant deux jours sans discontinuer, répondit-il en détournant les yeux.

L'incertitude serra le cœur de Rose.

— Alors, on n'a pas le temps de s'asseoir avec son oncle pour discuter ? se moqua Wengest en donnant une tape sur l'épaule de Heath.

— Permettez-moi de prendre un bain, dit celui-ci dans un sourire. Je me sentirai mieux après.

Rose le regarda s'éloigner. La promesse de sa présence prochaine au dîner était rafraîchissante. Wengest passa un bras autour de ses épaules.

— Tu devrais aller voir Nyll et prier pour l'âme de ton père.

Rose se retourna et plongea son regard dans le sien.

— Mon père ne croit pas dans la religion de Nyll.

Le règne d'Æthlric était fondé sur l'amour et non la peur. Et quand il partait en guerre, c'était uniquement pour défendre son peuple. Wengest, lui, restait à la maison et mangeait trop de gras de porc.

— J'entends à ta voix que tu prends ça mal, regretta-t-il dans un haussement d'épaules. Je ne vois pas pourquoi. Quoi qu'il en soit, tu assisteras à la Pensée du soir de Nyll.

Il la lâcha brusquement et s'en fut, claquant la porte derrière lui, laissant Rose seule dans le château.

La chapelle était sombre et sentait l'humidité. Pour Rose, c'était le dernier endroit où une âme pouvait se sentir plus proche des dieux immenses et puissants, mais Nyll affirmait que tous les trimartyrs bâtissaient de petites chapelles telles que celle-ci. Et ils imposaient des rites terribles et quotidiens, comme l'Æfenthenken. Chaque après-midi, au crépuscule, Rose, Wengest et Rowan s'agenouillaient sur le sol nu de la chapelle pour contempler le destin de leur âme. Nyll, la plus haute autorité de cette religion dans le royaume de son père, s'agenouillait avec eux. Il semblait aimer s'agenouiller sur le sol dur, comme si les meurtrissures de ses genoux étaient la preuve de l'existence de son dieu – un dieu qui semblait absent partout ailleurs. Maava était un dieu mâle solitaire, qui dirigeait sans mesure et en distribuant des ordres cruels. Pas étonnant que sa religion ait du mal à prendre.

Wengest avait choisi d'imposer cette religion à son royaume trois ans plus tôt. L'intérêt d'une religion qui conférait un statut divin aux rois lui avait sauté aux yeux. Ainsi, ses sujets étaient-ils devenus des trimartyrs du jour au lendemain – officiellement, tout du moins. Si les habitants de Folcenham savaient ce qu'on attendait d'eux, ceux de la campagne ne juraient encore que par la foi commune. Dans la plupart des petites villes de province, on faisait ce qu'on avait toujours fait, mais dans la discrétion.

Rose se tourna vers Rowan. Les trimartyrs pensaient que les femmes n'étaient pas dignes de diriger. Rowan ne régnerait donc jamais sur le Netelchester. Les mains de la fillette étaient jointes devant elle, mais son regard vagabondait un peu partout. Dans la chevelure noire de son enfant, Rose avait tressé des fleurs d'aubépine pour célébrer le premier mois du printemps. C'était sa manière à elle de protester contre les poussiéreux trimartyrs et leur année ponctuée d'événements tristes.

— Rose, commença Nyll d'un ton grave. On me dit que votre père est mourant.

Elle avait beau se le répéter, elle avait du mal à se faire à cette idée. Le destin d'Æthlric n'était pas de mourir dans son lit, mais de succomber sur le champ de bataille, un morceau de fer dans le ventre.

— Ils disent en effet qu'il ne va pas très bien.

Nyll se lécha les lèvres comme s'il goûtait sa tristesse – car son appétit était grand. Il était devenu aussi gros qu'un porc et aussi confiant qu'un rat de cuisine. Autrefois, il était respectueux, et même aimable, mais Wengest et lui s'étaient rapprochés, festoyant et buvant ensemble. Désormais, Rose le soupçonnait de se croire plus important qu'elle. Cependant, il n'était pas suffisamment courageux pour lui intimer d'enlever ces fleurs des cheveux de sa fille. Sa famille était bien trop puissante.

— Nous devrions prier pour lui.

— Si vous le souhaitez, acquiesça Rose en serrant les dents.

Elle subit donc la prière de bonne grâce pendant que sa fille se curait le nez, et que Nyll s'efforçait de ne pas la regarder. Rose commençait à avoir mal aux genoux. Wengest, pour sa part, avait déjà renoncé depuis longtemps et s'était assis par terre, les jambes tendues devant lui.

Enfin, la prière fut terminée. Toujours fâché contre sa femme, Wengest adressa un hochement de tête entendu à Nyll et s'en fut. Le roi étant souvent fâché contre son épouse, aussi cela n'avait-il rien d'extraordinaire. Le soir venu, il aurait oublié leur échange tendu, surtout s'il lui prenait l'envie de frotter son corps contre le sien dans les ténèbres. Rose prit Rowan dans ses bras et tenta de s'éclipser, mais la petite protesta en se tortillant comme un poisson hors de l'eau, car elle était occupée à gratter des gouttes de cire solidifiée par terre.

— Laissez-la jouer un peu, intervint Nyll. Wengest m'a demandé de vous parler.

Rose reposa Rowan, qui s'allongea en pleurant de mécontentement.

— Me parler de quoi ? s'enquit Rose assez fort pour couvrir le vacarme.

— C'est au sujet de l'héritier de Wengest, expliqua l'homme, les bras croisés.

— Au sujet de…, bafouilla la jeune femme comme son rythme cardiaque s'accélérait.

— Oui, vous tardez à lui donner fils.

— Oh…

Avec la tête, Rowan martelait un rythme furieux sur le sol, déconcentrant Rose, qui avait du mal à s'intéresser à ce que lui disait Nyll.

— Rowan arrête, s'il te plaît, tu vas te faire mal, lui ordonna-t-elle.

— Votre petite fille a trois ans. De nombreux mois sont passés, et votre ventre reste désespérément plat.

Rose se mordit la lèvre pour éviter de rétorquer que son ventre à lui avait bien gonflé, en revanche.

— Avez-vous demandé à quelqu'un de vous aider à ne pas tomber enceinte ? continua-t-il.

Prise de court, Rose eut du mal à se défendre contre son accusation.

— Comment ? Non, dit-elle en poussant doucement Rowan du bout du pied. S'il te plaît, relève-toi.

— Ceux qui pratiquent la foi commune savent comment empêcher une grossesse. Aux yeux de Maava, c'est un péché, cependant. Avez-vous péché, Rose ?

Il est vrai que Rose s'interrogeait peu sur son incapacité à retomber enceinte – alors qu'elle aurait voulu avoir un autre enfant, un garçon, ce qui aurait sans doute satisfait Wengest, qui l'aurait alors laissée tranquille. Sauf que Wengest ne pouvait pas avoir d'enfant. Il pensait le contraire, évidemment, et jamais il ne lui serait venu à l'esprit qu'elle aurait pu porter l'enfant d'un autre – de son neveu, en l'occurrence.

— Votre silence en dit long.

— Vraiment ? répondit-elle un peu trop vite et sèchement.

L'homme eut un sourire forcé.

— Ce serait tellement plus facile pour tout le monde si vous acceptiez votre statut de reine trimartyre, Rose. Vous n'êtes plus une barbare comme vos sœurs. Vous ne devriez plus courir chez la sorcière du village chaque fois que vous avez besoin de quelque chose. Je n'en dirai pas plus, ajouta-t-il en posant furtivement les yeux sur les fleurs blanches, dans les cheveux de Rowan.

Rose contint son amusement. Nyll avait du mal à accepter qu'elle ait pour sœurs une conseillère en foi commune et une célèbre guerrière. Soudain, ses lèvres se figèrent en un sourire amer, jaloux. Car Rose n'était qu'une faiseuse de paix, la garantie qu'Ælmesse et le Netelchester ne se feraient plus la guerre et défendraient ensemble le sud du Thyrsland contre les raiders. Un accord de ce type ne pourrait pas être trahi sans que beaucoup de sang soit versé. Elle était donc condamnée à s'agenouiller tous les jours dans cette chapelle et à regarder le ventre de Nyll grossir à l'infini.

— Maman, j'ai toujours faim.

Rose se tourna vers Rowan. Le visage de la fillette était maculé de larmes et de morve.

— Tu veux dire que tu as de nouveau faim.

— Oui, acquiesça-t-elle dans un hochement de tête solennel. J'ai de nouveau faim.

— Je n'aurai pas besoin de votre aide pour retomber enceinte, merci, dit Rose en regardant Nyll par-dessus son épaule. Demain, je pars pour Blicstowe avec Heath.

Ces mots étaient ronds et sucrés sur sa langue, comme des grains de raisin frais en été.

— À mon retour, vous n'aurez qu'à prier Maava pour que la flèche de mon mari atteigne sa cible avec plus d'efficacité.

Nyll s'empourpra.

Elle prit Rowan par la main et sortit dans le crépuscule. Arrivée devant la porte de sa maison, elle eut une prise de conscience : elle se réjouissait de son départ prochain, alors qu'elle s'apprêtait à dire adieu à son père. De fait, elle accueillait comme une respiration bienvenue la possibilité d'échapper à sa vie terne d'épouse du roi Wengest. Pouvoir respirer de la sorte en compagnie de Heath serait un bonheur malgré les circonstances difficiles.

Le soir venu, les tables du château furent dressées et un chevreuil embroché dans la cheminée. Les vassaux de Wengest arrivèrent en compagnie de leurs femmes, qui s'installèrent autour de la table basse afin que les enfants puissent jouer à leur guise à l'extrémité de la grande salle. L'odeur de la viande rôtie réveilla l'appétit de Rose. Une petite fête, mais une fête quand même, pour célébrer la venue du neveu du roi.

Sauf que le neveu du roi n'était pas là.

Rose surveillait du coin de l'œil la grande porte, ne s'intéressant que de très loin aux conversations des autres femmes. Rowan jouait avec une petite fille. Elles s'arrachaient mutuellement des cheveux, qu'elles faisaient semblant de filer en riant et en pleurant simultanément. L'hydromel était sucré et épicé dans sa bouche, mais échouait à la détendre. Des conteurs itinérants étaient arrivés la semaine précédente, et Wengest les invita à se produire devant les convives. Pendant que l'un d'entre eux jouait de la harpe, l'autre racontait les exploits des héros du passé et parlait de trésors fabuleux. Et puis la musique se fit plus douce et triste, et l'on entonna une chanson parlant d'une femme infidèle et de son mari cocu. La peau de Rose se mit à la picoter.

Oui, elle se sentait coupable. Wengest était un homme bon. Elle ne l'aimait pas, mais ce n'était pas sa faute, et il méritait d'être aimé. Ce qui la hantait, toutefois, c'était sa peur – la peur d'être confondue. Elle regarda sa fille, dont les cheveux reflétaient la lumière des bougies. La petite aimait tellement Wengest. Pour vivre son amour avec Heath, Rose devrait arracher Rowan à Wengest, ce qui serait terrible pour la petite.

La chanson n'était pas terminée. Les femmes infidèles étaient un thème commun chez les conteurs et les baladins, mais Rose ne se reconnaissait pas dans leurs descriptions. Elle n'était pas à l'affût des mâles qui passaient, n'était pas maladivement attirée par les jeunes hommes, n'avait pas un appétit sexuel insatiable. Elle était simplement tombée amoureuse du mauvais homme, et l'amour était un maître exigeant. Leur histoire d'amour, vue de l'intérieur, était honnête et belle, authentique. Non pas une tache indélébile sur l'histoire d'un homme pur.

On servit le repas. Heath n'était toujours pas là. Rose mangea sans appétit, mécaniquement, obéissant à un besoin physique. Régulièrement, son regard était attiré par la porte d'entrée, et son cœur sursautait chaque fois qu'elle voyait une ombre bouger. Finalement, elle prit congé des autres femmes et s'en fut voir son époux. La voyant arriver, celui-ci sourit et interrompit sa conversation avec un de ses vassaux.

— Qu'y a-t-il, ma chère ?

— Notre honorable invité. Heath…

— Ah, je l'ai croisé tout à l'heure, au coucher du soleil. Il était trop fatigué pour se joindre à nous.

Le monde se vida soudain de toute sa couleur.

— Oh.

— Ne t'en fais pas pour lui, dit-il en lui prenant la main. Regarde, Rowan s'amuse comme une folle.

Rose regarda par-dessus son épaule. Rowan jouait à se cacher derrière les colonnes en bois sculpté avec des enfants plus petits. Elle riait et couinait, et son visage rayonnait tant elle était heureuse.

— Je n'arriverai jamais à la coucher ce soir, marmonna Rose.

Au moins ne serait-elle plus là le lendemain pour gérer les crises de colère d'une petite fille trop fatiguée. Heath n'était pas avec elle, mais ce n'était pas grave ; très bientôt, ils se retrouveraient tous les deux, seuls, pendant un long moment.

Wengest ne lui demanda pas de le rejoindre dans son lit cette nuit-là, ce dont elle lui sut gré. Elle n'aurait pas à supporter sa barbe rêche sur sa joue et à imaginer la peau douce d'un Heath bien rasé. Rowan était pelotonnée contre elle et dormait à poings fermés. Elle lui manquerait ; Rose souffrait déjà de leur séparation prochaine. Toutefois, elle ne s'absenterait que quelques semaines, et Heath serait là pour la réconforter. Une fois arrivés à destination, ils auraient peu d'occasions de se voir en privé, aussi jouerait-elle son va-tout pendant le voyage. Ils éviteraient les auberges où pullulaient les espions ; ils dormiraient à la belle étoile, sans avoir à s'inquiéter. Elle ferma les paupières et imagina les bras de Heath autour d'elle, son odeur chaude de mâle. Soudain, des pensées nouvelles parasitèrent son imagination : son père, la maladie, la mort, le chagrin. Le sommeil fut long à venir.

Le lendemain matin, le soleil n'illumina pas leur départ. Une bruine dense transperçait les nuages tandis que Rose et Heath attendaient dans la cour qu'on leur amène les chevaux. Le ciel de plomb était en parfaite harmonie avec l'humeur noire de la jeune femme. *Père est mourant.* Elle s'en rendait enfin compte et avait du mal à le supporter.

Wengest se tenait sous l'avant-toit. À côté de lui, la petite Rowan agrippait la jambe de sa nounou et pleurait à chaudes larmes. Rose lui avait déjà dit au revoir et regrettait que la nounou ne l'ait pas emmenée ailleurs pour lui changer les idées. Elle aida le palefrenier à ajuster sa selle et s'apprêtait à enfourcher sa monture lorsqu'elle vit du coin de l'œil la nounou accourir dans la boue, Rowan gigotant dans ses bras.

— J'ai déjà dit au revoir à l'enfant, protesta Rose, irritée.

— Le roi Wengest dit qu'elle part avec vous.

— Quoi ? s'étonna Rose en se tournant vers son époux, qui la gratifia d'un geste dédaigneux.

— Il dit qu'une enfant doit rester avec sa mère.

Tous les fantasmes de Rose s'évaporèrent d'un seul coup, cédant la place à une vérité ordinaire : elle était mère avant d'être maîtresse.

— Je vois. Passez-la-moi.

Rose monta en selle en évitant de croiser le regard de Wengest. Elle ne voulait pas voir le reflet de sa déception dans ses yeux. Mais Rowan était sa fille, après tout, et la séparation aurait été difficile à supporter.

Elle se serait cependant accommodée d'un peu de liberté.

Rowan s'était remise à pleurer et à gigoter, car elle voulait dire au revoir à son père. Rose la prit devant elle, la coinça entre ses jambes, la serrant fort contre elle.

— Cesse de bouger, Rowan, tu vas tomber.

— Papa ! répéta la petite en tendant ses bras potelés vers le roi.

— Calme-toi, Rowan.

— Je veux papa !

Rose se tourna vers son époux et, d'un mouvement subtil de la tête, lui fit comprendre que sa fille avait besoin d'une marque d'affection. Mais il secoua la tête, ce qui ne surprit guère Rose. En effet, Wengest pensait qu'il n'était pas sage pour un roi de faire l'étalage de ses émotions en public, celles-ci pouvant être prises pour des signes de faiblesse.

Cela ne dérangeait pas Rose outre mesure, mais Rowan était en train de faire une crise, poussant des cris de plus en plus forts et désespérés.

— Papa ! Papa !

— Abrégeons nos tourments, proposa Rose à Heath.

Celui-ci éperonna son cheval, aussitôt imité par Rose. La perspective d'une agréable et chaude promiscuité fut abandonnée sur la pente boueuse, tandis qu'ils dépassaient le corps de garde et s'engageaient dans un paysage imbibé de pluie, accompagnés par les pleurs incessants de Rowan.

Le rythme des sabots finit par calmer la petite. Il cessa bientôt de pleuvoir. La distance ne permettait pas d'avoir une conversation intime, d'autant que la présence de sa fille empêchait Rose d'aborder certains sujets. Rowan avait la fâcheuse habitude de répéter ce qu'elle avait entendu, et ce au plus mauvais moment, la plupart du temps.

Aussi Rose passa-t-elle la majeure partie de la journée à mesurer la largeur des épaules de Heath en chevauchant derrière lui. Elle se souvenait de ses épaules nues et pâles. Elle se rappelait son tatouage noir sur sa poitrine : un oiseau tenant ses propres pattes dans son bec. Elle se rappelait son propre corps nu contre le sien, la légèreté de ses doigts sur ses seins et la douce chaleur de sa bouche sur son ventre. Elle n'avait rien oublié, certes, mais le temps avait tiré un rideau entre eux. Dans le jour finissant, tandis qu'elle l'observait du coin de l'œil et que lui regardait résolument devant lui, il lui faisait de plus en plus l'effet d'un personnage onirique. Cet homme, le véritable père de sa fille : un étranger au centre d'un désir si familier.

La météo imprévisible les força à se réfugier de bonne heure dans une auberge haute et penchée de Doxdal, au sud des grands lacs du Netelchester, à deux longues journées de cheval de Blicstowe. Heath resta avec les chevaux pour les rassurer, tandis que Rose conduisait Rowan à l'intérieur pour lui donner à manger et sécher ses vêtements devant la cheminée. La petite exigeait systématiquement d'être bercée pour s'endormir ; cela faisait à peine un mois qu'elle ne tétait plus le sein de sa mère. Rose s'allongea sur la couverture à côté d'elle et regarda ses paupières se fermer et se rouvrir jusqu'à ce qu'elle s'endorme bel et bien. La respiration douce et régulière de Rowan marqua les minutes, puis la première heure. La soirée était bien entamée. Peut-être Heath avait-il mangé et était-il en train de se détendre dans le bruit des conversations et les crachotements du feu, réchauffant ses jambes endolories par une longue journée de cheval. Il pensait sans doute à elle…

Forcément, non ?

Leur séparation avait été si longue. Peut-être les sentiments de Heath avaient-ils changé. Cette idée lui fit mal. Toute la journée, elle avait ressenti sa chaleur, la proximité de sa peau. Et si elle s'était trompée en croyant que ses sentiments étaient réciproques ?

Un courant triste et profond déferla en elle, lui arrachant un gémissement audible. Rowan s'agita, puis redevint immobile. Pourquoi Heath lui serait-il resté fidèle, pourquoi l'aimerait-il toujours ? Elle était mariée à un autre – et pas à n'importe qui : au roi du Netelchester, à l'oncle de Heath. Du bout des doigts, elle effleura la joue de sa fille, se raccrochant à la dernière chose au monde qui n'était pas gâchée par son insatisfaction. Elle était consciente d'être prisonnière et avait du mal à le supporter. Autrefois, elle s'était imaginé profiter du couronnement de Bluebell pour mettre un terme à ce mariage sans amour. Elle avait même rêvé que sa sœur pourrait déclarer la guerre au Netelchester pour la récupérer. Mais à présent que sa sœur était véritablement sur le point de devenir reine,

Rose comprenait qu'elle avait nourri des espoirs infantiles. Bluebell donnerait sa vie pour Ælmesse ; Rose, elle, n'avait qu'à prêter son ventre.

Son bonheur, aussi.

Un grincement de parquet, à l'extérieur de la chambre, la fit sursauter. Elle se redressa. Elle entrouvrit la porte de quelques centimètres et vit Heath dérouler son duvet le long du mur. Il avait posé par terre une lanterne dont la flamme vacillante faisait danser les ombres de la balustrade.

— Heath ?

Il lui sourit, et elle comprit qu'il l'aimait toujours – cette vérité l'atteignit avec la précision d'une flèche. Un sanglot resta coincé dans sa gorge. Il s'approcha de la porte et lui saisit le bras. Le désir qu'il éprouvait brûlait dans ses paumes, accélérant les battements de son cœur. Il n'osa toutefois pas l'enlacer, car ils auraient risqué d'être vus par les clients de l'établissement. Et elle ne pouvait pas l'inviter à entrer dans la chambre où Rowan dormait. Dormait mais écoutait.

— C'est de la torture, chuchota-t-il en la lâchant.

— Je sais.

Il regarda par-dessus son épaule, avisant une Rowan en boule et profondément endormie. Rose sourit et fit un pas de côté pour lui permettre de mieux voir sa fille.

— Si elle était l'enfant de mon oncle, je saurais comment me comporter avec elle, mais le fait qu'elle soit ma chair et mon sang… (Il se tut quelques secondes et détourna les yeux.) Je la cherche trop souvent du regard, et elle commence à avoir peur de moi.

— Contente-toi d'être naturel. C'est une enfant adorable. Elle n'aura pas peur trop longtemps.

— Toute la journée, j'ai évité de vous regarder toutes les deux. Un bonheur si proche et pourtant inaccessible…

Les reflets des flammes dans ses cheveux auburn.

Elle examina son visage, les contours adorés de sa mâchoire, les rides peu profondes de son front. Son épaule puissante à quelques centimètres seulement de son épaule à elle, molle. L'espace qui les séparait vibrait du désir qui les animait. Le désir de Rose, toutefois, était mâtiné de tristesse, au point que sa poitrine la faisait souffrir.

— Je t'aime toujours, dit-elle.

Un soupir, un bâillement. Rowan. Rose recula. La petite s'assit et regarda autour d'elle sans rien voir, avant de se rallonger et de se rendormir.

Heath fit un pas en arrière et baissa la tête.

— Bonne nuit, madame. Je dormirai tout près pour vous protéger, votre fille et vous.

Il referma la porte à contrecœur.

Rose retourna se coucher.

— Maman ? appela Rowan et lui tendant la main.

— Je suis là, mon amour, répondit Rose en s'allongeant à côté d'elle, se languissant dans les ténèbres, pour rien.

Chapitre 4

La Route des géants traversait les collines ondulantes et les chênaies qui dominaient Æcstede, la grande ville la plus proche de Blicstowe. Après une journée entière à chevaucher en compagnie de Wylm, Bluebell était épuisée. Ses muscles, ses os et son esprit lui faisaient mal. Elle n'avait pas dormi correctement depuis que Heath l'avait réveillée pour lui annoncer sa mauvaise nouvelle. Depuis, elle avait été en selle et n'avait pensé qu'à son voyage, qu'à son père. Ils descendirent la colline et se dirigèrent vers la ville, Wylm chevauchant sept mètres derrière elle, comme le crépuscule assombrissait l'horizon est et que des volées d'étourneaux filaient au-dessus de leur tête. Æcstede était une ville forestière – une ville de chasseurs et non pas de fermiers. Sa population était plus dure et cruelle que celle de Blicstowe, car elle vivait avec la menace des loups.

C'est là qu'ils passeraient la nuit. Isern n'en pouvait plus, et elle-même avait besoin de dormir dans un vrai lit. Bluebell connaissait bien cette auberge, mais elle ne s'y était jamais arrêtée sans ses hommes. Ce soir, il n'y aurait que Wylm pour faire peur aux gens. Elle ne put s'empêcher de lâcher un gloussement – Wylm ne ferait pas peur à un chat.

Une bruine légère se mit à tomber comme Isern passait la haute porte de la ville. Harald, le palefrenier en chef, traversait déjà la rue pour rejoindre Bluebell. Thrymm et Thræc le reconnurent et coururent à sa rencontre en remuant la queue, posant les pattes sur son torse, leur langue longue et chaude cherchant ses mains.

— Bienvenue à vous, madame, commença-t-il.

Bluebell mit pied à terre et lui tendit les rênes de son cheval.

— Soyez bon avec lui, Harald. Il est fatigué. Pas vrai, que tu es fatigué, mon vieil ami ? murmura-t-elle à l'oreille de l'animal.

Harald caressa le nez du cheval d'une grande main poilue.

— Elle t'en a fait voir de toutes les couleurs, hein, mon grand ?

— Nous repartons pour Blicstowe au lever du jour.

— Nous ?

Bluebell désigna du pouce Wylm, qui entrait à son tour dans l'écurie.

— Mon beau-frère, expliqua-t-elle, un ricanement dans la voix.

Harald concentra son attention sur Isern.

— Il sera prêt pour demain matin, madame.

— Pourriez-vous nourrir et abreuver mes chiennes, je vous prie. Et je ne veux pas qu'elles traînent avec les chiens de chasse des clients de l'auberge.

— Bien sûr.

Bluebell attendit que Wylm mette pied à terre et confie les rênes de sa monture au palefrenier.

— Par ici, lui dit-elle en le précédant sur la pente herbeuse qui conduisait à l'auberge, un bâtiment en bois sombre sis sur un terrain boueux et sillonné d'ornières.

Une odeur de millefeuille bouillie et de viande rôtie atteignit ses narines, la faisant saliver. Elle poussa la porte. Tous les yeux se tournèrent vers elle. Quelques hommes sourirent, d'autres hochèrent la tête, d'autres encore la fixèrent d'un regard de glace.

— J'en conclus que vous êtes déjà venue ici, dit Wylm.

— De nombreuses fois. Pour entendre les plaintes et régler les litiges, expliqua-t-elle avec un sourire sinistre. Les litiges ne manquent pas, et il en est toujours pour ne pas accepter mes décisions.

La salle principale baignait dans la lumière du feu et des bougies. L'atmosphère était chargée de fumée et sentait le chien mouillé. Les boiseries étaient finement sculptées. Æcstede produisait également du bois, et son chêne ainsi que ses sculpteurs étaient renommés au-delà des mers du Thyrsland. Des fourrures étaient étalées devant un grand feu, tandis que de longues tables en bois étaient alignées devant la rôtisserie, où cuisait un chevreuil. Bluebell prit place, et Wylm s'assit en face d'elle. Il était crasseux d'avoir voyagé et puait le bouc – Bluebell se félicitait de ne pouvoir sentir sa propre odeur. L'aubergiste, une femme mince et affairée appelée Cynburh, croisa son regard. Bluebell lui fit un signe de la tête. Quelques minutes plus tard, on posait des bières tièdes et des assiettes de nourriture devant eux.

— Vous voyagez léger, madame, commença Cynburh.

— J'espère passer inaperçue, répondit Bluebell.

Cynburh jeta un regard circulaire sur la salle et avisa les nombreux hommes qui surveillaient Bluebell du coin de l'œil.

— Je crois que c'est raté, madame.

L'aubergiste retourna au bar, tandis que Bluebell commençait son repas. Très vite, la jeune femme sentit la présence d'une ombre derrière elle. La compagnie de Sighere lui manquait – celle de Ricbert aussi, malgré sa nervosité. Lui manquait surtout la compagnie de vassaux aguerris et endurcis, d'hommes capables de maintenir à distance une foule avinée. Car un type complètement soûl venait de s'asseoir à côté d'elle et, le menton posé sur la paume de la main, semblait contempler le contenu de son assiette.

— Je me souviens de vous, lança-t-il en grattant sa barbe éparse.

Bluebell se tourna vers Wylm, qui ne fit rien du tout.

— Votre père et vous avez décidé que je chassais sur des terres qui ne m'appartenaient pas. Le tout sans vous être déplacés ni avoir rien vérifié. Je vous ai demandé… Je vous ai supplié. Mais vous avez refusé de vous déplacer pour voir.

— Cela ne me dit rien du tout, rétorqua froidement Bluebell.

— Moi, je me rappelle très bien, poursuivit l'homme en haussant la voix. Depuis, mon voisin s'enrichit en chassant sur *mes* terres.

— S'il y a un contentieux entre vous, attendez la prochaine Audience, et je serai heureuse de vous écouter.

Cette prochaine Audience, Bluebell la dirigerait peut-être seule, mais elle n'avait pas envie d'y penser.

— Elle n'aura lieu que l'été prochain, protesta l'homme en se levant et en se penchant vers elle.

Bluebell était consciente de la présence d'un petit groupe autour d'eux.

— Votre père n'est pas plus malin qu'un baudet, et tout aussi têtu et lent, ajouta-t-il.

— Ferme-la, imbécile ! intervint un autre homme.

Il s'agissait d'un type sec à la peau inhabituellement pâle, qui fendit la foule et attrapa l'homme à la barbe éparse par l'épaule.

— Comment oses-tu parler de la sorte à la princesse Bluebell ?

— Ne m'appelez pas princesse, marmonna Bluebell en se remettant à manger.

L'homme qui avait insulté le roi se retourna et envoya son poing dans le foie du type pâle. Des cris montèrent dans la foule, qui s'anima soudain. Bluebell les regarda du coin de l'œil ; les hommes cherchaient le moindre prétexte pour user de leurs poings, ce qui ne laissait jamais de l'étonner. C'était tellement primitif. Pour sa part, elle préférait largement faire parler l'acier. Autour d'elle, tout n'était plus que cris, jurons et bousculades. Les chiens grondaient et aboyaient. Bluebell termina tranquillement son repas, puis se leva et dégaina son épée. Ceux qui la virent reculèrent aussitôt, les membres collés le long du corps, se cachant dans les coins telles des araignées. Les autres s'écartèrent de son chemin tandis qu'elle se frayait une piste jusqu'aux deux hommes qui avaient provoqué la bagarre. L'homme pâle gisait par terre, et M. Barbe-éparse lui donnait des coups de pied dans les côtes. Bluebell saisit M. Barbe-éparse par ses cheveux gras, lui tira la tête en arrière et lui colla le fil de son épée contre la gorge.

— Laissez-moi, couina-t-il en la regardant du coin de l'œil et en se débattant.

Pourquoi Wylm ne se levait-il pas pour lui prêter main-forte ? Si sa bande avait été là, une demi-douzaine de paires de mains auraient déjà attrapé M. Barbe-éparse par le col. Si sa bande avait été là, cette bagarre n'aurait peut-être jamais éclaté.

— Tiens-toi tranquille ou je te découpe en morceaux, connard ! gronda-t-elle.

Il se tint tranquille, tandis que l'autre se relevait en toussant et en se tenant les côtes. La foule se tut et attendit la suite des événements.

— Je me fiche que tu me manques de respect, lança Bluebell, mais ne t'avise plus d'insulter mon père avec ta sale bouche édentée !

Elle le poussa violemment, et il se cogna contre une table toute proche. Comme il reprenait son équilibre, Bluebell brandit la pointe de son épée vers la foule.

— Retournez vous asseoir et laissez-moi tranquille, compris ?

Les hommes se dispersèrent. Certains, honteux, évitèrent de croiser son regard, d'autres, effrayés mais soucieux de ne pas le montrer, s'en furent en bombant le torse. Bluebell rengaina son arme et retourna à sa place et à sa boisson. La bière pétillante lui chatouilla l'arrière-gorge. Elle se rendit soudain compte que Wylm l'observait à la lumière des bougies.

— Quoi ?

— Je suis… désolé.

— Qu'est-ce que vous avez à me regarder comme ça ? Il me pousse une seconde tête ?

Il la regardait trop. Au début, elle s'était dit qu'il avait développé un genre d'affection perverse pour elle – comme nombre d'hommes et même quelques femmes, en dépit du fait qu'elle avait plus de cicatrices que de cils. Sauf qu'elle n'avait décelé aucun signe d'affection dans ses paroles et ses actes.

— Non, vous n'avez qu'une seule tête, répondit-il le regard sombre et trouble.

— Dans ce cas, pourquoi ne me lâchez-vous pas des yeux ?

— Je me demandais quel genre de chose vous étiez, assena-t-il sans un clignement de paupières.

— Je serai bientôt votre roi, aussi ne saurais-je trop vous conseiller de choisir avec plus de soin les mots que vous utilisez quand vous parlez de moi.

— Vous êtes une femme, s'amusa-t-il. Vous serez bientôt reine.

— Je serai ce qui me plaira, affirma-t-elle dans un haussement de ses épaules osseuses.

— Peut-être, glousse-t-il, mais vous serez toujours une femme et pas un homme.

— Je n'ai aucune intention de devenir un homme.

Wylm secoua la tête, sincèrement stupéfait.

— Ce qui nous ramène à ma première interrogation, Bluebell : quel genre de chose êtes-vous ?

La main de la jeune femme se porta automatiquement à la poignée de son épée, dont elle imagina la pointe sur le ventre élastique de son beau-frère. Il lui suffirait de pousser un grand coup pour sentir sa chair céder de cette façon si satisfaisante. Et puis il y aurait l'odeur du sang – un sang si chaud et si beau. Ces pensées la calmèrent, et elle ne dégaina pas son épée. Mais ne répondit pas non plus à sa question. Le Dieu Cheval lui avait donné force et célérité ; elle était faite pour la guerre, évidemment, et vouloir échapper à son destin serait un déshonneur. Était-ce si difficile à admettre ? Son père, en tout cas, savait de quel matériau elle était faite.

La tristesse – masquée un temps par la colère – réapparut. La vie continuerait sans son père. Elle avait ses sœurs – et elle avait sa bande. Sans son père, cependant, son existence perdrait de ses muscles, de son acier, deviendrait une chose racornie. Elle n'avait que vingt-sept ans, mais elle se sentait plus vieille que la Route des géants. Elle ressentait, dans ses os, une lassitude immense. Elle poussa son assiette.

— J'ai besoin de dormir, murmura-t-elle.

— Il ne fait même pas nuit.

Elle haussa les épaules.

— Bonne nuit, vermisseau.

— Bonne nuit, sœurette, répondit Wylm avec un sourire pincé.

Cynburh conduisit Bluebell jusqu'à une minuscule chambre située à l'étage – un matelas sur le sol, pas de volet ni de feu. Une chambre sombre et calme. Bluebell s'allongea sur le côté et s'endormit profondément avant d'avoir avalé sa troisième bouffée d'air.

Elle se réveilla bien trop tôt. La chambre était toujours plongée dans les ténèbres. Elle n'entendait ni voix masculines ni grincements de parquet. Son corps lui disait qu'il était minuit passé, mais que l'aube était encore loin. Elle se força à fermer les paupières, mais se savait défaite. Elle était lasse, tellement lasse, et pourtant, le sommeil se refusait à elle. Ne lui restait plus qu'à attendre dans le noir.

Mais comment supporter de rester allongée, immobile dans une auberge, alors qu'elle n'était plus qu'à cinq heures de cheval de son père mourant ? D'autant qu'elle suspectait des ennemis d'être déjà en route. Les raiders au corbeau l'avaient déstabilisée. Une rumeur persistante disait que le roi Corbeau était en vie. Si jamais il apprenait que son père était très malade, que le pays était affaibli…

Bluebell se leva de son lit – le moindre de ses muscles la faisait souffrir – et se couvrit de sa cape. Elle ramassa ses bagages et entrouvrit la porte. En contrebas, les flammes de quelques bougies dansaient sur les murs. Wylm devait être là quelque part, allongé sur une peau de cerf, trop profondément endormi. Elle ne le réveillerait pas. Il se rendrait compte à son lever qu'elle était repartie sans lui. Ainsi, elle s'entretiendrait avec sa maudite mère sans qu'il puisse la défendre.

Bluebell sortit de l'auberge et s'enfonça dans la nuit fraîche et noire. La porte de l'écurie s'ouvrit en grinçant. Isern avait senti sa présence et ouvert les yeux. Il vint à sa rencontre et colla son nez contre la paume de sa main. Le ventre de Bluebell se crispa. Isern était vieux et fatigué, et soudain, elle n'eut plus envie de lui imposer un nouveau voyage nocturne. Pour la première fois depuis qu'elle avait appris que son père était mourant, sa gorge se serra comme si elle était sur le point de pleurer.

— Madame ?

Bluebell se retourna et vit Harald approcher. Elle s'éclaircit bruyamment la voix.

— Harald ?

— Je vous ai entendue entrer. Je dormais dans le grenier. Ne repartez pas avec lui, dit-il en montrant Isern.

— Non, je n'en ai pas l'intention.

— Je peux vous prêter un cheval frais. Je vous ramènerai Isern dans quelques jours.

Bluebell n'arrivait plus à parler.

— Madame ?

— Oui, reprit-elle d'une voix rauque. Ce sera parfait.

— Vous avez besoin de rentrer très rapidement ? lui demanda-t-il en la regardant fixement dans la pénombre.

— En effet.

— Le roi Æthlric est un bon roi. Et vous serez digne de lui. Prions néanmoins pour qu'il nous quitte le plus tard possible.

— Je suis tout à fait d'accord avec vous, Harald, lui dit-elle en lui tapotant chaleureusement l'épaule.

Une demi-heure plus tard, elle reprenait la route avec ses chiennes, abandonnant un Wylm endormi comme un petit enfant.

L'odeur âcre des cendres et la fraîcheur du matin. Wylm émergea doucement. Son épaule le faisait souffrir d'avoir dormi trop longtemps dessus. Il roula sur le dos et ouvrit les yeux. L'aube pénétrait dans la pièce autour des volets fermés. Un gros chien dormait à côté de lui, ronflant doucement. Encore fatigué, Wylm aurait pu dormir un peu plus longtemps ; toutefois, il voulait être réveillé lorsque Bluebell se lèverait. Il roula ses affaires, qu'il posa près de la porte. Comme une marmite de porridge était suspendue au-dessus du feu, il sortit une pièce en argent tordue de sa poche pour en avoir une portion.

Il faisait jour, l'auberge était réveillée, et Bluebell n'était toujours pas sortie de sa chambre. Génial. La nuit précédente, elle l'avait laissé dormir alors qu'un bandit approchait de leur bivouac. Peut-être devrait-il trouver un chasseur mécontent et lui proposer de s'introduire discrètement dans sa chambre pour glisser ses doigts sous sa couverture.

Chose que Wylm ne ferait jamais lui-même. Il aimait avoir une main au bout du bras.

Il termina son porridge, émergea dans le jour naissant et s'assit sur un banc en bois sculpté. Une forte odeur de terre humide emplissait l'atmosphère. Tandis que la ville se réveillait doucement, il affûta sa lame. Il releva la tête en entendant la porte grincer, espérant voir Bluebell, prêt à la gratifier d'une remarque sarcastique. Ce n'était pas elle, mais un homme aux cheveux argentés vêtu d'une tenue de chasseur verte et crasseuse, un chien élégant collé contre la cuisse.

— Bonjour, dit l'homme.

— Bonjour.

Il prit place à côté de Wylm et posa ses bagages entre ses jambes. Quelques secondes plus tard, une femme – son épouse, apparemment – le rejoignit. Elle entreprit de vérifier ses flèches une à une, s'assurant qu'elles n'étaient pas trop tordues, que les plumes tenaient encore. L'homme cirait la corde de son arbalète, tandis que son chien reniflait les fondations de l'auberge et urinait tous les dix centimètres.

Wylm était pressé de partir. Sa mère l'attendait. Peut-être ferait-il mieux de réveiller Bluebell. Il se leva. Hésita.

— Où est votre vilaine amie ? lui demanda l'homme aux cheveux argentés.

— Ce n'est pas mon amie, rétorqua Wylm d'un ton léger. C'est ma belle-sœur. La fille du roi.

— Je sais très bien qui elle est ! s'amusa l'homme en éclatant de rire. Hier soir, certains se sont demandé si vous n'étiez pas son amant. Vous êtes son beau-frère, donc. Vous ne lui grimpez pas dessus, alors ?

— Non, confirma Wylm dans un haussement d'épaules.

— D'habitude, elle voyage avec sa meute, comme une louve, expliqua l'homme en épaulant son arme et en passant un ongle dans l'encoche.

— Forcément, intervint sa femme. Alors, quand elle arrive avec un seul homme… on se pose des questions.

— Je ne vois pas quel homme pourrait avoir envie de… enfin, vous voyez ce que je veux dire, lança Wylm.

Le chasseur aux cheveux gris haussa un sourcil.

— Elle a un amant, c'est sûr, poursuivit sa femme. Sauf que personne ne le connaît.

Wylm éclata de rire.

— J'espère qu'il ne quitte pas sa cotte de mailles au lit. Et qu'il a une culotte de mailles.

L'idée que Bluebell puisse entretenir une relation amoureuse avec qui que ce soit lui semblait tellement farfelue, impensable.

— Je devrais aller la réveiller, marmonna-t-il.

Mais le couple de chasseurs ne faisait déjà plus attention à lui.

La chaleur de l'auberge l'enveloppa. Le feu avait été ravivé, et tout le monde était occupé à rouler sa couche avant de reprendre la route ou de partir chasser. L'aubergiste était en train de remuer le porridge dans la marmite.

— Où est Bluebell ?

— En haut. Je vous conseille de frapper avant d'entrer.

— J'en ai l'intention.

Il monta les marches deux par deux et s'arrêta devant sa porte. Réfléchit quelques secondes. Se déshabillait-elle pour dormir ? Qu'y avait-il sous ses vêtements de voyage puants ? Une peau blanche ? Une paire de petits seins bien fermes ?

Il repoussa cette pensée avec colère. Elle était probablement recouverte de cicatrices et de tatouages, comme l'étaient ses bras. Il leva la main et frappa bruyamment.

Pas de réponse.

Furtivement, il se dit qu'elle était peut-être morte. Elle ne manquait pas d'ennemis, après tout. Ce n'était pas la première fois qu'il l'imaginait morte, mais à présent que son père était sur le point de succomber à sa maladie… il pouvait légitimement prétendre au trône, non ? Sa mère serait la veuve du roi. Quant aux autres sœurs, elles n'étaient pas des guerrières comme Bluebell, et puis, une bonne partie de la population préférerait sans doute être dirigée par un homme.

Il poussa la porte, le cœur battant à tout rompre.

Elle n'était pas morte, juste partie.

Wylm jura, tourna les talons et descendit l'escalier quatre à quatre. Il sortit de l'établissement et fonça vers l'écurie. Le chien du chasseur aux cheveux argentés aboya et essaya même de lui mordre la cheville. Wylm ne s'arrêta pas pour autant.

— Elle est partie plusieurs heures avant l'aube, expliqua Harald comme Wylm ouvrait à la volée la porte de l'écurie. Vous ne la rattraperez pas ce matin.

— La chienne ! cracha Wylm.

Harald posa sur lui un regard glacial dans la lumière faible.

— Je devrais vous trancher la gorge pour cela. Mais je n'en ferai rien. Je suis sûr que Bluebell s'en chargera elle-même en temps voulu.

Wylm attrapa sa selle.

— Je suis son frère. Elle ne peut pas me tuer.

— Peut-être avez-vous raison. En tout cas, si cela devait vous arriver, personne ne vous pleurerait.

Wylm monta en selle et éperonna son cheval. Il ne rattraperait pas Bluebell, mais il arriverait à temps pour protéger sa mère du pire.

Chapitre 5

Brimhythe était la plus grande ville portuaire du Thyrsland, et elle ne se trouvait qu'à une trentaine de kilomètres de l'école d'Ash. Le soleil était haut dans le ciel et dispensait des rayons puissants, jetant une lumière impitoyable sur sa décision de partir et de rentrer chez elle. Sauf qu'elle n'avait pas vraiment pris de décision, qu'elle avait fui sur un coup de tête. Comme ses pieds gonflés par la chaleur et la marche la portaient vers les docks, elle se demanda si elle devait retourner là-bas pour affronter Myrren et les vieux voyants.

La mer bouillonnait au pied de la falaise, mais était calme dans l'estuaire, où des drakkars à la proue en anneau se croisaient dans l'embouchure du fleuve. Les voiles de couleur claire et les auvents brillaient d'un éclat aveuglant sur la toile de fond gris-bleu de l'eau. Les voix des capitaines s'adressant à leur équipage étaient portées par le vent. Les docks longeaient l'estuaire sur trois kilomètres, les épaisses et larges planches de bois résistant facilement aux animaux, barils et paniers remplis de marchandises diverses – bois, fourrures, épices, mets délicats, trésors – chargés et déchargés. Elle assista de loin à ce ballet étonnamment silencieux. Une fois au cœur de la cohue, cependant, le bruit serait tel qu'elle ne pourrait même plus réfléchir, aussi prit-elle son temps avant de continuer sa route.

Elle inspira profondément un air chargé d'une odeur de poisson, de charogne et de déchets ménagers. Elle n'aurait qu'à trouver un vaisseau remontant le fleuve. Le Wuldorea, large et débonnaire, serpentait jusqu'à Blicstowe – « la ville lumineuse » –, sis parmi les champs verts, à l'ombre des ruines blanches des géants. Trois années s'étaient écoulées depuis le mariage de son père. Trois années qu'elle n'avait pas remis les pieds à Blicstowe. Sa maison. *Ma maison*.

Elle entreprit de descendre la colline, s'écartant de la route pour laisser passer une caravane de chariots de commerçants. Le souffle des chevaux, le martèlement des sabots. Un faucon décrivait des cercles au-dessus de sa tête, planant sur les courants ascendants, les ailes déployées dans le soleil. Sur l'accotement, l'herbe omniprésente était chargée de graines jaunes. Elles lui picotaient les chevilles tandis qu'elle se rapprochait des docks, dont le brouhaha se faisait de plus en plus fort et clair dans ses oreilles.

Les odeurs du port l'assaillirent. Une foule d'hommes chargeait des tonneaux dans un navire surmonté d'un auvent jaune et doré, dont la voile était roulée et solidement nouée à la hune. Elle s'en approcha avec hésitation.

— Poussez-vous de là, je vous prie, lui ordonna un homme.

— J'aimerais embarquer dans un navire en partance pour Blicstowe.

— Nous n'allons pas plus loin que Whitebyre, répondit-il en désignant un point indéterminé, au loin. Essayez Alchfrid.

Ash regarda autour d'elle, un peu perdue.

— Plus loin, sur les docks. Son vaisseau a un auvent vert et blanc et un faucon gravé sur la proue.

Elle recula sur la chaussée et faillit entrer en collision avec quatre hommes portant un lourd coffre en bois. Elle les laissa passer et se rendit compte que quelqu'un l'observait.

Ash se retourna lentement. De l'autre côté de la chaussée, sous un auvent taupe crasseux, était assise une femme aux cheveux de neige et aux mains noueuses posées sur une canne. Deux hommes attendaient devant son étal pour acheter des charmes de voyage, mais son regard était rivé sur Ash. Une rafale de vent souffla de la mer, soulevant son auvent et permettant à quelques rais de lumière de s'infiltrer en dessous. Les mouettes criaient et se répondaient. Ash détourna les yeux et se remit en route à la recherche du bateau d'Alchfrid.

Elle le trouva quelques instants plus tard. Le vaisseau était long et élégant, avec un auvent clair et un ventre chargé de coffres et de paniers. L'équipage lui aussi était propre sur lui, bien habillé, et arborait des barbes bien taillées. Ne lui restait plus qu'à les convaincre de l'emmener à Blicstowe.

Un homme grand et mince aux tempes grisonnantes se tenait à l'avant du bateau, un pied posé sur la tête du faucon sculpté, supervisant le chargement. Ash supposa qu'il s'agissait d'Alchfrid.

— Bonjour, lança-t-elle. J'aurais besoin de me rendre à Blicstowe.

Il se retourna, le front plissé d'agacement, mais son visage se détendit aussitôt.

— Vous voyagez seule ?

— Oui, répondit-elle, tandis que son cœur se mettait à battre dans sa gorge.

— Vous pouvez monter à bord. Nous appareillons dans une heure. Vous n'aurez qu'à dormir sous l'auvent au milieu des marchandises.

— Vraiment ? s'enthousiasma-t-elle, soulagée. Je vous remercie infiniment. Je vous paierai quand nous arriverons. J'ai un…

— Ce ne sera pas utile, l'interrompit-il en agitant la main. Une dame seule sera toujours la bienvenue à bord de mon navire, ajouta-t-il en souriant de toutes ses dents.

Un homme portant un gros baril la bouscula. Elle fit un pas sur le côté, puis retourna sur la chaussée pour voir si la vieille femme la regardait toujours. Oui, elle ne la lâchait pas des yeux.

Curieuse, Ash s'approcha d'elle. La vieille femme était en train de travailler, marmonnant des sorts en tenant des pierres colorées, tandis que son client attendait, à genoux devant elle. Et pourtant, malgré ses paupières mi-closes, elle regardait Ash.

Le marin prit ses pierres et s'en fut. La vieille femme fit signe à Ash de la rejoindre.

— Vous me regardez depuis tout à l'heure, lança aussitôt Ash.

— Je suis bien obligée de vous surveiller, conseillère, puisque vous ne vous surveillez pas vous-même.

Ash se rappela qu'elle portait sa cape verte de conseillère. Peut-être était-ce la raison pour laquelle Alchfrid l'avait si facilement acceptée à bord de son vaisseau. Certains marins pensaient que les représentants de la foi commune portaient chance.

— Non, reprit la femme en devinant à quoi elle pensait. Alchfrid attend tout autre chose de vous. Ne vous méprenez pas, conseillère ; vous allez payer plusieurs fois le prix de votre voyage avec lui.

Ash repensa à la manière dont son cœur s'était emballé lorsque le capitaine du navire lui avait parlé, et elle comprit que la femme disait vrai. Elle se donnait trop de mal, elle dépensait trop d'énergie pour maintenir sa prescience à distance et contenir la vague qui menaçait de la noyer.

— Mais je dois à tout prix me rendre à Blicstowe.

— Quatre cents mètres plus haut, vous trouverez un bateau qui doit transporter des ânes en amont. Ils vous prendront. Mais ce ne sera pas aussi confortable que le bateau d'Alchfrid, ajouta la femme en écartant ses mains couvertes de veines.

— Merci, répondit Ash en hochant la tête.

Alors qu'Ash s'apprêtait à partir, la vieille tendit la main et la prit par les doigts. Ash se laissa faire tout en restant sur ses gardes.

La main de la femme était froide.

— Qu'essayez-vous donc de ne pas voir ? lui demanda-t-elle.

Le champ de vision d'Ash se réduisit subitement. Un coup au cœur. Elle avait l'impression de tomber. Le rêve lui faisait l'effet d'une aiguille pénétrant sous sa peau. La couleur du feu et du sang.

— Je ne sais pas, chuchota-t-elle, alors qu'elle croyait savoir, justement.

Ce rêve lui racontait quelque chose au sujet de sa vie future, quelque chose qui la changerait en profondeur. Au point de la rendre méconnaissable à ses propres yeux.

La vieille femme plissa les yeux et pencha la tête sur le côté, tel un corbeau examinant un ver.

— Il n'y a pire mensonge que celui qu'on se raconte à soi-même. Votre Devenir n'appartient à aucune autre femme, petite conseillère. Pourquoi donc refuser de le contempler ?

Malgré le ciel bleu et le soleil radieux, un effroi pareil à la mort hivernale s'abattit sur Ash. Les poils de ses avant-bras se dressèrent.

— Eh ! Je crois que vous en avez eu assez ! protesta une voix dans son dos.

Ash se retourna pour découvrir un marin abîmé par la mer attendant ses charmes, lui aussi. Elle fit un pas de côté, échappant au regard de la vieille femme. Enfin, elle était libre de partir.

Elle retourna sur les quais, évitant soigneusement le bateau d'Alchfrid, dont le solide auvent l'aurait pourtant si bien abritée. Plus elle s'éloignait, moins les bateaux étaient impressionnants. Bientôt, elle trouva un navire bas et large chargé d'un troupeau d'ânes. Terriblement déçue, elle comprit qu'il s'agissait de l'embarcation dont la vieille lui avait parlé. Ni auvent, ni faucon sculpté, ni voile éclatante. Juste une toile huilée déchirée, du bois grossièrement taillé, une voile brun grisâtre. Et une odeur de poix et de crottin. Elle se figea devant le bateau et se demanda si elle avait envie de passer deux jours à son bord.

Un homme au visage gris conduisant des ânes s'arrêta à côté d'elle.

— Vous voulez monter à bord ?

— Oui, acquiesça-t-elle. J'ai besoin d'aller à Blicstowe.

— Vous avez de quoi payer ?

— À l'arrivée. Je vous paierai bien.

Il l'examina des pieds à la tête en se grattant le menton avec ses doigts craquelés.

— Je vous fais confiance. Vous pouvez monter. Il y a un siège sous la toile huilée et des couvertures derrière si vous avez froid. (Il leva un regard scrutateur vers le ciel.) Au moins, il ne devrait pas pleuvoir.

L'orage éclata à la nuit tombée. Les gouttes de pluie sombres martelaient la toile huilée avant de tomber sur le pont, s'infiltrant sous les pieds d'Ash, imbibant très vite ses chaussures. Les ânes braillaient leur mécontentement. Ash l'aurait fait aussi si elle n'utilisait déjà toute son énergie pour maintenir ses mains au chaud. Les problèmes succédaient aux malheurs. La mort prochaine de son père s'immisçait dans son esprit tel un ver glacé et humide. *Mortels, nous sommes tous mortels.* Si Æthlric pouvait mourir, alors tout le monde mourrait.

Refusant de passer la nuit à se morfondre sous sa couverture, elle s'efforça d'évoquer des souvenirs agréables. Durant la majeure partie de son enfance, son père avait été absent – à la guerre ou au Conseil. Et puis, il avait consacré bien plus de temps à Bluebell qu'à ses autres filles. Une scène lui revint à l'esprit : Bluebell avait reçu sa première armure à l'âge de douze ans, et Ash, de six ans sa cadette, en avait conçu une grande jalousie. Elle avait trouvé l'épée de son père, qu'elle avait traînée derrière elle jusqu'au château, où Æthlric distribuait des consignes à ses hommes avant de partir en mission. Il s'était retourné, le front barré d'une ride de colère, car il n'aimait guère être interrompu. Puis il avait éclaté de rire et l'avait prise sur ses genoux, lui permettant de rester avec lui pendant qu'il parlait. Elle avait écouté les vibrations de sa voix grave dans sa poitrine et joué avec ses longs cheveux blonds en somnolant. Alors il l'avait portée jusqu'à la longère qu'elle partageait avec Bluebell et Rose, et avait glissé son épée sous son matelas – Bluebell, elle dormait déjà sur sa propre épée.

Ce souvenir lui arracha un sourire, chassant momentanément l'ombre moisie de la mort. Elle se demanda comment allait son père à ce moment précis et de quel mal il souffrait. Calmement, elle ferma les yeux et étira son esprit… Cependant, quelque chose de sombre et crochu intervint, l'empêchant de le trouver. Une image issue de son rêve. Elle se retira aussitôt et rouvrit les paupières. Revint sur le bateau détrempé en compagnie des ânes puants.

Ash posa les pieds sur son siège et serra ses genoux contre sa poitrine, baissant la tête. Elle n'arrivait pas à dormir, ce qui était peut-être une bénédiction. Ainsi, elle ne risquerait pas de rêver.

Rowan n'arrêtait pas de remuer. Rose était de plus en plus exaspérée de la sentir gigoter sur la selle, aussi insaisissable qu'un poisson.

— Tu veux bien arrêter ? lui demanda-t-elle pour la onzième fois en serrant les coudes pour empêcher la petite de tomber.

Ils avançaient sur une route boueuse et rectiligne bordée de champs vastes et plats. Le soleil était haut dans le ciel et faisait scintiller les gouttes tombées dans la nuit et briller d'un vert éclatant des rochers couverts de mousse.

— Je suis fatiguée, déclara Rowan en tentant d'échapper à son étreinte avec colère.

Ce faisant, ses cheveux se prirent dans les perles qui ornaient la robe de Rose.

— Si tu gigotes, tu vas tomber et te faire mal.

Le cheval était presque à l'arrêt. Devoir tenir Rowan sans lâcher les rênes était épuisant. Heath avait généreusement ralenti pour les attendre.

— J'ai envie de m'arrêter ! geignit Rowan.

Rose grimaça. Elle avait besoin de repos après une nuit passée à pleurer sur le fait que Heath et elle ne pourraient jamais être ensemble et à imaginer le contraire. Dans les moindres détails. Elle avait fini par s'endormir bien après minuit.

Heath tira sur ses rênes et fit signe à une Rose incrédule de s'arrêter. Heath regarda la petite fille, qui se recroquevilla contre sa mère.

— Rowan, cela te dirait de venir sur mon cheval avec moi ? lui demanda-t-il.

La fillette secoua la tête. Lentement.

— Vas-y, Rowan, l'encouragea Rose. Je suis épuisée.

— Je ne connais pas ce monsieur, rétorqua la petite en la regardant avec de grands yeux.

— C'est le neveu de papa.

Un regard vide.

— Papa avait une sœur. Heath est son fils.

Tout le monde savait que la sœur de Wengest avait eu de nombreux amants dans sa jeunesse. Heath était son seul enfant, et ses cheveux roux doré trahissaient son héritage : son père était un Ærfolc, un descendant de la population originelle du Thyrsland, repoussée dans les confins et presque oubliée. C'était la raison pour laquelle Heath était toujours rasé de près – à cause de sa barbe d'un roux flamboyant. Nombreux restaient ceux à considérer avec mépris les descendants des Ærfolcs.

Rowan observait Heath dans la lumière chaude du soleil. Les vastes prairies ondulaient autour d'eux, de minuscules insectes réchauffaient leurs ailes, tandis que des graines de pissenlit voletaient et tourbillonnaient dans le vent.

— Viens, insista Heath. Tu ne risqueras rien avec moi.

Rowan hocha la tête, et Rose tendit sa fille à Heath avec un intense sentiment de soulagement. Sans Rowan devant elle, le voyage serait beaucoup plus reposant.

Heath installa l'enfant sur sa selle. La petite fille s'adossa contre lui, profitant apparemment de la largeur de son torse et de la sécurité qui s'en dégageait. Ils se remirent en route et accélérèrent un peu la cadence. Vingt minutes plus tard, Rowan dormait, la tête posée contre la poitrine de son père.

— Elle dort, chuchota Rose.

— Je m'en doutais, dit-il en souriant. Elle me tient chaud, en tout cas.

Rose choisit ses mots avec précaution, craignant que sa fille se réveille et entende leur conversation.

— Je l'envie. Elle a l'air vraiment bien installée.

Ce qui signifiait : *J'aimerais tellement être collée contre toi comme ça.*

Heath s'essaya à son tour à l'art du double langage :

— Elle te ressemble beaucoup. Tes cheveux noirs, tes yeux.

Heureusement qu'elle n'a pas hérité de ma couleur de cheveux.

— Wengest répète tout le temps qu'elle lui ressemble.

Il ne se doute de rien.

Le silence s'installa pendant quelque temps, la route disparaissant sous les sabots de leurs montures.

— Wengest m'a dit…, reprit Heath. Il m'a dit qu'il espérait avoir un fils.

— Quand t'a-t-il dit ça ?

— Nous avons discuté longuement, tous les deux, le soir où je suis arrivé. Il voulait à tout prix me parler de ta sœur, ajouta-t-il en regardant furtivement Rowan.

— Elle dort toujours, mais elle écoute peut-être… Comment ça, ma sœur ? Tu parles de Bluebell, je suppose. Que t'a-t-il dit à son sujet ? Rien de bon, j'imagine.

— Il la craint, c'est certain. C'est d'ailleurs compréhensible. Mais il voit très loin, beaucoup plus loin que ta sœur et toi l'imaginez.

— Qu'est-ce que tu veux dire ?

— Quand le roi Æthlric ne sera plus, Bluebell deviendra reine.

— En effet.

— Mais Bluebell est avant tout une chef de guerre.

— Oui.

— Et elle ne pourra pas à la fois combattre et porter des enfants.

— L'idée que Bluebell puisse porter des enfants est saugrenue.

À peine eut-elle fini sa phrase qu'elle sut ce que Heath allait rétorquer.

— Qui sera son héritier, dans ce cas ? Qui dirigera Ælmesse à sa mort ?

— Je suis la deuxième sœur sur la liste.

— Et tu es mariée au Netelchester. Wengest pourra prétendre au trône.

— Rowan pourrait régner sur Ælmesse.

— Non, Wengest ne le permettra pas.

— Ælmesse le permettra. Wengest ne s'emparera jamais d'Ælmesse.

— Rowan serait contrainte de défier son père, et l'alliance serait rompue. Non, Rose, Wengest a besoin d'un fils. Il le veut plus que tout. Cela réglerait tous ses problèmes d'un seul coup.

Rose regarda sa fille qui dormait toujours à poings fermés.

— Il n'en est pas capable.

— Je m'en doutais.

— Lui ne se doute de rien, en revanche. Rowan est la preuve de sa fertilité, tu comprends ? expliqua-t-elle en secouant la tête. Nos spéculations sont vaines. Bluebell a sûrement déjà pensé à tout ça. Elle saura quoi faire.

— Tu crois ? Quand je lui ai appris qu'Æthlric était malade, elle m'a donné l'impression de n'avoir jamais considéré la possibilité de sa disparition.

Un pincement au cœur. De la compassion pour sa sœur. Rose sombra dans le silence et se répéta plusieurs fois les mots de Heath. Le poids de ses propres responsabilités était écrasant. Les autres femmes aimaient, se mariaient et portaient des enfants, et personne ne se demandait pourquoi ni comment. Les décisions qu'elle prendrait, en revanche, engageraient des royaumes tout entiers. À ce moment précis, elle aurait aimé disparaître, s'enfuir. Heath et elle pourraient partir vers l'ouest avec Rowan. Elle tira sur ses rênes pour immobiliser son cheval. Heath se retourna, la vit et fit demi-tour en la regardant avec curiosité. Le soleil qui brillait dans son dos embrasait sa chevelure dorée. Ses mains étaient croisées sur le torse de la petite fille, protectrices.

— Rose ?

— Il y a des bandits sur ces routes. Des bandits violents. Si nous étions… Si nous disparaissions tous les trois, Wengest ne nous retrouverait jamais. Nos chevaux, peut-être, et certains de nos effets personnels, mais nous… Et puis, il cesserait bientôt de chercher.

Mais Heath secouait déjà la tête.

— Tu crois que je n'ai pas déjà imaginé mille fois que nous pourrions être… libres ? murmura-t-il. Mais mon bonheur n'est pas plus important que celui de Wengest ou celui de Bluebell. (Il baissa les yeux sur la petite endormie.) Ni celui de Rowan.

Rose s'empourpra, tandis que ses yeux s'emplissaient de larmes. Il l'avait ramenée à la raison.

— Je suis désolée. C'est juste que…

— Le désir est comme une folie, dit-il, les coins de ses lèvres pointant vers le bas. Je le sais. Je vis ça, moi aussi. Le bonheur m'est interdit.

Elle le regarda fixement et remarqua à quel point les rides de son front étaient profondes. Autrefois, il avait été fermier, jusqu'à ce que les guerres s'intensifient au nord, que Wengest le mobilise et que Bluebell l'envoie dans une garnison des confins glaciaux. Il avait des devoirs – aussi lourds que les siens. Plus lourds encore, car ils avaient une odeur de mort.

Elle se pencha en avant, tendit le bras et lui effleura la joue.

— Pauvre Heath. Qu'as-tu été obligé de traverser ?

Il posa sa joue contre sa paume.

— Tu ne peux pas imaginer le poids, Rose. Nous nous entraînons pour réagir à toutes les situations, mais dans la bataille, l'imprévisible est la règle. Ma vue est brouillée par le sang et la poussière. On peut tout perdre dans une escarmouche de deux minutes. J'ai vu… Non, je ne peux raconter ce que j'ai vu en présence d'une enfant.

Comme elle avait envie de le serrer contre elle. Contre son cœur. Elle retira sa main et caressa les cheveux de Rowan, que le soleil rendait magnifiquement brillants.

— Elle est tellement précieuse. La chose la plus précieuse que j'aie jamais possédée.

— Et elle aime son papa. Je ferai en sorte qu'elle le revoie à la fin de ce triste voyage. Viens, lança-t-il en reprenant ses rênes et en se mettant dans le sens de la marche. Il nous reste un long chemin à parcourir.

Chapitre 6

Quand elle revoyait Blicstowe après une longue absence, Bluebell ne pouvait s'empêcher de ressentir une fierté immense. Derrière les champs nouvellement labourés diffusant un parfum d'humidité hivernale qui dominaient les coteaux clairs parsemés de fleurs sauvages, les hautes portes en bois finement sculpté se dressaient fermement contre le monde. Derrière la ville, on distinguait les ruines géantes d'un endroit depuis longtemps tombé dans l'oubli, de grands chicots de pierre blanche crasseuse – les restes d'un arc qu'aucun homme vivant n'aurait su ni pu réparer. Lorsque le soleil levant frappait les ruines de ses rayons, elles revêtaient une robe orange doré. Juste en dessous, sur la toile de fond du ciel bleu strié de lambeaux de nuages, Bluebell apercevait les deux gâbles cornus du château de son père, semblables à des bras croisés dans une posture de défi.

Avec ce qui lui restait d'énergie, elle lança son cheval au galop d'un coup de bottes. Les sabots de la bête soulevèrent le sol boueux de la route en lacets qui contournait la ville, tandis qu'elle fonçait vers la porte de derrière et les écuries proches des logements familiaux – de cette façon, Bluebell n'aurait pas à traverser toute la ville à pied. Elle n'était pas d'humeur à saluer tout le monde. Son cœur battait fort contre ses côtes comme elle gravissait la colline en direction de la porte.

Elle ne se rendit pas à l'écurie, mais mit pied à terre et laissa sa monture se balader en traînant ses rênes ; quelqu'un finirait bien par s'occuper d'elle. Bluebell courut sur les planches qui conduisaient aux bâtisses familiales, ses chiennes la suivant de près en aboyant joyeusement. Passant derrière le château, elle se dirigea tout droit vers la longère de son père. La main sur la porte, elle se figea. Peut-être le trouverait-elle assis, en bonne santé, s'amusant de ce qu'elle s'était précipitée à son chevet. Ou bien serait-il déjà mort, étendu, pâle et immobile. Une lance de douleur. Elle agrippa la poignée de son épée, la dégaina et poussa la porte.

Bluebell avisa deux personnes près du lit de son père : Gudrun et Osred, son médecin pompeux à la peau grasse, têtes baissées, en pleine conversation. Ils sursautèrent en la voyant et se séparèrent. Gudrun tenta de ravaler un couinement.

Du coin de l'œil, Bluebell vit son père. Pas encore mort, mais dans un sale état. Il gémissait en s'agitant. Elle souleva un bouclier émotionnel devant son cœur. Elle attendrait que ces étrangers aient quitté la pièce pour se tourner vers lui.

— Sortez d'ici tout de suite, lança-t-elle à Osred. Quittez cette pièce. Cette ville. Ce royaume. Retournez là d'où vous êtes venu et ne parlez jamais à personne de votre séjour ici.

— J'essaie simplement d'aider. Votre père est très, très malade et…

Elle leva son arme comme si elle ne pesait rien et en posa la pointe sous le menton du médecin, dont le visage se reflétait, déformé, dans les motifs moirés du métal.

— Je n'ai pas l'habitude de me répéter.

Osred fit un pas en arrière avant de se diriger vers la sortie en restant à une distance respectable de Bluebell et de son épée. Gudrun resta figée, les mains maigres et jointes.

— Surprise de me voir ? demanda Bluebell à voix basse. Vous attendiez plutôt votre fils ?

— Bluebell, je…

— Laissez-moi seule avec mon père.

— Vous parlez de mon mari, rétorqua Gudrun en levant le menton.

— Il était mon père avant de devenir votre mari. Maintenant, sortez.

— Il a besoin de moi.

— Vous ignorez ce dont il a besoin ! Sortez ou je n'hésiterai pas à vous tuer !

Gudrun se mit à sangloter, mais obtempéra en enfouissant son visage dans sa manche.

La porte claqua. Bluebell rengaina son épée et ferma les paupières. Dehors, les rouges-gorges gazouillaient et le vent faisait claquer un volet détaché, au loin. La chambre était calme, silencieuse ; on n'entendait que les gémissements faibles du roi. Enfin, Bluebell se retourna et ouvrit les yeux.

— Père ? appela-t-elle en s'agenouillant à côté de son lit.

Ses cheveux blonds striés de blanc étaient étalés sur l'oreiller. Ses mains puissantes étaient posées sur ses couvertures, où elles se serraient avec régularité. Bluebell se concentra très fort sur les anneaux en or prisonniers des jointures de ses doigts, avant de rassembler son courage et de contempler son visage. Le regard de son père était rivé sur un point situé au-dessus de son front. Il ne la voyait ni ne la reconnaissait. Il était crispé et gris, ses lèvres minces marmonnant des mots qui n'en étaient pas. Son nez droit et fier semblait trop grand pour son visage. Elle lui prit la main.

— Monseigneur, c'est Bluebell.

Soudain, le temps d'une fraction de seconde, un éclair de lucidité : un haussement de sourcils, des lèvres qui se joignent comme pour prononcer le son « *b* ». Un soulagement agréable apaisa son cœur endolori, qui se glaça aussitôt, comme le roi s'affaissait, totalement inerte sur sa couche, les yeux révulsés.

Un instant de panique.

— Père ? Père ?

Sa poitrine continuait à se soulever. Il dormait.

Bluebell enfonça son visage dans la couverture rêche et s'autorisa à pleurer. Elle essaya de se remémorer la pire douleur qu'elle ait jamais ressentie. Une fois, bien avant le mariage de Rose et la signature de l'accord de paix, trois mailles de sa cotte s'étaient enfoncées dans la chair tendre de son ventre durant une escarmouche avec les hommes de Wengest. À cause de l'infection, elle avait eu de la fièvre pendant quatre jours et quatre nuits. Oui, cela avait été douloureux. Quand elle avait seize ans, elle avait demandé à un ami de lui casser le nez à l'entraînement – le but ayant été d'échapper à l'obligation du mariage. Cette douleur-là l'avait presque aveuglée. Elle s'efforça de se raccrocher à ces deux moments de sa vie afin de relativiser ce qu'elle ressentait à présent, mais cela ne fonctionna pas, ce qu'elle trouva horrible et fascinant – comment pouvait-on souffrir autant sans recevoir aucun coup ? Sans ennemi sur lequel se venger ?

Était-ce la vérité ? N'y avait-il réellement pas d'ennemi ? L'image de Gudrun et Osred conspirant, têtes baissées, lui revint en mémoire, éveillant une colère brûlante dans ses veines. Quel genre de maladie était-ce sinon un maléfice, sinon le fruit d'une magie malfaisante ?

Elle entendit un bruit près de la porte et se redressa en essuyant des larmes que personne n'avait le droit de voir.

— Bluebell ? appela Byrta en passant avec circonspection la tête dans l'embrasure.

Bluebell fut soulagée de la voir.

— Byrta, je crois que...

Byrta ouvrit grand la porte, et Gudrun se tenait derrière elle. Bluebell serra les dents, se leva et agrippa la poignée de son épée.

— Je vous en prie, calmez-vous, Bluebell, dit Byrta.

— Ne me demandez pas de me calmer. Si Ælmesse est en sécurité aujourd'hui, c'est justement parce que je m'emporte très vite. Ne me demandez pas de ranger mon arme, d'être douce et de me comporter comme une femme alors que j'ai tellement souffert en mon cœur, expliqua-t-elle en se frappant la poitrine.

— Oui, bien sûr, mais, pour notre sécurité, nous avons également besoin que vous gardiez votre sang-froid.

— De quoi souffre mon père, Byrta ? Quel est votre avis sur la question ?

— D'une maladie du cerveau. Il délire, puis il dort. Osred pense que…

— Osred ? Pourquoi lui ferions-nous confiance ?

— Parce qu'il a déjà vu un cas comme celui-ci auparavant.

— Je n'en doute pas. Je suis persuadée qu'il connaît intimement cette maladie. (Elle posa un regard assassin sur Gudrun, qui se recroquevilla derrière Byrta.) C'est vous qui l'avez encouragé à lui inoculer cette chose ?

— Bluebell, tenez-vous, je vous prie, l'interrompit sèchement Byrta. Il s'agit de votre belle-mère. Vous dépassez les bornes.

Bluebell s'était laissé emporter. Elle était faite pour la guerre, pas pour la diplomatie. Elle détendit les muscles de ses bras et lâcha son arme.

— Je suis désolée d'avoir fait appeler Wylm au lieu de vous prévenir, tenta Gudrun en faisant un pas en avant. J'avais besoin d'être réconfortée et j'ai pensé d'abord à moi. Je le regrette. Je n'avais aucune arrière-pensée, je vous le jure.

— Je ne sais pas si je peux vous faire confiance, rétorqua Bluebell en refusant de baisser la voix. Je vous autorise à rester avec mon père, mais pas sans surveillance. Dunstan vous gardera à l'œil.

— Je ne veux pas de cet homme avec nous ici, dans notre intimité, dans…

— Vous parlez de notre roi, imbécile. Il n'est pas question d'intimité. À partir de maintenant, tout ce qui se passera dans cette pièce sera l'affaire de l'État. Si mon père devait mourir, le Thyrsland tout entier serait touché. Mon père appartient à Ælmesse et non pas à son épouse, affirma Bluebell avant de se tourner vers Byrta. Je vais chercher Dunstan. Attendez-le ici, puis rejoignez-moi au château. Nous avons à parler. Et envoyez quelqu'un à Fengyrd ; Ivy et Willow doivent être prévenues. Rose et Ash sont déjà en route.

— Oui, madame, acquiesça Byrta en faisant signe à Gudrun de la suivre.

Thrymm et Thræc attendaient devant la porte et convergèrent aussitôt vers Bluebell en agitant la queue avec enthousiasme.

— Non, vous restez ici. Je reviens de suite.

Les épaules bien droites, elle se dirigea vers l'écurie afin de récupérer son cheval pour se rendre à la ferme de Dunstan. L'ancien officier en second de son père avait échangé son bouclier contre une charrue après qu'un raider lui eut transpercé la cuisse avec sa lance. Il possédait quatre acres de terre au pied de la colline et travaillait durement malgré ses articulations abîmées et sa claudication. Mais il viendrait vite, et il ferait ce qu'elle lui demanderait. À Blicstowe, tout le monde savait que Gudrun et lui se haïssaient.

Comme elle entrait dans l'écurie, la lumière du soleil fut avalée par les parois en bois et l'odeur de vieille paille. Elle avisa une silhouette, près de la porte de derrière. Un homme sellait un cheval. Osred.

— Où est Isern, madame ? lui demanda Tom, son palefrenier.

Tom et son père étaient au service de sa famille depuis vingt ans.

Distraite, Bluebell détacha son regard d'Osred.

— Mmh ? Ah, il est à Æcstede. On nous le ramènera dans un jour ou deux. Quelqu'un a-t-il trouvé le cheval avec lequel je suis arrivée il y a une demi-heure ?

— Non, madame.

— Allez le chercher, je vous prie. Il doit errer derrière le château, et il est toujours sellé.

Tom hocha la tête et se glissa dehors, laissant Bluebell seule avec Osred. Celui-ci sellait sa monture avec sérieux en se donnant beaucoup de mal pour faire comme s'il n'avait pas vu la jeune femme. Elle fit quelques pas dans sa direction, grande et raide. Il se retourna et leva les yeux vers elle.

— Je m'en vais, annonça-t-il, terrifié.

— Qu'avez-vous fait à mon père ?

— Je l'ai soigné, mais il y a bien peu de choses à faire…

— Avez-vous usé d'un charme maléfique sur lui ?

— Un charme… ? Je ne crois pas aux maléfices, madame. Je suis médecin, non pas sorcier.

— Comment se fait-il que vous soyez si renseigné sur sa maladie ?

— J'ai déjà vu un cas similaire.

— Moi, non. Je trouve cela très mystérieux. Il ne tousse pas, il n'a pas de fièvre. On ne dirait pas une maladie, mais un maléfice. Quelqu'un est donc responsable de ce qui lui arrive.

— Vous ne croyez tout de même pas que… ? commença le médecin, les sourcils barrés d'une ride de panique.

— Si, justement, l'interrompit-elle, deux doigts posés sur sa tempe. Justement.

— Princesse, jamais je ne…

— Ne m'appelez pas princesse. Je ne suis pas une putain de princesse attendant d'être mariée à un prince étranger.

Je suis issue d'une longue lignée de rois guerriers. Je dirigerai ce pays comme le fait mon père, grâce à l'art de la guerre et à un courage physique sans limite. Je ne connais pas les plans de cette folle de Gudrun, mais je puis vous assurer qu'elle ne me prendra pas mon royaume, ni avec votre aide ni avec celle de personne.

Il était figé devant elle. Elle avait envie de le tuer. Elle en avait tellement envie qu'elle en avait mal à la tête et que ses pensées se tordaient comme si elle n'avait plus prise sur la réalité. *Il n'est pas armé, Bluebell, et s'il n'est pas armé, cela devient un meurtre.* Se forcer à respirer régulièrement, calmer les tremblements de ses mains.

— Je pars, annonça-t-il d'une toute petite voix. Vous ne me reverrez plus jamais. Je m'en vais tout de suite.

Terrorisé comme il l'était, il n'avait pas l'air d'être capable d'empoisonner un roi, même s'il était normal pour un avorton comme lui de craindre son épée. L'innocence et le désespoir se ressemblaient tellement parfois.

— Vous êtes trop dangereux pour que je puisse vous laisser filer, désolée.

Des serpents et des oiseaux étaient sculptés dans les poutres rondes qui soutenaient la toiture du château d'Æthlric. Pensive, Bluebell suivit du bout des doigts les motifs tourbillonnants, considérant ses ongles sales dans la lumière tamisée. Avec ses quarante mètres de long sur sept de large, la salle était la plus grande de tout le Thyrsland. On y organisait parfois de grandes fêtes. Un calme profond y régnait ; les bancs étaient empilés sur les côtés, l'âtre froid, le chaudron suspendu à sa longue chaîne vide, l'atmosphère sentait les cendres et la graisse animale. La porte s'entrouvrit, dépliant un éventail de lumière sur les dalles de pierre, puis se referma derrière Byrta, replongeant l'endroit dans la pénombre.

La vieille femme s'avança et s'arrêta devant elle, les bras croisés.

— Gudrun est terrifiée par Dunstan.

— Excellent.

— Vous êtes cruelle.

— C'est mon travail.

— Vous n'êtes pas obligée de l'être avec votre famille.

— Elle et moi ne sommes pas de la même famille.

Byrta lâcha un grognement exaspéré.

— Vous ne l'avez jamais appréciée, mais c'est une femme bien. Votre père l'aimait, aussi ne peut-elle être aussi mauvaise que vous le pensez.

— Un mauvais sort, là encore.

— Comment cela, « encore » ? s'étonna Byrta en fronçant les sourcils.

— Père est victime d'un maléfice, Byrta, ne le voyez-vous pas ?

Byrta ouvrit la bouche, puis la referma. Doucement, elle saisit le poignet de Bluebell.

— Non, Bluebell, non. Il ne s'agit pas d'un maléfice, mais d'une maladie.

— De quel genre de maladie ? Je n'ai jamais rien vu de pareil.

— Le cerveau est un organe mystérieux, et d'aucuns disent qu'il lui arrive de se bloquer, de se charger d'une pression importante, et ce, pour des résultats imprévisibles. Je suis presque certaine que c'est ce qui est arrivé à votre père. En revanche, je suis en désaccord avec Osred, qui pense que ce sera vite terminé. Je crois pour ma part qu'il verra la fin du printemps. Vous aurez largement le temps de vous dire au revoir, de vous habituer à l'idée.

Bluebell serra son poing droit et frappa le pilier le plus proche.

— Je n'ai aucune intention de m'habituer à l'idée, plutôt de trouver quelqu'un qu'il le soignera.

Il avait fallu qu'Osred voie son sang couler pour admettre avoir joué un rôle dans la maladie de son père ; il avait fallu qu'elle l'enferme dans un cachot pour qu'il promette de faire quelque chose. Une semaine dans un trou boueux avec une blessure en train de s'infecter et la compagnie des rats le ferait réfléchir. Dans le cas contraire, Bluebell serait contrainte de trouver quelqu'un pour inverser cette mauvaise magie.

Byrta secouait la tête, le regard plein de pitié.

— Ne vous avisez plus de me regarder comme ça, vieille femme ! tonna Bluebell.

— Jeune fille, vous me devez le respect. Je foule cette terre depuis bien plus longtemps que vous, s'emporta Byrta. Votre père n'est pas victime d'un mauvais sort, mais d'une maladie du cerveau. Il mourra comme nous tous. Vous avez vu la mort de près à maintes reprises, n'est-ce pas ? Vous ne la craignez pas comme une petite enfant ?

— J'espère pour vous qu'aucune âme ne vous a entendue me parler de cette manière, marmonna Bluebell. Je ne suis plus une enfant.

— Pour moi, vous serez toujours une enfant. C'est moi qui vous ai tenue dans mes bras la première, toute couverte que vous étiez du sang de votre mère.

Bluebell croisa les bras, enfouissant ses mains sous ses aisselles.

— Vous êtes certaine qu'il ne s'agit pas d'un maléfice ?

— J'en suis presque certaine.

— Presque ?

— Le risque existe certes, rétorqua Byrta dans un haussement d'épaules. Mais oubliez Gudrun ; Gudrun aime votre père.

— Je n'ai aucune confiance en elle.

— Ce n'est pas nouveau. Êtes-vous donc folle ? Vous croyez qu'elle veut du mal à son époux ? Qu'elle souhaite s'emparer de son trône pour le donner à son fils boutonneux ? Elle n'aurait pas plus de chances d'y parvenir que de sauter sur la lune.

Bluebell sombra dans le silence. Verbalisées de la sorte, ces possibilités lui semblaient effectivement très improbables.

Elle avait besoin de ses sœurs auprès d'elle. Elle avait besoin d'Ash.

— Bluebell, reprit Byrta d'un ton plus doux. Je sais que c'est douloureux, mais lui ne souffre pas en tout cas. Il ne sait ni qui il est ni ce qu'il a perdu. Le moment voulu, vous deviendrez notre roi ; on vous prépare à cela depuis toujours.

Bluebell réfléchit pendant quelques secondes avant de réagir.

— Il m'a reconnue, tout à l'heure.

— Je ne crois pas.

— Si, je le sais. Il m'a reconnue, même si ça n'a pas duré très longtemps.

Byrta ne dit rien, mais Bluebell savait que la vieille conseillère pensait qu'elle se faisait des idées. Tant pis. Bluebell était sûre de son fait, elle avait vu son père plisser le front lorsqu'elle lui avait dit son nom. Il n'était pas aussi proche de la mort qu'ils semblaient tous le croire, et elle comptait bien le ramener du bon côté.

Après une seconde nuit sans sommeil, Ash était épuisée. Ce voyage se terminerait-il un jour ? Le fleuve serpentait dans un paysage infini de champs et de forêts. Elle s'habitua à l'odeur des ânes, elle mangea le pain noir et élastique proposé par l'équipage et parvint même à sourire un peu des blagues graveleuses des hommes. Mais elle ne dormit pas. Car chaque fois qu'elle commençait à sombrer, le rêve était là qui l'attendait. Impossible de lui échapper, désormais, mais elle ne pouvait s'empêcher d'essayer.

Elle dodelinait de la tête, heurtant ses genoux avec le front, et devait se pincer pour rester éveillée le matin du troisième jour. Les nuages s'étaient effilochés et le soleil brillait d'un éclat orange féroce, car l'horizon était parfaitement dégagé. À contre-jour, la voile paraissait noire, ce qui fit naître un sentiment douloureux dans le cœur d'Ash. Cette couleur lui rappelait quelque chose… quelque chose…

Elle se leva, se précipita vers le bastingage, qu'elle agrippa pour ne pas tomber. Mais il était trop tard : qu'elle dorme ou pas, le rêve déferlerait sur elle, impitoyable…

Thriddastowe est secoué par la panique. Ils se précipitent vers la mer, vers la plage rocailleuse et accidentée, criant et pleurant. La fin de tout est là. Je suis parmi eux, confuse, regardant dans toutes les directions en clignant des yeux, écrasée de tous les côtés par des corps grouillants et frénétiques. Ils regardent vers la mer, où de la vapeur s'élève vers le ciel en volutes fines. Ils montrent quelque chose du doigt en hurlant. Les volutes disparaissent, cèdent la place à un énorme jet de vapeur. Le vacarme est un grincement dans mon cerveau – un morceau de fer frotté contre une pierre. La mer s'ouvre, et un cri me déchire la gorge. Quelque chose de gros et de terrifiant arrive. Des profondeurs de l'océan émerge un grand dragon, noir comme des cendres, la queue terminée par des crochets cruels, de l'eau gouttant de ses larges ailes déployées. Les gens se retournent, rebroussent chemin, s'enfuient vers la ville. Je suis secouée par eux, mais je reste sur place pour regarder le dragon ouvrir la gueule et cracher des flammes brillantes comme le soleil, balayer la foule. Des corps carbonisés s'écroulent.

Et je sais que ce feu m'est destiné. Dès que le dragon me verra, il se désintéressera des autres. J'ai tellement peur que mon corps tout entier tremble. Le dragon se lève comme le soleil, puissant, cruel et brûlant, et je tourne les talons pour me joindre à la foule avant que ces yeux vitreux et anciens me repèrent.

Mais le dragon finira par me voir, car c'est bien moi qu'il cherche. Je le sais avec certitude, comme je sais que je respire.

— Madame ?

Ash était de retour dans le monde réel, le cœur battant à tout rompre. Comme elle avait mal aux mains, elle baissa les yeux et constata qu'elle serrait si fort le bastingage que des échardes s'étaient glissées sous sa peau. Son corps la faisait souffrir du cou aux chevilles, comme si on l'avait piétinée. D'une certaine façon, c'était peut-être le cas.

— Vous allez bien, madame ? lui demanda le marchand d'ânes.

— Je… je suis…, commença-t-elle, la bouche sèche, tandis que sa tête tournait et que ses oreilles sifflaient. Je ne me sens pas très bien.

— Vous serez chez vous dans quelques heures, la rassura-t-il. Retournez vous asseoir ; j'ai peur que vous tombiez et que vous vous cogniez la tête.

Elle lui permit de la raccompagner à sa place et accepta de boire un peu de bière. L'homme retourna travailler, et elle se retrouva seule, glacée, terrifiée. Car elle avait vu son propre Devenir – un Devenir sombre, au-delà de toute rédemption.

Chapitre 7

Le soleil brillait dans un ciel dégagé lorsque, dans l'après-midi, Wylm commença à gravir la colline en direction de la porte de Blicstowe. Il ne s'attendait pas à voir les gardes émerger de leurs guérites pour lui barrer la route et lui intimer l'ordre de s'arrêter.

Il tira sur ses rênes, des picotements d'agacement lui parcourant la peau. Ceci était l'œuvre de Bluebell à n'en pas douter.

— La reine, ma mère, a demandé à me voir, lança-t-il.

— Bluebell nous a ordonné de vous escorter jusqu'aux demeures familiales, expliqua un des soldats, tandis que l'autre agrippait la bride de son cheval. Mettez pied à terre, je vous prie. Mon ami s'occupera de votre monture.

Wylm se laissa glisser de sa selle. Il avait la bouche sèche. Maudite soit sa belle-sœur. Comme le second garde s'éloignait avec son cheval, le premier le prit fermement mais respectueusement par le bras.

— S'il vous plaît, protesta Wylm. Lâchez-moi, je ne m'échapperai pas. Autrement, tout le monde va me prendre pour un criminel.

Le garde le lâcha, mais resta tout près de lui.

— Ne vous éloignez pas de moi, d'accord ?

— Sinon quoi ? s'amusa Wylm. Vous allez me tuer ?

Le garde ne répondit pas, et Wylm dut se résoudre à remonter la rue principale de Blicstowe suivi de très près par un garde armé. De frustration, il donna un coup de pied à une poule qui eut le malheur de croiser sa route. L'animal poussa un cri rauque et s'en fut en battant des ailes et en disséminant des plumes dans la boue.

Devant le château d'Æthlric, le soldat ordonna à Wylm de s'asseoir sur un banc à l'abri d'un surplomb et d'attendre. Le jeune homme s'affaissa en faisant ostensiblement l'étalage de son mécontentement et se prépara à être réprimandé par Bluebell. Une fois de plus, son esprit se mit à vagabonder, et il se demanda comment serait la vie si sa mère était libérée d'Æthlric et de Bluebell, s'il régnait lui-même sur le pays. Personne n'oserait alors le traiter comme un vulgaire enfant turbulent. Il passa les quelques minutes suivantes à développer ce fantasme. Soudain, des bruits de pas tout proches. Il regarda par-dessus son épaule. Ce n'était pas Bluebell, mais sa mère, accompagnée du même garde.

— Mon fils, lança-t-elle en se précipitant vers lui.

Il se leva et la serra dans ses bras. Elle lui parut pâle et amaigrie, et ses cheveux normalement si soignés sortaient de ses tresses.

— Mère, murmura-t-il dans sa chevelure. Vous allez bien ?

— Non, je ne vais pas bien, répondit-elle en s'écartant et en le regardant de ses yeux mouillés. Je suis heureuse que tu sois enfin arrivé.

— Partez ! Laissez-nous tranquilles ! cria Wylm au garde, par-dessus la tête de sa mère.

L'homme hésita.

— Laissez-nous, lui demanda Gudrun en se retournant. Nous ne sommes pas en état d'arrestation, n'est-ce pas ? À moins que le mécontentement soit devenu un crime à Blicstowe.

— Je vais vous laisser, madame, acquiesça le garde, la tête légèrement penchée sur le côté. Mais n'essayez pas de quitter la ville.

— Ne soyez pas offensant ; jamais je n'abandonnerais mon mari.

Wylm attendit que l'homme ait disparu avant de reprendre :

— Il m'a accompagné jusqu'ici comme un vulgaire prisonnier.

— C'est Bluebell, expliqua Gudrun. Elle est devenue folle de tristesse.

— Bluebell a toujours été folle, elle n'a pas besoin de prétexte. Mère, poursuivit Wylm en prenant avec douceur Gudrun par les bras, pourquoi m'avoir fait venir moi et pas elle ? Qui vous a si mal conseillée ?

— Personne ne m'a conseillée. Je voulais t'avoir auprès de moi avant qu'elle arrive, dit-elle en détournant les yeux. Maintenant, elle pense que je lui voulais du mal. Æthlric répète tout le temps que je finirai par l'aimer, mais Bluebell est un monstre. Comment un monstre pourrait-il diriger un royaume tel qu'Ælmesse ? La population la craint plus qu'elle ne l'aime.

— Elle commande une armée puissante.

— Cela devrait m'impressionner ? Elle n'a rien fait de bon pour moi. Pour toi non plus, d'ailleurs. Elle t'a envoyé loin de moi, dans une garnison éloignée – probablement dans l'espoir que tu y trouves la mort.

Wylm se demanda s'il devait révéler à sa mère que Bluebell l'avait sorti des griffes d'un bandit sanguinaire. Il préféra se taire. Tout le monde chantait déjà les louanges de Bluebell.

— S'est-elle montrée cruelle avec vous, mère ?

— Elle m'a simplement menacée de son épée ! Elle a chassé Osred ! Et elle me fait surveiller dans la chambre de mon mari par ce monstre borgne qui m'appelle « l'imbécile de Tweoning ». J'ai honte d'avoir peur d'elle, avoua Gudrun en baissant la voix. Je vais bientôt être veuve pour la seconde fois. Je veux rester au chevet de mon époux jusqu'à son dernier souffle. Je ne devrais penser qu'à lui, mais je suis obsédée par elle. Que me fera-t-elle après ? Que me fera-t-elle subir quand mon mari ne sera plus ? Je n'ai nulle part où aller…

Elle se mit à sangloter, et Wylm la serra contre lui, murmurant des mots dans ses cheveux, la rassurant comme elle avait l'habitude de le rassurer quand il était petit garçon. Il la fit asseoir sur le banc et la laissa pleurer quelque temps.

— Où est Bluebell, en ce moment ? demanda Wylm quand elle se fut calmée.

— Je l'ignore. Elle n'est pas revenue au chevet de son père depuis son arrivée. Elle ne l'aime pas, en réalité. Peut-être pense-t-elle que ses autres responsabilités sont plus importantes. (Gudrun renifla dans sa manche et leva les yeux vers le ciel.) Pourquoi ai-je perdu deux maris, Wylm ? Suis-je négligente ou malchanceuse ?

— Peut-être ni l'une ni l'autre, puisque vous m'avez moi, rétorqua-t-il, vexé comme un enfant.

Une ombre les recouvrit, et Wylm se retourna pour voir que le garde était de retour.

— Qu'y a-t-il ? demanda-t-il.

— La reine Gudrun est autorisée à retourner au chevet de son époux. Vous, suivez-moi ; nous allons à l'étage de la taverne.

— Qui a donné ces ordres ? Bluebell ?

— Non, Dunstan.

— Suis-je en état d'arrestation ?

— Non, mais nous…, commença le garde, l'air penaud. Nous ignorons où se trouve Bluebell, et nous ne pouvons pas vous laisser partir librement avant de lui avoir parlé.

— Vous ne traiterez pas mon fils comme un prisonnier ! s'écria Gudrun en brandissant son poing pâle. Je suis votre reine.

— Il n'est pas prisonnier, madame. Mais Bluebell a été très claire : elle souhaite s'entretenir avec Wylm et… Blicstowe vit une époque trouble, poursuivit-il à voix basse. Je ne voudrais surtout pas vous manquer de respect, madame. Je ne voudrais pas m'attirer votre inimitié.

— Je ne suis pas en position de vous couper la tête, si c'est ce que vous craignez.

Le garde ne répondit pas.

— Ne vous inquiétez pas pour moi, mère, lança Wylm en la prenant par la main. Je vais le suivre. Malgré les apparences, je ne suis pas prisonnier.

Il adressa un sourire faux au garde – ce sourire qui lui faisait plisser les yeux et lui donnait un air faussement chaleureux. Des apparences qui faisaient normalement leur effet.

— Allons-y, mon ami, ajouta-t-il. J'ai voyagé toute la journée et je boirais bien une petite bière.

Il emboîta le pas au soldat en adressant un signe de la main à sa mère. Assise sur ce banc, elle paraissait si petite. Une amertume grossissait dans son cœur, et cette amertume s'appelait Bluebell.

Bluebell pensait que la colère et la tristesse – et peut-être même le bonheur – s'exprimaient le mieux de manière physique, ce qui offrait deux choix : se battre ou baiser. Byrta lui avait formellement interdit le premier tant qu'elle ne se serait pas calmée, aussi s'était-elle rendue chez Sabert, au milieu de champs de millet, à une demi-heure de cheval de Blicstowe. Allongée sur un matelas de paille, le corps encore parcouru de frissons, elle regardait une araignée tisser sa toile dans un coin de la charpente. Étendu sur le côté, Sabert lui caressait le bras de ses doigts calleux.

— Quelque chose te tracasse ? demanda-t-il.

Elle ne répondit pas tout de suite. Elle n'avait pas encore envie de parler. Sabert était son ami depuis de nombreuses années. Il était digne de confiance et aussi trapu qu'un cheval de trait. Il lui rendait dix centimètres, mais cela importait peu quand on était allongé. Par ailleurs, le parfum salé et épicé de sa peau ne manquait jamais d'attiser son désir. Les secrets de la jeune femme étaient enfermés dans son torse comme dans le sien – à l'abri, elle en était certaine. En sécurité, comme elle, allongée sous cette couverture chaude, tandis qu'une alouette chantait au loin et qu'une brise légère faisait bruire le sorbier situé juste derrière le volet fermé. Son sang ralentit et se refroidit. Elle se calma.

— C'est mon père, finit-elle par répondre en se retournant pour lui faire face. Il est malade. Ils pensent qu'il va mourir.

— Je suis désolé, Bluebell, dit Sabert en enroulant une mèche de ses cheveux blonds autour de son doigt.

— Il a des crises de folie, suivies par de longues périodes d'un sommeil de mort. Pour moi, ça ressemble à de la mauvaise magie.

— Il est roi, il a de nombreux ennemis.

Bluebell hocha la tête avec emphase.

— Oui. Je suspectais Gudrun, mais tu as raison. Ce pourrait être n'importe qui, affirma-t-elle comme son calme s'évaporait au profit d'une intense inquiétude. Je dois à tout prix trouver quelqu'un qui pourra l'aider. Après quoi, je mettrai la main sur celui qui lui a fait ça, et je lui ferai avaler ma lame.

— Es-tu certaine qu'il n'est pas simplement malade ?

— Absolument. Byrta affirme le contraire, mais si tout le monde accepte son diagnostic, personne ne se donnera la peine de chercher un remède.

Il ne dit rien, ce qu'elle prit pour un assentiment. Toute trace de doute disparut aussitôt de son esprit. Elle s'assit et attrapa ses vêtements. Elle s'habilla à la hâte, couvrant ses longues jambes de son pantalon, nouant ses guêtres, se tortillant pour enfiler sa chemise, suspendant à ses hanches le poids familier de sa ceinture et de son fourreau. Sabert prit son temps, car il faisait partie de ces gens qui ne vivaient pas au même rythme qu'elle. Des malheurs anciens lui avaient appris depuis longtemps à ne pas se presser.

— Papa ? appela une petite voix derrière la porte.

Bluebell se tourna vers Sabert, un sourire aux lèvres.

— Je crois qu'Eni est de retour.

— C'est un bon garçon, dit Sabert en tirant sa chemise sur son ventre plat et poilu, mais il ne va pas passer sa journée à ramasser du bois. J'arrive, Eni !

Bluebell entrouvrit la porte donnant sur la minuscule salle de séjour, où attendait Eni avec une brassée de brindilles. Eni était le fils de Sabert. Sa mère, Edie, qui avait été la meilleure amie de Bluebell, était morte en couche onze ans plus tôt.

— Salut, Eni, lui dit-elle en le débarrassant des branches. Tu as vraiment bien travaillé.

Le garçon fronça légèrement les sourcils. Avec son épaisse chevelure noire et ses joues rouges, il était le portrait craché de son père.

— C'est moi, Bluebell.

— Papa ? répéta Eni d'une voix chevrotante.

Eni avait donc vu le jour dans la douleur. Privé d'oxygène pendant trop longtemps, il était désormais aveugle et un peu simple. Nombre d'hommes l'auraient étouffé avec une couverture pliée, mais Sabert adorait son fils et se montrait extrêmement doux avec lui.

— Sabert arrive, Eni. Il va te préparer ton souper.

Malgré un certain sentiment de culpabilité, Bluebell savait que la mère du garçon aurait ri de la relation qu'elle entretenait avec Sabert. Car ni lui ni elle n'avaient le courage de s'engager.

— Tiens, j'ai un cadeau pour toi, lui dit-elle en s'agenouillant devant lui et en sortant un anneau en or de sa poche.

Son père le lui avait donné quand elle était petite. C'était le symbole d'Ælmesse, un dragon se mordant la queue. Elle l'avait retrouvé la veille, dans sa vieille chambre, lorsqu'elle avait poussé l'armoire contre la porte de peur d'être assaillie par des ennemis imaginaires. Elle le posa dans la main d'Eni, qui effleura le bijou de ses petits doigts crasseux.

— C'est un dragon.

— Un dragon, répéta-t-il.

Bluebell ignorait si le gamin avait la moindre idée de ce qu'était un dragon. Il voulut lui rendre l'anneau, mais elle refusa.

— Non, il est pour toi, le rassura-t-elle en le lui glissant à l'index gauche. (Elle le poussa derrière sa première articulation d'où, jugea-t-elle, il ne risquait pas de tomber.) Il est trop petit pour moi, désormais.

Sabert émergea de la chambre, s'accroupit devant l'âtre pour attiser le feu, puis se releva et caressa la tête de son fils.

— Un dragon, répéta Eni en montrant sa main.

— C'est très joli, commenta Sabert en admirant le bijou à la lumière du feu.

— Comment va-t-il ? s'enquit Bluebell.

— Il a été très malade cet hiver, répondit Sabert en allant chercher un morceau de fromage enveloppé et une demi-tranche de pain. Il a attrapé quelque chose aux poumons. Il toussait si fort qu'il en était bleu. J'ai vraiment eu peur de le perdre, ajouta-t-il en se passant la main dans la barbe. Une fois, je me suis même dit que ce serait peut-être mieux, mais quand ça a failli arriver… Je ne sais pas ce que nous allons devenir. J'espère que je vivrai assez longtemps pour m'occuper de lui.

— Ton frère Seaton le prendrait chez lui en cas de nécessité.

— Seaton m'adresse à peine la parole.

— Aie confiance. On vit longtemps, dans ta famille. Ta tante Lily a… quatre-vingts ans ? Quatre-vingt-dix ans ?

— Tante Lily est morte il y a deux mois.

— Désolée, s'excusa Bluebell dans une grimace.

— Je n'ai plus la force d'être triste. Ne sois pas désolée, elle m'a légué sa ferme.

— Celle qui est située derrière Stonemantel ?

— Oui. Tu te rappelles, on a passé un été là-bas, toi, moi et Edie ?

— Bien sûr. C'était il y a une dizaine d'années, non ?

— À peu près. C'était avant que tu te casses le nez, en tout cas.

— Avant que *tu* me casses le nez, tu veux dire. Tu comptes t'installer là-bas ?

— Non, j'ai bien assez de travail ici. Par ailleurs, à la fin, elle ne faisait plus pousser que des fleurs. Elle en était folle.

— Ce serait une bonne idée d'y emmener Eni. La ferme est si grande. Les fleurs lui plairaient peut-être. Le printemps arrive.

— Il ne peut pas les voir, rétorqua Sabert en plongeant son regard dans le sien.

— Mais il les sent.

— Ça ne servirait à rien. Rien n'a de signification pour lui. Le déraciner serait inutile. Ça le déstabiliserait.

Il s'assit sur un tabouret, près du feu, prit un couteau à sa ceinture et entreprit de couper du fromage, le visage pareil à un masque de malheur.

Bluebell le considéra longuement, puis dit :

— L'enfant a de la chance de t'avoir, mais je peux vous aider. Venez vous installer en ville. Je vous trouverai un endroit agréable où habiter et une nounou pour s'occuper de lui quelques jours par semaine.

— Nous pouvons nous débrouiller seuls, rétorqua-t-il en secouant la tête. Nous n'avons pas besoin de ta pitié. Eni est capable de m'aider un peu à la ferme. Et puis, j'espère toujours…

Sa gorge se serra, et il haussa les épaules.

« *J'espère toujours…* » Bluebell pensa à son père. Mais cela la mit mal à l'aise, l'énerva.

— Bon, je dois y aller. J'ai fait appeler Ash et Rose, et j'espère qu'elles vont bientôt arriver.

Sabert releva la tête et la regarda en haussant un sourcil.

— N'attends pas si longtemps avant de revenir me rendre visite. N'oublie pas que ton vieil ami a des besoins.

— Tu as ta main droite, rétorqua-t-elle. Puis la gauche, quand la droite sera fatiguée.

— Excellent conseil, madame. Passe le bonjour à tes sœurs.

Bluebell s'enfuit, refermant la porte de la petite maison enfumée dans son dos. Le soleil était bas au-dessus des champs, brillant sur les plantes vertes. Elle était restée éloignée de Blicstowe trop longtemps. De Blicstowe et de ce qui se tramait là-bas. Cependant, elle se sentait un peu mieux, plus légère. Quand Ash et Rose l'auraient rejointe, elle se sentirait mieux encore. Ses sœurs la croiraient, tout comme Sabert l'avait crue.

Les os d'Ash s'entrechoquaient comme la charrette gravissait la route creusée d'ornières en direction de Blicstowe. Elle s'était efforcée, durant cet interminable voyage, de ne pas trop s'inquiéter, attendant pour cela d'être sur place et d'avoir pris un peu de repos. À présent qu'elle était presque arrivée, son cerveau fatigué avait bien du mal à appréhender la situation. Père était mourant. Elle s'était enfuie de Thriddastowe. Son avenir était compromis.

Pour le moment, il convenait de payer le marchand d'ânes. Le conducteur de la charrette attendit tandis qu'elle s'engouffrait dans la taverne dans l'intention d'emprunter quelques pièces à la patronne. Au lieu de quoi, elle aperçut Bluebell, assise dans un coin, les coudes sur la table, le regard noyé dans sa bière.

— Bluebell ? lança Ash en la fixant d'un regard curieux.

Le visage morne de sa sœur s'éclaira soudain. Bluebell bondit sur ses pieds et la prit dans ses bras, lui reprochant d'avoir maigri, d'être maigrichonne.

— Te voilà enfin !

— Je dois payer l'homme qui m'a fait remonter le fleuve, expliqua Ash en s'extirpant de l'étau de ses bras. Tu aurais quelques pièces ?

Bluebell retourna sa poche gauche et fit pleuvoir des pièces en argent sur la table. Ash en ramassa quelques-unes et fila dehors pour payer le conducteur et lui confier quelques pièces supplémentaires pour le marchand.

À son retour, Bluebell était assise à la même place. Il y avait sur son visage une expression que sa sœur ne lui connaissait pas – une vulnérabilité qui la minait. Ash s'arrêta un instant pour reprendre son souffle. Le reste attendrait, car elle était revenue pour Bluebell et son père. Elle tira une chaise et prit place en face de sa sœur.

— Comment va père ? demanda-t-elle.

— Il…, commença Bluebell avant de détourner les yeux. Le mieux, c'est que tu te fasses une idée toi-même.

— Il est très malade ?

Bluebell hocha la tête et poussa son bol de bière vers Ash.

— Tiens, tu peux la boire. J'en ai déjà vidé sept. Je vais pisser comme une jument cette nuit. Tu as l'air fatiguée et tu ne sens pas très bon.

Ash accepta la bière de bonne grâce et en avala une gorgée en considérant sa sœur dans la lumière de cette fin d'après-midi.

— Bluebell, pourquoi n'es-tu pas avec lui ?

— J'arrive à peine à le regarder, Ash, avoua-t-elle dans un murmure.

— Pourquoi ?

— Il a tellement changé. Et puis, je sais que s'il meurt… la vie ne sera plus jamais pareille. Et j'ai peur.

Ash faillit s'étouffer avec sa bière.

— Tu as peur ? Vraiment ?

Le regard pâle de Bluebell se fit glacial et, pendant un instant, Ash goûta la terreur que sa sœur pouvait inspirer. Puis cette dernière éclata de rire.

— N'écoute pas ce que je te dis ! C'est à cause de la bière ! J'ai mis Wylm aux arrêts là-haut, expliqua-t-elle en désignant le plafond du doigt. Et le médecin de Gudrun est enfermé dans la fosse, près des latrines. Quant à Gudrun, elle est dans les appartements du roi, mais sous la surveillance de Dunstan.

Ash mit quelques secondes à comprendre ce que cela signifiait.

— Mais pourquoi ? demanda-t-elle.

— Parce que j'ai la conviction que père est victime d'un maléfice et que je ne sais pas à qui je peux me fier.

— Qu'en pense Byrta ?

— Byrta pense qu'il est malade, qu'il va mourir et que je suis une triste imbécile.

Le cœur d'Ash se serra de pitié. Le fait que Bluebell soit incapable d'accepter la mort imminente de son père ne l'étonnait guère. Ash se rappelait la mort de leur mère ; c'était son souvenir le plus ancien. Bluebell avait couru partout comme une folle, taillant dans les arbres qui entouraient les bâtisses familiales, jurant dans le clair de lune.

— Peut-être est-ce simplement une maladie ? tenta Ash.

Bluebell plongea son regard dans celui de sa sœur.

— Voilà pourquoi tu dois aller au chevet de notre père, voilà pourquoi tu dois user de ton second esprit, expliqua-t-elle d'un ton empressé. De cette façon, nous saurons.

Ash eut un frisson. Elle n'avait pas du tout envie d'utiliser sa vision. Si elle le pouvait, elle endiguerait ce fleuve pour toujours.

— Ash, peux-tu le faire ?

Affronte les épreuves à mesure qu'elles se présentent, se dit-elle.

— Je peux essayer. Mais je veux que tu viennes avec moi.

Le visage de Bluebell se durcit.

— D'accord, répondit-elle en se levant et en se couvrant de sa cape, qu'elle épingla sur son épaule droite. Suis-moi.

Ash vida rapidement son bol de bière et rattrapa Bluebell. Elles traversèrent la ville d'un pas vif, Ash s'efforçant tant bien que mal de suivre le rythme imprimé par sa sœur. La lumière du soleil déclinant faisait mal à ses yeux fatigués, tandis que les images de son rêve continuaient de la hanter chaque fois qu'elle clignait des paupières. Elle aurait voulu en parler à Bluebell, elle aurait souhaité que sa grande sœur la réconforte, mais celle-ci n'était pas elle-même. Elle était soûle, triste et furieuse, et sa tête était pleine d'idées folles. Elle était trop préoccupée par sa propre douleur pour simplement écouter Ash.

Comme elles approchaient de la longère, son rythme cardiaque s'accéléra. Elle avait l'habitude de s'occuper de gens très malades, mais pas de proches. Bluebell poussa violemment la porte. Dans le rai de lumière qui transperça la pièce, Ash avisa Gudrun assise au chevet de son père, allongé, immobile.

Dunstan occupait un tabouret près de la porte. Il se leva, se dressa en travers de leur route et murmura à Bluebell :

— Où étiez-vous donc passée ?

— Je fuyais mes responsabilités, lâcha-t-elle sèchement. Et qu'il ne vous vienne pas à l'idée de me faire la leçon.

Dunstan lui lança un regard noir, mais s'écarta, vexé. Bluebell s'approcha de Gudrun et la força à se lever.

— Dehors. Ash et moi avons quelque chose à faire.

— Comment cela ?

— Dunstan, emmenez-la dehors. Je n'ai pas le temps de discuter avec elle.

Ash ne supporta pas de voir la peur et la tristesse dans les yeux de sa belle-mère.

— Bluebell, arrête, dit-elle en attirant doucement Gudrun vers elle. Elle est l'épouse de ton père. Et elle a de la peine, ajouta-t-elle en lui caressant le bras avec affection. Tout va bien se passer. Vous avez du mal à accuser le coup, et c'est bien normal, mais ça ira bientôt mieux. Bluebell ira mieux aussi dans un jour ou deux.

— Lâchez-moi, ordonna Gudrun.

Ash n'avait pas besoin de lire dans son esprit pour savoir ce qu'elle pensait ; c'était écrit sur son visage. La méfiance avait pris racine. Il était trop tard pour faire preuve de gentillesse.

— Allez faire une promenade et respirer un peu d'air frais, proposa-t-elle à Gudrun. Dunstan, attendez dehors. Ne la suivez pas. Elle n'est pas prisonnière.

Bluebell la fixa d'un regard embrumé par l'alcool mais ne dit rien. Lorsque Dunstan et Gudrun les eurent laissées, elle lança :

— Je n'ai aucune confiance en elle.

— Elle te déteste.

Bluebell haussa les épaules et se tourna vers son père.

— Vas-y, Ash. Dis-moi ce qu'il a.

Ash s'assit sur le matelas, invita sa sœur à faire de même et prit ses mains abîmées et calleuses dans les siennes.

— Bluebell, je veux bien faire ça pour toi, mais à une seule condition. Il faut que tu te reprennes.

Bluebell baissa la tête, faisant tomber ses longs cheveux sur son visage.

— J'ai trop bu, c'est tout.

— Père voudrait que tu aies les idées claires.

— Je sais, murmura Bluebell.

— Si je te dis qu'il s'agit d'une simple maladie, tu devras l'accepter. Tu devras aussi présenter tes excuses à Gudrun, Wylm et Osred, et commencer à te préparer à devenir notre nouveau roi.

— Entendu, acquiesça Bluebell en se redressant et en relevant le menton.

Ash lâcha les mains de sa sœur et se tourna vers son père. Il dormait profondément. Dans un genre de caverne souterraine, loin du monde réel. Elle écarta les cheveux de son front – il ne portait pas le bandeau doré qu'il ne quittait jamais, le bandeau qui le distinguait des hommes ordinaires. Ash s'efforça de se détendre. Accueillir la vision en elle fit naître une douleur d'appréhension dans son estomac. Elle se pencha en avant, colla sa joue contre le torse du malade. Et elle ferma les yeux.

Son cœur battait. Lent. Régulier.

Le corps d'Ash trembla, et l'étrange chuchotement commença, enflant, enflant encore jusqu'à devenir un grondement. Des images se succédèrent dans son esprit, douloureuses et brûlantes dans ses membres. Elle sut tout de suite, mais attendit que la vision se soit retirée. Ash déglutit difficilement et ouvrit les yeux. L'instant tourbillonna autour d'elle, son cœur battait la chamade. Elle se tenait sur le seuil d'une très sombre demeure. Quand elle aurait dit ce qu'elle savait à Bluebell, il n'y aurait pas de retour en arrière possible.

— Quoi ? Qu'est-ce qu'il a ? la pressa sa sœur, comme elle se redressait.

— Je suis vraiment désolée, Bluebell, mais cela ne fait aucun doute : père est victime d'un maléfice.

Chapitre 8

Wylm se réveilla en se demandant où il était. La lumière du matin à travers le volet, une douce vapeur maltée transperçant les lattes du plancher. La taverne. Son sang pulsait dans son crâne d'avoir trop bu et trop… Il tourna la tête et avisa une femme dormant sur le ventre, la tignasse ébouriffée étalée autour de la tête. Il avait beau essayer, il ne se rappelait pas un seul trait de son visage. Elle lui avait servi son dîner, puis l'avait rejoint dans sa chambre, comme il le lui avait proposé. Le beau-fils du roi n'avait jamais eu de mal à trouver des femmes. Il lui était beaucoup plus difficile de s'en débarrasser le matin venu.

Lentement, des images de la veille lui revinrent. Sa détention dans cette chambre, à l'étage de la taverne, sa colère de plus en plus intense…

On frappa à la porte. La femme s'agita. Wylm la couvrit à la hâte.

— Entrez.

La porte s'ouvrit. Bluebell. Elle avait pris un bain et s'était brossé les cheveux depuis la dernière fois qu'il l'avait vue. Elle portait des vêtements propres et une cotte de mailles fraîchement huilée par-dessus sa tunique, ainsi qu'une écharpe rouge ornée d'un dragon à trois pattes – l'emblème du roi. Elle était venue régler des affaires officielles. Comme d'habitude, Widowsmith était suspendue à sa hanche. L'estomac de Wylm se serra. Il la craignait, et il se haïssait pour cela. Un bref souvenir de la nuit précédente lui revint en mémoire. Il avait imaginé que la femme, dans son lit, était Bluebell, non ? Qu'il conquérait son corps, qu'il le pilonnait, le soumettait. À présent, cependant, il en concevait un malaise, de l'embarras. La femme – une petite chose au joli visage âgée de seize ans tout au plus – s'assit, écarta la couverture et le regarda d'un œil trouble.

Bluebell lança un regard noir à la jeune femme, qui la reconnut et devint pâle de peur.

— Je… je m'en vais tout de suite, bredouilla-t-elle d'une voix rauque.

Elle rassembla ses vêtements pendant que Wylm reprenait ses esprits. Bluebell le harcèlerait de questions, peut-être même l'accuserait-elle. Il conviendrait d'avancer avec circonspection. Lorsque la porte se fut refermée et qu'ils furent seuls, Bluebell prit une chaise et s'assit. Sa cotte de mailles tintait joliment pour accompagner ses mouvements. Elle le fixa du regard pendant un long moment avant de prendre la parole.

— Vous pouvez partir.

Wylm mit quelques secondes à comprendre.

— Pardon ?

— Je vous présente mes excuses. Je n'aurais pas dû vous assigner à résidence ici, dit-elle à contrecœur. Ma sœur Ash est arrivée, et elle m'a prodigué de précieux conseils.

Elle parvint même à sourire un peu, ce qui fit frissonner Wylm. Des courants noirs agitaient la conversation par en dessous, et Wylm n'en connaissait pas l'origine.

— Vous me présentez vos excuses ?

— On ne vous a pas fait mal ?

— Pas plus que d'habitude.

Elle hocha la tête.

— Comme vous le savez, le roi Æthlric est malade. Nous ne devons toutefois pas partir du principe qu'il va mourir ni propager la peur et l'incertitude. Ne dites rien à personne. Vous êtes libre de rester à Blicstowe avec votre mère jusqu'à ce que la situation soit réglée d'une manière ou d'une autre.

Wylm était sans voix. Bluebell se racla la gorge en évitant de croiser son regard.

— Alors, vous préférez rester avec elle ou retourner dans votre garnison ?

— Je préfère rester, bien sûr.

— Bien. J'ai réglé votre ardoise.

Elle voulut lui serrer la main, et le feu du soupçon embrasa le ventre de Wylm.

Il accepta sa main et la secoua sans retenue.

— Nous vous avons préparé une chambre dans la longère de votre mère. Des gens sont déjà là-bas pour l'aider à s'occuper de mon père et la soulager. Lui permettre de se reposer.

— Merci, princesse, répondit-il d'un ton aussi sirupeux que possible.

Elle plissa légèrement les yeux, mais ne fit aucun commentaire.

— Je vous laisse vous habiller. Saluez votre mère de ma part.

Elle s'en fut. Wylm se rallongea, la tête posée sur ses doigts croisés. Jamais il n'avait vu quelqu'un jouer si mal le pardon et la générosité. Faire preuve de gentillesse à son égard lui était manifestement douloureux. Mais pourquoi faire semblant ? Que manigançait-elle ? Wylm se promit de ne pas baisser la garde tant qu'il ne l'aurait pas découvert.

Ash trouva Byrta dans sa chambre, dans le fond de la longère, en face de l'aile qui abritait la cuisine, les réserves et l'infirmerie. Byrta vivait dans cette chambre depuis près de quarante ans – et elle y vivait seule depuis vingt-huit ans, depuis le décès de son compagnon Hilda. Après une si longue absence, l'odeur de la chambre était douloureusement familière à Ash.

Le parfum poudreux des bouquets de lavande suspendus aux poutres de la toiture ; celui, épais, de la lanoline ; celui, piquant et sucré, des plantes séchées qui emplissaient les pots occupant toutes les surfaces. Ash avait passé de nombreuses heures là, apprenant à filer et à tisser – ses sœurs n'étaient pas assez patientes pour cela –, appréciant la compagnie de Byrta. Celle-ci avait été une mère de substitution pour Ash qui, au contraire de ses sœurs, avait besoin de ce genre de lien. Ash avait toujours parlé de ses problèmes à la vieille femme, qui avait souvent été de bon conseil.

Installée derrière son métier à tisser, Byrta gratifia Ash d'un sourire accueillant.

— J'avais entendu dire que vous étiez arrivée.

— Oui, tard hier soir. Le voyage a été long.

— Vous avez bien dormi ?

— D'un sommeil de mort, répondit Ash en s'asseyant sur un tabouret à côté de Byrta.

La femme lui tapota doucement l'épaule. Elle n'était pas du genre à faire l'étalage de son affection.

— Je suis navrée pour votre père.

Ash prit une profonde inspiration avant de répondre.

— Byrta, il n'est pas malade. Il est sous l'influence d'une mauvaise magie.

— Je vois que Bluebell a réussi à vous monter la tête, s'offusqua la vieille femme.

— Non. J'ai ouvert mon esprit, j'ai…

— J'ai l'impression que vous avez beaucoup de choses à me dire, l'encouragea Byrta en posant la navette.

— Oh, oui. J'ai de nombreux et divers problèmes.

Byrta attendit dans le silence. Une mouche se heurta au volet et bourdonna avec insistance entre deux lattes avant de trouver la sortie. Ash rassembla son courage et ses idées.

— Un jour, je vous ai parlé de mes… aptitudes, vous vous rappelez ?

— Oui, bien sûr, répondit Byrta en tapant une fois sur son genou, trahissant ainsi le malaise que lui inspirait ce sujet. Je suis très fière de vous, et lorsque vous serez plus vieille…

— Non, non, l'interrompit Ash en secouant la tête. Pas quand je serai plus vieille. Maintenant. Et depuis trois ans. Mon aptitude…, poursuivit Ash en écartant ses mains, a grandi, grandi, et je n'en vois plus les limites.

Byrta fronça les sourcils, et la lumière douce qui traversait le volet mit en valeur sa profonde ride du lion.

— Je vois. Et vous pensez que votre père est victime d'un maléfice ?

— Je ne le pense pas, je le sais.

Sourcils haussés. Ton circonspect.

— Vous me semblez très sûre de vous.

— En effet.

Byrta expira lentement.

— C'est une affaire très sérieuse. J'espère que vous ne vous fourvoyez pas.

— Je puis vous l'assurer.

Et pourtant, Ash sentait la résistance de Byrta. Et même sa jalousie. Car Byrta possédait un don similaire, quoique bien moins puissant, et elle avait échoué à percevoir la mauvaise magie qui entourait Æthlric. On ne pouvait pas lui en vouloir ; le maléfice se cachait, il dissimulait l'identité de la personne qui l'avait dispensé, à la grande frustration de Bluebell.

— Nous allons devoir le déplacer, et très vite. S'il reste ici, il mourra. Bluebell est en train d'organiser ça.

— Bluebell est au courant ?

— Oui.

— Et elle n'a encore embroché aucun membre de votre belle-famille ?

Ash sourit.

— Je n'ai aucun moyen de savoir qui a fait ça à mon père. En revanche, je lui ai assuré que ce n'était pas Gudrun.

Byrta ne lui rendit pas son sourire.

— Ce matin, j'ai soigné le médecin de Gudrun, qu'on venait tout juste de libérer de la fosse. Une de ses blessures s'est infectée, et il ne va pas bien. Le comportement de Bluebell ne m'amuse pas du tout.

Ash était de plus en plus agacée. Byrta les voyait toujours comme des enfants ; elle n'arrivait pas à voir Bluebell autrement que comme l'adolescente rebelle qu'elle avait été.

— Mon père étant malade, Bluebell est la personne la plus importante d'Ælmesse, voire du Thyrsland tout entier. Je ne me permettrais pas de la juger.

— Elle fera ce que bon lui semblera, j'imagine, dit Byrta en agitant la main avec dédain.

— Absolument. Et elle compte sur votre silence. Personne ne devra savoir où nous allons, et seuls les officiers les plus gradés de notre armée seront informés de la maladie de mon père. À l'exception de ses filles, de Dunstan et de vous, personne ne saura qu'il est victime d'un maléfice.

— Pas même Gudrun ?

— Pas même Gudrun.

— Elle finira bien par remarquer la disparition de son époux…

— Son fils sera là pour la réconforter. Et puis, nous nous moquons bien de Gudrun. Bluebell aurait dit ça d'une manière plus imagée, évidemment.

Byrta reprit la navette et pinça les lèvres.

— Bien. Votre décision est apparemment prise. Je respecterai les choix de Bluebell et ne vous ferai aucune difficulté. Je m'étonne que vous m'ayez mise au courant. Vous n'avez pas besoin de mes conseils.

— Il n'était pas question de vous laisser dans l'ignorance. Vous avez toujours été la conseillère de mon père. Vous l'avez toujours accompagné. Vous êtes de la famille. Votre sagesse m'a toujours été d'un grand secours.

Sa voix se tarit. Elle aurait tellement voulu parler à Byrta de sa vision, de la crainte terrible qu'elle lui évoquait. Ses oreilles se mirent à tinter doucement et sa tête à tourner, comme si l'horrible savoir tissé dans la vision était présent dans la pièce, qu'il lui pinçait le crâne.

Byrta perçut sa détresse.

— Ash ? Vous tremblez.

— Oui, confirma la jeune femme en fixant du regard ses mains pâles posées sur ses genoux.

— Quelque chose ne va pas ?

— Non, non, assura-t-elle.

Elle tenta de forcer un sourire, mais cela lui sembla aussi difficile que de construire un pont au-dessus d'un torrent impétueux. Elle prit une profonde inspiration.

— Je vous écoute, l'encouragea Byrta sans cesser de travailler.

— Je… Pensez-vous qu'il soit possible de voir son propre Devenir ?

— Non. On ne peut pas voir en soi.

— Et s'il apparaît dans une vision ?

Byrta haussa les épaules ; elle avait manifestement atteint les limites de sa connaissance. Ash décida de ne rien lui dire de plus, de lui cacher le fait qu'elle avait toujours eu le sentiment d'être destinée à mourir jeune, qu'elle avait toujours énormément craint la mort, au point d'avoir constamment besoin d'être entourée. Dans ses oreilles, les tintements se firent brièvement assourdissants. Les lèvres de Byrta bougeaient, mais aucun son ne semblait sortir de sa bouche.

— Qu'avez-vous dit ? lui demanda-t-elle lorsque le bruit eut disparu.

— On accorde beaucoup trop d'importance à vos états d'âme, répéta Byrta d'un ton bienveillant. Ash, vous êtes si jeune. La route sera encore longue avant de devenir conseillère, et vous serez une vieille peau avant de penser ou de ressentir quelque chose de fiable. Restez au chevet de votre père, jeune fille. Il est mourant.

Ash se leva, contenant son agacement.

— Très bien. Merci de m'avoir écoutée.

— Vous deviendrez ce que vous êtes destinée à devenir, ajouta Byrta, le front plus détendu.

Ash s'en fut, laissant la femme continuer à tisser dans sa chambre sombre.

Bluebell observait Gudrun, qui l'observait en retour. Entre elles : un lit en bois doté d'un matelas en laine sur lequel était étendu un roi sur le point de se réveiller. Il marmonnait, le front plissé, comme s'il pouvait sentir l'atmosphère tendue de la pièce.

Bluebell avait présenté ses excuses à sa belle-mère, même si cela lui avait fendu la langue en deux. Elle avait renvoyé Dunstan afin que Gudrun n'ait plus l'impression d'être sous surveillance. Elle jouait à la perfection, pensait-elle, le rôle de cette jeune femme qui avait accepté la maladie de son père, qui s'était résignée à ne rien pouvoir y faire, à ne tuer personne. Toutefois, la présence de sa belle-mère de l'autre côté du lit lui faisait réellement mal aux côtes, car elle n'avait aucune confiance en elle.

Les mains d'Æthlric s'agitèrent. Gudrun se pencha vers lui en lui murmurant des paroles rassurantes et en lui caressant les doigts. Bluebell se rapprocha de la fenêtre et entrouvrit le volet, inspirant profondément. Elle s'accommodait de ses longues et silencieuses périodes de sommeil, mais ses crises de délire étaient comme des aiguilles qu'on lui enfonçait dans la peau. Parfois, il pleurait – elle n'avait jamais vu son père pleurer, pas même quand leur mère était morte. Elle n'aurait jamais pensé cela possible, et l'entendre geindre de la sorte lui remuait les entrailles. Elle se tourna vers le château, de l'autre côté de la cour, regarda un moineau faire sa toilette sur une tuile. Une fine bruine printanière tombait sur les bourgeons des buissons d'aubépine sous la fenêtre. La vie se renouvelait.

Un bruit, dans son dos, attira son attention. Son père s'agitait en gémissant, criait des mots avec insistance. Sauf qu'il ne s'agissait pas véritablement de mots, mais de sons inintelligibles – comme s'il commandait à une armée de fous. Gudrun voulut lui caresser les cheveux, mais le roi se redressa en écartant les bras pour la repousser, la projetant au sol. Æthlric rejeta ses couvertures sur le côté, roula sur le flanc pour descendre du lit, les bras tendus devant lui. Bluebell intervint avec célérité pour le rattraper.

—Non, père, tu ne peux pas aller là.

Il la fixa d'un regard aveugle et brûlant et déversa un chapelet d'insultes incompréhensibles chargées de postillons. Il tenta de la déséquilibrer pour lui échapper.

Bluebell réagit sans réfléchir. Elle se jeta sur lui, l'agrippa par la taille et le plaqua au sol. Il cria, se débattit, mais elle s'assit à califourchon sur lui, le clouant au plancher, ses genoux osseux s'enfonçant dans ses bras.

—Arrête! hurla-t-elle. Tu n'iras nulle part!

Je suis plus forte que lui. Cette pensée s'imposa à elle, soudaine et assourdissante. Elle avait plaqué son propre père au sol. Sous elle, Æthlric se ramollit. Elle regarda son visage. Il clignait des paupières; ses yeux étaient sur le point de se fermer.

—Merde! cracha-t-elle en se relevant.

Derrière elle, Gudrun saignait, la lèvre fendue.

—Allez voir Byrta, lui dit-elle. Elle soignera votre lèvre. Je m'occupe de lui.

—Vous allez avoir besoin d'aide.

—Non, je peux me débrouiller seule. Vous saignez sur votre robe.

Gudrun toucha sa lèvre et se tourna vers Æthlric.

—Je peux soulever ses jambes si vous…

Bluebell se baissa, prit son père dans ses bras et le posa sur le lit.

—Allez faire soigner votre lèvre, répéta-t-elle en l'installant sur le matelas et en lissant les couvertures sur lui. Reposez-vous un peu. Je peux m'occuper de lui.

Gudrun hésita. Les cernes noirs, sous ses yeux, disaient à Bluebell qu'elle rêvait d'une longue nuit de sommeil.

—Allez-y, insista Bluebell. Je sais que vous ne m'aimez pas, mais vous n'ignorez pas que j'aime mon père et que je m'occuperai bien de lui.

—D'accord. Je vais me reposer un peu.

Bluebell ne répondit pas, et Gudrun la laissa seule.

Bluebell pressa sa joue contre les mains d'Æthlric, ferma les yeux et resta immobile un long moment, tandis que les battements de son cœur ralentissaient. Elle entendait les oiseaux, les sabots des chevaux, les roues des charrettes, les cris des marchands, les coups de marteau des forgerons travaillant en rythme. Et dans la chambre, la respiration de son père et la sienne, entremêlées. Un souvenir lui revint. Elle avait seize ans, et c'était sa première véritable campagne avec Æthlric ; il avait fini par céder, acceptant enfin, après des années de harcèlement. Le décès de sa mère avait fait naître en elle une violence terrible, et combattre au côté de son père – son seigneur, son roi, le célèbre Porteur d'orage de Blicstowe – était, selon elle, la seule chose qui pouvait apaiser sa douleur.

Ils repoussaient quelques menues incursions menées par des seigneurs mineurs du Netelchester. À la fin de la première semaine, Bluebell commençait à sentir la fatigue. Elle sortait tout juste de l'enfance et prenait toujours deux centimètres par an. Quelqu'un aurait dû remarquer qu'elle était trop lasse pour se battre – elle aurait dû s'en rendre compte elle-même, l'admettre. Au milieu de la bataille, elle se retrouva isolée, entourée de trois ennemis. Elle tua le premier en parant les coups des deux autres, mais son cœur brûlant lui disait qu'elle ne survivrait pas à plus de cinq expirations.

Elle prit un coup à la jambe, s'écroula, releva la tête et vit son père – il avait abandonné son poste pour la secourir. Un tourbillon de mort : sa brillante épée semblait aussi légère qu'une plume, et deux corps ensanglantés gisaient à ses pieds. Puis il disparut, replongeant dans la bataille, la laissant soigner seule sa cuisse entaillée.

À cet instant, une envie monumentale enfla en elle. Elle ne voulait pas être comme lui, elle voulait être lui. Ce lien puissant avec son père était plus que de l'amour, plus que des baisers et du réconfort – elle ne se rappelait d'ailleurs pas la dernière fois qu'il l'avait embrassée. Le sentiment qui les unissait était à la base de sa personne. Sans lui, comment saurait-elle comment vivre, comment régner, comment vieillir ?

La porte s'ouvrit, l'arrachant à son demi-sommeil.

— Ça sent mauvais, ici, lança une voix de petite fille.

Bluebell bondit sur ses pieds. Rose était arrivée avec Rowan et Heath.

— Te voilà enfin ! se réjouit Bluebell en serrant sa sœur dans ses bras.

— Doucement ! se plaignit Rose en riant et en la repoussant. La graisse de ta cotte va tacher ma robe.

Bluebell s'accroupit devant Rowan et saisit les avant-bras de la fillette.

— Tu as pris du muscle, ma caille.

— Je ne suis pas une caille ! protesta Rowan d'un air de défi. Je suis un ours ! Grrr !

Bluebell feignit la peur et tomba sur le flanc dans la paille. Rowan couina et gloussa.

Bluebell se releva, posa avec douceur la main sur la tête de la petite et reprit à voix basse :

— Elle ne doit pas rester ici. Père peut être imprévisible.

— Vous pourriez conduire Rowan auprès de Byrta ? demanda Rose à Heath.

— Bien sûr.

Bluebell eut du mal à supporter le ton de leur voix, les regards qu'ils s'échangeaient. Ignoraient-ils que tout le monde voyait qu'ils disaient une chose en en pensant une autre ?

— Allez chercher Ash, ordonna-t-elle sèchement à Heath. Elle est probablement avec Byrta. Ensuite, vous vous installerez à l'étage de la taverne. Seule la famille est autorisée à rester avec le roi, ajouta-t-elle avec emphase.

— Comme il vous plaira, madame.

— Nous reparlerons demain. Je vous laisse le choix entre rentrer chez vous à Folcenham pendant quelques semaines ou bien retourner directement dans la garnison. Dans tous les cas, nous n'avons pas besoin de vous ici.

Irritée par l'attitude de Bluebell, Rose fronça les sourcils, mais parvint néanmoins à sourire à Heath. Bluebell retourna près de son père. Dehors, la petite Rowan faisait bruyamment part de son mécontentement.

Un instant plus tard, Rose s'agenouilla à côté de sa sœur. Ash et Rose avaient beaucoup en commun – mêmes yeux et cheveux noirs, même joli sourire –, mais cette dernière était douce et féminine comme leur mère. Et puis, sa chevelure était toujours détachée.

— Depuis combien de temps est-il comme ça ? demanda Rose en effleurant le front de leur père.

— Il est malade depuis plus d'une semaine, mais il ne dort pas tout le temps, expliqua Bluebell. Il lui arrive de délirer. Nous avons à parler de choses très urgentes, ajouta-t-elle à voix basse.

— C'est-à-dire ?

— Pas maintenant, répondit Bluebell en jetant un coup d'œil par-dessus son épaule. Quand Ash sera là. Sinon, tu es toujours amoureuse de ton neveu ?

— Ce n'est pas mon neveu, mais celui de mon époux.

Malgré la faible luminosité, Bluebell vit sa sœur s'empourprer.

— Oui, reprit Rose, je suis toujours amoureuse de lui.

— Après trois années de séparation ?

— Tout à fait, affirma Rose, les yeux mi-clos et noirs. Si je n'étais pas prisonnière de cet arrangement stupide avec Wengest…

— Tu ne l'aurais jamais rencontré, lui fit rapidement remarquer Bluebell.

— Tu n'as jamais été amoureuse, accusa Rose.

— Pourvu que ça dure. Ça ficherait tout en l'air. Je suis obsédée par la sécurité d'Ælmesse, Rosie, dit-elle en prenant la main de sa sœur. Wengest sera très fâché contre moi s'il découvre que tu te fais sauter par son neveu, et tout recommencera comme avant. Escarmouches le long de la frontière, disputes autour des routes marchandes. Les hommes des glaces en entendront parler et en tireront profit, et ce sera la guerre. Alors, s'il te plaît, fais un peu plus attention, tu veux bien ? Si le prochain bâtard royal du Netelchester naît avec les cheveux roux, il y aura des milliers de morts.

Un tic nerveux souleva la joue de Rose.

— Je me suis efforcée de faire ce qu'il fallait, mais quand je suis tombée amoureuse, je ne savais plus ce qui était bon ou non, expliqua-t-elle en détournant les yeux. Tu n'en as parlé à personne, n'est-ce pas ?

— Évidemment.

— À père non plus ?

— Pourquoi lui aurais-je dit ? Pour lui faire honte ? (Bluebell se leva et s'avança jusqu'à la fenêtre. Elle s'en voulait d'avoir prononcé cette dernière phrase, même si Rose ne semblait pas particulièrement courroucée.) Je suis désolée, Rose. Nous payons le prix de nos privilèges. Tu n'es pas une laitière, mais la fille d'un roi.

— J'aurais préféré être laitière.

Bluebell ouvrit la bouche pour dire le fond de sa pensée. Heath ne se serait pas donné la peine de regarder une simple laitière. Il était le neveu d'un roi et avait une haute opinion de lui-même. Toutefois, elle sentait que Rose n'était pas prête à entendre ce genre d'argument. Le silence s'installa pendant quelques battements de cœur. La pièce était sombre et – Rowan avait tout à fait raison – elle sentait mauvais. La veille, elle avait attisé le feu et ouvert en grand le volet pour laisser entrer de l'air frais, mais l'odeur de renfermé était persistante. Cela lui rappela la mauvaise magie perçue par Ash, accrochée à ses draps, à ses vêtements et à ses cheveux telles des graines d'herbes folles à l'ourlet d'une cape. Dans ses entrailles, sa colère grondait, mais elle ne la laissa pas enfler. Elle verrait plus tard, lorsque père irait mieux. Elle mettrait la main sur la personne qui lui avait fait cela. Son destin fonçait à sa rencontre, et elle avait un goût de fer et de sang chaud.

La porte s'ouvrit. Ash se tenait dans l'encadrement, les yeux cernés.

— Ash ! s'exclama Rose en se précipitant vers sa sœur.

Toutes les deux restèrent accrochées l'une à l'autre pendant quelques secondes. Puis Ash s'écarta et eut un sourire discret.

— Nous avons beaucoup de choses à nous dire.

— Ici ? demanda Rose.

— On ne peut pas laisser père seul, intervint Bluebell. Il ne nous entendra pas.

Ash alla s'asseoir de l'autre côté du lit, sur le tabouret de Gudrun. Rose et Bluebell s'installèrent en face d'elle. Au milieu, Æthlric dormait et ne se rendait compte de rien.

— Père est victime d'un maléfice, commença Bluebell. Ash en est certaine.

Chaque fois qu'elle le disait, c'était la même brûlure, la même douleur renouvelée.

— Mais qui ? s'étonna Rose en haussant les sourcils.

— Nous l'ignorons, répondit Ash. Ce pourrait être n'importe qui. Il est roi, et les rois ont des ennemis. Ne tirons pas de conclusions trop hâtives.

— Celui qui lui a jeté ce sort a forcément eu l'occasion de l'approcher, intervint Bluebell.

— Non, contra Ash. Il est possible que le maléfice ait voyagé avec un paquet ou un messager.

— Je pense que nous devrions surveiller Gudrun, proposa Bluebell. Ou, dans tous les cas, ne pas la rayer de la liste des suspects.

— C'est ridicule, protesta Ash en secouant la tête. Elle l'aime.

— Nous ne savons rien d'elle. Elle…

— Nous la connaissons depuis plus de trois ans, dit Rose en posant la main sur le poignet de sa sœur. Tu sais qu'elle est incapable de tuer père, n'est-ce pas ? Examine les faits, Bluebell. Ne te fie pas à ce que tu ressens.

Celle-ci sentait son pouls dans sa gorge.

— Bluebell, reprit Ash en se penchant en avant. Si tu te concentres trop sur Gudrun, tu risques de passer à côté du vrai coupable.

Bluebell prit la décision de ne plus prononcer le nom de Gudrun. Personne ne la croirait, aussi garderait-elle son opinion pour elle. Elle était fatiguée d'être traitée d'imbécile.

— Et puis, poursuivit Ash, la question de savoir qui lui a fait ça importe peu. Nous devons le soigner, et c'est tout ce qui compte. Rose, nous allons le déplacer dans l'espoir de l'éloigner du maléfice.

— Dunstan gérera la cité pendant notre absence, et nous dirons à tout le monde que père et moi sommes partis dans les confins pour présider des Audiences, ajouta Bluebell. Ainsi, nous aurons quelques semaines devant nous.

— Gudrun vous a-t-elle donné son accord ?

— Gudrun n'est pas au courant, dit Ash en montrant Bluebell.

— Les seules personnes auxquelles je veux bien confier la vie du roi sont mes sœurs, Dunstan et Byrta, expliqua Bluebell. Et vous ne me ferez pas changer d'avis.

— Elle va s'inquiéter, fit remarquer Rose. Elle va se tracasser.

— Nous la préviendrons quand il sera en sécurité.

— En sécurité où ? demanda Rose.

Bluebell et Ash échangèrent un regard.

— Nous ne savons pas encore, avoua Ash.

— Thriddastowe ? proposa Rose. Il y a là-bas des conseillers susceptibles de comprendre cette magie.

Mais Ash secouait déjà la tête.

— Il ne s'agit pas d'une magie ordinaire, mais de sous-magie. Par ailleurs, je me suis plus ou moins échappée... Des ennuis sérieux m'attendent à Thriddastowe.

Æthlric s'agita. Ses yeux tournaient dans tous les sens derrière ses paupières closes. Le corps de Bluebell se tendit. Les mains de son père glissèrent sur la couverture, et elle s'apprêtait à dire à Ash de s'écarter de lui, quand elles redevinrent inertes. Il dormait profondément. L'adrénaline accumulée dans son corps lui brûlait les veines, car elle ne pouvait pas se défouler.

— Et les sous-magiciens vivent en Bradsey, ajouta Ash.

— Connaissons-nous quelqu'un là-bas ?

— Aucune personne de confiance, en tout cas, répondit Bluebell. La sous-foi est amorale. Ses adeptes sont imprévisibles, et on ne sait jamais comment les appréhender.

Elles sombrèrent dans le silence et regardèrent la poitrine d'Æthlric se soulever en rythme. Où était passée la dignité de cet homme, dont les filles discutaient de l'avenir sans qu'il soit en mesure de se mêler à leur conversation ? Que n'aurait donné Bluebell pour que tout ceci ne soit pas arrivé, pour être au matin de sa première campagne avec son père, chevauchant un Isern aux flancs chargés d'armes s'entrechoquant dans un vacarme métallique.

— Je connais quelqu'un chez qui nous pourrions peut-être l'emmener, dit enfin Rose, quoique lentement, comme si elle avait longtemps hésité avant de se lancer, comme si elle n'était pas tout à fait sûre d'elle-même.

— Nous t'écoutons. l'encouragea Ash.

— Je crois qu'il a une sœur.

Bluebell pensa d'abord qu'elle avait mal entendu.

— Il n'a pas de sœur, affirma-t-elle.

— Si. Enfin, je crois.

— Que veux-tu dire, Rose ? insista Ash.

— Quand j'étais enceinte de Rowan, expliqua Rose en se tordant les mains avec nervosité, j'ai reçu un pli d'une femme qui affirmait être la sœur d'Æthlric… une sous-magicienne nommée Yldra. Elle voulait me prévenir que Wengest allait adopter la religion des trimartyrs. Elle avait raison.

— Père n'a pas de sœur, répéta Bluebell. Il nous l'aurait dit. Il me l'aurait dit.

— Il avait peut-être de bonnes raisons de nous la cacher. Je lui ai posé la question, et il s'est montré… évasif.

Bluebell était déchirée entre son envie de croire en l'existence de cette tante susceptible de soigner son père et son refus d'accepter que celui-ci ait pu lui cacher quelque chose d'aussi important. Elle était furieuse, sans savoir contre qui.

— Tu sais autre chose ? s'enquit Ash. Où elle vit, par exemple ?

— Non. Je suis désolée, je ne sais rien de plus.

— Ils vivent tous en Bradsey, intervint lentement Bluebell. Leurs cérémonies ont lieu dans les plaines, mais ils vivent tous dans des grottes perdues dans la forêt. Ash, te sens-tu capable d'étirer ta vision jusque-là pour la retrouver ?

— Je peux essayer, répondit sa sœur en évitant de croiser son regard.

— Essayer ne suffira pas.

Bluebell en eut assez de rester assise sans rien faire. Elle se leva et se mit à faire les cent pas dans la chambre sombre.

— Après-demain, nous partirons vers le nord, reprit-elle. (Elle pensa à la ferme fleurie de la tante de Sabert, à cent kilomètres au nord ; c'était un endroit calme et à l'écart de la route.) Nous déciderons de notre destination finale quand nous serons en route, mais il faut quitter Blicstowe au plus tôt. Sa vie en dépend.

L'atmosphère nocturne était fraîche et agréable, et un parfum de terre humide et de fleurs l'enveloppait. Rose se tenait au centre du jardin, le regard rivé sur la lune en train de grossir, luttant désespérément contre le bon sens.

Rowan dormait dans le lit de Byrta. Bluebell discutait avec Dunstan. Ash avait prétexté une migraine pour s'isoler.

Quelque part dans la taverne, Heath était seul. Dans quelques heures, il partirait.

Comment gérer cette tempête et ce désir dans son corps, ces forces qui l'attiraient dans sept directions différentes à la fois. Cela avait recommencé dès qu'elle l'avait revu, après toutes ces années. Sa longue absence n'avait pas diminué le poids de son désir ; elle en avait juste émoussé les contours. Désormais, Rose avait l'impression de vivre dans deux mondes : le monde réel et un autre, fait de nuages. Elle pouvait être en train de souper, d'essuyer la morve du visage de Rowan, de parler à une de ses sœurs, mais, en esprit, elle était nue avec Heath, dont les lèvres glissaient sur son épaule, dont les mains fermes et chaudes lui agrippaient les cuisses.

Rose se décida enfin. La seule façon de calmer cette tempête était de s'abandonner à elle, à lui, une fois. Alors, elle retournerait à la vie de regrets à laquelle elle était habituée – une existence certes triste, mais qui ne menaçait pas de la déchirer.

Elle quitta le jardin et arpenta les allées sombres de Blicstowe. La boue froide collait à ses souliers. De l'intérieur des constructions en bois s'échappaient des rais de lumière chaude ainsi que le parfum de plats en train d'être cuisinés. La taverne était bruyante et illuminée de l'intérieur. Elle poussa la porte. La salle était enfumée et puissamment éclairée. La tavernière s'occupait d'une biche en train de rôtir, embrochée, dans l'âtre.

— Princesse Rose ?

Rose ravala sa culpabilité et ouvrit la bouche pour prononcer la phrase qu'elle avait répétée : *J'ai un message à délivrer au neveu du Netelchester. Dans quelle chambre est-il installé ?* Mais les mots restèrent coincés dans sa gorge.

— Comment va votre petite fille ? lui demanda la femme dans un sourire.

— Je… Elle va bien. Elle grandit et elle est forte. Épuisante, aussi.

— Ah, ils le sont tous à cet âge. Si je puis me permettre, un petit frère ou une petite sœur pourrait arranger la situation en lui faisant comprendre qu'elle n'est pas le centre du monde. Puis-je vous aider en quelque chose ? s'enquit la tavernière en essuyant ses mains dans son tablier.

Son ventre – encore et toujours un sujet de conversation publique. Ce qui se passait entre ses jambes ne serait jamais privé, secret, intime. Le danger dans lequel elle se mettait lui brûlait les lèvres. Les paroles de Bluebell résonnaient dans son esprit : « *… il y aura des milliers de morts…* » Un petit bout de rumeur, une bouche trop bavarde et une oreille trop curieuse, et ce serait comme si elle avait trahi son père, ses sœurs et sa fille. Le royaume tout entier.

— Non, merci, finit-elle par répondre en reculant, en s'éclipsant.

Sa peau la faisait souffrir comme si elle avait des meurtrissures internes. Elle sentait le regard de la tavernière rivé dans son dos tandis qu'elle quittait l'établissement, retournant dans l'obscurité du parc.

Chapitre 9

Ivy n'aimait pas voyager. Elle n'aimait pas non plus l'odeur des chevaux et des charrettes, ni les cahots incessants. La jolie campagne ne l'intéressait pas. Elle n'avait pas envie de gravir ces collines en direction de Blicstowe ; elle ne voulait pas voir son père mourant. Ce qu'elle voulait, c'était retourner chez son oncle Robert à Fengyrd, où elle pourrait continuer à admirer les mains fortes et bronzées de William Dartwood. Mais elle était bel et bien là, assise sur une fourrure qui ne parvenait pas à amortir les secousses de la charrette, à sucer la chair d'une prune, en compagnie de sa sœur Willow, devenue plus maussade qu'une mare d'eau saumâtre depuis leur quinzième anniversaire.

— Tétons-d'acier ne va pas apprécier de te voir faire ça, tu sais…, dit Ivy à Willow.

Willow détacha son regard du triangle d'argent qu'elle faisait tourner dans ses mains.

— Elle ne va pas apprécier quoi ?

— Le trimartyr et toutes ces bêtises.

— Ce ne sont pas des bêtises. Et je n'ai pas peur de Bluebell.

— Tu devrais. Quand père sera mort, c'est elle qui commandera.

— Je n'honore qu'un roi, rétorqua Willow, et c'est Maava.

Ivy se détourna de sa sœur, agacée. Le soleil de l'après-midi était chaud sur son visage. Elle avait insisté pour qu'on replie l'auvent, ce matin, mais il commençait à faire chaud, et elle savait qu'elle serait toute rose et transpirante quand ils arriveraient à Blicstowe.

— Pourquoi pries-tu, au fait ? s'enquit Ivy, n'attendant pas réellement de réponse.

— Pour l'âme de père.

Six mois auparavant, Willow était encore une jeune fille comme les autres, quoiqu'un peu plus sérieuse que la normale. Et puis, au moment où Ivy découvrait les hommes, sa sœur découvrit Maava. En un sens, c'était compréhensible : la passion qu'elle nourrissait pour les hommes et pour toutes les parties chaudes, puissantes et velues de leur anatomie permettait à Ivy d'appréhender le concept de passion incontrôlée. Mais Maava était un objet d'adoration si morbide et ennuyeux. Oncle Robert et tante Myrtle n'en pouvaient réellement plus de Willow, ce qui était une bonne chose pour Ivy, car ils n'avaient plus la force de s'intéresser à elle.

— Cocher ! appela-t-elle. Pourrions-nous nous arrêter un instant pour remettre l'auvent en place ?

L'homme ne réagit pas. Ivy s'en agaça. Elle avait chaud, elle transpirait, et le soleil lui faisait mal aux yeux.

— Cocher ! répéta-t-elle en s'agitant sur son siège et en haussant la voix. Arrêtez-vous. Je voudrais remettre l'auvent en place.

— Nous sommes à moins d'un kilomètre de Blicstowe, répondit sèchement le conducteur. La journée a été longue et nous nous sommes déjà arrêtés au moins cinq fois. Vous pourrez bientôt vous installer à l'ombre.

— Tu as entendu ça ? demanda Ivy à Willow, qui détacha son regard de sa chaîne et de son triangle du trimartyr, la mine placide sous l'implantation en V de ses cheveux.

— Mmh… ?

— Il refuse de remettre l'auvent.

— On y est presque. Tu l'as déjà obligé à s'arrêter tellement de fois.

— C'est faux.

— Non, c'est vrai. Tu as voulu cueillir des fleurs, puis tu as eu envie de faire pipi au moins trois fois, et après, tu as souhaité acheter ces prunes. Il est mauvais. Laisse-le tranquille. On l'a assez ennuyé comme ça.

— Il a été payé, et nous sommes les filles du roi. Il devrait nous obéir.

— J'aime bien sentir les rayons du soleil sur mon visage.

— Cocher ! Arrêtez-vous immédiatement et installez l'auvent !

— Non.

La colère d'Ivy enfla tant qu'elle eut envie de crier. Elle visa et jeta le noyau de la prune, qui atteignit l'homme derrière la tête.

La charrette s'arrêta avec force cahots.

— C'est pas trop tôt…, marmonna Ivy.

Le conducteur descendit de son cheval, claudiqua jusqu'à l'arrière de la charrette et en sortit leur coffre.

— Qu'est-ce que vous faites ? s'étonna Ivy.

— Descendez ! ordonna l'homme en faisant tomber le coffre par terre.

— Bien joué, sœurette, se plaignit Willow en levant les yeux au ciel.

— Je ne descendrai pas. Vous avez été payé pour nous conduire jusqu'à Blicstowe, et c'est ce que vous allez faire.

— Je ne vais rien faire du tout.

— Je suis la fille du roi.

L'homme haussa les épaules.

— Et la sœur de Bluebell la Féroce. Je lui dirai ce que vous avez fait et…

Willow plaqua une main sur la bouche de sa sœur.

— Ça suffit. Descends.

Willow enjamba sa sœur et sauta à terre, mais Ivy refusait de s'avouer vaincue.

— Non ! Attendez !

Le conducteur l'agrippa et la souleva. La jeune fille se débattit, mais dès que l'homme l'eut posée par terre, il recula en boitillant.

— J'ai servi sous les ordres de votre sœur, dit-il. Et puis j'ai pris ce coup à la jambe. Je serais prêt à mourir pour elle. Mais sûrement pas pour vous. Bonne promenade…

Il retourna à son cheval en traînant la patte. Bouche bée, immobile sur le bord de la route caillouteuse, Ivy regarda la charrette s'éloigner bruyamment.

Son triangle d'argent pressé contre les lèvres, Willow murmurait quelque chose, les yeux fermés.

— Merci de m'avoir soutenue ! lâcha Ivy.

— Tu prends une poignée, je prends l'autre, proposa Willow en ouvrant les paupières.

Elles soulevèrent le coffre et se dirigèrent vers la porte de Blicstowe. Des insectes grouillaient dans l'herbe de part et d'autre de la chaussée. L'odeur de la boue en train de sécher et du crottin de cheval incommodait Ivy, sans parler de ses souliers, qui la faisaient souffrir. C'était sa faute. Ils étaient jolis – en cuir et en daim, avec un ruban bleu sur la couture de devant –, mais ils ne lui allaient plus depuis presque un an. Il fallait dire qu'elle n'avait pas prévu de marcher avec – un kilomètre entier, et au soleil !

Ivy s'arrêta au pied de la montée qui menait au corps de garde. Willow se retourna, irritée.

— Pas question que je le porte toute seule !

— On va finir par avoir des ampoules aux mains, et en plus, j'ai mal à l'épaule. Quant à mes pieds, je ne t'en parle même pas.

En réalité, elle aurait voulu dire : *Je suis une princesse, je ne devrais pas avoir à faire ça.* Elle s'abstint, cependant. Willow n'aurait sans doute pas compati à son malheur.

— Qu'est-ce que tu nous proposes ? l'interrogea justement sa sœur.

— Vas-y toute seule et demande à un client de la taverne de porter ce coffre pour nous.

— Pourquoi moi ?

— Parce que…

— Je n'ai pas du tout envie de m'approcher de la taverne. Une femme respectable n'a rien à faire avec des soûlards.

— C'est Maava qui dit ça ? demanda Ivy, que les leçons de moral incessantes de sa sœur commençaient à agacer sérieusement.

— Non, c'est moi, répondit Willow, le sourcil haussé. Tu n'as qu'à y aller, toi. Moi, j'attends ici avec le coffre.

Ivy leva les yeux vers le soleil, puis se tourna vers la colline. À un moment ou un autre, il lui faudrait la gravir.

— Bon…

Willow s'était déjà assise sur le coffre pour prier, les paupières closes.

Ivy se déchaussa et se mit en route. Lorsqu'elle fut à mi-chemin, un homme aux cheveux dorés chevauchant un cheval blanc surgit littéralement de la ville. Ivy lui fit des signes frénétiques.

— Eh ! Bonjour ! Attendez !

L'homme tira sur ses rênes et attendit que la jeune fille le rejoigne. Le cœur de celle-ci s'était emballé, car il avait remarqué – avant ses yeux – que l'homme était beau. Il était rasé de frais, avait les yeux bleus et la lèvre supérieure joliment ourlée.

— Vous pourriez nous aider ? lui demanda-t-elle, hors d'haleine. Ma sœur et moi ? Nous sommes les filles du roi… Nous avons un coffre, mais il est trop lourd pour nous…

L'homme hésita. Ivy baissa la tête et le regarda par en dessous, l'air triste.

— S'il vous plaît…

— Je connais vos sœurs, finit-il par répondre. Je suis… Bluebell m'a renvoyé à Folcenham.

— Elle ne dira rien si vous nous aidez. Elle appréciera votre geste.

L'homme hocha la tête, mit pied à terre et attacha son cheval à la porte de la ville.

— Où est ce coffre ?

— Un peu plus bas. Je vais vous montrer, proposa Ivy qui n'avait plus du tout envie d'attendre à l'ombre. Là, vous voyez. C'est Willow. Comment connaissez-vous mes autres sœurs ?

— Le roi Wengest est mon oncle. Je connais très bien Rose. Excusez-moi, j'aurais dû me présenter. Je m'appelle Heath.

— Heath, répéta-t-elle en goûtant ce prénom, qu'elle trouva fort appétissant. Moi, c'est Ivy.

Elle lui lança un regard oblique. Il était grand, bien fait. L'absence de barbe était inhabituelle et plutôt heureuse. Jusque-là, elle n'avait embrassé que des hommes barbus. Parfois, c'était agréable ; elle aimait sentir le contraste entre sa peau douce et lisse et la leur, rugueuse. Parfois, c'était affreux ; c'était laid, cela piquait. Elle se demanda quel effet cela faisait d'embrasser un homme – dur et fort – sans avoir à supporter sa moustache. Cette pensée l'occupa jusqu'au pied de la colline où attendait sa sœur.

Elle leva la tête et aperçut Willow, le triangle en argent collé contre les lèvres, et elle pria pour que sa sœur range ce maudit objet avant que Heath le voie et la dénonce à Bluebell.

—Je croyais que vous deviez rentrer à Folcenham ? demanda-t-elle à Heath.

Ivy remarqua son ton glacial et quelque peu menaçant. Intéressant. Bluebell n'aimait pas Heath.

—C'est ma faute, intervint Ivy en émergeant de derrière le jeune homme, qui avait posé le coffre par terre. Le conducteur nous a fait descendre de la charrette. Comme Heath passait par là, il a proposé de nous aider. Merci ! ajouta-t-elle, rayonnante, à l'intention du jeune homme.

Heath ne lâchait pas Bluebell des yeux.

—Je voulais seulement servir votre famille, se justifia-t-il avec déférence. Je pensais bien faire. Je pars tout de suite.

Bluebell se radoucit et secoua la tête.

—Non, non, soupira-t-elle. J'ai à vous parler. Retournez à la taverne. Je vous y rejoindrai dès que je le pourrai. Vous deux, venez avec moi, lança-t-elle en ramassant le coffre. Nous allons voir père.

Ivy n'en avait pas vraiment envie. Le sort de son géniteur lui importait peu, mais elle fit néanmoins ce qu'on lui disait, regardant une dernière fois par-dessus son épaule le beau jeune homme aux cheveux dorés.

Bluebell poussa la porte de la taverne et balaya la salle du regard. Elle avisa Heath dans un coin, sous un volet laissé ouvert pour laisser entrer la lumière de cette fin d'après-midi. Il avait l'air morose. Elle contint un sourire. Rose arborait exactement la même expression lorsqu'elle l'avait quittée dix minutes plus tôt.

Bluebell ajusta son ceinturon et marcha vers lui.

—Madame ?

—Nous avons à parler, répondit-elle en s'asseyant en face de lui et en tapotant sur la table avec nervosité.

L'homme hocha la tête, les lèvres pincées.

— Sighere, mon officier en second, est arrivé aujourd'hui. Et j'ai écouté ses conseils, soupira-t-elle. Je ne vais pas y aller par quatre chemins. Vous savez que le roi Æthlric est malade, et nous ne voulons pas que l'information se propage. Mes sœurs et moi allons l'emmener au nord pour des raisons que je n'ai pas envie d'évoquer ici. Il y aura des femmes non armées et un homme malade – très malade, même… Je vais avoir besoin d'assistance. Je suis plus forte quand je suis entourée d'hommes compétents. Acceptez-vous de nous accompagner ?

— Bien sûr, madame.

— Ai-je besoin de vous mettre en garde ?

— Je garderai mes distances, promit-il à voix basse.

— Je n'ai pas besoin de vous menacer, donc ?

— Non.

Elle eut envie de le menacer quand même. Peut-être en dégainant son épée et en le piquant entre deux côtes, en lui demandant de se rappeler cette sensation – rien de tel que l'acier froid pour décourager un sexe durci. Mais elle n'en fit rien. Heath était un bon soldat, et Bluebell s'arrangerait pour qu'il ne se retrouve jamais seul avec Rose. Cela ne plairait pas à sa sœur, mais elle devrait s'y faire.

— Nous partons demain à la première heure. Rendez-vous aux écuries.

Wylm n'avait pas suivi Bluebell. Il l'avait simplement vue quitter la ville sur un étalon noir en début d'après-midi. Au galop. Pour une destination mystérieuse. Deux heures plus tard, il se trouvait à proximité de la porte principale, où il flirtait avec une fille à la peau couleur crème appelée Hazel, lorsque Bluebell était revenue. Elle avait l'air… Bluebell avait tout le temps l'air sinistre, mais elle semblait encore plus sinistre que d'habitude. L'échange qu'ils avaient eu à la taverne ayant attisé sa méfiance, il avait récupéré la jument de sa mère à l'écurie pour découvrir où elle s'était rendue.

Il ne pleuvait plus depuis deux heures, mais le sol était encore humide et les empreintes faciles à suivre. Il longea la route, traversa un champ, puis bifurqua vers le nord et s'engagea sur un chemin serpentant entre deux fermes. Il perdit sa trace pendant quelque temps, mais poursuivit dans la même direction et la retrouva près d'un ruisseau. Sur la rive opposée, il repéra facilement les empreintes sur un chemin parcouru d'ornières colonisées par la végétation. Bientôt, Wylm avisa une fermette, dont il décida de s'approcher à pied, aussi attacha-t-il sa monture à un chêne. Il se cacha derrière une haie vive non entretenue. De l'autre côté du champ, un homme à la grosse tête et à la tignasse brune épaisse réparait une clôture. Wylm l'observa longuement. Les empreintes conduisaient clairement à cette ferme, et il se demanda qui pouvait être cet homme et ce que Bluebell était venue faire là.

S'agissait-il de son amant ?

Wylm faillit s'étouffer en ravalant un éclat de rire. Bluebell devait bien mesurer trente centimètres de plus que lui ! Tous les deux devaient assurément se bander les yeux avant de se donner du plaisir. Il étouffa un nouveau rire au moment où la porte de la fermette s'ouvrait, laissant sortir un petit garçon.

Un enfant. Une flamme s'alluma dans la poitrine de Wylm. Pouvait-il s'agir de… Se pouvait-il que Bluebell ait un enfant ?

Non, son cerveau fatigué lui jouait des tours. Si le ventre de Bluebell avait grossi, quelqu'un l'aurait remarqué. Elle aurait été obligée de mettre des vêtements de fille, de cesser de monter au combat pendant un temps, de quitter la vie publique.

Ce garçon semblait avoir une dizaine d'années. Il ignorait où était Bluebell il y a dix ans, quelles activités auraient pu lui servir à dissimuler une grossesse illégitime et secrète. Son corps tout entier se tendit, pressé qu'il était d'en découvrir plus. Un enfant. Et pas un enfant ordinaire. Celui-ci avançait avec circonspection, tâtant le terrain du bout du pied, et ses yeux aveugles n'étaient aucunement gênés par les rayons du soleil. Une certaine mollesse, dans sa bouche, suggérait à Wylm que les yeux du garçon n'étaient pas la seule partie de son corps à mal fonctionner. Le fermier prit le garçon dans ses bras.

Wylm était électrifié. Venait-il d'apprendre quelque chose sur Bluebell que personne d'autre ne savait ? Puis une pensée plus froide et terne : était-il envisageable de faire fructifier cette information ?

Il se redressa, récupéra sa monture et retourna à Blicstowe, fonçant vers l'écurie dès la porte franchie. Le passage de la lumière du jour à la semi-obscurité nécessita un temps d'adaptation. L'écurie sentait la paille et le cuir.

Le jeune Tom était en train de soigner Isern, le cheval de guerre de Bluebell. Isern était de retour ? Pourquoi ne l'avait-elle pas monté pour se rendre à la ferme de son amant ?

— Bonjour, Tom, lança Wylm en guidant son cheval dans l'écurie.

— Bonjour, maître Wylm.

— Le cheval de Bluebell est de retour ?

— Oui, ça fait quelques jours. Pour l'instant, il se repose, car Bluebell repart demain.

— Vraiment ? Où va-t-elle ?

— Elle accompagne le roi dans ses missions, je suppose, répondit Tom sans cesser de brosser l'animal.

— Mais le roi…

Wylm se tut. Personne, en dehors d'une poignée de personnes, n'était au courant de la maladie du roi. Et le palefrenier n'en faisait pas partie. Bluebell s'apprêtait donc à quitter la ville. Et elle allait suffisamment loin pour avoir besoin d'un cheval frais. Des picotements lui parcoururent l'échine. Il devait absolument parler à sa mère.

Il tapota le nez de son cheval et remarqua que sa main tremblait.

— Tom, vous vous occuperez du cheval de ma mère, je vous prie ? Je dois me rendre quelque part.

— Bien sûr.

Wylm trouva sa mère dans la petite chambre que lui avait assignée Bluebell. Comme il n'avait pas dormi à côté de Gudrun depuis l'époque où il était un petit garçon aux joues rondes, il avait préféré passer ses nuits à la taverne. Assise devant un miroir en bronze, elle peignait soigneusement ses cheveux et les tressait. Elle avait l'air fatiguée. Non, plus que fatiguée : hantée. Wylm repensa à la mort de son propre père – le premier époux de Gudrun –, et il lui sembla que sa mère n'était pas aussi affectée à l'époque. Un sentiment infantile de jalousie et d'injustice enfla dans son ventre. Wylm prit une profonde inspiration pour s'en débarrasser. Il n'avait que dix ans quand son père les avait quittés ; peut-être sa mémoire était-elle défaillante.

— Mère, est-il possible que Bluebell ait un enfant ?

— Bien sûr que non, gloussa-t-elle.

— Æthlric n'a jamais rien dit à ce sujet ?

— Je… Il savait qu'elle avait un amant, mais une grossesse ne serait pas passée inaperçue.

— Bluebell manigance quelque chose, poursuivit Wylm en changeant de sujet.

La main de Gudrun se figea dans les airs, et elle laissa tomber son peigne. Wylm prit un tabouret, s'assit à côté d'elle, ramassa le peigne et le lui rendit. Elle joua nerveusement avec.

— Que veux-tu dire ? demanda-t-elle.

— Tom dit qu'il prépare son cheval pour demain.

— Elle part ? s'étonna Gudrun, plus détendue. C'est une bonne chose.

— Pourquoi partirait-elle ? Son père est mourant, et son amour pour lui est légendaire.

— Les légendes sont souvent des exagérations, rétorqua Gudrun en faisant la moue. (Elle poussa un soupir et se remit à se peigner en rythme.) Qu'elle s'en aille. Quand elle sera partie, je serai en sécurité. À condition que tu restes avec moi. Tu assureras ma sécurité, n'est-ce pas ?

— Je ferai mon possible, promit-il en posant la main sur son épaule. Mais Bluebell finira par revenir. Elle est dangereuse, mère, et je ne pourrai pas vous sauver si elle s'en prend à vous. Je crois que nous devrions partir. J'ai un mauvais pressentiment. Cette histoire va mal se terminer pour nous deux.

— Je ne veux pas partir, lança Gudrun avec une grande tristesse. Æthlric va mourir.

— Æthlric ne vous reconnaît plus. Son esprit est déjà mort. Vous attendez simplement que son corps s'en aille à son tour.

— C'est terrible, Wylm, se plaignit-elle en secouant la tête. Ma joie de vivre m'a abandonnée, expliqua-t-elle en le fixant de son regard pâle. Mon fils… Puis-je tout te dire ? Tout ce que j'ai sur le cœur ?

— Bien sûr, acquiesça Wylm, tandis qu'un intense sentiment de malaise l'envahissait.

Gudrun se leva et se mit à faire les cent pas.

— Je vais avoir de très gros ennuis…

— Que voulez-vous dire ?

Elle marchait et marchait sans s'arrêter.

— Mère ?

—Je ne…, commença-t-elle avant de s'interrompre pendant de longues secondes. Je n'avais pas de mauvaises intentions. Je ne lui voulais pas de mal.

Wylm se donnait beaucoup de peine pour comprendre ce qu'elle voulait dire, et sa peau se rétractait déjà de peur.

—Je ne comprends pas.

Elle s'arrêta de marcher, s'approcha de lui, puis s'agenouilla à ses pieds et posa la tête sur ses genoux.

—Je suis tellement désolée, dit-elle dans le tissu de son pantalon. Je suis tellement désolée, Wylm.

—Qu'avez-vous fait ? l'interrogea Wylm en lui caressant les cheveux avec circonspection.

—C'est moi qui l'ai fait, répondit-elle en relevant la tête.

—Vous… avez fait quoi ? insista-t-il comme son estomac se mettait à bouillonner.

—J'ai acheté un maléfice à une voyageuse, une sous-magicienne. J'ai été très précise. J'ai dit que je ne voulais pas faire de mal à Æthlric, que je souhaitais simplement qu'il change d'avis au sujet de Bluebell. Je voulais qu'il se convertisse au trimartyr afin d'empêcher Bluebell de régner. (Son visage se déforma et elle se mit à sangloter, poursuivant d'une voix haut perchée.) Il n'était pas question de lui faire du mal ! Je l'aime. Notre situation, à toi et moi, serait tellement meilleure si Bluebell n'était pas là. Peut-être même Æthlric aurait-il fait de toi son héritier. Mais je ne voulais pas… je ne voulais pas…

Le cœur de Wylm martelait sa poitrine. Car lui voulait, justement. Et plus il y pensait, plus il en avait envie, et plus il se disait que ce serait pour le mieux. Le roi Wylm d'Ælmesse. À quoi bon garder cela pour lui et être timide ? Il sombra dans le silence.

—La voyageuse m'a donné une pierre, que j'ai mise sous son oreiller. Il l'a trouvée quand il est allé se coucher, et je lui ai dit que c'était pour rendre ses nuits plus douces et il… il a souri et l'a remise à sa place. Le lendemain matin, la pierre n'était plus là, et il semblait un peu perdu… Il n'arrêtait pas de trébucher et de dire qu'il avait besoin de s'étendre et… et… il ne s'est pas relevé depuis. J'ai essayé de retrouver la voyageuse, mais elle était partie. C'est trop tard, Wylm, dit-elle en essuyant ses larmes avec la paume de sa main. Je ne peux pas revenir en arrière.

Son instinct de survie aida Wylm à parler d'une voix ferme.

— Quelqu'un est-il au courant ?

— Osred. Il dit qu'on ne peut rien y faire.

Wylm se rendit compte qu'il avait la nausée. Il écarta doucement sa mère et se leva pour aller ouvrir le volet. Il avait besoin d'air frais.

Dans son dos, Gudrun continuait à sangloter.

— Peut-être mérité-je de mourir, disait-elle d'une voix dure. Regarde ce que je lui ai fait. Regarde !

Il se retourna pour lui faire face. Elle pleurait à chaudes larmes et avait le nez humide et luisant. Il était submergé par la pitié. Bluebell aussi risquait de la voir dans cet état.

— Vous ne méritez pas de mourir, la rassura-t-il. Personne ne le découvrira.

— Elle me tuerait, n'est-ce pas ? demanda-t-elle d'une toute petite voix.

— Très certainement.

Et elle prendrait plaisir à le faire. Bluebell était amoureuse de la mort. Wylm prit sa mère par les bras.

Ses sanglots redoublèrent d'intensité, menaçant de la briser.

— Je ne vois pas d'issue ! Wylm, je me fie à ton jugement, car je n'en ai guère. Discutes-en avec Osred. Il est à l'infirmerie.

À vous deux, vous trouverez bien un allié. N'importe lequel. Quelqu'un qui ne prendrait pas le parti de Bluebell.

— Reprenez-vous, mère. Tout va bien se passer.

Wylm la laissa pleurer en tremblant sur son lit et s'en fut à l'infirmerie. Les contours de son champ de vision étaient lumineux et flous. La peur – de mourir – était en train de le submerger. Sa mère avait commis une erreur stupide par égoïsme, et s'il ne réagissait pas intelligemment, elle et lui connaîtraient bientôt une fin brutale. L'image de Bluebell fendant en deux le crâne du bandit défilait en boucle dans son esprit, sauf que la tête de l'homme y était remplacée par celle de Gudrun. Il déglutit et s'arrêta pour donner un coup de poing dans le mur. Sa mère s'était comportée comme une idiote ; elle avait provoqué un orage terrible.

Il n'y avait pas de retour en arrière possible. À lui, désormais, de prouver qu'il était un homme et d'émerger de cette tempête avec une couronne sur la tête.

Osred bondit de son lit en voyant Wylm.

— Vous devez absolument me sortir d'ici. Bluebell est devenue folle et…

— Je suis venu vous chercher.

Son pouls battait si fort dans sa gorge que Wylm craignait que le médecin le remarque.

— Ah, merci, dit Osred, dont les épaules et le torse étaient enveloppés dans des bandages ensanglantés. Je suis sans doute en trop mauvais état pour voyager, mais qui sait ce qu'elle me réserve ?

Wylm l'agrippa à deux mains, lui arrachant une grimace.

— Osred, vous savez ce que ma mère a fait.

— Oui.

— Que devrions-nous faire, à votre avis ?

— Nous devrions aller la chercher et fuir.

— Ce serait admettre notre culpabilité, non ?

— Non, ce geste serait simplement dicté par notre instinct de survie.

— Vous feriez tout pour sortir vivant de cette histoire, n'est-ce pas ?

— Mort, je ne serais d'aucune utilité à votre mère, rétorqua le médecin, la tête penchée sur le côté.

Wylm le regarda fixement pendant un long moment. Osred finirait par parler. Forcément. Il ne l'avait pas encore fait, même sous la torture, mais comment être certain qu'il n'avouerait pas tout dans une semaine, un an ou une décennie ? Tant qu'il vivrait, il risquerait de révéler la trahison de Gudrun. Si sa mère était dénoncée, c'en serait terminé de ses rêves de grandeur.

Wylm était-il celui qui ferait taire Osred ? Était-il l'homme que sa mère avait besoin qu'il soit ?

— Dépêchez-vous de vous habiller, lança-t-il.

— Je ne suis plus sous surveillance.

— Certes, mais je préfère que nous ne soyons pas vus ensemble, que Bluebell ne se doute de rien.

Moins d'une heure après qu'ils eurent quitté la ville, Osred demanda à se reposer, se plaignant de ce que les secousses dues au mauvais état de la route le faisaient saigner. Wylm avait l'impression que son cœur était devenu trop gros pour sa poitrine. Respirant difficilement, Osred s'agenouilla devant un ruisseau boueux et but un peu d'eau dans ses mains. Wylm tâta son ceinturon, trouva le manche de son couteau et referma dessus ses doigts tremblants.

Il s'avança dans la lumière tachetée du soleil et enfonça violemment sa lame dans les muscles et le cartilage du dos d'Osred. Il aurait donné tout ce qu'il possédait pour ne pas entendre le bruit produit par le médecin – une toux mêlée de gargouillis – avant de tomber dans l'eau brune bientôt teintée de rouge.

Wylm récupéra son arme et se leva. Du sang gouttait de la pointe, s'étalant en ronds gluants sur le sol. Enfin, le liquide cessa de couler. Wylm s'essuya le nez du dos de la main. Non, il ne pleurait pas. Pas du tout.

Trouver un allié. N'importe quel allié.

Un allié puissant. Qui détesterait déjà Bluebell. Celle-ci avait nombre d'ennemis. Wylm tournait et retournait cette question dans sa tête, tandis qu'il s'éloignait de la clairière sans un regard pour le cadavre d'Osred.

La sous-magie était dangereuse, et Ash le savait. Elle avait étudié un peu le sujet à l'école – toujours avoir des violettes sur soi pour se protéger de la sous-magie, ne jamais tourner le dos à un de leurs esprits, ne pas oublier que les sous-magiciens disent une chose et en font une autre. Force lui était cependant d'admettre que ceux-ci n'auraient pas craint cette vision qui lui faisait tellement peur, qu'ils ne l'auraient pas considérée comme un fardeau. Les sous-magiciens cultivaient le don de seconde vue, quitte à sombrer dans la folie.

Ash domina cette crainte froide et la maintint à distance. Oui, elle craignait d'utiliser sa vision de nouveau, surtout pour faire quelque chose d'aussi risqué que voyager sur les canaux de pensée de la sous-magie. Une part d'elle-même, toutefois, avait envie de connaître la sœur cachée de son père, cette tante mystérieuse. Et si Ash avait hérité son talent de cette dernière ? Peut-être la comprendrait-elle. Peut-être serait-elle capable de la sauver de son Devenir corrompu.

Bluebell l'avait laissée seule dans sa longère, aussi pouvait-elle fermer le volet et attiser le feu. La fumée était épaisse et étouffante, mais elle s'agenouilla devant l'âtre et déchira des feuilles et des racines d'angélique. La sève lui coula entre les doigts comme elle éparpillait les morceaux dans le feu. Une odeur piquante et sucrée se propagea aussitôt, et Ash ferma les yeux. Le sang qui pulsait dans ses tempes faisait un bruit de tambour dans sa tête. La fumée lui irritait la gorge, et le monde semblait s'éloigner d'elle, comme si le temps et la lumière enflaient et s'étiraient, comme si elle n'était plus qu'une minuscule épingle plantée en leur cœur. Elle inspira profondément et se mit à répéter encore et encore le nom de sa tante.

— Yldra, Yldra, Yldra…

Le flot ininterrompu de syllabes résonnait comme un bourdon, et le nom perdit son sens, se désintégra, se disloqua en se dispersant dans les nuages. Le corps d'Ash devint insensible, et elle se sentit partir. Libérée d'une enveloppe charnelle qu'elle abandonna, elle s'éleva dans le ciel avec le prénom de sa tante. Vers le nord. Elle quitta la maison, quitta Blicstowe, longea la Route des géants, bifurqua vers l'ouest au-dessus de la forêt et des ruines blanches. Puis vers le nord. Bois et routes défilaient à grande vitesse autour d'elle. Avant de ralentir, de ralentir et de ralentir encore. Sa respiration redevint audible. Elle se trouvait à la fois dans la longère et à la limite d'une plaine sombre. Un grand rocher projetait une ombre noire sur le sol gris. Ash tendit les mains et, bien que le feu de cheminée soit juste devant elle, sentit la surface rêche et froide du monolithe. Elle baissa les yeux et avisa ses pieds nus dans l'herbe humide. Elle effleura ses cheveux détachés pour vérifier que la couronne de violettes était bien à sa place. Comme elle touchait les pétales, un choc aigu et brûlant se propagea dans ses doigts.

— Yldra ? appela-t-elle en tournant lentement sur elle-même.

Là. Un chemin menant vers les arbres. Elle se mit en marche. Ses poumons la démangeaient ; elle toussa. Le chemin serpentait sur une colline, où les arbres se firent de plus en plus rares. Elle s'arrêta. Une silhouette humaine se tenait au sommet. Ash regarda mieux et vit qu'elles étaient deux. Non, trois. Alignées l'une derrière l'autre sur le côté du chemin. Elle devrait passer devant elles pour arriver à destination. Une crainte froide se déversa dans sa poitrine.

Elle continua d'avancer, la roche nue mordant dans la plante tendre de ses pieds. Comme elle se rapprochait de la première silhouette, elle constata qu'elle était faite de paille et de tiges de maïs, que l'objet usé penchait légèrement faute d'un support solide. Elle s'arrêta pour l'observer dans la lumière déclinante. Des yeux faits de scarabées morts la regardaient sans la voir. Elle tourna les talons et poursuivit sa route jusqu'à la deuxième silhouette. Un bruit derrière elle.

Elle fit volte-face. Le premier personnage avait tourné la tête pour la suivre du regard. Son cœur cessa de battre. Il s'agissait de thræls, faits de boue, de paille et de sous-magie.

— Éloigne-toi, éloigne-toi, se répéta-t-elle en s'élevant du sol pour voir les mannequins de haut.

Elle aperçut une petite hutte chaulée. Une lumière chaude brillait derrière sa fenêtre unique. Soudain, elle fut projetée vers le sol avec une grande violence.

— Que voulez-vous ? tonna une voix féminine qui semblait venir de partout.

— Yldra, je suis votre nièce.

— Vous êtes corrompue. Vous êtes destinée à entraîner des milliers de personnes dans votre trépas. Ne vous approchez pas de moi.

Des ténèbres invisibles la poussèrent, l'obligeant à reculer, telle une poupée emportée par les vagues. Elle battit des bras pour ne pas perdre l'équilibre, mais on la força à retourner dans son corps, sur le sol de la longère.

Ash ouvrit les yeux. La fumée était dense et âcre, et des ruisselets de sueur coulaient sur ses tempes. Elle toussa, toussa, avant de se relever et de courir dehors pour emplir ses poumons de cette atmosphère douce de début de soirée.

Ses articulations étaient enflées et la faisaient souffrir.

Les paroles d'Yldra tourbillonnaient autour d'elle, et leur sombre portée s'imposait à elle. « *Vous êtes destinée à entraîner des milliers de personnes dans votre trépas.* » Elle le savait. Elle le savait depuis qu'elle avait vu le dragon brûler sans distinction tous ces gens autour d'elle. Jusque-là, elle avait refusé d'y croire, mais c'était bien vrai. Pourquoi ? Comment ? Cela, elle l'ignorait.

Comme elle se tenait dehors, toussant et tout endolorie, Bluebell émergea de l'infirmerie.

— Ma sœur, tu te sens bien ? lui demanda-t-elle, l'air sinistre dans la lumière grise.

— Je… Oui, je me sens bien, répondit Ash avant de tousser encore. Je l'ai trouvée.

— Yldra ? s'étonna Bluebell en haussant les sourcils. Est-elle réellement la sœur de père ?

— Je ne sais pas. En tout cas, c'est une puissante sous-magicienne.

— Peux-tu nous conduire jusqu'à elle ?

— Je le pense, mais il n'est pas certain que nous soyons bien accueillis.

Moi, je ne le serai pas.

— Où vit-elle ?

Ash toussa et fit semblant d'avoir du mal à respirer.

— Je suis désolée. La magie m'a affaiblie. Il faut aller vers le nord, puis le nord-ouest. Vers le cœur du Bradsey. Il y a un rocher en bordure d'une plaine…

Son cœur s'emballa comme elle repensait à cet endroit.

— Nous le trouverons, affirma Bluebell en se redressant. Va te reposer un peu ; tu as l'air épuisée.

Alors Bluebell, la sœur qui ne connaissait jamais aucune défaillance, s'en fut organiser leur voyage.

Ash la regarda s'éloigner et s'assit dans l'herbe pour respirer un peu d'air frais. Son esprit tourbillonnait. Si son Devenir consistait à mourir en entraînant avec elle des innocents, elle n'avait d'autre choix que de s'exiler ; ce serait la seule manière d'empêcher que pareil malheur se produise. Partir loin, très loin. Loin de ses sœurs. Elle les guiderait jusqu'à Yldra, puis elle les laisserait afin de les préserver.

Chapitre 10

Willow prit une profonde inspiration et laissa ses mains retomber sur ses genoux, la fine chaîne en argent enroulée, lâche, autour des doigts, le triangle se balançant doucement. Elle était assise dans l'herbe, à l'ombre, derrière le château de son père. L'humidité du soir s'infiltrait dans ses jupons, tandis que la flamme d'une lanterne dansait à côté d'elle. *Inspirer, expirer.* Elle avait beau essayer de se détendre, elle n'arrivait pas à contrôler les pensées qui tournoyaient dans sa tête. Où étaient-ils ?

Venez à moi, venez à moi, mes anges adorés, messagers de Maava. Loué soit Maava, que sa gloire soit grande. Venez à moi, mes anges, faites entendre votre douce voix. Où sont vos douces voix ? Ne m'abandonnez pas…

Leur silence infectait son cœur. Pourquoi ne lui parlaient-ils pas ? Autrefois, il y avait encore un an de cela, elle ignorait qu'on pouvait entendre leurs voix, elle ne savait pas à quel point le temps et la pensée étaient vides sans eux. Et puis le prêcheur qui vivait derrière son village – celui-là même que tout le monde lui conseillait d'éviter – lui avait parlé d'eux, lui avait révélé que Maava l'avait choisi, qu'il pouvait entendre les anges. Willow avait tellement désiré vivre la même expérience. À tel point qu'elle avait cessé de dormir la nuit à cause du contact insupportable de ses côtes et de ses vertèbres contre sa chair fragile. Et enfin, enfin, après des semaines de prières, les voix étaient venues.

Loin de chez elle, cependant, tout n'était plus que silence.

Venez à moi, mes anges, pour l'amour de Maava. Par pitié pour la douce Liava et ses jumelles maudites. Je mourrais pour Maava. Vous n'avez pas le droit de me laisser seule. Venez à moi et dites-moi ce que je dois faire.

Soudain, alors qu'elle se préparait à se dissoudre dans le désespoir…

— *Ici, enfant, nous sommes ici.*

Un chœur de douces voix, des murmures entremêlés.

— *Nous sommes ici. Ne sois pas triste.*

Oh, merci, merci. Que dois-je faire, ici, si loin de la maison. Mon père est mourant, celui qui m'a engendrée. Je le connais à peine, mais je l'aime comme une fille se doit d'aimer son père, et ce, bien qu'il ne soit pas mon seigneur. Maava est mon seigneur. Puissions-nous tous prier pour sa puissance. Loué soit Maava, puisse sa gloire être grande. Le seul dieu, le dieu unique.

— *Ton père est un roi païen. Il mourra et finira dans les Terres noires.*

Son père, dans les Terres noires ? Maava la jugerait sévèrement à cause de cela. Son cœur lui fit mal. *Non ! Ne puis-je donc pas le sauver ? Ne puis-je donc pas prier pour lui ? Je prierai chaque seconde, je ne clignerai pas des yeux, je ne cesserai pas…*

— *Prie donc. S'il a de la chance, il mourra quand tu seras auprès de lui, ainsi pourras-tu demander à Maava de transporter son âme au Pays du soleil. Cependant, ton père est un pécheur et ne peut être sauvé pour l'instant.*

Alors, comme cela se produisait parfois, les voix se muèrent en grognements, et les mots devinrent inintelligibles – leur sens, toutefois, était évident, qui enflait dans son ventre, noir et froid. Maava n'était pas content d'elle. Elle avait un païen pour père. Des païennes pour sœurs. Elle n'avait pas suffisamment œuvré pour les guider vers la lumière de Maava. Elle porta le triangle à ses lèvres et pria, pria encore jusqu'à ce que le sentiment glisse derrière son cœur – il resterait là jusqu'à ce que Maava décide de la punir de nouveau.

Autodétestation, désespoir. Elle enfonça la pointe du triangle dans la chair molle de son poignet, où elle laissa une marque de plus au milieu d'une multitude de fines cicatrices. Elle sortit un couteau de sous le ruban qui lui enserrait la taille et dessina trois petits traits sur son poignet. De minuscules perles de sang apparurent. Elle rangea le couteau et lécha les gouttelettes rouges.

Il ne servait à rien de s'apitoyer. Elle se devait d'agir. Les anges lui avaient dit de rester auprès de son père, mais Bluebell avait prévu de partir avec lui dans la matinée. Willow les accompagnerait. C'était ce que Maava attendait d'elle.

Bluebell ne serait sans doute pas d'accord.

Elle se leva, ramassa sa lampe. Sa peau se mit à la picoter. Elle se rendit compte qu'elle n'était pas seule.

Willow fit volte-face. Son beau-frère Wylm l'observait de derrière le coin du château. Elle rangea aussitôt son triangle. Il sourit et hocha la tête. C'était inhabituel, mais il n'arborait pas son fameux air cruel. Son expression était presque chaleureuse et la prit de court. Puis Wylm disparut.

Son cœur battait la chamade. La dénoncerait-il à Bluebell ? Ce serait peut-être une bonne chose. En tout cas, Willow ne se sentait pas capable d'en parler à sa sœur elle-même. Maava était le dieu unique. Ceux qui refusaient de l'admettre étaient condamnés à errer éternellement dans les Terres noires, et c'était précisément le destin qui attendait Bluebell si elle refusait de se convertir au trimartyr.

Ce sentiment sombre, encore. *Je suis désolée, Maava, je suis tellement désolée. Je suis une pauvre pécheresse. Je vous demande pardon. Je ferai mieux à l'avenir. Si je parle à Bluebell maintenant, elle m'empêchera de voyager avec mon père.*

Je sauverai son âme. Je l'enverrai vous rejoindre au Pays du soleil. Sur ce, elle s'en fut chercher Bluebell.

Elle n'était pas dans sa longère, où Willow trouva Rose, Rowan, Ash et Ivy.

— Vous avez vu Bluebell ? demanda-t-elle. J'ai besoin de lui parler immédiatement.

Cela piqua la curiosité d'Ivy, qui se leva et s'approcha.

— Que se passe-t-il ?

— Vous savez où est Bluebell ? insista Willow en faisant comme si elle ne l'avait pas entendue.

— À l'infirmerie, je crois, répondit Rose en brossant les longs cheveux noirs de Rowan.

Ivy la rattrapa près de la porte et lui demanda à voix basse :

— Pourquoi as-tu besoin de voir Bluebell ?

— Ça me regarde, assena Willow en avançant, tête baissée.

— Ce qui te regarde, me regarde aussi, tu le sais.

— Je veux partir avec elle demain. Et avec père.

— Es-tu donc folle ? Pourquoi ferais-tu une chose pareille ? Nous pourrions rentrer à la maison…

— N'essaie pas de me faire changer d'avis, Ivy. Je suis tout à fait décidée, et je vais le lui demander. Non, je vais l'informer de ma présence. Je dois accompagner père. C'est ce que veut Maava.

Ivy se figea et, d'une main ferme, agrippa Willow par le poignet, l'obligeant à s'arrêter.

— Non. Non, non, non. Il ne faut pas ; tu ne dois surtout pas parler de ta foi débile à Bluebell.

Willow releva le menton. Comme elle méprisait sa sœur quand elle disait que sa foi était « débile ». Ivy était légère et inconstante, et elle s'imaginait que sa jumelle l'était aussi.

— Et pourquoi pas ?

— Pourquoi pas ? Parce que les trimartyrs ne croient pas aux reines. Et je te rappelle que Bluebell compte bien en devenir une.

— Je ne peux pas faire mon marché dans les vérités de Maava, en accepter certaines et en rejeter d'autres.

— Tu as la tête dure. Dès que tu mentionneras ta foi, elle cessera de t'écouter.

À quelques mètres de là, la porte de l'infirmerie s'ouvrit. L'ombre de Bluebell la précéda, indistincte dans la lumière vacillante. Willow retint son souffle en se haïssant d'être effrayée par sa grande sœur. Nul n'était besoin d'avoir peur quand on marchait dans les pas vertueux de Maava.

Willow s'avança à grands pas, se présentant devant Bluebell au moment où celle-ci claquait et verrouillait la porte de l'infirmerie.

— Ma sœur, j'aimerais te parler.

— Qu'y a-t-il ? s'enquit Bluebell en se retournant vers elle.

— Demain. Tu as dit que vous partiez à l'aube. Je veux partir avec vous.

— Non.

— Tu ne peux pas m'en empêcher. Æthlric est aussi mon père. Je veux être avec lui.

— Pourquoi ?

Le cœur de Willow s'emballa, mais elle se força à répondre d'une voix forte et contrôlée.

— Parce qu'il risque de mourir. Pourquoi trois de ses filles voyageraient-elles avec lui, tandis que les deux autres seraient condamnées à attendre et à espérer ? Tu te contenterais, toi, d'attendre et d'espérer ?

Bluebell pencha la tête sur le côté et plissa les yeux. Willow voyait bien qu'elle se retenait de dire non. Bluebell avait des défauts, mais elle se faisait une haute idée de la famille et de la loyauté.

— Je pourrais vous être utile. Rose, Ash et toi aurez besoin d'aide pendant ce voyage.

— Nous n'avons besoin d'aucune aide. Sighere et Heath viennent aussi.

— Heath part aussi ? couina Ivy.

Willow poursuivit comme si elle ne l'avait pas entendue :

— Heath n'est même pas un membre de la famille !

— Il est le neveu de ta sœur, et il manie l'épée un peu mieux que vous deux.

— Nous devrions être autorisées à venir ! claironna Ivy. Sinon, nous vous suivrons !

Willow se retourna et considéra Ivy avec curiosité.

— Trouvez-vous des chevaux, lança Bluebell en pressant sa main contre son front. Préparez tout ce dont vous aurez besoin, mais ne me demandez pas de freiner la cadence pour que vous puissiez vous reposer. Et ne comptez pas sur moi pour vous protéger au moindre danger. J'imagine que vous pourrez m'être utiles. Il va sans dire que vous ne devrez parler à personne de ce que nous allons faire.

Une voix étouffée résonna dans l'infirmerie :

— Bluebell !

— J'arrive, Dunstan, répondit-elle à travers la porte. Ne merdez pas, ajouta-t-elle en jaugeant ses deux sœurs. Ou vous rentrerez seules à la maison.

— Nous ne merderons pas ! promit Ivy en se réjouissant de pouvoir proférer des grossièretés impunément.

— Nous ferons ce qu'il faudra, renchérit Willow comme Bluebell disparaissait dans l'infirmerie.

— Pourquoi as-tu changé d'avis ? demanda Willow à Ivy.

— Heath.

— Je croyais que tu voulais épouser William Dartwood ?

—Je ne veux épouser personne ! gloussa Ivy. Quoique…, poursuivit-elle en faisant la moue. Heath ferait un assez bon mari.

Willow sortit son pendentif de sa robe et porta le triangle à ses lèvres. En dépit de ses païennes de sœurs, elle accomplirait l'œuvre de Maava. Elle était en train de s'attirer ses faveurs, elle le sentait, et malgré l'humidité fraîche du soir, elle avait l'impression que le soleil lui réchauffait les os.

Bluebell regarda Dunstan enfoncer à coups de marteau un dernier clou dans le volet.

—Plus aucune porte de sortie ?

—À moins qu'elle les arrache avec les dents, répondit-il.

—Et la porte ?

—Vous avez vu le verrou.

—Mais vous aurez besoin d'une serrure. Autrement, une bonne âme risquerait de…

—Le forgeron nous a préparé un cadenas. Il devrait l'apporter ce soir.

Bluebell rassembla ses longs cheveux et les noua en jetant un coup d'œil circulaire à la chambre. Avec l'aide de Dunstan, elle l'avait transformée en prison. Une prison confortable, mais une prison quand même. Ce confort était une concession faite à ses sœurs, auxquelles elle n'avait cependant pas fait part de ses plans pour Gudrun. Elle avait eu l'intention d'enfermer sa belle-mère ici avec Osred, mais ce dernier avait disparu plus tôt dans la journée. Pour Bluebell, il s'agissait d'un aveu de culpabilité, aussi avait-elle confié à six de ses hommes la mission de le retrouver.

—Je viendrai vous chercher demain à l'aube, dit-elle. Mes sœurs nous attendront avec la charrette à l'écurie. Je serai accompagnée de Sighere et de Heath. Nous nous occuperons d'Æthlric, vous vous chargerez de Gudrun. Ne la laissez pas crier. Faites le nécessaire, mais prenez garde à ne pas lui faire du mal. Au cas où… Au cas où je me tromperais.

Dunstan contint un sourire.

—Allez vous faire foutre, vieil homme! lança Bluebell en lui donnant un coup de pied dans le tibia.

—Je serai gentil avec elle, ne vous en faites pas.

—Et vous passerez aussi chercher son fils. Il loge à la taverne. Enfermez d'abord Gudrun avant d'aller chercher Wylm. Ne le sous-estimez pas. S'il est inexpérimenté, il est rusé, expliqua-t-elle en époussetant ses mains sur sa tunique. Ils se tiendront mutuellement compagnie jusqu'à mon retour.

Elle essaya de ne pas penser au mécontentement que provoquerait son action. Si elle ne s'était pas trompée, cela n'aurait pas d'importance, autrement…

—Je suis sûre d'avoir raison, marmonna-t-elle. J'en suis sûre, Dunstan. J'ai toujours senti qu'elle causerait du mal à notre famille.

—Soit vous vous fourvoyez, soit votre père s'est trompé, résuma Dunstan en se tournant vers elle.

Elle releva le menton. Dunstan avait été son premier professeur. Le matin de son dixième anniversaire, il l'avait tirée du lit et l'avait frappée à la tête avec une épée en bois jusqu'à ce qu'elle développe des muscles capables de soulever son bouclier pour la protéger. Six années plus tard, elle l'avait battu à l'entraînement pour la première fois.

—Qui se trompe, à votre avis?

—Je préfère ne pas vous répondre, Bluebell. Dans un cas comme dans l'autre, vous ne seriez pas contente.

Bluebell haussa les épaules.

—À demain matin, alors. Enfermez-la. Et ne dites rien à mes sœurs.

Rose se réveilla tard dans la nuit, le coude de Rowan douloureusement enfoncé dans les côtes. Elle l'en délogea doucement et la roula sur le côté. Ash, qui dormait de l'autre côté du lit, s'agita un peu. Rose ferma les yeux. Être tirée du sommeil ne la dérangeait pas ; cela signifiait qu'elle pouvait se rendormir une fois de plus en pensant à Heath. Elle évoqua son image. Ils trouveraient bien une occasion de se soustraire à la vigilance de Bluebell, un endroit où retirer leurs vêtements…

— Rose ? Tu es réveillée ? chuchota Ash dans les ténèbres.

— Oui.

— Je n'arrive pas à dormir, dit sa sœur en s'asseyant.

— Tu penses à demain ?

Comme Rowan s'agitait, Ash reprit encore plus bas :

— Je pense à tous mes demains.

Rose tendit le bras et caressa le dos de la main pâle d'Ash. Sa sœur paraissait tellement jeune cette nuit. À vrai dire, elle avait toujours l'air très jeune : elle avait une douceur autour des joues et de la bouche, une finesse dans les épaules et les hanches.

— Quelque chose ne va pas, Ash ?

Ash ne dit rien pendant quelques secondes. Une pluie légère se mit à marteler le toit.

— Ash ?

— Combien peut peser la Grande Mer, à ton avis ? Depuis quelque temps, elle repose sur ma poitrine.

— Pourquoi ? Que s'est-il passé ?

— Mon… Tu sais, ce don que je possède. Il devient de plus en plus puissant et… j'ai peur de la personne que je risque de devenir.

— As-tu demandé conseil à Byrta ?

— Oui, mais elle ne m'a été d'aucune aide.

Rose eut un frisson.

— Tu dis qu'il est puissant, mais à quel point ?
— Il est plus gros que moi. Rosie, crois-tu qu'il soit possible de contrôler sa propre destinée ?
— Mon cœur espère que oui, répondit Rose en pensant à Heath.
Elle ne pouvait en être certaine, mais il lui sembla que, dans les ténèbres, Ash lui souriait.
— Mon cœur l'espère aussi. Excuse-moi, je n'aurais pas dû t'empêcher de dormir.
— Tu vas dormir, maintenant ?
— Je ne crois pas.
— Tu seras fatiguée, demain, et Bluebell ne te laissera pas te reposer.
Ash gloussa doucement.
— Il y aura d'autres nuits. Même Bluebell ne peut pas empêcher le soleil de se coucher. Dors, ma sœur. Je fais confiance à ta petite pour te faire la vie dure demain.
Rose passa un bras protecteur autour de Rowan.
— Je t'aime, Rosie.
— Je t'aime aussi.
Elle ferma les paupières et tenta de voir Heath en esprit, mais d'autres pensées, plus sombres, s'imposèrent à elle. « *Crois-tu qu'il soit possible de contrôler sa propre destinée ?* » Son cœur l'espérait, comme elle l'avait dit, mais sa tête lui criait le contraire.

Bluebell s'habilla à la lumière d'une bougie. Elle s'était réveillée une bonne dizaine de fois dans la nuit. En sursaut, chaque fois, le cœur battant à tout rompre. Avait-elle laissé passer l'aube ? La journée était-elle déjà bien avancée ? Elle se sentait lasse et avait les yeux qui piquaient comme elle enfilait sa cotte de mailles. Son poids familier lui fit du bien. Elle ne pensait pas que quiconque l'empêcherait de faire sortir le roi Æthlric de sa longère, mais elle devait se tenir prête. Elle rangea son épée dans son fourreau et jeta son paquetage sur son épaule gauche. Elle entrouvrit la porte, laissant un tourbillon d'air frais entrer dans la maison. Thrymm et Thræc se réveillèrent et se levèrent aussitôt en agitant la queue. Le ciel était toujours sombre, mais commençait à virer au bleu pâle au-dessus de la ligne d'horizon. À l'ouest, des nuages s'accumulaient. L'atmosphère matinale sentait le feu de cheminée et la rosée.

Bluebell descendit discrètement jusqu'à l'écurie, posa ses bagages devant l'entrée et ordonna aux chiennes de les surveiller. Elle entendait ses sœurs et Sighere discuter à voix basse. Des oiseaux chantaient tout autour. Bluebell tourna les talons et se dirigea d'un pas léger vers la longère.

Dunstan et Heath attendaient dans l'obscurité qui précédait le lever du jour.

— Dunstan, occupez-vous de Gudrun. Doucement. Elle a passé la nuit auprès d'Æthlric, aussi la trouverez-vous là-bas.

Dunstan grogna son accord.

— Heath, vous allez m'aider avec mon père, et vous ne parlerez à personne de ce que nous allons faire. Pas même à Rose.

Heath hocha la tête.

Bluebell ouvrit la porte et attendit un instant que ses yeux s'habituent à la pénombre. Deux silhouettes endormies. Elle adressa un signe de tête à Dunstan, qui entra dans la chambre sans hésiter et se dirigea vers Gudrun.

Elle cria lorsqu'il la tira de sous sa couverture. Il lui plaqua une main sur la bouche.

— Emmenez-la vite, siffla Bluebell. Vous savez ce que vous avez à faire.

Pendant un très bref instant, elle aperçut le visage de sa belle-mère, blanc de peur dans la faible lumière. Puis il la dépassa et disparut.

Bluebell désigna son père étendu.

— Prenez-le par les jambes. Et ne lui faites pas mal, ajouta-t-elle à voix basse.

Elle s'approcha du lit et découvrit Æthlric. Comme elle se penchait au-dessus de lui, ses cheveux lui tombèrent sur le visage.

— Père, c'est moi. C'est Bluebell. Je vais t'emmener quelque part où tu pourras te rétablir. Je vais m'occuper de toi.

Ses yeux bougèrent sous ses paupières, mais ne s'ouvrirent pas. Était-ce son imagination ou bien ses lèvres bougeaient-elles sans émettre aucun bruit comme s'il essayait de lui répondre ? Elle colla le dos de son père contre sa poitrine, tandis que Heath le prenait par les jambes. Ensemble, ils le portèrent hors de la maison jusqu'à l'écurie.

Sighere et la charrette les attendaient. Cette dernière avait été préparée la nuit précédente, dotée d'un matelas et de couvertures. Bluebell étendit Æthlric sur la plate-forme et posa à côté de lui sa cotte de mailles, son épée, ainsi qu'une cape rouge foncé soigneusement pliée. Un roi guerrier ne devait jamais sortir sans ses armes et sans son armure, quand bien même il dormirait d'un sommeil de mort. Elle déplia l'auvent au-dessus d'eux afin que personne ne voie la précieuse cargaison de la charrette.

Rose prit place sur le véhicule en serrant contre elle une Rowan endormie, suçant sa lèvre inférieure.

— Personne ne t'a vue ? s'enquit Rose. Gudrun ?

— Tout s'est passé selon nos plans, répondit Bluebell en jetant son paquetage sur la croupe d'Isern et en tendant la corde. Allons-y.

Wylm émergea de l'ombre, derrière les écuries, et regarda les silhouettes descendre la colline en direction de la porte de la ville. Ils s'arrêtèrent là quelques instants, parlant à voix basse, les brides produisant des cliquetis métalliques, le temps que Bluebell déverrouille la porte. Alors ils quittèrent la ville, la charrette cahotant en queue de cortège. La porte se referma. Ils étaient partis.

La charrette. Que transportaient-ils dans cette charrette ? Où allaient-ils ? Il n'avait pas reconnu toutes les voix, mais il était à peu près certain d'avoir entendu celles de Rose et de sa petite fille, ainsi que celle plus mesurée et calme d'Ash. Deux voix féminines à peine audibles auraient pu appartenir aux deux autres sœurs. Et puis, il y avait deux hommes – des soldats, peut-être.

Un sentiment de malaise s'immisça dans son ventre. Il tourna les talons et, la peur rendant son pas incertain, courut vers sa mère.

Il vit que la porte de la longère était grande ouverte dans la pénombre. Des torches dansaient dans l'infirmerie. Et la voix de sa mère qui criait :

— Ne me faites pas de mal ! Ne me faites pas de mal !

Et une autre voix, plus sèche et agressive, qui lui disait de se taire, lui répétait que tout irait bien.

Il hésita, se cacha dans l'ombre. Son cœur battait à tout rompre. Quel homme était-il pour ne pas avoir le courage de dégainer son épée et de courir au secours de sa mère ?

Mais il n'avait pas d'épée. Elle était à la taverne avec ses vêtements de rechange, son couteau, toutes les affaires avec lesquelles il voyageait. Nul doute que c'était là qu'ils iraient le chercher. Il se sentait aussi impuissant qu'un petit garçon venant de mouiller son pantalon, et cela le rendait furieux.

Il faisait toujours sombre. Il pouvait encore s'échapper.

Mais sa mère…

S'il était incarcéré avec elle, il ne pourrait certainement pas lui venir en aide. Et encore moins s'il était mort.

— Je reviendrai dès que je le pourrai, mère, murmura-t-il dans l'aube déserte.

Avant de partir en courant.

Chapitre 11

Le soleil se leva, mais fut rapidement avalé par les nuages qui déferlaient de l'ouest. Un vent fort qui soufflait en bourrasques, très inhabituel pour la saison, secouait feuilles et bourgeons, portant un parfum d'humus mouillé aux narines de Bluebell. Il pleuvrait bientôt.

Bluebell ouvrait la route en compagnie de Sighere. Heath fermait la marche. Assise à côté de sa fille, Rose conduisait la charrette dans laquelle était étendu son père. Le véhicule était lent et rallongerait d'au moins une journée leur voyage vers la ferme de Sabert en passant par Stonemantel. Plus que six kilomètres environ, et ils quitteraient la route pour traverser des champs et des forêts, Bluebell préférant ne pas être vue.

En dépit de la lenteur de leur progression, le fait qu'elle chevauche Isern, que Sighere soit tout près et que ses chiennes trottinent à ses côtés rendait Bluebell particulièrement positive et optimiste. Et c'était la première fois depuis qu'elle avait appris la mauvaise nouvelle. Elle était enfin dans l'action. Ils n'étaient pas assis dans cette chambre étouffante et sombre à attendre que son père rende son dernier souffle.

Soudain, il se mit à pleuvoir. Un crachin, d'abord. Froid. Une pluie qui tombait de très haut. Bluebell ne l'aurait pas remarquée sans le chœur de plaintes, dans son dos. Ivy était la plus bruyante. Venait ensuite Rowan, qu'on pouvait pardonner, car elle avait trois ans. Même Willow, normalement si calme et stoïque, marmonnait en se plaignant de l'humidité.

Bluebell se tourna vers Sighere et dit à voix basse :

— Ça va s'aggraver.

Sighere regarda par-dessus son épaule et avisa les nuages sombres qui mangeaient le ciel, ses longs cheveux noirs voletant dans le vent.

— En effet, madame. Allons-nous rester sur la route ?

— Nous ne pouvons pas.

— Il y aura de la boue.

— Je n'ai pas peur d'un peu de boue, rétorqua-t-elle dans un demi-sourire.

Alors la pluie redoubla d'intensité, les gouttes lourdes et froides martelant le sol. En quelques secondes seulement, Bluebell fut trempée jusqu'aux os ; ses cheveux étaient plaqués sur son crâne et sa cotte de mailles encore plus froide que d'habitude sur son corps. Elle leur fit signe de quitter la route, et ils la suivirent dans l'herbe glissante. Devant eux s'étiraient des champs boueux.

— Bluebell, nous sommes obligés de quitter la route ?

C'était Ivy, évidemment. Bluebell ignorait ce que le frère de sa mère avait enseigné à Ivy ; pas à endurer les épreuves de la vie, en tout cas. Bluebell et son père avaient toujours été en désaccord sur la manière dont il convenait d'éduquer les jumelles. Elle aurait voulu les faire rentrer à Blicstowe pour les préparer à la vie publique. Willow était de la trempe des guerriers, lui semblait-il. En s'entraînant au maniement des armes, elle ajouterait un peu de muscles autour des os qui lui faisaient office de cuisses. Ivy, pour sa part, était une insupportable gamine qu'il faudrait marier au plus vite dans le cadre d'un accord de paix. Bluebell avait déjà fait une offre à un des cousins de Wengest, un duc du nord du Netelchester contrôlant une importante ville côtière. Bluebell se méfiait de sa puissance croissante et de son éventuel expansionnisme. Elle attendait simplement la réponse de Wengest. Tant que les jumelles n'œuvreraient pas au service de la famille, elles voletteraient comme des feuilles dans le vent.

— Oui, Ivy, répondit Bluebell. Nous devons quitter la route.

— Mais…

Bluebell leva la main pour signifier que la conversation était terminée, mais Ivy n'avait pas l'intention d'en rester là. Elle accéléra pour rattraper sa sœur.

— Tu as vu toute cette boue ?

Bluebell ne dit rien. Elle avait pris l'habitude de ne pas répondre aux requêtes stupides.

— Bluebell ?

— S'il vous plaît, retournez avec vos sœurs, lui proposa Sighere.

— Qui êtes-vous pour me dire ce que je dois faire ? s'emporta Ivy, le regard noir.

Bluebell secoua la tête à l'intention de Sighere, qui s'abstint donc de se justifier. Ivy jura dans sa barbe et revint sur ses pas. Bluebell entendit sa sœur se plaindre avec véhémence à Willow, mais celle-ci se contenta de hausser les épaules.

Les pleurnichages cessèrent au bout d'une heure – même Ash maudissait la boue –, mais alors le vent se leva, plaquant leurs vêtements mouillés contre leur peau. Les geignements de Rowan se firent de plus en plus forts, si bien que Bluebell craqua. Elle n'avait jamais voulu que cette enfant les accompagne ; tout comme elle n'avait pas souhaité la présence des jumelles. Rose avait insisté. Ivy et Willow avaient insisté. Si Bluebell possédait une faiblesse, c'était bien sa famille.

Elle tira sur ses rênes, et le convoi s'arrêta bruyamment derrière elle. Elle fit demi-tour et rejoignit Rose et Rowan, assise à l'avant de la charrette.

Rowan la fixa de ses grands yeux ronds. Elle avait remarqué la mine sinistre de sa tante.

— Princesse Rowan du Netelchester, commença Bluebell. Vous ai-je entendue pleurer ?

La petite hocha la tête.

— Bluebell, sois gentille, intervint Rose. La petite a froid, la charrette nous secoue les os, et elle a trop peur des marmonnements de père pour accepter de dormir derrière avec lui.

Bluebell agita une main dédaigneuse. Elle souleva Rowan de son siège et l'assit sur le dos d'Isern.

— Maman ! cria la petite.

— Bluebell, je t'en prie…

Bluebell fit volte-face et retourna en tête du convoi. Rowan sanglotait de plus belle, appelant sa mère. Bluebell se pencha vers son oreille et lui chuchota sèchement :

— Arrête ! Je ne suis pas ta mère. Je n'ai aucune intention de supporter tes caprices.

Rowan prit une inspiration profonde et tremblotante.

— Je vais te dire un secret, poursuivit Bluebell. Tu es capable de garder un secret ?

Rowan opina du chef et leva les yeux vers sa tante.

— Un jour, tu seras reine.

— Oui, acquiesça Rowan, manifestement fascinée par cette perspective.

— Je nourris des projets très ambitieux pour toi, ma petite.

Bluebell était presque certaine que Wengest n'aurait pas d'autre enfant, et elle était aussi sûre de lui survivre. Si elle parvenait à contrôler sa famille, si elle empêchait ses parents de devenir trop puissants, elle pourrait mettre la main sur le Netelchester en faisant à peine usage de la force. Et comme elle n'aurait pas de descendance, Rowan serait son héritière désignée. La fillette était costaude et avait du feu dans les yeux. Quand elle aurait sept ans, Bluebell la ferait venir à Blicstowe sous prétexte de l'instruire. Wengest la laisserait partir ; les filles ne l'intéressaient pas, et l'instruire lui-même ne lui viendrait pas à l'idée. Alors Bluebell enseignerait elle-même le maniement des armes et la stratégie à sa nièce.

Bien sûr, Rose n'était au courant de rien. La petite avait encore la peau fine, et il était trop tôt pour lui parler de ses projets. Aucune mère n'avait envie qu'on mette une hache entre les mains de son enfant.

— Tu seras une reine guerrière, renchérit Bluebell. Belle, terrible et puissante.

Rowan se mit à sautiller sur la selle, les yeux secs.

— Mais tu ne dois rien dire à papa.

— Pourquoi ?

— Ton père ne croit pas aux reines guerrières, commença Bluebell avant de s'interrompre, hésitante. Il t'empêcherait de devenir reine, c'est sûr. Tu ne dois surtout pas lui en parler.

— Et maman, elle croit aux reines guerrières ?

— Cela n'a pas d'importance. Ce qui importe, c'est que les reines ne pleurent pas quand il pleut un peu ou qu'il fait froid.

— Je suis une reine guerrière, affirma Rowan en levant le menton.

— Bonne petite.

Bluebell lui caressa vigoureusement la tête et éperonna Isern. Rowan resta calme toute la journée.

En milieu d'après-midi, ils croisèrent une écurie abandonnée à la toiture éventrée. La pluie et la boue avaient épuisé tout le monde, y compris les chevaux et les chiennes. Ils avaient parcouru autant de chemin que possible ce jour-là, aussi décidèrent-ils de s'arrêter.

— Les chevaux dehors, les gens dedans, ordonna Bluebell.

Sighere et Heath détachèrent le chariot et le mirent à l'abri, tandis que les voyageurs fatigués s'occupaient des chevaux sous la pluie.

Ivy ne se rappelait pas avoir jamais été aussi mal à l'aise. Ses vêtements étaient humides et raides. Ses cuisses et son dos la faisaient souffrir, et ses mains étaient toutes blanches et bouffies d'être restées sous la pluie. Pour se détendre, elle s'assit sur de la paille moisie près du feu allumé avec des brindilles tellement détrempées qu'elles la réchauffaient à peine. Une fumée âcre s'en élevait. Au moins le trou dans le toit laissait-il entrer un peu d'air… et de pluie. La nuit approchait, et il lui faudrait bientôt dormir. Dormir ! C'était impensable. Pour ne rien arranger, Tétons-d'acier était de mauvaise humeur et faisait peur à tout le monde. Elle était mécontente, car ils n'avaient pas parcouru la distance espérée. Ivy, elle, avait l'impression d'avoir traversé la moitié du monde ; elle n'imaginait même pas remonter sur son cheval le lendemain. Elle préférait ne pas y penser de peur d'éclater en sanglots incontrôlés.

La soirée se passa néanmoins assez bien. Elle mâchouilla sans enthousiasme un peu de pain et de viande séchée, trouva un coin tranquille pour uriner sous la pluie et parvint à sécher plus ou moins ses vêtements. Tout le monde était d'accord pour dire que la journée avait été épuisante et qu'il était temps de dormir. On sortit des couvertures pour se rouler dedans. C'est à ce moment-là qu'Ivy se rendit compte qu'elle avait oublié de prendre la sienne.

— Tu veux bien partager la tienne ? demanda-t-elle à Willow.

— Non, elle est trop petite pour nous deux. Pourquoi n'en as-tu pas pris une ?

— J'ai oublié.

— Qu'est-ce que tu n'as pas oublié ?

Ivy ne répondit pas. Elle ne pouvait pas avouer qu'elle avait emporté deux belles robes et un assortiment de colliers de perles. Willow l'obligerait à dormir sur ses robes, et Ivy n'avait pas envie de les couvrir de boue. Ces vêtements lui serviraient quand ils arriveraient à destination. Quelle que soit cette destination… Bluebell avait parlé d'une ferme et de fleurs, et Ivy s'était imaginée dans sa robe bleue, avec ses broderies dorées sur les manches, gambadant parmi les fleurs, le soleil brillant dans ses cheveux blonds. Heath la verrait et aurait envie d'elle, forcément.

Ivy regarda autour d'elle. Tout le monde se préparait à dormir, sauf Bluebell, qui prenait le premier tour de garde auprès de la charrette du roi Æthlric. La charrette! Il y avait sûrement des couvertures de rechange dedans. Elle s'en approcha joyeusement.

Bluebell, qui avait dégainé son épée, la fixa du regard en fronçant les sourcils.

— Quoi ?

— J'ai besoin d'une couverture, expliqua Ivy en tendant les bras vers l'arrière de la charrette.

L'épée de Bluebell fendit l'air et lui bloqua le passage. Son acier scintillait dans la lumière des torches.

— Eh ! protesta Ivy. Je suis ta sœur !

— Ne t'approche pas de lui.

— Pourquoi ?

— Parce que Widowsmith ne le veut pas, répondit-elle sans l'ombre d'un sourire.

— J'ai besoin d'une couverture.

— Tu ne prendras pas la sienne.

— Il en a sûrement plus d'une. J'imagine que tu as dû tapisser le fond de la charrette pour la rendre confortable.

Bluebell plissa les yeux et ne répondit pas.

Ivy les détestait, elle et ses silences.

— Je t'en prie, Bluebell. Je suis tellement fatiguée, et je ne peux pas dormir sans couverture.

Elle entendait son cœur battre dans ses oreilles. Elle se rendait bien compte que tout le monde, y compris Heath, assistait à leur échange.

Bluebell continuait à la toiser en silence, impassible, l'épée tendue devant elle pour lui barrer la route. Ivy savait ce que sa sœur pensait. Celle-ci lui avait demandé de préparer elle-même tout ce dont elle aurait besoin, ce qu'elle n'avait pas fait. Ivy avait envie de pleurer, mais pas devant Bluebell. Elle tourna les talons et s'en fut à l'autre bout de l'écurie, où elle s'affala tant bien que mal dans la paille. Cela sentait le froid et l'humidité. Une larme roula sur sa joue ; elle l'essuya de la paume de la main. Soudain, une ombre la recouvrit. Elle se retourna, s'attendant à découvrir Bluebell.

Il s'agissait de Heath. Il sourit et s'accroupit à côté d'elle en lui tendant une couverture roulée.

— Voilà, dit-il. J'en avais pris deux.

Son corps tout entier et ses veines s'embrasèrent. Heath lui donnait une couverture. Elle lui rendit son sourire et le fixa d'un regard amoureux, tandis que la lumière des torches faisait briller ses cheveux d'un éclat rouge.

— Merci. Que puis-je faire pour vous montrer ma reconnaissance ?

Elle avait une idée assez précise de ce qu'elle pourrait lui faire, et cela la fit frissonner.

— Dormez bien au chaud, lui dit-il avant de lui donner une tape sur l'épaule et de s'éloigner.

Elle le suivit du regard. Enfin un homme, un vrai. Pas comme tous ceux dont elle s'était crue amoureuse. Il n'était ni égoïste ni orgueilleux. Et il n'était pas du genre à médire sur elle dès qu'elle aurait remis sa robe. Son cœur enfla douloureusement contre ses côtes. Elle mourrait si elle ne parvenait pas à le séduire.

Il faisait nuit, et Wylm était trempé, maculé de boue jusqu'aux genoux et terrifié. Il se cachait derrière les bâtiments du roi, passait d'ombre en ombre, à l'affût du moindre bruit. Il savait qu'ils le cherchaient. Plus tôt dans la journée, il s'était caché dans un tronc d'arbre creux en attendant que passent trois cavaliers qui discutaient bruyamment. Allongé là – les coudes enfoncés dans les côtes, de la terre dans la bouche et des insectes dans les cheveux –, il avait eu si peur, il s'était senti si triste, que ses yeux s'étaient emplis de larmes. Il les avait ravalées avec rage. Bluebell l'avait fait tomber si bas.

Le souffle court, le dos collé contre le mur de derrière la longère, son autoapitoiement n'était plus qu'une petite brique compacte circonscrite au fond de lui. Il se devait de sauver sa mère.

Dans la rue principale, il y avait une fosse à côté des latrines, un trou où Bluebell aimait enfermer ses prisonniers, aussi supposait-il que Gudrun était là. La fosse était à découvert, mais il était minuit passé depuis longtemps, et seule la taverne serait encore éclairée. Il se faufilait dans l'ombre, s'arrêtant tous les quelques mètres pour écouter. Des criquets. Des éclats de rire portés par le vent. Des gouttes tombant en rythme des avant-toits.

Et les pleurs d'une femme.

Wylm se figea. Était-ce son imagination enfiévrée ou bien s'agissait-il de sa mère ? Le bruit venait de l'infirmerie.

Il se retourna et scruta les ténèbres à la recherche du moindre signe de vie. Tout était immobile. Il approcha de l'infirmerie. Les pleurs avaient cessé, et il n'était plus si sûr de les avoir entendus. Puis il avisa le verrou et le cadenas sur la porte. Quelqu'un était bien enfermé là-dedans.

Il s'avança jusqu'au volet, glissa les doigts en dessous. Celui-ci refusait de bouger.

Le cœur battant à tout rompre, il regarda par-dessus son épaule, s'accroupit et colla sa bouche sous le volet.

— Maman !

Pas de réponse. Une peur intense. Les sens en alerte.

— Maman !

Une voix plaintive.

— Wylm ?

Une vague de soulagement dans son corps. Elle n'était pas dans la fosse, mais au chaud, avec un lit. Il permit à son cœur de se détendre un peu. Le bruit des pas de Gudrun se rapprocha et ses doigts apparurent sous le volet. Wylm les effleura.

— Tu vas bien ? chuchota-t-il.

— Je suis prisonnière !

Sa voix était si criarde. La peau de Wylm le picotait.

— Chut ! Pas si fort, mère ! Vous ont-ils fait du mal ?

— Non, répondit-elle à voix très basse. En fait, ils ont fait très attention à ne pas me blesser. Mais je suis enfermée. Tu peux me faire sortir ?

— Il y a un cadenas sur la porte. Si j'essaie de le briser, on va m'entendre.

— Ils te cherchent, Wylm.

— Je sais.

— Et Osred ? Où est-il parti ?

Wylm refoula sa culpabilité glaciale.

— Peut-être est-il rentré chez lui. Où nous aurions dû aller nous aussi.

Comme il prononçait cette dernière phrase, il se rendit compte qu'il avait le mal du pays. Tweoning, où il avait grandi, était le plus petit royaume du Thyrsland, enclavé entre Ælmesse, Lyteldyke, Netelchester et Thriddastowe. La géographie avait rendu son peuple conciliant, tolérant. Les jeunes gens de bonne famille apprenaient la diplomatie et la médiation, les langues des marchands du Sud et des raiders du Nord. Si seulement sa mère n'avait pas épousé Æthlric. Sa vie à lui aurait-elle été plus insouciante ? Pendant un instant, il se complut dans l'idée que, chez lui, rien de tout ceci ne serait arrivé. Jamais il n'aurait eu l'idée de briguer le trône. Jamais il n'aurait eu à prouver quel genre d'homme il était. Ou bien, avec l'âge adulte, les responsabilités seraient-elles venues de toute façon.

— Ils m'ont jetée ici. Je pense que Bluebell a emmené Æthlric, lança Gudrun en pleurant. Mon mari.

— Elle pense peut-être pouvoir le guérir, dit Wylm, comme sa peur s'emparait de nouveau de son cœur. Si Bluebell trouve par miracle une façon de le soigner, votre secret sera découvert.

— Non, Æthlric me pardonnerait. Il ne dirait rien à Bluebell.

— Comment pouvez-vous en être si sûre ?

— J'en suis certaine. Il m'aime.

Wylm préférait changer de sujet. Æthlric ne lui pardonnerait pas. Il raconterait tout à Bluebell, et alors sa mère mourrait. Juste avant lui. Il ne permettrait pas que cela arrive.

Gudrun éclata en sanglots.

— J'ai été stupide. Tout est ma faute. Je suis vraiment la femme la plus malchanceuse du monde. Trouve quelqu'un qui acceptera de nous aider, Wylm. Un habitant de Tweoning, quelqu'un qui me porterait toujours dans son cœur.

Wylm pressa ses doigts contre ceux de sa mère. Ne comprenait-elle pas ? Personne ne pouvait tuer Bluebell. En tout cas, aucune de leurs relations originaires de Tweoning. Une porte s'ouvrit et des bruits de pas résonnèrent. Wylm se fit tout petit contre le mur. Sans avoir eu le temps de dire au revoir à sa mère, il se précipita vers une ombre épaisse. Des voix : Dunstan et Gudrun. Il s'arrêta derrière les écuries.

Le jeune Tom devait dormir à l'intérieur. Lui avait-on ordonné d'appeler à l'aide si Wylm se présentait et demandait le cheval de Gudrun ? Évidemment. C'était une certitude. Tant pis, Wylm partirait à pied.

Mais il ne fuirait pas, non ; il foncerait vers son destin d'homme et de roi. Il ne serait pas un faible, il ne serait pas celui qui flotterait, impuissant, dans le sillage de Bluebell. Il serait un homme d'un genre différent, un homme fort et malin, un homme capable de faire tomber la princesse héritière d'Ælmesse. Il n'y arriverait pas seul, bien sûr, mais il se racontait dans les tavernes et les auberges qu'un puissant ennemi de Blicstowe vivait encore.

Hakon, le roi Corbeau.

Juste avant l'aube, Ash émergea d'un rêve étrange dans lequel elle s'était vue de retour à Thriddastowe. Elle ouvrit les paupières et resta immobile pendant quelques secondes. Quelqu'un ronflait. Lentement, elle se rappela où elle se trouvait. Elle avait mal au dos d'avoir dormi sur un sol dur, et une énorme envie d'uriner.

Elle se leva. Willow était assise près de la charrette d'Æthlric, la tête posée, lourde, dans les mains. Elle adressa un sourire facile à Ash.

— J'ai hérité du dernier tour de garde, dit-elle.

— On va tous y passer, j'imagine.

Ash sortit de l'écurie. Une lumière bleue surplombait les champs détrempés. Les nuages s'étaient déchirés, et le ciel clair et pâle annonçait une journée plus tranquille. Ils se trouvaient dans les plaines de l'Ouest, qui s'étiraient vers l'océan. Non pas la mer d'huile de l'Est, mais l'océan déchaîné. Ash bâilla. Elle avait des crampes d'estomac et entendait des bruits liquides dans son ventre. Le voyage risquait de se compliquer si elle devait avoir des ennuis digestifs. Elle marcha péniblement vers la haie vive qui délimitait le champ, dans l'espoir de trouver un coin tranquille où se soulager.

Son ventre se manifesta encore. Elle escalada la haie vive et s'accroupit de l'autre côté. À quelques mètres de là, un bosquet d'ormes, des ombres profondes.

Elle mit quelques secondes à comprendre que la sensation, dans son ventre, n'était pas le signe d'une maladie mais une mise en garde.

Elle essaya de rassembler rapidement ses vêtements, mais la silhouette sombre se précipitait déjà vers elle, la jetait au sol et lui plaquait une main brutale et sale sur la bouche. Elle lui mordit violemment les doigts. L'homme retira sa main suffisamment longtemps pour qu'elle crie le nom de sa sœur, mais il revint à la charge, lui agrippant le menton pour l'obliger à fermer la bouche. Il la retourna et lui remonta les jupons.

Le temps ralentit. Il lui dit quelque chose. Elle ne comprit pas, car, se rendit-elle compte, il parlait la langue des raiders du Nord. Son cœur se contracta, devint dur comme une pierre. Ce n'était pas à elle qu'il parlait, mais à ses compagnons ; les raiders ne voyageaient jamais seuls.

Bluebell, en revanche, était seule lorsqu'elle bondit par-dessus la haie en faisant tournoyer son épée. Le raider lâcha Ash, qui roula sur le dos au moment où quatre autres hommes émergeaient du bosquet. Son sang se glaça. Elle recula loin de la mêlée, colla son dos à la haie piquante et regarda, horrifiée.

Un instant plus tard, les chiennes de Bluebell se matérialisaient aux côtés de leur maîtresse et bondissaient sur un des raiders, le mettant à terre. Bluebell embrocha un deuxième homme, mais les trois autres convergèrent aussitôt vers elle. Ash entendit plusieurs fois le prénom de sa sœur ; les raiders venaient de comprendre à qui ils avaient affaire. Grognant et criant comme un homme, Bluebell fit bonne figure jusqu'à ce que son pied soit aspiré par la boue et qu'elle tombe à genoux. Ses chiennes vinrent à son secours, grondant et mordant, mais les raiders l'entouraient. Ash tenta de se lever, mais ses genoux refusaient de lui obéir. Des yeux, elle cherchait quelque chose – une pierre, un bâton – pour aider Bluebell. Soudain, Heath et Sighere apparurent. La scène devint confuse, saturant ses sens. Tintements d'armes, aboiements, gémissements de mourants. L'éclat de l'acier, les flots de sang, noir dans le jour naissant, submergèrent le moindre nerf de son corps. Elle ferma les yeux et se plaqua les mains sur les oreilles.

Quelques secondes plus tard, Bluebell l'aidait à se relever.

— Est-ce qu'il t'a fait mal ? demanda-t-elle en soufflant de la vapeur dans l'atmosphère fraîche.

Ash secoua la tête en se retenant de pleurer. Bluebell était couverte de boue et avait du sang étranger sur la joue gauche. Être la cause de la mort de sa sœur aimée aurait été difficile à assumer – moins difficile, cependant, que la mort de l'héritière du trône d'Ælmesse.

— Madame, que font les raiders si loin au sud ? demanda Sighere, accroupi à côté d'un cadavre qu'il fouillait à la recherche d'objets de valeur.

Ash frissonna. Elle se donnait tellement de mal pour contenir sa vision qu'elle en devenait presque aveugle. Dans l'aube naissante, entourée de sang, une certaine clarté revint à elle tandis que la température de son cœur redevenait normale. Elle avait failli conduire Bluebell à sa mort parce qu'elle refusait de se fier à son instinct. Parce que son avenir était corrompu et qu'elle était destinée à corrompre celui des autres. Faire tuer Bluebell plongerait Ælmesse dans l'incertitude. Le Netelchester se sentirait pousser des ailes, les raiders déferleraient… Était-ce le Devenir qu'elle craignait tant ?

Ash se promit deux choses. Premièrement, elle décida de ne plus jamais appeler Bluebell à l'aide, quelles que soient les circonstances. Deuxièmement, elle laisserait libre cours à sa vision, et ce, quoi qu'il en coûte.

Chapitre 12

Wylm espionna la maison de l'amant de Bluebell toute la journée. Le fermier à la tête carrée et son fils. Peut-être celui de Bluebell. Plus il y pensait, plus il se persuadait que c'était vrai. Pourquoi, autrement, aurait-on laissé vivre ce simplet ? Comme elle devait être embarrassée, comme elle devait être honteuse, car cet enfant ne serait jamais un guerrier. Imaginer la détresse de Bluebell lui faisait du bien. Il demanda à son cerveau fatigué de se concentrer. Il avait besoin de découvrir où se trouvait Bluebell et ce qu'elle tramait. Wylm se sentait capable de tirer les vers du nez d'un homme assez faible pour aimer quelque chose d'aussi vulnérable qu'un enfant handicapé.

Le fermier assit son fils silencieux sur un tabouret pendant qu'il réparait un panier en lui parlant. Comme il était relaxant de rester assis dans l'herbe humide derrière une haie ancienne parcourue de clématite et de les regarder vaquer à leurs occupations quotidiennes. De gros bourdons poilus voletaient autour de lui, et une odeur végétale de crottin de cheval lui picotait les narines. Dès qu'il se surprenait à ressentir de la pitié pour eux, il repensait à Bluebell et redevenait impitoyable.

Le bon moment arriva, comme il l'avait prévu. Le fermier se leva, s'étira et caressa les cheveux de son fils, lui murmurant quelque chose d'inaudible. Puis il s'éloigna vers les champs. Dès qu'il eut disparu, Wylm se leva, décrocha quelques feuilles humides restées collées à son pantalon et enjamba la haie pour traverser l'étendue herbeuse. Quelques secondes plus tard, il se tenait devant le petit garçon.

Au début, il pensa que le garçon ne l'avait pas remarqué, puisqu'il était manifestement aveugle. Il se pencha vers lui, si bien que leurs visages n'étaient plus qu'à quelques centimètres l'un de l'autre.

— Papa ?

Wylm se redressa et se tourna vers la maison. À l'intérieur, une grosse miche de pain refroidissait sur la table. À côté était posé un lourd couteau. Il alla le chercher et le soupesa. Puis il prit un tabouret et s'assit près du garçon.

Celui-ci tourna légèrement l'épaule dans sa direction.

— Papa ? répéta-t-il.

— Papa n'est pas là, répondit Wylm.

Le garçon sombra dans le silence. Les sens en alerte, Wylm attendit le fermier. Les minutes se succédèrent. Le garçon commença à s'agiter et à geindre un peu. Il voulut se relever, mais Wylm lui agrippa fermement le poignet et l'obligea à se rasseoir.

— Reste ici.

Le garçon obéit, mais ses épaules maigrichonnes étaient crispées et il tremblait. Sa tension était contagieuse ; Wylm avait l'estomac noué. Un nuage passa devant le soleil.

Les minutes s'étirèrent. Le garçon faisait tourner une bague autour d'un doigt de sa main gauche. Wylm l'examina et constata qu'elle arborait les armes royales d'Ælmesse. Il sourit en lui-même.

À ce moment-là, le fermier arriva. Leurs regards se croisèrent.

L'homme cria quelque chose – non pas un mot, mais une exclamation. Et se mit à courir dans leur direction.

Wylm se leva, se positionna derrière le garçon, dont il pencha la tête sur le côté pour lui glisser la lame du couteau sur la gorge.

— Eni ! cria le fermier en se figeant.

— Venez plus près, l'invita Wylm. Nous avons à parler.

L'homme obtempéra, les bras écartés dans un geste de paix.

— S'il vous plaît, ne lui faites pas de mal.

— Où est Bluebell ?

Wylm étudia avec attention le visage du fermier. Presque imperceptiblement, il serrait les mâchoires, ce qui signifiait qu'il savait où était Bluebell. Il affirmerait le contraire, bien sûr.

— Je ne sais pas de quoi vous parlez.

— Je parle de Bluebell. Votre maîtresse.

— Bluebell ? répéta le garçonnet en tremblant.

— Tout ira bien, Eni, lui dit son père d'un ton rassurant.

Le cœur de Wylm battait à tout rompre.

— Je n'ai pas le temps de m'amuser avec vous. Dites-moi où est Bluebell ou je lui tranche la gorge.

Les sourcils du fermier se rapprochèrent, trahissant ses doutes et sa douleur. Wylm le voyait presque peser le pour et le contre : Bluebell était capable de se défendre seule, son fils non.

— À trois kilomètres au nord de Stonemantel. Prenez la première piste qui s'écarte de la route au sud-ouest du Lyteldyke. C'est une ferme. On y produit des fleurs. Il y a une longue écurie sur le devant. Vous la reconnaîtrez sans peine, car elle très grande et que les rebords de fenêtre sont ornés de fleurs sculptées.

— Pourquoi est-elle partie ?

— Elle veut essayer de soigner son père.

— Comment ?

— Je ne sais pas, répondit le fermier tandis qu'une larme lui dégoulinait sur la joue.

Le voir pleurer le rendit encore plus détestable aux yeux de Wylm.

—Je suis sûr que vous savez.

—Non, je vous le jure. Je ne lui ai pas posé de questions. Ça ne me regardait pas.

—Cet enfant est-il le sien ?

—Cet… ? répéta l'homme, sans comprendre. Eni ? Non. Eni n'est pas le fils de Bluebell.

—J'étais certain que vous diriez cela. (Dans un accès de cruauté déçue, Wylm souleva violemment la main du garçon.) Et ça, qu'est-ce que c'est ?

—C'est juste un cadeau. Une babiole qui ne lui allait plus. Laissez-le.

Wylm lâcha la main d'Eni.

—Sa mère s'appelait Edie, expliqua le fermier, et la tristesse, dans sa voix, parut parfaitement authentique à Wylm.

Bluebell n'avait donc pas d'enfant. Il hocha la tête et fit un pas en arrière en relâchant le garçon. Le fermier tomba à genoux devant son fils, son dos puissant tourné vers Wylm.

Le champ de vision de ce dernier se rétrécit. Cet homme était l'amant de Bluebell. Essaierait-il de le devancer pour la prévenir ? Non, car il devait s'occuper de son fils aveugle.

Mais ce fermier comptait pour Bluebell. Elle avait de l'affection pour lui.

Wylm brandit son arme et l'enfonça de toutes ses forces dans le haut du dos de l'homme. Le fermier se crispa, leva les deux bras, faisant tomber Eni de son tabouret.

—Cours, Eni, cours !

Le garçonnet gémit, se leva tant bien que mal et s'en fut d'un pas incertain.

Wylm retira son couteau de la plaie et frappa de nouveau, cette fois dans le cou de sa victime, qui s'affaissa, inerte et silencieuse.

Wylm récupéra son arme, l'essuya sur la tunique du fermier, puis la rangea à sa ceinture. Il regarda autour de lui, mais ne vit pas le garçon. Devrait-il le pourchasser ? Eni n'était ni une menace ni – malheureusement – un trésor. Non, Wylm était pressé de quitter Ælmesse et de poursuivre sa destinée. Il fouilla rapidement la maison à la recherche de nourriture, puis s'en fut en direction du nord-ouest, vers la mer, coupant à travers champs.

L'atmosphère embaumait la terre mouillée, la fumée et la viande rôtie. Bluebell faisait les cent pas devant la charrette de son père. Thrymm et Thræc lui tournaient discrètement autour, espérant obtenir quelque chose à manger, tandis que le soir s'installait. Il ne pleuvait plus, et ils dormiraient à la belle étoile. Étant partie en éclaireuse, Ash avait trouvé un endroit semi-abrité à la base d'une falaise rocheuse. Ils s'étaient donc écartés de la route boueuse pour la nuit, dressant leur campement au milieu des vieilles racines d'un grand frêne. L'humidité s'accrochait toujours à la végétation, mais s'était évaporée des rochers plats et des cailloux. Un feu brûlait au centre du campement, au-dessus duquel Sighere faisait cuire deux lapins sauvages sur une lance. Les flammes faisaient danser des ombres sinistres parmi les racines couvertes de mousse. Bluebell était affamée ; voyager lui donnait toujours faim. Æthlric, en revanche, n'avait pas mangé de la journée, ce qui l'inquiétait. Ses périodes de sommeil avaient tendance à s'allonger, et il était devenu très difficile de le réveiller. La dernière fois, il avait agité les bras dans tous les sens, jetant dans un fossé boueux le pain que Rose tentait de lui faire avaler, criant des insultes inintelligibles, l'accusant de vouloir l'empoisonner. Presser un linge imbibé d'eau dans sa bouche était une chose, l'obliger à mâcher de la nourriture en était une autre.

Willow approcha discrètement avec une poignée d'entrailles de lapin.

— Bluebell ? Pour tes chiennes.

— Merci.

Willow s'agenouilla, et les bêtes humèrent l'air avec circonspection.

— C'est bon, les filles, vous pouvez manger.

Thrymm et Thræc se jetèrent sur la nourriture. Willow se rinça les doigts dans une flaque et les essuya dans sa jupe. Elle adressa un hochement de tête timide à Bluebell et retourna auprès d'Ivy. Bluebell la regarda s'éloigner. Willow s'était montrée étonnamment utile, acceptant les corvées qui rebutaient les autres, comme changer et laver père et refaire son lit. Ses manières simples et sa compassion sans fard impressionnaient Bluebell.

Celle-ci poussa un soupir et s'arrêta de marcher. Elle monta sur la charrette et s'assit à côté de son père en remontant ses longues jambes contre sa poitrine et en posant la joue sur ses genoux. Quand ils s'étaient mis en route, dans la matinée, elle était pleine d'espoir, mais à présent, elle se sentait démoralisée. Les longues périodes de sommeil étaient pareilles à la mort. Elle releva la tête et avisa Ash, qui alimentait le feu avec des branches qu'elle portait dans sa jupe. Dans la lumière douce des flammes, son visage paraissait encore plus enfantin. Bluebell se demanda si sa sœur serait capable de *voir* si l'état de leur père s'aggravait ou non.

Comme elle se posait la question, Ash se tourna vers elle et leurs regards se croisèrent. Bluebell vit une étincelle dans ses yeux. Sa sœur se leva, laissa tomber ses branches et la rejoignit.

— Tu savais que je voulais te demander quelque chose ? demanda Bluebell qui, pensant au talent étrange de sa sœur, eut un frisson.

— Non, pas vraiment, répondit Ash en haussant les épaules. J'ai simplement vu que tu me regardais.

— Viens t'asseoir à côté de moi.

Elle fit de la place à sa sœur, qui s'installa à côté d'elle. Une rafale secoua les branches au-dessus de leur tête, faisant dégringoler l'eau de pluie accumulée dans le feuillage.

Bluebell essuya une goutte tombée sur son nez.

— Que voulais-tu me demander ? commença Ash.

— Nous avons quitté Blicstowe depuis deux jours. Son état s'est-il… amélioré ? J'ai l'impression, au contraire, qu'il va plus mal. Ses périodes de veille sont de plus en plus brèves.

Ash avait-elle pincé les lèvres ou bien était-ce un jeu de lumière sur son visage ?

— Tu souhaites que je lui ouvre de nouveau mon esprit ?

Bluebell hocha la tête.

Ash prit une profonde inspiration et tendit les bras vers la silhouette endormie de leur père en fermant les yeux.

Bluebell observa Ash sans tout à fait parvenir à contenir son incrédulité. Sous sa peau lisse et jeune, Ash paraissait très fatiguée. Désespérée. Comme si ses os peinaient à conserver leur forme. Bluebell se reprit. Elle aussi était fatiguée et désespérée. Leur père était malade, peut-être mourant. Elles vivaient une période difficile.

Ash recula, releva les bras et ouvrit les paupières. Elle gratifia Bluebell d'un petit sourire.

— Il ne va pas mieux, mais son état ne s'est pas aggravé non plus.

— La maladie n'a pas progressé ?

— Non.

— C'est formidable, dit Bluebell, dont le cœur se réchauffait, car elle savait désormais qu'elle avait bien fait d'emmener Æthlric loin de Blicstowe et de cette mauvaise magie.

— Ne te fais quand même pas trop d'illusions, ma sœur, lui conseilla Ash en lui caressant la main.

— Trop tard, lança Bluebell en se tournant vers leur père endormi. Si son état n'empire pas, je suis sûre qu'Yldra réussira à le guérir.

— À condition de la trouver d'abord.

— Nous la trouverons.

Ash pencha la tête sur le côté, faisant tomber sa longue tresse sur son épaule.

— Bluebell, ne t'es-tu jamais demandé pourquoi père ne nous avait jamais parlé de sa sœur ?

Bluebell cligna des yeux. Non, elle ne s'était jamais posé la question. Elle n'avait pas eu ce loisir, à vrai dire.

— Peut-être refusera-t-elle de nous aider, poursuivit Ash.

— Pourquoi refuserait-elle de nous aider ? Il s'agit de son frère.

Yldra était peut-être plein de choses, mais elle était surtout de la famille. Elle était faite du même matériau qu'Æthlric. Trahir son sang reviendrait à se trahir soi-même. Personne ne ferait sciemment une chose pareille. Pas même une sous-magicienne.

Ash sourit.

— J'espère que tu as raison, Bluebell.

Longtemps après que le camp se fut endormi, Rose était éveillée, les yeux certes fermés. Elle avait mal partout, mais, malgré son épuisement, elle était incapable de se laisser aller, de sombrer. Elle s'allongea sur son flanc gauche, puis sur le droit. À plusieurs reprises, le sommeil la frôla avant de s'éloigner, traître. Elle entendit les chouettes, au loin ; elle entendit les tours de garde se succéder ; elle entendit le vent nocturne se lever.

Elle finit par ouvrir les paupières.

La lumière chaude du feu éclairait la paroi rocheuse et les troncs gris. Autour d'elle, les corps étaient emmitouflés dans la fraîcheur de minuit. De là où elle se trouvait, elle ne voyait pas Heath, qui dormait de l'autre côté du camp. À côté d'elle était couchée la petite Rowan, dont la poitrine se soulevait en rythme, ses longs cheveux noirs rejetés sur le visage.

Rose s'assit et se tourna vers la charrette. Ivy était censée y monter la garde, mais elle s'était affaissée de façon peu confortable, le menton reposant sur sa poitrine. Rose écarta sa couverture – l'air était froid et humide – et rejoignit sa sœur.

— Ivy, murmura-t-elle en la secouant doucement.

— Oh ! fit Ivy en se réveillant en sursaut. Ah, c'est toi, dit-elle en se tournant machinalement vers une Bluebell endormie.

— Tu veux que je reste un peu avec toi ? Que je t'aide à rester éveillée ? De toute façon, je n'arrive pas à dormir.

Ivy acquiesça et s'écarta pour lui faire de la place. Rose monta dans la charrette. Il y avait quelque chose de déstabilisant dans l'attitude de leur père. Son sommeil ressemblait à la mort, la chaleur en plus. Il était toutefois préférable à ses crises périodiques, qui terrifiaient Rowan.

Ivy se frotta les yeux et bâilla.

— Tu ne diras pas à Bluebell que je me suis endormie pendant mon tour de garde, hein ?

— À condition que tu restes éveillée la prochaine fois.

— Promis.

Un silence maladroit s'installa. Rose se rendit compte qu'Ivy et elle avaient peu de choses à se dire.

— Rose, tenta néanmoins Ivy. Heath est ton neveu, n'est-ce pas ?

— Le neveu de mon mari, la corrigea Rose en s'agitant.

Sans le vouloir, elle regarda de l'autre côté du camp, où Heath dormait sur le côté en lui tournant le dos. Ses cheveux brillaient dans le feu. Elle se tourna vers Ivy et se rendit compte que sa sœur fixait Heath d'un regard qui ne trompait pas.

— Pourquoi tu me demandes ça ? s'enquit-elle en s'efforçant de contenir ses soupçons.

— Je le trouve charmant.

Le poing serré de la jalousie l'atteignit au plexus, l'empêchant de parler pendant quelques secondes.

— Je vois.

— Est-il promis à quelqu'un ?

Que devait-elle répondre ? Heath lui appartenait, évidemment. L'idée que ses mains puissent se poser sur le corps d'une autre femme la consumait de l'intérieur. Ses caresses, ses baisers étaient pour elle et à personne d'autre. Et sûrement pas pour Ivy.

— Il n'est pas marié, répondit-elle d'un ton bourru, mais c'est un vassal de très haut rang. Le fils de la sœur du roi Wengest. J'imagine que celui-ci a déjà prévu de le marier un jour. Je ne te conseille vraiment pas de nourrir des idées saugrenues à son sujet.

— C'est un soldat ?

— Il était fermier. Il possède une vingtaine d'acres au bord du fleuve, après Folcenham. (Elle repensa à la fermette enfumée dans laquelle ils avaient fait l'amour, ce qui lui réchauffa le ventre.) Mais je crois qu'il n'a pas revu sa maison depuis bien longtemps. Bluebell l'a envoyé servir dans le Nord. Ça fait trois ans, maintenant.

— Elle est vraiment cruelle, commenta Ivy en faisant la moue.

— C'est Wengest qui en a fait un soldat, au début. (Rose observa Ivy, qui ne lâchait pas Heath des yeux.) Bluebell fait ce qu'elle estime nécessaire pour la sécurité de la famille et du royaume.

Ivy ne dit rien pendant quelque temps. Puis, lentement, elle se tourna vers Rose.

— Quel genre de femme plairait à Heath, à ton avis ?

— Aucune idée.

Son estomac bouillonnait. Ce jour-là viendrait, évidemment. Pourquoi Heath n'aurait-il pas le droit de se marier ? Rose avait bien un époux.

— Quand tu as épousé Wengest, la paix s'est enfin installée entre Ælmesse et le Netelchester. Désormais, les soldats de Wengest servent sous le commandement de Bluebell. Peut-être celui-ci voudrait-il renforcer cette alliance avec un autre mariage, qu'est-ce que tu en dis ? demanda Ivy, rayonnante.

Rose mit deux battements de cœur à comprendre ce qu'elle voulait dire.

— Quoi ? Non. Ivy, hier encore, tu étais une enfant. Ne sois pas si pressée de te marier. De toute façon, tu racontes n'importe quoi. Et ne t'avise pas de parler de ça à Bluebell.

Car celle-ci risquerait de trouver l'idée excellente…

— Oh, je n'ai pas l'intention de me marier, rétorqua Ivy en écartant de ses épaules ses longs cheveux blonds.

— Tant mieux.

— En revanche, j'aimerais beaucoup faire sa connaissance.

— C'est un homme bien, dit Rose d'un ton doux.

Le meilleur de tous. Elle avait été bête de croire qu'aucune autre femme ne s'en rendrait compte.

Willow se réveilla en entendant des voix. Des voix d'anges. Furieux, ils lui crachaient dans les oreilles, la harcelaient, appuyaient dans des endroits mous de son cerveau. « Lève-toi lève-toi lève-toi. » Elle ouvrit les paupières, et les voix se turent aussitôt, avalées par le silence profond de minuit. À la place, elle percevait les murmures de deux de ses sœurs, Rose et Ivy, assises dans la charrette. En revanche, elle n'entendait pas ce qu'elles se disaient.

Mais elle savait que les anges ne l'avaient pas réveillée pour rien. Elle ferma les yeux de toutes ses forces et pria pour recevoir un signe. *Qu'attendez-vous de moi, Maava ?*

Pas de réponse. Elle écouta les ténèbres pendant quelque temps. Ivy et Rose chuchotaient.

Comme elle avait été bête. Maava n'attendait qu'une chose d'elle : qu'elle sauve l'âme de son païen de père. Et même si elle était fatiguée et qu'elle ne demandait qu'à se laisser porter par le sommeil, elle se leva difficilement. Elle avait mal partout, ce qui lui fit plaisir, car cela prouvait qu'elle était une bonne servante de Maava.

— Je vais te relever, dit Willow à Ivy.

— Tu as déjà fait un tour de garde la nuit passée, rétorqua Rose en secouant la tête. Tu seras trop fatiguée pour voyager demain.

— Et cette fatigue prouvera ma dévotion à mon père.

Une dizaine de voix d'anges soupirèrent en chœur dans sa tête. Étaient-elles en colère ou satisfaites ? Elle serra les poings.

— S'il te plaît, permets-moi de veiller…, insista-t-elle.

— Moi, je veux bien retourner dormir, acquiesça Ivy en haussant les épaules et en descendant de la charrette. Je t'en prie, Rose.

— Tu veux que je reste un peu avec toi ? proposa Rose.

— Je veux faire ça moi-même, répondit Willow, dont la voix ne parvenait pas à couvrir celles des anges dans sa tête.

Ils étaient contents. Quel soulagement ! Ils riaient avec elle. Comme cela avait été facile.

— Retourne te coucher. Ne t'inquiète pas, je ferai tout ce qui est nécessaire pour lui.

Rose sourit et descendit de la charrette.

— Réveille-moi si tu es fatiguée.

Willow hocha la tête. Ses sœurs s'éloignèrent. Quelques minutes plus tard, le silence était revenu sur le camp.

Elle se retourna et regarda son père par-dessus son épaule. Seuls les liens du sang faisaient qu'ils étaient père et fille. Elle le connaissait à peine. Oncle Robert – le frère de sa mère, celui qui l'avait élevée – n'était pas non plus son père. C'était un homme creux et impatient qui préférait ses chevaux à sa famille.

Quand elle pensait à Maava, en revanche… Oui, il était le père qui lui avait toujours manqué. Fort et bon, puissant et d'une infinie sagesse. Les voix, dans sa tête, se turent progressivement comme elle sortait son triangle de sa poche, laissant tomber sa chaîne entre ses doigts. Tournant le dos à d'éventuels regards curieux, elle commença à prier.

Maava, accepte mon père au Pays du soleil. Pardonne son âme païenne…

Elle répétait encore et encore les mêmes mots, soumettant ses pensées errantes à leur rythme, entraînant son esprit dans une direction précise. Ses lèvres bougeaient, laissaient échapper des mots dans un souffle. Le vent se leva, agitant les branches au-dessus de sa tête. L'air frais déferlait sur sa peau, tandis qu'elle s'oubliait dans le bain sacré et sombre de la prière.

Une heure passa, et son esprit se mit à vagabonder. Elle prit une profonde inspiration et ouvrit les paupières. Cinq minutes de repos, et elle recommencerait. Dans la lumière du feu, elle compta les corps étendus. Une longue Bluebell allongée sur le côté, la ligne dure et étroite de sa cuisse visible sous sa couverture. Rose et Rowan, un écheveau de cheveux noirs et de membres blancs. Une partie de la tignasse blonde d'Ivy dépassant de sous une couverture, à côté d'elles. Ash, allongée sur le dos, le poing serré posé sur la poitrine. Sighere et Heath. Eux, elle ne pouvait pas les regarder. Elle ferma les yeux. Les hommes lui paraissaient si étranges. Ils étaient grands, poilus ; ils sentaient la transpiration et le cuir. Elle espérait que Bluebell ne lui demanderait jamais de se marier. Cette idée la révulsait. Un singe païen qui l'écraserait… Il lui arrivait cependant de rêver au type d'homme qui lui plairait – quelqu'un de plus petit, à la peau plus douce, quelqu'un qui aimerait Maava autant qu'elle. Trouver un tel homme dans le royaume de son père, dans l'entourage de la famille, serait impossible.

Pensant à cela, elle se sentit terriblement seule, mais cela ne dura pas. Les anges se réveillèrent dans sa tête, et elle se rappela son objectif. Elle n'était pas venue pour rester assise à se lamenter. Alors elle pria. Avec encore plus d'ardeur que la fois précédente. Elle pria jusqu'à en avoir mal aux côtes, jusqu'à s'abîmer les doigts autour de sa chaîne en argent. Elle se rendit vaguement compte d'être en train de dériver loin du camp, du feu crépitant et du vent printanier. Les mots la transportaient en un endroit différent, agréable, où elle pouvait se débarrasser de son fardeau…

Elle se réveilla soudain en sursaut. Le chant des oiseaux, le ciel pâle. L'aube. Elle s'était endormie.

Rapidement, elle reprit sa chaîne et se remit à prier. Juste à temps pour entendre la voix de Bluebell tonner derrière elle.

— Qu'est-ce que tu fais ?

Willow laissa tomber la chaîne et le triangle entre ses genoux, les couvrant de plusieurs couches de vêtements. Elle se tourna vers Bluebell, le cœur battant la chamade.

— Je…

— C'était le tour de garde d'Ivy, pas le tien.

Son soulagement était intense qui lui réchauffa le cœur lorsqu'elle se rendit compte que sa sœur ne l'avait pas vue prier.

— Oh. Ivy était fatiguée, et je voulais être là avec père.

Bluebell sourit, expression qui rendait cruel son visage couvert de cicatrices.

— Tu seras davantage en mesure d'aider père si tu es en forme pour voyager, dit Bluebell en lui effleurant l'épaule. Tu en fais assez. Ivy, elle, devrait en faire un peu plus. Donne-lui-en l'occasion.

Bluebell s'en fut, permettant à Willow de récupérer sa chaîne et son pendentif et de les ranger dans sa poche, à l'abri de regards si prompts à juger.

Chapitre 13

Ils sentirent la ferme bien avant de la voir. Une douce brise venue du Nord soufflait en cette fin d'après-midi, charriant le parfum crémeux des fleurs. Ash le huma à pleins poumons. Chaque changement de saison faisait naître en elle des douleurs agréables. Oui, il s'agissait d'un adieu à la splendeur austère de l'hiver, aux arbres dénudés et à la neige immaculée et scintillante. Les premiers baisers de la brise douce et les premiers bourgeons sur les branches des marronniers emplissaient son cœur de joie.

Très bientôt, ils mangeraient, se reposeraient et dormiraient sous un toit digne de ce nom. Bluebell avait dépêché Sighere et Heath à Stonemantel afin de faire le plein de vivres. Le reste du convoi avançait péniblement sur un chemin creusé d'ornières le long d'un ruisseau, à l'ombre froide des arbres. Alors, Ash la vit de l'autre côté d'une butte : une mer de fleurs. Des reines-des-prés couleur crème, des aconits bleus, des pâquerettes blanches, des primevères jaunes – toutes poussaient glorieusement dans le soleil parmi les herbes ondulantes. Elle en eut le souffle coupé.

Elle éperonna son cheval, rattrapant Bluebell. Les sabots de sa monture piétinaient un tapis de graines de fleurs blanches.

— La ferme tout entière est comme ça ?

— Autrefois, on faisait pousser de l'orge dans ces champs, mais la femme qui vivait ici adorait les fleurs, alors…

— Que lui est-il arrivé ?

— Elle est morte, il y a quelques mois.

— C'est très beau, en tout cas.

— Les fleurs, ça ne se mange pas, grommela Bluebell. Heureusement, il y a aussi des poules et des abeilles. Et beaucoup de place.

Comme apparaissaient l'écurie et le corps de ferme, Ash constata à quel point c'était vrai. La maison était longue et solide ; une de ses extrémités était construite en pierre, tandis que le reste était constitué de bois sombre. Les encadrements de porte et les rebords de fenêtre étaient ornés de fleurs et de plantes grimpantes sculptées. Ils passèrent sous l'arche – sculptée également – de l'entrée et se dirigèrent vers l'écurie.

Bluebell ordonna à une Ivy horrifiée de s'occuper des chevaux, et Willow se proposa de l'aider. Æthlric était dans une de ses phases de sommeil profond, aussi Bluebell le laissa-t-elle dans la charrette et précéda-t-elle les autres dans la maison.

Ils entrèrent dans la partie principale de la ferme, où se trouvait la cheminée. L'intérieur était froid, sombre et humide, et sentait les crottes de souris. Des bouquets de fleurs séchées étaient suspendus aux poutres du plafond. Rose et Rowan restèrent allumer le feu, tandis qu'Ash suivait Bluebell dans son exploration de la demeure. Elles trouvèrent des barils de grain et de sel dans le garde-manger. La porte suivante s'ouvrait sur une chambre au plafond en pente particulièrement bas. Un lit en bois ainsi qu'un grand coffre étaient posés sur le plancher. Ash ouvrit le coffre, qui était plein de vêtements de femme.

— Ce devait être sa chambre, dit Ash en prenant garde de ne toucher aucun des vêtements de crainte que des souvenirs en profitent pour s'agripper à ses mains.

— Æthlric dormira ici, déclara Bluebell en testant le matelas avec le pied. Il est plein de plumes. Père sera bien installé, ici. Nous autres n'aurons qu'à dormir autour du feu ; ce n'est pas la place qui manque.

Elle sortit de la chambre, suivie de près par Ash. La pièce suivante était une cuisine. Couteaux et bols, pots de légumes en conserve et de confiture étaient empilés sur les plans de travail. Une grosse marmite était suspendue à une chaîne. Face à la porte principale, elles avisèrent une autre porte, plus petite. Ash la déverrouilla et découvrit un doux tapis d'herbe et de fleurs menant à un ruban vert foncé qui serpentait dans les champs.

— Un ruisseau. Pur et tout proche.

— Il y a déjà beaucoup de nourriture, ici, dit Bluebell en examinant les conserves. On m'a dit qu'il y avait des poules, aussi. Ash, tu pourrais essayer de nous trouver des œufs ?

Ash hocha la tête, se baissa et sortit dans la cour, se fiant à ses oreilles pour trouver le poulailler. Deux poules étaient encore dehors, dans la lumière déclinante, à gratter la terre. Ash se faufila dans le poulailler. Il y avait des œufs par dizaines, partout. Elle en ramassa autant que pouvait en contenir sa jupe et émergea dans le crépuscule.

Soudain, elle se figea, certaine d'être observée. Elle balaya les champs du regard, se tourna vers le ruisseau. Elle retenait sa respiration.

Rien.

Puis quelque chose. Une silhouette sombre de l'autre côté du ruisseau était en train d'apparaître, de se matérialiser. Ash cligna fort des paupières, mais un bourdonnement étouffé, dans ses oreilles, lui disait que sa seconde vue s'était réveillée. Elle plissa les yeux et se concentra. La silhouette se retourna légèrement – juste assez pour que le jour finissant éclaire ses traits. Puis elle plongea dans l'eau et disparut, déroulant dans son sillage un éclair argenté qui finit par se dissoudre.

Ash savait qu'elle venait de voir un esprit de l'eau. C'était la première fois. La première fois qu'elle voyait un esprit élémentaire. Car personne n'en voyait jamais.

Et pourtant, elle était sûre d'elle. Au moment où les derniers rayons du soleil l'avaient frappée, la créature avait paru aussi étonnée qu'elle.

Ash avait mal aux articulations. Elle se maudit d'avoir gardé ses sens en alerte, car elle attirait déjà l'attention, ce dont elle se serait passée.

Le bois dans lequel Wylm avait décidé de passer la nuit était sombre et envahi par la végétation. De petites baies noires et des fleurs blanches pendillaient des plantes qui festonnaient des haies sauvages. Comme il était trop las pour chasser et cuisiner, il déroula sa couverture sur un tapis d'herbe molle et s'allongea. Les tendons de ses chevilles le faisaient un peu souffrir. En cette fin d'après-midi, les ombres semblaient s'étirer à l'infini autour de lui. Il ferma les yeux et s'efforça de ne pas penser au caillou aigu sous sa hanche et à l'humidité froide qui traversait déjà sa couverture. Son épuisement surpassait son inconfort et il sombra dans le sommeil avant que les merles aient cessé de chanter.

Son rêve était aussi sombre que ce bois. Il y était debout et non allongé. Devant lui se dressait un monceau de branches et de brindilles – un bûcher funéraire. Il s'en approcha lentement. Dans les ombres grises, il distinguait la main de l'homme étendu sur le bûcher. Un anneau en or brillait sur son index, et Wylm sut aussitôt que cet homme était son père. Une tristesse infantile et inconsolable le submergea. Il se débattit, mais il était prisonnier du rêve comme d'une toile.

Le bûcher s'embrasa, envoyant vers le ciel une pluie ambrée. Wylm fit un pas en arrière.

Soudain, les poils de son dos se dressèrent, comme il sentait une présence derrière lui. Quelqu'un pleurait. Il ne voulait pas se retourner, de peur que, à la vue d'une chose terrifiante, son cœur cesse de battre. Les flammes faisaient danser et bondir les ombres.

— S'il vous plaît, dit une petite voix à peine audible à cause des ronflements du feu.

Wylm pivota sur ses talons. Un petit garçon se tenait là. Le garçon de la ferme. Eni. Des yeux qui regardaient sans voir. Le cœur de Wylm devint brûlant. Eni tendit sa main vers lui.

Wylm se réveilla. Son cœur battait à tout rompre et ses pieds le picotaient. Le silence qui enveloppait ses oreilles était aussi inattendu que choquant. Il faisait nuit noire, et ses yeux eurent besoin de quelques secondes pour s'adapter à l'obscurité.

Il frissonna. Une pluie fine tombait. Il s'assit et serra ses genoux dans ses bras, mais ne parvint pas à contenir ses tremblements. Même sa respiration était saccadée. Sous ses côtes, sa chair était à vif. Le petit garçon. Il avait laissé le garçonnet aveugle et simplet seul, le condamnant sans doute à mourir de faim en se demandant où était passé son père.

Cette pensée le plongea dans une détresse violente et sèche. Il se trouva répugnant et eut peur pour lui-même. Alors, il se leva, rassembla ses affaires et se mit en marche, revenant sur ses pas. Pas question de supporter davantage le destin malheureux de ce garçon. Il y mettrait un terme. D'une manière ou d'une autre.

Bluebell détestait l'heure qui précédait l'aube et l'embrasement du ciel. Ce calme. Ce silence absolu. Tout le monde dormait, y compris les oiseaux et les chevaux. Le monde était figé. Elle était assise par terre, près du lit de son père, le menton posé sur les genoux. Père dormait aussi.

Elle l'observa à la lumière de la bougie. Son état ne s'était ni amélioré ni empiré. Son expérience lui disait que les choses se dérouleraient comme elles le devraient, que craindre l'avenir ou nourrir des espoirs n'y changerait rien. Elle était lasse de craindre et d'espérer.

La porte s'ouvrit sur Sighere.

— Madame. Votre tour de garde est terminé.

— Fermez la porte.

Sighere fit ce qu'elle lui demandait et vint s'asseoir en tailleur à côté d'elle. C'était un homme grand, aux genoux osseux, aux cheveux très noirs et aux sourcils épais. Un grand cœur à défaut d'un gros cerveau.

— Pourquoi le surveillons-nous, Sighere ? Il ne court aucun danger, ici.

— Nous le surveillons parce que vous nous l'avez demandé, madame.

— Vous n'avez pas remis mes ordres en question.

— Je ne le fais jamais.

— Si, lorsque je m'apprête à foncer tête baissée dans une embuscade, par exemple, remarqua-t-elle en souriant.

— Cette fois, c'est différent, Bluebell. Æthlric est votre père.

— Je veux qu'il y ait toujours quelqu'un auprès de lui, expliqua-t-elle en plongeant son regard dans le sien, car j'ai peur qu'il meure seul.

Sighere ne répondit pas.

— Depuis tout à l'heure, j'écoute le silence, reprit-elle. Le silence de la mort, pas celui, glorieux, qui suit la bataille. La mort qui vient avec le grand âge et l'hiver. J'imaginais son château, quand nous rentrions de la guerre, que l'hydromel coulait à flots, que les rires résonnaient, que les flammes des torches réchauffaient les visages et que les harpes jouaient. Et père, les bras écartés, distribuant son or et son amour. (Elle mima le mouvement, ses bras tendus projetant des ombres fines sur le lit.) Sauf que je suis assise dans cette pénombre silencieuse et maudite, et que je ne le supporte plus.

— Je le supporterais à votre place si je le pouvais.

— Nous devons nous tourner vers l'avenir, dit-elle dans un haussement d'épaules. Nous ne pouvons pas continuer à voyager. Il sera mieux ici. Ash et moi, nous irons en Bradsey seules. Et nous reviendrons avec la sorcière.

— Si elle accepte de vous suivre.

— Je saurai la convaincre.

— Je n'en doute pas, acquiesça Sighere en hochant la tête.

— Vous resterez ici pour protéger mes sœurs et surtout ma nièce.

— Quand comptez-vous partir ?

Elle se tourna de nouveau vers Æthlric. Elle ouvrit la bouche pour répondre « aujourd'hui », mais elle hésita. Et s'il se réveillait à l'aube, le regard et les idées clairs, et qu'il la demandait ? Ne devrait-elle pas attendre quelques jours que la magie faiblisse ?

— Le huitième jour. Nous partirons le huitième jour.

Sighere cligna imperceptiblement des yeux, et elle sut qu'il avait compris. Elle avait pris sa décision avec le cœur et non avec la tête.

— Comme vous voudrez, madame. Ainsi, vous serez certaine de faire le bon choix.

Bluebell n'aurait plus de certitude ; elle en était consciente. Du moins, pas tant que son père n'irait pas mieux. Ou qu'il ne serait pas mort.

Rose était partie chercher de l'eau au ruisseau, derrière la maison, mais la matinée était trop belle pour qu'elle retourne à l'intérieur. Elle posa son seau par terre et s'assit sur une pierre plate au bord de l'eau. Elle retira ses chaussures et plongea les pieds dans le ru vif et doux, le laissant gargouiller autour de ses orteils. Les longues vrilles vert clair des plantes aquatiques étirées par le courant la chatouillaient. L'atmosphère était chaude et le soleil brillait. Une brise fraîche poussait des nuages blancs dans le ciel. Le ruisseau s'incurvait à l'est, disparaissant dans une forêt de chênes, tandis qu'à l'ouest se déroulaient des champs de fleurs en train d'éclore. En face, se dressaient des collines herbeuses. Des parfums sucrés de fleurs crémeuses et d'herbe humide. Elle ferma les yeux et écouta. L'eau coulant sur les pierres. Les chants et gazouillis des moineaux. Le bruissement des feuilles dans le vent. Les aboiements des chiens.

Elle souleva les paupières. Les aboiements provenaient de derrière un méandre du cours d'eau. Des aboiements enthousiastes. Il devait s'agir des chiennes de Bluebell, sauf que Rose avait vu celle-ci dans la maison. Elle se leva et, pieds nus, marcha sur les pierres en évitant les arêtes aiguës, se dirigeant vers les arbres. Afin d'en avoir le cœur net.

Presque aussitôt, Thrymm arriva en aboyant joyeusement autour de ses chevilles et en s'ébrouant.

— Bluebell ?

Rose continua à avancer. Le cours d'eau s'élargissait et les arbres étaient moins denses. Les chiennes n'étaient pas avec Bluebell mais avec Heath, qui se tenait dans l'eau, torse nu.

— Oh, fit-elle.

— Oh, répondit-il en la voyant.

Thræc, qui était beaucoup plus calme que sa fille Thrymm, leva la truffe pour humer l'atmosphère. Rassurée, elle but en toute tranquillité.

— Qu'est-ce que tu… ?

— Bluebell m'a demandé d'emmener ses chiennes se baigner. Elles étaient couvertes de boue séchée. Comme je n'étais pas très propre non plus…, ajouta-t-il dans un haussement d'épaules.

La brise chassa les nuages, et un rai de lumière transperça la canopée, frappant sa chevelure roux doré, illuminant sa peau blanche, ses muscles puissants, le tatouage noir sur sa poitrine. Un incendie s'alluma dans le bas-ventre de la jeune femme.

Il lut probablement le désir dans son regard, car il leva la main pour l'arrêter et dit :

— Non, Rose. Nous ne devons pas être vus ensemble. Bluebell a été très claire à ce sujet.

Bluebell. Elle n'arrêtait pas de commander à tout le monde depuis leur départ de Blicstowe. Elle les traitait comme une armée et non pas comme ses sœurs.

— Je n'ai pas peur de Bluebell, affirma-t-elle en s'approchant de lui malgré tout.

— Moi, si, rétorqua-t-il en sortant de l'eau pour enfiler une tunique. Tu devrais partir.

Elle était gênée, et cela la mettait en colère.

— N'aie pas peur d'elle ! C'est ma sœur, le rassura-t-elle à voix basse. Elle ne te fera aucun mal.

— J'aimerais pouvoir te croire, mais, contrairement à toi, je l'ai vue sur le champ de bataille, expliqua-t-il sans la regarder en nouant sa ceinture. Je sais de quoi elle est capable. (Il siffla, et les chiennes le rejoignirent en agitant la queue.) Repars là d'où tu es venue. Je retournerai à la ferme de mon côté, et nous…

Comment supporter cela ? Après trois années de séparation, il la rejetait, alors qu'ils étaient enfin seuls tous les deux. Bluebell, maudite Bluebell.

— S'il te plaît, Heath, murmura-t-elle d'une voix rauque. Je t'en prie.

Il vacilla, hésitant, regarda par-dessus son épaule.

— Je n'en peux plus. Pourquoi m'inflige-t-on tous ces tourments ? sanglota-t-elle.

— Calme-toi, Rose, calme-toi.

Il lui effleura l'épaule d'une manière qui la fit pleurer davantage, car dénuée de chaleur, comme il aurait touché une inconnue.

— Laisse-moi te prendre dans mes bras, le supplia-t-elle en lui agrippant le poignet.

Il se laissa faire.

— Personne ne nous verra. Les chiennes ne peuvent pas parler.

Lentement, il retourna sa main et prit ses doigts dans les siens. Rose ravala ses larmes.

— Je ne supporte pas de te voir triste, chuchota-t-il. Mais que puis-je y faire ?

— Ce n'est pas ta faute.

— Tu ne comprends pas… Je ferais tout pour toi, mais je suis impuissant. Je ne peux rien à notre situation. Nous ne pouvons pas être ensemble, et je n'arrive pas à l'accepter. Mon cœur rejette cette interdiction, car un amour comme le nôtre devrait pouvoir…

Sa voix se tarit, les mots se coincèrent dans sa gorge.

Ils restèrent ainsi pendant quelques secondes à se regarder dans les yeux. La peau de Rose la brûlait. Il tendit la main vers elle. Ses vêtements étaient humides. Elle respirait bruyamment par la bouche. Le parfum de sa peau la submergea comme elle collait son corps contre le sien, pressant sa joue contre son épaule, plaquant ses mains contre ses flancs. Elle sentait ses doigts dans ses cheveux. Sa peau vibrait littéralement.

Soudain, des sifflets au loin. Thrymm et Thræc filèrent comme des flèches. C'était Bluebell.

Heath s'écarta de Rose comme s'il s'était brûlé. Son corps lui manqua aussitôt.

— Je suis désolé, dit-il, le regard couleur océan reflétant une tristesse infinie. Vraiment désolé.

— Ne t'en fais pas. Je vais m'éclipser. Fais comme si de rien n'était.

Il lui prit la main, la serra, puis se mit à courir derrière les chiennes. Elle le regarda s'éloigner en plaquant sa paume sur la bouche. Elle avait l'impression de sentir son odeur et le goût de sa peau – salée, masculine – sur ses lèvres. Un parfum de tristesse absolue.

Chapitre 14

Pour éviter les élémentaires, mieux valait ne pas sortir en début et en fin de journée. Comme les oiseaux et les fourmis, ils s'affairaient surtout à l'aube et au crépuscule. Toutefois, Ash n'était pas certaine d'avoir vraiment envie de les éviter, ce qui la surprenait.

La journée avait été magnifique : grand soleil, ciel dégagé, atmosphère chargée d'un parfum de fleurs et de terre humide. Elle avait lavé le plancher de la ferme, éparpillé de la paille fraîche, nettoyé le poulailler et aidé Rose à couper des légumes pour la soupe. La maison embaumait la nourriture, et elle avait hâte de prendre un bon repas et d'aller se coucher.

Mais d'abord, ceci…

Comme elle s'éloignait de la ferme, l'horizon ouest rose pâle se fondait dans un ciel bleu-gris. Elle se dirigea vers le ruisseau, plus précisément vers la chênaie qui se trouvait au nord. L'air se rafraîchit, et elle eut la chair de poule. Elle entendait Rowan pleurer derrière elle, dans la maison. Heath et Sighere, quant à eux, riaient. Elle se sentait tellement étrangère à tout cela. Tête baissée, elle fonça vers les arbres, ne s'arrêtant que lorsqu'elle fut certaine de ne pas être dérangée.

Le cœur battant à tout rompre, elle ferma les yeux et ouvrit ses sens. Sa peau vibra. Au début, elle n'entendit que son pouls, puis d'autres sons s'invitèrent dans ses oreilles. Le vent dans les feuilles, les gazouillis des oiseaux qui s'installaient dans leur nid, le craquement sec d'une brindille cassée par un petit animal détalant quelque part dans les profondeurs de la chênaie.

Et le tintement à peine audible de la magie. Lentement, elle ouvrit les paupières et constata que, dans sa vision normale, les arbres n'avaient pas changé. Les pierres, la végétation, les troncs sombres festonnés de plantes grimpantes, le ruisseau calme. Sa seconde vue, en revanche, lui permit de distinguer des ombres floues nichées parmi les ombres ordinaires. Soudain, la magie devint plus forte, noyant les autres bruits.

— Venez, dit-elle. Montrez-vous.

Sous les branches basses de l'arbre le plus proche, une ombre tremblota. Bien que nerveuse, Ash resta concentrée. Une silhouette se dessina, visible seulement si elle ne la regardait pas directement. Petit et brun, le visage pointu, les yeux noirs, de longs poils et deux bourgeons de cornes. Un élémentaire végétal à l'air hostile quoique curieux.

Il parla sans ouvrir la bouche, et sa voix résonna dans la tête d'Ash.

— *Qui êtes-vous ?*

— Je m'appelle Ash.

— *Moi, je suis chêne.*

— Comment se fait-il que je puisse vous voir ?

— *Tout vous est dévoilé, femme. Vous distinguez les rouages du monde.*

Cette affirmation fit naître une peur intense dans le ventre d'Ash. L'élémentaire se retourna et commença à s'éloigner.

— Attendez ! Revenez !

Il s'arrêta et revint sur ses pas. Ash s'approcha de lui, le faisant sursauter. La créature ne s'enfuit pas, cependant. La jeune femme leva la main pour lui toucher le visage, mais ses doigts ne rencontrèrent qu'une poche d'air glacial.

Les traits de la créature se déformèrent en une grimace.

— *J'aimerais que vous ne me touchiez pas. J'aimerais que vous me laissiez partir.*

— Que je vous laisse partir ?

— *Vous me commandez.*

— Pas du tout !

— *Vous m'avez dit de revenir.*

Ash hésita un peu avant de poursuivre :

— Pourquoi avez-vous obéi ?

— *Votre voix est* aræd.

Ash avait appris ce mot pendant ses études. C'était un terme de sous-magie qui signifiait, entre autres choses, « inexorable et décidé ».

— Vous êtes en train de me dire que…

— *Je ferai tout ce que vous me direz.*

Ash en avait le souffle coupé.

— Mais pourquoi ?

— *Je l'ignore.*

Elle observa longuement la créature. Son esprit était trop plein de ses propres peurs pour admettre que l'élémentaire était effrayé aussi. Puis elle se reprit.

— Je suis désolée. Partez. Je vous libère.

À peine eut-elle terminé de prononcer sa phrase que l'esprit disparut dans les ombres de la forêt. Les tintements, dans les oreilles d'Ash, cessèrent instantanément. Tout semblait calme, tout à coup. Normal. Son estomac bouillonna, et elle se rendit au bord de l'eau pour vomir.

Ash s'assit sur une pierre et s'essuya la bouche d'une main tremblante. En marge de son esprit persistait l'idée que son Devenir était corrompu et qu'elle représentait un danger pour les autres. Était-ce à cause de cela ? Quel genre de talents cachés pouvait bien contenir son frêle corps ?

Dans combien de temps ce pouvoir complexe aurait-il raison d'elle ?

Il était largement temps de partir et Bluebell le savait, mais elle différait son départ de jour en jour de peur que son père profite de son absence pour mourir. Comme si sa présence, sa volonté, le maintenait en vie. Cloîtrée dans cette ferme, elle était malheureuse et perturbée. Ses sœurs lui en voulaient de les commander, et leur mécontentement la mettait de mauvaise humeur. À la fin de la troisième journée, n'y tenant plus, elle dut sortir pour aller tuer quelque chose.

Sauf qu'il n'y avait rien à tuer, comprit-elle en arpentant un tapis de pâquerettes. Quelques blaireaux, peut-être, mais pas de quoi la satisfaire. Par ailleurs, tuer des animaux était trop facile ; ils n'étaient pas armés. Au loin, elle aperçut un vieil épouvantail. Elle dégaina son épée, la soupesa avec sa main droite, s'assouplit le poignet en la faisant tourner, puis se mit à courir. Quelques instants plus tard, la tête de paille du mannequin gisait parmi les fleurs. Comme cela ne lui suffit pas, elle lui trancha le bras gauche, puis le droit. Elle brandit son arme au-dessus de sa tête, prête à couper ce maudit épouvantail en deux, lorsqu'elle entendit des bruissements dans son dos.

Elle fit volte-face. Rowan était là qui la fixait avec de grands yeux effrayés.

Rapidement, Bluebell rangea Widowsmith dans son fourreau.

— Que fais-tu donc dehors, ma petite caille ?

— Tu l'as tué !

Bluebell regarda l'épouvantail sans tête par-dessus son épaule ; des brins de paille cassés dépassaient de son cou. Elle se retourna vers la petite fille en haussant les épaules.

— Il me regardait bizarrement.

Les coins de la bouche de Rowan pointèrent vers le bas.

— Tu pleures ?

— C'était mon ami !

— Hein ? fit Bluebell en grimaçant.

— Je jouais avec lui tous les jours, confirma Rowan dans un hochement de tête.

— Ah, je vois. Eh bien… (Elle se pencha pour ramasser la tête et la replaça sur le mannequin.) Voilà, il est réparé, tu vois ?

La petite ne semblait pas convaincue. Une soudaine rafale balaya les champs et fit tomber la tête, qui heurta le sol avec un bruit mat. Rowan pleura de plus belle.

— S'il te plaît, ne pleure pas, lui demanda Bluebell en s'accroupissant devant elle.

Elle aimait beaucoup sa nièce, mais manquait de patience. Rowan geignait et pleurait tout le temps. Rose était beaucoup trop douce avec elle. L'enfant avait besoin d'une main ferme.

— Allez, cesse de pleurer.

Rowan se jeta contre elle, ses petits bras lui agrippant le cou. Bluebell l'entoura de son bras droit et se releva.

— Allons trouver ta mère.

— Papa me manque ! pleurnicha Rowan. Où est papa ?

Bluebell voulut la serrer contre elle pour la rassurer, mais peut-être y mit-elle un peu trop d'énergie, car la petite se mit à tousser. Sa toux, cependant, céda rapidement la place à des sanglots.

— Calme-toi, la pria Bluebell en se dépêchant de retourner à la ferme. Rose ! Rose !

Celle-ci était déjà sortie par la porte de derrière, les bras tendus. Bluebell lui donna sa fille.

— Que s'est-il passé ?

— Bluebell a tué mon épouvantail ! bredouilla Rowan.

— J'ai tué son épouvantail, confirma Bluebell.

Rose embrassa sa fille sur la tête et lui caressa les cheveux.

— Je n'aime pas cet endroit. Je veux papa. Je veux retourner à la maison pour voir papa !

— Cet épouvantail était son père ? demanda Bluebell, qui commençait à comprendre.

— Je ne sais pas, répondit Rose. Elle lui parlait tous les jours, en tout cas.

Bluebell était partagée entre la culpabilité et l'agacement. L'amusement, aussi. Elle tapota le dos de Rowan.

— Ta maman est là, maintenant, alors arrête de pleurer. Les reines guerrières ne pleurent pas.

Mais les pleurs redoublèrent d'intensité. Bluebell n'en pouvait plus. La routine des tâches domestiques, les pleurs de sa nièce et, bien évidemment, son père, étendu, silencieux et immobile. Le moment était venu de parler de son plan à Ash, de partir à la recherche d'Yldra, même si cela impliquait de laisser Æthlric ici.

Wylm arriva à la ferme de l'amant de Bluebell à l'aube. Le temps était gris et humide. Du cadavre de l'homme, il ne restait plus qu'une tache rouge sur le sol, les loups s'en étant donné à cœur joie. Wylm entra dans la maison. L'âtre était froid, ce qui signifiait que le garçon n'était pas là ou qu'il ne savait pas allumer un feu.

Le toucher glacial de la culpabilité sur ses côtes, encore.

— Eh ! appela-t-il doucement. Eni ?

Il écouta le silence. Un bruit à peine audible dans un coin. Wylm avisa une petite porte. Il s'en approcha en caressant son couteau.

— Eni ? appela-t-il de nouveau.

Il poussa la porte. Le garçon était roulé en boule sous une montagne de couvertures sur un matelas posé à même le sol. Son visage était pâle, ses yeux sombres et aveugles tournaient dans tous les sens, inutiles.

Il savait qu'il ne tuerait pas Eni, qu'il n'en aurait jamais été capable, qu'il le sauverait. Même s'il avait du mal à se l'avouer, car il aimait à se considérer comme un homme capable de tout en cas de nécessité. Mais ce n'était peut-être pas le cas. Le fait d'accepter enfin cette évidence desserra des nœuds d'angoisse dans son ventre. Il n'aurait pas à tuer Eni. Les nuages gris, à l'extérieur, n'étaient soudain plus si oppressants. Il se sentait léger.

— Eni, dit-il d'une voix aussi douce que possible. Je m'appelle Wylm. Je suis le frère de Bluebell.

Les lèvres du garçon bougèrent, mais aucun son ne sortit de sa bouche. Wylm remarqua que ses épaules s'étaient légèrement détendues à la mention de Bluebell.

— Tu dois avoir faim.

Eni hocha la tête.

— Tu vas venir avec moi. Il n'y a plus rien pour toi, ici. Ton père n'est plus là. Tu comprends ? Papa n'est plus là. Je vais t'emmener et te trouver un endroit chaud et sûr où on s'occupera de toi. (Wylm souleva les couvertures avec circonspection.) Allez, viens, petit. Montre-moi où se trouve l'écurie. Partons.

— Papa.

— Non. Il n'y a plus de papa. Il est parti.

Le visage du garçon se déformait comme il s'efforçait d'assimiler l'information. Il laissa cependant Wylm l'aider à se relever. Il trouverait bien une auberge, au nord, un endroit où laisser le garçon, une femme stérile à combler de bonheur. Wylm nota qu'Eni lui agrippait la main sans retenue, qu'il avait peur.

— Essayons donc de te dégotter des vêtements de pluie, dit-il en dégageant sa main de l'étreinte du petit. Il fait un temps affreux.

Il était minuit passé depuis longtemps quand Ivy décida de saisir sa chance.

Elle était allongée sur le sol, devant la cheminée, parfaitement immobile mais réveillée. À quelques mètres de là, Heath s'agitait, changeait de position ; il ne dormait pas non plus. Puis il se leva et sortit, refermant la porte sculptée dans son dos sans faire de bruit. Le reste de la chambrée ne réagit pas, pas même la petite Rowan qui, normalement, se réveillait si facilement. Ivy attendit quelques secondes avant de se lever à son tour pour le rejoindre dehors.

Il était assis sur un banc tout près de la porte, les coudes sur les genoux, la tête dans les mains.

Elle s'approcha de lui. Les ténèbres étaient fraîches sur son visage et ses paumes. Un grillon chantait et la brise faisait onduler l'herbe longue.

— Salut, lança-t-elle.

— Ivy ? s'étonna-t-il en relevant la tête.

— Poussez-vous, faites-moi un peu de place, dit-elle en glissant sur le banc et en riant.

Les hommes, avait-elle découvert, aimaient les femmes qui riaient.

Il se poussa un peu et elle s'assit aussi près de lui que possible, collant sa cuisse contre la sienne. Elle avait l'impression de sentir son sang qui bouillonnait dans ses veines. Si chaud et proche du sien.

— Vous n'arrivez pas à dormir ? demanda-t-elle. Quelque chose vous tracasse ?

— Vous devriez retourner vous coucher, rétorqua-t-il en la regardant fixement, les lèvres pincées.

— Oh, ne vous en faites pas pour moi. Je n'arrivais pas à dormir non plus. (Elle s'interrompit, sourit et baissa les yeux.) J'avais une idée derrière la tête.

Il ne dit rien. Elle leva les yeux vers les étoiles, qui transperçaient les nuages. Quel dommage que la plupart des gens ne s'intéressent pas à cette heure de la nuit. C'était un moment magnifique. Elle se demanda à quoi ressemblerait sa peau nue dans le clair de lune. Heath ne manquerait pas de la trouver envoûtante. Elle appréciait le contact et la chaleur de sa cuisse contre la sienne, mais il ne parlait pas.

— Vous voulez savoir ce que j'ai en tête ? tenta-t-elle.

— Vous avez plein de sœurs. Peut-être devriez-vous leur en parler en priorité.

— Elles dorment.

Le silence, encore.

— Vous, vous ne dormez pas. En plus, ça vous concerne…

Heath se leva. Sans sa présence pour la réchauffer, Ivy eut un frisson.

— Ivy, vous ne devriez pas me parler de cette manière. Rentrez. Laissez-moi.

Il se retourna et s'éloigna de quelques mètres. Ivy bondit et l'attrapa par le poignet – un poignet doux et puissant.

— Ne partez pas. En tout cas, laissez-moi vous accompagner. Laissez-moi vous montrer comment une femme peut donner du plaisir à un homme.

Heath bafouilla, bredouilla, mais parvint néanmoins à répondre :

— Vous êtes à peine une femme, Ivy. Et je ne suis pas un homme pour vous.

« À peine une femme. » Ses fantasmes se flétrirent brutalement, devinrent de glace.

— Je vous en prie, laissez-moi seul avec mes pensées, ajouta-t-il plus gentiment, avant de disparaître dans l'obscurité.

Ash tressait les cheveux de Rowan près de l'âtre. L'enfant s'agitait et se plaignait, mais sa tante ne l'écoutait pas, passant une main par-dessus l'autre, essayant de la calmer par des paroles douces. Le feu crépitait. Dehors, l'eau dégoulinait.

La fumée de bois de pin s'accumulait au plafond. Rose observait Rowan avec un sourire amusé.

— Ash te fait-elle du mal ? plaisanta-t-elle.

— Oui ! geignit la petite.

Il bruinait sans discontinuer depuis le début de la journée. Ils étaient coincés à l'intérieur, les uns sur les autres. Plus silencieuse qu'à l'accoutumée, Ivy était assise près de la porte, où elle cousait avec Willow. Heath et Sighere inspectaient et réparaient leur matériel dans la cuisine. De temps à autre, une rafale de vent projetait la pluie contre la maison, et un souffle glacial s'infiltrait sous la porte. Les chiennes dormaient, blotties l'une contre l'autre.

— Voilà, dit Ash en nouant les cheveux de sa nièce avec un bout de laine colorée. Comme ça, tu ne les auras pas dans le visage.

La porte de la chambre d'Æthlric s'entrouvrit, et la tête de Bluebell apparut.

— Ash, j'ai besoin de toi.

La porte se referma.

— Pour ma part, j'en ai un peu assez de ses ordres, dit Rose à Ash en haussant les sourcils.

— Elle est née pour ça, rétorqua Ash en effleurant l'épaule de sa sœur. Ça ne me dérange pas.

Rose prit Rowan sur ses genoux, et Ash entra dans la chambre de son père, refermant la porte dans son dos. Bluebell faisait les cent pas. Depuis quelque temps, elle ne faisait que cela.

— Qu'y a-t-il ?

— Je n'arrive pas à le faire manger.

Ash le regarda de plus près et avisa la soupe, dans sa barbe. Elle prit un chiffon et le nettoya avec douceur.

— Il ne se réveille plus, reprit Bluebell. S'il ne mange pas, il mourra.

— On dirait que tu as quand même réussi à lui en faire avaler un peu, rétorqua Ash en touchant le front chaud d'Æthlric. Et nous l'hydratons régulièrement. Ça suffit. Il ne lui en faut pas beaucoup ; il ne fait rien à part rester allongé.

— Ça fait une semaine que nous avons quitté Blicstowe. J'espérais que le maléfice s'estomperait avec la distance, mais ça n'est pas arrivé. Demain, toi et moi allons partir à la recherche d'Yldra.

La cage thoracique d'Ash se contracta.

— Juste toi et moi ?

— Oui. Rose va raccompagner Rowan à Folcenham. La petite réclame son père.

Ash lutta contre sa conscience. Yldra avait été très claire : elle ne voulait pas d'elle près de sa maison, chose qu'Ash ne pouvait dire à Bluebell. Pas encore. Son destin était noir, et Ash avait toujours du mal à l'accepter.

— Sighere devrait venir avec nous.

— Non, contra aussitôt Bluebell d'une voix rauque et agacée. Pas question que je me présente là-bas avec des hommes en armes. Nous devons y aller en famille. Et comme Willow et Ivy sont des idiotes, il ne reste plus que toi.

— Emmenons au moins Rose, proposa Ash en se répétant qu'elle voulait avant tout protéger Bluebell.

De cette façon, celle-ci ne serait-elle pas seule pour la dernière et sombre portion du voyage.

— Pourquoi ? demanda Bluebell en cessant de faire les cent pas et en fronçant les sourcils.

— Nous ne pouvons pas y aller seules. J'ai… j'ai l'intuition que…

— Tu parles de ta seconde vue ?

— Oui, acquiesça Ash, et ce n'était pas véritablement un mensonge.

— D'accord, approuva Bluebell dans un hochement de tête. Rose viendra avec nous, mais Rowan devra rentrer à la maison. Pas question que je l'écoute geindre pendant les trois semaines que durera le voyage. Willow et Ivy resteront ici pour s'occuper de père. Elles sont presque des étrangères pour lui, mais son sang coule dans leurs veines.

— Qui accompagnera Rowan chez son père ?

— Sighere.

— Et pas Heath ?

— Heath restera ici avec Æthlric, répondit Bluebell, le sourcil haussé.

— Je pose la question parce que je sais que c'est ce que voudrait Rose.

Bluebell se remit à faire les cent pas. Le vent soufflait fort et secouait les tuiles.

— Je ne prends pas de mauvaises décisions, Ash. Je fais de mon mieux en fonction de la situation. Notre père est malade – mourant, même. La sécurité d'Ælmesse n'est plus assurée. Je n'ai pas d'héritier. Rowan incarne l'avenir de ce royaume. Le meilleur d'entre mes hommes l'accompagnera. Heath n'est pas le meilleur, mais c'est un bon ; il assurera la protection d'Ivy et Willow et saura quoi faire si Æthlric meurt.

— Rowan incarne l'avenir du royaume ? s'étonna Ash.

C'était évident. Une vision de Rowan en belle et forte femme se forma dans l'esprit d'Ash.

— Rose n'est pas au courant, reprit Bluebell. La petite est encore trop tendre. C'est trop tôt. (Elle fit une pause et choisit soigneusement ses mots.) Va dire à Rose qu'elle part avec nous dans le Nord.

Ash était consternée. Elle n'avait pas envie d'endosser ce rôle de messagère. Elle ne voulait pas annoncer la mauvaise nouvelle à Rose, qui avait déjà tellement de soucis.

— Pourquoi moi ?

— Parce qu'elle est fatiguée de m'entendre lui donner des ordres. J'ai vu le mépris dans son regard.

— Tu es trop dure avec elle. L'amour n'a rien à voir avec la raison, Bluebell. Essaie au moins de comprendre que c'est difficile pour elle.

— L'amour ? Le problème de Rose n'est pas l'amour mais le désir.

Bluebell s'assit sur le bord du lit de son père, les coudes posés sur ses genoux écartés. Si près d'un Æthlric qui semblait de cire, son corps paraissait encore plus vivant et vigoureux que d'habitude. Bluebell avait toujours eu cette capacité d'occuper l'espace, de briller tel un éclair.

— Si elle était l'épouse de Heath, poursuivit-elle, elle aurait envie de Wengest. Elle est amoureuse de son désir et de rien d'autre. Elle a toujours été comme ça.

— Vraiment ? demanda Ash en scrutant sa sœur dans la lumière tamisée.

— Oh, oui. Donne-lui une chose et elle en voudra une autre. Elle n'est jamais satisfaite de ce qu'elle a. Enfant, déjà, elle faisait des caprices pour qu'on lui donne un jouet, et quand elle l'obtenait, elle se remettait à pleurnicher pour en avoir un autre. Le mien, en général. Je n'oublierai jamais le jour où elle a supplié mère de lui donner mon âne en bois. J'adorais ce jouet.

Ash contint un sourire, incapable qu'elle était d'imaginer Bluebell jouant avec autre chose qu'une hache et une lance.

— Les jouets sont des objets triviaux. Son mariage n'était pas un mariage d'amour.

— Le jour où elle a rencontré Wengest, rétorqua Bluebell en haussant les épaules, elle avait le souffle court, le regard pétillant et les joues roses. Un peu comme Ivy quand elle voit un poil de torse. Elle m'a dit qu'elle l'aimait.

— C'est vrai ?

— Wengest était mince et séduisant à l'époque. Il était roi, et elle allait être reine. Elle était heureuse de devenir sa femme. Tu ne te rappelles pas ?

À présent qu'Ash y pensait, c'était vrai. Une image de Rose rayonnante et empourprée lui revint en mémoire. C'était le jour où elle avait essayé la robe bleue que Byrta lui avait cousue pour son mariage.

— Dès qu'elle a eu ce qu'elle voulait, elle a perdu tout intérêt pour lui, expliqua Bluebell. Le temps que je me retourne, elle était déjà enceinte de son neveu.

Ash se sentait obligée de défendre Rose.

— Je pense que tu as mal interprété la situation. J'ai lu en elle, et elle est vraiment malheureuse.

— Si je l'autorisais à quitter Wengest pour Heath, ce serait la même chanson dans un an. Rose est capable d'être malheureuse dans toutes les situations. Elle est très forte pour ça. Son attitude est dangereuse pour le Thyrsland tout entier, et je ne peux me permettre d'oublier. (Bluebell se leva et tapota l'épaule d'Ash avec affection – quoiqu'un peu trop fort.) Dis-lui que nous partons. Tu sauras la rassurer, contrairement à moi. Je ne suis pas faite pour ça, ajouta-t-elle en écartant les bras dans un geste de dépit.

Ash ravala un sentiment de culpabilité. Par sa faute, Rose allait devoir partir sans sa fille.

— Je lui dirai. Avec autant de tact que possible.

Chapitre 15

Dès que la pluie eut cessé de tomber, Bluebell sortit les chiennes se dégourdir les pattes dehors. L'après-midi touchait à sa fin, les champs étaient humides et les fleurs baissaient la tête sous le poids de l'eau. Thrymm et Thræc aboyaient en courant après des bâtons et en écrasant sans complexe un tapis de jonquilles de leurs pattes boueuses. Bluebell avait les pieds mouillés jusqu'aux chevilles, mais elle était heureuse de pouvoir respirer un peu d'air frais après tout ce temps passé cloîtrée dans la chambre d'Æthlric. Elle avait vraiment hâte de se mettre en route.

Thræc vint se coller contre sa cuisse, les oreilles dressées. Bluebell se retourna et vit Rose arriver, l'air furieux. Ayant déchiffré son langage corporel, Thræc grondait du fond de la gorge.

— Calme-toi, ma fille, murmura Bluebell en lui caressant les oreilles. Elle ne me fera aucun mal.

Rose s'arrêta à quelques pas d'elle. Ses yeux lançaient des éclairs.

— Je refuse d'aller en Bradsey.

— Ash a vu que…

— Je n'ai pas terminé. Je ne veux pas y aller, mais j'ai conscience de devoir le faire. Je n'ai pas envie de laisser Rowan, mais je sais que je n'ai pas le choix. Mais pourquoi ne pas la faire escorter par quelqu'un qu'elle connaît et aime ?

— Elle n'aime pas Heath, contrairement à toi. En fait, elle le connaît à peine.

— J'ai bien compris que tu faisais tout pour qu'ils ne se rapprochent pas, mais le bonheur d'une petite te laisse-t-il à ce point indifférente ?

La lèvre inférieure de Rose se mit à trembloter, et Bluebell ne put s'empêcher de pousser un soupir exaspéré.

— Elle n'a que trois ans, continua néanmoins sa sœur. Elle ne peut pas voyager avec Sighere. Il lui fait peur.

— Il n'y a pas de raison. Sighere est le meilleur, le plus fiable de mes vassaux. Il n'y a qu'avec moi qu'elle serait plus en sécurité.

— Ça ne compte pas pour elle. Elle préférerait partir avec une tête connue.

Bluebell prit une profonde inspiration et maîtrisa son impatience.

— Dans quatre jours, peut-être moins, elle sera avec son père. Si elle ne peut pas supporter quatre jours d'inconfort…

— C'est une petite fille ! Aie un peu pitié ! s'écria Rose, qui s'était empourprée.

Thræc gronda de nouveau.

— Va-t'en, lui ordonna Bluebell en lui tapotant le flanc.

La chienne s'éloigna avec méfiance, s'allongeant dans les jonquilles à seulement quelques mètres.

— Ivy n'a qu'à partir avec eux, proposa Bluebell.

D'autant plus qu'Ivy n'était d'aucune utilité à la ferme.

— Ivy ? Elle préfère Willow.

— Willow restera ici. Je lui fais confiance pour s'occuper de père.

— Pourquoi refuses-tu toujours de négocier ? s'emporta Rose en serrant les poings.

— As-tu oublié que nous sommes issues d'une lignée royale ? Moi non. Il ne s'agit pas d'une affaire de famille ordinaire, du genre de celle qu'on réglerait autour d'un souper. Le fait de devenir mère t'a-t-il retourné le cerveau ? Ne sens-tu pas le poids des nombreuses vies qui dépendent de nos décisions ?

— Être mère, c'est quelque chose qui te dépasse. L'amour, la terreur…

— Tu me mets en colère, l'interrompit Bluebell en levant la main.

— Dois-je craindre ta colère ?

Bluebell se tut.

— Ah ! Le fameux silence de Bluebell ! Suis-je censée trembler de peur ?

Bluebell cligna une fois des yeux.

— Tu n'as pas de cœur, lâcha Rose en la bousculant pour filer vers le ruisseau.

— Où vas-tu ?

— Loin de toi, répondit Rose par-dessus son épaule.

Bluebell la regarda s'éloigner. Les chiennes revinrent vers leur maîtresse en agitant la queue.

— Ce n'est pas grave, murmura Bluebell en s'agenouillant pour les caresser. Elle fera ce que je lui dirai.

Rose escalada quelques rochers et s'assit au bord de l'eau. Elle replia ses genoux contre sa poitrine et posa la tête dessus. Elle respirait lentement et profondément pour éteindre l'incendie de sa colère et ralentir les battements de son cœur. Bluebell imposerait ses vues, comme à l'accoutumée. Rose se rappelait quand elle avait neuf ans et Bluebell onze, et qu'elles s'étaient chamaillées pour obtenir la dernière pomme du panier – la dernière de la saison. Pour l'enfant qu'elle était à l'époque, attendre presque un an avant de remanger des pommes était inconcevable, aussi s'était-elle jetée dessus la première. Toutefois, Bluebell l'avait plaquée au sol et s'était assise à califourchon sur elle en la menaçant de lui cracher au visage si elle ne lui donnait pas la pomme. Avec sa sœur, cela se passait toujours ainsi, car elle avait la capacité d'imposer sa volonté au monde entier. Il ne s'agissait pas uniquement de force brute – dont elle ne manquait certes pas –, mais d'opiniâtreté. Elle ne vous lâchait pas, comme un chien.

Rose resta assise longtemps tandis que le soleil se couchait et que les oiseaux se taisaient un à un. Comme l'air se rafraîchissait, elle humait le parfum des berges boueuses et humides, et celui, sucré, des fleurs cireuses. Elle aurait dû rentrer, elle le savait. Rowan adorait Ash mais ne tarderait pas à réclamer sa maman. Cela faisait presque une heure qu'elle était partie. Lorsqu'elle entendit du bruit derrière elle, sa peau la picota et elle se rendit compte qu'elle était loin de la sécurité de la ferme. Il faisait presque noir et elle était seule.

Elle se leva en se retournant et scruta la pénombre.

Heath. Le crépuscule brillait dans ses cheveux. Son cœur se remit à battre normalement.

— J'étais certain de te trouver là.

— Où est Bluebell ?

— Avec votre père. Elle essaie de le faire manger. Je l'ai entendue dire à Ash que vous vous étiez disputées et que tu étais partie.

— Tu es venu me chercher ? demanda-t-elle, les bras croisés.

— Il commence à faire noir, répondit-il, patient. Et tu es seule.

— Tu es là, maintenant.

Oui, il était là. Avec elle. Et elle savait exactement quoi faire pour rendre à Bluebell la monnaie de sa pièce.

— Viens avec moi, dit-il en lui tendant la main.

Elle accepta son aide, descendit de son rocher, puis s'arrêta brusquement. Heath se retourna pour la regarder. Mais il savait déjà. Son regard était noir de désir.

— Maintenant, chuchota Rose. Il n'y aura peut-être jamais d'autre occasion.

— Si Bluebell le découvre...

— Elle n'en saura jamais rien, promit-elle en se collant contre lui, en mêlant son souffle au sien.

Heath sourit, se pencha en arrière et éclata de rire.

— Je me fiche qu'elle me tue. Viens.

Ensemble, ils longèrent le ruisseau et se dirigèrent vers les arbres. Comme il faisait presque nuit, elle tituba sur des racines, mais il la rattrapa et l'aida à enjamber le ru, l'entraînant vers une petite clairière.

Heath s'arrêta et lui fit face, portant les mains de Rose à sa bouche pour les embrasser. Dans les profondeurs du corps de la jeune femme, un désir intense naissait. Comparé aux rêves qu'elle faisait depuis trois ans, l'instant était tellement brûlant et réel. Ses genoux s'entrechoquaient.

Il fit un pas en arrière, défit sa ceinture, retira sa tunique et l'attira à lui. Elle effleura ses épaules chaudes, enfonça ses doigts dans les poils dorés de son torse, suivant les contours de son tatouage. La proximité de son corps – de son vrai corps, non pas d'un corps imaginaire – fit naître en elle un intense sentiment de vulnérabilité. Elle se sentait mortelle. Avec douceur, il lui souleva le menton et l'embrassa, sa bouche de braise réclamant la sienne avec insistance, sa langue glissant entre ses lèvres.

N'oublie pas de respirer.

Il la lâcha, puis entreprit de la déshabiller, défaisant sa ceinture. Sa robe tomba dans un bruit mat – clés, ciseaux, peigne et miroir se retrouvèrent dans les feuilles mortes. Le crépuscule céda d'un seul coup la place à la nuit noire.

Débarrassée de sa robe, un frisson parcourut le corps de la jeune femme. Les branches craquaient, les feuilles bruissaient, les créatures de la forêt couraient dans la végétation. Elle défit sa chemise et la laissa glisser sur ses seins, ses hanches et ses genoux, pour former une flaque blanche à ses pieds. Elle se pencha pour retirer ses bas et ses chaussures. Heath étala ses propres vêtements sur le sol. Immobile et silencieuse, le corps parcouru de frissons agréables, Rose regarda s'activer son corps puissant et pâle. Heath s'installa sur leur couche de fortune en lui faisant signe de le rejoindre.

— Tu es si douce, murmura-t-il en embrassant ses clavicules.

Elle s'allongea sur le dos et s'abandonna à la nuit de velours. Son désir avait deux sources différentes, lui sembla-t-il. Le ciel – bourdonnement divin impossible à mettre en mots ; la terre – instinct simple et bas d'origine animale. Heath lui mordit le sein, et elle retint un gémissement. Et puis elle se souvint qu'ils étaient loin de tout, dans les bois, et elle s'autorisa à exprimer son plaisir sans retenue. La succion quasi douloureuse, le rideau de cheveux d'or sur son visage. Elle se cambra et lui caressa les flancs. Il la fit rouler sur lui, sa bouche trouvant immédiatement la sienne. Elle se hissa sur les bras, s'assit sur lui à califourchon et frotta ses seins contre ses lèvres. Son entrejambe était humide et brûlant. Sa respiration était si rapide et superficielle qu'elle commençait à avoir le vertige. Dans un coin de son esprit résonnaient les mises en garde de Bluebell. *Non, non et non.* Tandis que Heath glissait en elle, elle ne pouvait penser que *oui, oui et oui*. Un moment magique, car qui pouvait dire s'ils auraient jamais l'occasion d'en voler un autre ?

Les anges étaient muets, mais Willow savait ce que Maava attendait d'elle. Seule avec son père endormi et inerte, elle voyait presque les démons païens danser sous la peau : au niveau du cou, des tempes et des poignets du malade. Elle devait faire en sorte que cet endroit sombre accueille enfin les anges, afin que ceux-ci fassent leur travail et guident l'âme de son père vers Maava.

Elle tira son couteau de sa ceinture. La pointe de la lame scintilla dans la lumière des chandelles. Elle ouvrit la main et entailla légèrement la partie charnue de sa paume, faisant perler un peu de sang. *Je ne crains pas cette douleur. La douleur magnifie ton nom, Maava. Gloire à toi, Maava, dont la miséricorde est lumière et la puissance terrifiante.* Willow rangea son arme et serra la main pour faire couler davantage de sang.

La porte s'ouvrit. Bluebell. Willow fourra précipitamment sa main blessée entre ses jambes, dans sa jupe.

— Bluebell ? Il y a un problème ?

— Ta sœur est une idiote…

Willow ignorait de quelle sœur parlait Bluebell, mais s'abstint de demander des précisions. Il aurait pu s'agir de n'importe laquelle d'entre elles.

Bluebell caressa les cheveux de leur père.

— Il m'a l'air moins pâle, aujourd'hui, qu'est-ce que tu en penses ?

La paume de Willow la faisait souffrir. Elle la serra entre ses genoux. Son père lui paraissait aussi pâle que d'habitude, mais elle préféra ne pas contredire sa sœur.

— Peut-être.

Bluebell se retourna. La lumière rasante du soleil qui se déversait par la fenêtre mettait en valeur sa grande silhouette noire, tout en bras et en coudes.

— Nous allons poursuivre notre voyage. Heath et toi resterez seuls avec père.

— Comme tu voudras.

Parfait. Il lui serait plus facile d'adorer Maava sans ses sœurs autour d'elle.

— Je crois que je peux avoir confiance en toi.

— Tout à fait.

Bluebell se pencha en avant et lui tapota la tête avec affection, comme si elle était un vulgaire chien.

— Bonne fille.

Puis elle s'en fut en refermant la porte dans son dos. Willow examina sa main. Une tache brûlante et rouge sur la paume. Elle la serra de nouveau, jouissant de sa douleur. Elle pensa au martyr de Liava. La douleur était bonne. La douleur prouvait son amour pour Maava.

Willow trempa avec circonspection le bout de son index dans son sang et se rapprocha de son père. Elle dessina un triangle rouge sur le bois, au-dessus de sa tête – un triangle à peine visible, sauf pour quelqu'un qui saurait où regarder. Sauf pour elle. Puis derrière la porte. Puis sous le matelas. Puis le rebord de la fenêtre. Des représentations du symbole du trimartyr, indétectables pour l'œil humain, mais parfaitement visibles pour les anges. Pour finir, elle se pencha vers son père et traça un triangle sur ses lèvres. Mais celui-ci étant trop voyant, elle l'embrassa vigoureusement, goûtant son propre sang. Quand elle se redressa, ce qui restait de son liquide vital avait été absorbé par la peau de son père.

Æthlric poussa un soupir, s'agita et se mit à marmonner des paroles inintelligibles. Le cœur de Willow s'emballa. Cela fonctionnait-il déjà ? Les esprits païens quittaient-ils déjà son corps ? Elle examina sa paume. Elle saignait abondamment. Elle roula sa main dans sa jupe et appuya sur sa blessure, chaleur, douleur et sentiment de délivrance parcourant ses veines et lui égayant le cœur.

Lorsque Ivy se rendit enfin compte qu'elle était en danger, il était déjà trop tard.

Quand elle avait quitté la ferme, il ne faisait pas encore nuit. Elle voulait laisser à Heath une avance confortable afin de le suivre de loin. Après tout, son objectif était de le croiser *par hasard* au milieu d'un champ de fleurs. Il l'aurait découverte, fière et belle, dans sa robe jaune aux manches brodées – une vraie femme, pas une petite fille – et il aurait admis qu'il avait eu tort de lui parler de la sorte. Sauf qu'il avait pris la direction du ruisseau et non celle des champs. De la boue et des pierres… Tant pis pour les broderies de sa robe.

Heath n'était pas là. Elle se figea, écoutant attentivement pendant une minute. Elle crut entendre des bruits de pas dans la chênaie. Elle hésita. Peut-être serait-il préférable de retourner à la ferme et d'attendre une autre occasion de le voir seul ?

Elle préféra cependant se diriger vers le bois. Il faisait nuit, désormais, et sa robe jaune était à peine visible dans les ténèbres.

Ivy n'était pas du genre à paniquer. Elle n'avait qu'à rebrousser chemin – à condition bien sûr de retrouver ce dernier. Elle se réconforta en se disant que Heath la sauverait sûrement. Peut-être ferait-elle semblant de boiter. Oui. Alors il serait bien obligé de la prendre par la taille pour la raccompagner jusqu'à la ferme. Dès qu'il aurait touché de près les courbes de son corps, il ne la considérerait plus comme une petite fille. Elle n'était pas une chose osseuse sans poitrine comme Bluebell, Ash ou Willow.

Elle se réconfortait avec ces pensées en avançant à tâtons dans de sombres sous-bois lorsqu'elle entendit des voix. Une voix de femme. Portée par le vent. Au moins savait-elle qu'elle n'était pas seule. Peut-être une de ses sœurs était-elle partie à sa recherche. Elle s'apprêtait à appeler, à répondre à la voix, lorsqu'elle se rappela qu'elle ne savait ni qui était la personne qu'elle avait entendue ni si elle pouvait avoir confiance en elle. Elle préféra donc se diriger vers la voix avec circonspection, à pas feutrés.

Tout près, une chouette ulula, la faisant sursauter. Elle eut un frisson et se rendit compte que son cœur battait la chamade. Et si elle avait imaginé cette voix. Et si elle se retrouvait coincée dans ces bois pour la nuit au milieu des chouettes, des loups, des bandits… et de toutes ces choses mystérieuses qui se tapissaient dans le noir. Bluebell partirait-elle à sa recherche si elle ne rentrait pas ce soir ? Cette idée l'emplit à la fois d'effroi et de soulagement. Bluebell se montrerait cruelle, mais Ivy la savait également capable de combattre des bandits d'une main et des loups de l'autre.

La voix, de nouveau. Plus proche. La voix d'une femme en train de prendre du plaisir. C'était très clair. Ivy fronça les sourcils. Ce n'était donc pas une de ses sœurs. À moins que…

Une brûlure. Intense. Elle n'avait pas vu Bluebell de la journée. Heath était sorti. Et à présent, cette voix de femme… Non, non. Bluebell ne pouvait pas être un objet de désir. Ses orifices devaient être scellés par des rivets.

Ivy était déterminée à vérifier si ses craintes étaient fondées. Elle se faufila avec prudence entre les arbres. Elle entendait désormais une autre voix, masculine, cette fois. Elle reconnut aussitôt Heath, et sa jalousie devint un brasier dans son ventre. Elle aurait adoré entendre cette voix, oui, mais dans d'autres circonstances.

Son cœur se durcit. On aurait dit des animaux s'accouplant dans un fossé, grognant. Soudain, elle les vit clairement entre les arbres.

Ce n'était pas Bluebell, mais Rose. Rose, la reine du Netelchester. L'épouse de Wengest. Son corps blanc cambré dans le clair de lune, le neveu de Wengest entre les jambes, lui agrippant les seins. Ivy s'approcha autant qu'elle le pouvait, mais les deux autres étaient tellement occupés qu'ils ne risquaient pas de l'entendre ni de la voir.

Ivy s'affaissa sur le sol et se cogna délibérément la tête contre le tronc le plus proche. Pourquoi diable Heath avait-il préféré Rose ? Rose était mariée. Rose avait un enfant. Cela faisait forcément d'elle la femme la moins attirante du convoi, non ? Elle ravala ses larmes. Ce n'était pas juste. Elle n'avait personne, alors que Rose avait deux hommes – un roi pour mari, le neveu de celui-ci pour amant. C'était injuste, vraiment. Ivy était seule dans ces bois, et elle se sentait bête. Une petite fille. Sa seule chance de retrouver le chemin de la ferme était d'attendre qu'ils aient terminé et de les suivre discrètement, aussi s'assit-elle pour patienter, tandis que leur respiration s'accélérait, se faisait saccadée, tandis qu'ils jouissaient l'un après l'autre. Elle était malade de jalousie et consternée – non, fascinée – par l'infidélité de sa sœur.

Le matin de leur départ, Ash avait mal au ventre. La famille était peut-être au complet pour la dernière fois. Quand elle aurait guidé Bluebell jusqu'à Yldra, il lui faudrait partir en exil. Loin de la lumière et des rires. Mais elle ne pouvait parler à personne de la tristesse qui s'accumulait en elle, la rongeant de l'intérieur.

Bluebell paraissait positive lorsqu'elle monta en selle. Ses longs cheveux blonds étaient propres et brossés. Ivy, à qui on avait annoncé une heure plus tôt qu'elle accompagnerait Rowan et Sighere en Netelchester, avait les yeux rouges et boudait. Ils partiraient dans la direction opposée, vers le sud et Folcenham. Les chiennes aboyaient joyeusement, enthousiastes à l'idée de reprendre la route. Rose s'affairait autour de Rowan, resserrant les nœuds de sa robe, remontant ses bas.

— Si tu as froid, tu le dis à Ivy, d'accord ?

— Maman, je veux partir avec toi.

— Papa a envie de te revoir, ma chérie.

— Alors tu viens avec moi !

— Je ne peux pas, répondit Rose en lançant un regard glacial à Bluebell. Mais je te rejoindrai dans quelques semaines. Il nous faudra dix jours pour arriver à destination, puis autant pour rentrer. Alors, je filerai directement te voir.

Elle embrassa la petite fille sur le nez.

Le froid qui rampait sur la peau d'Ash était intense. Elle était soudain saisie par la certitude que Rose ne reverrait pas sa fille avant très longtemps. Pas des semaines ni des mois. Des années. Ash prit une profonde inspiration, et ce sentiment se dissipa, lui échappa, l'empêchant d'en connaître précisément l'origine. Elle se concentra sur Rowan et lui prédit un avenir joyeux, sûr, des moments de bonheur à courir dans le jardin de la maison. Décontenancée, elle saisit les rênes de son cheval.

Une couche de brume flottait au-dessus du sol, et le ciel était de plomb. La forêt sombre, de l'autre côté de l'exploitation, les attendait. Elles fileraient vers le nord et la partie la plus ancienne du Thyrsland. Vers des terres sauvages où de très vieux arbres et des stèles renversées bordaient les routes, où les sous-magiciens jetaient des sorts, où les esprits élémentaires se promenaient dans les plaines sans craindre les humains.

— Le temps ne va pas se dégrader, annonça Bluebell en examinant le ciel.

— Garde-la bien au chaud, d'accord ? demanda Rose à Ivy en lui confiant Rowan.

La petite fille s'agita en couinant.

— Allez-y et ne perdez pas de temps, ordonna Bluebell à Sighere.

Les joues ruisselantes de larmes, Rose regarda Ivy et Sighere partir au galop vers la route.

— Plus vite on sera parties, mieux ce sera, lança Bluebell.

Peut-être était-ce sa manière à elle de les réconforter. Rose enfourcha sa monture sans dire un mot.

— Je pars le cœur plein d'espoir, dit Bluebell à Ash en arborant un sourire pincé. Et je compte bien revenir optimiste. Vois-tu quelque chose, Ash ?

— Non, rien, répondit celle-ci, soulagée. Seulement les arbres, le ciel et la route.

Elles se mirent en branle, prenant la direction du nord-ouest. Du pays des sous-magiciens.

Chapitre 16

Wylm n'avait pas côtoyé d'enfant depuis qu'il n'en était plus un lui-même, aussi appréhendait-il de passer du temps avec Eni. Et puis, il manquait de patience. Sans compter qu'Eni n'était pas un enfant comme les autres, plutôt un fagot d'instincts avec des bras et des jambes – des jambes qui avaient tendance à s'agiter dans tous les sens quand le garçon avait besoin de descendre de cheval pour uriner, par exemple. Le cheval, justement, était une superbe bête de guerre au large poitrail, sans doute un cadeau de Bluebell. Cette monture lui facilita grandement la tâche ; Wylm n'avait plus mal aux pieds à la fin de la journée.

Ils s'étaient arrêtés dans une clairière herbeuse un peu à l'écart de la route. Wylm avait préféré emprunter des axes secondaires, rendant leur voyage plus chaotique que nécessaire. Cependant, les routes du nord-ouest étaient peu usitées. La côte nord-ouest du Thyrsland était un endroit froid et humide, avec des plages boueuses et des forêts encaissées défigurées par des vents constants.

La rumeur disait que le roi Corbeau avait bâti son château sur une île proche de cette côte. Wylm espérait en apprendre davantage dans les auberges de la région. Avec un peu de chance, on lui donnerait un itinéraire à suivre, une carte, ou bien trouverait-il un capitaine de navire acceptant de le conduire là-bas. Il se tourna vers Eni, occupé à rassembler du petit bois dans le crépuscule. Il espérait également trouver un endroit où abandonner le garçon.

— Fais attention, petit, il fait noir, lança-t-il avant de se sentir bête.

En effet, il faisait toujours noir pour Eni. Le garçon se promenait néanmoins d'un pas relativement assuré, déambulant dans la clairière en marmonnant dans sa barbe, tâtant le terrain à la recherche de trésors. Wylm mordit dans un morceau de viande de lapin filandreuse. Que ne donnerait-il pour un lit et un repas dignes de ce nom, avec des navets, des haricots et de la sauce. Il était certes habitué à vivre à la dure ; à cause de Bluebell, il avait passé plus d'un an dans une garnison isolée et lointaine, partageant une seule longue salle au plafond bas avec dix-sept soldats. Jamais il n'aurait dû subir pareil traitement. Sa mère n'était-elle pas une reine ?

Rien n'était plus comme avant ; les fils de son destin étaient emmêlés, formant un écheveau inextricable. Sa capacité à arranger ou non la situation, à prendre son avenir en main, à modeler le monde selon sa volonté montrerait de quel matériau il était fait.

Mais il lui arrivait de ne pas avoir envie de se donner cette peine.

Eni revint en lui présentant sa récolte. Wylm avisa le fagot de petit bois et ne dit rien. Le garçon posa les branches par terre, s'accroupit et prit la tête de Wylm dans ses mains.

— Eh ! qu'est-ce que tu fais ? protesta l'homme avant de comprendre qu'Eni voulait le forcer à regarder sa récolte. Ah, oui. Oui, oui, ce sont de très jolies branches.

Wylm repoussa les mains du garçon et remarqua au passage que celui-ci portait toujours sa bague en or ornée d'un dragon.

— Tu vas devoir retirer ça, lui dit-il en attrapant le bijou et en commençant à tirer dessus.

En signe de protestation, le corps d'Eni tout entier fut pris de spasmes. Le garçon se dégagea, tomba en arrière et se roula en boule autour de la bague pour la protéger.

— Non ! cria-t-il.

— Je vais devoir trouver une femme honnête à qui te confier. Je n'ai pas envie qu'on accepte de te prendre à cause de cette bague en or et qu'on te rejette après te l'avoir volée.

Manifestement, Eni ne comprenait pas son explication. Il eut un nouveau mouvement de recul et, d'une voix très claire, il dit :

— Bluebell.

— C'est Bluebell qui t'a offert cette bague ?

— Bluebell, répéta Eni.

Le fait d'entendre ainsi répété le nom de celle qu'il haïssait le mit de mauvaise humeur.

— Comme tu voudras… Viens manger quelque chose.

L'enfant refusa de bouger.

— Mange, insista Wylm en lui lançant un morceau de lapin. Tiens. Lapin. Lapin !

Eni se leva, mais préféra se diriger d'un pas circonspect vers un ruisseau. Wylm le regarda se pencher pour boire, plonger ses mains dans l'eau jusqu'aux poignets, puis se lever, retirer ses chaussures et entrer dans le cours d'eau.

— Qu'est-ce que tu… ? (L'homme poussa un soupir, termina son repas et se leva.) Qu'es-tu donc en train de faire, petit ?

Eni souriait et gloussait en piétinant.

— Qu'est-ce qu'il y a ?

Eni tira sur la main de Wylm ; il voulait que celui-ci se joigne à lui, mais l'homme se dégagea.

— Pas question que j'entre dans l'eau, dit Wylm en baissant les yeux et en constatant que le garçon pataugeait dans la boue. Allez, sors, maintenant. Tu vas attraper froid et…

Mais Eni continuait à glousser. Wylm se rappela s'être amusé de la même manière, enfant, et fut saisi d'une irrésistible envie de l'imiter. Sans réfléchir, il se déchaussa et entra dans l'eau froide. La boue s'infiltra entre ses orteils.

—Ah, tu avais raison, dit-il. Ça fait du bien.

—Boue, boue, boue! chantonnait Eni, étonnamment juste.

Wylm rit en agitant les orteils dans la boue, tandis que le soleil disparaissait derrière le monde.

Wylm fut réveillé par des cris lointains. Il s'assit, momentanément aveuglé par la lumière matinale. Eni dormait, blotti sous la couverture, à côté de lui, serrant contre sa poitrine une brassée de brindilles. C'était leur quatrième matinée ensemble. Les cris, encore. Des voix bourrues, une dispute. Il se rendit compte qu'elles parlaient la langue d'Is-hjarta, celle des raiders du Nord.

—Réveille-toi, petit, lança-t-il en secouant le garçon. Il faut se cacher.

Ils étaient à découvert, à peine armés, alors que des raiders passaient tout près. Jamais Wylm ne s'était senti aussi vulnérable. Il avait entendu nombre de récits cruels au sujet de ces barbares. Il aida Eni à se lever, rassembla rapidement leurs affaires et conduisit le cheval dans les bois, où le garçon et lui s'accroupirent dans l'herbe humide, silencieux, parmi les jeunes arbres. Eni semblait comprendre instinctivement qu'ils étaient en danger et qu'il devait se taire, ses yeux noirs roulant de gauche à droite comme ils l'avaient fait le jour où Wylm avait tué son père. Un accès inattendu de culpabilité. Très vite balayé lorsque Wylm évoqua en esprit une image de Bluebell.

Les cris continuaient. Wylm comprit quelques mots, portés par le vent. Les hommes devaient apparemment se partager le butin d'un raid. Dire qu'il avait l'intention de demander son aide à un roi raider… Était-il censé se présenter simplement devant lui ? Devant le monarque de ces hommes qui se disputaient ? On lui trancherait sûrement la gorge sans lui laisser le temps de le saluer.

D'abord, survivre à cette rencontre inopinée. Ensuite, mettre Eni à l'abri. Et puis… cette envie de fuir. De tout abandonner et de partir très loin. Mais sa mère était prisonnière à cause de Bluebell. Un bon fils ne prendrait pas ses jambes à son cou.

La dispute cessa tandis que les bruits de pas se rapprochaient. Ils étaient cinq, vêtus d'habits crasseux, barbus et hirsutes. Comme ils passaient à une trentaine de mètres à peine, il remarqua que l'un d'entre eux arborait une longue tresse. Dans son cou, Wylm avisa également un tatouage de corbeau.

Les hommes de Hakon. Enfin, si celui-ci était toujours en vie.

Il ouvrit la bouche pour les appeler, mais les mots restèrent coincés dans sa gorge. Ce serait trop dangereux pour Eni, se dit-il. Il n'était pas prêt, il n'avait pas encore choisi ses mots ; leur langue était étrange, et il devrait s'expliquer…

N'étant pas dupe de lui-même, il savait que la raison principale de son mutisme était la peur qu'ils lui inspiraient.

Les hommes disparurent, et Wylm se laissa tomber lourdement par terre, s'asseyant contre un arbre. Le soleil monta dans le ciel, et Eni se mit à fredonner une chanson. Wylm attendit. Et attendit encore. Quand il fut certain de ne plus rien risquer, il agrippa le garçon par l'épaule.

— Il faut y aller, maintenant.

Eni comprit son intention sinon ses mots. Wylm sella le cheval, et ils se remirent en route.

La journée était bien entamée et un frais vent d'Ouest secouait la végétation lorsqu'ils sortirent de sous les arbres et prirent la direction du couchant. Ils s'arrêtèrent pour manger dans un endroit dégagé balayé par le souffle de l'océan. Encore une fois, Wylm essaya de faire avaler à Eni les restes froids du lapin de la veille, mais le garçon refusait de manger. Ils remontèrent en selle et repartirent. Le vent sentait le sel et les algues. Wylm s'inquiétait de ce qu'ils n'avaient croisé aucun être humain depuis les raiders. Trouveraient-ils bientôt une auberge ? Ou au moins une cabane de chasseur parmi les rochers et les pins déformés par le vent ? Ou n'importe quel signe de vie ?

Le soleil descendait dans le ciel lorsque l'horizon se dégagea, révélant des falaises rocheuses et sauvages, et au-delà, la mer grise. Et là, enfin, un village au centre duquel se dressait une auberge blanche entourée de maisons penchées. À des fils tendus entre les bâtiments étaient suspendus du linge et des filets de pêche.

— Nous sommes arrivés à la mer, annonça-t-il à Eni.

Le garçon en avait déjà senti l'odeur. Le nez dans le vent, il faisait la grimace, étonné.

— Ça te plairait, de vivre au bord de la mer, Eni ?

Déjà, des images se bousculaient dans l'esprit de Wylm. Une maison confortable, la poitrine chaude d'une mère, le physique sec d'un père pêcheur, un temps morne, un feu dans l'âtre… Il se demanda si ce fantasme était celui d'Eni ou le sien.

— Je crois que tu seras heureux, ici, marmonna-t-il en éperonnant son cheval.

L'auberge était bien éclairée et pleine de clients et de chandelles. Les hommes, qui sentaient le poisson et l'eau de mer, étaient installés sur de longs bancs, buvant et riant, tandis que leurs épouses couraient après des enfants bien nourris ou s'accrochaient au cou de leur mari, un sourire radieux sur le visage. Wylm avait rarement vu endroit aussi joyeux.

— Assieds-toi là, dit-il Eni en trouvant un coin sombre. Je vais devoir te prendre ta bague, mais seulement pour une journée, d'accord ?

Doucement, il lui prit la main pour saisir l'anneau en or.

— Bluebell ! protesta le garçon en cachant sa main dans son dos.

— Tiens, insista Wylm en sortant de sa ceinture un jouet qu'il avait passé les deux derniers jours à sculpter, un lapin taillé dans un morceau de bois.

Les doigts d'Eni se refermèrent avec enthousiasme sur l'objet, en examinant les contours.

— La bague, répéta Wylm. Seulement pour une journée.

Eni ne remarqua même pas que l'homme faisait glisser le bijou le long de son doigt, tant il était ravi d'avoir reçu le lapin. Wylm mit la bague dans sa poche avec assurance et se dirigea vers l'âtre, où une femme faisait rôtir de gros poissons sur une broche.

— Bonsoir.

— Monsieur, répondit-elle en tournant vers lui son visage rond et rouge.

— Vous avez beaucoup de travail, ce soir.

— Les pêcheurs viennent de rentrer après une semaine passée au large.

Wylm jeta sur l'assemblée un regard nouveau. Oui, une fête. Voilà pourquoi tout le monde semblait si joyeux.

— J'ai besoin d'une chambre et d'un repas pour ce jeune garçon et moi.

— Il a un problème ? s'enquit la femme en avisant Eni.

— Il est aveugle.

— Pas seulement, on dirait. Il joue avec un morceau de bois comme un petit de deux ans, alors qu'il a l'âge d'entrer en apprentissage.

À son grand étonnement, Wylm eut mal pour Eni.

— Il est comme il est, et il me faudra trouver une maison accueillante pour lui, dans la région. Je vais devoir partir loin et pour longtemps.

— Bonne chance, dit-elle, sinistre. Qui n'est capable ni de pêcher ni de porter des enfants n'a pas sa place à Græweall. Le village tout entier est ici, précisa-t-elle en désignant la salle de sa main libre. Demandez-leur si vous voulez, mais nous sommes trop petits pour prendre en charge un enfant qui n'est pas en pleine possession de ses moyens.

Wylm examina l'assemblée. Il trouverait peut-être un couple sans enfant. Ou une femme âgée.

— Allez vous asseoir, monsieur, reprit la femme d'un ton plus doux. Je vous apporterai votre repas et poserai quelques questions pour vous. J'ai une chambre, derrière, si ça ne vous dérange pas de partager le même lit.

Wylm retourna à sa place. Eni jouait dans la paille boueuse avec son lapin en bois en faisant des bruits bizarres. Ses longues et maigres jambes et ses coudes osseux trahissaient son âge, mais il s'en moquait. Wylm le regarda un certain temps en réfléchissant. Quelle pitié mal placée l'avait mis dans cette fâcheuse situation ? Il avait tué le père du garçon. Il avait l'intention de se venger de Bluebell, la guerrière la plus illustre de l'île. Et pourtant, il s'en faisait pour un garçon simplet comme une vulgaire femme au cœur trop tendre. Il aurait dû tuer Eni dans la foulée, sans se poser de questions.

Malédiction. En réalité, il n'avait pas été capable de le tuer, il n'avait pas pu. Son cœur avait beau déborder de noires pensées, il n'était pas sans pitié. Malheureusement.

La femme arriva avec leur repas – de la bière, du poisson et des haricots au beurre chaud.

— La vieille Florrie va parler de votre cas aux villageois, annonça-t-elle.

— La vieille Florrie ?

— La grand-mère de mon mari. Elle veut rencontrer le garçon.

Wylm hocha la tête. La vieille Florrie ferait l'affaire. Quand il n'aurait plus Eni sur les bras, il passerait à l'étape suivante de son plan, il serait libre.

— Viens t'asseoir, Eni. Manger.

Il agita l'assiette sous le nez du garçon, qui retourna s'asseoir à tâtons, posant avec précaution le lapin à côté de lui et commençant à manger avec les doigts.

— Tu pourrais quand même te servir d'une cuillère, le gronda Wylm en lui mettant une cuillère en bois dans la main.

Eni savait effectivement se servir d'une cuillère – quand on lui en mettait une entre les doigts –, mais il n'était pas très habile. Wylm avala sa bière en attendant l'arrivée de la vieille Florrie.

Elle n'était pas du tout comme il l'avait imaginée. Pas de poitrine chaleureuse ni de sourire accueillant. Elle était tout en os, en surfaces dures. Ses pommettes étaient comme des faux et son regard glacial.

— C'est lui ? demanda-t-elle sans se présenter.

— Oui, il s'appelle Eni.

Elle souleva le menton du garçon pour l'examiner.

— Il est aveugle, alors…

— Ça ne l'empêche pas de se déplacer seul.

— C'est vrai ça, mon garçon ? Tu arrives à te déplacer seul ?

Eni ne disait rien. Ses yeux aveugles s'emplissaient de larmes. Florrie le lâcha avec un reniflement moqueur.

— Non, je ne le prendrai pas. Personne, ici, ne voudra de lui. Il ne serait d'aucune utilité.

— Peut-être une femme qui a perdu un enfant ?

— Nous ne pleurons pas longtemps les enfants morts, chez nous. J'en ai eu six, et seulement trois ont survécu. Ça se passe comme ça dans la région. Quand ce n'est pas la mer qui avale les hommes, c'est le froid glacial qui s'immisce dans leur poitrine.

Wylm n'avait pas remarqué que la main d'Eni avait lentement glissé sur la table pour chercher la sécurité de la sienne. Une colère intense montait en lui. Il était furieux contre Eni, contre Florrie, contre Bluebell, contre le monde, qui l'avaient mis dans cette situation.

Alors il se souvint de la bague. Dans son esprit, tout devint très clair.

— Tant pis, dit-il. Je garderai le garçon.

Florrie haussa les épaules et s'en fut. Wylm serra la main d'Eni dans la sienne.

— Tant pis, répéta-t-il plus doucement. Je connais ta véritable valeur, et j'ai un allié qui pourrait la reconnaître aussi.

Les raiders se dirigeaient vers le sud, ce qui signifiait que Wylm devait retourner sur ses pas. Comme ils étaient à pied et lui à cheval, il les rattraperait facilement. La matinée était grise, la brume refusait de se dissiper et l'odeur des algues était presque étouffante. Wylm assit Eni sur sa selle, remit la bague sur son doigt mou et chevaucha à un rythme soutenu.

Après quelques heures, il s'arrêta pour permettre à leur monture et à Eni de se reposer. Il se massait les reins devant un ruisseau serpentant entre des pierres et répétait en esprit la phrase qu'il avait préparée dans la langue du Nord ; toutefois, la qualité de sa prononciation ne le sauverait pas forcément d'une mort soudaine et violente. Il peaufina sa syntaxe, espérant que les mots étaient placés dans le bon ordre, et répéta encore et encore son discours dans sa barbe.

Wylm se rendit compte qu'un silence absolu régnait depuis un certain temps. Il se retourna pour voir où était Eni. Le garçon avait disparu.

— Eni ? appela-t-il en se dirigeant vers les arbres, car Eni devait encore être en train de ramasser du bois. Où es-tu donc passé ?

Un bruissement dans les buissons.

Wylm se figea, le pied gauche à moitié levé.

— Eni ? répéta-t-il en détestant la note de peur dans sa voix.

Soudain, ils furent autour de lui – cinq raiders massifs couverts de cuir et de peaux de bête émergeant de derrière des arbres dont il n'aurait pas soupçonné qu'ils pouvaient dissimuler des hommes. L'un d'entre eux agrippait Eni et lui plaquait une main sur sa bouche.

Les lèvres de Wylm tentaient de former des mots, mais n'y parvenaient pas. Une terreur blanche et brûlante s'était emparée de lui.

Le plus grand du groupe se pencha en avant et posa l'extrémité de sa hache sur l'épaule de Wylm.

— Bouh ! lâcha-t-il.

Les raiders forcèrent Wylm à avancer dans la clairière, les mains liées, abandonnant son cheval et ses bagages derrière lui. Chaque fois qu'il essayait de parler, l'un d'entre eux lui donnait un coup sur la tête et lui criait de se taire. Il obtempérait, évidemment. Un raider portait Eni sur l'épaule. Le garçon pleurait en silence en marmonnant occasionnellement le mot « lapin », aussi Wylm supposait-il qu'il avait perdu son jouet. Ils atteignirent bientôt leur campement, et Wylm comprit que ses ennuis étaient plus sérieux que prévu. Du regard, il compta douze hommes assis par terre, occupés à affûter des lames et à fabriquer des flèches autour de plusieurs feux. Et qui pouvait dire combien d'autres se cachaient dans les tentes, surtout dans la plus grande qui arborait un corbeau sur une mer rouge.

— Ragnar ! appela l'homme qui tenait Wylm en jetant son prisonnier au sol et en posant le pied sur sa poitrine pour l'empêcher de ramper. Viens voir ça.

De la tente émergea un colosse à la barbe rousse. À la grande surprise de Wylm, Ragnar ne le désigna pas lui, mais Eni, qui se tenait, incertain, au milieu de tous ces hommes.

Le colosse agrippa le bras du garçon et le souleva pour montrer la bague qu'il avait au doigt.

Wylm saisit sa chance.

— Cette bague porte le sceau de la famille royale d'Ælmesse. Cet enfant est le fils caché de Bluebell la Féroce, le petit-fils d'Æthlric le Porteur d'orage. Je suis venu vous le livrer.

Ragnar sembla remarquer sa présence pour la première fois.

— Tu parles notre langue ?

— J'ai été formé à la diplomatie. Je suis le fils de la reine d'Æthlric, Gudrun de Tweoning.

— Relève-le, ordonna le colosse à l'homme qui piétinait Wylm. (Il s'accroupit devant Wylm, qui tendait les poignets pour qu'on le libère.) Pourquoi voulais-tu nous le livrer ?

— Je veux tuer Bluebell. J'ai entendu dire que Hakon était en vie. Je souhaite m'allier avec lui pour abattre Bluebell. Son père est malade, mourant. Le moment est venu d'agir.

Je vous en prie, ne nous tuez pas. Je vous en prie…

Ragnar le considéra sans rien dire en faisant la moue sous ses moustaches claires.

— Comment puis-je être certain que tu es bien celui que tu prétends être ?

— Il invente tout, à mon avis, intervint le raider qui avait jeté Wylm au sol.

— L'enfant porte bien une bague, dit un autre.

— Prenons-la et tuons-les tous les deux.

— Hakon voudrait sûrement les voir.

Wylm retenait son souffle. C'était donc vrai : Hakon n'était pas mort de la main de son frère.

— Le *randrman* saura dire s'ils mentent ou non.

— Le garçon ne peut pas mentir. Il est débile.

Des éclats de rire retentirent autour d'eux.

— Le fils de Bluebell est débile.

— Ça fera bien rigoler Hakon.

Les voix des raiders tourbillonnaient autour de Wylm, qui tentait de suivre les conversations. Il identifia un mot, qui revenait constamment : Hrafnsey. L'île des Corbeaux.

Enfin, Ragnar prit sa décision.

— Si ces deux-là sont bien ceux qu'ils prétendent être, Hakon aura envie de les voir. Nous appareillerons ce soir.

— Nous allons rencontrer Hakon ? demanda Wylm.

— J'espère pour toi que tu ne mens pas. Autrement, le *randrman* de Hakon s'en rendra compte, et tu goûteras à la hache du bourreau.

— Je ne mens pas, affirma Wylm avec force. Et je ne crains aucun magicien.

En réalité, tout dans sa situation le terrifiait.

Leur drakkar reposait sur une plage boueuse à environ sept kilomètres de l'endroit où ils les avaient capturés. De là, Wylm voyait la fumée qui s'élevait des cheminées du village de Græweall, où il avait passé la nuit précédente. Eni était complètement perdu ; il se balançait sur place et marmonnait en lui-même tandis qu'ils essayaient de le faire monter à bord du navire. Ils finirent par capituler et laisser Wylm l'accompagner. Ainsi, ils s'assirent tous les deux sur le pont au milieu des barils et de quelques moutons faméliques. Les raiders mirent une heure à s'organiser et à rassembler leurs affaires. Wylm sentait le bateau bouger et craquer sous lui tandis qu'ils s'affairaient. Eni, pour sa part, tremblait tant que son petit corps osseux paraissait sur le point de se disloquer.

La brume s'était levée et le ciel était bleu lorsque les raiders poussèrent le bateau sur la boue et les galets. Le drakkar tangua violemment avant de se stabiliser dans l'eau. Un à un, les hommes montèrent à bord et prirent les rames, tandis que Ragnar se rendait à la proue pour manipuler la barre du gouvernail. De l'endroit où il se trouvait, au milieu des provisions, Wylm ne voyait que ses jambes.

Les raiders levèrent leurs rames et s'activèrent en rythme, luttant contre les courants, se dirigeant vers le large et ses eaux sombres. Une corne sonna. Les voiles se déroulèrent en claquant, et le navire prit de la vitesse, virant souvent de bord pour lutter contre le vent.

Eni s'accrochait à Wylm en gémissant.

— Calme-toi, petit, tout va bien se passer.

Le drakkar filait vers le nord et Hrafnsey.

Chapitre 17

Willow avait mal à la gorge et la bouche sèche à force de prier. Elle n'avait plus besoin de chuchoter ; Heath gardant ses distances, elle avait l'impression que son père et elle étaient seuls au monde. Il lui arrivait de se retrouver à court de mots pour prier. Dans ces moments-là, elle se contentait de répéter encore et encore le nom de Maava. Mais alors les anges sifflaient et crachaient, la rappelant à l'ordre.

— Acceptez l'âme de mon père. Pardonnez ses nombreux péchés. Accueillez l'âme de mon père au Pays du soleil. Grand et bon Maava, écoutez ce pauvre pécheur…

Et les voix des anges se turent.

Sauf une.

Willow sentait sa présence dans sa tête – une épine enfoncée dans la partie molle de son cerveau. Il l'attendait, froid et dédaigneux. Elle cessa de prier.

— Qu'y a-t-il, ange de Maava ? demanda Willow, le cœur battant à tout rompre.

— *Pécheresse*, dit-il d'une voix aiguë qui lui transperça les oreilles.

— Je sais que je suis une pécheresse. Je le sais. Je prie pour l'amour de Maava.

— *Tu n'es en rien différente des autres.*

Les doigts de Willow se mirent à trembler.

— Des autres…, répéta-t-elle avant de comprendre qu'il faisait allusion à sa famille. Non, non, ce n'est pas vrai. J'ai vu la lumière de Maava.

— *Putains, sorcières, meurtriers…*

— Non, ce sont simplement des païens. Je m'efforce de les conduire vers Maava. Vous voyez ? Je prie nuit et jour pour l'âme du plus grand roi païen du Thyrsland.

Æthlric se mit à s'agiter et à geindre. Une crise se préparait. Willow se figea. Elle ne se sentait pas capable de s'occuper de lui seule. Elle se leva et ouvrit la porte pour appeler Heath.

— *Assassins, voleurs, adultères…*

Dans son dos, son père gémissait d'une voix grave comme un animal blessé. Elle se retourna. Ses mains agitées de spasmes semblaient danser sur les couvertures. L'ange riait dans ses oreilles.

— *Il n'est pas un grand roi. Et toi, tu n'es qu'une pécheresse.*

La voix se tut enfin.

Æthlric écarta ses couvertures et essaya de se lever en criant des paroles incohérentes.

— Monseigneur, calmez-vous, lui dit-elle en s'efforçant de remettre les couvertures en place. Heath ! Heath !

Mais Heath n'était pas là. Æthlric s'était assis et tentait de se lever. Willow se jeta sur lui et l'enfourcha, pesant de tout son poids pour le forcer à se rallonger. Il grogna. Elle posa les mains sur ses épaules, se pencha sur lui, et il renonça petit à petit, accepta de se soumettre. Les doigts noueux de sa main droite se refermèrent sur le poignet de sa fille.

Derrière elle, la porte s'ouvrit.

— Willow ?

— Il a voulu se lever, expliqua-t-elle à Heath. Ça va mieux, maintenant.

— Je suis désolé, j'étais dans le…

— Bluebell ?

Heath et Willow en restèrent bouche bée. La jeune femme se tourna vers son père, dont les lèvres bougeaient en silence, désormais.

— Est-ce qu'il a dit… ?

— Bluebell, confirma Willow. Il a dit Bluebell.

Les doigts de son père se firent tout mous, et sa main retomba sur les couvertures. Il s'était rendormi.

Willow se leva, le cœur battant à tout rompre. Des picotements froids, sur son poignet, lui rappelaient le contact de la main de son père.

Heath ne parvenait pas à contenir son sourire.

— Vous croyez qu'il pourrait se remettre ?

— Je l'ignore, répondit Willow en secouant la tête. Peut-être.

Son cœur s'emplit de lumière. S'il survivait, elle le persuaderait de se convertir. Elle les convaincrait tous. Ælmesse tout entier se convertirait, et les anges cesseraient de la juger. Bien sûr. Évidemment. Voilà pourquoi elle était née, pourquoi elle avait rejoint Maava. Grâce à la maladie de son père, elle accomplirait un miracle. Elle sauverait l'âme de ses compatriotes et conduirait le Thyrsland à adopter le trimartyr. Elle faillit en rire, tant son soulagement était grand.

Elle se rendit compte qu'elle se fourvoyait depuis le début. Son rôle n'était pas de sauver l'âme de son père. Un homme bien portant était capable de sauver lui-même son âme. À partir de maintenant, elle prierait pour qu'il vive, ouvrant la voie à sa destinée glorieuse, lumineuse et claire.

Depuis Stonemantel, la route la plus directe pour le Bradsey longeait la côte ; toutefois, la côte ouest du Thyrsland était escarpée et balayée par des vents violents qui tordaient les arbres, leur donnant des formes grotesques, des postures de soumission. Ash, Rose et Bluebell préférèrent donc rester à l'intérieur des terres, empruntant une piste envahie par la végétation qui serpentait à une trentaine de kilomètres de l'océan dans la lande couverte de bruyère. Elles ne rencontrèrent aucun autre voyageur, si bien qu'Ash avait l'impression qu'elles étaient sorties du monde connu.

Rose ne disait rien, boudait. Bluebell faisait semblant de n'avoir rien remarqué. Ash n'arrêtait pas de penser à ses pouvoirs, à son Devenir, à la manière dont elle se forgerait un avenir. Comme elle avait laissé sa seconde vue ouverte pendant suffisamment longtemps – du moins ne l'avait-elle pas activement fermée –, elle savait désormais que sa capacité à lire ce qui se passait autour d'elle restait inégale. Parfois, ses visions étaient grandes, intenses – de véritables déferlantes. Parfois, Ash avait l'impression de regarder à travers une fissure dans une planche. Elle avait beau changer de position, la vue d'ensemble persistait à lui échapper. Elle ne pouvait jamais prévoir l'intensité de ses visions.

Comme elle aurait aimé recevoir des conseils avisés… À Thriddastowe, les voyants seraient jaloux et effrayés par ses aptitudes. Et même Byrta avait refusé de l'aider. Les espoirs qu'elle avait nourris au sujet d'Yldra avaient vite été découragés. Elle avait bien songé à se confier à Bluebell, mais celle-ci, en dépit de son expérience et de son art consommé de la guerre, ne lui serait sans doute d'aucune utilité. Tout juste compatirait-elle à son malheur. « Tu ne peux pas prévoir l'intensité de tes visions ? La belle affaire ! Profites-en quand tu en as la possibilité », lui lancerait-elle probablement. Elle ne comprendrait pas sa détresse. *Que m'arrive-t-il ? Quand cela va-t-il s'arrêter ? Survivrai-je à cette expérience ?*

Dans cette lande, loin du monde des hommes, la magie était partout. Elle se dissimulait dans la bruyère inextricable ; elle pendillait aux sorbiers ; elle s'infiltrait, froide et sombre, dans les crevasses, entre les rochers. Plus elles s'enfonçaient dans le Nord, plus la magie organique se renforçait. C'était une force ni hostile ni bienveillante ; neutre plutôt, indifférente. Elle faisait partie du paysage, comme les collines verdoyantes évoquaient immanquablement Ælmesse, comme les forêts d'ormes caractérisaient le Netelchester. Et pourtant, elles étaient encore à des kilomètres des plaines du Bradsey, où la magie était la plus puissante, flottant au-dessus du sol comme la brume.

Rose ralentit pour laisser Ash la rattraper et lança dans un murmure brusque :

— Quand crois-tu qu'elle va nous permettre de nous reposer ? Cela fait quasiment cinq heures que nous chevauchons sans interruption.

Ash se rendit compte qu'elle avait mal au dos et aux cuisses.

— Et ses chiennes qui ont disparu, poursuivit Rose en embrassant le paysage du regard, ses longs cheveux collés à son visage par le vent. J'imagine qu'elles se reposent un peu, quelques kilomètres en arrière. Elles ne sont pas bêtes.

— Elles nous retrouveront, affirma Ash. Si tu es fatiguée, demande à Bluebell de faire une pause.

— Pour lui donner une nouvelle occasion de me remettre à ma place ? Non, merci.

Ash éperonna son cheval.

— Bluebell, quand est-ce que tu comptes t'arrêter ?

Bluebell s'agita comme si on la sortait d'un rêve.

— Mmh… ? Si vous voulez manger, on pourrait s'arrêter maintenant, je suppose. Mais j'aimerais bien arriver à Sceotley avant la nuit. C'est à une heure à peine. À ce moment-là, la lande sera derrière nous. (Elle regarda autour d'elle comme si elle humait l'atmosphère.) Je n'aime pas trop cet endroit. Quelque chose d'invisible s'y tapit et nous observe peut-être.

Ash regarda Rose par-dessus son épaule.

— Tu vois, il suffisait de demander, s'écria-t-elle en haussant les sourcils.

— Je préfère continuer, dans ce cas, répondit Rose. Je veux bien rester en selle une heure de plus pour pouvoir dormir dans un lit douillet.

Alors qu'elle s'était mis en tête de se reposer, Ash dut convaincre son corps de poursuivre leur route. Elle s'agita sur sa selle, cherchant une position susceptible de soulager son dos. Elle repensa à la phrase de Bluebell – quelque chose de tapi qui les observe peut-être. Cet endroit devait grouiller d'esprits élémentaires. Oserait-elle ? La prenant par surprise, sa vision s'ouvrit devant elle.

Le silence la stupéfia. Elle avait imaginé les élémentaires filant dans tous les sens, fonçant derrière arbres et rochers, se jetant à terre en sentant son regard sur eux. Au lieu de quoi ils étaient immobiles. Ils étaient des centaines alignés le long de la piste, comme si ses sœurs et elle formaient une procession et qu'ils étaient venus…

Voir. Ils étaient venus pour voir Ash.

Émerveillement et peur bouillonnaient dans son ventre. Elle les observa avec crainte, et ils lui rendirent son regard. Avec prudence, parfois avec des yeux pleins d'espoir, parfois avec colère et appréhension. Elle passait devant eux, et ils restaient parfaitement immobiles. Ses sœurs n'étaient pas conscientes de leur présence ; les chevaux non plus, qui ne cherchaient pas à s'en éloigner.

Elle repensa à ce que l'esprit du chêne lui avait dit : « *Votre voix est* aræd. » Ash était tentée de vérifier si c'était vrai, mais son appréhension l'empêchait d'articuler le moindre mot. Par ailleurs, que penseraient ses sœurs en l'entendant crier des ordres à des personnages invisibles ?

En esprit, elle tonna : À terre ! Tous !

Alors, ils se jetèrent tous à terre et disparurent. Jusqu'au dernier. L'air emplit en miroitant l'espace qu'ils occupaient un instant plus tôt, et la terre trembla comme si un troupeau de buffles invisibles passait. Les os d'Ash en furent secoués.

— Qu'est-ce que c'était ? s'enquit Rose en tournant la tête dans tous les sens.

Sa voix parvint aux oreilles d'Ash comme étouffée par des épaisseurs de laine. Sa jument pencha la tête en avant et lança une ruade. Bluebell s'arrêta en levant un long bras tatoué.

Le cœur d'Ash battait à tout rompre. Mais elle ne dit rien.

— La terre a tremblé, remarqua Rose, le visage pâle d'une peur superstitieuse.

— Je l'ai senti aussi, confirma Ash, les lèvres pincées. Je pense que nous devrions accélérer la cadence.

Elles accélérèrent donc. Ash referma sa seconde vue et s'efforça de ne pas se vomir dessus. Ses articulations la faisaient souffrir. Cependant, les douleurs physiques parvinrent à la distraire pendant un certain temps, l'empêchant de trop réfléchir à la signification de ce qui venait de se produire.

Elle commandait aux élémentaires. Un orage magique grossissait autour d'elle, et elle n'avait ni le savoir ni la force nécessaires pour l'arrêter.

Ni le courage, peut-être.

Bien que n'étant qu'un petit village, Sceotley était entouré de remparts qui l'isolaient des forêts alentour. Le site semblait avoir eu une grande importance à l'époque des géants, car les bois étaient parsemés de ruines blanches, de chicots hauts comme des hommes, érodés par le temps et les conditions climatiques. Les sœurs y arrivèrent après avoir traversé un large pont en bois enjambant la Gemærea, une rivière bleu turquoise qui permettait à Sceotley de vivre du commerce et de ses truites, renommées dans tout le Thyrsland. Le cours d'eau était une frontière naturelle entre Ælmèsse et le Lyteldyke, aussi se trouvaient-elles désormais dans un comté qui ne reconnaissait pas l'autorité de Bluebell. Son père et elle n'étaient pas venus dans ces régions du Nord depuis bien longtemps. Bluebell doutait d'ailleurs que les gens du cru reconnaissent l'autorité d'un suzerain, quel qu'il soit.

Les écuries étaient mal entretenues – sombres et tapissées de paille humide. Les chiennes fixèrent Bluebell d'un regard implorant lorsqu'elle les abandonna dans un des boxes.

— Pensez-vous que l'aubergiste me laissera garder mes chiennes avec moi ? demanda-t-elle au très vieux palefrenier.

L'homme sourit, découvrant une denture réduite à sa plus simple expression.

— Je ne pense pas, madame. Mais je m'occuperai bien d'elles si vous me payez une pièce de plus.

Elle accepta sa proposition et s'en fut, suivie de Rose et Ash.

La délicieuse odeur provenant de l'auberge l'appelait. Elle rêvait de s'asseoir pour déguster une bonne bière avant d'aller se coucher dans un vrai lit – mais y en avait-il à Sceotley ? – pour une longue nuit de sommeil.

Alors qu'elle s'apprêtait à pousser la porte de l'établissement, Ash la tira par la manche.

— Bluebell, nous ne devrions pas rester ici trop longtemps.

— Ici ? Tu veux dire dans cette auberge ?

— Non, à Sceotley.

— Nous avons besoin de repos, protesta Bluebell comme son estomac gargouillait.

— Garde la tête basse, cache tes armes et porte une robe.

— Que je porte une robe ? (Bluebell faillit éclater de rire.) Tu es sérieuse ?

Ash hocha la tête.

— Viens. Derrière, là, à l'abri des regards. (Elle entraîna Bluebell dans une allée, entre deux bâtiments.) J'ai le sentiment désagréable qu'il serait préférable que personne ne soit au courant de la présence de Bluebell la Féroce.

Bluebell haussa les épaules et se tourna vers Rose.

— Tu aurais une robe à me prêter ?

Rose posa son sac sur le sol et en sortit un long morceau de tissu.

— Tu veux aussi un chemisier ?

Bluebell était déjà en train de se séparer de ses armes et de les tendre à Ash tout en se tortillant pour s'extirper de sa tunique.

— Non, je me contenterai de la mettre comme ça. Dépêchons-nous.

La robe lui arrivait au-dessus des mollets, révélant ses bas et les sangles en cuir qui les maintenaient en place. Ses poignets tatoués étaient également visibles. Rose s'efforça de ne pas rire en agrafant la robe aux épaules de sa sœur à l'aide de deux broches ornées d'ambre et de verre.

— Ça ira ? demanda Bluebell à Ash.

— Tâche de prendre un air moins… féroce, conseilla celle-ci en l'aidant à attacher son ceinturon et à remettre sa cape. Et ne montre pas tes armes.

Elles entrèrent dans l'auberge. Ash entraîna Bluebell et Rose dans un coin sombre avant d'aller commander quelque chose à manger.

Bluebell observa Rose, assise en face d'elle. Toutes les deux s'étaient à peine parlé depuis qu'elles avaient quitté la ferme.

— Tu es toujours fâchée contre moi ?

— Fâchée ? répéta Rose en lâchant un rire sans humour. C'est le mot que tu utilisais quand nous étions enfants et que tu m'imposais ta volonté par la force.

Bluebell haussa les épaules.

— Au cas où tu ne l'aurais pas remarqué, poursuivit Rose, nous ne sommes plus des petites filles. J'ai moi-même un enfant. Une fille qui se trouve je ne sais où, quelque part entre ici et la lune.

— Ils doivent être à Withing. J'ai dit à Sighere de passer la nuit là-bas.

— Je l'espère.

— J'en suis sûre. Sighere la protégera ; voilà pourquoi je l'ai envoyé avec elle.

— Si je la savais à la maison avec les gens qu'elle aime, je ne serais pas dans cet état..., dit Rose en baissant la tête. J'ai l'impression que le cordon qui reliait nos deux corps n'a jamais été coupé. La savoir si loin de moi me fait tellement souffrir.

Comprenant qu'elle ne ferait jamais entendre raison à Rose, Bluebell préféra s'intéresser à la clientèle de l'auberge. Beaucoup de vieux pêcheurs puants et de femmes au visage dur. Pas de menace sérieuse. Et pourtant, Ash fronçait les sourcils et semblait craindre une force invisible.

De retour du bar, elle poussa Bluebell du bout du pied.

— Assieds-toi dos à la salle s'il te plaît.

— Je n'aime pas tourner le dos à la porte.

— Je ne voudrais pas que quelqu'un te reconnaisse.

Bluebell glissa de son banc et échangea sa place contre celle de Rose. Désormais, elle se sentait mal à l'aise, car elle ne voyait rien de ce qui se passait dans la salle.

— Qu'est-ce qui t'arrive, Ash ? demanda-t-elle.

— Dès que nous avons traversé le pont, un sentiment glacial m'a envahie, expliqua celle-ci en posant leurs bières sur la table. Cet endroit est beaucoup trop sombre pour accueillir une femme aussi lumineuse que toi, je le sais. Je ne peux rien dire de plus. Ces sentiments ne sont pas toujours très clairs ;

ils rampent sous ma peau comme des instincts. Je n'arrive pas à les mettre en mots, mais ils sont bien là.

— Peut-être aurions-nous dû passer la nuit dans les bois.

— Les bois sont dangereux, rétorqua Rose en secouant la tête. Passé les premiers mètres, les arbres ne sont pas du tout entretenus. C'est sûr qu'il y a des loups.

Les yeux de Rose se braquèrent furtivement sur un point situé au-dessus de l'épaule de Bluebell.

— Qu'est-ce qu'il y a ? s'enquit celle-ci en se retenant de se retourner.

— Un ivrogne amoureux, je dirais.

Bluebell se prépara. Un instant plus tard, un homme gras au visage rougeaud se tenait devant leur table, le pied droit posé sur la chaise de Bluebell, à côté de sa cuisse.

— Bonsoir, mesdames.

— Nous aimerions rester seules, lui dit Bluebell en le regardant dans les yeux.

— Trois jolies dames telles que vous avez forcément besoin de la compagnie d'un homme de qualité.

Suivant le conseil d'Ash, Bluebell ravala une repartie bien sentie.

— Nous sommes sœurs et n'avons pas besoin de compagnie, intervint Ash en souriant. Nous aimerions simplement prendre notre repas tranquillement.

L'homme fronça les sourcils et s'éloigna.

— Il puait les entrailles de truite, murmura Bluebell dans sa bière.

Rose éclata de rire.

— Pas si fort, Rose, protesta Ash. Il a dû t'entendre.

— Que fait-il ? demanda Bluebell.

La serveuse arriva avec leurs assiettes, qu'elle posa bruyamment sur la table, déployant cette force sourde qui caractérisait les gens profondément mécontents.

Tête baissée, Ash observait l'homme par-dessous ses longs cils.

— Il parle à un type. Un costaud.

— Nous n'avons pas fini d'entendre parler de notre amoureux transi, dit Bluebell. Hâtons-nous de manger et de monter dans notre chambre.

Elles se jetèrent sur leur repas. Bluebell était tellement fatiguée par sa journée que rien n'aurait pu l'empêcher d'engloutir son assiette ; néanmoins, elle lisait sur le visage d'Ash un sentiment de panique de plus en plus intense. Sortir d'ici le plus vite possible…

Quelques minutes plus tard, elles se tenaient toutes les trois devant le comptoir. Rose demanda une chambre à l'aubergiste, qui les détailla toutes les trois, s'attardant en particulier sur Bluebell.

— Oui, nous avons une chambre, mais l'une d'entre vous devra dormir par terre. Je crois que votre grande amie est habituée aux conditions difficiles, ajouta-t-il en désignant Bluebell de la tête.

— Donnez-nous la clé, lâcha sèchement celle-ci, ce qui lui valut de recevoir un coup de pied dans le tibia de la part d'Ash.

Il tendit la clé à Rose. Les trois sœurs se retournèrent et découvrirent que l'homme gras et son ami leur barraient la route.

Bluebell se mordit la lèvre pour ne pas jurer. Ses doigts glissèrent imperceptiblement vers son ceinturon.

— Laissez-nous passer, leur demanda Ash d'une voix douce. Nous ne vous voulons pas de mal.

— Vous vous êtes moquées de mon ami, rétorqua le costaud, apparemment vexé.

Le calme qui s'était installé dans leur dos signifiait qu'ils avaient un public, pensa Bluebell.

— Pas du tout, protesta Rose. Nous nous amusions de tout autre chose. Il ne nous viendrait pas à l'idée de vous manquer de respect.

— Nous ne voyons pas les choses de cette façon, lança l'ivrogne. Et nous ne parlons pas gentiment aux femmes qui ne savent pas se tenir.

Comme Bluebell aurait aimé lui faire goûter son acier. Une brume brûlante s'accumulait derrière ses yeux.

Le colosse fit un pas en avant.

— Vous voyez…, commença-t-il en faisant mine d'attraper Ash par le bras.

Il n'en fallut pas plus. L'épée de Bluebell jaillit et siffla dans les airs, s'arrêtant à quelques millimètres de la manche de l'agresseur.

— Touche-la, et tu n'as plus de main. Comment tu feras, après, pour fourrer ton mari ?

Ash poussa un grognement exaspéré. L'homme voulut saisir son couteau, mais Bluebell l'attrapa aussitôt sous le bras, le soumettant d'une clé douloureuse et faisant glisser la lame de son épée sur son ventre. Le couteau tinta sur le sol. L'homme gras fit un pas en arrière. Plusieurs, même.

— Vas-tu m'obliger à souiller le plancher avec tes entrailles ? demanda Bluebell.

L'homme secoua la tête.

Elle le repoussa et rengaina son épée. Tout le monde la regardait. Elle rajusta sa cape. L'aubergiste ne la lâchait pas des yeux, et elle voyait presque les rouages de son cerveau tourner à plein régime, regrettant déjà d'avoir réagi de la sorte.

— Venez, lança Ash en les entraînant vers la sortie.

Les sœurs se rendirent dans le bâtiment annexe où se trouvait leur chambre, fermant la porte à double tour.

— L'aubergiste t'a reconnue, j'en suis certaine, commença Ash en faisant les cent pas.

Bluebell retira sa robe et la tendit à Rose.

— Qu'est-ce qu'on fait, alors ? Tu préfères que nous partions ?

— Nous avons besoin de repos, fit remarquer Rose.

— Que ressens-tu, au juste ? s'enquit Bluebell en enfilant ses vêtements. Un danger imminent ?

— Non. Ce n'est pas… Je ne peux rien contrôler, je suis désolée. Nous sommes à la fois en danger et en sécurité, mais j'ignore pourquoi.

Ash s'assit lourdement sur le lit et se prit la tête à deux mains.

Bluebell la regarda longuement dans la lumière vacillante. D'un côté, elle prenait les craintes d'Ash au sérieux, de l'autre, elle avait du mal à concevoir un monde dans lequel elle ne pourrait pas assurer la sécurité de deux de ses sœurs. Il lui était arrivé d'assurer celle de sa bande tout entière.

— Ash, que se passe-t-il ?

— Je vais bien. Dormons et quittons cet endroit le plus tôt possible.

Bluebell jeta un regard circulaire sur la chambre et avisa un grand coffre, qu'elle poussa devant la porte pour la bloquer.

— Vous deux, dormez. Je monterai la garde.

— Tu as besoin de repos aussi.

— Je somnolerai, ne vous en faites pas.

Elle s'assit sur le coffre, le dos contre la porte, l'épée dégainée, et se prépara à attendre le lever du soleil.

Il y avait des façons plus agréables d'être réveillé. Les doigts osseux de Bluebell s'enfoncèrent de nouveau dans sa chair, et Rose ouvrit les paupières. Sa sensation de bien-être l'abandonna aussitôt, comme elle se rappelait qu'elle était loin de chez elle et des gens qu'elle aimait. En temps normal, elle aurait pris quelques secondes pour repenser aux baisers de sa fille et en concevoir un certain réconfort, mais sa sœur ne lui en laissa pas le temps.

— Allez. Il est l'heure de filer. On se lève et on s'habille.

Ash obtempéra, mais Rose n'était pas d'humeur à obéir aux ordres de Bluebell.

— Je me lèverai quand ce sera l'heure.

— Il est déjà l'heure, insista Bluebell.

Dans la faible lumière, Rose vit que les yeux de sa sœur étaient profondément cernés. Avait-elle veillé toute la nuit ? La morsure douloureuse de la culpabilité…

— Prends ton temps, ma sœur, dit Ash en posant une main froide sur l'épaule de Rose. Je vais faire tes bagages.

La gentillesse d'Ash la galvanisa bien plus que l'autoritarisme de Bluebell. Elle se leva, épingla sa robe et enfila ses chaussures. Bluebell faisait les cent pas, manifestement pressée de partir. Bien qu'elles soient très floues, elle prenait les prémonitions d'Ash très au sérieux. Rose se demandait si le malaise d'Ash n'était pas dû à l'isolement du village et aux forêts sombres qui l'entouraient. Elles étaient si loin de la civilisation. Rose, pour sa part, ne trouvait pas cela si désagréable. Elles étaient loin de tout, et donc loin des contraintes, des regards accablants et des promesses faites en public.

Les chiennes les accueillirent en remuant la queue, les chevaux furent rapidement sellés, et elles purent se mettre en route. Bluebell était de mauvaise humeur, criant sur ses bêtes et fronçant les sourcils. Rose choisit de ne pas faire attention à elle. Dix minutes après leur départ, lorsque Sceotley ne fut plus qu'une silhouette sombre dans les collines, Ash tenta d'engager la conversation avec Bluebell.

— Est-ce que tout va bien, Bluebell ?

— Oui, répondit celle-ci, laconique.

— Tu as dormi un peu, cette nuit ?

— Qu'est-ce que ça peut faire ? Ne perdons pas de temps.

Rose serra les dents. Elle en avait assez de la mauvaise humeur de Bluebell, d'autant qu'Ash n'avait rien fait pour mériter ce traitement.

— Laisse-la tranquille, Bluebell.

— Tout va bien, Rose, intervint Ash. Elle n'a pas dormi. Elle est restée éveillée pour nous protéger.

— Tout ne va pas bien, non. Elle n'est pas la seule à avoir des raisons d'être mécontente. Pourquoi devrions-nous prendre des gants avec elle ? Elle n'en prend jamais avec nous.

— Tu veux dire que je ne prends pas de gants avec toi ? lança Bluebell en tirant sur les rênes d'Isern pour faire volte-face. Pourquoi devrais-je en prendre ? Tu n'avais qu'une chose à faire pour mériter ta place dans cette famille, une seule : épouser le roi du Netelchester et lui rester fidèle. Mais c'était trop te demander. Tu n'as pas mis un an avant de chevaucher ton neveu.

— Ce n'est pas mon neveu.

— Je vous en prie, ne vous disputez pas, intervint Ash. Vous êtes toutes les deux fatiguées, vous avez toutes les deux des soucis. Ne vous disputez pas. Cela ne nous mènera nulle part.

— Reste en dehors de ça, Ash, dit fermement Rose. Bluebell et moi avons des choses à nous dire.

— J'ai déjà dit ce que j'avais à dire, contra Bluebell. À de nombreuses reprises. Heath est le père de Rowan. À cause de cela, il doit vivre, et il pourra même nous être utile. Toutefois, un nouveau bâtard serait de trop pour moi et pour Wengest, évidemment.

— Tu parles comme si seules les affaires des rois avaient de l'importance.

— Oui, c'est tout ce qui compte. Que faudrait-il que je te dise, Rose ? Tu veux que je t'encourage à prendre tes décisions avec ton entrejambe ? Tu penses un peu à notre royaume ? Et tous ces territoires qui comptent sur nous ? Que dois-je dire aux habitants qui vivent près des frontières du Bradsey ? « Oh, je suis vraiment désolée que vous vous fassiez massacrer par les raiders, mais ma sœur avait trop envie de baiser. »

La température du sang de Rose monta en flèche, et soudain, elle ne supporta plus de rester là. Bluebell avait décrit de façon si vulgaire quelque chose de tellement beau. Elle avait renvoyé sa fille chez elle avec des étrangers. Et son cœur était aussi dur et froid que de l'acier. Rose éperonna son cheval, qui se lança au galop vers la forêt. Il lui fallait s'éloigner au plus vite, autrement, son cœur risquerait d'exploser de colère.

— Rose, attends ! cria Ash, une pointe de désespoir dans la voix.

Un désespoir dont Rose ignorait l'origine. Ce n'était pas la première fois que Bluebell et elle se disputaient, et ce ne serait sans doute pas la dernière.

Soudain, elle vit une épaisse et basse branche de marronnier en travers de sa route. Elle tira sur ses rênes. Une douleur noire et violente lui secoua le front. Et le soleil s'éteignit.

Elle était éveillée et elle ne l'était pas. Elle n'avait pas perdu connaissance ; sa conscience était simplement cassée en morceaux incohérents, éparpillée. Elle avait l'impression de se voir de loin. Bluebell soulevait son corps inerte et le posait sur la selle d'Isern. Puis il y eut une longue période de ténèbres vibrantes. Les mains d'Ash, proches et sentant le cuir des rênes. Des voix. Des cris. Bluebell gueulant des ordres. Rose ressentait les battements de son cœur dans son crâne. Douloureusement. Les ténèbres s'éclairaient par intermittence. Une odeur dégoûtante, étouffante. Elle lutta contre elle. Alors Ash dit :

— Dors, maintenant. Nous sommes avec toi.

Puis un long silence et le bourdonnement de la vie.

Les paupières de Rose s'ouvrirent. La longueur des ombres et la fraîcheur de l'air lui dirent que l'après-midi touchait à sa fin. Elle était allongée dans un endroit douillet. Sa tête la faisait souffrir. Elle prit le temps de se rappeler ce qui lui était arrivé.

— Tu es réveillée, dit Ash en apparaissant au-dessus d'elle.

— Où sommes-nous ?

— De retour à Sceotley.

— Où est Bluebell ?

— Je suis là.

Une voix dans les ténèbres, dans un coin de la chambre. Rose s'assit pour regarder autour d'elle, mais son cou et ses épaules meurtris se rappelèrent à son bon souvenir.

— Reste couchée, ordonna Ash. Tu t'es cogné la tête, puis tu as fait une mauvaise chute. Tu as besoin de repos.

Rose fit ce qu'on lui disait et porta la main à son front bandé.

— J'ai perdu connaissance pendant tout ce temps ?

— Je t'ai donné quelque chose pour te faire dormir. J'ai dû recoudre ta blessure, expliqua Ash en désignant son front. Tu saignais vraiment beaucoup.

Bluebell apparut dans son champ de vision.

— Dans combien de temps sera-t-elle apte à monter à cheval ?

— Donne-lui un jour ou deux, répondit Ash en se tournant vers elle. Elle a été très secouée.

— Cet endroit…

— Je sais.

Rose prit la main de Bluebell. Sa sœur était toute grise d'inquiétude et de fatigue.

— Je suis tellement désolée.

Bluebell haussa les épaules. Elle serra la main de Rose puis la lâcha. Quelqu'un frappa doucement à la porte. Bluebell se redressa, dégainant son épée en une fraction de seconde.

— Je vais ouvrir, dit Ash en lui faisant signe d'attendre. Reste hors de vue.

— Ils m'ont déjà vue.

— S'il te plaît, Bluebell.

Celle-ci se dissimula dans l'ombre. Ash ouvrit la porte. Il s'agissait de l'aubergiste.

— Bonsoir, commença Ash.

— Combien de temps comptez-vous rester ?

— Le temps que ma sœur soit rétablie.

Il scruta la pièce et repéra rapidement Bluebell.

— Pourquoi posez-vous la question ? poursuivit Ash.

— Je reçois beaucoup de voyageurs, répondit-il d'un ton bourru. Je vais peut-être avoir besoin de cette chambre.

— Je tâcherai de me remettre vite, plaisanta faiblement Rose.

Une fois de plus, l'aubergiste se tourna vers Bluebell.

— Voulez-vous que je vous fasse préparer quelque chose à manger ?

— Merci, mais nous nous débrouillerons, répondit Ash.

L'homme hocha la tête et recula. Ash referma la porte.

— Il sait qui tu es, Bluebell.

— Parfait. Comme ça, il se tiendra à carreau, se félicita Bluebell en poussant le coffre devant la porte. Dis-moi, Ash, tu as toujours de mauvais pressentiments ?

— Oui, confirma celle-ci à voix basse.

Rose se sentait tellement bête. Si elle ne s'était pas comportée comme une petite fille, ses sœurs et elle seraient déjà loin, dans un village plus sûr ou en train de dresser un campement pour passer la nuit à la belle étoile. Sauf qu'elle avait fait un caprice digne de sa Rowan – violent et furieux.

Penser à sa fille lui fit mal. Où était-elle ? Était-elle en sécurité ? Une chute telle que celle qu'elle venait de subir pourrait tuer un enfant. Elle se mit à pleurer.

— Chut…, fit Ash en la prenant par les mains. Tout va bien se passer. La meilleure chose que tu puisses faire, maintenant, c'est te reposer pour que nous puissions partir demain.

— Et si tu n'es pas prête, nous attendrons le surlendemain, ajouta Bluebell, assise sur le coffre, les genoux repliés sous le menton.

Bluebell avait prononcé cette dernière phrase comme si de rien n'était au prix d'un effort de volonté considérable, Rose le savait. Sa sœur était tellement pressée de quitter ce village et de sauver leur père. L'estomac de Rose se serra de culpabilité. Elle passait beaucoup trop de temps dans sa tête, consumée par ses sentiments. Elle en voulait à son cœur, car il ressentait l'amour, la peur, le désir et la culpabilité avec une intensité peu commune. Elle ne voyait pas d'autre explication à son égoïsme.

Elle se tourna sur le côté – avec circonspection, en essayant de trouver une position pas trop douloureuse – et se promit de remonter à cheval le lendemain, quel que soit son état. Elle avait déjà causé suffisamment d'ennuis à ses sœurs.

Une déferlante d'eau froide dans les veines d'Ash la réveilla en sursaut.

Elle s'assit, le cœur martelant les parois de sa cage thoracique, et regarda autour d'elle. Rose, endormie, le visage doux, les lèvres légèrement entrouvertes. Devant la porte, Bluebell, roulée en boule à même le sol. Comme elle essayait de se concentrer sur cette dernière, un cri, derrière ses yeux, se mit à vibrer dans son crâne tout entier.

Quelque chose de très mauvais se préparait. De très mauvais pour Bluebell.

— Debout ! lança-t-elle en se levant. Il faut partir tout de suite !

Une seconde plus tard, Bluebell était bel et bien debout, sans la moindre trace de somnolence sur le visage.

— Que se passe-t-il ?

— Je ne sais pas. Mais ça vient pour toi, répondit Ash en se penchant au-dessus de Rose, qui avait du mal à se réveiller.

Le breuvage qu'Ash lui avait fait boire la veille lui avait un peu ralenti le cerveau. Des épaules aux hanches, elle était couverte de meurtrissures bleues, et Ash savait qu'il lui serait très difficile de se déplacer.

— Rosie, je suis désolée, mais nous devons partir tout de suite.

Rose releva la tête en se frottant les yeux.

— Oui, oui, articula-t-elle. Aide-moi à mettre ma cape.

— Combien de temps avons-nous devant nous ? s'enquit Bluebell, qui avait entrouvert la porte pour regarder dehors.

— Je ne sais pas ! répondit Ash en secouant la tête, l'estomac crispé de frustration.

— Rose, tu peux marcher ? demanda Bluebell en prenant son sac à l'épaule.

— Oui, acquiesça Rose, qui avait pourtant besoin d'Ash pour l'aider à rester debout.

Elles se hâtèrent de sortir dans la fraîcheur du petit matin. La lumière dorée et rasante du soleil levant embrasait la brume dans le fond de la vallée, de l'autre côté de la rivière. La porte de l'écurie était verrouillée. Les chiennes de Bluebell aboyaient comme des folles à l'intérieur.

— Où est passé le palefrenier ? s'alarma Rose.

Bluebell se tourna vers Ash, le visage dur, les lèvres pincées.

— Ils ont enfermé les chiennes et les chevaux. On ne pourra pas échapper à nos ennemis.

— Tu veux que j'essaie d'ouvrir cette serrure ?

— Pas le temps, répondit Bluebell. Fuyons. Nous reviendrons plus tard pour les bêtes. Et pour prendre notre revanche.

Elle tendit la main à Rose, qui grimaça lorsque sa sœur l'entraîna dans son sillage. Elles coururent vers le pied de la colline et la porte principale du village.

Ash les vit un battement de cœur avant Bluebell.

— Des raiders ! s'écria cette dernière en dérapant pour s'arrêter.

Ils étaient quatre, sur la route, qui se dirigeaient manifestement vers Sceotley. Bluebell se retourna et fit passer ses sœurs devant elle, le cœur battant à tout rompre. La pauvre Rose faisait de son mieux, mais avançait en titubant. Elles quittèrent la route principale, s'engagèrent sur une simple piste, puis dans l'herbe, dévalant une côte dangereusement abrupte. Rose lâcha un cri de douleur. Bluebell regarda par-dessus son épaule et s'arrêta.

Ash s'arrêta aussi.

— Bluebell ?

Les longs cheveux blonds de sa sœur flottaient dans le vent. Les raiders n'étaient qu'à une centaine de mètres, juste derrière des ruines blanc sale.

— *Sansorthinn !* leur cria subitement Bluebell en agitant les deux bras.

— Que leur as-tu dit ? demanda Ash.

— Je les ai traités de suceurs de bite, répondit Bluebell, sinistre. Maintenant, filez, vite !

— Quoi ? Où ?

— Ils vous tueront toutes les deux. Cachez-vous dans la forêt, et si je ne viens pas vous chercher, retourner en Ælmesse. Je tâcherai de les retenir et de les entraîner sur une fausse piste.

Elle poussa Rose dans les bras d'Ash et, sans laisser à cette dernière le temps de rétorquer quoi que ce soit, fonça vers les rives herbeuses de la rivière.

Ash prit Rose par la taille, et toutes les deux entreprirent de contourner la ville pour revenir sur la route d'Ælmesse. Quand Ash se retourna, elle vit sa sœur, équipée de sa cotte de mailles légère, mettre son heaume sur la tête. Elle était seule. Sans ses chiennes. Et quatre hommes convergeaient vers elle au pied de la colline. Elle ne gagnerait pas cette fois. Ash sentait la mort, toute proche.

Bluebell se tenait, grande et silencieuse, entre le cours d'eau et un chêne. Son bouclier rond au bras gauche, elle avait dégainé son épée et les attendait. Le cœur d'Ash galopait dans sa poitrine. Rose lui agrippait le bras.

— Ils sont quatre, lança celle-ci. Nous devons faire quelque chose.

Ni l'une ni l'autre, cependant, ne savait manier les armes ; sans compter qu'elles auraient risqué de gêner leur sœur. Ash ne pouvait qu'assister au spectacle de sa prémonition faite réalité. Sous un ciel pâle et indifférent se jouait le destin de royaumes tout entiers, comme d'habitude.

La peau d'Ash se mit à la picoter. Elle pouvait faire quelque chose, non ?

— Retourne par là-bas, près des murs de la ville, ordonna-t-elle Rose en la poussant doucement.

— Où vas-tu ?

— Nulle part, mais j'ai besoin de me concentrer.

Rose obtempéra, tandis qu'Ash gravissait un peu plus la colline afin d'avoir une meilleure vue sur les événements. Calmant son pouls frénétique, elle ouvrit sa seconde vue.

Ombres et chatoiements, de part et d'autre de son champ de vision. Des esprits élémentaires dans l'eau, les arbres, les rochers, la terre. En pensée, elle fixa son attention sur l'un d'entre eux.

— Écoute-moi.

L'esprit se figea et tourna vers elle son visage de craie taillé à la serpe, dur et cruel.

Ash se lécha les lèvres, muette. Elle entendit un grognement lointain, tandis que Bluebell brandissait son épée et que les deux premiers raiders se précipitaient vers elle. Ash se rendit compte qu'elle n'avait rien à dire. Son regard se posa sur l'élémentaire, puis sur le sol caillouteux, sous ses pieds. Une pensée, à peine formée, quitta son esprit. Soudain, le sol trembla, faisant sauter de petites pierres. Les deux autres raiders glissèrent et tombèrent l'un sur l'autre. Bluebell avait déjà tué le premier et parait les coups du deuxième. Ceux qui étaient tombés se relevèrent et vinrent prêter main-forte à leur camarade, repoussant Bluebell vers la rivière.

— Dans l'eau, Bluebell, murmura Ash dans un souffle.

Bluebell leva la tête comme si elle l'avait entendue. Elle tourna les talons, enjamba la berge rocheuse et entra dans l'eau jusqu'aux mollets. Les trois raiders se lancèrent à ses trousses.

Ash concentra son énergie, sa puissance, la puisant dans le sol et la récoltant dans le ciel. De petites mains sortirent de l'eau, des ombres glissèrent sur les rochers.

Subitement, un geyser jaillit entre les raiders et Bluebell. Apeurée, cette dernière eut un mouvement de recul. Le long du cours d'eau, des pierres se mirent à vibrer. L'une d'entre elles, plate et plus grosse qu'une tête d'homme, s'envola et frappa un raider entre les omoplates. L'homme tomba en avant. Le geyser se mua en trombe, l'avalant littéralement. Prenant avantage de la confusion générale, Bluebell assena un coup à un autre adversaire. Le bras coupé de l'homme tomba dans l'eau, qui se teinta aussitôt de rouge. Incapable de regarder, Ash ferma les yeux. Elle avait la nausée, elle avait mal partout, et pourtant… ses veines vibraient d'une excitation dangereuse. Elle venait de goûter à l'ivresse de son pouvoir.

Quand elle rouvrit les paupières, les pierres étaient immobiles, l'eau était rouge et deux cadavres flottaient en aval. Bluebell portait un troisième corps sous le bras, le tirant hors de l'eau. Elle jeta le raider mort, mou comme une poupée de chiffon, le visage dans l'herbe, et s'accroupit à côté de lui pour le fouiller.

— Attends-moi ici, dit Ash à Rose en s'élançant vers le pied de la colline.

Trempée, couverte de sang, Bluebell retira son heaume. Elle écarta les longs cheveux mouillés du raider, révélant un corbeau tatoué à la base de son cou.

— Explique-moi ça, Ash, demanda-t-elle, haletante.

— Tu veux que je le touche ?

Bluebell hocha la tête et s'assit sur ses talons.

Ash effleura le corbeau. Bien que déjà nauséeuse, elle rouvrit sa seconde vue avec beaucoup de facilité. Tout son pouvoir se concentra sur la peau froide de l'homme.

Son père lui avait fait ce tatouage dans une maison en pierre à la toiture recouverte d'herbe, loin, au nord-ouest, au-delà de la mer. « Hakon est notre roi, désormais. » Le roi Corbeau vivait caché sur un îlot maculé de guano, loin de son jumeau, où il rassemblait ses hommes – des durs, des gars amers et cruels, des troisièmes fils, des assassins et des fermiers ratés. Hakon cultivait la haine qu'ils avaient dans le cœur, la haine de Blicstowe et de ses habitants. La haine de celle qui l'avait fait tomber si bas, surtout. Et il les envoyait dans le Sud. Non pas pour y mener des raids, mais pour assassiner Bluebell.

— C'est l'aubergiste qui les a prévenus, annonça Ash. Hakon est en vie et il a mis ta tête à prix. Les disciples du roi Corbeau n'auront de cesse de te traquer.

Bluebell renifla et s'essuya le nez du dos de la main.

— Les idiots, lâcha-t-elle en ramassant son épée et en posant la main sur l'épaule de sa sœur. Toutes les deux, vous allez m'attendre dans la forêt. Je vais chercher les chevaux et les chiennes. J'en profiterai pour rendre une petite visite à l'aubergiste. Il vaut mieux que vous ne voyiez pas ça.

Ash acquiesça.

— Nous parlerons ce soir de ce qui s'est passé, ajouta Bluebell en plissant légèrement ses yeux pâles.

— Je ne sais pas ce qui s'est passé, se défendit Ash. Enfin, pas vraiment.

Bluebell se leva, hocha la tête et s'en fut.

Assise sur une pierre, Bluebell affûtait son épée. Le rythme de cette tâche simple la calmait. Elle avait vu beaucoup de choses étranges et elle avait besoin d'en parler avec Ash. Celle-ci, toutefois, semblait épuisée, sous le choc.

Elles avaient parcouru une distance importante, principalement dans une sombre forêt d'ifs, passant par-dessus des branches tombées sur le chemin ; apparemment, très peu de voyageurs empruntaient cette voie pour se rendre en Bradsey ou en revenir. Sauf les raiders, bien entendu, qui rétribuaient généreusement quiconque disposait d'informations sur elle et ses activités. Des assassins. Bluebell n'avait pas peur d'eux, mais ses hommes lui manquaient. Même le nerveux Ricbert ou l'idiote Gytha. Sighere, surtout. Des gens qui savaient manier une épée. Elles émergèrent dans une plaine parsemée de rochers. Le terrain n'était pas propice à l'agriculture, aussi Bluebell se demandait-elle pourquoi il avait été déboisé. Elles y trouvèrent un surplomb rocheux à l'abri duquel passer la nuit et d'où la vue sur la forêt était dégagée. Pas question de se faire surprendre. Ash versa de l'huile sur le tas de bois que Bluebell avait ramené et alluma un feu. La lumière chaude chassa les ombres loin sous le surplomb, mais elle ne pouvait rien contre celles qui s'accumulaient dans l'esprit d'Ash et de Bluebell.

Cette dernière regarda sa sœur nettoyer la blessure de Rose.

— Ça va un peu mieux ? s'enquit Ash.

— Les points de suture me démangent, et j'ai toujours mal à la tête.

— Tu as pris un sacré coup, commenta Bluebell en passant méthodiquement la pierre à aiguiser sur sa lame.

— Voilà, Rosie, dit Ash en caressant la joue de la blessée. C'est nettoyé. Je ne te refais pas de bandage pour l'instant. Un peu d'air aidera peut-être la blessure à guérir plus vite.

Rose leva les yeux et effleura son front avec circonspection. Alors qu'Ash s'apprêtait à s'éloigner, elle lui agrippa la main.

— Ash, tu peux me dire si Rowan va bien ?

— Je ne suis pas sûre que nous devrions lui demander d'utiliser sa seconde vue pour…, commença Bluebell en les regardant par-dessus son épaule.

— Tais-toi, Bluebell, l'interrompit Rose. Je sais que tu as souvent recours à elle.

— Rowan va bien, répondit très vite Ash. Je ne ressens rien de particulier à son sujet.

Bluebell rengaina son épée et rejoignit ses sœurs sur une couverture.

— Et tu peux me dire si Ash va bien ? demanda-t-elle en regardant celle-ci dans les yeux.

— Oui, je suis forte comme un cheval, répondit Ash avec un sourire triste.

— Sauf que tu as fait quelque chose qui t'a effrayée, aujourd'hui, remarqua Bluebell. Tu pourrais peut-être m'expliquer ce qui s'est passé.

Ash prit une longue inspiration saccadée et rentra sa tête dans ses épaules frêles comme pour se préparer à encaisser un coup.

— Apparemment, tu exerces un certain pouvoir sur la nature.

— Que veux-tu dire par là ? s'étonna Rose.

— Tu n'as qu'à lui montrer, proposa Bluebell.

— Je ne le ferai pas à moins d'y être contrainte, rétorqua Ash en secouant la tête. Ça fait mal. Ça me meurtrit de l'intérieur.

Le cœur de Bluebell se serra. La voix de sa sœur était si faible, terrorisée.

— Quand j'étais acculée par les raiders, raconta Bluebell à Rose, Ash m'a sauvée. Elle a déplacé l'eau et les pierres. (Elle se frotta le menton du dos de la main, réprimant un léger malaise.) Pendant un instant, j'ai cru voir des mains et des doigts liquides, je le jure.

— Comment est-ce possible ? demanda Rose.

— J'ai des… aptitudes qui continuent à grandir, dit Ash dans un haussement d'épaules. Je les comprends à peine. Mais aujourd'hui, j'étais désespérée, alors j'ai appelé les esprits élémentaires…

Elle sombra dans le silence et s'abîma dans la contemplation de ses mains. Bluebell l'observa à la lumière du feu. Ses longs cheveux noirs étaient soigneusement tressés, son visage ovale dégagé. Elle se rappela Ash enfant. Sa douceur osseuse. Elle n'exigeait jamais rien, ne faisait pas de caprices, ne prononçait jamais un mot de travers. Son visage avait à peine changé depuis cette époque, mais son regard n'était plus aussi lumineux.

— Tu n'as pas l'air heureuse, dit-elle simplement.

— Je ne le suis pas, confirma Ash.

— Nombre de personnes se féliciteraient de maîtriser un tel talent.

— Je ne maîtrise rien. J'ignore quand mes visions vont venir. Et quand j'essaie de faire plier ma seconde vue, elle me fait plier en retour. Elle me fait peur.

Bluebell enfonça ses pieds dans la terre. « *Elle me fait plier en retour…* » Quel genre de pouvoir possédait sa sœur ? Pendant un instant glacial, Ash lui sembla étrangère, froide, issue des ombres mystérieuses. Heureusement, ce sentiment se dissipa.

— N'aie pas peur, intervint Rose. C'est la Grande Mère qui t'a faite de cette façon. Et rien de ce qui vient d'elle n'est mauvais. Ta crainte disparaîtra quand tu auras compris.

— Qui peut m'aider à comprendre ? Les anciens de Thriddastowe désapprouvent. Même Byrta a eu peur. Elle ne m'a été d'aucun réconfort.

— Peut-être Yldra pourra-t-elle t'aider, dit Bluebell. Ton talent te vient sans doute d'elle.

— Je donnerais tout pour être conseillée, avoua Ash en plongeant son regard dans le feu.

— Écoute déjà le conseil d'une sœur : arrête de t'en faire, la rassura Rose. Tout va bien se passer, tu verras.

Ash hocha la tête, mais refusa de croiser son regard.

Bluebell changea de position, tandis que son attention errait vers l'orée de la forêt, située à plus d'un kilomètre de là.

— Ash, tu sais qu'on nous suit, n'est-ce pas ? s'enquit-elle.

— Oui. Depuis que nous avons quitté Sceotley.

— Ce ne sont pas des raiders. J'ai écouté le bruit des sabots. Il n'y a qu'une personne. Légère.

— Je n'ai pas pu me concentrer dessus, Bluebell. J'ignore si je suis fatiguée ou… Cette personne refuse peut-être que je me concentre sur elle.

— C'est un humain ?

— Je ne sais pas, avoua Ash en écartant les bras. Elle est à cheval donc, *a priori*, c'est un humain.

— Cette personne est-elle dangereuse ? demanda Rose en écarquillant les yeux.

— Impossible à dire, répondit Ash. Je suis désolée.

Bluebell se remit à affûter son épée.

— Tant que je respirerai, vous serez en sécurité, promit-elle tout en sachant que, dans un monde de sous-magiciens, son acier ne serait pas forcément une garantie suffisante.

Chapitre 18

Rowan avait pleuré tout son soûl mais avait fini par s'endormir, roulée en boule, au milieu du lit. Ivy n'osait pas bouger, de peur de la réveiller et de relancer ses pleurs. Elle n'en pouvait plus d'entendre la petite sangloter. Si jamais on la forçait un jour à porter des enfants, elle les ferait élever très loin par des personnes plus patientes qu'elle. Les petits étaient tellement irrationnels, égoïstes et butés.

Ivy s'approcha en silence de la porte de la chambre. La première journée s'était assez bien passée – pas de pluie ni trop de collines et de vallées à négocier. Sighere ne lui avait pas adressé plus d'une dizaine de mots et, la plupart du temps, Ivy faisait comme s'il n'était pas là. Rowan n'avait pas arrêté de pleurer, bien sûr ; toutefois, comme Ivy n'était pas du tout triste pour elle, seules ses oreilles avaient souffert.

Elle s'aventura sur le palier et regarda par-dessus la balustrade. De là-haut, elle distinguait l'entrée de l'auberge, les hommes qui entraient et sortaient. Elle entendait des éclats de voix. On riait, criait, parlait à voix basse, on se disputait. Des hommes. Par dizaines. Dire qu'elle était coincée dans cette chambre avec un bébé. Elle s'imagina descendant l'escalier, ses boucles blondes brillant dans la lumière, sa poitrine blanche menaçant de faire éclater le décolleté de sa robe. Toutes les têtes se tourneraient vers elle.

Ivy se retira dans la chambre. Faiblement éclairée par des chandelles huileuses enfoncées dans des bougeoirs en métal, celle-ci sentait la sueur et la laine humide. Ivy aurait voulu être chez elle. Elle aurait voulu être proche de William Dartwood et… En fait, non. Elle avait dépassé le stade où elle désirait William Dartwood. Son engouement pour Heath avait eu raison de tous ses fantasmes précédents. Sauf qu'elle ne pourrait pas avoir Heath, ce qui l'attristait et la mettait en colère à la fois. À l'exception de Willow, elle n'avait jamais vraiment aimé aucune de ses sœurs. Ash était plutôt gentille. Tétons-d'acier n'était qu'une brute arrogante, quant à Rose… Eh bien, Rose avait Heath, et c'était une raison suffisante pour la haïr.

Mais elle oublierait Heath. Elle y arriverait. Et plus tôt que prévu, si elle parvenait à descendre pour flirter avec d'autres hommes.

Quelqu'un frappa sèchement à la porte, et Rowan s'agita.

— Pitié, non ! murmura Ivy.

Elle ouvrit et découvrit une serveuse portant un plateau de nourriture.

— Sighere m'a demandé de vous amener à manger, à vous et à l'enfant.

— Posez ça là. (Ivy se retourna et vit que Rowan s'était assise et se frottait les yeux.) Tu as faim, petite ?

Rowan hocha la tête. Elle fixait du regard la serveuse, une Ærfolc typique aux cheveux roux, aux yeux verts et à la peau blanche couverte de taches de rousseur. C'était apparemment la première fois que Rowan voyait une Ærfolc.

La femme les laissa, et Ivy s'assit sur le lit à côté de Rowan pour manger.

— Elle avait les cheveux orange, remarqua la petite.

— C'est une Ærfolc. Il y en a quelques tribus, dans la région. Mais c'est vrai qu'on n'en voit jamais en Ælmesse ou en Netelchester.

— C'est quoi, un Ærfolc ?

— Tu l'ignores ?

Rowan hocha la tête en mâchouillant bruyamment un morceau de fromage. Ivy avait mieux à faire que de discuter avec une gamine de trois ans, mais au moins celle-ci avait-elle cessé de pleurer.

— Avant que notre peuple arrive sur cette île, au temps des géants et des dragons, les Ærfolcs vivaient ici. Ils étaient là les premiers. Comme ils étaient faibles et désorganisés, ils ont failli disparaître. (Ivy sourit.) Ils sont toujours faibles et désorganisés. Voilà pourquoi on les retrouve dans nos cuisines ou nos écuries, où ils nettoient les sabots des chevaux.

Ivy prenait un malin plaisir à inculquer ces notions à sa nièce. Rose serait horrifiée, si elle savait. Bluebell aussi, sans doute ; Æthlric et elle partaient du principe que tous les hommes devaient être récompensés selon leur mérite. Balivernes ! Surtout de la part de monarques.

— Ils ont tous les cheveux orange ?

— Presque. Certains métis ont les cheveux dorés.

— Comme Heath ?

Heath... Bien sûr ! Elle ne l'avait pas remarqué. Oui, Heath était un sang-mêlé.

— Comme Heath.

— J'aime bien Heath. J'aurais préféré partir avec lui plutôt qu'avec Sibhere.

— Sighere, la corrigea Ivy. Oui, je suis bien de ton avis.

Aurait-elle eu l'occasion d'en profiter pour autant ? Peut-être vaudrait-il mieux qu'elle ne le voie plus et qu'elle cesse de penser à lui. Qu'elle arrête d'imaginer son corps en lieu et place de celui de sa sœur quand elle repensait à la scène de la forêt.

Et Rowan qui débitait des banalités sur Heath, sur le fait qu'il l'avait fait monter sur sa selle, et sur un tas de choses inintéressantes. Soudain, quelque chose que la petite avait dit attira l'attention d'Ivy.

— Tu peux répéter, Rowan ?

— Maman dit que Heath est un bon ami de la famille et qu'il m'aidera si jamais j'ai peur.

— C'est vrai ? insista Ivy en regardant Rowan d'un air soupçonneux.

Les cheveux et les yeux noirs de Rose. Ou de Wengest. Mais sa chevelure ne présentait-elle pas également des reflets cuivrés ? Ou bien était-ce à cause des bougies ? Et cette fossette sur sa joue gauche ? Elle était tellement semblable à celle de Heath. Et l'animosité de Bluebell envers Heath… Était-il possible que… ?

Ivy sourit. Elle *savait*. Elle n'avait pas besoin de preuve. Rowan avait trois ans, et Heath avait passé les trois dernières années dans les confins du royaume. Par ailleurs, durant toute cette période, Rose n'était pas retombée enceinte.

— Arrête de parler et mange, réprimanda-t-elle Rowan.

Ivy s'installa confortablement sur le lit pour observer l'enfant. Comme il était bon de mettre le doigt sur un secret, surtout quand celui-ci concernait Heath.

Juste après midi, le troisième jour, l'humeur d'Ivy s'améliora radicalement. Peut-être était-ce le soleil qui se reflétait sur les ailes des insectes voletant au-dessus des prairies parsemées de fleurs colorées et autour des ruines blanches d'une magnifique arche festonnée de plantes grimpantes. Ou bien encore les remarques amusantes de Rowan, qui avait cessé de pleurer. Ou le fait de savoir que, dans moins d'une journée, ils seraient chez Wengest. Alors, enfin, elle pourrait se reposer.

Au lieu de passer la nuit à la belle étoile, Sighere les avait conduites jusqu'à un village situé au nord du Netelchester, dans une auberge surplombant un ruisseau et un moulin. Près du cours d'eau se dressait l'écurie, et devant la porte de l'écurie se tenait le palefrenier.

Il avait l'âge d'Ivy et des cheveux foncés et épais qui lui tombaient en boucles sauvages sur les épaules. Ses mains étaient propres et puissantes, ses joues roses. Plus important encore, il la remarqua tout de suite, lui adressant un sourire franc lorsqu'elle lui confia les rênes de son cheval.

Elle lui rendit son sourire, mais Sighere arriva en appelant le garçon et leur fit signe à toutes les deux de les laisser.

— Je vous retrouve à l'auberge. Laissez-moi me charger des bêtes.

Comme elle n'avait aucune envie de le laisser se charger de tout et de se retrouver de nouveau isolée dans une auberge, Ivy traîna près de la porte de l'écurie, regardant le garçon du coin de l'œil. Il ferait un excellent remède à sa frustration.

Soudain, Rowan couina joyeusement et se mit à courir vers le ruisseau, obligeant Ivy à la suivre.

Elle rattrapa facilement la petite fille, qui s'était arrêtée pour observer une coccinelle. Ivy s'accroupit à côté d'elle et leva les yeux vers le moulin, sur l'autre berge, dont la roue tournait lentement dans l'eau illuminée par le soleil. Les herbes hautes ondulaient dans le vent, et un rouge-gorge chantait agréablement dans un arbre. Ivy se rendit compte qu'elle se trouvait derrière l'écurie, tout près de l'endroit où Sighere et le garçon discutaient. Elle prit Rowan avec elle, la posa dans l'herbe en lui proposant de trouver d'autres coccinelles et se positionna derrière un volet pour écouter leur conversation.

Sighere était en train d'expliquer au garçon ce qu'il attendait de lui – à sa manière si vieux jeu et entendue – et de lui dire combien il comptait le payer.

— Je n'en trouve aucune, pleurnicha Rowan dans son dos.

— Tu as regardé là-bas ? lui demanda la jeune femme en la chassant d'un geste agacé de la main.

Un cri de joie l'informa que la petite avait trouvé ce qu'elle cherchait. Ivy s'efforça d'entendre la conversation malgré les pépiements de la petite, et fut vite récompensée.

— Qui est la dame qui voyage avec vous, monsieur ? Votre épouse ?

Ivy releva légèrement le menton, flattée d'être l'objet de cette conversation.

— Pas du tout, gloussa Sighere. C'est la sœur d'une amie.

— Dis-lui que je suis une princesse, murmura Ivy. Vas-y !

— Une vraie plaie, poursuivit Sighere. Elle n'arrête pas de se plaindre.

Le palefrenier éclata de rire.

— Je compatis, monsieur.

Les joues et le cou d'Ivy devinrent chauds et brûlants. Elle ravala ses larmes.

— Ivy, j'ai cassé ma coccinelle ! pleurnicha Rowan.

Ivy s'éloigna de l'écurie à grands pas, attrapant fermement le bras de la petite fille au passage. Celle-ci essayait désespérément d'essuyer sur sa robe les restes écrabouillés de l'insecte. Ivy baissa la tête et fonça tout droit vers l'auberge. Plus vite ce maudit voyage serait terminé, mieux ce serait.

L'entrée de Folcenham était presque aussi impressionnante que celle de Blicstowe. Flanquée de deux hauts piliers sculptés, elle s'ouvrait sur une route pavée de dalles grises qui serpentait vers le sommet de la colline. Ces dalles tintaient sous les sabots des chevaux, mais la porte était plus petite que celle de Blicstowe, le bois plus sombre, et les uniformes des gardes en faction étaient d'un gris plus terne. Mais Ivy se moquait bien de tout cela. Jamais elle n'avait été aussi heureuse d'arriver quelque part. Elle avait l'intention de rester le temps qu'il faudrait pour que se dissipe le désagréable souvenir de cet interminable voyage. Et elle avait tellement mal aux fesses.

Sighere les conduisit jusqu'aux écuries du roi, où il aida Rowan à descendre, tandis que les palefreniers s'occupaient de leurs montures. Ivy prit le temps de s'étirer un peu les jambes et le dos. Sighere aboyait des ordres. Il était crasseux, couvert de sueur et de poussière, et ses longs cheveux noirs étaient raides et ternes. Ivy toucha sa propre chevelure. Sale, également. Elle rêvait de prendre un bain chaud.

Soudain, une voix puissante tonna derrière elle.

— Ma chérie !

Elle pivota sur ses talons et découvrit Wengest, les bras écartés. Rowan poussa un cri de joie et courut vers lui. Wengest prit la petite dans ses bras et la serra très fort contre lui. Au contraire des gens ternes et sales qui travaillaient dans les écuries, il était vêtu d'une magnifique tunique bleue brodée d'or et de noir au niveau du col et des manches, ainsi que d'une cape anthracite accrochée avec des broches en or. Sa barbe était soigneusement taillée autour de son menton carré, et ses cheveux foncés et ondulés étaient maintenus en place par un ruban doré. Son élégance et ses mains blanches et propres impressionnèrent grandement Ivy.

Wengest posa Rowan suffisamment longtemps pour s'approcher d'Ivy et lui serrer la main. La jeune femme remarqua qu'il portait des bagues en or aux trois premiers doigts de chaque main.

— Excusez-moi, je crois que nous n'avons pas été présentés. Qui est cette jeune femme qui a veillé sur ma petite fille, et où est mon épouse ?

— Nous avons été présentés, le corrigea Ivy. À votre mariage. Je suis Ivy, la sœur de Rose.

Il lui lâcha la main, cligna des yeux et la regarda avec plus d'attention.

— Ivy ? Est-ce possible ? La dernière fois que je vous ai vue, vous étiez une petite fille. Maintenant, vous êtes une femme, ajouta-t-il en écartant les bras et en souriant.

Ivy était ravie.

— Pour répondre à votre seconde question, Rose, Bluebell et Ash sont parties en Bradsey dans l'espoir de trouver un remède au mal dont souffre notre père. Leur voyage devrait durer trois semaines.

— Trois semaines ? répéta Wengest en fronçant les sourcils. Sans même m'avoir demandé mon avis ? (Il se reprit rapidement et arbora de nouveau un sourire.) Pardonnez-moi, mais je ne suis plus tout à fait le même sans mon épouse et ma fille. Les femmes sont un poids bienvenu sur les pensées des hommes. Elles les empêchent de voleter partout.

Ivy n'était pas certaine de comprendre, mais elle sourit néanmoins.

— Rowan vous a beaucoup réclamé. Pas vrai, Rowan ?

La petite, qui agrippait la jambe de son père, hocha la tête.

— Trois semaines..., reprit Wengest en regardant sa fille. Que suis-je supposé faire de l'enfant pendant tout ce temps ?

Ivy hésita quelques secondes avant de tenter :

— Je pourrais rester pour m'occuper d'elle.

— Vous feriez ça ? demanda Wengest avec enthousiasme. Rowan a une nounou, mais elle a besoin de quelqu'un à aimer, et je suis très occupé. Vous n'avez qu'à vous installer dans la longère de Rose. Vous serez traitée comme mérite de l'être une princesse d'Ælmesse. Vous n'aurez rien à faire à part tenir compagnie à la petite pendant la journée.

— Bien sûr, acquiesça Ivy sans réfléchir. Cela me plairait beaucoup.

— Qui n'aimerait pas passer plus de temps avec cette petite merveille ? demanda Wengest en se penchant pour serrer sa fille dans ses bras. Qu'en penses-tu, Rowan ? Demande-t-on à Ivy de rester jusqu'au retour de maman ?

— Je veux maman, répondit la fillette d'un ton incertain.

— Quand tu étais avec maman, tu demandais tout le temps papa, fit remarquer Ivy.

— C'est vrai ? s'enquit Wengest.

— Bluebell… elle t'a tué !

Wengest haussa subitement les sourcils, tandis qu'Ivy éclatait de rire.

— Bluebell a décapité un épouvantail. Nous ignorions qu'il vous représentait.

Il sourit avec une expression qu'Ivy trouva forcée.

— Eh bien, je suis là, et je suis en forme, dit-il en ébouriffant la petite. Rowan, tu vas montrer où maman et toi dormez. Je vais demander à quelqu'un de vous préparer un bain chaud et quelque chose à manger.

Il hocha la tête, puis se tourna vers Sighere et les palefreniers.

— Viens ! lança Rowan en prenant Ivy par la main et en l'entraînant dans son sillage.

Ivy la suivit, mais se retourna une dernière fois pour admirer par-dessus son épaule les magnifiques habits de Wengest.

Voyager avait épuisé Ivy. Elle eut un sommeil doux et profond, bien au-delà des rêves – le genre de sommeil qu'on obtient uniquement après avoir travaillé durement. Jusqu'à ce que des pleurs aigus lui transpercent les oreilles.

Ivy eut du mal à ouvrir les paupières. Elle ne savait pas où elle se trouvait et ne comprenait pas d'où pouvaient provenir ces cris. Et puis tout lui revint. Elle dormait dans la longère de Rose, à Folcenham, et Rowan était en train de faire un cauchemar à côté d'elle.

— Chut, fit Ivy en roulant sur le côté pour lui caresser la tête. C'est juste un mauvais rêve.

Elle ferma un œil, comme si cela pouvait l'aider à se raccrocher à son sommeil. Rowan se réveilla, la regarda et demanda :

— Où est maman ?

— Maman va bientôt rentrer. En attendant, je reste avec toi.

La bouche de Rowan dessina un arc dont les extrémités pointaient vers le bas. La fillette prit une profonde inspiration et se mit à sangloter.

— Chut, répéta Ivy en s'approchant pour la prendre dans ses bras.

Rowan cria et la repoussa en agitant les jambes. Ce faisant, elle donna un coup de pied à Ivy juste en dessous des côtes, lui coupant la respiration.

— Petite peste !

— Je veux maman !

Ivy bondit hors du lit. Comme il la démangeait de frapper ses petites cuisses potelées…

— Tu n'es pas obligée de me donner des coups de pied !

Mais Rowan était incapable de l'écouter, tant elle pleurait et criait.

Ivy ne savait pas quoi faire. Elle aurait voulu se rendormir, mais la petite pleurait de plus en plus. Ivy entrouvrit légèrement le volet. Peut-être que si Wengest l'entendait, il viendrait consoler sa fille. C'était sans doute ce que celle-ci voulait ; il est vrai qu'elle connaissait à peine Ivy.

Ivy attendit. Personne ne vint. Elle ouvrit la porte. La fraîcheur de la nuit s'engouffra dans la pièce, l'obligeant à serrer son chemisier autour d'elle. Elle fit un pas dehors, posant le pied sur l'herbe humide, regarda la longère de Wengest. Elle était certaine de voir une bande de lumière sous le volet. Les sanglots de Rowan se faisaient de plus en plus violents à mesure que le froid l'enveloppait. Wengest l'entendrait forcément. Et il viendrait.

Soudain, la porte de Wengest s'ouvrit, et Ivy retourna précipitamment dans sa chambre. Elle ne voulait pas qu'il comprenne qu'elle avait tout fait pour qu'il se réveille. Elle entendit une voix. Une douce voix féminine. Curieuse, elle se pencha à l'extérieur.

Une femme quittait la longère de Wengest. Tournant le dos à Ivy, elle dit quelque chose d'inaudible et s'en fut en courant vers la ville. Ivy finit par reconnaître la servante qui leur avait apporté leur repas.

Elle se rendit compte qu'elle avait la bouche ouverte et la referma en retournant dans la chambre. Elle poussa la porte et s'y adossa. Wengest couchait avec la servante. Rose se faisait monter par Heath. Les deux conjoints se trompaient mutuellement, et Ivy était la seule à le savoir.

Rowan pleurait toujours. Ivy poussa un soupir et la rejoignit.

— S'il te plaît, tu veux bien arrêter ? Il est tard et j'ai envie de dormir.

— Non ! cria Rowan.

La porte s'ouvrit soudain sur la nounou de la petite fille.

— Vous l'avez entendue ? demanda Ivy.

— Comme la moitié de la cité. (Elle les rejoignit et obligea Rowan à se coucher sur le ventre.) Voilà. En général, ça marche, à condition de parvenir à la maintenir immobile.

Rowan s'agita violemment, mais le contact des mains fermes de sa nounou sur ses épaules la calma quelque peu.

— Chut, fit la femme en lui traçant des cercles dans le dos.

Les pleurs n'avaient pas cessé, mais au moins étaient-ils étouffés par les couvertures.

— Je me suis dit que Wengest viendrait peut-être s'il l'entendait, avoua Ivy.

— Le roi ? Il ne s'occupe pas des enfants.

— Trop occupé qu'il est à s'occuper de quelqu'un d'autre.

— C'est un homme, commenta la nounou sans croiser son regard. S'ils ne satisfont pas leur désir, les hommes deviennent fous.

Un sentiment désagréable et douloureux s'installa dans le ventre d'Ivy. Elle l'étudia avec soin et comprit qu'il s'agissait de jalousie. Wengest, le roi du Netelchester, avec ses bagues en or et ses beaux habits teints, prenait du plaisir avec une servante.

— Ne dites rien à votre sœur, reprit la nounou à voix basse. Cela la rendrait triste.

— Elle a le droit de savoir que son époux aime…

— Aimer ? L'amour n'a rien à voir là-dedans. Croyez-vous que le roi tomberait amoureux d'une femme d'aussi basse extraction ? Un homme tel que lui ne peut aimer qu'une femme de la noblesse.

Une femme telle que moi, ne put s'empêcher de penser Ivy.

— Oubliez ce que vous avez vu, poursuivit la nounou. Pour ma part, je n'en reparlerai plus.

— Moi non plus.

En revanche, elle avait le droit d'y penser autant qu'elle le voudrait.

Chapitre 19

Quand elle se réveilla, Ash avait les membres lourds, comme si des flots paresseux de sable avaient remplacé le sang dans ses veines. Le soleil ne s'était pas encore levé, mais le ciel commençait à pâlir au-dessus de sa tête. Bluebell s'agita, alors que Rose était toujours parfaitement immobile et silencieuse. Elle resta allongée quelque temps, le regard rivé sur le surplomb rocheux qui leur servait de toit. Les motifs du lichen, l'odeur de renfermé et de vieille terre. Ses sens la picotaient. Ash s'assit et se tourna vers la forêt.

Quelqu'un les suivait depuis qu'elles avaient quitté Sceotley la veille. Du moins espérait-elle qu'il s'agissait bien de quelqu'un et non pas de quelque chose. Elle aurait été bête de croire que sa petite démonstration, près de la rivière, était passée totalement inaperçue. Nul n'était besoin d'assister à un étalage de magie comme celui-là pour savoir qu'il avait eu lieu ; la magie laissait des traces visibles de très loin. Ash fronça les sourcils, se concentrant pour démasquer celui qui les suivait. En vain. Elle se leva.

— Tu te sens bien ? lui demanda Bluebell d'une voix ensommeillée.

— Oui, merci.

— Moi, j'ai l'impression de n'avoir pas dormi du tout, confessa Bluebell en bâillant longuement.

— Pareil pour moi. Je vais marcher un peu pour réveiller mon sang.

Ash contourna le surplomb, gravit la pente rocheuse et se dressa sur un grand morceau de granit plat, juste au-dessus de Bluebell. Elle réessaya de se concentrer. *Qui es-tu, toi qui nous suis?*

Un éclair en périphérie de son esprit. La silhouette frêle et souple d'un homme. Puis plus rien. Non, une sensation. La certitude d'avoir été repoussée. Doucement mais fermement. L'homme ne voulait pas qu'Ash en sache plus sur lui. Pour cela, il s'était enrobé de magie.

— Qui êtes-vous? demanda-t-elle dans un souffle.

Ce n'était pas un homme des glaces; aucun fond de cruauté ni mauvaises intentions dans son esprit. Et puis, les hommes des glaces ne voyageaient jamais seuls. En tout cas, il s'intéressait énormément à elles. À *elle*.

Elle prit une profonde inspiration et tourna lentement sur elle-même, jetant un coup d'œil alentour. Au-dessus des arbres, les oiseaux étaient des formes noires sur la toile de fond du ciel. Le monde se réveillait. Le chemin qu'elles emprunteraient bientôt s'enfonçait tout droit dans la forêt. Elle se retourna pour rejoindre ses sœurs, puis se figea.

— Oh! lâcha-t-elle comme son rythme cardiaque s'accélérait.

La veille, quand elles étaient arrivées dans cette clairière, Bluebell s'était demandé pourquoi cette partie de la forêt avait été déboisée. De là où elle se trouvait, Ash voyait que la clairière était parfaitement circulaire et mesurait environ un kilomètre et demi de diamètre. Et à l'intérieur de ce cercle, elle distingua sept cercles concentriques constitués de pierres gris terne disposées sur le tapis herbeux couvert de rosée. Au centre exact de cet arrangement se trouvait le rocher plat sur lequel elle se tenait.

Elle se mit à genoux et se pencha dans le vide.

— Bluebell, nous devons quitter cet endroit au plus vite.

— Pourquoi ?

— Nous avons dormi au milieu d'un champ magique. Et je crois bien que je me tiens sur un genre d'autel.

— Comment ça, un champ magique ? demanda Bluebell en s'asseyant.

— Quelqu'un a déboisé cette zone et s'en sert pour faire de la magie. (Ash examina la roche sous ses genoux et crut reconnaître des taches de sang délavées par la pluie.) Nous avons dormi en son cœur. Ne te sens-tu pas plus fatiguée qu'à l'accoutumée ? interrogea-t-elle sa sœur en repensant à ses membres lourds.

— Si, confirma Bluebell, le regard dur.

— Il faut partir ou nous risquons d'être infectées par une magie étrangère.

Ash se releva et redescendit à la hâte du promontoire. Rose eut du mal à se réveiller, et même les chiennes et les chevaux semblaient fatigués. Les sœurs parvinrent néanmoins à rassembler leurs affaires et à se remettre en route, sortant des cercles magiques et se dirigeant vers la forêt.

— Nous sommes encore loin de la région où vivent les sous-magiciens, non ? s'étonna Rose, tandis qu'elles s'enfonçaient dans la pénombre.

— Certains sous-magiciens vivent en exil, remarqua Bluebell en surveillant les alentours. Dis-moi, Ash, comment expliques-tu que le fait qu'une bande de raiders soit à ma recherche alors que je n'ai pas mes hommes avec moi ne me déstabilise pas… alors que l'idée d'avoir dormi sur un autel me fiche la trouille ?

— Ne t'en fais pas, ça me fiche la trouille aussi. Éloignons-nous au plus vite de cet endroit.

Bluebell n'aimait pas remettre en question les décisions qu'elle avait prises. Cependant, comme elles arpentaient les chemins de cette forêt sombre, elle ne pouvait s'empêcher de se demander pourquoi elle avait choisi de partir avec ses sœurs et non avec ses hommes. Un cortège lourdement armé n'aurait pas manqué d'effrayer Yldra. En plus, des raiders étaient à ses trousses, chose qu'elle n'avait pas prévue. Pour lui sauver la mise, sa sœur Ash avait été contrainte d'user d'une magie qui l'avait épuisée. Sans compter que Rose avait eu un accident grave qui lui laisserait une vilaine cicatrice en plein milieu du front. Quand elles étaient parties toutes les trois, Bluebell était sûre de sa force, certaine de pouvoir assurer la protection de ses sœurs ; désormais, elle commençait à douter.

Le chemin était étroit, une vulgaire ornière entre les arbres. Elles avaient dépassé deux bornes en pierres recouvertes de plantes et de ronces, dont les inscriptions avaient été effacées par le temps et les conditions climatiques. Bordant la piste, les racines serpentines semblaient se mouvoir lorsqu'on ne les regardait pas directement, remarqua Bluebell. Le vert de cette forêt était un vert humide, un vert foncé et maladif qui faisait peur aux chevaux et emplissait les narines de Bluebell d'une odeur de vieux et de moisi. La plupart des arbres étaient des ifs, âgés et déformés, aux branches basses et entremêlées. Dans ce paysage sombre, il était facile de repérer les piles de galets blancs et gris pareilles à des panneaux de signalisation disposés à intervalles réguliers sur le bord du chemin. Pour une raison mystérieuse, la vision de ces bornes, si soigneusement installées par une main humaine dans les fougères, était à l'origine d'une sensation glaciale dans son ventre. Bluebell n'aimait pas ce qu'elle ne pouvait pas voir.

— À quoi servent ces pierres ? demanda-t-elle.

— Les cercles concentriques au centre desquels nous avons passé la nuit étaient faits des mêmes pierres, expliqua Rose.

— Nous sommes sur le territoire de quelqu'un, intervint Ash. Avançons tout droit sans nous arrêter et tout ira bien.

Elles avancèrent donc en file indienne, tout droit et sans s'arrêter, même si les chiennes étaient nerveuses et les chevaux inquiets. Les arbres empêchaient la lumière chaude du matin de les atteindre. Les sabots des chevaux soulevaient une brume de terre sur la piste. Bluebell avait le sentiment que quelque chose n'était pas normal, pas naturel, mais comme elle n'était pas douée de seconde vue comme Ash, elle avait du mal à en deviner la cause.

Bien sûr. Il n'y avait aucun bruit. Pas d'oiseaux, pas de pas d'animaux. Simplement le bruissement des feuilles et le bruit occasionnel d'une branche tombant sur le sol, loin, dans les profondeurs de la forêt.

— Il n'y a pas d'oiseaux, remarqua-t-elle.

— Avance, dit Ash dans son dos.

Bluebell regarda par-dessus son épaule. Ash était pâle. Rose arborait une mine inquiète. Il n'y avait pas d'autre moyen d'aller dans le Nord, à moins d'effectuer un détour par le Lyteldyke, ce qui leur prendrait quatre jours.

La piste s'enfonça dans le sol, si bien que les racines des arbres leur arrivaient désormais à hauteur de cuisse. L'enchevêtrement des racines formait un genre de talus de part et d'autre de la piste, tandis que les branches des arbres les surplombaient tel un plafond. Elles avançaient dans une cuvette profonde, et même Isern était tendu ; ses oreilles étaient dressées, et il dodelinait de la tête. Il ressentait la même chose qu'elle, assurément ; il avait l'impression d'être enfermé dans une prison végétale. Elle lui murmura des paroles d'encouragement sans lâcher le chemin des yeux, les muscles du dos crispés du fait du silence surnaturel.

Une heure passa. Puis deux. Le paysage ne changeait pas.

Soudain, Ash eut un hoquet. En entendant ce bruit, Bluebell, déjà nerveuse, eut l'impression de recevoir une pique brûlante dans le cœur.

— Qu'est-ce qu'il y a ?

— Les raiders, répondit Ash d'un ton grave. Je les sens. Les compagnons de ceux dont tu as réglé le compte à Sceotley. Ils sont à la recherche de leurs amis.

— Ils sont sur ce chemin ?

— Ils se dirigent droit sur nous. À cheval.

— On a à peine la place de faire faire demi-tour aux chevaux, ici, se plaignit Rose.

Bluebell étudia différentes options dans sa tête. Se laisser poursuivre par les raiders jusqu'à Sceotley ? Et perdre encore deux jours supplémentaires… Les attendre et combattre ? Elle ignorait si elle pouvait se fier aux pouvoirs d'Ash sur les éléments, et elle voulait protéger ses sœurs.

Elle scruta la forêt d'ifs. Personne ne les verrait là-dedans.

— Non, Bluebell, pas là-dedans, la supplia Rose.

— Ash, à quelle distance sont-ils ? demanda Bluebell.

— Je… je ne suis pas certaine… je…

Bluebell croyait déjà entendre les sabots de leurs chevaux. Elle mit pied à terre et détacha son sac.

— Dans les bois, intima-t-elle. Laissez les chevaux.

— Attends, Bluebell, intervint Ash.

— Laissez-les, répéta Bluebell. Les raiders ne sauront pas à qui ils appartiennent.

Ash et Rose obtempérèrent. Bluebell resta sur le chemin et les aida à escalader l'écheveau de racines. Puis elle se tourna vers ses chiennes.

— Allez ! leur ordonna-t-elle en leur faisant signe de passer devant.

Thrymm se mit à geindre, les oreilles basses. Thræc s'assit et gronda.

Des sabots.

Bluebell se tourna vers Ash et Rose. Elles n'étaient plus là. Elle fronça les sourcils. Elles avaient vite disparu.

Elle concentra son attention sur les chiennes. Elle pourrait les soulever et les jeter de l'autre côté du talus, ou bien les abandonner là avec les chevaux.

Bluebell tendit le bras vers le nord, dans l'axe du chemin, paume vers l'avant.

— Avancez, ordonna-t-elle aux bêtes.

Les chiennes encadrèrent les chevaux et les forcèrent à avancer. Bluebell sauta par-dessus le talus, s'accroupit et s'enfonça dans les bois. Où étaient passées ses sœurs ? Malgré ses efforts, elle faisait beaucoup de bruit, et pourtant, elle ne les entendait nulle part. Droit devant elle, elle avisa les restes d'un vieil if. Ce qui restait de son tronc indiquait qu'il avait mesuré près de trois mètres de diamètre, mais que, victime de son très grand âge, il s'était écroulé sur lui-même, si bien qu'il ressemblait désormais à une araignée recroquevillée, sur la défensive. Ses branches brunes et tordues paraissaient prêtes à frapper. Ses sœurs étaient-elles cachées derrière ce tronc ? Elle n'osait pas les appeler. Le dos courbé, elle se hâta de contourner l'arbre mort et se retrouva soudain face à un trou assez profond pour engloutir un homme. Toujours aucun signe d'Ash et Rose. En revanche, elle avisa un petit monticule de galets blancs et gris. Les poils de ses avant-bras se dressèrent. Comme on ne pouvait plus la voir depuis le chemin, elle se redressa et jeta un regard circulaire à ce qui l'entourait. Le vent se leva, soulevant ses cheveux et lui chatouillant le visage. La forêt était tellement silencieuse. Il n'y avait aucun bruit en dehors de celui du vent dans les feuilles. Et du martèlement de son cœur dans sa poitrine. Sa main se posa machinalement sur la poignée de son épée.

Elle serait bientôt contrainte de tuer quelque chose, pensa-t-elle.

Bluebell tourna lentement sur elle-même. Au nord-ouest, elle repéra un autre arbre écroulé, énorme. Et, dans son tronc, une fissure assez large pour se glisser dedans. Elle dégaina son épée et se dirigea vers lui. Ce faisant, elle espérait apercevoir la cape verte d'Ash ou la robe rouge de Rose. Pour ne pas avoir à entrer là-dedans.

L'odeur de moisissure. De terre. D'eau croupie.

Et une autre pile de galets – éparpillés, ceux-là, comme si quelqu'un avait trébuché dessus. Peut-être une de ses sœurs dans sa hâte de se cacher.

Bluebell baissa la tête et se glissa dans l'arbre. L'intérieur du tronc était humide, mais suffisamment éclairé par la fissure et par une autre ouverture située juste derrière elle. Rose et Ash n'étaient pas là. Elle traversa le tronc et ressortit de l'autre côté.

— Bluebell !

Ash courait dans sa direction, les mains tendues comme pour la faire rentrer à l'intérieur de l'arbre.

— Qu'y a-t-il ?

— Nous sommes prisonnières, répondit Rose, que Bluebell n'avait pas vue.

Elle se retourna. Rose se tenait au pied d'un mur de terre haut de plus de six mètres, qui s'étirait à l'infini dans les deux directions.

— Il n'y a pas de sortie.

— Qu'est-ce que… ?

— On peut peut-être repasser par l'arbre, proposa Ash.

Bluebell passa la tête dans la fissure. L'intérieur du tronc était plongé dans les ténèbres. Il n'y avait plus d'ouverture de l'autre côté. La jeune femme voulut faire le tour de l'if, mais le mur de boue l'en empêcha. Ce mur qui n'était pas là quelques secondes auparavant.

— Où sommes-nous ? Qu'est-ce que c'est ?

— C'est de la magie, expliqua Ash en lui prenant les deux mains. Une magie très noire.

Rose avançait avec circonspection, mettant un pied devant l'autre, la main effleurant le mur de terre. Elle était partie dans une direction, et Bluebell dans l'autre, afin de découvrir où le talus se terminait. Elle comprit très vite que le mur s'incurvait, qu'il décrivait un cercle. Elle continua néanmoins, vérifiant l'intégrité de la barrière, cherchant des arbres suffisamment proches pour permettre de l'escalader. Elle ne cessait de se répéter que *quelqu'un* avait bâti ce mur, que *quelqu'un* avait créé ce passage dans l'if mort. Que *quelqu'un* les avait prises au piège.

Elle pencha la tête en arrière pour regarder le ciel à travers les branches. Des nuages gris-bleu tourbillonnaient, tandis qu'un orage se préparait. Quand elles étaient sur la route, pourtant, la journée était radieuse. Le silence étrange de la forêt s'accompagnait d'une odeur bizarre. Peut-être était-ce le mur. Elle examina le bout de ses doigts. De la terre brune et poudreuse. Elle la porta à son nez et la renifla avec hésitation. Oui, c'était bien cela. Une odeur froide, comme une chambre restée close pendant trop longtemps. Elle s'essuya la main et releva la tête pour voir que Bluebell arrivait à sa rencontre. Elles avaient chacune parcouru la moitié du chemin.

Bluebell lâcha un juron et donna un coup de pied dans le mur.

— Rien ? demanda Rose.

— Rien. L'odeur de cet endroit ne me plaît pas. Ça sent le vieux. Et s'il y avait des géants ?

— Les géants sont morts depuis longtemps, rétorqua Rose d'une voix calme, malgré le rythme frénétique de son cœur.

— Qui d'autre pourrait ériger un mur aussi haut ?

— C'est juste de la boue, pas de la pierre blanche.

— Je me demande si Ash a eu plus de chance.

Elles retournèrent vers Ash, à qui elles avaient confié la tâche de rouvrir un passage dans l'arbre grâce à ses talents particuliers. Un vent froid agita la canopée, attirant l'attention de Rose, qui buta contre quelque chose et trébucha.

Bluebell la rattrapa par le bras, l'empêchant de s'étaler de tout son long. Rose constata alors qu'elle n'avait pas buté contre des racines. À moitié dissimulés par la végétation, elle reconnut des ossements bruns.

— J'en ai vu d'autres, dit Bluebell.

— Des os d'animaux ?

— Il n'y a pas d'animaux, ici. Ce sont des ossements humains.

Le sang de rose se glaça. Jusque-là, elle avait refusé de penser qu'elles risquaient de mourir là.

— Je ne laisserai personne te faire du mal, Rosie, la rassura Bluebell en lui lâchant le bras.

Rose se demanda si l'épée de Bluebell les empêcherait de mourir de faim ou de froid.

Ash était accroupie devant le mur, l'examinant.

— Qu'en penses-tu, Ash ? commença Bluebell. Cette chose est-elle l'œuvre des géants ?

— Non, répondit sa sœur en se levant. Elle est l'œuvre d'un sous-magicien. Ce mur est constitué de magie. Il n'est pas réel. Nos sens sont victimes d'un maléfice. J'ai presque réussi à voir la forêt à travers.

— Ça signifie que nous pourrions le traverser ? s'enquit Rose, pleine d'espoir.

— J'ai essayé et je me suis fait mal, répondit Ash en se massant l'épaule. Je ne sais même pas si ma prémonition au sujet des raiders était fondée.

— J'ai entendu les sabots de leurs chevaux, intervint Bluebell.

— C'était un piège. Je pense que nous avons été attirées ici. Nous avons dormi dans le cercle du sorcier qui, je ne sais comment, exerce désormais son pouvoir sur nous.

Rose frissonna. Elle pensa à sa vie quotidienne et ordinaire – courir après Rowan, se chamailler avec Wengest, coudre ou tisser dans sa longère. Normalement, elle n'était jamais victime de magie. La magie était une chose lointaine qui concernait des gens beaucoup plus importants qu'elle. Elle essayait de comprendre, mais se sentait perdue.

— Il va venir, n'est-ce pas ? Il ne nous a pas capturées pour rien.

— En fait, *elle* va venir, la corrigea Ash, car je pense plutôt qu'il s'agit d'une femme. Et je suis certaine de ne pas avoir envie de la rencontrer.

Bluebell s'accroupit dans la végétation, enroula ses bras osseux autour de ses jambes et posa la tête sur ses genoux. Ses longs cheveux blonds lui couvraient le visage.

— Merde…

— Et ton pouvoir ? tenta Rose. Il ne te sert à rien ? Tu pourrais abattre ce mur, non ?

— La personne qui a généré cette chose, répondit Ash en faisant un grand geste du bras, est immensément puissante. Je ne sais rien de mon pouvoir, je suis incapable de le contrôler, et je n'ai pas la moindre idée de ce qu'il faudrait faire pour casser cette illusion.

— On l'attend, alors ? s'enquit Bluebell en levant les yeux vers elle.

— On l'attend, confirma Ash.

Les heures passèrent, mais le ciel, au-dessus de leur tête, ne leur permit pas de deviner l'heure qu'il était. Le soleil était très loin derrière des nuages bleus, qui tourbillonnaient de façon peu naturelle. Sous le regard de Rose, Ash faisait les cent pas, perdue dans ses pensées. Bluebell, de son côté, s'épuisait à essayer de traverser le mur, de se frayer un passage à la force des poings, des pieds, ou à l'aide de son bouclier. Rose repensa à sa fille, à sa petite Rowan, si loin d'elle, sur des routes inconnues. La perspective de sa propre mort éventuelle dans cette forêt était difficile à supporter, mais l'idée que sa fille puisse devenir orpheline l'était davantage.

Parfois, une pensée encore plus sombre la tourmentait. Rose avait-elle mérité ce qui lui arrivait ? Au fil des ans, son sentiment de culpabilité s'était émoussé ; elle avait appris à vivre avec. Toutefois, ce qu'elle avait fait avec Heath l'avait réveillé. Aucune femme ne pouvait vivre dans deux mondes à la fois – une moitié de son cœur devant se plier à ses obligations d'épouse, l'autre rêvant de battre loin, très loin, près d'une personne interdite. Elle se vautra donc là où étaient tapis sa culpabilité et son autoapitoiement, se demandant si la Grande Mère elle-même voulait la châtier d'élever sa fille de façon si irresponsable, de laisser croire à Wengest qu'il était son père. Tandis qu'elle-même pensait à un autre…

Tard dans la journée, lorsque le ciel commençait à s'assombrir, elles mangèrent des galettes aux graines. L'absence de chants d'oiseaux créait une ambiance déstabilisante, et le cœur de Rose battait beaucoup trop fort dans ses oreilles. Bluebell avait des ombres noires sous les yeux, et Ash était silencieuse et sérieuse. Elles n'avaient aucun moyen de prévoir combien de temps durerait leur tourment, et cette incertitude mettait ses nerfs à rude épreuve.

Lorsque le soleil se fut enfin couché, Bluebell leur proposa de dérouler leurs couvertures pour se reposer.

— Je prends le premier tour de garde, annonça-t-elle.

— Tu es épuisée, rétorqua Ash. Il vaut mieux que je commence.

— Pas question que je ferme l'œil, insista Bluebell.

Comme elles se disputaient, Rose entendit un bruit tout proche. Elle se retourna. Son sang sembla ralentir, se retirant comme la mer derrière ses oreilles. Les voix de Bluebell et Ash étaient étouffées. Le temps s'arrêta un instant. Une femme approchait. Une femme âgée, qui s'appuyait lourdement sur une épaisse canne. Elle était entourée d'une aura de lumière faiblarde, moins intense encore que le clair de lune. Une chouette était perchée sur son bras. Rose essaya de bouger les lèvres pour prévenir ses sœurs. Elle cligna des paupières, et la femme fut soudain juste en face d'elles, comme si elle avait parcouru une trentaine de mètres en une seconde.

Le temps s'écoula de nouveau normalement. Rose la voyait bien, désormais ; il n'y avait plus de halo. Il s'agissait d'une vieille femme à l'allure ordinaire et au visage strié de rides profondes. Elle les regardait avec curiosité. Autour de la taille, elle portait une ceinture à laquelle étaient suspendus des centaines d'objets qui s'entrechoquaient bruyamment. Rose en reconnut certains : des ciseaux, un miroir, une multitude de clés. D'autres étaient parfaitement mystérieux : des choses scintillantes, des choses qui tintaient et se balançaient. Des objets en feuilles et en tiges tressées. Les serres puissantes de la chouette étaient refermées autour de son bras. L'animal tournait la tête sans cligner des yeux.

Bluebell porta la main à son épée, mais Ash l'arrêta.

— Qui êtes-vous et que nous avez-vous fait ? tonna Bluebell.

La vieille fit comme si elle ne l'avait pas entendue et se tourna vers Ash, qui la fixait de ses yeux horrifiés. Incapable de soutenir longtemps ce regard, la jeune femme se détourna. La sorcière eut un sourire cruel.

— Vous n'êtes pas près de dépasser ma puissance, ma chère.

— S'il vous plaît, laissez-nous partir, la supplia Rose, qui avait retrouvé sa voix. Nous ne vous voulons aucun mal.

— Vous allez devoir mériter votre liberté, répondit la femme.

— Qu'attendez-vous de nous ?

La sorcière lança un regard oblique à Ash, avant de la désigner de sa canne.

— Elle le sait pertinemment.

Bluebell fronça les sourcils, ce qui lui donna un air particulièrement sinistre dans la pénombre.

— Ash ?

— Elle est hantée, expliqua Ash. Mais elle ignore par quoi. Si nous parvenons à la libérer, elle nous laissera partir.

— Exactement, confirma la sorcière dans un hochement de tête.

— Elle ne peut pas en parler, poursuivit Ash. Elle est victime d'une malédiction. Si nous réussissons à chasser le fantôme, elle sera délivrée.

— D'habitude, je laisse mourir de faim les gens qui s'aventurent ici, se vanta la femme. Mais *elle* est différente. Elle sait, précisa-t-elle en pointant un doigt osseux vers Ash. Elle lit en moi.

Bluebell, qui commençait à s'impatienter, dégaina son épée.

— Très bien. Montrez-nous ce fantôme que nous le découpions en morceaux. Je suis pressée de reprendre la route.

Rose faillit en rire.

— Nous attendrons, dit la vieille femme en haussant les sourcils.

— Nous attendrons ? Combien de temps ?

— Il va venir. La chouette nous avertira.

Elle leva le bras, et la chouette s'envola jusqu'à la branche la plus proche, où elle s'installa, ses yeux noirs scintillant dans l'obscurité. La vieille femme s'appuya sur sa canne en faisant la moue, l'air de réfléchir.

— Je vous préviens, je commence à être fatiguée de cette merde, grommela Bluebell.

Des ténèbres froides et primitives enveloppèrent silencieusement les branches déformées des ifs et la broussaille, donnant la chair de poule à Rose. Ou bien était-ce la perspective de devoir bientôt affronter un fantôme. Ash s'assit et l'attira auprès d'elle. Bluebell, elle, préféra rester debout, s'adossant au mur, prête à se servir de son arme à chaque instant. Pensait-elle vraiment pouvoir tuer une créature qui était déjà morte ?

— Qu'est-ce qu'on fait ? demanda Rose à Ash.

— On fait ce qu'elle nous dit, répondit cette dernière dans un haussement d'épaules.

— Tu as cru à son histoire ?

— Je ne sais pas. Ces derniers temps, j'ai vu des choses bien plus étranges que des fantômes.

La sorcière ne semblait ni écouter ni se soucier de leur conversation. Rose se passa la main dans les cheveux, touchant accidentellement sa blessure, ce qui lui arracha une grimace. Il revenait toujours à Bluebell et à Ash de régler leurs problèmes. Rose, elle, n'était bonne qu'à fuir dans un accès de colère et à se blesser. Elle s'appuya contre l'épaule d'Ash, qui lui caressa la tête.

— Ne perds pas espoir, ma sœur.

Bluebell enfonça la pointe de son épée dans le sol et s'accroupit devant elles.

— Ash, tu sais comment t'y prendre pour chasser un fantôme ? demanda-t-elle.

— Non, avoua Ash, qui sembla bien pâle et effrayée aux yeux de Rose. Mais je ferai de mon mieux.

— Je suis sûre que tu peux y arriver, la rassura Bluebell.

Rose laissa ses sœurs discuter à voix basse et se concentra sur le visage de la sorcière. Celle-ci regardait ailleurs, et son profil était blanc et dur dans l'obscurité. La sorcellerie et le mal, cependant, n'étaient pour rien dans son apparence décrépite. Autour de sa bouche et sur son front, Rose reconnut des marques de tristesse. Cette femme avait passé de nombreuses années à pleurer. Soudain, la sorcière remarqua que Rose l'observait et soutint son regard. Étrangement, Rose sut que quelque chose les rapprochait. Un lien, un nœud formé dans les ténèbres.

La jeune femme finit par détourner les yeux et par poser la tête sur ses genoux pour attendre le fantôme. Le temps passa. Peut-être une heure, même s'il était difficile d'en juger dans le clair de lune.

La chouette ulula. Après une journée passée sans entendre le moindre chant d'oiseau, le bruit résonna avec une intensité peu naturelle dans les ténèbres.

— Il arrive, dit la femme d'une voix chevrotante en se raidissant.

La peau de Rose se mit à la picoter. Ses sœurs et elle se levèrent et se tinrent épaule contre épaule.

Un bruit. Les sens de Rose se mirent à lui jouer des tours. Entendait-elle un bruit ? Ou bien le *voyait*-elle ? La réalité tremblota. Pendant un instant, elle fut capable de voir la forêt au-delà du mur de terre. Un froid intense rampa sur sa peau. Devant elles, une lumière grossit – cette même lumière faiblarde à l'éclat maladif qui entourait la sorcière au moment de son apparition. Et pourtant… Rose scruta les ténèbres en plissant les yeux. Il n'y avait pas de lumière. Il n'y avait que les arbres et l'atmosphère pure de la forêt. Le bruit et la lumière n'étaient rien, mais ils pesaient sur ses sens comme une borne en pierres.

— On se joue de nous, lança Bluebell, déstabilisée par ce qu'elle ne pouvait pas tuer.

— Laissez-moi voir, dit Ash en faisant un pas en avant.

Rose regarda Ash se diriger vers la lumière qui était là et qui ne l'était pas. La lueur s'intensifia, prit des contours vaguement humains, et des sanglots masculins emplirent ses oreilles. Rose avait l'impression de connaître cet homme ; elle en était certaine, elle le sentait dans ses os, dans son ventre. Cependant, aussi confuses que ses sens, ses pensées refusaient de former une chaîne dans son esprit.

— Dites-nous qui vous êtes et nous vous aiderons, demanda Ash au fantôme, les mains tendues devant elle. Ainsi vous pourrez reprendre votre route, et cette femme sera libérée.

Les sanglots se muèrent en grondement, s'imbriquèrent, s'inversèrent, devenant autre chose qu'un simple bruit, résonnant comme un écho violent dans la tête de Rose. Quand elle essayait de regarder la lumière, celle-ci disparaissait, se résumant à une persistance bleu-vert sur sa rétine. En revanche, quand elle fixait des yeux un point situé à côté de la source de lumière, celle-ci lui paraissait incroyablement intense.

La voix d'Ash était très calme.

— Révélez-vous. Laissez-nous vous renvoyer sur la voie que vous n'auriez jamais dû quitter.

Subitement, la silhouette se comprima, et un arc blanc-bleu plus puissant qu'un éclair jaillit vers Ash. Il s'enroula comme une vrille végétale autour de son poignet et tira violemment. Ash glapit et se retrouva à terre. La lumière s'imprima dans la vision de Rose, l'empêchant de voir correctement bien après sa disparition. Instinctivement, Bluebell brandit son épée et se rua en avant, mais l'arc de lumière blanc-bleu réapparut, s'enroula autour de la lame et la lui arracha des mains. Bluebell lâcha un juron comme l'arme s'envolait et retombait avec un bruit mat quelque part dans la forêt.

La vieille femme éclata de rire.

— Vous avez échoué toutes les deux. Et votre sœur, qu'a-t-elle à offrir ?

Le cœur de Rose battait à tout rompre. Ash se releva en se frottant le poignet. Bluebell eut un mouvement de recul.

Rose pensa aux ossements qu'elles avaient découverts plus tôt. Elle imagina ses propres entrailles exposées au grand jour, dans la pluie et le vent. Ash ne pouvait rien pour elles ; Bluebell ne pouvait rien pour elles. Leur destin était clair – au contraire de ses pensées. Elle ressentait quelque chose d'impossible à articuler. Elle percevait le fantôme – dans ses tendons et dans son sang. Elle avait la certitude de savoir.

— Vous abandonnez ? demanda la vieille femme, et Rose comprit qu'elle s'adressait à elle.

À son tour d'essayer de les sauver.

— Ce n'est pas grave, intervint Ash. Rose, nous avons fait tout notre possible.

— Non, attendez, lâcha Rose. C'est juste que… je sens…

Un sentiment de familiarité et de proximité physique enflait en elle. Dans un endroit profond et inaccessible. Elle essaya de se concentrer et, comme cela ne fonctionnait pas, tenta au contraire de détourner son esprit du problème. Tout comme la lumière, il se pouvait que ce sentiment ne soit identifiable que lorsqu'on le considérait de façon indirecte.

Sa poitrine. Une sensation de picotement dans sa poitrine, comme à l'époque où elle allaitait Rowan – l'instant qui précédait celui où le lait se mettait à couler à flots. Elle plaqua sa main droite sur son sein gauche, s'attendant à moitié à le trouver humide.

— C'est un enfant, annonça-t-elle.

La vieille femme eut le souffle coupé et se tint parfaitement immobile.

— On ne dirait pas des pleurs d'enfant, fit remarquer Ash.

Rose ferma les yeux et s'efforça d'entendre et de voir avec le corps tout entier plutôt qu'avec ses oreilles et ses yeux. Une tristesse insondable s'ouvrit tel un trou béant en elle. Et elle se tenait au bord de ce trou. Dans le fond du gouffre, il y avait une chose et une seule – un événement suffisamment horrible pour l'attirer en bas.

— Vous l'avez perdu.

Les mots jaillirent de la bouche de Rose sans même qu'elle pense à les articuler. Elle ouvrit les yeux et désigna la vieille femme.

— Vous avez perdu votre bébé. Une petite fille. Et la tristesse vous a rendue folle.

— Mais, l'homme qui pleure…, chuchota Bluebell.

— Le père de l'enfant. Il est parti. Il ne vous reconnaissait plus.

La sorcière leva les deux bras et se figea un instant, comme si elle hésitait entre se couvrir le visage ou s'arracher les cheveux. Malgré l'obscurité, Rose voyait les tendons de ses poignets qui saillaient, menaçant de se rompre.

— Oh…, fit la vieille femme. Oh…

Rose s'avança, une vague de compassion la poussant à la toucher.

— Ne t'approche pas d'elle, la mit en garde Bluebell.

Mais Rose ne l'écouta pas. Elle prit les mains de la femme et les pressa l'une contre l'autre. Au même moment, la lumière disparut, et le mur de terre vacilla comme un rêve sur le point de se dissiper.

— Je me rappelle, murmura la sorcière. Je me rappelle, mais je ne veux pas me rappeler.

— Il est parti, maintenant, dit Rose. Le fantôme est parti.

— Toutes les nuits. Pendant cinquante ans. Une torture.

— Parlez-moi d'elle, l'encouragea Rose.

— Le mur a disparu. Allons-y ! lança Bluebell, qui s'éloignait déjà.

Mais Ash la fit taire.

— Laissons Rose terminer son travail. Elle nous a sauvées.

— Je vais chercher mon épée, grommela Bluebell.

Ash et Rose échangèrent un regard, puis invitèrent la femme à s'asseoir à côté d'elles pour leur raconter son histoire. Alors elle leur parla de la longue maladie de sa petite fille, de la pression constante de l'espoir et de l'abattement. Et puis il n'y eut plus rien à faire et vint le moment où elle dut enterrer le petit corps, après quoi elle fut incapable de relever la tête pendant des semaines, des mois, des années. Le père de l'enfant avait fini par partir, un jour de neige, l'abandonnant pour poursuivre son existence parmi les vivants. Quelque temps plus tard, elle s'était oubliée, et ne subsistaient plus que les hantises. Sa voix serpenta dans les ténèbres, et Bluebell finit par s'asseoir auprès de ses sœurs pour écouter. Rose remarqua qu'elle ne pleurait pas.

Vers la fin de l'histoire de la vieille femme, Rose se rendit compte que le ciel s'était un peu éclairci. Et puis il y eut un bruit incongru : le chant matinal d'un oiseau. D'abord un pépiement solitaire dans la nuit, puis, à mesure que le soleil embrasait les nuages de ses chauds rayons, des réponses toujours plus nombreuses, une véritable chorale. Le jour, la vie.

Quand elle eut terminé son récit, la femme était à genoux, penchée en avant, pliée même, telle une poupée de chiffon. Rose voyait bien que Bluebell avait hâte de repartir. Elle s'était levée et piétinait, basculant son poids d'un pied sur l'autre.

— Vous devriez y aller, dit enfin la vieille femme. Je vous ai retenues suffisamment longtemps.

— On peut passer, maintenant ? s'enquit Bluebell en indiquant l'emplacement du mur disparu.

— Oui, la magie n'est plus. Je suis tellement fatiguée d'avoir eu à l'entretenir pendant toutes ces années, ajouta-t-elle avec un sourire faible.

— Comment vous y preniez-vous ? lui demanda Ash.

— Une partie de mon esprit ne faisait que ça – nourrir cette magie. Mais elle était de plus en plus faible. Retenir quelques personnes prisonnières m'est encore possible, mais je ne serais jamais parvenue à repousser une armée.

— J'en étais sûre, dit Bluebell en tapotant la poignée de son arme. Venez, mes sœurs. En route. Vieille femme, avez-vous entendu parler d'une sous-magicienne nommée Yldra ?

— Oui, elle vit dans le Nord. On raconte qu'elle fut reine, autrefois.

— La sœur d'un roi, la corrigea Bluebell. Certainement pas une reine elle-même.

Rose se releva et aida la femme à faire de même.

— J'aimerais vous donner quelque chose, lui dit la femme en prenant les mains blanches et douces de Rose dans ses doigts calleux.

Elle la regardait fixement dans les yeux, comme si elle essayait de voir dans son crâne. Rose eut l'impression de sentir quelque chose bouger dans son esprit, comme si la femme le fouillait doucement.

— Rose ! appela Bluebell, qui avait déjà parcouru une trentaine de mètres, suivie de près par Ash.

Rose regarda par-dessus son épaule, puis se retourna vers la femme.

— Vous aimez, affirma celle-ci.

— Oui, acquiesça Rose, tandis que son cœur se serrait.

— Voilà comment vous avez su, poursuivit la femme en esquissant un sourire qui découvrit ses dents abîmées par l'âge. Vous êtes séparée de celui que vous aimez.

Rose pensa à Heath, et son cœur se fit lourd dans sa poitrine.

La vieille femme lui lâcha les mains pour chercher avec force tintements quelque chose à sa ceinture. Elle en détacha un objet qu'elle tendit à la jeune femme.

On aurait dit une boucle en bronze entourant un morceau de glace. Rose effleura ce dernier et eut un frisson.

— Qu'est-ce que c'est ?

— Un cercle de voyance. Chaque matin, entre le moment où l'arc du soleil apparaîtra au-dessus de la ligne d'horizon et celui où l'astre du jour sera complètement levé, la glace se changera en eau. Celle-ci restera suspendue dans le cercle et vous permettra de voir celui dont vous êtes séparée.

— C'est vrai ? demanda Rose avec enthousiasme.

— Oui, mais d'abord, vous devez nommer la personne que vous aimez le plus au monde, afin que je puisse enchanter le cercle.

Rose ouvrit la bouche pour dire Heath, puis pensa à sa fille et se maudit. Si tout s'était déroulé comme prévu, Rowan devait être en sécurité à Folcenham avec Wengest, à jouer avec sa nounou et à manger comme un cochon. D'ici quelques semaines, Rose la rejoindrait et pourrait s'assurer chaque matin que sa fille se portait bien. Heath lui avait parlé de son métier de soldat, se rappelait-elle. « *On peut tout perdre dans une escarmouche de deux minutes.* » Vu que leur destin était d'être séparés toute leur existence, elle pourrait au moins user de ce biais pour s'assurer de ce qu'il était toujours en vie, non ?

Mais Rowan était son enfant. Comment être certaine qu'elle allait bien ? Ivy et Sighere s'étaient-ils assurés de son bien-être ? Wengest lui montrait-il qu'il l'aimait ? Peut-être pleurait-elle chaque matin en se rendant compte que sa mère n'était pas là.

— Rowan, dit-elle en refoulant sa déception et son égoïsme. Ma fille.

— Vous devez également choisir l'endroit où vous voulez la voir.

— Si je ne peux la voir qu'à l'aube, alors ce sera dans son lit, à Folcenham.

La vieille femme leva le cercle à hauteur de la bouche de Rose.

— Allez-y, murmurez son nom.

Rose fit ce qu'elle lui demandait, et une volute de vapeur s'éleva de la glace. La femme lui remit l'objet.

— Merci, dit Rose en l'accrochant à sa ceinture.

— Vous ne pourrez pas changer la personne que le cercle vous montrera ; en revanche, rien ne vous empêche de le transmettre, si vous le désirez.

La vieille femme leva le bras, et la chouette rejoignit son perchoir en faisant claquer ses ailes géantes. Impressionnée, Rose eut un mouvement de recul, mais l'animal s'immobilisa aussitôt.

— Bonne chance dans votre voyage, lui dit la femme.

— Bonne chance… Oui, bonne chance.

La vieille femme hocha la tête, la bouche tremblante.

— Bénie soyez-vous.

— Bon, tu viens ? appela Bluebell.

Rose se retourna. Ses sœurs l'attendaient. À ses lèvres pincées, Rose comprit que Bluebell s'impatientait. L'air pensif, Rose manipula l'objet accroché à sa ceinture.

— Oui, j'arrive, répondit-elle en se hâtant.

Les chiennes et les chevaux n'étaient pas très loin de l'endroit où elles les avaient abandonnés. Contrairement aux sœurs, ils semblaient frais et dispos. Bluebell voulait à tout prix sortir de cette forêt avant de prendre du repos, ce qui prendrait une demi-journée de cheval. L'inquiétude d'Ash grandit à mesure que la journée avançait. Elle avait mal au ventre, et son cuir chevelu la démangeait. Au début, elle pensa que c'était à cause de sa nuit blanche, puis elle comprit que c'était autre chose. Elles étaient toujours suivies par quelqu'un qui les avait attendues toute la nuit.

Il n'y avait rien d'autre à faire qu'avancer, aussi Ash s'efforça-t-elle de regarder droit devant elle et de ne pas trop réfléchir. La hauteur des talus qui bordaient le chemin diminua, et les branches se firent moins denses au-dessus de leur tête. Les ifs sinistres cédèrent la place à de jeunes ormes, qui s'élevaient vers le ciel, avides de lumière. En dépit des protestations de Rose, Bluebell accéléra la cadence.

— Plus vite nous y serons, plus vite nous pourrons nous reposer.

— Plus vite nous serons *où* ?

Bluebell ne répondit pas. Elles espéraient trouver un village, une auberge, un lit. D'autant que l'odeur de pluie et de terre mouillée s'intensifiait dans leur dos.

Enfin, le chemin s'élargit et elles émergèrent de la forêt. De part et d'autre de la route s'étiraient des champs envahis par la végétation. Partout, des prairies où l'herbe et les fleurs poussaient à leur guise. Des haies imposantes délimitaient des parcelles de toute façon trop rocailleuses pour être réellement fertiles. Et au loin, les silhouettes sombres de constructions humaines.

— Un village, lâcha Rose dans un soupir.

— Un lit, ajouta Ash en levant la tête vers le ciel, où s'accumulaient des nuages noirs. Bluebell ?

— Oui, nous allons nous arrêter. Nous allons profiter de l'après-midi et de la nuit pour bien nous reposer. Nous ne sommes plus qu'à cinq jours d'Yldra, désormais.

Cette fois-ci, elles furent plus précautionneuses. Vêtue de ses habits de conseillère, Ash leur trouva une chambre, et Bluebell resta cachée pendant que Rose allait leur chercher quelque chose à manger. Elles se nourrirent dans leur chambre – un endroit sombre dont l'unique fenêtre était fermée par un volet aux lattes denses, et dont la paille qui tapissait le sol sentait l'humidité – avant de s'étendre dans des lits confortables. D'un air peu convaincu, Bluebell suggéra de ne dormir qu'une heure afin de ne pas gâcher leur nuit. Ash pensait qu'elles se réveilleraient au milieu de la nuit, quand il serait encore trop tôt pour reprendre la route, et qu'elles auraient du mal à retrouver le sommeil. *Dormir. Maintenant.* Elle sombra effectivement dans un sommeil lourd et sans rêve.

Quand elle se réveilla, elle se sentait perdue. Il faisait jour, mais ce n'était pas le matin. Le crépuscule. Il lui fallut quelques secondes pour se rappeler où elles étaient et pourquoi elles avaient dormi en plein jour. Alors le bruit qui l'avait réveillée se répéta.

Quelqu'un essayait d'ouvrir leur porte.

— Bluebell ! chuchota-t-elle en s'asseyant et en secouant sa sœur qui dormait à côté d'elle.

Une demi-seconde plus tard, Bluebell était debout. Rose se redressa à son tour, les yeux troubles.

— Qu'est-ce qu'il y a ?

Bluebell porta son index à ses lèvres, s'approcha de la porte en silence et posa la main sur le verrou.

Le cœur d'Ash battait à tout rompre, mais de façon irrégulière. Quelque chose était sur le point d'arriver…

Elle articula le nom de Bluebell en silence afin de lui dire d'arrêter, de ne pas laisser entrer le futur dans la chambre.

La porte s'ouvrit subitement et, tout en saisissant la poignée de son épée, Bluebell agrippa un homme petit et maigre à l'œil brillant et marron – l'autre étant aveugle.

— Vous nous suiviez ! cracha-t-elle.

— Arrête ! cria Ash. Ne lui fais pas de mal !

— Tu le connais ? s'étonna Bluebell en se tournant vers sa sœur.

L'homme fixait Ash du regard. Un rayon de lumière et de chaleur la transperça et, alors que c'était impossible, son nom se forma dans sa tête : *Unweder*.

— Non. Je ne l'ai jamais vu.

Et pourtant, elle était absolument certaine de l'avoir attendu toute sa vie.

Chapitre 20

Durant la traversée, le contenu de l'estomac d'Eni se retrouva plusieurs fois sur les vêtements de Wylm. Quatre jours durant, la mer fut agitée et la météo pluvieuse, si bien que le garçon n'avait aucune chance de garder ce qu'il mangeait. Pendant la majeure partie du voyage, il resta assis contre Wylm, malheureux, la lèvre inférieure pendante et humide. L'épuisement de Wylm se propagea de sa moelle à l'extrémité de ses orteils. Il avait besoin d'un bain chaud, de dormir dans un lit confortable et d'un peu de place pour l'enfant. Mais ce qui l'attendait lorsqu'il débarquerait ne serait sans doute pas aussi agréable.

La terre apparut au petit matin, tandis que Wylm émergeait d'un demi-sommeil. Le ciel était bleu rosé, les étoiles brillant toujours courageusement entre les nuages. Des silhouettes s'activaient dans la lumière granuleuse, détachant les voiles, lâchant les rames. Un souffle froid lui glaça la poitrine, et il remonta sur lui sa couverture rêche. Le parfum frais du matin était gâché par l'odeur âcre du vomi. L'eau clapotait en rythme contre la coque, tandis qu'il s'efforçait de se rendormir un peu avant l'accostage.

Eni se réveilla comme le fond plat du navire glissait sur les galets. Ses doigts se refermèrent avec force sur le bras de Wylm, qui ouvrit les paupières. Le soleil était bas, mais ses rayons étaient chauds. Des oiseaux marins criaient en planant au-dessus d'eux. Wylm força doucement Eni à lui lâcher le bras, puis rampa hors de la zone de stockage pour jeter un coup d'œil.

L'île était couverte de guano blanc ; mouettes et fous de Bassan nichaient dans les affleurements rocheux qui flanquaient la plage de galets, et la roche anthracite en était maculée. Une odeur puissante d'algues et de pluie imbibant la pierre l'accueillit comme il longeait la plage du regard et avisait une étendue couverte de hautes herbes ondoyantes. Au loin, il aperçut un château en bois au gâble sculpté ressemblant aux ailes d'un oiseau : la demeure de Hakon. Les battements de son cœur s'accélérèrent. Il se leva et attrapa la main molle d'Eni.

Un des raiders s'éloigna en courant – sans nul doute pour prévenir son maître de leur arrivée. Les autres, qui ne lui avaient pas adressé plus d'une dizaine de mots durant toute la traversée, les soûlèrent d'ordres et de mises en garde. On commença par leur entraver les mains – Eni tenta violemment mais sans succès de les en empêcher –, puis on leur dit de rester groupés et de baisser les yeux. Wylm marcha dans les galets, les plumes et la boue sans lâcher ses pieds du regard en écoutant les faibles geignements que produisait Eni quand il était inquiet.

— Silence, mon garçon, lui dit-il en le regardant furtivement du coin de l'œil. Tout va bien se passer.

Eni refusa de se calmer, et Ragnar hurla à Wylm de garder le silence et la tête baissée.

Ils gravirent une colline, puis traversèrent une grande prairie. Le vent du Nord, mordant, soufflait sans entrave sur le paysage. Le château se dressait dans une dépression naturelle, à peine protégé du vent, et était entouré de maisonnettes en bois aux toits végétaux. Une fois de plus, une main lourde s'abattit sur le cou de Wylm, l'obligeant à baisser la tête et à fixer du regard la roche couverte de fientes blanches et les planches de bois pourri dont était constituée la passerelle conduisant à la demeure du roi Corbeau.

Les portes épaisses se refermèrent bruyamment dans leur dos, les isolant de l'atmosphère morne et fraîche et les forçant à remplir leurs poumons de la fumée produite par un feu brûlant faiblement.

—Assieds-toi là, lui ordonna un raider en l'obligeant à s'accroupir.

Wylm baissa la tête et ferma les yeux un instant, reprenant son souffle. Après quatre jours de traversée, il avait l'impression que la terre tanguait sous lui.

Les raiders furent plus doux avec Eni, qu'ils aidèrent à s'installer sur le plancher grossier. Immédiatement, le garçon se tortilla pour se rapprocher de Wylm. Une odeur de bois imbibé de bière et de fumée de tourbe les enveloppa. Wylm entendit les hommes s'éloigner et la porte claquer. Puis plus rien.

Lentement, il ouvrit les paupières et releva la tête.

Sur une estrade en bois, un homme était assis dans un profond fauteuil en bois sculpté, les bras posés sur de hauts accoudoirs. Hakon le regardait.

—Oui, c'est bien moi.

Wylm s'attendait à découvrir un homme plus âgé, mais Hakon avait sans doute moins de quarante ans. Ses cheveux étaient blanc-blond, sa barbe soigneusement entretenue formait deux tresses. Son visage, en revanche, sortait tout droit d'un cauchemar. Sur sa joue, un trou aux contours irréguliers, à peine cicatrisés, laissait entrevoir ses dents et sa pommette. Il lui manquait un œil, et l'intérieur de son orbite vide était jaunâtre.

—Il paraît que tu parles notre langue, reprit Hakon, que les mouvements peu naturels de la mâchoire et de la bouche empêchaient de prononcer correctement certaines consonnes.

— C'est la vérité.

— Et il paraît que tu t'es délibérément fait capturer pour me rencontrer, poursuivit Hakon avec un sourire monstrueux.

— En effet.

Le roi se leva. Il était incroyablement grand. Il devait mesurer près de deux mètres, avait le corps souple, musclé, et des pieds énormes dans des souliers en cuir tachés. Malgré son visage abîmé, il était manifestement en pleine possession de ses moyens physiques. Il tourna autour d'eux, avant de s'accroupir devant Eni.

— Parle-moi du garçon aveugle.

— Montre-lui ta bague, dit Wylm à Eni.

À la mention du bijou, le petit garçon cacha ses mains sous ses aisselles. Impitoyable, Hakon le força à les lui montrer, rapprochant le doigt qui portait la bague près de ses yeux pour l'étudier de près.

— Bluebell, murmura Eni dans un souffle inquiet.

Hakon lâcha la main du garçon et se tourna vers Wylm.

— Bluebell…

— J'ai trouvé l'enfant dans la ferme de son amant, expliqua Wylm. Cet anneau prouve sans l'ombre d'un doute que cet enfant est le sien.

Hakon se leva et fixa son prisonnier de son regard froid et pâle.

— Mon visage est celui d'un mort, dit-il en effleurant sa joue. C'est ta sœur qui m'a fait ça.

— Ma belle-sœur, se hâta de rectifier Wylm de crainte d'être châtié pour les agissements de Bluebell.

— J'ai eu ton *beau*-père à la pointe de mon épée, reprit Hakon avec une esquisse de sourire cruel. J'étais à un demi-souffle de faire couler son sang. Mais elle lui a sauvé la vie, cracha-t-il. Elle était à un peu plus d'un kilomètre de nous, mais elle a lancé une hache et a atteint sa cible.

Wylm s'efforça de ne pas montrer son scepticisme.

— Elle a tenté de me livrer à mon frère afin que je sois jugé pour meurtre et haute trahison. Mais ils m'ont sous-estimé – y compris ta sœur, la forte et furieuse Bluebell. (Il secoua la tête.) Il ne fait aucun doute que des mains sombres et secrètes lui viennent en aide. Cela fait bien longtemps qu'on dit qu'elle est invulnérable. Mais nous autres, à Hrafnsey, nous commençons à penser le contraire.

La porte s'ouvrit à ce moment-là, et Wylm se retourna légèrement pour voir entrer un vieillard plié en deux, au crâne couvert de quelques touffes de cheveux. Ses vêtements étaient ornés de nombreuses et longues plumes, tout comme son bandeau, dont les ornements lui tombaient sur les épaules et dans le dos. Comme il se rapprochait d'eux, Wylm reconnut une odeur d'herbes brûlées et d'huile de poisson.

— Ha ! Bienvenue, vieil homme, lança Hakon. Regarde ce que nous avons là.

L'homme avait les yeux gris clair et les pupilles si petites que ses iris étaient comme des miroirs. S'aidant, pour marcher, d'une canne qui claquait sur le plancher, il s'avança jusqu'à Wylm et Eni.

— Regarde, l'invita Hakon. Le beau-frère de Bluebell.

— Son beau-frère ?

— C'est mon *randrman*. Il s'appelle Eirik, expliqua poliment Hakon, comme s'ils s'apprêtaient à rompre le pain ensemble. Eirik, Wylm nous a livré un garçon dont il dit qu'il est le fils de Bluebell.

Le *randrman* s'appuya lourdement sur sa canne et s'accroupit derrière Eni, inspirant profondément l'odeur de ses cheveux.

— *Kyndrepa*, dit-il d'un ton froid et guttural.

Wylm ne comprit pas ce mot.

— Elle n'est pas invulnérable, continua Hakon. Bluebell ne peut être tuée que par un parent. Mon *randrman* l'a rêvé il y a moins de vingt nuits. Et maintenant… vous êtes là.

— Le canard à trois pattes ! lâcha soudain le vieillard en s'animant. Il l'a découpé en morceaux. Il ne restait plus de lui que des pétales écrasés et du sang. Mais qui, poursuivit le *randrman* en désignant tour à tour Wylm et Eni, qui de vous deux fera le travail ? Le fils ou le frère ? Qui brandira l'épée des trolls ? Qui lui transpercera la poitrine avec *Griðbani* ?

Un autre mot incompréhensible. Wylm sentait son pouls brûlant dans sa gorge. Il avait le sentiment de jouer son destin, et celui-ci avait le même parfum que les herbes brûlées par ce *randrman*.

Hakon, quant à lui, ne semblait pas percevoir l'importance de ce moment.

— Je ne vois pas comment l'enfant aveugle pourrait tuer sa mère, dit-il avec un reniflement de mépris. Donne l'épée au frère.

— Beau-frère, répéta une nouvelle fois Wylm, sans trop savoir pourquoi.

— Vous avez fait un long voyage, dit le *randrman*. Vous devez vous reposer, car à la fin de la semaine, quand la lune sera pleine, nous ferons couler votre sang dans la forge.

Wylm frissonna, mais le *randrman* sourit et lui tapota le cœur avec un doigt crochu.

— Vous n'aurez pas besoin de courage, ajouta le *randrman*. Il vous faudra juste *Griðbani*.

Hakon, pendant ce temps, avait fait se rapprocher Eni et, agenouillé devant le garçon, lui lissait les cheveux.

— Le fils de Bluebell, un simplet… Quelle ironie, n'est-ce pas ?

— Plutôt un châtiment bien mérité, dit Wylm avant d'ajouter, hésitant : Allez-vous faire du mal au garçon ?

— Que devrais-je faire, à ton avis ? lui demanda Hakon en le fixant d'un regard glacial, comme s'il le mettait au défi.

— Je pense qu'il nous sera plus utile vivant que mort, répondit Wylm sans rien montrer de sa peur.

— Elle mourrait de chagrin et de colère si je lui envoyais les morceaux de son fils, non ?

L'estomac de Wylm se serra. Il se maudit d'être aussi faible, d'avoir développé cet instinct de protection envers Eni.

— Nous parlons de Bluebell. Cette femme n'a pas de cœur.

— Disons qu'il n'y a pas assez de place en son cœur pour quelqu'un d'autre que son père, le corrigea Hakon en se caressant la barbe d'un air pensif. Oui, il a davantage de valeur vivant. Ah ! Ça y est, j'ai trouvé ! s'enthousiasma-t-il en arborant de nouveau son sourire de cauchemar. Je vais faire de lui mon apprenti. Je l'élèverai comme s'il était à moi. Oui, ce sera une véritable torture pour elle. (Il se pencha vers Eni, et sa voix sonore s'enveloppa d'une chaleur inattendue.) Tu es à moi, désormais, petit garçon.

Eni secoua lentement la tête. Il ne paraissait pas inquiet. Tout juste perplexe.

— Je garde le garçon, annonça Hakon en se redressant de toute sa hauteur. Quant à toi, Eirik te donnera de quoi te laver et te restaurer.

— Par ici, *kyndrepa*, dit le *randrman*.

Wylm se leva et suivit le *randrman* dans la lumière faible du matin.

Eirik le *randrman* lui donna à manger et le laissa seul dans une des maisonnettes en pierre. Le vent hurlait au-dessus du toit végétal, mais la cabane était chaude et enfumée à cause du feu – qui constituait également l'unique source de lumière. Des étagères peu profondes étaient taillées dans les murs.

À en juger par leur contenu, Wylm supposa que cette maison était celle d'Eirik. Des coquillages, des plumes, des squelettes de poisson. Les parois étaient ornées d'inscriptions runiques éparpillées au hasard, semblait-il. La pièce avait la même odeur que le vieux magicien lui-même : une odeur âcre et sucrée, avec un léger arôme de poisson, comme s'il avait passé de très nombreuses heures près du feu à inhaler les parfums qui nourrissaient ses visions. Wylm se dévêtit jusqu'à la taille et se lava le visage et le torse avec l'eau froide et fumante d'une bassine, puis s'assit sur le lit. Un brin de paille transperça la couverture et lui piqua la cuisse. Sa peau mouillée sécha à l'air libre, lui donnant la chair de poule. Il croisa les bras sur sa poitrine et se frotta les épaules pour se réchauffer, tâtant sa musculature modeste. Enfant, il avait été une créature pâlotte et maigrichonne, comme Eni. Wylm enfila la tunique propre qu'Eirik lui avait laissée – un habit trop large et ouvert sur le devant, exposant sa poitrine glabre. Il la lassa aussi bien qu'il le put, agrafa sa cape et ouvrit la porte de la cabane pour laisser entrer la lumière du jour.

Wylm sortit péniblement de la dépression dans laquelle était sis le village de Hakon, pour voir le reste de l'île. Debout sur une crête, il tourna sur lui-même et vit la mer froide qui s'étirait à l'infini dans toutes les directions. Sur la plage rocheuse, entre le drakkar au mât nu secoué par le vent et une flottille de petits bateaux de pêche, il avisa un groupe de cinq hommes s'entraînant au lancer de hache. Le bruit des vagues déferlant sur les rochers et les appels des oiseaux marins lui parvenaient aux oreilles, portés par le vent, accompagnés du grognement occasionnel d'un raider lançant sa hache de toutes ses forces – Wylm se demandait comment ils faisaient pour ne pas se luxer l'épaule. La hache atterrissait dans le sable, le lanceur allait la récupérer, puis la confiait à un de ses camarades.

Hakon lui avait dit que Bluebell se trouvait à plus d'un kilomètre quand elle l'avait atteint de sa hache, le défigurant. Il réfléchit longuement… C'était impossible, n'est-ce pas ? Les grands raiders, sur la plage, ne lançaient pas l'arme à plus de douze mètres. Peut-être Hakon colportait-il cette rumeur pour dissimuler une vérité embarrassante : il avait été battu par une femme faite de chair, de sang et d'os.

De chair. De sang. D'os. Wylm pourrait être celui qui la ferait passer de vie à trépas. Le *randrman* était sûr de lui : il était le *kyndrepa*, le parent assassin. Il eut un frisson, se dit que c'était à cause du vent froid qui soufflait de la mer, et retourna dans sa cabane chaude et enfumée.

Au milieu de la nuit, Wylm fut réveillé par un bruit mat. Un instant passa, puis un autre, comme il se demandait où il se trouvait. Les ronflements lointains de la mer le lui rappelèrent.

Le bruit mat, de nouveau. À sa porte.

Il se leva et ouvrit le verrou. Aussitôt, un colosse poilu lui jeta Eni dans les bras.

— Il n'arrête pas de brailler. Hakon dit qu'il doit dormir avec vous.

Wylm rattrapa le garçon avant qu'il tombe sur le sol tapissé de roseaux, mais n'eut pas le temps de répondre, car l'homme était déjà parti.

Eni l'agrippa de ses mains glaciales.

— Lapin ? demanda-t-il.

— Je ne sais pas où est le lapin.

— Lapin, répéta Eni en posant la main sur le torse de Wylm et en appuyant très fort.

Wylm comprit que l'enfant l'appelait Lapin. Il ne lui avait dit son nom qu'une seule fois, et Eni l'avait manifestement oublié. Il était donc devenu l'homme qui l'avait forcé à avaler de la viande de lapin, qui lui avait sculpté un lapin de bois… Il était Lapin pour le garçon.

— Oui, c'est moi, Lapin, acquiesça-t-il. Tu veux dormir avec moi ?

Eni enroula un bras autour du sien et se laissa guider jusqu'au lit de paille. Wylm s'allongea à côté de lui, essayant de maintenir une distance de quelques centimètres entre eux, mais le garçon se tortilla aussitôt pour se coller contre lui. Bientôt, il dormait paisiblement, les genoux osseux repliés, enfoncés dans les côtes de Wylm.

L'homme eut beaucoup plus de mal à trouver le sommeil. Lapin. Sinistre blague que celle-là. Pour l'enfant, il aurait dû être Loup ou bien Ours ou Renard. Mais il était Lapin et il le resterait jusqu'à…

Wylm n'avait aucune idée de ce qu'il adviendrait du garçon. Son avenir était dissimulé derrière un voile de ténèbres, derrière son propre destin de *kyndrepa*.

Son destin. Oui, il aimait ce mot. Le *randrman* l'avait vu en rêve : seul un parent pourrait tuer Bluebell. Il s'agissait forcément de lui. Ses sœurs étaient sous son emprise, et son père l'aimait plus qu'il n'aimait Gudrun. Wylm manipula cette pensée en esprit jusqu'à ce que, terne et arrondie, elle coule et l'entraîne dans des ténèbres agréables.

Alors qu'il était sur le point de s'endormir, il crut entendre une voix étrange portée par le vent. Ni humaine ni animale. Complètement réveillé, il tendit l'oreille dans le noir.

Elle chantait. Une chanson bizarre, semblable à des ululements.

Il se leva en prenant garde de ne pas réveiller Eni et entrouvrit la porte pour regarder dehors. Sur la crête dansait Eirik le *randrman*. La lune s'était levée ; elle serait bientôt pleine. Le ciel était clair et la mer agitée. Le *randrman* n'était plus une silhouette fragile et recroquevillée. Il était agile, mobile ;

ses articulations étaient celles d'un enfant. Ses mouvements, considérés à l'aune de ses cheveux clairsemés et de sa peau ridée, étaient tellement incongrus que Wylm en eut des frissons. Ses chants se prolongèrent, tout comme les ululements et la danse, la voix d'Eirik portant loin, très loin au-dessus de la mer, tandis que la lune brillait sur Hrafnsey.

Pendant quatre jours et quatre nuits, le programme fut le même. Eni partait le matin pour passer la journée avec Hakon et ses hommes. Il arrivait à Wylm de les apercevoir lorsqu'il parvenait à échapper à la curiosité méfiante des raiders. Fermement mais doucement, Hakon conduisait l'enfant de la forge à l'écurie, de l'écurie à la boulangerie, comme pour évaluer sa capacité à accomplir diverses tâches. Mais il finissait toujours par s'exaspérer et par s'en aller en marmonnant. Wylm savait que la patience du roi serait bientôt épuisée. Non pas ce mois-ci, ni le suivant, mais lorsque l'hiver s'installerait et qu'Eni ne serait plus qu'une bouche inutile à nourrir. Alors, Hakon en aurait assez de ce petit jeu, et des mains puissantes maintiendraient le petit dans la mer jusqu'à ce qu'il cesse de se débattre.

Wylm passait toujours ses journées dehors afin qu'Eirik le *randrman* puisse dormir parmi ses herbes hallucinogènes et rêver de la mystique épée des trolls, dont il disait que Wylm la brandirait pour l'abattre sur sa belle-sœur. L'épée était en train d'être forgée dans un fracas rythmique et métallique qui résonnait dans tout le village.

Chaque soir, on lui ramenait un Eni en pleurs avec une brutalité de moins en moins maîtrisée. Après quoi, Wylm se couchait en écoutant les ululements étranges du *randrman*, haut perchés et froids, dans les collines, tout en somnolant plus ou moins. Il savait qu'il ne pourrait pas laisser Eni ici avec Hakon. Non qu'il se soit ramolli et attaché au garçon – d'autant qu'il lui serait bien plus simple de voyager seul. En dépit de l'épée qu'on était en train de lui forger, il aurait besoin d'un bouclier.

Eni serait ce bouclier.

Tard, très tard dans la nuit, la porte s'ouvrit à la volée, et Wylm se réveilla à peine, habitué qu'il était aux apparitions nocturnes du petit garçon. Mais la porte demeura ouverte, et le froid glacial l'obligea à ouvrir les paupières et à s'asseoir.

Le *randrman* se tenait dans l'encadrement, le crâne ceint d'une étrange couronne de plumes noires, qui lui tombait sur les oreilles et le front.

— Qu'y a-t-il ? demanda Wylm, la voix encore ensommeillée.

— Il est temps de venir à la forge, *kyndrepa*. La lame doit être trempée.

— Je ne sais rien de la fabrication des épées.

— Aucune importance. Suivez-moi.

Wylm repoussa la couverture en laine. Le vent marin lui lécha le corps, le faisant frissonner. Le *randrman* était déjà parti, et Wylm courut pour le rattraper, pieds nus sur le sol caillouteux. Ensemble, ils redescendirent dans le village, contournèrent la demeure de Hakon et se rendirent chez le forgeron. Sous les volets rougeoyait un feu intense.

Le *randrman* ouvrit la porte, et une forte odeur de fer chaud leur assaillit les narines. Hakon se tenait devant la forge à côté d'un jeune forgeron dont les mains étaient enveloppées dans un tissu épais et grossier. Comme il venait de se réveiller, Wylm avait l'impression de rêver ces ténèbres, ces odeurs et la lueur orangée du brasier.

— Ah, le voilà, dit Hakon, comme s'il était parfaitement normal qu'ils se rencontrent chez le forgeron à minuit.

Le jeune homme brandit l'épée, mais ce n'était pas vraiment une épée, juste une lame sombre et non finie dépourvue de garde et de pommeau. Une langue de serpent. L'estomac de Wylm se serra. Il pensa à l'épée de Bluebell, Widowsmith. Une lame belle et brillante forgée par les meilleurs forgerons de Blicstowe, patrie d'un acier exceptionnel.

Le *randrman*, sentant son inquiétude, se pencha vers lui et déversa son souffle chaud dans son oreille.

— *Griðbani* n'est pas terminée. La magie n'a pas encore œuvré.

Les mots du *randrman*, sa prophétie, réconfortèrent Wylm.

— Tends ta main, lui ordonna Hakon.

Wylm tendit la main droite pour saisir l'épée.

— Non, l'autre, aboya Hakon en lui prenant la main gauche et en la retournant, paume vers le haut.

— Non, je…

En un mouvement flou qui ne dura qu'un demi-battement de cœur, le forgeron posa le tranchant de la lame brute sur la main de Wylm. La morsure de l'acier fut brûlante. Son sang se mit à couler.

— Première morsure, dit le *randrman* dans l'oreille de Wylm. Maintenant, regardez.

Le forgeron remit l'épée dans la forge. Le sang de Wylm gouttait avec régularité sur le sol en terre battue. Il fixait du regard sa blessure avec inquiétude.

— Va avec Eirik, lança Hakon tandis que le forgeron sortait la lame du feu et la trempait dans un tonneau. Il s'occupera de ta blessure.

— Elle est à vous, désormais, expliqua le *randrman* lorsqu'ils furent seuls dans la nuit. Votre sang est dans l'acier. Vous seul pourrez la tuer. Vous, ou quelqu'un de votre lignée.

— Je suis gaucher. Vous venez de tailler dans la main qui devra tenir l'épée.

Le *randrman* ne parut pas pour autant déstabilisé.

— C'est qu'il devait en être ainsi. Le sang de la main qui tiendra l'épée rendra celle-ci encore plus puissante. Le destin s'accélère. Vous ne pouvez échapper à ce qui s'est déjà produit ni à ce qui vous attend.

Une pluie fine et froide tombait, mais le sang de Wylm était trop chaud et la douleur trop vive pour qu'il sente le froid.

La blessure était longue et profonde, et malgré le bandage d'Eirik, elle saigna toute la nuit et toute la journée qui suivit. Le *randrman* lui dit que la guérison prendrait le temps nécessaire. Contrairement à Wylm, ils n'étaient pas pressés de tuer Bluebell. Chaque journée qui passait, Gudrun risquait peut-être sa vie. Il écoutait le fracas des coups de marteau chez le forgeron, et il savait que le jour viendrait bientôt où on lui confierait l'épée. Il commençait à se demander comment il pourrait s'enfuir en emmenant Eni avec lui. Hakon s'était en quelque sorte approprié l'enfant, le gardant à ses côtés la majeure partie de la journée, partageant ses repas avec lui. Lorsque Wylm avait fait part à Hakon de son désir de reprendre Eni avec lui, l'homme s'était montré étonnamment agressif.

— Il est à moi ! avait-il crié, tandis que le feu tout proche projetait des ombres terrifiantes sur son visage. Je compte bien lui trouver une utilité.

Wylm avait besoin d'Eni. Le garçon affaiblirait Bluebell. Car, s'il croyait en la prophétie du *randrman*, il craignait que la mort de son ennemie n'entraîne aussi la sienne – chose dont Hakon ne se souciait guère.

Par deux fois, durant la semaine passée, Wylm avait vu un petit groupe de raiders partir en mer à bord d'un petit bateau de pêche rond fait de bois et de cuir. Couverte à une extrémité, l'embarcation était assez grande pour accueillir quatre hommes. Comme ils s'éloignaient de la plage à la rame, un des hommes dressait un mât au centre du bateau, la voile les aidant à négocier leur départ et leur retour malgré le vent fort et incessant. Souvent, il pensait à cette embarcation, à la distance qu'il lui faudrait parcourir – avec des vents favorables –, à sa capacité à naviguer, à diriger le bateau vers l'endroit où, selon l'amant de Bluebell, celle-ci avait décidé d'emmener Æthlric. Il avait souvent navigué sur le fleuve, près de sa maison natale ; il savait manier un bateau à voile.

Ne lui manquait plus que l'épée.

Cependant, la douleur arriva avant l'épée. Dans sa main gauche. Pulsant d'une extrémité à l'autre, l'empêchant de tendre ou de plier les doigts. Dans la semi-obscurité de la cabane, la nuit, il soulevait avec circonspection les bords de son bandage pour voir les contours violets et cruels de la blessure. L'infection s'installait.

Ils vinrent le chercher à l'aube – Hakon et le *randrman*. Eni était avec eux, habillé comme Hakon avec un vêtement de laine grossière teint en vert. Il portait également autour du cou un collier de perles d'ambre auquel était suspendu un corbeau en argent. Wylm n'avait pas vu Eni depuis des jours. Les yeux cernés, le garçon paraissait fatigué et malheureux. Il se demanda quelles épreuves lui avait fait subir Hakon.

— Le moment est venu, annonça le *randrman*.

Wylm sortit de son lit et enfila sa culotte.

— Nous allons à la forge ?

En entendant la voix de Wylm, Eni commença à s'agiter.

— Lapin ? Lapin ?

— Silence ! tonna Hakon, et sa voix claqua comme un coup de fouet dans les ténèbres.

Eni se figea, se recroquevilla sur lui-même, les mains ramenées sur la poitrine dans une posture de défense.

— Non, reprit Hakon en levant les yeux au ciel de mépris. Nous allons au sommet de l'île. Dépêche-toi.

Dans la lumière faible, Wylm fit ce qu'on lui disait. Eni restait près de Hakon, à présent, de peur qu'on lui crie encore dessus. Suivaient Wylm et le *randrman*, qui fermait la marche. Ils longèrent une crête, puis descendirent dans une vallée peu profonde, avant de se diriger vers un affleurement rocheux au sommet duquel brûlait un grand feu. Wylm avait déjà vu cet affleurement ; en revanche, il n'avait jamais remarqué les marches taillées dans la roche de sa face est. Ils le contournèrent, puis entamèrent son ascension. Des mouettes leur tournaient autour. L'atmosphère empestait les algues et le guano. Ils atteignirent bientôt un plateau de roche gris foncé à moitié protégé où le forgeron tenait l'épée. Celle-ci scintillait dans la lumière de l'aube et dans celle du feu.

Hakon saisit Eni par les épaules et le pressa contre lui, restant à l'écart. Le forgeron tendit l'arme au *randrman* et recula lui aussi. Sur le point culminant de l'île, le vent semblait souffler dans toutes les directions à la fois, redoublant de violence sans prévenir, emplissant la gorge de Wylm d'un air salé. Les flammes semblaient chevaucher les rafales, et Wylm prenait garde de ne pas trop approcher ses jambes de la source de chaleur.

Le *randrman* jeta quelques herbes dans le feu, se redressa et se mit à danser de cette façon si souple et peu naturelle que Wylm avait déjà pu observer. On aurait dit qu'il avait recouvré des articulations de jeune homme.

— *Kyndrepa*, commença-t-il en tenant l'épée sur ses paumes ouvertes. Faites la connaissance de *Griðbani*.

Wylm prit l'arme dans sa main gauche et grimaça.

— Seul un parent peut tuer Bluebell la Féroce, entonna le *randrman*. Avec *Griðbani*, l'épée des trolls forgée avec votre propre sang, vous la combattrez. Prenez cette lame et partez, *kyndrepa*. Bien que vous risquiez d'être blessé ou de mourir, sachez que vous mettrez un terme à son règne.

Eirik commença alors son étrange chanson, dansant et ululant tel un oiseau exotique. Wylm étudia l'épée dans la lumière. Pas de pierres précieuses ni de dorures, mais il s'agissait assurément d'une arme élégante et puissante, d'une arme forgée avec de la magie – la magie noir corbeau du roi Hakon. Forgée pour tuer sa sœur.

Wylm inspira profondément tandis que son objectif se cristallisait en lui. Le moment s'imprima dans sa mémoire : Eni vêtu de vert, les yeux noirs et aveugles, le visage baigné dans la lumière rougeoyante du feu, l'aube embrasant la barbe blonde de Hakon, les contorsions étranges du *randrman*, le forgeron assistant à ce spectacle, impressionné. Et le poids de l'épée dans ses mains. Le poids de son destin.

Wylm était en train de rouler ses vêtements et de les fourrer dans son sac, où il avait déjà mis un peu de pain et du poisson séché récupéré dans le garde-manger après le petit déjeuner, lorsque la porte de la maisonnette s'ouvrit sur un Eirik redevenu vieux et bossu.

— Laissez-moi voir votre blessure.

Wylm lui tendit la main. Peut-être l'homme pourrait-il l'aider, lui appliquer un cataplasme.

— Elle est lente à guérir, se plaignit-il.

Rangée dans son fourreau, l'épée était posée sur le lit à côté d'eux. Depuis qu'il l'avait en sa possession, Wylm avait à peine osé la regarder. Les sombres runes inscrites sur sa poignée lui rappelaient immanquablement sa sinistre et froide mission. Mais aussi la manière dont elle risquait de se terminer. « *Bien que vous risquiez d'être blessé ou de mourir…* »

— Je vous ai vu manier l'épée avec circonspection, ce matin, reprit le *randrman*.

Eirik défit le bandage, arrachant une grimace à Wylm lorsque l'étoffe effleura la chair enflée. Le *randrman* fit claquer sa langue d'inquiétude.

— C'est infecté.

— Ça va aller.

Le vieil homme s'approcha de lui, et ses pupilles parurent une nouvelle fois étonnamment petites à Wylm.

— Fièvre ?

Wylm déglutit difficilement. Depuis son réveil, il se sentait un peu chaud et fiévreux.

— Non.

— Au lit, ordonna Eirik. Je vais vous apporter un peu de bière et un seau d'eau salée pour tremper votre main. (Puis, voyant le sac de Wylm posé près de la porte, il ajouta :) Vous n'irez nulle part tant qu'elle ne sera pas guérie.

Wylm était donc obligé de passer la journée au lit et, en vérité, cela l'arrangeait. Enfant, il avait eu une infection de ce type. Il s'était ouvert l'épaule sur un clou, et la blessure l'avait fait souffrir pendant des semaines, lui laissant une cicatrice épaisse. Cela se passerait sans doute de la même façon cette fois, mais Wylm était pressé de partir, de quitter définitivement cette maudite île couverte de fientes d'oiseaux. Peut-être son état s'améliorerait-il s'il patientait une ou deux journées supplémentaires.

Tard dans la nuit, comme cela s'était produit si souvent, la porte de la cabane s'ouvrit. Wylm ouvrit les paupières et se retourna. Eni se tenait dans l'encadrement, sur la toile de fond du clair de lune. Ni Hakon ni aucun autre raider n'étaient en vue. Cela faisait plus d'une semaine qu'on ne lui avait plus confié le garçon. C'était inattendu.

— Eni ? dit-il, la voix ensommeillée.

— Lapin.

— Tu es venu tout seul ?

Le garçon traversa la pièce avec précaution, trouva le lit et s'assit en lâchant un sanglot. Wylm comprit qu'Eni avait réussi à échapper à Hakon et qu'il était venu chercher du réconfort chez lui.

— Qu'y a-t-il ? lui demanda Wylm, qui savait pourtant que le garçon n'était capable ni de comprendre sa question ni d'élaborer une réponse.

Il prit Eni par l'épaule, et le garçon gémit de douleur.

— Que t'ont-ils fait ?

Wylm se leva pour ouvrir le volet afin de laisser entrer un peu de clair de lune, puis souleva la chemise d'Eni et découvrit des taches sombres sur son flanc. Des meurtrissures.

Tout de suite. Le moment était venu. Son cœur le lui commandait. Il avait Eni, il avait l'épée et il savait comment quitter l'île.

Oui, il devait partir tout de suite.

— Eni, reprit-il à voix basse. Lapin va s'occuper de toi, maintenant. Nous allons prendre un bateau et partir très loin d'ici, mais tu devras m'obéir et surtout ne pas faire de bruit.

Rien dans la posture ni dans l'expression d'Eni ne suggérait qu'il avait compris, mais Wylm se leva quand même pour s'habiller.

— Viens.

Eni hésita, puis se leva et chercha la main de Wylm. Lorsqu'il l'eut trouvée, il la serra fermement, arrachant un glapissement de douleur à Wylm. Le petit garçon, effrayé, eut un mouvement de recul.

— Non, non, le rassura doucement Wylm. Non, ce n'est pas ta faute. Je me suis coupé la main et… Tiens. (Il lui offrit sa main valide.) Tu vois, Lapin n'est pas en colère.

Eni hocha la tête. Wylm lui lâcha la main, prit ses bagages, attacha l'épée et son fourreau à sa ceinture et ouvrit la porte.

— Suis le bruit de mes pas, mon garçon. Nous partons à l'aventure.

Une fois sur la plage de galets, le vent froid s'engouffra dans ses narines et finit de le réveiller. Il était plein de certitudes – *Griðbani*, son épée ; Eni, son bouclier ; la prophétie. Il tordrait le destin dans le sens qui lui siérait ; il serait celui qui changerait le cours de l'histoire. Il jeta ses bagages dans un petit bateau en peau et aida Eni à monter à bord.

Il était dans l'eau froide jusqu'aux chevilles, poussant la barque dans les vagues, lorsqu'il remarqua une ombre mouvante du coin de l'œil.

Wylm se retourna. Le *randrman* était là qui le considérait dans la lumière pâle. Un frisson passa entre les deux hommes. Wylm se demanda si Eirik allait crier et appeler Hakon ou bien tenter de l'arrêter. Il retint son souffle.

Mais Eirik se contenta de hocher la tête et de dire :

— Que tout se déroule comme il se doit.

Dans l'eau jusqu'aux épaules, Wylm se hissa à bord de l'embarcation et attrapa les rames. Sa main gauche le faisant atrocement souffrir.

Eni et lui se lancèrent sur l'océan.

Chapitre 21

Un rêve de plaisirs brûlants qui se changeront en honte glaciale au réveil. Elle s'y accroche, faisant son possible pour rester sous les différentes couches du sommeil.

Willow est étendue sur un doux tapis d'herbe. Elle est complètement nue. De la verdure fraîche sous sa peau brûlante. Ses cheveux détachés qui serpentent autour de son visage. Les rayons du soleil s'attardent sur ses tétons. Elle plie les genoux et écarte les cuisses afin que le soleil trouve cet autre bouton sensible. Elle se cambre. Elle est une fleur jaillissant du sol ; des sensations sauvages et sucrées la traversent.

Poussant un soupir, elle lâche son fardeau. Nul besoin pour elle d'être un bon soldat de Maava. Elle est simplement une chose de chair, de souffle et de sang.

Mais alors le soleil passe derrière quelques nuages, et le vent secoue la cime des arbres. Elle tente de se redresser sur les coudes, mais découvre qu'elle en est incapable. Nue, clouée au sol par son propre poids de mortelle. Les arbres s'écartent, et ils sont des dizaines. Des hommes barbus aux bras poilus et à l'armure constellée de taches de sang. Des raiders. Des raiders sauvages et tatoués. Ceux-là mêmes dont on parle d'un ton horrifié à la chapelle. Ils vont la voir, ils vont venir pour elle, ils écrabouilleront son doux corps de vierge. Le rêve s'avale lui-même et devient un cauchemar. Figée, elle ne peut rien faire à part attendre que ces brutes viennent la chercher.

Soudain, l'un d'entre eux passe devant. Elle ne peut pas voir son visage, car le rêve, à la manière classique d'un rêve, dissimule les détails importants derrière un nuage gris argenté, mais il n'est ni une brute barbue ni un ours poilu. Non, il s'agit d'un bel homme mince à la peau couleur olive.

—Je ne les laisserai pas vous faire du mal, déclare-t-il.

Et elle remarque qu'il est armé d'une grande épée dont la poignée est couverte d'étranges symboles. Il la plante avec force à ses pieds, et les raiders s'évaporent. Ne restent plus que la douce herbe verte, le soleil lointain et les nuages filant dans le ciel. Il s'agenouille devant elle, et elle se rend compte qu'il peut voir le moindre centimètre carré de son intimité. Ses replis rosés, ses orifices, les tourbillons de poils dorés. Un désir violent, brutal s'empare d'elle.

Willow se réveilla. Son pouls battait, brûlant, entre ses jambes. Elle se retourna et enfonça son visage dans sa couverture rêche. Le feu s'était éteint. Complètement. Autour d'elle, l'air était froid. Elle pressa fortement le tranchant de sa main entre ses cuisses dans l'espoir de faire disparaître la sensation. À sa grande surprise, celle-ci s'intensifia, et elle eut peur de mouiller son lit, ce qu'elle n'avait plus fait depuis bien des années. Alors, une, deux, trois secousses l'ébranlèrent, et la sensation se dissipa.

Le soulagement.

Elle tendit l'oreille dans l'espoir d'entendre les anges. Seraient-ils en colère contre elle ? Ou bien l'homme à la peau lisse couleur olive était-il un ange, lui aussi ? En tout cas, il lui était familier.

Un embarras froid la recouvrit lorsqu'elle comprit. Wylm. Son beau-frère. Elle avait rêvé de Wylm, mais d'une manière particulière, qui avait produit un effet hypnotique sur son sang et ses parties honteuses. Elle respira profondément et essaya de se rendormir. Sa couverture lui picotait le nez.

Sans en être vraiment consciente, elle espérait que le rêve reviendrait.

Pourquoi Ivy n'avait-elle pas remarqué plus tôt à quel point Wengest était séduisant ? Ou bien était-ce la lumière tamisée, la compagnie, l'hydromel et la musique ? Il lui semblait en tout cas n'avoir jamais vu profil aussi beau. Viril et doux à la fois, avec un front noble et des sourcils sombres et expressifs. Lorsqu'il souriait, les coins de ses yeux se ridaient. Ivy se surprenait à le regarder furtivement, espérant le voir sourire. Difficile d'imaginer que Rose ne se soit pas satisfaite de lui. Car Wengest était quelque chose que Heath ne serait jamais : un roi.

Wengest était en pleine conversation avec son voisin de table, un homme dont Ivy avait cru comprendre qu'il était un prêcheur du trimartyr : un gros porc déterminé à engloutir tout ce que son énorme assiette pouvait contenir. Un cousin de Wengest, un duc veuf originaire du nord du Netelchester, était arrivé cet après-midi-là avec ses serviteurs. Une heure plus tard, une délicieuse odeur de viande rôtie s'était répandue dans le château et ses alentours, et la nounou lui avait dit de mettre sa plus belle robe et de se préparer pour la fête.

Elle était donc assise à la table du roi à la place habituelle de Rose, vêtue de sa robe bleu et or remontée légèrement à l'aide d'une broche en argent pour révéler l'ourlet de sa chemise. Elle portait un collier de perles ambrées, et ses boucles claires lui tombaient, libres, sur les épaules. Guthmer, le cousin de Wengest, n'arrêtait pas de la regarder depuis sa place, à l'autre bout de la table. Pour cette raison, chaque fois qu'elle riait, elle prenait soin de rejeter la tête en arrière afin qu'il ait une vue dégagée sur son cou. Non pas qu'elle ait spécialement envie de lui – il était beaucoup trop vieux à son goût –, mais elle refusait qu'il la lâche des yeux. Quand on l'admirait avec un appétit aussi manifeste, elle avait l'impression d'exister.

Le prêcheur – il s'appelait Nyll – se leva et sortit en titubant pour se soulager, sans doute, idée qui lui arracha un frisson de dégoût. Il devait pisser comme une chèvre, pensa-t-elle. Enfin libre, Wengest concentra son attention sur elle.

— Vous vous ennuyez ?

— Pas du tout, répondit-elle en fermant très légèrement les paupières.

— Rose s'ennuie toujours lors de nos dîners.

— Je ne comprends pas pourquoi. Rencontrer de nouvelles personnes est tellement intéressant.

Wengest regarda Guthmer avant de se retourner vers la jeune femme. Se penchant vers elle, il reprit à voix basse :

— On dirait que vous plaisez beaucoup à Guthmer.

Son souffle chaud sur son oreille la fit frissonner de façon inattendue.

— Il est plus âgé que mon père.

— Vous êtes comme votre sœur, remarqua Wengest dans un sourire. Vous dites ce que vous pensez.

— Comme Rose, vous voulez dire ?

— Qui d'autre ?

— Je me disais que vous aviez peut-être rencontré Tétons-d'acier, expliqua Ivy en grimaçant.

— Qui est-ce ? s'enquit Wengest, comme les coins de sa bouche se soulevaient.

— Bluebell, répondit Ivy en haussant un sourcil.

Wengest rejeta la tête en arrière et éclata de rire. Ivy jubilait d'être au cœur de l'attention du roi.

— J'ai l'impression que vous n'aimez pas beaucoup votre grande sœur, reprit-il en prenant sa coupe d'hydromel.

Ivy se demandait ce qu'elle pourrait dire pour plaire davantage à Wengest.

— Bluebell est une brute, et son visage est aussi laid que le cul d'un cochon.

Wengest rit de plus belle en se tapant les cuisses. Les autres convives, Guthmer et ses serviteurs commençaient à se demander ce qui pouvait bien être si amusant. Ivy leur donna satisfaction en leur livrant des descriptions imagées du visage et du corps de Bluebell, provoquant un fou rire général. Elle continua ainsi jusqu'à ce que Guthmer lâche d'un ton dépourvu de toute trace d'humour :

— Qu'elle crève. Cela ferait du bien à tout le monde.

Un silence tendu s'ensuivit, tandis qu'ils se demandaient tous si elle allait prendre la défense de sa sœur. Ivy commençait à comprendre que la paix entre Ælmesse et le Netelchester était pour le moins instable. Le petit serpent de la culpabilité se tortilla dans son ventre.

— Voyons, lança-t-elle avec un sourire grand et faux. Vous n'êtes pas sérieux, n'est-ce pas ?

Guthmer hésita un instant.

— Non, bien sûr, répondit-il sur le ton de l'humour.

Une vague de rire forcé déferla sur la tablée. Ivy vida sa coupe d'hydromel. Elle avait très chaud, tout à coup.

Nyll, le prêcheur, profita de l'occasion pour prendre la parole :

— C'est une païenne. Ælmesse déborde de païens. À moins qu'ils se convertissent au trimartyr, nous ne devrions pas être leurs alliés.

— S'ils se convertissaient, Bluebell ne pourrait pas régner, fit remarquer Wengest avec un geste dédaigneux de la main. Cela n'arrivera jamais. Ils ne se convertiront pas. Nous devons nous faire à cette idée. Et puis, n'oubliez pas que Bluebell est la sœur de mon épouse. Nous ne devrions plus médire sur elle. Surtout pas en présence d'Ivy.

Il lui lança un regard en coin, hocha la tête et se remit à manger.

Ivy recula son tabouret. Elle était mal à l'aise et avait l'impression d'en avoir trop dit.

— Je suis très fatiguée. Je vous souhaite une bonne nuit.

— Permettez-moi de vous raccompagner jusqu'à votre longère, dit Wengest en se levant précipitamment.

Puis il adressa un hochement de tête sérieux à Guthmer.

Curieuse, Ivy le laissa la prendre par le bras et l'accompagner à l'extérieur. La nuit était douce qui sentait les fleurs et la rosée. Derrière une haute haie d'aubépine se dressait une petite chapelle en pierre aux volets de bois fraîchement peints et à la façade festonnée de lierre. Il y eut un bruissement dans la haie, comme un oiseau ou un petit mammifère fuyait le bruit de leurs pas. Quand ils se furent éloignés un peu, Wengest lui dit :

— Ne faites pas attention à Guthmer. La sagesse ne l'étouffe pas.

— Je ne fais pas attention à lui.

Il se racla la gorge, sembla éprouver des difficultés à trouver ses mots.

— Ne croyez surtout pas que je voue une haine similaire au royaume de votre père.

Ivy comprit que Wengest craignait qu'elle raconte à Bluebell tout ce qu'elle avait entendu à table. Elle faillit éclater de rire de soulagement. Elle ne s'était donc pas mise dans le pétrin.

— Calmez-vous, Wengest, je ne dirai rien à ma sœur.

Il hocha la tête et eut un sourire pincé.

— Nos royaumes se sont fait la guerre pendant trop longtemps. Mon grand-père a été tué par le vôtre. Le traité de paix a sauvé de nombreuses vies. Je ne regrette rien. Et sûrement pas d'avoir épousé Rose.

Ivy détecta une affection non feinte dans sa voix et, pour une raison mystérieuse, cela la rendit triste. Durant toute la soirée, elle s'était imaginé que Wengest ne pensait qu'à elle. Elle s'ébouriffa les cheveux et eut un sourire éclatant.

— Évidemment, dit-elle. Elle est tellement belle.

— Tout comme sa sœur, répondit-il.

Son regard glissa jusqu'à sa bouche, où il s'attarda un peu trop longtemps.

— Bonne nuit, Ivy.

— Bonne nuit, Wengest.

Elle le regarda s'éloigner avant d'ouvrir la porte de sa longère. Elle repensa à ce que lui avait dit la nounou : « *S'ils ne satisfont pas leur désir, les hommes deviennent fous.* » Elle entreprit de dégrafer ses habits et se surprit à retourner dans tous les sens cette idée chaude et prometteuse.

Ivy se réveilla en se demandant pourquoi elle se sentait si reposée. Ah. Rowan n'était pas dans son lit. Elle avait dû se lever tôt pour aller retrouver sa nounou. Ivy s'étira comme un chat. Le volet était entrouvert, laissant entrer un rai de lumière qui réchauffait son lit. Elle défit le lacet de sa chemise, qu'elle écarta pour laisser le soleil réchauffer ses seins nus. Elle ferma les yeux, goûtant la délicieuse chaleur, la décadence. Elle somnola ainsi pendant quelque temps, mais alors son ventre gargouilla, lui signifiant qu'il était l'heure de se lever. Un pied dans la paille. Puis l'autre. Elle laça sa chemise et tendit la main pour attraper la robe de la veille.

Non. Rose devait avoir nombre de belles robes. Elle était reine, et toutes les deux avaient sensiblement la même taille et la même silhouette. Ivy s'avança jusqu'au coffre, dont elle souleva le couvercle. Elle en sortit quelques robes, qu'elle étala sur le lit. Il y avait autre chose dans ce coffre, des objets. Une statuette en pierre, une boîte en bois contenant des perles, un miroir à main en bronze. Ivy sortit tous ces objets et les posa sur le sol pour les regarder de plus près. Rose possédait tellement de beaux objets. C'était injuste. Elle avait tant de bijoux. Des bagues, des broches, des bracelets, des colliers. Des étoffes ramenées de très loin, d'endroits exotiques – des étoffes que Rose ne s'était même pas donné la peine de confier à des couturières pour qu'elles lui en fassent des robes. Ivy était jalouse. Elle frotta sa joue contre un morceau de tissu. Quelle douceur. Dans le fond du coffre, elle trouva une minuscule boîte sculptée. Elle essaya de l'ouvrir, mais elle était fermée à clé. Si loin dans les profondeurs de son coffre, Rose devait avoir caché les objets qu'elle chérissait le plus, peut-être ceux que lui avait offerts Heath. Car un amant, cela faisait des cadeaux, non ? Des rubans colorés ou des pierres polies. Des babioles sans aucune valeur pour ceux qui ignoraient qu'elles avaient été offertes avec amour. Ivy était folle de curiosité ; elle voulait tellement savoir ce que renfermait cette boîte. Elle s'assit sur le lit, prit son couteau et tenta de forcer la serrure. En vain.

Elle était frustrée. Persuadée de manquer quelque chose de très important. Jetant un regard circulaire sur la chambre, elle aperçut une pierre avec laquelle Rowan s'était amusée la veille. Ivy la soupesa dans sa main droite. Puis elle visa et – « crac ! » La serrure céda. Ivy sourit et souleva le couvercle.

Juste au moment où la porte s'ouvrait pour laisser entrer la nounou.

Ivy comprit aussitôt que ce n'était pas très bon pour elle. Les affaires de Rose éparpillées partout, la serrure cassée par terre, ses doigts fourrés dans la boîte – qui, quelle déception, ne contenait que des clés.

— Que faites-vous ? demanda la nounou.

— Rien, répondit Ivy, consciente que c'était une chose ridicule à dire.

La nounou traversa la pièce à grandes enjambées et lui prit la boîte des mains.

— Vous ne devez pas toucher à ça.

— Je voulais simplement regarder, se défendit Ivy, qui se sentait soudain toute petite et honteuse.

— Ce sont les affaires de votre sœur. Vous n'avez pas le droit d'y toucher.

Ivy s'empourpra, embarrassée. Comment la nounou osait-elle lui parler sur ce ton ? Ignorait-elle que le père d'Ivy était l'homme le plus puissant d'Ælmesse ? Ivy se leva et se redressa.

— Ce sont les affaires de ma sœur, qui m'a demandé de venir ici à sa place. En revanche, elle ne m'a pas dit que je devais vous obéir. N'oubliez pas que vous êtes sa servante et donc la mienne aussi.

La nounou lui lança un furtif regard noir avant de baisser les yeux.

— Rowan vous demande. Voudriez-vous venir jouer avec elle dans le château ?

— Je m'habille et j'arrive, répondit Ivy, heureuse d'avoir gagné la bataille. Maintenant, laissez-moi.

La nounou s'en fut sans prononcer un mot de plus.

Ivy n'avait pas eu un moment à elle de toute la journée. La nounou était partie rendre visite à sa sœur, aussi s'était-elle occupée de Rowan toute seule. Quelle corvée ! La petite était tellement exigeante. Il fallait jouer avec elle, l'écouter geindre continuellement parce qu'elle avait faim et supporter ses caprices innombrables. Sans compter qu'il lui arrivait de s'oublier et de se faire pipi dessus – ou de faire pipi sur les chaussures d'Ivy. À la fin de cette journée, Ivy était d'ailleurs certaine d'une chose : jamais elle n'aurait d'enfant. Elle aurait préféré s'arracher elle-même les deux yeux plutôt que de subir cette torture quotidiennement.

Profitant du fait que la petite était occupée à regarder le cuisinier préparer une biche pour la rôtir, Ivy s'était éclipsée discrètement. Elle se rendit dans le jardin de la chapelle, où elle respira profondément l'atmosphère de cette fin d'après-midi chargée de parfums de fleurs. Elle s'assit dans l'herbe, replia les genoux contre sa poitrine et posa le front dessus. Inspirer, expirer. Le brouhaha du château lui semblait bien lointain. Une brise légère soufflait, qui remuait les branches des arbres et lui rafraîchissait les joues.

— Ivy ?

Elle releva la tête. Wengest se tenait à l'entrée du jardin et lui souriait.

— Salut, répondit-elle en lui rendant son sourire.

— Vous avez perdu Rowan ?

— J'ai fait en sorte de la perdre, avoua-t-elle. Désolée.

Il rit et la rejoignit.

— Rose a ce même air las quand la nounou n'est pas là. Puis-je me joindre à vous ?

— Bien sûr.

Il s'assit dans l'herbe à côté d'elle. Elle le vit regarder furtivement et sournoisement sa poitrine comprimée par sa robe – il est vrai qu'elle avait des seins magnifiques. Will Dartwood le lui avait dit, et nombreux étaient les hommes à s'être extasiés devant eux au fil des derniers mois. Elle changea de position, se penchant en arrière pour faire l'étalage de sa poitrine.

Toutefois, Wengest semblait abîmé dans la contemplation du ciel. Ivy suivit son regard. Délibérément, ils faisaient tous les deux en sorte de ne pas se voir – Ivy connaissait ce jeu par cœur. Une chaleur ronflante était en train d'enfler entre eux. Ivy trouvait cela terriblement amusant ; elle faillit même en rire. Wengest avait envie d'elle. Vraiment. Alors même qu'elle était sa belle-sœur. Il n'y avait pas assez de place, dans le cœur d'Ivy, pour abriter la fierté vaine que cette idée lui inspirait.

— S'il n'y avait qu'un coucher de soleil par an, les gens se donneraient la peine de sortir pour l'admirer, mais comme il y en a un par jour, ils s'en fichent, dit Wengest.

Voilà qu'il essayait de l'impressionner avec ses observations. S'il était roi, il n'était pas tellement différent des autres jeunes hommes qu'elle avait fréquentés. Elle baissa la tête et le regarda par-dessous ses longs cils.

— C'est très beau. Je pourrais passer mon temps à regarder quelque chose de si beau.

Il lui sourit, réagissant à son flirt.

— Quand je vous ai vue, tout à l'heure, le front posé sur les genoux, j'ai cru que vous pleuriez. Mais je n'arrive pas à vous imaginer en train de pleurer. Vous êtes toujours si joyeuse.

— Oui, je suis heureuse, Wengest, mais je réfléchissais, expliqua-t-elle en fronçant les sourcils – joliment, pensait-elle. Oui, des idées me trottent dans la tête.

Un silence. Puis elle reprit à voix basse :

— Vous voulez connaître ces idées, Wengest ?

— Dites-moi tout, répondit-il en lui faisant face.

Son rythme cardiaque s'accéléra comme il le faisait chaque fois qu'elle venait de franchir la première ligne de défense d'un homme.

— En fait, je pensais à vous, lâcha-t-elle dans un souffle chaud.

Sentant les premières morsures du feu, il baissa les yeux et secoua la tête.

— Et pourquoi pensiez-vous à moi, Ivy ?

Doucement, Ivy, ne va pas trop loin.

— Parce que vous êtes gracieux, gentil et séduisant. Ma sœur a beaucoup de chance de vous avoir pour époux. Si j'étais elle, en tout cas, je m'estimerais très chanceuse. Et je ferais *tout* pour vous satisfaire.

Wengest lui lança un nouveau regard furtif, et elle lut du désir dans ses yeux. Cependant, sa raison eut le dernier mot et il ne dit rien.

Ivy était sur le point de tester encore sa résistance lorsqu'un cri gâcha le calme de ce début de soirée. Rowan arriva en courant et se jeta sur son père.

— Aaaaah ! cria-t-elle en tenant une assiette en bois dans une main et un bâton dans l'autre.

Wengest rit et la prit par la taille.

— Doucement, doucement, soldat !

— Je ne suis pas un soldat, je suis une reine guerrière ! Comme Bluebell !

Wengest cessa immédiatement de rire.

— Ah, je vois. Les reines guerrières ont souvent du mal à se faire des amis, et elles ne se marient presque jamais. Tu ferais peut-être mieux de jouer avec tes poupées. Allez, file, ajouta-t-il en lui caressant vigoureusement la tête. Ivy va te ramener à la cuisine.

Ivy contint un soupir et se leva pour prendre Rowan par la main. En s'éloignant, elle regarda par-dessus son épaule et vit que Wengest les suivait des yeux. Reconnaissant une lueur particulière dans son regard, elle roula un peu plus les hanches. Sighere l'avait qualifiée de plaie, Heath avait prétendu qu'elle n'était pas encore une femme. Ni l'un ni l'autre n'était roi. Au contraire de Wengest, qui avait envie d'elle. Elle le savait.

Après cela, Ivy ne vit pas Wengest pendant deux jours, au point qu'elle se demanda s'il ne faisait pas exprès de l'éviter. Culbuter une servante était une chose, mais grimper sa belle-sœur en était une autre. Peut-être préférait-il ne pas la voir plutôt que d'avoir à combattre sa conscience. Elle essaya de ne pas y penser, de s'occuper de Rowan, mais moins elle le voyait, plus elle était convaincue qu'il finirait dans son lit. Allongée sans dormir, ces deux nuits-là, elle l'imagina glissant sa main sous sa chemise pour lui caresser les seins, sa langue trouvant le chemin de sa bouche. Tandis que Rowan dormait à côté d'elle sans se douter de rien, Ivy frissonnait des orteils au sommet de la tête.

La troisième nuit, très tard, alors qu'elle aurait dû être en train de dormir, elle ouvrit la porte de sa longère pour regarder celle de Wengest, située juste en face. Sous les volets scintillait une source de lumière. Il était réveillé. Comment l'accueillerait-il ? Mal, sans doute. S'il l'évitait, c'était pour une bonne raison. Elle eut envie de taper du pied de frustration. Pourquoi n'avait-elle pas, à la place de Rose, eu la chance d'épouser le roi du Netelchester ? Elle était trop jeune, à l'époque, évidemment, mais à présent, elle était en âge de se marier. La reine Ivy. Cela sonnait tellement bien.

Des bruits de pas attirèrent son attention. Une servante venait de sortir de la cuisine et arrivait dans sa direction. Ivy sursauta, voulut se cacher, puis changea d'avis.

Elle sortit et héla la fille en agitant la main. De peur et d'excitation, son cœur battait la chamade.

— Princesse Ivy ?

— Je suppose que vous vous apprêtez à rejoindre le roi ? que vous allez coucher avec lui ?

— Euh…, commença la fille en déglutissant. Non, je… Enfin…

— Partez. Il est marié avec ma sœur, et il est hors de question que je laisse une moins que rien telle que vous souiller la réputation de mon beau-frère. Partez ou je dirai tout à Rose, qui se fera un plaisir de vous chasser, votre famille et vous, de Folcenham.

La fille plaqua une main sur sa bouche, ravala un sanglot et partit en courant. Lorsqu'elle eut disparu, Ivy se tourna vers la longère de Wengest et se dirigea d'un pas déterminé vers la porte.

— Edlyn ? entendit-elle appeler comme elle la poussait.

Il s'était donc donné la peine d'apprendre le prénom de la servante. Il remontait un peu dans son estime.

— Monseigneur, répondit-elle en entrant dans la maison et en refermant la porte dans son dos.

La longère du roi était richement décorée de tapisseries et de peaux de bêtes, éclairée par deux grandes bougies qui émettaient une fumée grasse. La lumière se reflétait sur des coupes en or et des ornements fixés aux murs ou posés sur la table et le vaisselier. Dans l'âtre, rougeoyaient doucement des morceaux de charbon. Au milieu de tout cela était assis sur son lit un Wengest vêtu de sa seule chemise, l'air surpris.

— Je l'ai renvoyée, ajouta Ivy comme si cela expliquait tout.

— Vous ne direz rien à Rose ?

Ivy réprima un éclat de rire. Il s'inquiétait de ce que son infidélité avait été découverte. Elle secoua la tête.

— Je ne suis pas venue ici pour vous espionner. Je suis venue vous donner ce dont vous avez besoin.

Elle défit le lacet de sa chemise et la fit glisser de ses épaules, dénudant sa poitrine.

— Non, non, non, Ivy, dit-il en ramenant sa couverture sur lui. Vous ne comprenez pas.

— Alors aidez-moi à comprendre, rétorqua-t-elle, sachant qu'elle était magnifique dans la lumière tamisée.

— Je ne... Je ne ferais... Edlyn et moi, nous ne... Je ne peux prendre le risque d'engendrer un bâtard. Vous comprenez ?

Elle ne comprenait pas, justement.

— Mais alors...

— Elle me donne du plaisir. Quand Rose n'est pas là. Je suis un homme, je suis plein de désir, mais elle… (Il indiqua son entrejambe.) Vous comprenez… ?

Ivy était rassurée, car elle se trouvait en terrain connu. « *Vous comprenez… ?* » Bien sûr qu'elle comprenait.

Elle tomba à genoux devant son lit.

— Dans ce cas, laissez-moi vous donner du plaisir. J'en meurs d'envie.

— Mais vous êtes la sœur de Rose.

— Rose n'est pas là, moi si.

Elle grimpa sur le lit et colla ses seins contre son visage. Un instant plus tard, il lui effleurait les tétons du dos de la main.

— Oh oui, vous savez que vous en avez envie.

Elle se coucha sur lui, agrippa sa chemise et la souleva, révélant d'abord des cuisses blanches et puissantes, puis un sexe plus grand que tous ceux qu'elle avait vus jusque-là. Rouge, entouré de poils drus, il avait l'air furieux. Elle faillit s'évanouir de désir.

— Ivy, dit-il en signe de protestation mais aussi de soumission, tandis qu'elle le prenait dans sa bouche.

À sa grande surprise, il se pencha pour souffler les bougies – William, lui, voulait toujours regarder. Wengest grogna comme un animal, l'emplissant d'un intense sentiment de fierté et de vanité. Le deuxième homme le plus puissant du Thyrsland déversant sa semence dans sa bouche. Cela faisait presque d'elle la femme la plus puissante de l'île, et ce, sans avoir eu besoin de soulever la moindre épée.

Pas une véritable épée, en tout cas.

Après, elle se blottit contre lui, et il parut heureux de pouvoir lui caresser les cheveux et lui embrasser la joue – mais il se donna du mal pour ne jamais toucher ses lèvres.

Alors qu'elle sombrait lentement dans le sommeil, il parla après un long silence :

— Ivy, vous ne devrez jamais, jamais parler de ça à Rose.

Elle se redressa et s'assit. Ses yeux s'étant habitués à l'obscurité, elle distinguait son visage en nuances de gris. Ses sourcils sombres étaient froncés. Il avait l'air tellement sérieux qu'elle en conçut de la peur.

— Bien sûr. Bien sûr, Wengest.

Il se plaqua les deux mains sur le visage et poussa un soupir si profond qu'Ivy n'en crut pas ses oreilles.

— Qu'ai-je donc fait ?

— Rien. Vous n'avez rien fait de mal, le rassura-t-elle en lui caressant le bras. Nous nous sommes amusés un peu, c'est tout.

— Vous êtes la sœur de Rose.

— Ce n'est rien.

— J'aime ma femme, Ivy.

— Je sais, je sais, dit-elle malgré la jalousie qui l'animait. Mais elle est absente, et je ne dirai rien.

Il soupira de nouveau, et Ivy commença à s'impatienter. À en croire la nounou, le roi n'en était pas à son coup d'essai. Et ce n'était pas comme si Rose était folle amoureuse de lui.

— Écoutez, je vais vous raconter quelque chose d'amusant qui, j'en suis sûre, vous aidera à vous sentir mieux.

Il se découvrit le visage et la fixa du regard.

— Je vous écoute.

Elle sourit, certaine de faire exactement ce qu'il fallait.

— Rose a un amant, elle aussi !

Elle gloussa, attendant que Wengest rie de concert avec elle. De soulagement. Quelle plaisanterie, tout de même ! Ils prenaient tous les deux leur plaisir en dehors de leur mariage, mais ils se sentaient coupables, se cachaient.

Un silence absolu succéda à son rire, glaçant rapidement son sang dans ses veines.

— Elle a un amant ?

— Oui, confirma Ivy. Enfin, je crois. Je veux dire…

— Qui est-ce ? demanda-t-il en se levant.

Subitement effrayée, Ivy était circonspecte.

— Je ne sais pas comment il s'appelle. Je ne le connais pas. Je ne sais rien, en réalité.

— Dans ce cas, pourquoi dites-vous qu'elle a un amant ?

— Je les ai vus ensemble, répondit-elle en sentant son pouls battre dans sa gorge.

— Vous les avez vus…, répéta-t-il avant que sa voix se tarisse. Par Maava et ses anges, depuis combien de temps cela dure-t-il ? Rowan est-elle vraiment ma fille ? se demanda-t-il en se passant la main dans les cheveux.

— Bien sûr qu'elle est votre fille, intervint précipitamment Ivy, pressée de réparer sa bêtise, comprenant qu'il ne s'agissait pas du tout d'une blague. Elle vous ressemble tellement. Et je suis sûre que ça n'est arrivé qu'une fois.

— Partez, lui ordonna Wengest en la repoussant doucement. Oubliez ce qui s'est passé cette nuit.

— Seulement si vous oubliez ce que je vous ai dit.

— Partez, répéta-t-il en secouant la tête. Vous êtes beaucoup trop jeune pour comprendre ce que vous faites.

Ivy laça ses vêtements et lança un dernier regard désespéré à Wengest, sur le lit.

— Elle vous aime. Vous ne devriez pas…

— J'ai dit *partez*.

Ivy se mordit fortement la lèvre pour ne pas éclater en sanglots. La porte claqua derrière elle, et elle se retrouva dans la nuit froide à se demander ce qu'elle avait fait.

Chapitre 22

— Range ton épée, Bluebell, dit Ash en posant la main sur l'avant-bras de fer de sa sœur.

Dans leur chambre froide et sombre, l'homme frêle était silencieux et inébranlable.

— Non. Pas tant qu'il ne nous aura pas dit qui il est et pourquoi il nous suit.

Rose était d'accord.

— Nous ignorons tout de lui, Ash. Laisse Bluebell s'occuper de ça.

Sauf qu'Ash n'ignorait pas *tout* de lui. Elle savait qu'il ne leur voulait pas de mal ; elle savait qu'il était important pour elle ; elle savait qu'il commençait à s'impatienter du comportement de Bluebell.

— Je ne parlerai pas tant que l'arme ne sera pas rangée dans son fourreau, dit-il d'une voix douce que contredisait l'acier de son œil valide.

— Je ne lâcherai pas Widowsmith tant que vous n'aurez pas parlé, contra Bluebell. Parlez, pourriture ! Pourquoi nous suivez-vous ?

Les lèvres de l'homme se scellèrent comme celles d'un enfant qui refusait de parler. Cela donna envie de rire à Ash, mais Bluebell l'agaçait tellement que les coins de sa bouche ne parvenaient même pas à se soulever.

— Je t'en prie, ma sœur, fais-moi confiance. Il ne nous fera aucun mal, je le sens.

— Et moi, je sens le contraire, rétorqua Bluebell en se tournant vers elle.

Un frisson glacé parcourut le corps d'Ash, puis disparut sans lui laisser le temps d'en identifier la nature.

— Laisse-le. Aie confiance en moi.

Bluebell hésita. Ash étudia l'homme avec plus d'attention. Il avait dix ou quinze ans de plus qu'elle, était rasé de près, avait de petites mains pâles et les cheveux fins sur les tempes. Son œil aveugle était tourné en permanence vers la droite. S'il avait peur de Bluebell, il ne le montrait pas.

— Je t'en prie, répéta Ash en caressant le bras de sa sœur. S'il te plaît.

À contrecœur, Bluebell rangea son arme et se rassit. Ash vit les épaules de l'homme se détendre un peu. Il avait donc eu peur.

— Comment vous appelez-vous ? intervint Rose.

— Unweder, répondit-il, confirmant la prémonition d'Ash.

— Je suis Ash, dit-elle. Et voici mes sœurs, Rose et Bluebell.

Il leur adressa un hochement de tête et se retourna aussitôt vers Ash. Il ne dit rien de plus, mais Ash sentait qu'il était disposé à répondre à ses questions. À condition qu'elles soient bonnes.

— Vous nous suiviez ? commença-t-elle.

— Je *vous* suivais, la corrigea-t-il, et une pointe brûlante transperça le cœur de la jeune femme.

— Pourquoi ?

— Parce que vous avez attisé ma curiosité.

— Comment cela ?

Il haussa un sourcil, et Ash se demanda s'il connaissait son Devenir, comme Yldra.

— Ce qui m'étonne, c'est que vous ne sachiez pas ce que vous êtes, assena-t-il.

— Que suis-je ?

— Une sous-magicienne.

Rose et Bluebell échangèrent un regard.

— Non, je suis conseillère en foi commune, contra-t-elle en montrant le revers de sa cape verte pour illustrer son propos.

— Dans ce cas, vous êtes passée outre les désirs de la Grande Mère, car, je puis vous l'assurer, vous êtes née pour la sous-magie.

Le cœur d'Ash battait à tout rompre dans sa cage thoracique. Les mots de l'homme lui faisaient l'effet d'une pluie diluvienne sur un sol parcheminé ; elle les absorbait, mais risquait d'être rapidement inondée. C'était la vérité, évidemment, et pourtant, elle s'était voilé la face pendant si longtemps. Toutes ces années passées à Thriddastowe, à faire semblant d'être moins compétente que les anciens, alors qu'un feu brûlait en elle qui aurait pu réduire en cendres la salle de classe. Les paroles d'Unweder étaient à la fois libératrices et terrifiantes.

— Je ne sais rien de la sous-magie, se défendit Ash.

— Vous avez besoin d'un bon professeur, c'est tout.

— Il suffit, l'interrompit Bluebell, qui n'en pouvait plus de ces absurdités. Prouvez-moi que vous ne voulez aucun mal à ma sœur.

Il écarta les bras. Une de ses mains s'agitait sans but, comme si elle était contrôlée par un marionnettiste peu appliqué.

— Je ne peux rien prouver.

— Vous essayiez de vous introduire dans notre chambre – pourquoi ?

— J'ai frappé, mais personne ne m'a répondu. J'ai eu peur qu'il lui soit arrivé quelque chose.

— Je ne vous ai pas entendu frapper.

— Bluebell, intervint de nouveau Rose. Nous dormions.

— Je l'aurais entendu, contra Bluebell. Je ne dors que d'un œil.

— Je le crois, dit Ash. Nous étions fatiguées. Nous n'avions pas dormi depuis deux jours.

Bluebell lâcha un grognement agacé, mais Ash voyait bien qu'elle commençait à se radoucir. Unweder était trop petit et faible, borgne et handicapé pour représenter une menace physique sérieuse.

— Unweder, reprit Ash. Nous sommes à la recherche d'une sous-magicienne nommée Yldra. Avez-vous entendu parler d'elle ?

— Oui. Je peux vous conduire jusqu'à cette femme. Elle vit loin de l'endroit où j'habite, dans le Nord. Je vous propose de m'accompagner d'abord chez moi. Nous pourrions parler un peu de sous-magie avant que vous repreniez la route.

Ash se tourna vers Bluebell, qui haussa les épaules.

— Je suppose que tu feras ce que bon te semble…

— Rose ? demanda Ash.

— S'il connaît le chemin, pourquoi pas ?

— Nous vous serions reconnaissantes de vous joindre à nous, dit enfin Ash à Unweder.

Il hocha la tête, et Ash sentit qu'il dissimulait un sourire satisfait.

— Très bien. Nous allons voyager ensemble, dans ce cas.

Rose dormit d'un sommeil léger, déterminée qu'elle était à se lever avant l'aube afin de voir Rowan dans la boucle en bronze que lui avait donné la vieille femme. Elle se réveilla à plusieurs reprises, puis finit par sortir dans la nuit pour attendre dehors, passant devant la chambre voisine, où était installé ce mystérieux Unweder. Elle s'assit derrière l'auberge sur un long banc en bois. La fraîcheur matinale lui picotait les joues, et elle se recroquevilla sous l'effet du vent qui se faufilait dans l'allée séparant l'établissement de la bâtisse voisine. Des nuages obstruaient l'horizon, mais comme ils rougeoyaient, elle savait que le soleil était sur le point de se lever. Elle détacha de sa ceinture son cercle de voyance et le leva devant son visage. Le bloc de glace avait commencé à fondre. Sous les yeux de Rose, il se changea en eau et resta suspendu dans le vide. Soudain, la surface de l'eau miroita, et une image se forma, toute petite, quoique parfaitement claire.

Rowan dans son lit. Elle dormait, le visage encadré par un soleil de cheveux noirs. Ivy était pelotonnée tout contre elle. Rose étudia le visage endormi de sa fille pendant de longues minutes, ses joues blanches, ses longs cils. À mesure que le soleil se levait, cependant, l'eau se solidifiait. Quelques instants plus tard, elle était redevenue glace et froide au toucher.

Rose ravala sa déception. Non, ce n'était pas de la déception. Simplement la conscience de n'être pas au comble de la joie. Elle avait attendu ce moment avec impatience depuis que la vieille femme lui avait offert l'objet magique. La douleur de n'être pas auprès de Rowan s'était intensifiée de jour en jour. Toutefois, le fait de voir son enfant ne palliait pas l'absence de sa chaleur, de son corps incroyablement léger dans ses bras, de l'odeur sucrée-salée de sa peau.

Au moins Rowan était-elle en sécurité – cela ne faisait aucun doute. Bluebell avait confié à son meilleur soldat la tâche de la ramener saine et sauve à Folcenham. À présent que la petite était à la maison, elle était sûrement choyée comme il se devait. Si Ivy n'était pas particulièrement patiente, sa nounou serait là. De même que Wengest, qui l'aimait follement. Rowan était une fillette heureuse et gâtée, et Rose la reverrait d'ici quelques courtes semaines. Dans ce cas, pourquoi avait-elle choisi de fixer le cercle sur sa fille plutôt que sur Heath ? Ils avaient attendu trois ans avant de se revoir, et ils attendraient peut-être encore trois ans – ou plus – avant de se recroiser. Le voir chaque matin dans son lit, à la caserne, lui aurait été d'un réconfort certain.

Elle s'adossa lourdement contre le mur de l'auberge. Ce n'était pas juste. Elle voulait simplement savoir si les gens qu'elle aimait le plus au monde et dont elle était destinée à être séparée étaient heureux et en bonne santé ; était-ce trop demander ?

Bluebell ne lâchait pas Unweder du regard. Elle faisait en sorte qu'il ait toujours une avance d'une dizaine de mètres sur elles – en tout cas cinq ou six mètres d'avance sur Ash – et fixait ses épaules frêles des yeux. C'était leur deuxième matinée en compagnie du sous-magicien. L'eau froide dans ses entrailles lui disait de ne pas avoir confiance en lui, mais Ash semblait déterminée à le garder auprès d'elle. Bluebell ne comprenait vraiment pas pourquoi. Sa sœur n'avait jamais manifesté un quelconque intérêt pour les hommes. Elle trouvait même inquiétant qu'un type tel que lui, borgne et aux doigts si fins, ait réussi à attirer son attention. Se pouvait-il qu'il lui ait jeté un sort ? Le cas échéant, qu'est-ce qui l'empêcherait de lui jeter un sort à elle aussi ? L'expérience qu'elles avaient vécue dans la forêt, avec cette sorcière capable de créer un gigantesque mur de terre à partir de rien, avait terrifié Bluebell. Plus que tout, elle aimait être capable de reconnaître ses ennemis, de les voir approcher.

Elle fixa son regard noir sur le dos d'Unweder.

Elle ne le lâcherait pas des yeux.

— Les chiennes sont loin derrière, lui dit soudain Rose en apparaissant à côté d'elle.

— Elles nous rattraperont toujours.

Rose hocha la tête et regarda une nouvelle fois par-dessus son épaule. Bluebell sentait qu'elle ne s'inquiétait pas uniquement à cause des chiennes.

— Qu'est-ce qu'il y a ?

— Rien.

— Très bien.

Pendant quelque temps, elles chevauchèrent en silence sur la route large bordée d'herbes hautes.

— Rowan n'était pas dans le cercle, ce matin, finit par reprendre Rose.

Ah, c'était donc cela.

— Peut-être la magie ne fonctionne-t-elle plus.

— Non, elle fonctionne. J'ai vu son lit, mais il était vide.

— Elle s'est réveillée plus tôt que d'habitude.

— Rowan n'a jamais été une lève-tôt.

Bluebell l'observa furtivement. Ses yeux la trahissaient ; elle paniquait.

— Tu vois, c'est pour ça que je ne voulais pas que tu acceptes ce truc…

— Tu ne m'as jamais dit de ne pas l'accepter.

— J'ai voulu le faire, mais tu n'es pas du genre à écouter.

Rose fronça les sourcils.

— Rowan ira très bien. Elle a sa nounou, qui s'occupe toujours bien d'elle. Elle a son père, qui l'adore. Elle a sa tante, qui… (Bluebell s'efforça de trouver quelque chose de positif à dire à propos d'Ivy.) … qui est sa tante…

Rose poussa un soupir et s'abîma dans la contemplation de l'étendue herbeuse.

— Comme j'aimerais ne pas être si loin d'elle.

— Tu as demandé à Ash ?

— Elle ne voit ni ne sent rien.

— Alors cesse de t'inquiéter.

— Elle dit elle-même qu'elle ne contrôle pas du tout ce qu'elle voit. Et puis, poursuivit Rose subitement abattue, j'ai l'impression qu'elle me cache quelque chose.

— Rosie, commença Bluebell dans un sourire. Ne crée pas des problèmes là où il n'y en a pas. Écoute-moi. Peut-être que Rowan a été réveillée plus tôt que d'habitude par un bruit, à l'extérieur. Peut-être qu'un des canards de la nounou s'est échappé et caquetait derrière la porte. Peut-être qu'elle est sortie de bon matin pour le chasser. (Comme les épaules de Rose semblaient se détendre un peu, elle poursuivit.) Mais c'est vrai qu'elle risque de courir pieds nus dans l'herbe mouillée de rosée.

— Merci, Bluebell, dit Rose avec un faible sourire. Je me sens un peu mieux.

— Qu'est-ce que tu penses de cet Unweder ?

— Il est petit et laid, tu ne trouves pas ?

— Son apparence ne m'intéresse pas. Ce qui m'embête, c'est qu'il semble avoir une emprise sur Ash.

Rose fixa du regard le dos de l'homme, puis observa Ash.

— Ash ne prend pas de mauvaises décisions. Jamais.

Bluebell réfléchit à son affirmation pendant quelques secondes. Ce n'était pas tout à fait faux.

— Il est peu probable qu'il tente quelque chose contre nous tant que tu seras là, Bluebell. Il n'oserait pas.

— Mon épée serait inutile contre sa magie.

— La magie n'est pas toujours mauvaise.

— Je garderai quand même un œil sur lui, conclut Bluebell dans un hochement de tête. Quant à toi, reste avec Ash. Détourne-la un peu de lui. Sois une bonne sœur et occupe-la avec des sujets de filles idiots à souhait.

— Ça te ferait plaisir ?

— Oui.

— Dans ce cas, on peut dire que nous nous sommes rendu mutuellement service, ce matin, dit Rose en souriant.

Rose donna un léger coup de talon à son cheval pour le faire accélérer. Bluebell resta en arrière, fermant la marche et ne lâchant pas des yeux le dos d'Unweder.

Ash fut réveillée par une bruine légère. Au début, elle tenta de se rendormir, fermant les paupières avec vigueur. La pluie cessa pendant quelques minutes avant de s'intensifier. Elle s'assit pour chercher sa moleskine dans ses affaires.

C'est alors qu'elle remarqua qu'Unweder, allongé sur le flanc et parfaitement immobile, avait les yeux ouverts et la regardait.

Elle plissa le front. Au début, elle crut qu'elle avait mal vu, qu'il regardait ailleurs. Mais alors, il cligna lentement des yeux, et elle comprit qu'il l'observait avec attention. Le feu était presque éteint, et les braises baignaient son visage d'une lumière ambrée. Impossible de parler sans risquer de réveiller ses sœurs, qui dormaient sous leur toile imperméable. Elle préféra se rallonger. L'œil valide de l'homme était rivé sur elle. Son intérêt n'était pas sexuel. On ne pouvait même pas parler de curiosité. Il la regardait, tout simplement, en clignant lentement des yeux.

Elle n'avait pas peur de lui et savait qu'il ne la craignait pas non plus. Contrairement à Yldra.

Elle ferma les yeux et se demanda s'il la regarderait ainsi toute la nuit.

Rose n'arrivait pas à trouver le sommeil. Elle avait beau se répéter les paroles rassurantes de Bluebell, la graine du doute avait germé. Elle somnolait, se réveillait en sursaut, se demandait dans combien de temps le soleil se lèverait, somnolait de nouveau, sombrant dans des rêves agités, des cauchemars dans lesquels quelque chose avait été perdu et oublié, quelque chose d'aussi vital que le sang. Sur le chemin de la mer, les nuages déversaient sur eux une pluie légère, et, lorsqu'elle se réveilla juste avant l'aube, elle était toute collante d'humidité sous sa cape en moleskine. Elle s'assit et chercha le cercle accroché à sa ceinture.

Les rayons du soleil se figèrent un instant avant de se dérouler sur le monde, retenant leur souffle. Ou bien était-ce Rose, qui retenait son souffle.

Alors la glace fondit, l'eau miroita et le lit de Rowan apparut. Vide.

Une vague de terreur déferla sur elle, lui disloquant les articulations. Elle ne savait pas quoi faire de ses mains, soudain trop grandes pour son corps. Elle se releva tant bien que mal en lâchant, dans un souffle, le nom de Bluebell.

Celle-ci se redressa, ses yeux clairs ouverts, la main sur la poignée de son épée.

— Rowan n'est plus là.

Ash s'agita, tandis qu'Unweder continua à dormir.

— Peut-être que…, commença Bluebell.

— Non, Bluebell ! l'interrompit Rose, que sa peur rendait agressive. Deux matins d'affilée. Elle n'est plus là. Il est arrivé quelque chose. Il faut que je retourne à Folcenham.

Bluebell soupira, exaspérée.

Ash écarta sa couverture, se leva et entoura Rose de son bras.

— Je crois qu'elle devrait y aller, dit-elle.

— Que crains-tu, au juste ? s'enquit Bluebell. Elle est sous la protection de son père, ton époux, le roi du Netelchester. Nous ne sommes plus qu'à quelques jours d'Yldra, de… (Bluebell se tut et se passa la main dans les cheveux.) Très bien. Va. Pars. Retourne auprès de ton enfant.

Elle lança un regard noir à Ash, qui garda son air neutre. Rose rassemblait déjà ses affaires.

— J'espère que tu as raison, Bluebell. J'espère que c'est une histoire de canard un peu bruyant, mais si je reste et que demain matin elle n'est toujours pas dans son lit... J'aurai pris la mauvaise décision, et je serai encore plus loin d'elle.

La gorge de Rose se serra. *Je t'en prie, Grande Mère, protège mon bébé.* Elle avait subitement un besoin irrépressible de sentir le corps de Rowan – ses bras potelés, ses genoux robustes, ses joues tellement souples. Elle laissa échapper un grognement défait.

— Où est-elle... ?

Bluebell s'approcha d'elle et la prit dans ses bras. Rose s'affaissa contre le corps sec de sa sœur.

— Elle va bien, j'en suis sûre, tu verras, la rassura Bluebell.

Rose se redressa en retirant de sa bouche les cheveux de sa sœur.

— Merci, parvint-elle à dire.

Puis elle courut vers son cheval, vers sa fille.

Le soleil était proche de son zénith lorsque Ash demanda à faire une pause. Bluebell jeta un regard circulaire sur le paysage. De vastes champs rocailleux traversés par un ruisseau étroit coulant, froid et pressé, sur des pierres brunes et plates. Sur une colline proche, des marronniers dont les feuilles bruissaient au soleil. Elle scruta le bosquet quelques instants et, ne décelant aucun mouvement, stoppa Isern et mit pied à terre.

Bluebell promena, puis abreuva son cheval. Pendant qu'Ash et Unweder mangeaient, elle nourrit ses chiennes. Comme elle n'avait pas faim, Bluebell entreprit de brosser la crinière et la queue d'Isern, le but étant de donner l'impression d'être occupée alors que son objectif premier était de surveiller ses deux compagnons de route. Ils parlaient calmement du temps qu'il faisait, des chevaux. Bluebell voyait bien qu'ils auraient préféré aborder d'autres types de sujets, mais qu'ils n'osaient pas parce qu'elle était là.

— Je vais devoir vous laisser quelques instants, dit soudain Unweder.

Il se leva et prit la direction du bosquet, sur la colline.

Bluebell le regarda s'éloigner, puis se tourna vers sa sœur, occupée à refaire le lacet en cuir de sa chaussure droite.

— Où est-il parti ? demanda-t-elle.

Ash haussa les épaules.

Bluebell plissa les yeux et focalisa de nouveau son attention sur Unweder. L'homme disparut au milieu des arbres. Elle tapota le flanc d'Isern et siffla ses chiennes, qui n'en pouvaient plus de renifler des terriers de lapins. Puis elle partit à la recherche d'Unweder.

— Laisse-le tranquille, Bluebell !

Mais celle-ci n'écouta pas sa sœur.

À l'ombre du bosquet, la température était sensiblement plus fraîche – assez pour la faire frissonner. Elle ne le voyait pas, mais elle l'entendait fredonner, aussi suivit-elle le son de sa voix. Que manigançait-il pour avoir besoin de se cacher dans les arbres ? Avait-il l'intention de pratiquer une magie maléfique sur elles ? Elle porta la main à sa hanche, ses doigts effleurant à peine la poignée de son épée. Elle le repéra enfin ; immobile, il lui tournait le dos.

Elle fit signe aux chiennes de s'asseoir et rampa furtivement vers lui. De plus en plus soupçonneuse, elle l'écouta fredonner. Impossible de voir ses mains ; il devait être en train de jeter un sort. Au moment où elle s'apprêtait à l'agripper par l'épaule, il sentit sa présence et se retourna à moitié en sursautant.

Bluebell étouffa un gloussement. Il n'était pas question de sortilège, simplement de se vider la vessie.

— J'aurais dû demander la permission ? demanda-t-il avec un embarras impossible à dissimuler.

— Ne faites pas attention à moi. Ce n'est pas la première fois que je vois un homme pisser.

— Vous m'avez fait peur. J'en ai sur la chaussure, maintenant.

— Un peu de pisse sur votre chaussure ne nous ralentira pas, affirma-t-elle en croisant les bras. Je ne voulais pas vous effrayer, simplement voir ce que vous faisiez.

— Pourquoi ?

— Parce que je n'ai aucune confiance en vous.

Unweder haussa un sourcil et écarta les bras dans un geste d'impuissance. Son œil valide se fixa sur les siens, l'autre étant rivé sur un point distant et imaginaire.

— Ça m'est égal.

— Si vous vous en prenez à ma sœur, je vous découpe en morceaux.

— Je ne veux aucun mal à Ash. Elle possède un talent rare, et je veux l'aider. — Pourquoi ?

— Parce qu'elle a besoin de mon aide.

— Les sous-magiciens ne se comportent pas comme ça. Les sous-magiciens ne se soucient que d'eux-mêmes. Ils n'ont pas d'amis. Ils vivent aussi loin de leurs confrères que possible.

— Ce n'est pas toujours vrai.

— Beaucoup de gens pensent le contraire.

— Beaucoup de gens pensent que les femmes ne peuvent être ni guerrières ni rois. Faut-il pour autant les écouter ?

Elle ne répondit pas et choisit de lui lancer un regard noir pour voir s'il allait se tortiller de peur.

— Vous devriez interroger Ash à propos du rêve.

— Quel rêve ?

— Son rêve. Parlez-lui de son rêve. Et profitez-en pour lui demander pourquoi elle ne vous en a pas parlé.

— Ash me dit tout, rétorqua Bluebell en essayant de se rappeler si sa sœur avait mentionné un rêve récemment.

— Inutile de l'interroger, dans ce cas, dit Unweder en haussant une épaule et en lissant le devant de sa tunique. Nous devrions y aller. Il y a une auberge au bord de la route à environ deux heures d'ici. Nos destinations respectives ne sont plus très loin, désormais.

Il se faufila entre les arbres sous le regard de Bluebell, dont le ventre gargouillant trahissait le malaise. Ce type était insaisissable. Dans son monde à elle, Bluebell savait où se trouvaient les choses ; elles étaient soit immobiles, soit lentes. Unweder, en revanche, était comme une anguille serpentant entre les rochers. Et elle n'aimait pas cela. Elle appela ses chiennes et entreprit de redescendre de la colline.

Tard dans l'après-midi, profitant de ce qu'Unweder avait suffisamment d'avance pour ne pas pouvoir les entendre, Bluebell chevaucha à hauteur de sa sœur et lui dit :

— Unweder m'a conseillé de t'interroger au sujet du rêve.

— Il a fait ça ? s'étonna Ash en haussant les sourcils.

— De quel rêve parle-t-il ?

— Je ne lui ai parlé d'aucun rêve, se défendit Ash, manifestement évasive.

— Aurais-tu oublié de me confier quelque chose d'important ? insista Bluebell d'un ton qu'elle tenta vainement de recouvrir d'un glacis de gentillesse, modérément menaçant.

— Je…

Bluebell vit Unweder les regarder par-dessus son épaule, puis se retourner vers la route. Avait-elle vu un sourire satisfait sur son visage ? Ses intestins la démangèrent, ce qui était mauvais signe.

— Dis-moi tout. Si c'est négatif et important, tu devrais m'en parler. Toujours.

— Tu ne comprends pas, Bluebell. Ce n'est pas un problème qu'on peut régler à coups d'épée.

— Il y a donc un problème.

— Non, répondit Ash en regardant droit devant elle.

— Qu'est-ce que c'est ?

— Rien.

— Pourquoi es-tu si pâle ?

— Parce que j'ai peur ! avoua Ash dans un murmure.

— De lui ? demanda Bluebell en désignant Unweder du pouce. Un mot de toi, et je me débarrasse de lui.

— Non, pas d'Unweder. J'ai peur de moi.

Bluebell comprit qu'elle n'en obtiendrait pas davantage. Le moment n'était pas venu ; il y avait trop de bruit, trop de mouvement.

— Je suis navrée que tu aies peur, Ash. Et je suis encore plus navrée que tu ne puisses pas me dire ce qui te rend si pâle, ce qui hante ton regard.

— Ne te mets pas en colère.

— Je ne suis pas en colère. Triste, seulement.

— Ne sois pas triste, alors, dit Ash sans conviction. Essaie de ne pas y penser.

Bluebell hocha la tête.

— Bien sûr. Tu n'es pas obligée de partager tes secrets avec moi. Sache néanmoins que tu peux me faire confiance. (Son regard se posa une nouvelle fois sur le dos d'Unweder qui – elle en avait la désagréable intuition – savait exactement de quoi elles parlaient et s'en amusait.) En revanche, je ne suis pas certaine que tu puisses avoir confiance en lui.

— Je crois qu'il ne me veut aucun mal.

Bluebell eut un sourire pincé et s'abstint de dire ce qu'elle pensait : *C'est à moi qu'il veut du mal.*

L'après-midi de leur quatrième jour en compagnie d'Unweder, Bluebell s'arrangea pour qu'Ash ne puisse pas échanger plus de quelques mots d'affilée avec lui. Chaque fois que sa sœur s'asseyait à côté de l'homme pour lui poser des questions, elle l'interrompait en lui confiant une corvée ou bien restait à proximité pour les empêcher de parler librement. Ash savait que Bluebell voulait la protéger, mais elle estimait ne pas avoir besoin de protection. Surtout pas contre Unweder. Il savait pour son rêve – les questions de sa sœur le lui avaient confirmé –, et pourtant, il ne la craignait pas. Il ne s'était pas enfui, ne lui avait pas demandé de s'exiler. Il l'aiderait ; elle en était certaine.

Ainsi, lorsque Unweder leur annonça qu'ils étaient presque arrivés chez lui, elle ne put s'empêcher de ressentir une profonde déception.

— Déjà ? se plaignit-elle en le rattrapant, car Bluebell l'avait obligé à chevaucher en tête de leur cortège depuis le début.

Il désigna une direction, droit devant eux.

— Dans une quinzaine de kilomètres, vous atteindrez une fourche. Vous prendrez la route de l'ouest. Après la lande rocailleuse, vous vous retrouverez sur une grande plaine. Quand vous croiserez un grand rocher dressé, vous serez tout près de chez Yldra. Vous bifurquerez vers le nord et verrez un chemin sur une colline. Sachez néanmoins qu'Yldra est connue pour protéger ces voies d'accès.

Ash repensa aux épouvantails et eut un frisson intérieur.

Scrutant la route d'un air sinistre, Bluebell se tourna vers Unweder.

— Merci, dit-elle simplement en hochant la tête.

L'homme donnait l'impression de contenir un gloussement à grand-peine.

— Nous devrions l'accompagner jusqu'à sa demeure, proposa Ash.

— Il peut se débrouiller seul, rétorqua Bluebell.

— Ce n'est qu'à quinze kilomètres, intervint Unweder en lança un regard à Ash. Vous pourriez vous reposer un peu pendant qu'Ash m'accompagne.

— Oui, acquiesça aussitôt Ash.

— Non, assena simultanément Bluebell. Nous n'avons pas de temps à perdre, ajouta-t-elle d'un ton glacial et légèrement menaçant.

Après des journées de frustration, Ash n'y tint plus et décida d'en faire à sa guise.

— Bluebell, je vais raccompagner Unweder jusque chez lui.

— Dans ce cas, je viens avec vous.

— Comme tu voudras, concéda Ash, qui savait bien qu'elle ne la ferait jamais changer d'avis.

— Par ici, intervint Unweder en inclinant la tête poliment.

Elles le suivirent sur une piste étroite, à peine plus qu'un chemin d'herbe piétinée. De grands arbres poussaient de part et d'autre de celui-ci, les jeunes troncs s'étirant au maximum pour atteindre la lumière. Une odeur lourde et verte de feuilles pourries et de boue les entourait. Pour une raison qui lui échappait, ce parfum semblait calmer Ash, dont l'angoisse et l'inquiétude se dissipaient. La jeune femme inspirait profondément pour en profiter.

Dix minutes plus tard, la maison d'Unweder apparut au loin. Elle se dressait au fond d'une cuvette, au bout d'un chemin dallé constellé de taches de lichen. Des arbres nus entouraient la bâtisse, dont le toit était recouvert de feuilles mortes, qui ornaient le chaume de motifs verts et jaunes.

— Nous y sommes, annonça Unweder en tirant sur les rênes de sa monture. Vous voulez entrer ?

— S'il te plaît…, supplia Ash en se tournant vers sa sœur.

— J'attendrai ici avec Isern et les chiennes.

Ash mit pied à terre, tandis que son cœur s'emballait légèrement.

— Faites comme chez vous, lui dit Unweder en désignant la porte. Je vais conduire mon cheval à l'écurie.

— Si tu n'es pas ressortie dans cinq minutes, je viens te chercher, menaça Bluebell à voix basse. Une de mes sœurs m'a déjà abandonnée, et je n'ai pas l'intention d'en perdre une deuxième.

— Donne-moi dix minutes, insista Ash en déglutissant d'un air coupable.

Bluebell acquiesça.

Ash s'engagea sur le chemin dallé flanqué de haies secouées par une brise fraîche. L'hiver, semblait-il, s'accrochait à cette cuvette ; les haies étaient tellement nues qu'on en voyait le cœur. Ash ouvrit la porte, et un tourbillon souleva des cendres froides dans l'âtre. La maison était très étroite ; les murs ne paraissaient distants que de quelques petits mètres. L'atmosphère sentait la fumée et le romarin – la souris également. Des plantes grimpantes s'étaient faufilées entre les lattes des volets, laissant des squelettes bruns à l'intérieur. La seule source de lumière était la porte ouverte, qui éclairait des bancs encombrés d'objets divers, un parquet déformé et un petit lit rectangulaire poussé dans un coin.

Une ombre passa dans la lumière. Unweder l'avait rejointe.

— Vous avez fait vite.

— Je préfère le laisser se promener un peu avant de m'occuper de lui, expliqua-t-il en tirant un tabouret devant l'âtre pour rallumer un feu. Passez-moi une bûche et du petit bois.

Ash regarda autour d'elle et avisa le petit bois près de la porte à côté d'un empilement de bûches. Elle apporta à Unweder ce qu'il demandait. L'homme arrangea le tout dans l'âtre avec des mouvements réfléchis et précis. Presque doux.

Le haut de son corps était frêle, très différent de celui de Heath par exemple, ce qui le rendait presque efféminé. Et pourtant, il n'avait rien de féminin… Les classifications sexuelles ne semblaient pas s'appliquer à Unweder.

— Asseyez-vous, lui proposa-t-il en désignant une place à côté de lui.

— Je ne préfère pas. Bluebell m'attend.

— Votre sœur est une brute.

— C'est son travail.

Il sourit. Avec un effort manifeste, il empêcha ses mains de trembler. Puis il tendit les doigts au-dessus de l'âtre et les frotta doucement. Le petit bois s'embrasa.

— Comment avez-vous ?

— Vous pourriez le faire aussi.

— C'est vrai ? demanda Ash, dont le cœur battait la chamade.

— Vous n'avez aucune idée de votre puissance.

— Si je suis si forte, comment se fait-il que je sois incapable de contrôler mes pouvoirs ? Pourquoi ne suis-je pas parvenue à rassurer Rose sur la santé de sa fille ou à prévoir le Devenir de mon père ?

— Vous ne les contrôlez pas parce que vous ne les avez pas encore focalisés.

Ash le regarda longuement. Les flammes conféraient à sa peau une chaleur qui lui faisait habituellement défaut.

— J'ai tellement de choses à vous demander.

— Eh bien, allez-y.

— Il me reste environ une minute, rit-elle.

— Dans ce cas, posez-moi la plus importante de vos questions.

— Pourquoi n'avez-vous pas peur de moi ? lui demanda-t-elle après avoir réfléchi.

— Je devrais avoir peur de vous ?

— Vous avez parlé du rêve à Bluebell ; vous êtes donc au courant de son contenu. Yldra l'a senti. Mon Devenir est corrompu, et je suis un danger pour autrui.

— Je suis curieux, se contenta-t-il de répondre dans un haussement d'épaules. Les possibilités latentes qui sont les vôtres m'intriguent.

— Ces possibilités déferlent sur moi, me noient.

Des coups sur la porte.

— Allez, c'est l'heure ! cria Bluebell.

Ash se tourna vers l'entrée, puis considéra de nouveau Unweder. L'homme baissa la tête et arrangea les morceaux de bois avec un tisonnier en fer.

— Allez-y. Ne mettez pas Bluebell en colère. Elle me déteste déjà.

— Elle veut simplement me protéger.

— Vous reviendrez, affirma-t-il.

— Je n'en suis pas si sûre.

— Moi, si.

— Vous avez vu l'avenir ?

— Non. Vous reviendrez parce que vous n'avez nulle part ailleurs où aller.

Ash déglutit difficilement.

— Au revoir, dit-elle. Merci pour votre aide.

Elle ouvrit la porte. Bluebell l'attendait juste derrière.

Reviendrait-elle comme l'avait répété Unweder ? Cette idée l'emplit d'une excitation et d'une crainte profondes, car il savait sans doute de quoi il parlait.

Chapitre 23

Bluebell se réveilla avec la désagréable sensation que quelque chose avait disparu. Presque au même moment, elle se rendit compte qu'Ash n'était plus là. Elle s'assit et regarda autour d'elle. Une minuscule et étouffante chambre dans une auberge située à moins d'une journée de cheval d'Yldra. Ash s'était volatilisée. Les sourcils froncés, Bluebell se leva, mit sa cape et entrouvrit la porte. Le soleil n'était pas encore complètement levé, et le village était calme. Comme elle n'avait rien entendu, Bluebell en conclut qu'Ash n'avait pas été enlevée, qu'elle était sortie aussi silencieusement que possible. Sans se faire remarquer.

Bluebell referma la porte derrière elle et s'engagea sur le chemin qui menait au ruisseau qu'elles avaient traversé la veille. Depuis son tête-à-tête avec Unweder, Ash était bizarre et secrète, mais Bluebell ne s'en était pas vraiment souciée. Tout ce qu'elle demandait à Ash, c'était de faire preuve de loyauté et d'honnêteté, mais elle avait l'impression de n'avoir plus ni l'un ni l'autre. La moitié de l'histoire lui échappait, lui semblait-il.

Ash se tenait immobile à l'ombre d'un saule noueux. Un rai de lumière doré transperça l'horizon et frappa l'œil de Bluebell. Celle-ci mit sa main en visière au-dessus de ses yeux et observa quelque temps sa sœur avant de s'approcher d'elle.

Sentant sa présence, Ash ouvrit les paupières.

Le sol vibra sous les pieds de Bluebell, et une pierre roula dans l'eau. Bluebell fixa du regard sa sœur, de l'autre côté du cours d'eau. Sa chère Ash – une étrangère.

— Qu'est-ce que tu fais ?

— Je suis désolée, répondit Ash en haussant les épaules d'un air impuissant.

— Rejoins-moi, lui dit Bluebell avec un geste du bras. Dis-moi tout.

Ash traversa le ruisseau grâce aux pierres de gué et s'arrêta devant sa sœur.

— Pourquoi es-tu désolée ? Que fais-tu ici ?

Ash poussa un soupir et s'assit dans l'herbe douce au bord de l'eau. Le soleil qui émergeait à l'horizon embrasait la cime des arbres, lui donnant une teinte jaune claire.

— Est-ce que tu les vois, Bluebell ?

— Est-ce que je vois qui ? s'alarma Bluebell en jetant un regard circulaire sur les alentours.

— Bien sûr que tu ne les vois pas. Moi seule peux les voir. Le monde invisible grouille d'esprits élémentaires. Je les vois tous. J'ai juste besoin de me concentrer un peu…, expliqua-t-elle en rapprochant son pouce et son index. Et ils apparaissent.

Bluebell s'accroupit à côté d'elle. Un merle audacieux voleta à basse altitude pour les voir de près.

— Tu parles de ces mêmes esprits élémentaires que tu as appelés à l'aide quand j'étais en mauvaise posture, à Sceotley.

— Oui.

— Ils sont bons, puisqu'ils nous ont aidées, non ?

— Ils ne sont ni bons ni mauvais. Ils ne m'aiment pas, mais pour une raison que j'ignore, ils sont forcés de faire ce que j'exige d'eux. À condition que j'arrive à mettre en œuvre ma magie.

— Il s'agit donc de magie ?

— De sous-magie. Bien sûr. Forcément. Unweder a raison. Je n'aurais jamais dû aller à Thriddastowe. Je suis née sous-magicienne. Tout comme tu es née guerrière. C'est mon destin.

Bluebell prit le temps de réfléchir. Elle savait ce que c'était que d'être né pour quelque chose.

— Un jour, tu m'as dit que ça t'affectait, que ça te rendait malade.

— C'est vrai, même si, physiquement, ça va beaucoup mieux. En revanche, je ressens comme un petit point noir dans mon âme. Comme une fleur de moisissure sur du pain.

— Peut-être que ce n'est pas bon. Peut-être que tu ne devrais pas.

— Je ne suis pas certaine de pouvoir m'en empêcher, dit Ash, le regard perdu dans le vague.

— Essaie.

Ash sortit de sa rêverie, sourit et se tourna vers sa sœur.

— Tu as peut-être raison. J'ai autre chose à te dire, et je te promets que tu ne vas pas aimer.

Bluebell s'assit en tailleur. Elle avait une subite envie d'uriner, mais elle ne voulait surtout pas interrompre Ash, qui avait enfin décidé de s'ouvrir à elle.

— Je t'écoute.

— Le rêve.

— Celui dont Unweder a parlé ?

— Oui.

— Tu ne m'avais donc pas tout dit ?

— En effet, et je m'en excuse. J'ai vu mon Devenir en rêve, et il est corrompu.

— Corrompu ? répéta Bluebell, tandis qu'une peur ancestrale enflait dans son ventre. Tu es sûre ?

— Oui, et on peut dire que je l'ai toujours su. Peut-être même le savais-tu toi aussi.

Bluebell pensa à l'instinct de protection intense qui l'animait depuis toujours lorsqu'il s'agissait d'Ash. Était-ce simplement de l'amour pour sa sœur ou bien avait-elle toujours craint que celle-ci soit marquée ?

— À moins de m'exiler, je suis destinée à mourir en emportant des milliers de vies avec moi, affirma Ash. Yldra le savait. Elle l'a senti tout de suite quand je l'ai rejointe en esprit. Elle m'a ordonné de ne pas l'approcher.

— Mais…

— Oui, tu vas devoir la rencontrer seule.

Bluebell était partagée entre différentes émotions. Elle avait déjà perdu Rose à cause d'une intuition idiote, et voilà qu'elle s'apprêtait à perdre Ash. Elle se demanda à quel point Unweder avait influencé Ash. Pire que tout, cependant, elle ressentait une pitié profonde pour sa sœur, si jeune et si fragile, et pourtant contrainte de porter seule un si lourd fardeau. Son cœur se serra.

— Tu es sûre ?

— Oui, confirma Ash en ravalant un sanglot. Il n'y a qu'une façon d'empêcher qu'une chose pareille se produise : me retirer du monde. Quand je serai seule, je ne pourrai plus faire de mal à personne.

— Où vas-tu aller ?

— Je l'ignore.

— Rentre en Ælmesse. Nous avons des terres, au nord, des réserves de chasse. Tu auras tout ce dont tu as besoin. De l'or pour payer la construction d'une maison, un serviteur, tout ce que tu voudras. Tu es la fille d'un roi. Si ton destin est vraiment de t'exiler, tu n'es pas obligée de vivre dans le dénuement. Retourne à Blicstowe et raconte tout à Dunstan. Il organisera ça pour toi.

Ash essuya ses joues maculées de larmes avec la paume de sa main.

— Merci, Bluebell, mais toutes les richesses du monde ne suffiront pas à me rendre heureuse, car je serai pour toujours éloignée de ceux que j'aime.

— Pour toujours ?

— Autrement, comment être certaine ?

— Rien ne dure toujours. Peut-être dépasseras-tu un jour le chemin qui devait te conduire à ce Devenir. Je ne cesserai jamais d'attendre ton retour.

— J'espère que tu as raison, dit Ash en souriant faiblement et en tapotant la cuisse de sa sœur. Tu vas devoir me laisser trouver seule ma propre voie. Je ne retournerai pas à Blicstowe. Je ne peux plus me permettre de séjourner dans des endroits où la population est importante. Je vais t'accompagner aussi loin que je le pourrai, puis je chercherai un endroit où m'installer, à proximité d'un village. Peut-être au bord de la mer.

— En Ælmesse ? Dans le royaume de ton père ?

— Peut-être, je ne sais pas.

Bluebell se mordit la langue.

— Jusqu'où peux-tu m'accompagner ?

— Je sentirai la limite. Le moment venu, Yldra commencera à me résister. Depuis que nous sommes en Bradsey, j'ai senti la présence de tous les sous-magiciens dont nous avons croisé la route. Ils ont tous essayé de me repousser ; cela me faisait comme des picotements sous la peau.

Bluebell observa le visage de sa sœur, sa peau lisse, ses yeux mouillés. Elle essayait de comprendre. Son monde était plus simple que celui d'Ash, dessiné à gros traits. Elle la laisserait partir pour le moment, mais, plus tard, quand leur père serait guéri, elle irait la chercher.

Comme la journée devenait plus chaude et lumineuse, la pression augmenta dans le cœur et l'esprit d'Ash. Le moment approchait – le moment de quitter Bluebell et de partir en exil.

Elle l'attendait depuis qu'elle avait compris le rêve, ce qui ne rendait pas la situation plus facile pour autant. Malgré la culpabilité – elle allait abandonner sa sœur –, malgré le désespoir – elle était condamnée à vivre loin de ceux qu'elle aimait –, elle ressentait une pointe d'excitation.

Plus elles progressaient vers le nord, plus les élémentaires étaient nombreux à sortir de leur cachette pour la voir passer. De plus en plus facilement, elle communiquait avec eux en esprit, et cela ne la rendait plus aussi malade qu'auparavant. Elle était clairement faite pour cela. Ce pouvoir lui avait été donné par la Grande Mère. Tout ce qui lui restait à faire, c'était trouver une raison d'utiliser ses aptitudes et apprendre à s'en servir au mieux. Et Bluebell ne pourrait pas l'aider.

Ash savait où obtenir ces réponses.

La pression ne venait pas uniquement de l'intérieur, toutefois. Lentement, à mesure qu'elles s'enfonçaient dans le Nord, la résistance d'Yldra augmentait. Comme l'avait dit Unweder, elle protégeait férocement la route de sa maison. Le long de la voie, il y avait des pierres ensorcelées, des tapis tissés dissimulés sous une couche de terre, des rubans de coton attachés aux arbres. Bluebell ne remarquait pas toutes ces choses, elle si. Yldra avait tissé une toile de magie d'une cinquantaine de kilomètres autour de sa maison. Ash en était certaine : les fils de soie de la sorcière avaient permis à celle-ci de percevoir sa présence. Yldra savait qu'elle arrivait.

Quand elles eurent atteint le croisement dont leur avait parlé Unweder, Ash se sentit incapable d'aller plus loin. Comme elle essayait d'engager sa monture sur la route de l'Ouest, ses oreilles se mirent à tinter bruyamment.

— Qu'est-ce qu'il y a ? demanda Bluebell en la voyant s'arrêter.

— Je…

La douleur, dans sa tête, fut intense et lui coupa le souffle.

— Ash ?

Ash descendit de cheval et retourna en courant sur la route principale. Son estomac se souleva, et elle se pencha en avant pour vomir. Lorsqu'elle releva la tête, Bluebell était derrière elle, qui tenait les rênes de son cheval.

— Si j'ai bien compris, tu ne peux pas aller plus loin, c'est ça ?

— Oui, c'est ça, confirma Ash, le cœur serré.

— Prends soin de toi, ma sœur, dit Bluebell dans un hochement de tête.

Ash prit les rênes de sa monture. Bluebell la prit par la taille, la serra fort, puis la lâcha et fit un pas en arrière.

— Envoie des nouvelles quand tu pourras.

— Bluebell, je… J'ignore ce qui va se passer. Je ne sais pas si je devrais te contacter. Je ne…

— Tu es ma sœur. Tu ne sortiras jamais complètement de ma vie. J'ai foi dans le fait que nous nous reverrons. En des temps plus heureux. (Bluebell se tourna vers la route qui serpentait vers l'ouest.) Je voyagerai plus vite seule.

— Oui, sans Rose et moi pour te ralentir. Sois prudente.

— Je serai avec Yldra avant demain midi.

— Fais attention avec elle.

— C'est la sœur de mon père.

— C'est une sous-magicienne.

— Tout comme toi, apparemment, dit Bluebell en la regardant droit dans les yeux, subitement sérieuse, intense, telle une grande araignée se préparant à attaquer. Ash, maintenant que tes pouvoirs grandissent, peux-tu me dire si père va se remettre de son mal ?

Ash pressa son cerveau pour trouver la réponse, mais celle-ci lui échappait.

— Je suis désolée, Bluebell. Je ne sais pas. Je l'espère, en tout cas. Je ne suis pas très forte pour voir l'avenir.

En revanche, elle commandait très bien aux élémentaires. Elle se le répéta en esprit : *Je commande aux élémentaires.* Un frisson froid de fierté.

— J'espère qu'Yldra pourra nous aider, dit Bluebell d'une voix étrangement incertaine.

— Je pense qu'elle le pourra, la rassura Ash en prenant sa main dans les siennes. Prends soin de toi.

Bluebell serra les mains d'Ash en retour – assez fort pour lui tordre les os.

— Toi aussi.

Et puis elle s'éloigna, retourna à ses chiennes, à Isern, à son avenir de roi d'Ælmesse.

Un vide étouffant enveloppa Ash, qui regardait sa sœur s'éloigner vers l'ouest. Elle essuya ses larmes et se tourna vers le sud. Il était temps de retourner chez Unweder.

Bluebell préférait voyager sans ses sœurs. Comme elle ne devait s'occuper que d'elle et de ses animaux, elle pouvait repousser ses limites, aller plus loin, plus vite. Cependant, elle avait besoin de trouver un endroit où passer la nuit. Elle était dans le cœur sauvage du Bradsey, un paysage chaotique fait de landes rocailleuses, ponctuées de bosquets anciens festonnés de plantes grimpantes et tapissés de mousse. Pas d'auberge à des kilomètres à la ronde. Elle ne voulait pas dormir à découvert, aussi, à la nuit tombée, s'enfonça-t-elle dans un bosquet, où elle trouva une petite clairière – la foudre avait frappé un arbre et brûlé les jeunes pousses qui l'entouraient. L'endroit sentait la cendre et la terre. Elle envoya Thrymm et Thræc chasser le lapin pendant qu'elle allumait un feu. Quand les chiennes furent de retour, elle vida le lapin, donna les entrailles aux animaux, puis embrocha l'animal sur une lance pour le faire rôtir. Adossée au tronc foudroyé, écoutant les bruits de la nuit et les craquements du feu, elle se rendit compte que son corps la faisait souffrir. Non, seulement ses côtes. Elle avait mal aux côtes. Elle ne se rappelait pas s'être blessée, pourtant.

Et puis elle comprit. Elle n'avait subi aucune blessure physique. Ses côtes la faisaient souffrir parce qu'elle était malheureuse. Elle venait de perdre sa sœur préférée. À des centaines de kilomètres de là, son père gisait, victime d'un sortilège. Et son cœur souffrait sous le poids de ces fardeaux, de ces nuages noirs chargés de pluie.

Thrymm s'assit, les oreilles dressées. Bluebell réagit aussitôt.

— Qu'y a-t-il, ma fille ?

Elle l'entendit ; un craquement dans les broussailles, entre les arbres. Quelqu'un approchait.

Plus d'une personne, en réalité. Les chiennes accoururent à ses côtés, tandis qu'elle se levait. Au même moment, quatre hommes émergèrent de directions différentes, formant un demi-cercle, l'acculant contre l'arbre mort. Elle était prise au piège.

Elle lâcha le lapin dans le feu et dégaina Widowsmith en sifflant ses chiennes, qui bondirent sur un de ses assaillants, en aboyant et grognant furieusement. Mais les trois autres raiders étaient déjà sur elle, qui la flanquaient. Elle se glissa entre deux d'entre eux pour les obliger à l'approcher de face, pour ne plus avoir à protéger ses flancs et ses arrières. Il y eut un éclair d'acier glacé, et elle sentit un sang brûlant jaillir d'entre ses côtes. Son cœur battait à tout rompre derrière ses yeux. Pourquoi n'avait-elle pas mis sa cotte de mailles ? Où était son heaume ? Le premier raider baissa un peu trop sa garde, et Bluebell, dans un timing parfait, en profita pour le frapper verticalement à la tête. La lame resta coincée dans le crâne de sa victime pendant une fraction de seconde. Elle para un autre coup, qui rebondit néanmoins sur son bras. Du sang, encore. La blessure de son flanc la lançait.

Elle tourna sur elle-même, précise et rapide. Atteignit un raider à hauteur des genoux. L'homme tomba en avant, manquant de renverser un camarade. Un instant plus tard, Thrymm lui bondissait dessus, lui arrachant la gorge. Plus qu'un. Bluebell rassembla toutes ses forces et se jeta sur lui, parvenant à le toucher au bras. L'épée du raider tomba bruyamment par terre. Bluebell leva son arme pour l'abattre sur la tête de l'homme. Cependant, le raider avait dégainé un poignard, qu'il enfonça dans la chair tendre située entre son épaule et sa clavicule. Puis il le retira avec un grognement satisfait.

L'épée de Bluebell décrivit un arc dans les airs et s'abattit sur le crâne du raider, le fendant en deux. La jeune femme lâcha son bouclier et rengaina sa lame, s'alarmant de perdre autant de sang ; elle en avait plein les mains. Elle jeta un regard circulaire sur la clairière. Derrière le cadavre du raider, à environ trois mètres, gisait Thræc.

— Oh, non ! lâcha-t-elle en courant vers l'animal.

Elle posa les mains sur le flanc de la chienne. Pas de mouvement, pas de respiration.

— Non…, répéta-t-elle, comme des larmes dégoulinaient sur ses joues. S'il te plaît, respire.

Elle n'arrivait pas à distinguer le sang de la chienne de celui du raider. Thrymm les avait rejointes, qui geignait doucement. Bluebell lui toucha la tête de ses doigts ensanglantés.

— Je suis désolée, ma fille, mais elle est partie. Elle est partie…

Elle eut un sanglot. Cela faisait huit ans que Thræc l'accompagnait partout.

— Elle est partie, répéta-t-elle en s'asseyant sur ses talons pour pleurer.

Sa blessure à l'épaule avait cessé de saigner, au contraire de celle dans son flanc. Que devait-elle faire ? Elle ne pouvait demander l'aide de personne. Peut-être Isern parviendrait-il à l'emmener jusqu'à Yldra cette nuit. Elle n'avait pas trop envie de voyager en endurant de telles souffrances, mais elle craignait de ne pas se réveiller le lendemain matin si elle passait la nuit dans cette clairière.

Elle contempla de nouveau le cadavre de Thræc. De ses doigts ensanglantés, elle effleura le cou de l'animal. Thræc adorait être caressée à cet endroit. Bluebell ravala ses larmes et sa morve, et se leva.

— Nous allons lui offrir des funérailles dignes de l'héroïne qu'elle était, Thrymm, annonça-t-elle en cherchant du regard des morceaux de bois.

Elle s'enfonça un peu dans le bosquet pour casser des branchettes et des brindilles, qu'elle ramena au centre de la clairière. Puis, elle coupa des branches plus épaisses avec sa hache. Elle disposa les épées des raiders sur le sol, formant un rectangle dans lequel elle érigea un bûcher funéraire juste assez grand pour accueillir le corps de sa chienne aimée. Ce faisant, elle s'efforça de ne pas regarder la blessure qui la faisait tant souffrir de crainte de voir combien de sang elle perdait. Il n'y avait personne pour l'aider, dans les environs, et elle le savait. Elle n'arriverait jamais jusqu'à Yldra, et elle ignorait dans quelle direction se trouvait le village le plus proche. Sa sœur et elle avaient quitté la civilisation le matin précédent. Elle mourrait donc probablement seule dans cette lande sauvage, avec ses chiennes et son cheval. Pour penser à autre chose, elle se concentra sur le bûcher, qui lui arriva finalement à hauteur de hanche. Thræc était allongée, immobile et calme, sur le cadavre du raider. Bluebell se baissa pour la soulever avec douceur et la posa sur le bûcher, sur lequel elle versa l'huile que lui avait donnée Ash. Elle mit le feu à l'ensemble et fit quelques pas en arrière. Sentant une faiblesse dans ses genoux, elle s'assit. Une douleur sourde et lente pulsait dans son flanc ; des ténèbres enflaient, se propageaient dans tout son thorax, avalant côte après côte. Un froid intense lui glaçait le cou, à la base de la colonne vertébrale, faisant trembler ses jambes. Elle replia les genoux contre sa poitrine et s'adossa à un tronc d'arbre. Thrymm s'assit à côté d'elle, penchant son corps chaud contre le sien. Bluebell posa la main sur la tête de sa chienne, sentant la petitesse et la légèreté de son crâne, ce qui lui rappela sa propre petitesse, sa propre légèreté, son caractère terriblement éphémère. Le feu enfla, s'imprimant sur sa rétine. Alors ses yeux commencèrent à se fermer, tandis que le froid se répandait. Une pensée scintilla en périphérie de son esprit : peut-être n'aurait-elle pas dû venir ici. Peut-être aurait-elle dû laisser son père mourir pour assumer son rôle de chef. Il n'y aurait plus personne pour diriger le royaume, désormais. Seule Ash était au courant de ses plans pour Rowan, et Ash était partie en exil.

Une tristesse immense s'empara d'elle. Non pas du désespoir. La tristesse de voir les ténèbres approcher et de n'être pas prête à les affronter. Elle aurait gémi, si elle avait eu suffisamment d'air dans les poumons pour le faire.

Une lumière ambrée et vacillante. Un bruit – la succion légère du vent – passa dans ses oreilles. Elle n'était pas morte. Le feu clignotait devant ses yeux tandis qu'elle s'efforçait d'ouvrir les paupières. Des bruits de sabots. Peut-être d'autres raiders. Ils l'achèveraient rapidement. Néanmoins, elle étira ses doigts vers l'épée qu'elle ne pouvait pas voir. Penchant la tête en arrière, elle ouvrit les yeux. La lune était tout juste descendante et brillait d'un éclat bleu argenté. Un vent puissant faisait défiler des lambeaux de nuages devant elle. Le clair de lune bougeait, la lumière du bûcher bougeait, sa vision vacillait. Le monde tout entier semblait sur le point de s'écrouler comme le bruit des sabots et les aboiements des chiens s'intensifiaient. Elle pensa à Sighere – peut-être avait-il rassemblé ses serviteurs et était-il venu à son secours. À quoi bon ? Elle était mortellement blessée.

À côté d'elle, Thrymm geignait. La queue entre les jambes, la chienne, toute tremblante, se colla contre sa maîtresse. Bluebell essaya de se concentrer. Le bruit venait de toutes les directions à la fois, comme si une armée approchait à grande vitesse.

Un éclair gris blanc entre les arbres. Puis la même chose de l'autre côté. Bluebell cligna fort des paupières pour éclaircir sa vision. Une corne résonna dans les ténèbres. Une grande corne de guerre. Ce son la secoua littéralement, envoyant une vague de chaleur sur le froid qui s'était emparé d'elle. Elle se força à rouvrir les yeux. Le monde devint subitement clair et net.

Un cavalier fantomatique émergea dans la clairière. Derrière lui se pressaient d'autres cavaliers et des chiens faits d'ombres et de fils arachnéens. L'homme de tête galopa jusqu'à elle et s'arrêta au dernier moment en tirant sur ses rênes. Son cheval se cabra et hennit bruyamment. Bluebell resta assise, incapable de bouger, le regard rivé sur lui. L'homme mit pied à terre avec un bruit mat, comme s'il était fait de chair et de sang. Le regard de Bluebell était rivé sur sa cuisse. Elle distinguait le moindre détail de sa tenue – les surpiqûres de ses souliers, les sangles en cuir enroulées autour de ses bas, l'ourlet de sa cape. Cependant, tout était pâle et gris argenté, évanescent. L'homme s'accroupit devant elle. Son rythme cardiaque s'accéléra, aggravant son hémorragie.

— Bluebell, commença l'homme.

— Qui êtes-vous ?

— Le père de ton père. Le Dieu Cheval m'envoie.

— Dois-je me joindre à vous ?

— Le temps n'est pas venu, répondit-il en secouant la tête. Il te reste bien d'autres batailles à mener.

— Je suis mortellement blessée.

Il retira le gant de sa main droite, qu'il posa sur sa blessure. Comme il la touchait, une lumière blanche aveuglante explosa dans son esprit. Elle voyait désormais qu'il s'agissait à la fois de son grand-père et du Dieu Cheval lui-même. Culminant à près de deux mètres cinquante, coiffé de son casque à cornes, il voyageait avec son Équipage sauvage. Les veines de Bluebell enflèrent, s'emplissant d'un feu sublime. La douleur, dans son flanc, était insupportable, mais lorsqu'il retira sa main, elle avait totalement disparu. Elle effleura ses côtes de ses doigts rouges. Elle n'avait plus de blessure. Elle était guérie.

D'un seul coup, le froid glacial qui avait pris possession de son corps, se retira. Elle voyait et entendait parfaitement. Le cavalier remonta à cheval et la contempla de haut.

— Sauve mon fils. Sauve Æthlric.

— Je le sauverai.

— Bluebell, ajouta-t-il en levant ses rênes, prends garde à ta sœur.

— Que je prenne garde à ma… ?

Mais il n'écouta pas sa question. Comme la corne résonnait de nouveau, il s'en fut au galop, suivi de près par son équipage constitué d'ombres grises et argentées. Les sabots de leurs montures martelèrent le sol, le faisant trembler. Les chiens aboyaient. Bluebell les suivit du regard jusqu'à ce que le dernier groupe de chiens ait disparu entre les arbres. Thræc était parmi eux, crut-elle voir.

Bluebell se réveilla comme l'aube commençait à colorer le ciel. Ses vêtements étaient couverts de sang, puants, mais sa peau, au-dessus des côtes, était lisse et en bon état. Elle s'était occupée de ses autres blessures durant la nuit, et aucune d'elles n'était assez sérieuse pour l'empêcher de monter à cheval. Elle mangea et reprit la route, suivit par une Thrymm obéissante, quoique légèrement découragée.

Le terrain devint moins rocailleux, et les bosquets se firent plus rares. Çà et là, des pierres avaient été disposées en cercles d'un à un mètre cinquante de hauteur. Elle ne croisa pas une âme sur sa route. La plaine s'ouvrit, vaste et plate, couverte de touffes d'herbe haute et de fleurs sauvages. Enfin, elle arriva devant le rocher dressé dont lui avaient parlé Ash et Unweder. Elle quitta la route et entreprit de gravir une colline, bifurquant vers le nord. Comme elle aurait dû apercevoir la maison d'Yldra depuis longtemps, Bluebell commença à s'inquiéter. L'avait-elle manquée ? Impossible, puisque celle-ci, à en croire Unweder, se trouvait à découvert.

Unweder avait également dit qu'Yldra protégeait les environs de sa demeure.

Bluebell revint sur ses pas. Toujours rien. Thrymm s'assit et geignit doucement. Si seulement Ash était là…

Il leur arrivait, à Ash et à elle, de communiquer sans mots, aussi se pouvait-il que Bluebell ait également un peu de cette magie en elle. Cette idée lui arracha un grognement ; plus que tout, elle souhaitait reprendre une vie où tout était conforme aux apparences. Néanmoins, elle fit de nouveau demi-tour en essayant, cette fois, d'être à l'écoute de ses sensations. Là. Un léger chatouillis derrière le front. Elle secoua la tête et se concentra sur un point situé à mi-distance. Elle était là. Elle l'avait toujours été. Une petite maison aux murs chaulés et au toit de chaume rond. Le chemin se trouvait droit devant elle, sous les sabots d'Isern.

Bluebell lui donna un coup de talon et s'engagea sur la colline. Six hautes silhouettes faites de paille flanquaient le chemin. Bluebell avait l'impression qu'elles la regardaient, ce qui lui fit mal au ventre. Isern commença à renâcler en baissant la tête. Thrymm restait en arrière.

Bluebell descendit de cheval, laissa ses bêtes et poursuivit à pied. Elle s'avança jusqu'à un des épouvantails. Ses yeux étaient des scarabées morts. Bluebell lui souffla fort au visage. Il ne bougea pas.

Elle ne vit pas celui qui arriva dans son dos pour enrouler ses bras rugueux autour de sa taille. La peau de Bluebell se couvrit de chair de poule. La jeune femme se dégagea, dégaina son épée, se retourna et le coupa en deux en criant. Par sécurité, elle fit de même avec les autres, siffla sa chienne et continua de gravir la colline vers la maison de sa tante.

La porte verte lui arrivait à hauteur d'épaule. Bluebell la poussa et jeta un coup d'œil dans les ténèbres enfumées. Assise près de l'âtre, une femme tissait de la paille. Elle ne releva même pas la tête.

— Yldra ?

— Mmh… Tu pues la magie de cheval, répondit Yldra.

— Je…

— Ferme la porte, tu laisses entrer la lumière. Nous avons beaucoup de choses à nous dire.

Chapitre 24

Wengest et Rowan étaient partis depuis trois jours, et Ivy commençait à s'inquiéter. Le matin qui avait suivi sa visite à Wengest, elle avait trouvé le lit vide à côté d'elle, et la nounou avait disparu. La longère de son beau-frère était également inoccupée, aussi avait-elle compris qu'ils étaient partis ensemble. Les serviteurs de Wengest se muraient dans un silence froid et lui apportaient ses repas sans prononcer le moindre mot.

Wengest avait manifestement interdit à tout le monde de lui adresser la parole.

Le quatrième jour, fatiguée d'attendre seule dans sa longère, elle descendit jusqu'au corps de garde dans l'idée de charmer quelqu'un pour obtenir des informations. Encore une fois, elle rencontra de la résistance. Elle poursuivit donc sa promenade à flanc de colline, contournant le fort. Elle vit des voyageurs et des commerçants aller et venir – l'activité d'une ruche, normal.

Ivy se sentait si jeune. Et bête. Elle regrettait d'être allée voir Wengest et surtout de lui avoir parlé de l'infidélité de Rose. C'était vraiment la dernière chose à faire, elle en était consciente à présent. Pire que tout, Ivy avait peur, car les conséquences de sa bêtise promettaient d'être sérieuses. Bluebell la punirait ; elle serait sans pitié. Ses rêves de vie heureuse et prospère étaient en train de s'envoler.

Elle buta dans ce qui lui sembla être une motte de terre et fit un pas en arrière en jurant en elle-même. De la bouse de vache. Sa pantoufle couverte de merde… Elle retira ses chaussons, les jeta par terre et trouva un endroit où s'asseoir et pleurer, la tête dans les mains. Ce n'était pas sa faute, mais celle de Rose ! Sa sœur n'aurait jamais dû prendre un amant. Rose était reine, elle aurait dû se méfier. Peut-être Bluebell serait-elle plus en colère contre Rose que contre elle. Peut-être Ivy échapperait-elle à toute sanction. Tout ce qu'elle voulait, désormais, c'était retourner à Fengyrd chez oncle Robert et tante Myrtle. Elle était fatiguée d'être elle-même…

Des bruits de sabots lointains attirèrent son attention. Elle leva la tête et vit approcher un petit cortège. Elle reconnut l'étendard de Wengest. Il était de retour ! Un intense sentiment de soulagement la parcourut. Elle se redressa et plissa les yeux pour essayer de voir Rowan assise sur la selle de la nounou. Mais ni la nounou ni Rowan n'étaient là. Wengest rentrait avec une escorte de deux soldats.

Ivy se précipita sur la route pour les accueillir. Wengest ralentit à peine en la voyant.

— Wengest, où est Rowan ? cria-t-elle comme ils la dépassaient.

— Retournez dans votre longère, gronda-t-il sans un regard pour elle.

Ivy resta plantée au milieu de la route, les yeux emplis de larmes. Il n'aurait pas fait de mal à l'enfant ? Non, bien sûr. La nounou n'était pas revenue non plus. Elles étaient donc ensemble quelque part. Mais pourquoi les avoir éloignées de Folcenham ?

Ivy déglutit. Pour punir Rose, probablement. Ivy avait intérêt à se trouver loin du Netelchester lorsque Rose reviendrait.

Ses pieds nus étaient tendres sur la route caillouteuse. Elle retourna dans sa longère et entreprit aussitôt de jeter ses vêtements et ses chaussures dans son sac. Sighere était parti pour Blicstowe près d'une semaine plus tôt. Elle regrettait de ne pas être partie avec lui, mais elle ne craignait pas de voyager seule.

La porte s'ouvrit d'un seul coup sur Wengest, dont la silhouette se découpait sur la toile de fond ensoleillée. Ivy se figea, une chemise en lin roulée dans les mains.

— Ivy, commença-t-il sans croiser son regard.

— Wengest.

Elle commençait à comprendre qu'il avait honte de ce qu'ils avaient fait. S'il était en colère contre elle, c'était en partie parce qu'elle lui avait fait perdre la tête.

— Où est Rowan ? demanda-t-elle.

— Avec sa nounou.

— Et où est sa nounou ?

— Avec Rowan, assena-t-il en croisant les bras. Elles sont toutes les deux en sécurité et confortablement installées. J'aime ma fille, Ivy. Jamais je ne lui ferais payer les errements de sa mère.

Ivy se sentit obligée de défendre sa sœur.

— De menus errements, rétorqua-t-elle en rapprochant son pouce de son index. Pas plus grands en tout cas que les vôtres. Que ce soit avec la servante ou avec moi.

Wengest devint rouge de colère, en commençant par le cou.

— Comment osez-vous comparer nos situations ? Je suis un homme, un roi. Elle est une femme, une mère.

Ivy se recroquevilla.

Il inspira profondément pour reprendre ses esprits.

— Vous ne pouvez pas rester ici, reprit-il.

— Je m'en vais. Je pars aujourd'hui.

— Vous ne pouvez pas voyager seule.

— Ça ne me dérange pas, je…

— J'organise quelque chose pour vous. Préparez-vous à partir dans les jours qui viennent. En attendant, restez hors de ma vue.

— Oui, monsieur, acquiesça-t-elle, honteuse, coupable.

Il lui adressa un hochement de tête courtois et s'en fut.

Ash s'arrêta, hésitante, à l'entrée du chemin, le regard posé sur la maison d'Unweder. Elle sentait la fraîcheur de la ravine sur ses joues. Il y faisait froid comme en hiver, comme si le printemps avait contourné Unweder. Les haies étaient nues ; seules quelques feuilles brunes et jaunes tachetées s'accrochaient encore à leurs brindilles. Elle avait le sentiment de se tenir au bord d'un précipice. Mais avait-elle vraiment le choix ? Elle ne pouvait pas rester seule, pas pour toujours. Unweder l'aiderait à comprendre ses pouvoirs, elle en était certaine. Puisqu'elle était contrainte de s'exiler, puisqu'il lui avait dit qu'elle reviendrait le voir, n'était-ce pas l'endroit idéal où aller ?

Elle emprunta le chemin dallé et frappa à la porte. Pas de réponse. Elle frappa de nouveau. Puis poussa doucement la porte.

— Unweder ? appela-t-elle à voix basse.

Il faisait chaud à l'intérieur. Des braises rougeoyaient dans l'âtre. Unweder n'était pas là. Soudain, elle se sentit perdue, comme s'il s'agissait d'un mauvais signe, comme si elle n'aurait jamais dû revenir. Elle se retourna dans l'intention de partir.

Plusieurs petits bocaux étaient alignés sur un long banc. Curieuse, elle s'en approcha. Elle en prit un. Vide. Les autres aussi. Elle se demanda à quoi ils pouvaient bien servir. Elle se demanda aussi quel genre de sous-magie pratiquait le maître des lieux. Elle reposa le dernier bocal et tourna le dos à la porte. Des charmes et décorations étaient suspendus à des clous tout autour de la pièce – des silhouettes en terre cuite accrochées à des rubans, des miroirs, de la paille et des plumes tissées. Elle décrocha d'un long clou un minuscule pot attaché à un long cordon. Le pot était fermé par un bouchon. Elle voulut l'ouvrir, puis se ravisa. Unweder ne serait pas très content si elle renversait son contenu, quel qu'il soit. Elle remit le cordon sur le clou et, baissant les yeux, avisa un gros coffre en bois. Il n'était pas fermé à clé. Elle tendit la main pour l'ouvrir.

La porte grinça.

— Ne touchez pas à ça !

Elle pivota sur ses talons, le cœur battant à tout rompre, le visage pivoine d'embarras et de gêne. Unweder se tenait devant elle, sa main valide serrée autour de deux lapins.

— Je… je m'apprêtais à verrouiller le couvercle, bafouilla-t-elle.

Il s'avança et le fit lui-même.

— Promettez-moi de ne jamais toucher à ça. Tout le reste, vous avez le droit de le regarder et de le toucher. Mais pas ce coffre.

Comme il était essoufflé, elle se demanda s'il était rentré en courant après avoir senti sa présence.

— Je suis désolée. Je ne voulais surtout pas vous offenser ou m'immiscer dans votre vie privée.

— J'ai confiance en vous, assura-t-il en posant les lapins sur le banc. Je vous expliquerai plus tard.

— Vous n'êtes pas obligé d'expliquer quoi que ce soit.

— Je suis tellement heureux que vous soyez revenue.

— Ça ne vous dérange pas ? s'enquit-elle avec un sourire circonspect.

— Non. Vous pourrez rester ici aussi longtemps que vous le voudrez ou que vous en aurez besoin. Je peux vous préparer un lit là, à côté de l'âtre.

Ash se demanda si elle devait se méfier de lui, mais elle repoussa rapidement ses doutes. Si Unweder avait un appétit sexuel, il devait être petit et refoulé. C'était d'ailleurs son cas à elle aussi ; contrairement aux autres femmes, elle n'était pas faite pour l'amour ni pour fonder une famille.

— Je tâcherai de mériter l'accueil que vous me réservez. Je sais chasser et pêcher. Je sais moudre le blé et faire le pain. Je ferai ce que vous me demanderez.

— Nous travaillerons ensemble, annonça-t-il en déplaçant soigneusement les petits bocaux. Quand vous serez installée. J'imagine que vous avez besoin de faire le deuil de votre famille d'abord.

— Ils ne sont pas morts, protesta-t-elle en fronçant les sourcils.

— Pour vous, c'est tout comme, non ? Vous ne pouvez pas les revoir, n'est-ce pas ?

La réponse d'Ash resta coincée dans sa gorge.

Il s'approcha et reprit d'une voix douce :

— Je ne voulais pas être cruel, mais vous devez comprendre ce que vous êtes en train de faire. Ce que vous avez déjà fait. Vous avez quitté votre monde pour en bâtir un nouveau, ici, avec moi.

Ash eut peur de lui, à ce moment-là. Son insistance était aussi lourde que du plomb, et elle avait subitement envie de prendre ses jambes à son cou.

— Il n'y a pas qu'une seule façon de ressentir les choses, Ash, poursuivit-il dans un sourire. Prenez votre temps. Je suis discret et souvent absent durant la journée. Prenez votre temps, réfléchissez. Vous êtes libre de partir quand vous voulez, même si ça me désolerait. Accepteriez-vous de m'aider à préparer le dîner ? lui demanda-t-il en désignant les lapins.

Ces tâches routinières l'aidèrent. Écorcher et vider les lapins, préparer les navets et les carottes, couper, faire bouillir, remuer. Alors, lorsque le ragoût eut commencé à cuire et à réduire dans la marmite, ils s'assirent l'un en face de l'autre près de l'âtre et burent une coupe d'hydromel. L'odeur de la viande et des épices fit gargouiller son estomac.

— La première fois que vous êtes venue, commença Unweder, vous aviez beaucoup de questions à me poser et très peu de temps.

— Oui, c'est vrai.

— Si vous le souhaitez, nous pouvons reprendre là où nous nous étions arrêtés ?

Ash s'agita sur son tabouret, croisant et décroisant les chevilles. Ses pieds nus se réchauffaient devant le feu.

— D'accord. Pourquoi suis-je incapable de contrôler mon pouvoir ?

— Donnez-moi un exemple précis.

— Pendant des semaines, ma sœur Bluebell m'a demandé si j'arrivais à voir le destin de notre père. Je ne parviens jamais à voir le tableau dans son ensemble, juste des éclats de couleurs. Et pourtant, quand j'étais à Thriddastowe, il m'arrivait de voir la destinée des gens. De gens beaucoup moins importants pour moi.

— On a le don de voir l'avenir ou on ne l'a pas, dit-il en haussant les épaules. Je suis comme vous. Je vois des images, le plus souvent anodines. Rien d'important, et surtout, jamais quand je le veux.

— Vraiment ?

— Eh oui.

— Et ça ne vous frustre pas ?

— Non, car je n'ai pas ce don. J'ai cessé d'essayer de développer cette aptitude il y a bien longtemps.

Bizarrement, cela soulagea énormément Ash. Elle s'imagina répondant à Bluebell, péremptoire : « Non, je n'ai pas ce don. » Puis elle se souvint que Bluebell n'aurait plus jamais l'occasion de l'interroger de cette façon.

— Quel est votre don ? demanda Ash.

— C'est compliqué. Je vous expliquerai un jour. Dites-moi plutôt ce que vous pensez du vôtre.

— Je ne sais pas trop, avoua Ash en se mordant la lèvre.

— Vous avez bien une idée.

— En effet, mais j'ai peur de me tromper et de dire n'importe quoi. J'ai peur de ne pas être à la hauteur de vos espérances.

— Je n'espère rien de vous, je n'exige rien.

— Je vois les esprits élémentaires, reprit Ash en baissa la voix sans trop savoir pourquoi.

— Bien.

— Et je… je peux leur demander de faire des choses.

Unweder se figea sans toutefois cesser de lui sourire.

— Bien. Très bien, même. C'est une aptitude très utile que celle-là.

— Qu'est-ce que ça signifie ? Pourquoi donc ai-je ce pouvoir ? Ils n'aiment pas ça. Je les fascine et les dégoûte à la fois, semble-t-il. En tout cas, grâce à ma voix, je les mène à la baguette.

Un court silence. Unweder la regarda fixement dans la pièce enfumée.

— Je ne puis vous répondre pour l'instant. Cependant, à mesure que vous concentrerez vos pouvoirs et développerez vos talents, la réponse deviendra claire.

— Vraiment ?

— Oui.

Les muscles noués de son dos commencèrent à se détendre. Il pouvait l'aider. Il l'avait déjà fait. Il avait un recul qui lui faisait défaut. Qui faisait défaut aux imbéciles de Thriddastowe. Qui faisait défaut à ses sœurs, même si elles étaient bien intentionnées. Unweder savait. Il l'aiderait.

Son épuisement physique et mental affaiblissait ses os. Elle mangea un peu, et puis Unweder lui prépara un lit dans lequel elle se blottit avec gratitude.

Le matin, avant même d'ouvrir les yeux, l'odeur de la pièce dit à Ash que quelque chose avait changé. Elle repensa à la veille, au fait qu'elle avait quitté sa famille pour toujours, et essaya de replonger dans le sommeil, dans l'oubli, là où la douleur n'existait pas.

Il faisait jour, et Unweder n'était pas là. Elle se leva et ouvrit la porte pour jeter un coup d'œil dehors. Oui, elle était bien seule.

Elle se retourna et avisa le coffre que son hôte lui avait interdit d'ouvrir la veille. Elle fronça les sourcils.

Malgré la confiance qu'elle lui inspirait apparemment, il avait mis un cadenas sur la serrure.

Les ombres allongées et son cheval épuisé dirent à Rose qu'il était temps de s'arrêter. Plus elle se rapprochait de la frontière du Netelchester, plus les routes étaient fréquentées et les auberges nombreuses. Elle paya un palefrenier pour qu'il s'occupe de son cheval et s'installa dans une taverne pour commander un repas et quelque chose à boire.

Une petite fille à peine plus grande que Rowan suivait partout la serveuse qui avait pris sa commande. Son cœur se serra à la vue de sa peau douce et de ses yeux humides.

— Bonjour, toi, dit-elle à la fillette, qui se cacha dans les jupons de sa mère.

La serveuse posa la main sur la tête de la petite.

— N'aie pas peur, la rassura-t-elle en souriant à Rose. Quelques clients se sont plaints de sa présence avec moi. Certains n'ont pas hésité à me faire part vertement de leur mécontentement.

— Mais ce n'est qu'une enfant.

— Elle me ralentit un peu. Mon mari est absent, et ma sœur, qui avait proposé de la garder, est tombée malade, alors… Je ne pouvais pas la laisser seule à la maison, expliqua-t-elle en haussant les épaules.

— Évidemment.

— C'est juste pour ce soir. Son père sera de retour demain.

— Tu aides maman ? demanda Rose à la petite.

— Je porte les assiettes, répondit celle-ci en hochant la tête avec enthousiasme.

— C'est très, très bien.

Pendant qu'elle attendait son repas, Rose observa la serveuse et sa fille. Elle qui était reine, qui portait des broches en or et des perles rapportées de terres lointaines, elle donnerait tout pour être serveuse dans une auberge sur la route du Lyteldyke, pour avoir sa fille auprès d'elle et attendre le retour prochain de son époux.

Que trouverait-elle à Folcenham ? Un jour après avoir quitté Bradsey, elle avait failli changer d'avis et bifurquer vers Stonemantel, où elle aurait pu raconter à Heath tout ce qui s'était passé. Car une crainte affreuse enflait en elle : elle avait la certitude que Wengest était derrière la disparition de Rowan. Tous les matins, dans le cercle de voyance, le côté du lit de Rowan était vide. Ivy, elle, était bien là, qui dormait paisiblement. Ce n'était donc pas comme si Folcenham avait été conquis par les raiders et sa population passée au fil de l'épée. Mais pour quelle raison Wengest aurait-il déplacé Rowan ?

Cela faisait des jours désormais que la petite ne dormait plus dans son lit. Où l'avait-il emmenée ? Et pourquoi ?

Sa fille était sa faiblesse. Son cœur s'emballa. Elle suivit du regard la fillette et sentit des larmes lui dégouliner sur les joues. Elle inspira profondément. Peut-être n'était-ce pas aussi grave qu'elle le redoutait. Wengest ne ferait jamais de mal à Rowan, et il n'avait aucune raison de vouloir punir Rose en lui retirant sa fille. Une explication anodine l'attendait certainement à Folcenham. Tant qu'elle ne l'aurait pas entendue, cependant, elle ne perdrait pas de temps et foncerait vers la maison.

Willow aimait vivre simplement. Ses journées commençaient tôt, avant le réveil de Heath. Chaque matin, donc, elle sortait dans la lumière grise pour prier devant le portail, pour supplier les voix des anges de venir à elle. Parfois elles le faisaient – bruissements d'ailes grises claquant au-dessus d'elle, déluge de mots, aigus et dorés, se déversant dans ses sens. Parfois, il n'y avait rien que la meule de son cerveau. Après, elle retournait à l'intérieur, attisait le feu, préparait le pain du matin, s'occupait de son père et de son linge de lit souillé, puis commençait à préparer le dîner. Heath et elle s'étaient installés dans une routine confortable, même s'ils ne communiquaient pas réellement. Heath passait la majeure partie de la journée dehors à s'occuper des chevaux et à chasser. La nuit, Willow dormait par terre, dans la chambre de son père, tandis que Heath s'allongeait près de ce qui restait du feu.

Ce matin-là, elle avait été réveillée par des sensations bizarres, signe que la journée allait être différente. Une inquiétude vague se diffusait en elle comme elle passait à côté d'un Heath endormi et émergeait dans la lumière de l'aube. Elle fit une pause dans l'encadrement de la porte, regardant autour d'elle. Rien ne bougeait en dehors de ce qui bougeait normalement – les branches, les feuilles, les oiseaux en train de se réveiller. Une lumière jaune grossissait sous la ligne d'horizon. Des parfums de fleurs humides emplissaient ses narines. Ne voyant ni n'entendant rien de particulier, elle s'engagea sur le chemin de devant et traversa la pelouse couverte de rosée jusqu'au mur d'enceinte de la propriété. Elle regarda une nouvelle fois par-dessus son épaule et décida que la sensation bizarre qui l'avait réveillée était simplement le signe que Maava était à l'œuvre en elle et que ses anges et lui s'adresseraient directement à elle dans la matinée. Excitée, elle marcha d'un pas léger vers la pile de pierres où elle avait l'habitude de prier et s'assit en sortant son triangle.

Maava, mon seigneur, parlez-moi afin que je puisse…

— S'il vous plaît, vous devez m'aider.

Willow ouvrit les paupières. Ce n'était pas la voix d'un ange. Un homme portant dans ses bras un enfant maigrichon se tenait devant elle.

Et pas n'importe quel homme. Tandis que sa vue s'éclaircissait et qu'elle parvenait à faire abstraction de la crasse et de la pâleur maladive, elle reconnut son beau-frère. Wylm.

— Oh ! s'écria-t-elle avant de se reprendre et de se lever en dissimulant son triangle. Qu'est-ce que vous… ? Où avez-vous… ?

Elle se rappela la manière dont elle avait rêvé de lui et s'empourpra.

— Vous devez m'aider, ma sœur. Vous devez nous aider tous les deux, car je…

Il tendit sa main gauche, lui montrant une blessure infectée à peine recouverte d'un bandage crasseux.

— Bien sûr. Venez avec moi. Rentrons…

— Non. Je ne peux pas. Bluebell a…, commença-t-il en parlant avec beaucoup de difficulté. Elle me déteste.

Elle a empoisonné l'avis de son entourage, précisa-t-il en postillonnant sur les pieds de Willow. Je ne peux pas entrer.

— Bluebell n'est pas là.

— Elle n'est pas… là ?

Une vague de stupéfaction lui déforma le visage. Il vacilla sur ses jambes, et Willow comprit que l'homme allait mal, qu'il avait de la fièvre.

— Vous devez entrer.

— Je ne peux pas. N'importe lequel de ses hommes, s'il me voyait, n'hésiterait pas à me tuer comme un chien.

Willow se tourna vers la maison, en grande partie dissimulée par le haut mur.

— Heath est ici, en effet.

— Dans ce cas, je ne peux pas entrer. Vous devrez me soigner dehors. Le garçon va bien. Il va bien et il a mangé. J'avais des… provisions.

Willow examina l'enfant, dont les yeux tournaient dans tous les sens comme un poisson dans un bocal.

— Il est aveugle ?

— C'est Eni, le fils de Bluebell, expliqua Wylm dans un souffle. Je l'ai sauvé.

— Son fils ?

— Illégitime.

L'esprit de Willow tournait à plein régime. Elle savait que sa sœur était une brute violente et ne parvenait pas à l'imaginer avec un amant.

— Vous me raconterez tout plus tard. Attendez ici. Je vais rassembler tout ce que je peux avant le réveil de Heath. Je crois… Je crois savoir comment soigner une plaie infectée.

Les petites coupures qu'elle s'infligeait étaient devenues rouges à d'innombrables reprises. Une fois, l'une d'elles s'était même transformée en volcan de pus.

— Ma sœur Ash nous a laissé des remèdes.

— Oui, apportez tout ce que vous trouverez, mais je ne peux pas vous attendre ici, à découvert. Eni et moi nous cachons dans la forêt. Je nous ai aménagé un petit campement. Vous nous trouverez facilement si vous appelez.

Il prit Eni par le coude et, ensemble, ils retournèrent sur la large route pierreuse et se dirigèrent vers la forêt. Willow retourna en courant vers la maison. Heath dormait toujours, mais il s'agita et se retourna lorsqu'elle entra. Il ouvrirait les yeux d'un instant à l'autre. Elle se rendit dans la chambre de son père où, sur une étagère, Ash entreposait ses potions. Le pot de pierre empli de baume gras était bien là. Sa sœur lui avait dit d'en appliquer sur les escarres que son père risquait de développer à force de rester allongé, mais jusque-là, plongé qu'il était dans sa stase artificielle, il avait été miraculeusement préservé. Elle trouva également le pot de miel, dans lequel elle mit des graines de coriandre écrasées, ce qui aiderait Wylm à combattre sa fièvre. Willow mit les pots dans son tablier et déchira le bas de la cape de son père pour en faire un bandage. Dans la cuisine, elle prit un peu de pain de la veille et du faisan froid protégé par un torchon en lin. Les bras chargés de ces provisions et d'une outre emplie d'eau, elle avait presque atteint la porte lorsque Heath se réveilla.

— Willow ? appela-t-il d'une voix ensommeillée.

Elle se figea, le cœur battant à tout rompre. Pourquoi se sentait-elle si coupable ? N'était-elle pas en train d'accomplir l'œuvre de Maava ?

— Je vais faire un tour, répondit-elle avec naturel et sang-froid.

— D'accord.

Elle claqua la porte dans son dos et s'en fut. Le soleil était en train de se lever, et une lumière dorée inondait la forêt. Elle écouta, puis décida de faire savoir qu'elle était là.

— Eh ! ho !

— Oui ! répondit Wylm. Par ici !

Elle prit une profonde inspiration et s'enfonça dans la forêt. Cent mètres plus loin, elle les trouva. Wylm avait noué une grande peau de bête à quelques branches pour faire un toit de fortune. Puis il avait étalé des fourrures et des couvertures par terre. Le petit garçon était assis là, qui faisait tourner un anneau autour de son doigt. Wylm était allongé sur le flanc, la peau exagérément blanche, couverte de transpiration.

— Prenez un peu de ça, lui dit-elle en lui tendant le mélange de miel et de coriandre.

— Combien ? demanda-t-il en soulevant le couvercle.

— Je ne suis pas sûre, hésita-t-elle. Videz le pot.

Il renversa le pot au-dessus de sa bouche et laissa le remède goutter sur sa langue.

— Depuis combien de temps cette plaie est-elle infectée ? l'interrogea-t-elle en défaisant son bandage.

— J'ai été blessé il y a plus d'une semaine. La plaie semblait sur le point de guérir, et puis j'ai trempé ma main dans l'eau de mer plusieurs jours d'affilée. Voyager avec le garçon, avec toute cette saleté, ces cordes à manipuler…

Il grimaça comme elle lui tournait sa main pour l'examiner à la lumière, et avala ce qui restait du remède.

— Et votre fièvre ?

— Ça fait trois jours, maintenant.

— Laissez-moi nettoyer la blessure et la panser. Pendant que je travaillerai, parlez-moi du garçon et dites-moi comment vous avez fait pour vous retrouver ici, dans cette forêt.

Wylm détourna les yeux tandis qu'elle versait de l'eau propre sur la plaie et la nettoyait sans aucune hésitation.

— J'ai trouvé Eni dans la maison de son père mort, dans une ferme située tout près de Blicstowe. Il entend, mais ne comprend presque rien. Et il est aveugle. C'est le fils de Bluebell. Voyez son anneau. Je sais que son père était l'amant de votre sœur.

Willow se concentra très fort sur son travail pour ne pas rougir à la mention du mot « amant ». Elle usa de ses ongles pour retirer la terre incrustée dans la blessure. Un fluide blanc jaune s'écoula de la plaie, dégoulinant sur la main de Wylm et les couvertures, en dessous.

— Cette ferme était-elle entretenue par un certain Sabert ? s'enquit Willow.

— Je ne lui ai pas demandé comment il s'appelait.

— Un type brun et trapu ?

— Oui.

— Je l'y ai rencontré une fois, quand j'étais enfant, expliqua Willow. J'avais fait le voyage avec Bluebell. Je n'imaginais pas qu'ils… Il avait l'air gentil. Je suis triste qu'il soit mort. Je crois me souvenir d'un garçonnet. Ce doit être lui.

— Oui, sans doute.

— Tu as beaucoup grandi, dit-elle à Eni avant de se retourner vers Wylm. Vous avez parlé d'eau de mer…

— Nous avons passé six jours en mer. Des raiders nous avaient capturés et conduits dans le repaire du roi Hakon sur Hrafnsey.

— Non ! Le roi Hakon existe vraiment ? Je croyais que c'était un personnage inventé pour effrayer les enfants.

— Il existe bel et bien. Et il fait peur à voir, croyez-moi. (Wylm s'interrompit pendant quelques secondes, puis reprit d'une voix d'acier.) Des païens… Tous !

Willow releva la tête.

— Je vous ai vue. Avec votre triangle.

— Je…

— Ce n'est pas grave, Willow. Je vous avais déjà vue avec auparavant. Je connais votre secret, et il ne me dérange pas. En réalité, je le partage.

— Vous êtes… ?

— Je suis un enfant de Maava. Du moins je m'efforce de l'être. Je suis persuadé que Maava guidait ma main quand j'ai réussi à m'échapper de cette île avec Eni à bord d'un petit bateau de pêche. Le premier jour s'est bien passé, et puis le ciel s'est couvert et la mer s'est déchaînée, nous secouant dans tous les sens.

Willow retourna la main de Wylm pour voir à la lumière du soleil si elle avait nettoyé la plaie correctement. Satisfaite, elle la rinça une dernière fois et la maintint levée pour qu'elle sèche dans l'atmosphère fraîche du matin. C'est alors qu'elle se rendit réellement compte qu'elle tenait la main de Wylm dans la sienne. Wylm, dont elle avait rêvé, et qui venait de lui conter son évasion héroïque de l'île du monstrueux roi Corbeau.

— Continuez, je vous écoute, l'encouragea-t-elle.

— Nous sommes partis si précipitamment. J'ai pris des peaux et des couvertures, mais je n'ai pas pensé à l'eau. Il a commencé à pleuvoir, et le garçon, frigorifié, n'arrêtait pas de trembler. Au moins avons-nous pu recueillir assez d'eau pour boire.

Willow regarda l'enfant. Il était parfaitement immobile, comme s'il écoutait une musique qu'il était le seul à entendre.

— J'ai dû manipuler la voile avec ma main blessée. Une fois, une violente rafale a gonflé la voile d'un seul coup, et la corde m'a échappé, rouvrant la plaie. J'ai bien cru qu'elle ne cesserait jamais de saigner.

— Ne bougez pas, lui ordonna-t-elle en débouchant un autre pot pour lui appliquer du baume.

— Je savais où vous étiez. Le père d'Eni me l'avait dit. Il a parlé avant de succomber à la blessure que lui avait infligée Bluebell elle-même dans un accès de rage. Il m'a dit… (Il baissa la voix comme s'il craignait que quelqu'un l'entende.) Il m'a dit que Bluebell avait délibérément empoisonné son père parce qu'il était sur le point de se convertir à la foi du trimartyr.

Le cœur de Willow se glaça.

— Quoi ?

— Je suis désolé, Willow. Je sais que vous avez une très haute opinion de votre sœur.

Avait-elle une haute opinion de sa sœur ? Elle la trouvait terrifiante, inflexible, mais aussi extrêmement gentille. Il n'y avait rien de suspect ni de caché chez Bluebell, et Willow avait beaucoup de mal à croire qu'elle ait voulu tuer leur père, d'autant qu'elle semblait se donner beaucoup de mal pour le guérir.

Ou bien faisait-elle semblant ? Les païens étaient capables de tout.

Wylm poursuivit son récit.

— Pendant des jours, nous avons longé la côte ouest du Thyrsland à la recherche d'un endroit reconnaissable. La côte est tellement désolée, Willow. De la boue grise et des squelettes d'arbres. Un voyage dans une morte contrée. Il y a deux jours de ça, nous avons abandonné le bateau dans l'embouchure d'un fleuve boueux, le Gemærea, au nord d'ici.

— Vous avez marché pendant deux jours ? Dans votre état ?

— J'ai marché, acquiesça-t-il dans un hochement de tête. Avec le garçon. Et mon état s'est aggravé. Heureusement, je vous ai trouvée. Enfin. Et vous m'avez aidé, ajouta-t-il en regardant son bandage.

— Vous avez besoin de vous reposer. Dans un vrai lit.

— Je suis au sec, et j'ai des vêtements secs pour dormir.

— Je vous apporterai des couvertures dès que je le pourrai. Et le garçon ? Les hommes de Bluebell le connaissent-ils ? Il serait peut-être plus en sécurité à la ferme avec moi.

— Vous feriez ça ? Je vous serais extrêmement reconnaissant si vous l'emmeniez et que vous lui donniez un bon repas et un bain chaud. Mais je comprendrais que ce ne soit pas possible. Il faudrait que vous mentiez à Heath, et en tant que soldate de Maava, vous…

— Je mentirais pour un enfant affamé, affirma-t-elle d'une voix forte. (Elle serra le bandage et le noua fermement.) Pour mon neveu, si vous avez raison à propos de son identité.

— L'amant de Bluebell m'a tout dit, répéta Wylm. Il n'avait aucune raison de mentir.

— Les gens mentent souvent quand ils sont désespérés.

— Il n'était pas désespéré ; il était mourant et voulait que la vérité se sache.

Willow toucha avec douceur le bras du petit garçon.

— Eni, je m'appelle Willow. Tu veux venir à la ferme avec moi ? Je vais te donner à manger.

— Lapin ? demanda Eni en se balançant légèrement.

— Ça, c'est moi, expliqua Wylm. Il m'appelle Lapin. Lapin a besoin de dormir, dit-il à l'enfant. Lapin est malade.

— Quand tu auras mangé et pris un bain chaud, nous reviendrons voir Lapin, d'accord ? lui proposa Willow.

Il la laissa le prendre par la main et l'aider à se relever.

Wylm s'était déjà recouché sur le flanc, les yeux fermés.

— Dormir. Oui, j'ai besoin de dormir, murmura-t-il.

— Je reviendrai, le rassura Willow.

— Je sais.

Comme Eni traînait les pieds sur le chemin, Willow lui parla de sa voix la plus chaleureuse.

— Je sais que tu n'as pas envie de quitter Lapin, Eni, mais je vais te préparer du porridge et laver tes vêtements. (Elle se pencha plus près de lui et plissa le nez.) Oui, tu ne sens pas très bon. Tu m'aideras à étendre tes vêtements sur le citronnier, derrière la maison. C'est une journée très ensoleillée.

Elle se rappela qu'il était aveugle, mais ne savait pas quoi lui dire d'autre. Elle remarqua cependant qu'il s'était calmé.

Les rouages de son cerveau tournant à plein régime, elle ouvrit la porte. Maava ne voudrait pas qu'elle mente gratuitement, mais il était clair qu'elle ne pouvait pas dire la vérité à Heath. Ce que Wylm lui avait appris sur Bluebell n'était pas impossible. Bluebell aimait le sang, tout le monde le savait. Quand on adorait la mort à ce point, on ne pouvait pas être en harmonie avec les enseignements de Maava. Plus que n'importe qui d'autre, Bluebell se donnait du mal pour empêcher le trimartyr de prendre racine en Ælmesse. De quoi serait-elle capable pour s'assurer un avenir de reine ? *Anges, venez à moi. Maava, envoyez-moi vos émissaires. J'ai besoin que vous me mettiez sur la bonne voie.*

Aucun ange ne lui parla, mais quand elle posa les yeux sur le garçon maigrichon et crasseux, elle opta pour le comportement le plus humain. Elle fit asseoir Eni près de l'âtre. Heath avait rallumé le feu avant de s'éclipser, et de l'avoine cuisait déjà dans la marmite. Elle tourna un peu la cuillère tout en étudiant le visage d'Eni. Il ne ressemblait pas du tout à Bluebell. La bague ornée du sceau de son père était le seul indice qui suggérait que l'histoire de Wylm était vraie.

Willow se pencha vers lui et entreprit de le débarrasser de sa chemise.

— Laisse-toi faire. Je vais te donner une des chemises de mon père.

Quand Heath réapparut, Eni était assis dans un rai de lumière, près de la porte de derrière, en train de manger son avoine, vêtu d'une longue chemise sous laquelle dépassaient ses tibias et ses genoux cagneux et pâles. Willow était occupée à frotter ses vêtements avec un pain de lessive dans une bassine.

Heath se figea et fixa le garçon d'un regard étonné. Willow sentait battre son pouls dans sa gorge.

— Willow…, commença Heath sans lâcher Eni des yeux. Qui est cet enfant ?

— Je l'ignore. Je l'ai trouvé qui errait dans la forêt, ce matin, pendant que je ramassais des champignons. Il est aveugle, simplet et complètement perdu.

— Comment t'appelles-tu, mon garçon ? demanda Heath en s'agenouillant devant Eni.

— Lapin, répondit Eni.

— Je ne crois pas qu'il connaisse son nom, intervint Willow. Avec votre permission, je l'emmènerai au village, cet après-midi, histoire de voir si je peux retrouver sa mère.

— D'accord, mais soyez prudente, acquiesça Heath en se relevant. Ne dites à personne qui vous êtes et où nous séjournons.

— Bien sûr.

Heath avait presque atteint la porte quand Willow le rappela.

— Heath ?

— Oui.

— Vous pensez que… À votre avis, qui a pu faire ça à notre roi ?

— Je ne sais pas.

— Un proche, peut-être ?

— Et vous, qu'en pensez-vous ? l'interrogea-t-il en plissant les yeux.

— Je n'en sais rien. Je suis comme vous, je ne sais pas.

Heath s'en fut, et Willow se remit à frotter les vêtements d'Eni en écoutant les anges, en attendant qu'ils lui disent à qui faire confiance.

Chapitre 25

Bluebell ferma la porte, chassant la lumière du jour. La maisonnette d'Yldra n'était pourvue que d'une fenêtre étroite, fermée presque hermétiquement par un volet. Sous la paille, il n'y avait que de la terre battue. L'âtre était un puits peu profond creusé dans le sol. Bluebell dut baisser la tête pour passer sous une poutre et entrer dans la pièce. Yldra se leva pour l'accueillir, et Bluebell vit immédiatement que la vieille femme était handicapée. Ses hanches n'étaient pas dans l'alignement de son corps, et un de ses pieds était tourné vers l'extérieur. Jamais elle ne serait capable de voyager.

Yldra tendit la main à Thrymm.

—Ah ! Bonne fille ! dit-elle, et la chienne lui lécha la main avec circonspection. Installe-toi à côté du feu pendant que je discute avec ta maîtresse, tu veux bien ? ajouta-t-elle en lui caressant la tête.

Thrymm obéit et regarda avec attention Yldra se tourner vers son invitée.

—Alors comme ça, tu es ma nièce ?

—Je suis Bluebell.

—Tu ignorais que tu avais une tante, n'est-ce pas ?

Ses yeux étaient d'un bleu très clair et sa peau pâle étonnamment peu ridée. Sa chevelure brune était grisonnante sur les tempes.

—En effet.

—Ta sœur savait.

— Rose a dit que vous lui aviez parlé. Que vous lui aviez envoyé un message.

— C'est la vérité, confirma Yldra en écartant les bras. Mais elle ne m'a pas écoutée.

Elle vint tout près de Bluebell en traînant la jambe. La jeune femme resta parfaitement immobile comme Yldra s'arrêtait devant elle. Elle lui arrivait à hauteur de clavicule et la fixait d'un regard perçant, les narines palpitant légèrement.

— Tu es le portrait craché de ton père.

Bluebell sentit le coin de sa bouche se soulever imperceptiblement en une esquisse de sourire. De nombreuses personnes le lui avaient déjà dit, mais cela lui faisait toujours plaisir. Yldra, en revanche, grimaçait ostensiblement.

— Père et vous…

— Non, il n'y a pas d'amour à trouver dans cette direction. J'imagine que tu l'as compris. T'a-t-il déjà parlé de moi ?

Bluebell secoua la tête.

— Pas une seule fois ? insista Yldra en haussant les sourcils.

— Non.

— Pourquoi, à ton avis ?

— Mon père étant un homme noble, dans ses pensées comme dans ses agissements, je suppose qu'il voulait vous protéger.

— Me protéger ?

— Oui, le sang compte beaucoup pour lui, confirma Bluebell dans un hochement de tête.

Yldra lâcha un gloussement.

— Oui, surtout quand il le fait couler, se moqua-t-elle en claudiquant jusqu'à l'âtre pour tisonner. J'imagine que tu veux manger quelque chose.

— J'ai des provisions dans mon sac, répondit Bluebell, dont le ventre gargouillait.

— Sur le banc, là, sous ce torchon, il y a du lapin froid et salé. Ici, du pain, et là, du fromage, montra Yldra d'un geste vague de la main en s'asseyant.

Bluebell comprit que, si elle voulait manger, elle allait devoir se servir elle-même. Elle découvrit la nourriture et se prépara une assiette.

— Y a-t-il un abri où je pourrais laisser mon cheval ? demanda-t-elle.

— Oui, en redescendant la colline, près de la rivière. Tu l'amèneras là-bas plus tard. Reste avec moi pour l'instant. Dis-moi pourquoi tu as fait ce long voyage.

Bluebell regarda par-dessus son épaule. Yldra lui tournait le dos.

— Vous ne le savez pas déjà ?

— Ton autre sœur, celle qui est empoisonnée, avait votre père en tête, mais je n'ai pas réussi à m'emparer de son idée. En plus, lire dans les pensées des gens n'est pas ma spécialité. Heureusement, d'ailleurs. Je n'imagine pas pire destin que celui d'être obligée d'entendre les pensées inintéressantes qui pullulent dans la tête de la plupart des êtres humains.

Bluebell prit son assiette et s'assit en face d'Yldra, de l'autre côté du feu. Celui-ci conférait de la chaleur au teint pâle de sa tante.

Sa tante. Bluebell pencha la tête sur le côté pour étudier Yldra. Il y avait beaucoup d'Yldra en Willow, par exemple : la pointe de l'implantation des cheveux, les pommettes larges et plates.

— Qu'est-ce que tu regardes ? grogna la vieille femme.

Bluebell se mit à manger.

— Je notais une certaine ressemblance avec ma sœur Willow, répondit-elle, la bouche pleine. Rose et Ash ressemblent à notre mère. Ivy est blonde comme moi, mais... jolie.

— Tu aurais pu être jolie si tu avais choisi une route différente.

— Comment savez-vous quelle route j'ai choisie, si vous n'êtes pas capable de lire dans mon esprit ?

— Je vis peut-être seule, mais il m'arrive de voyager et de commercer. Difficile de ne pas entendre parler de toi. Par ailleurs, ajouta-t-elle à contrecœur, vous êtes de ma famille, et j'ai glané toutes les informations que je pouvais sur vous toutes.

La viande de lapin était salée et sucrée. Bluebell la dévora avec appétit, rongeant les os à blanc. Puis elle essuya ses doigts sur sa tunique et posa son assiette.

— Père est malade. Il a été ensorcelé. Vous allez le guérir.

— Je vais faire ça ? demanda Yldra, impassible.

— Oui. Parce que vous êtes sous-magicienne et qu'il est votre frère.

— Et si je ne peux pas le guérir ?

— Essayez, au moins.

— Et si je ne *veux* pas le guérir ?

Bluebell ne comprenait pas le sens de sa question.

— C'est un parent. Et le roi d'Ælmesse. Vous ferez de votre mieux pour l'amour de votre sang et pour préserver la paix dans le Thyrsland.

Yldra prit une profonde inspiration et poussa un soupir.

— Si tu le dis.

— Vous êtes boiteuse. Pouvez-vous voyager ? Je peux essayer de dégotter une charrette et…

— Je peux voyager. Ne t'en fais pas pour ça. Je voyage vite et bien. Plus vite que vous.

Bluebell fronça les sourcils. Elle n'était pas sûre de comprendre.

— Dans ce cas, nous partirons demain.

— Tu n'es pas mon officier, jeune femme.

Une ombre traversa le front de la vieille femme, et un tourbillon ambré s'éleva de l'âtre avant de retomber.

Bluebell se rendit compte que son rythme cardiaque s'était accéléré.

— Tu te trompes à propos d'Æthlric. Il ne m'a pas cachée pour me protéger, affirma Yldra en secouant la tête et en faisant la moue, comme si elle goûtait quelque chose de désagréable.

Bluebell garda le silence, refusant de demander des précisions. Elle ne voulait pas savoir.

— Quel âge crois-tu que j'aie ? reprit Yldra.

— Je ne sais pas.

— J'ai soixante hivers.

— Joyeux anniversaire, dit Bluebell en haussant les épaules.

— Ton père en a cinquante-huit, n'est-ce pas ?

— Je ne vois pas ce que…

Et puis elle vit. Elle comprenait très bien ce qu'Yldra essayait de lui dire.

Yldra était l'aînée.

— Eh oui, poursuivit la vieille femme en agitant un doigt crochu. Maintenant, tu comprends. Je suis une femme, et Æthlric est un homme. Je devais monter sur le trône d'Ælmesse, mais il m'en a empêchée, assena-t-elle en serrant le poing et en faisant le geste de saisir quelque chose. Il ne croit pas que les femmes puissent gouverner.

Bluebell refusait de comprendre ce qu'on lui disait.

— Le roi du Thyrsland doit être un guerrier. Votre père était un grand combattant, et Æthlric est le meilleur de tous. Peut-être craignaient-ils d'être dirigés par un roi incapable de donner l'exemple à ses soldats au cœur de la bataille.

— Une *reine*, Bluebell. Donne-toi tout le mal que tu voudras, tu n'auras jamais de pénis, contra Yldra avec un sourire en coin. Une reine guerrière qui s'était entraînée aussi durement que n'importe quel homme, qui comprenait la stratégie, une reine capable de s'emplir d'une énergie surnaturelle..., énuméra la vieille femme, le regard de feu.

— Vous, s'étonna Bluebell.

— Il y a eu cette escarmouche contre ces chiens du Netelchester, expliqua Yldra en montrant sa hanche. Avec l'oncle de ton ami Wengest. Il m'a fait tomber de cheval et m'a enfoncé sa lance dans le pelvis avant de me jeter dans le fond d'un ravin. Je suis restée là six jours, le corps brisé. Et puis j'ai compris que personne ne viendrait me chercher et je m'en suis sortie toute seule. Quand je suis enfin rentrée à la maison, la décision avait été prise : Æthlric serait le nouveau roi.

— Parce qu'il était meilleur guerrier ? Parce qu'il n'était pas handicapé ?

— Crois ce que tu voudras. Tu sais en ton cœur ce qui est juste.

Bluebell scruta Yldra dans la lumière tamisée et enfumée du feu qui craquait doucement. Elle entendait les martèlements de son cœur dans ses oreilles.

— Acceptez-vous de m'accompagner ? finit-elle par demander.

Yldra plongea son regard dans celui de sa nièce.

— Pas par amour, en tout cas.

— Pour l'argent, alors. Je vous paierai bien.

— Je vis simplement, rétorqua Yldra en désignant sa maison d'un geste du bras.

— Par curiosité, alors.

Yldra haussa les épaules.

— Que puis-je vous offrir ?

— Pourquoi veux-tu le sauver ? Quand il mourra, tu deviendras reine.

— La vie de mon père m'importe plus que mes ambitions personnelles.

— Vraiment ?

— Bien sûr.

Une pause.

— Je suis impressionnée, reprit Yldra avec un sourire malicieux. J'imagine que tu n'as aucune intention de me confier les rênes du royaume, n'est-ce pas ? Même si tu connais la vérité ?

Bluebell décida d'avancer prudemment.

— En Ælmesse, personne ne vous reconnaîtrait ni n'aurait confiance en vous. En revanche, vous seriez la bienvenue à Blicstowe. Vous y seriez accueillie comme un membre de la famille, et vous mettriez vos aptitudes à profit pour maintenir la paix dans le Thyrsland.

— Tu me laisserais faire ça ?

— Oui, évidemment.

Son regard se fit noir, pareil à celui d'un oiseau.

— C'est bien plus que ne m'a jamais proposé ton père. Pourquoi, à ton avis ?

Il avait honte.

— Je l'ignore.

— Tu l'ignores ? Tu connais son esprit tellement bien, pourtant. C'est ce que dit ta légende, tout du moins.

Il avait honte du traitement infligé à sa sœur, mais il craignait aussi que celle-ci, une fois en position de force, tente de le chasser du trône pour prendre sa place.

— Venez avec moi, guérissez-le et posez-lui la question vous-même.

— Bien, acquiesça Yldra dans un hochement de tête. Dans ce cas…

Un soulagement intense se propagea derrière les yeux bleus de Bluebell.

—Nous partons demain matin, alors ?

—Non, nous devrons voyager de nuit.

—Mon cheval ne peut pas voyager de nuit, protesta Bluebell en se penchant en avant et en secouant la tête.

—Il le faudra bien. La nuit et seulement la nuit, insista Yldra en lissant sa jupe sur ses cuisses. Je passerai la journée de demain à extraire toute la force que je pourrai de la Terre Mère, et nous partirons une fois que le soleil aura disparu derrière le monde. Nous voyagerons presque deux fois plus vite qu'au rythme auquel tu es habituée. Les chevaux ne se fatigueront pas, au contraire de toi, peut-être, ajouta-t-elle avec un sourire un peu cruel. Tu devras assurer ma protection durant le jour, pendant que je me régénérerai, et voyager la nuit quand mon corps sera en pleine possession de ses moyens.

—Vous êtes en train de me dire que, par votre magie, vous allez vous affranchir de votre handicap ?

—Suffisamment pour pouvoir voyager, en tout cas. Mieux encore, je peux faire en sorte que les chevaux voient la nuit et galopent deux fois plus vite. Ah, je lis dans ton regard ! Tu te dis que ce serait très, très utile dans la bataille. Ton père n'était pas de cet avis.

—Il fait nuit ; nous pourrions partir de suite.

—J'ai besoin de me régénérer. Durant la journée. Quand la chaleur du soleil se diffuse dans le sol.

—Je ne comprends pas.

—Tu comprendras bientôt. Où est ton père ? À Blicstowe ?

—Dans une ferme, près de Stonemantel.

—Nous y serons dans une semaine.

—Vraiment ? s'étonna Bluebell, comme son cœur s'emballait.

Puis une pensée plus noire l'assaillit : et s'il était déjà mort ?

—Cela dépendra de la quantité de magie que je parviendrai à extraire du sol, mais je pense que le voyage sera facile et rapide. Je te conseille de te reposer cette nuit, parce que tu n'auras pas beaucoup l'occasion de le faire durant la semaine à venir.

— Et mon cheval ?

— Occupe-toi de lui tout de suite. En attendant, je commence à me préparer.

Lorsque Bluebell fut de retour, elle constata qu'Yldra avait dégagé un espace pour lui permettre de dérouler sa couverture sur le sol. Ainsi Bluebell étira-t-elle sa longue carcasse sur sa couche pendant qu'Yldra vaquait à ses occupations, rassemblait des affaires qu'elle rangeait dans un sac brodé. Bluebell ferma les paupières et tenta de dormir, mais elle ne sombra que bien plus tard, après qu'Yldra eut terminé ses préparatifs et qu'elle se fut couchée dans son petit lit, sous la poutre la plus basse de la pièce, et que le feu se fut presque éteint. Elle rêva de son père, sauf que ce n'était pas son père, mais un étranger aux cheveux gris qui disait une chose et en pensait une autre.

Bluebell fut réveillée par une odeur de terre et de cendres, et par les rayons du soleil qui transperçaient ses paupières. Elle ouvrit les yeux. Le jour aveuglant s'engouffrait dans la maison par la fenêtre. Bluebell s'assit. Yldra avait balayé la paille à côté de son lit et creusait le sol en terre battue avec les doigts.

— Qu'est-ce que vous faites ? lui demanda Bluebell d'une voix ensommeillée.

— Le sol est meuble, répondit la vieille femme. Ne t'en fais pas. J'ai l'habitude.

— Pourquoi creusez-vous ?

— Pour me régénérer avec la magie de la Terre Mère.

La mémoire de Bluebell se réveilla à son tour. Elle avait entendu parler de ces pratiques, évoquées avec beaucoup de méfiance par ceux qui s'opposaient à la sous-magie. *Ils s'enterrent vivants.*

— Vous avez… besoin d'aide ?

— Je me débrouille très bien toute seule. Ce n'est pas la première fois que je fais ça.

Sous le regard de Bluebell, Yldra s'assit dans la cuvette qu'elle avait creusée de ses mains et entreprit de se couvrir les jambes et le bas du corps avec la terre.

— Comment allez-vous faire pour respirer ?

— Ne crois pas tout ce qu'on raconte. Je ne vais couvrir ni mes bras ni mon visage. (Elle tassa la terre sur ses jambes et en ramena encore vers elle.) Les rayons du soleil vont frapper ce coin précis pendant une heure. Ils réchaufferont le sol, et moi, je me régénérerai jusqu'à la tombée de la nuit.

— Vous vous régénérerez ?

— C'est un genre de sommeil profond. Je n'entendrai ni ne verrai rien jusqu'à mon réveil. Ici, je suis en sécurité ; sur la route, en revanche, je serai la cible facile de tous les sous-magiciens du Bradsey.

— Je ne permettrai pas qu'il vous arrive quoi que ce soit.

— Il vaudrait mieux, glousse Yldra. C'est une grande faveur que je te fais.

— Plutôt à votre frère.

Yldra se figea et lui lança un regard assassin.

— Ça, sûrement pas. (Elle se remit au travail, finissant de remplir son trou avant de s'allonger et de mettre un peu de terre sur sa poitrine.) Prépare-toi de la nourriture et apprête les chevaux pour cet après-midi. Si tu as le temps, repose-toi. Je dois te laisser, maintenant.

— D'accord.

Yldra ferma les yeux et, très bientôt, devint parfaitement immobile.

Bluebell se leva et se rapprocha de la fosse. Le visage d'Yldra était pâle et détendu. Dans la lumière puissante du soleil, on voyait les imperfections de sa peau, les ridules, les poils clairs qui lui poussaient sur le menton. Bluebell l'observa pendant quelques minutes. Si quelqu'un la regardait avec une telle intensité pendant qu'elle dormait, Bluebell se réveillerait – elle en était certaine. Yldra, elle, resta comme morte.

La maisonnette était plongée dans le calme. Des oiseaux chantaient dans la forêt, loin. Bluebell jeta un coup d'œil circulaire sur la pièce unique, se rapprocha du banc, trouva de la nourriture, mangea. La maison était toujours sombre et silencieuse. La jeune femme songea à aller couper du bois dehors, chercher de l'eau ou… Tout était préférable au silence de mort de cette hutte.

Elle s'assit lourdement près de l'âtre froid. Ce qui la dérangeait, ce n'était pas le silence mais le train de ses pensées. Son père avait pris la place d'Yldra sur le trône d'Ælmesse. Elle se répéta qu'il aurait fait la même chose s'il avait eu un frère aîné blessé au combat, incapable de diriger son armée. Sauf qu'elle savait avec certitude que ce n'était pas la vérité. Les talents d'Yldra compensaient largement les défaillances de son corps. Au lieu de la garder à ses côtés, d'écouter ses conseils et de l'honorer comme elle aurait mérité de l'être, il l'avait laissée vivre l'exil. Il avait permis qu'elle soit littéralement effacée de la mémoire familiale. Bluebell avait beau aimer son père à la folie, elle savait qu'il avait mal agi.

Quand Yldra l'aurait guéri, elle l'interrogerait. Cette idée lui remonta un peu le moral, et elle s'assit pour attendre le silence doux du matin.

Bluebell sella et chargea les chevaux avant le coucher du soleil. Quand elle retourna dans la maisonnette, Yldra était en train de nettoyer sa chevelure pleine de terre.

— Ah, te voilà.

— Les chevaux sont prêts.

— Parfait. Où ai-je bien pu mettre mon sac ?

Bluebell attrapa le sac brodé resté toute la journée contre le banc. Yldra vint le lui prendre des mains d'une démarche fluide et facile.

— Vous marchez normalement.

— Bien sûr, mais seulement quand j'ai passé quelques heures ensevelie sous de la terre chaude, précisa la vieille femme en suspendant le sac à son épaule. La plupart du temps, ça n'en vaut pas la peine.

Bluebell avait du mal à y croire. Si elle était handicapée ou diminuée physiquement, elle serait prête à tout pour recouvrer ses moyens. Machinalement, elle porta la main à son flanc, où le Dieu Cheval avait soigné sa blessure.

Yldra remarqua son geste, et ses narines palpitèrent.

— C'est de là que vient l'odeur, alors…

— L'odeur ?

— De magie. Celle du Dieu Cheval. Brute, faisandée. L'odeur d'une belette effrayée ou du lisier de porc, de loin. Elle est légère, mais bien là.

— La veille de mon arrivée chez vous, expliqua Bluebell, j'ai été attaquée par quatre raiders. J'ai été mortellement blessée, mais le Dieu Cheval m'est apparu sous les traits de votre père.

— Ce vieil imbécile, gloussa Yldra. Tu dois t'estimer heureuse, je suppose. (Et puis elle ajouta d'un ton plus doux, à la grande surprise de Bluebell :) Je suis contente que tu ne sois pas morte.

— Et moi donc !

— Malheureusement, tu peux être certaine que les sous-magiciens, où qu'ils soient, te sentiront. Et certains d'entre eux ne seront pas contents.

— Pourquoi ?

— Parce qu'il nous faut des heures et des heures de dur labeur, de concentration et d'un équilibre très difficile à atteindre pour obtenir de la Terre Mère qu'elle nous bénisse de sa magie. Le Dieu Cheval, lui, distribue la sienne instantanément et avec une partialité difficile à accepter. Il t'aime, c'est certain, ajouta-t-elle en désignant Bluebell du doigt. Tu lui as fait cadeau de nombreuses âmes.

— La magie, ça me fatigue, se défendit Bluebell en levant les deux mains. Je ne la vois ni ne la comprends. Êtes-vous prête à partir ?

Yldra bascula la tête en arrière et partit d'un rire tonitruant, sonore, venant du ventre.

— Oui, tu as raison, il se fait tard.

Dehors, les longues ombres de la fin d'après-midi se dissolvaient dans la nuit. Isern lança un regard incertain à Bluebell, qui lui caressa la joue.

— Tout va bien se passer, mon ami, le rassura-t-elle.

Les mains posées sur le flanc de sa monture, Yldra murmurait quelque chose d'inaudible. Puis elle s'approcha d'Isern et de Thrymm pour faire la même chose.

— Allons-y, lança-t-elle enfin en montant facilement en selle.

Bluebell tapota le cou d'Isern et l'imita. Elle donna un léger coup de talon à l'animal, qui s'ébranla avec assurance, comme en plein jour.

— Allez ! s'écria Yldra en souriant à sa nièce.

Les chevaux galopaient sur le sol irrégulier avec une facilité déconcertante. Très vite, ils s'élancèrent sur la plaine, suivis de près par Thrymm. Isern ne semblait ni fatigué ni apeuré, aussi Bluebell se détendit-elle et laissa-t-elle sa tante galoper en tête.

Yldra l'entraîna sur une route différente de celle qu'elle avait empruntée à l'aller. Elle longea la forêt sombre dans laquelle les avait entraînées Unweder, préférant couper à travers des plaines encadrées par des arbres et parsemées de rochers dressés. La lune déclinante était lumineuse dans le ciel sans nuages, dispensant sa lumière argentée et inquiétante. Comme elles voyageaient à grande vitesse, Bluebell n'avait pas le temps d'observer ce qui l'entourait. Des chicots blancs, restes de tours géantes luisant d'un éclat marmoréen dans le clair de lune ; un énorme arbre dont les branches écartées paraissaient recueillir une magie venue du ciel ; une petite enclave de maisonnettes chaulées semblables à celle d'Yldra, au milieu de ruines croulantes. L'atmosphère sentait la terre humide, la pluie à venir et les fleurs de nuit au parfum doux-amer. Dans ce paysage de sous-magie, Bluebell avait l'impression d'évoluer dans un rêve. Elle laissa son esprit vagabonder. Elle pensa à Ash, à Rose, à son père. Étaient-ils en bonne santé et en sécurité si loin de son cercle d'influence ? Elle observa Yldra, qui chevauchait devant elle, la cape volant au vent, son derrière dodu rebondissant sur la selle. Bluebell sourit. Elle aimait bien Yldra, même si elle était sous-magicienne. Peut-être parce qu'elles avaient le même sang. De fait, Bluebell comptait bien la faire revenir à Blicstowe quand son père serait guéri. Elle ferait de son mieux pour qu'ils règlent leurs différends, même si cela impliquait de céder quelques terres à Yldra. La sœur d'un roi n'avait pas le droit de vivre dans une hutte de terre perdue au milieu de nulle part.

Après quelques heures de chevauchée, Bluebell commença à avoir mal aux membres. Elle n'avait pas besoin de beaucoup de sommeil – peut-être une heure ou deux –, mais Yldra refusa.

— Si nous nous arrêtons ou ralentissons maintenant, je vais devoir renouveler mes sortilèges, ce qui me fera perdre beaucoup d'énergie. Nous devrons ralentir, j'aurai besoin de plus de temps pour me régénérer demain, et ma hanche recommencera à me faire souffrir. Non, il faut continuer.

Alors Bluebell continua. Après minuit, le paysage gris argenté était tellement désert qu'Yldra et elle auraient pu être les dernières survivantes de l'humanité. L'herbe était luisante de rosée. Le vent se calma, puis cessa complètement de souffler, et le ciel s'éclaircit enfin. Les yeux de Bluebell étaient presque collés de sommeil, et les rouages de son cerveau tournaient au ralenti.

— Arrêtons-nous ici, proposa Yldra. Repose-toi un peu pendant que je creuse ma fosse.

Bluebell mit pied à terre. Elles se trouvaient dans une vallée tranquille parsemée de rochers gris et de jeunes arbres cassés. Les rayons rasants du soleil éclairaient le panorama, ainsi que les cheveux gris d'Yldra.

Bluebell déroula sa couverture et se coucha, sombrant avec délice dans un sommeil bien trop bref, car sa tante ne tarda pas à la réveiller. Elle ouvrit les yeux et constata qu'il faisait jour. Il s'était écoulé environ deux heures, estima-t-elle, et pourtant, elle avait l'impression d'avoir simplement cligné des yeux.

— Déjà ?

— Je dois m'ensevelir dans cette terre dès que les premiers rayons du soleil la frappent, expliqua Yldra avec sérieux. Tu vas rester éveillée, n'est-ce pas ? Je ne pourrai pas me défendre.

— Bien sûr, acquiesça Bluebell en se levant et en se secouant un peu. Faites ce que vous devez faire.

Pendant qu'Yldra s'ensevelissait, Bluebell alla chercher sa cotte de mailles et son heaume dans son sac. Elle prit son arme et s'assit sur un rocher à côté d'Yldra, déjà parfaitement immobile et silencieuse.

Bluebell observa les oiseaux qui passaient au-dessus d'elles. Elle regarda l'herbe haute qui dessinait des motifs ensoleillés sous l'effet du vent. Elle entendit un ruisseau lointain et eut soif. Elle prit sa gourde, but goulûment et se demanda s'il serait sage de laisser Yldra seule pendant quelques minutes le temps d'aller la remplir. Non. Elle préféra fouiller dans les affaires de sa tante et boire un peu de son eau. De tous les objets qu'elle découvrit dans le fatras d'Yldra, elle ne reconnut presque rien. Une patte de lapin, un morceau de verre rond, un collier de perles en ambre maculées de gouttes de sang, une bonne dizaine de sachets en coton emplis de plantes séchées, un morceau de parchemin à l'odeur étrange et familière, des brindilles, des cailloux à l'aspect parfaitement ordinaire et inintéressant.

Bluebell retourna à son rocher. Yldra était figée. Les oiseaux, le vent, le ruisseau. Rien n'avait changé. Ses paupières se faisant lourdes, elle se leva pour faire les cent pas. Isern et le cheval de sa tante dormaient. Thrymm dormait. Yldra dormait. Seule Bluebell veillait, tournant en rond et attendant que la journée se termine.

Bluebell avait accueilli la nuit avec joie. Avec celle-ci, cependant, était venu le temps de remonter à cheval et de galoper sans relâche.

Elle laissa Isern la porter, suivre la cadence surnaturelle d'Yldra, mais ne s'autorisa pas à dormir de crainte de tomber. Par ailleurs, Yldra l'avait mise en garde juste avant leur départ.

—Ces deux prochains jours, nous allons traverser des territoires dangereux.

—Les raiders…

—Non, les sous-magiciens.

—Vous êtes une sous-magicienne.

—Nous nous approchons de la mer. La côte ouest du Thyrsland est une région sauvage qui attire ceux d'entre nous qui s'intéressent le plus aux formes les plus sauvages de magie, justement. Nous allons traverser nombre de toiles d'araignée.

Comme nous sommes cernées, il serait vain de tenter de passer inaperçues. Ils sentiront notre présence.

— Je ne peux pas grand-chose contre la magie, Yldra. Mon épée m'est inutile contre elle.

— Avec ton épée et ma magie, nous survivrons. Peut-être même nous laisseront-ils en paix. Viens. Vers la mer.

Elles bifurquèrent vers l'ouest. Un vent de face violent s'engouffrait dans les cheveux de Bluebell et secouait les branches des arbres déformés qui bordaient la route gravillonnée menant à l'océan. Les vents principaux du Thyrsland soufflaient d'ouest en est, venaient du Grand Océan qui s'étirait, inhospitalier, sur des milliers de kilomètres. En hiver, il arrivait que le vent balaie le pays tout entier, apportant ses pluies glacées jusqu'à la côte est et sa mer plus calme. En été, le vent se chargeait d'une chaleur humide originaire des mystérieuses terres du Sud. Cette nuit-là, il était vif, charriant une odeur d'algues, s'infiltrant dans la gorge de Bluebell lorsqu'elle ouvrait la bouche pour bâiller. À intervalles réguliers, une brève averse les mouillait, laissant dans son sillage une odeur fraîche et propre.

Vers le milieu de la nuit, Bluebell avisa une silhouette sombre et immobile au milieu de la route.

— Ne fais pas attention ! s'écria Yldra d'une voix rendue légère par le vent. Ne t'attarde sur rien de ce que tu verras !

Elles galopaient vers la silhouette – un petit enfant –, qui leva les bras pour leur faire signe.

— Eh ! Arrêtez ! Arrêtez !

Bluebell se pencha en avant sur sa selle.

— Je vais mourir ! Aidez-moi !

— C'est un piège ! cria Yldra.

— Eh ! Eh !

Comme elles arrivaient à sa hauteur, Bluebell risqua un coup d'œil sur le côté pour le voir de plus près. Son visage était gris et lisse, dépourvu de tout trait. Elle en eut la chair de poule.

— Eh ! répéta le personnage, et sa voix sembla venir de partout à la fois.

Soudain, juste avant de le dépasser, Bluebell vit sa face s'éclairer d'une vive lumière blanche – brièvement, comme un éclair dans le ciel. Le petit garçon tomba sur la route et se révéla n'être qu'un mannequin de bois avec des vêtements. L'éclair resta imprimé sur la rétine de Bluebell.

Elles croisèrent deux autres thræls, des leurres qui attiraient les voyageurs peu circonspects, futurs victimes de leur dangereuse magie. Bluebell garda son regard rivé sur la route, refusant d'écouter leurs questions et supplications. Bientôt, elles longèrent le sommet d'une colline, et l'océan apparut dans toute son immensité. Agité et vert sombre dans le clair de lune. Au large, très, très loin, il lui sembla voir une source de lumière, luciole ballottée dans tous les sens, mais quand elle se concentra dessus, celle-ci disparut.

Le grondement des vagues devenait assourdissant à mesure qu'elles longeaient le bord de la falaise vers le sud. Bluebell agrippait fermement les rênes d'Isern, attendant avec impatience que le jour se lève afin de pouvoir dormir, mais sachant que cela ne suffirait pas à soulager ses membres endoloris.

Comme l'aube commençait à teinter le ciel, Bluebell entreprit de descendre au galop vers le pied de la falaise, où la route débouchait sur une large plage grise. L'odeur était intense, âcre. Des monceaux d'algues noires formaient de longues dunes dans lesquelles pourrissaient des poissons pris au piège. Le squelette d'une grosse créature marine – côtes blanchies, crâne vide méconnaissable – gisait à moitié enfoui dans le sable. Une grande arche de pierre se dressait dans le courant froid, les vagues bleu-noir déferlant et refluant bruyamment autour de ses pieds. Yldra ayant ralenti, Bluebell arriva à sa hauteur.

— C'est l'heure de s'arrêter ? demanda-t-elle.

— Je crois que je vais utiliser le sable, acquiesça Yldra dans un hochement de tête.

L'estomac de Bluebell se serra. Yldra ne mettrait pas longtemps à creuser un trou dans le sable.

— J'ai besoin d'au moins deux heures de sommeil, protesta-t-elle.

— Le cycle ne doit être ni ralenti ni stoppé, rétorqua Yldra en la fixant d'un regard perçant.

— Si le terrain était dur, j'aurais mes deux heures de sommeil ! Vous voulez me punir de quelque chose ?

— Couche-toi et dors, dit Yldra en désignant le sable.

Bluebell dormit pendant une minute, lui sembla-t-il. Jusqu'à ce qu'Yldra la réveille.

— Allez, allez, il est l'heure que je m'enfouisse. Debout, debout, Bluebell. Et attention aux sous-magiciens.

— Que dois-je faire si l'un d'entre eux vient et me parle ?

— Ne lui réponds pas. Ne dis rien, insista Yldra en recouvrant ses jambes et en s'allongeant. Surtout, ne le laisse pas me toucher. Il essaierait de me voler ma magie. Tu n'as pas envie de te retrouver coincée au milieu de nulle part avec une vieille femme handicapée incapable de guérir ton père, n'est-ce pas ?

Bluebell nourrit et abreuva les chevaux, qui baissèrent aussitôt la tête pour dormir. Pendant un certain temps, Thrymm resta éveillée, puis finit par dodeliner du museau et par s'endormir sur les genoux de Bluebell. Des rafales de vent soulevaient des grains de sable et les projetaient sur le visage et les mains de la jeune femme. Ses lèvres étaient sèches et salées. Les vagues affluaient et refluaient. Une volée d'oiseaux marins passait et repassait sous l'arche de pierre.

Bluebell admirait leur ballet, hypnotisée, seule sur la bordure grise du monde.

Elle sombra dans un sommeil granuleux pendant un instant seulement, pensa-t-elle, mais lorsqu'elle rouvrit les yeux, elle découvrit deux pieds nus dans le sable, devant elle. Elle releva aussitôt la tête et avisa un homme grand et bien portant, à la barbe noire et broussailleuse et aux petits yeux noirs eux aussi.

Bluebell bondit sur ses pieds, les mains sur les hanches. Thrymm se leva à son tour et se mit à gronder. Le sommeil était déjà loin, mais tout semblait néanmoins trop lumineux, et le ronflement des vagues trop bruyant.

— Qui êtes-vous ? commença l'homme d'un ton bourru.

Il portait un collier de coquillages et d'ossements qui tintaient doucement lorsqu'il bougeait. Ses haillons crasseux puaient la sueur et l'urine. Il avait un gros bouton rose blanc sur la lèvre inférieure et les dents marron.

« *Ne lui réponds pas. Ne dis rien.* » Bluebell dégaina son épée et fit signe à l'homme de partir.

Il releva le menton et huma l'atmosphère.

— Ça pue la magie de cheval, ici.

— Allez vous faire foutre, répondit Bluebell, frustrée de ne pas lui avoir fait peur.

Il se désintéressa d'elle et se tourna vers Yldra, les mains tendues. Bluebell se mit en travers de sa route et fit siffler son épée dans les airs, l'arrêtant à un centimètre du poignet de l'homme. Il la regarda fixement, le vent soulevant ses longs cheveux noirs. Puis il huma de nouveau l'atmosphère et examina le flanc de la jeune femme.

Bluebell eut la chair de poule.

Comme il faisait mine de se diriger vers Yldra, elle prit un air sévère pour le décourager. S'il était déterminé à mourir, eh bien, elle ne pourrait pas l'en empêcher. Elle se jeta en avant et lui transperça le cœur. L'homme s'écroula, le sable collant à son sang, coagulant avec lui en un amas rougeâtre.

Le sous-magicien leva la main, comme pour implorer son aide. La jeune femme fit un pas en arrière, mais trop tard. Il pointa un doigt dans sa direction, et la douleur dans le flanc de Bluebell se réveilla, atroce. Puis l'homme s'affaissa, et la souffrance se dissipa, se résumant à une pulsation sourde.

Bluebell retira sa cotte de mailles et souleva sa tunique. Par-dessus la plaie que le Dieu Cheval avait guérie, il n'y avait plus de la chair blanche et saine, mais une longue marque rouge. Bluebell tâta la blessure avec circonspection et grimaça de douleur. Elle effleura sa peau et la trouva lisse. La plaie n'était pas ouverte et sanguinolente comme cette fameuse nuit. Avec précaution, elle remit sa tunique et réenfila sa cotte de mailles.

Le cadavre ne pourrait pas rester là. Elle agrippa le sous-magicien par les poignets et le traîna jusqu'à la mer. Son flanc la faisait un peu souffrir. Elle entra dans l'océan jusqu'aux cuisses. L'eau était froide et le sable meuble sous ses pieds. Le sang du mort forma un nuage rosé autour d'elle. Bluebell poussa le cadavre, espérant que les vagues l'emmèneraient au large. Elle le suivit du regard pendant quelque temps, tandis que les mouettes criaient au-dessus de sa tête, que le ciel gris devenait de plomb et que la mer lui léchait les genoux. L'homme dériva au loin, pareil à un paquet d'algues noires.

Bluebell retourna sur la plage, effaça du pied les marques ensanglantées laissées par le corps du sous-magicien et s'assit pour attendre Yldra, sa blessure diffusant en elle une douleur terne, sourde et présente en permanence en bordure de sa conscience.

Chapitre 26

À la vue des hauts piliers de la porte de Folcenham, le cœur de Rose se serra. Derrière ces murs se trouvaient les réponses aux questions qu'elle se posait sur Rowan. Des réponses heureuses ou non. Un orage de fin d'après-midi se préparait ; le vent soulevait ses cheveux dans sa nuque, glacial. Rose éperonna son cheval et n'écouta ni les salutations des gardes ni les questions polies des palefreniers, n'entendant que le rythme de son pouls dans ses oreilles.

Elle se dirigea tout droit vers la longère – sa longère, celle qu'elle partageait avec Rowan – et en poussa la porte. Ses yeux étaient préparés à voir sa fille et sa nounou jouant par terre avec des poupées en bois. Mais ses oreilles l'avaient déjà informée de l'absence de Rowan. Tout était beaucoup trop calme.

La porte s'ouvrit sur une chambre bien rangée. Assise sur une chaise, près du lit, Ivy était occupée à broder. En découvrant sa sœur sur le seuil, elle leva la tête et bondit sur ses pieds, faisant tomber son ouvrage. Comme elle était très pâle, Rose craignait le pire.

— Où est Rowan ?

Elle entendait sa voix de l'extérieur, comme si les mots ne sortaient pas de sa bouche. Dans la pièce, tout semblait trop clair, tout baignait dans une lumière de cauchemar. Rose remuait les orteils dans ses souliers, désespérée qu'elle était de sentir le sol sous ses pieds.

— Elle va bien, elle est en bonne santé ! lança aussitôt Ivy, les bras tendus et les paumes tournées vers sa sœur.

— Où est-elle ?

— Je ne sais pas.

— Dans ce cas, comment sais-tu qu'elle est en bonne santé ? s'enquit Rose en clignant rapidement des yeux.

— C'est Wengest qui l'a emmenée.

La réponse d'Ivy approfondit encore les ténèbres qui entouraient le cœur de Rose depuis qu'elle avait constaté la disparition de Rowan. En dépit de son inquiétude, elle avait toujours cru, quelque part en son corps, que tout allait bien en réalité. Mais elle s'était trompée.

— Il l'a emmenée ?

Ivy hocha la tête.

— Ils vont revenir ?

Espoir vain…

— Wengest est rentré. Rowan ne… reviendra pas à Folcenham.

Un genre de vide s'ouvrit dans le ventre de Rose, qui avala tout l'air de ses poumons.

— Dans ce cas, je vais aller voir Wengest pour exiger qu'il me conduise jusqu'à elle, lança-t-elle en filant vers la porte d'un pas incertain.

— Attends ! Rose !

Ivy l'attrapa par la manche. Rose contempla le visage de sa sœur dans la lumière douce de l'après-midi. On aurait dit une enfant ; elle paraissait effrayée. Oui, Ivy avait peur. Elle avait peur d'elle.

— Qu'est-ce qui s'est passé ? demanda Rose d'un ton dur et soupçonneux.

— Wengest sait, répondit Ivy en se léchant les lèvres.

— Il sait quoi ?

— Il sait…, commença Ivy, incapable de soutenir son regard. Il sait que tu as un amant.

L'estomac de Rose se retourna. Elle agrippa les mains d'Ivy pour ne pas tomber.

— Mais comment… ? Pourquoi… ?

— Il ignore qu'il s'agit de Heath. Il sait simplement que tu as un amant. Enfin, que tu en avais un.

— Comment l'a-t-il appris ? Comment est-ce possible ?

— Je vous ai vus, Heath et toi, dans les bois.

Rose fixa de nouveau son regard sur le visage de sa sœur et lui lâcha les mains.

— Ivy. Non…

— Je suis désolée. Tellement désolée.

Rose avait l'impression que son corps tombait en morceaux. Le pire était arrivé. Le pire du pire.

— Non, non ! Ignores-tu que je suis censée garantir la paix entre le royaume de Wengest et celui de notre père ? Tu as tout compromis !

Ivy fit un pas en arrière, impassible.

— Non, Rose. Tu as pris un amant. C'est toi qui as tout compromis.

Une colère intense montait dans les entrailles de Rose. Elle prit son élan et gifla violemment Ivy sur la bouche. Sa sœur eut un mouvement de recul et se plaqua la main sur le visage, un filet de sang dégoulinant entre ses doigts.

— Espèce de putain ! cracha-t-elle.

— Je n'ai pas le temps de m'occuper de toi maintenant, car je dois aller voir Wengest de suite. Bluebell se chargera de ton cas plus tard.

Les pupilles d'Ivy devinrent aussi petites que des têtes d'épingle. Rose claqua la porte derrière elle et s'arrêta un instant pour reprendre son souffle. Ses doigts la brûlaient d'avoir giflé Ivy.

Elle se tourna vers le château. Wengest. De quelle humeur serait-il ? Combien de temps comptait-il la tenir éloignée de Rowan ? Elle ferma les paupières et prit quatre inspirations saccadées avant d'entreprendre de gravir la colline. Elle craignait Wengest, mais pas au point de ne pas oser exiger de lui qu'il lui rende sa fille.

Une pluie dense s'abattit sur elle comme elle parcourait les derniers mètres qui la séparaient du château. Elle poussa les hautes portes sculptées, laissant la lumière du jour s'engouffrer à l'intérieur. Une biche rôtissait au-dessus du feu, et la salle était emplie de fumée et d'odeurs de cuisine. Deux serviteurs étaient en train de dresser la table pour le repas du soir, pendant que Wengest parlait à son cousin Guthmer dans un coin. Le cœur de Rose martelait les parois de sa cage thoracique.

— Wengest ? appela-t-elle beaucoup plus doucement qu'elle ne l'aurait voulu.

Il releva la tête, et pinça les lèvres en la voyant. Il dit quelque chose à voix basse à Guthmer, qui hocha la tête et s'en fut, gratifiant Rose d'un sourire satisfait lorsqu'il passa tout près d'elle.

— Dehors ! Laissez-nous ! tonna Wengest.

En entendant son ton menaçant, les deux serviteurs décampèrent. La porte se referma, et il n'y eut plus que Wengest, Rose et la biche embrochée. Les sourcils froncés et la fureur manifeste de son époux donnèrent envie à Rose d'échanger sa place contre celle de l'animal.

Wengest s'avança vers elle, magnifiquement vêtu de bleu et d'or, des épingles en argent accrochées à la poitrine. Dans la lumière du feu, il était beau, sévère et noble. Son mari. Un homme qu'elle connaissait à peine. Plus que jamais, il avait l'air d'un roi capable d'imposer sa volonté sur le monde. Sa beauté sombre fit s'entrechoquer les genoux de Rose.

— Où est Rowan ? demanda-t-elle, le souffle court.

— Rowan et sa nounou ne sont plus à Folcenham, mais je ne te dirai pas où elles sont pour le moment. J'aime cette enfant et je ferai en sorte qu'il ne lui arrive rien…

— Je vais lui manquer.

— Elle s'habituera sans doute à être loin de toi.

— Non, elle a l'habitude d'être avec moi.

— Et pourtant, tu ne t'es jamais gênée pour te débarrasser d'elle.

— C'est faux !

Mais l'était-ce ? Elle pensa aux responsabilités de la maternité, au désir qu'elle avait souvent ressenti de se retrouver seule avec Heath, au fait que, sur la demande de Bluebell, elle était partie dans le Nord sans sa fille, et que cela ne l'avait pas dérangée.

— Cela n'a que peu d'importance, en vérité, reprit Wengest en levant les deux mains.

— Quand comptes-tu me dire où elle est ? s'enquit Rose en déglutissant.

— Quand tu m'auras dit qui est ton amant, répondit Wengest avec un sourire amer.

— Je n'ai pas d'amant.

— Ivy affirme le contraire.

— Ivy est une idiote.

— Elle a dit qu'elle t'avait surprise avec un autre homme. En train de baiser.

Jamais Rose ne l'avait entendu parler de sexe aussi crûment. Cela lui fit peur, car ça signifiait que la raison l'avait quitté, que seule une rage passionnée l'animait.

Wengest fit les cent pas pendant quelques secondes, puis vint se planter juste devant elle.

— La situation est très simple, lança-t-il d'une voix redevenue normale. Je ne supporte pas qu'un homme qui connaît l'intimité de ma femme arpente cette terre. Je suis incapable de vivre avec cette idée. Elle m'emplit d'une fureur si noire que je n'en vois pas le cœur. Dis-moi de qui il s'agit et tu récupéreras ta fille.

Rose chercha désespérément quelque chose à rétorquer.

— Je… je n'ai pas d'amant, répéta-t-elle, mais sa réponse sonna creux à ses propres oreilles.

— Tu n'as pas bien compris, Rose, assena Wengest en détachant bien ses mots. Tu dois choisir. Ton enfant ou ton amant.

— Ce n'était personne. Personne, je te dis. Je ne connais même pas son nom. L'occasion s'est présentée, c'est tout, bredouilla-t-elle.

— Je ne suis pas un imbécile, Rosie. Tu n'es pas le genre de femme à inviter le premier palefrenier venu dans ton lit. Qui est-il ?

Une voix dans sa tête lui criait : *Dis-lui ! Vas-y ! Et tu retrouveras ton bébé !* Sa peur, cependant, l'empêcha de parler. Elle avait la gorge si sèche qu'elle fut à peine capable de reprendre la parole.

— Que lui feras-tu si je te révèle son identité ?

— Je le tuerai, bien entendu.

Sa réponse, livrée d'un ton si anodin, lui glaça le sang.

— Je t'écoute, l'invita-t-il à parler. Après, tu pourras retrouver ta fille.

Elle ouvrit la bouche, mais fut incapable d'émettre le moindre son.

— Je veux son nom !

Wengest ne ferait jamais de mal à Rowan. Tant qu'elle serait en vie, Rose pourrait trouver des façons de la voir.

— Choisis, Rose, insista Wengest d'une voix dans laquelle commençait à poindre le doute. Ton amant ou ton enfant.

Il ferait du mal à Heath, en revanche. Il le tuerait. Que Heath soit son neveu – son neveu favori – n'y changerait rien ; la haine serait trop grande dans son cœur. Il ne le ferait peut-être pas de ses propres mains, mais il ne faisait aucun doute que Heath ne survivrait pas.

— Choisis ! cria-t-il.

— Je ne te dirai rien, lâcha-t-elle, les côtes endolories, la gorge saturée de sanglots. Je ne permettrai pas que tu le tues.

Le visage de Wengest se tordit. Il était devenu un monstre aux joues de feu, aux sourcils noirs froncés et à la bouche déformée. Jamais il n'avait été aussi furieux. Jusque-là, sa femme avait simplement admis avoir couché avec un autre homme, mais elle venait d'avouer – indirectement – en être amoureuse.

— Tu n'es pas une mère digne de ce nom ! aboya-t-il en lui envoyant des postillons chauds sur la joue. Tant que je vivrai, tu ne reverras pas ta fille !

Il sortit de la salle en trombe, laissant Rose seule, à genoux, en train de sangloter dans ses mains.

Ivy savait qu'elle ne pouvait pas attendre le retour de Rose dans la longère. La colère et la douleur que ressentait sa sœur étaient bien trop intenses. Alors elle rassembla ses affaires à la hâte, prépara son sac et s'en fut vers le village en contournant le château. Il lui restait suffisamment d'argent pour louer une chambre dans la grande auberge chaulée de la rue principale, après quoi, il lui faudrait convaincre un marchand de la ramener à Fengyrd. Elle détestait ses sœurs – toutes ses sœurs. Elle avait hâte de rentrer à la maison et de faire comme si rien de tout cela n'était arrivé. Comment Rose avait-elle osé la frapper ? Si sa sœur tenait à ce point à sa fille, elle n'avait qu'à se retenir d'écarter les cuisses. Sa relation avec Heath était destinée à être découverte tôt ou tard. Rose devrait plutôt la remercier de ne pas avoir livré le nom de son amant, justement, et d'avoir empêché Wengest de croire qu'il n'était peut-être pas le père de Rowan.

— Qu'est-ce qui vous est arrivé ? lui demanda la femme de l'aubergiste en avisant sa lèvre fendue.

Ivy effleura sa bouche. La bague de Rose lui avait entaillé la lèvre inférieure, et elle avait eu un mal fou à stopper l'hémorragie.

— Peu importe. Donnez-moi ma clé, je vous prie.

Elle gravit l'escalier en bois et entra dans sa minuscule chambre blanche au sol tapissé de paille. Elle ouvrit le volet pour laisser entrer les derniers faibles rayons de soleil de la journée et s'affaissa sur le lit pour pleurer. Elle pleura comme cela ne lui était pas arrivé depuis des années. Malheureuse, vautrée dans son autoapitoiement, la lèvre endolorie. Honteuse, également, ce qui était presque pire.

Elle resta prostrée une heure environ, tandis que la pluie s'intensifiait, que la lumière déclinait et que son estomac commençait à gargouiller. Elle finit par se lever en se disant qu'elle ferait mieux de se débarbouiller et de descendre chercher quelque chose à manger. Elle alluma la lampe et fouilla dans ses affaires à la recherche de son miroir en bronze. Quel bazar ! Elle essuya ses joues maculées de larmes et de morve, effleura sa lèvre avec circonspection du bout de la langue et se maudit de ne pas être aussi jolie qu'à l'accoutumée – car elle avait besoin de trouver quelqu'un pour la raccompagner chez elle, et qu'elle ne risquait pas d'y parvenir avec la bouche enflée et ensanglantée. Elle se démêla les cheveux avec vigueur. Soudain, on frappa à sa porte.

Curieuse, elle l'entrouvrit. C'était Wengest. Dans la lumière tamisée du couloir, il paraissait fatigué, et ses yeux semblaient humides. Avait-il pleuré ? Les hommes pleuraient-ils ? Et les rois ? Elle se tortilla d'embarras pour lui.

— J'ai besoin de vous parler, commença-t-il en produisant un effort manifeste pour se contrôler.

Ivy ouvrit la porte en grand et fit un pas de côté. Il entra, le dos bien droit, ses cheveux noirs lâchés sur les épaules.

— Pourquoi être venue ici ? s'enquit-il en embrassant la chambrette du regard.

— Je ne pouvais pas rester avec Rose. Je veux rentrer chez moi. Je trouverai un moyen de transport demain, et…

— Vous ne partez pas.

— Pas question que je reste ici, protesta-t-elle, le front plissé.

— Certes. Vous ne restez pas à Folcenham, mais vous ne quittez pas le Netelchester pour autant.

— Quoi ? Comment ? s'inquiéta-t-elle comme une chaleur étouffante montait dans sa poitrine.

— Il y a deux ans de cela, Bluebell vous a offerte en mariage à Guthmer.

— Guthmer ? Il a au moins cent ans !

Il poursuivit comme s'il n'avait pas entendu :

— … j'ai longtemps tergiversé, car vous étiez jeune et que je ne voulais pas d'une épouse écervelée pour mon cousin. Cependant, les circonstances étant ce qu'elles sont, il devient urgent de sceller la paix entre Ælmesse et le Netelchester. Guthmer vous trouve à son goût, aussi a-t-il accepté.

— Comment ça, les circonstances ? Vous allez évincer Rose ? Bluebell vous tuera.

Wengest se pencha en avant et lui enfonça l'index dans l'épaule.

— Surtout, ne me menacez pas. Bluebell est assez sage pour ne pas me faire payer les errements de sa sœur. C'est la volonté de votre famille, et c'est aussi la mienne ; il n'y a pas à discuter.

La bouche d'Ivy s'ouvrait et se fermait sans qu'aucun son n'en sorte. Elle était comme muette. Elle avait toujours su que cela arriverait un jour. Il lui était même arrivé d'y penser avec plaisir – un riche mari, les clés de sa propre maison, plus personne pour lui reprocher de maltraiter les serviteurs. Mais c'était tellement inattendu. Pourquoi Bluebell ne lui en avait-elle jamais parlé ? À elle qui avait nourri l'espoir d'épouser un bel homme… Un jeune homme, en tout cas.

— Je veux d'abord retourner à Blicstowe pour m'entretenir avec Bluebell, tenta-t-elle pour gagner du temps.

— Bluebell a mieux à faire si elle veut vraiment préserver la paix, contra-t-il, sinistre. Et puis, elle ne vous aime pas. Vous savez qu'elle ne reviendra jamais sur sa parole.

La lèvre inférieure d'Ivy tremblotait. Il avait raison. Ce monstre avait raison.

— Je raconterai à Guthmer ce que nous avons fait ! cria-t-elle. Vous n'êtes pas si noble et fort ! Votre bite est une brindille pitoyable ! assena-t-elle, ce qui était ridicule puisque son sexe était épais comme une branche et qu'il le savait.

Les joues de Wengest s'enflammèrent.

— Guthmer a vu que vous vous pavaniez tout le temps, et il se moque bien de savoir combien d'hommes vous avez déjà satisfaits. Du moment que vous lui donnez cinq fils bien gras avant votre vingtième printemps. Sa première femme ne lui en a donné aucun, aussi est-il pressé de se remettre à l'ouvrage.

Ivy en resta bouche bée. Sa silhouette si belle, déformée encore et encore, pour toujours.

— N'essayez pas de fuir, j'ai posté un garde au pied de l'escalier, expliqua-t-il en se frottant la barbe, qu'il avait noire et broussailleuse. Vous êtes princesse, et vous devez agir dans l'intérêt de votre famille, comme le fera un jour ma Rowan, ajouta-t-il d'un ton plus doux. Je ne vous veux aucun mal ; je souhaite simplement que vous acceptiez votre destinée de bonne grâce. Guthmer est retourné chez lui, à Sæcaster, sur la côte, afin de préparer votre logis. Mes serviteurs passeront vous chercher demain matin.

Les larmes d'Ivy se remirent à couler abondamment sur ses joues. Elle se dit qu'il la prendrait peut-être dans ses bras pour la réconforter, mais il n'en fit rien. Avec un dernier hochement de tête maladroit, il pivota sur ses talons et s'en fut.

L'aube venue, Rose était prête à partir. Seule dans les écuries, dont les portes étaient ouvertes, elle respirait les parfums d'une matinée humide de rosée et de paille fraîche. Elle n'avait dormi que quelques heures, son esprit élaborant quantité de plans presque aussitôt abandonnés. Elle ne resterait pas en Netelchester. Mais elle ne pouvait pas non plus retourner à Blicstowe, à une vie qu'elle avait quittée cinq ans plus tôt. Elle ignorait s'il restait de la place pour elle dans les longères familiales. Finalement, une unique solution s'offrait à elle : retourner à la ferme où attendait Heath. Celui-ci ne pourrait rien arranger, mais elle avait besoin de son réconfort, et elle savait qu'il ne se ferait pas prier pour le lui donner.

Elle comptait aussi sur la compassion de Bluebell. Sa sœur serait furieuse, cela ne faisait aucun doute, mais la famille passant avant tout, elle arrangerait certainement les choses. Wengest ne pourrait pas la maintenir à l'écart de sa fille éternellement.

Une fois de plus, elle trembla de tristesse. Son bébé ! Où était son bébé ? Sa maman lui manquait-elle ? La demandait-elle toutes les heures ? Pleurait-elle ? Croyait-elle que Rose l'avait abandonnée ? La douleur provoquée par cette idée était si intense qu'elle dut s'arrêter de seller son cheval pour se plier en deux en se serrant le ventre.

— Reine Rose ?

Elle se tourna et avisa Coelred, le premier serviteur de Wengest. Elle se redressa, se força à le regarder dans les yeux, les doigts serrés autour de ses rênes.

— Coelred ?

— Wengest m'a demandé de vous transmettre un message, ma reine.

— Suis-je toujours votre reine, Coelred ? demanda-t-elle avec un sourire pincé.

— Votre querelle ne me regarde pas, répondit-il en baissant un peu la tête.

— Je vous écoute.

— Vous devrez le répéter à Bluebell. Il en va de l'avenir de nos royaumes.

Son sang se glaça, mais elle se reprit.

— Je le ferai.

— Il vous est interdit de revoir votre fille. Comme vous avez compromis la paix par vos… actions, poursuivit-il en se raclant la gorge et en baissant les yeux, vous devez renoncer à Rowan.

Une violente rafale secoua l'avant-toit de l'écurie, menaçant de lui geler le visage, de figer pour toujours son expression de tristesse choquée.

— Vraiment ?

— Je suis désolé.

— Un enfant devrait rester avec sa mère, affirma Rose, tandis que son pouls menaçait de faire exploser sa gorge. C'est dans l'ordre des choses.

— Transmettrez-vous ce message à votre sœur ?

Rose déglutit difficilement et se lécha les lèvres.

— Oui, répondit-elle à voix basse.

Puisse Bluebell envoyer son armée tout entière en Netelchester pour punir Wengest.

— Je vous souhaite bonne chance, ma reine, conclut-il en hochant la tête.

Rose se tourna vers son cheval et resserra les sangles de la selle. Quand elle regarda par-dessus son épaule, l'homme n'était plus là. Elle enfourcha sa monture et sortit de l'écurie, se dirigeant vers la route. Elle avait hâte de quitter cette terre, et elle espérait de tout son être que Bluebell imposerait sa volonté à Wengest.

Chapitre 27

Bluebell s'efforça de ne pas faire attention à la douleur dans son flanc quand elle monta sur Isern pour une nouvelle nuit de chevauchée. Au moins l'empêcherait-elle de s'endormir et de chuter. La nuit passa, floue, peuplée d'ombres, et ce qui n'était d'abord qu'une gêne devint une douleur persistante, cuisante même lorsqu'il lui arrivait de bouger trop soudainement. Il plut, aussi, mais cela ne les ralentit pas. Sous sa cotte de mailles, sa tunique était trempée. De plus en plus inquiète, elle se demanda si l'humidité qu'elle sentait sur son flanc n'était pas due à une hémorragie. Comme elle ne pouvait pas s'arrêter pour vérifier, elle regarda droit devant elle et tâcha de ne plus y penser. Au petit matin, pendant qu'Yldra creusait une fosse sous un frêne dans le sol humide et pentu, Bluebell retira sa cotte de mailles avec circonspection et difficulté, souleva sa tunique et découvrit une entaille longue comme sa main et sanguinolente entre deux côtes.

— Tu t'es blessée ? lui demanda Yldra en lui lançant un regard oblique.

— C'est une vieille blessure qui s'est rouverte.

— Celle qui avait été soignée par le Dieu Cheval ? s'enquit la vieille femme en plissant les yeux.

Bluebell acquiesça.

— C'est curieux. Peut-être n'est-il pas aussi puissant qu'il le pense, dit-elle avec un sourire satisfait.

— Peut-être.

Bluebell ne lui parla pas du vieux magicien, car elle craignait qu'Yldra, découvrant qu'elle s'était endormie, décide de l'abandonner et renonce à aider Æthlric. En effet, sa tante pouvait être lunatique, d'humeur changeante. Pas question de prendre le risque de la mécontenter à ce stade.

— Ça n'a pas l'air trop vilain. Tu veux que je te soigne ?

Bluebell pensa au temps de sommeil que cela lui ferait perdre, mais hocha la tête.

— Ce serait sans doute une bonne idée.

Elle s'assit pendant qu'Yldra nettoyait et soignait sa plaie, puis attendit sous un arbre et sous la pluie que la vieille s'enfouisse pour la journée. Son flanc la lançait douloureusement. Bluebell n'avait pas peur d'avoir mal. La souffrance physique resterait à jamais son ennemie intime. Toutefois, cette douleur-ci était différente, car elle s'accompagnait d'une peur de la magie. Bluebell ne savait pas à quoi s'attendre, ce qui était pire que tout. Son état pourrait s'aggraver, rester stationnaire, s'améliorer. Ou bien sa blessure la tuerait-elle. Elle n'avait aucun moyen de prédire l'avenir.

Elle fit les cent pas pour penser à autre chose et se rassurer en se répétant que, dans quelques jours, elle aurait rempli son objectif en conduisant Yldra à Æthlric. Elle ne pouvait rien faire d'autre, de toute façon. Si Yldra se révélait incapable de guérir son père, elle se devrait de l'accepter.

La journée passa comme les autres, floue. Son cerveau était plein d'images tourbillonnantes d'ailes d'oiseau, et son esprit était incapable de rester concentré plus de quelques secondes sur la même idée. Elle était tellement fatiguée, tellement lasse d'avoir mal, qu'elle eut à peine la force de se hisser sur son cheval le soir venu.

Les vêtements maculés de boue, mais en forme et souple, Yldra lui lança un regard soupçonneux.

— Tu te sens assez bien pour voyager ?

— On ne peut pas s'arrêter, de toute façon.

— C'est vrai.

— Alors allons-y.

La nuit se déroula sans surprise. Les bois sombres défilaient, les sabots des chevaux produisaient un bruit de tonnerre comme les bêtes couraient à une vitesse surnaturelle. La pointe brûlante de sa douleur, cependant, avait un peu changé de nature. Elle se faisait parfois vive, insistante, surprenante aussi. Bluebell sentit un liquide dégouliner sur sa peau et se demanda s'il s'agissait de sueur ou de sang. Elle avait mal au crâne, la route se déroulait – grise, avec des ombres sinistres – sous elle…

Elle ne se rendit compte qu'elle avait perdu connaissance que lorsqu'elle la reprit. La réalité était un tapis de débris de verre sous ses pieds. Le visage d'Yldra était au-dessus du sien. La vieille femme faisait tellement la moue que des ombres noires lui entouraient les lèvres, peuplaient son front plissé, étranges et inquiétantes. Le cœur de Bluebell battait à tout rompre.

— Que m'est-il arrivé ?

— Tu as chuté. Ne bouge pas.

Yldra glissa la main sous la lourde cotte de mailles et la tunique de Bluebell, puis se figea, bouche bée.

— Qu'est-ce qu'il y a ?

— La blessure.

Bluebell voulut s'asseoir, aperçut une tache de sang noir, mais Yldra la força à se rallonger.

— Non, ne regarde pas. Comment est-ce arrivé ?

— Un magicien, sur la plage. Il a dû défaire l'enchantement.

— Pourquoi ne m'avoir rien dit ?

— Il a pu nous approcher parce que… je m'étais endormie. Je ne voulais pas, mais…

Yldra secoua la tête d'un air grave.

— Nous n'irons pas plus loin ce soir. Je vais devoir user de ce qui me reste de magie pour te soigner.

— Vous pensez pouvoir y arriver ?

— Avec la puissance que j'ai accumulée aujourd'hui, je vais défaire son sortilège afin que l'enchantement du Dieu Cheval refasse effet. Mais tu dois savoir que ces deux magies ne se marient pas très bien. Tu vas être malade pendant quelques jours. Et les magiciens te sentiront à plusieurs kilomètres de distance. Je te conseille vivement de ne plus jamais remettre les pieds en Bradsey.

Bluebell resta couchée sur le sol froid pendant qu'Yldra, les bras levés, murmurait des incantations. Elle ferma les yeux. Non, elle ne retournerait jamais en Bradsey. Elle s'imaginait sans difficulté vivant le restant de son existence sans plus jamais croiser la route d'un sous-magicien.

Elle pensa à Ash et soupira. Ash deviendrait l'une d'entre eux ; des ombres s'installeraient pour toujours sur son front. Sentirait-elle son odeur et la fuirait-elle ? Bluebell écouta le vent dans les arbres tandis que la douleur brûlante se refroidissait, puis se dissipait complètement. Quand elle rouvrit les paupières, Yldra était assise à côté d'elle, tête basse.

— Yldra ?

— Dors. Impossible de reprendre la route pour l'instant. Je suis épuisée.

Même si elle avait hâte de rejoindre son père, la perspective d'une vraie nuit de sommeil fut plus douce que du miel pour Bluebell. Elle déroula sa couverture et ne pensa plus à rien jusqu'au matin.

Ash avait compris qu'Unweder n'aimait pas la pluie. Cloîtré à l'intérieur lorsque le temps était gris, il arpentait sa maisonnette dans tous les sens, pestant contre le temps et regardant régulièrement à travers les lattes du volet en faisant la moue. Quand il faisait beau, il partait au petit matin avec son sac en toile de jute rempli de pots et ne revenait qu'en fin d'après-midi – avec un lapin, un faisan ou les poches pleines de champignons. Alors, Ash préparait le dîner pendant qu'il rangeait ses affaires, et ils mangeaient ensemble en discutant. Chaque fois qu'elle lui demandait ce qu'elle devait faire pour développer ses pouvoirs, il lui répétait de se reposer, de réfléchir et de faire le deuil de son ancienne vie.

— Tant que ce deuil durera, vous n'aurez pas accès à la totalité de vos aptitudes.

C'était un des principes de la sous-magie, comprit-elle. Les attachements terrestres vous détournaient de votre art. La plupart des sous-magiciens vivaient seuls, et pourtant, Unweder avait accepté de l'héberger et de partager son savoir avec elle. Si elle comprenait sa logique, elle s'abstint de lui faire part de ses doutes quant à sa capacité à réellement faire son deuil.

Le septième jour, après deux jours de pluie ininterrompue, il la réveilla en la poussant doucement du pied.

Ash le regarda en clignant des yeux pour en chasser le sommeil. Il avait ouvert les volets, et une brise légère agitait les branches à l'extérieur, projetant des ombres dansantes sur le plancher.

— Venez, commença-t-il. Je veux voir de quoi vous êtes capable, et il n'y a pas meilleur moment que le petit matin pour cela.

— Vous voulez voir de quoi je suis capable ? s'étonna-t-elle en se redressant sur ses coudes.

— Oui, confirma-t-il en la fixant de son bon œil. Avec les élémentaires.

Le rythme cardiaque d'Ash s'accéléra et elle contint un sourire fier.

— D'accord. Allons-y.

Elle repoussa ses couvertures, trouva ses chaussures, les passa et les lassa, puis se leva. Unweder avait pris son sac en toile de jute et l'attendait déjà près de la porte. Elle le rejoignit, et ils sortirent ensemble dans le matin imbibé de rosée. Le chant des oiseaux, les criquets, les animaux de la forêt en train de chercher un petit déjeuner. Son ventre gargouillait, mais elle n'avait pas de temps à perdre, les élémentaires étant particulièrement actifs à l'aube. Unweder et elle contournèrent sa propriété, descendirent une pente couverte d'un tapis glissant de feuilles mortes et traversèrent un rideau dense d'ormes jusqu'au bord touffu de la rivière où ils allaient chercher de l'eau chaque jour. Le soleil filtrait à travers les arbres et faisait comme des diamants dans l'eau. Ash laissa ses souliers sur la berge, remonta ses jupons et entra dans l'eau jusqu'aux chevilles. L'onde était froide et pure. Elle distinguait les pierres, dans le fond, les algues étirées par le courant et de minuscules poissons nageant dans tous les sens. Elle se tourna vers Unweder, qui la regardait, les bras croisés, le sourire aux lèvres.

Elle lui rendit son sourire, puis ferma les paupières et inspira profondément. Elle sentait leur présence tout autour d'elle. L'atmosphère grouillait de créatures invisibles. Au lieu d'ouvrir les yeux pour tenter de les voir, elle en trouva un en esprit – un mouvement musculeux dans l'air. Ils communiquèrent sans paroles, l'élémentaire ne résistant pas vraiment à son emprise.

— *Que voulez-vous de moi ?*

Ses mots n'étaient pas des mots, mais des formes dans sa tête. Ash le comprit avec la partie la plus inaccessible de son esprit. Elle pensa à ce qu'Unweder lui avait dit. Tel était son don. Elle n'avait pas besoin de se concentrer ni de s'exercer au point de se rendre malade. À présent qu'elle avait renoncé à prédire l'avenir et à guérir, son corps ferait ce pour quoi il avait vu le jour – il contrôlerait les élémentaires.

Elle bougea les lèvres, mais ne dit rien. Sa pensée suffisait. L'eau tourbillonna autour de ses chevilles. Elle enfonça ses orteils dans les cailloux froids pour s'ancrer dans le sol, faisant jaillir l'eau tout autour d'elle – une eau qui la frôlait sans la mouiller. Elle se tenait au milieu d'un tube d'eau tourbillonnante. Et puis, comme elle relâchait son idée, l'eau retomba bruyamment et redevint calme.

Elle rouvrit les paupières. Unweder la regardait avec des yeux ronds.

—Alors ? demanda-t-elle.

Le visage figé en une expression de stupéfaction, il ne dit rien. Ash se demanda si elle devait être fière ou effrayée. Son pouls battait dans ses oreilles. Elle l'avait fait si facilement. Oui, tellement facilement. Le fait qu'elle se soit éloignée de sa famille avait-il déjà accru ses pouvoirs ? Ou bien avait-elle gagné en concentration et en confiance depuis qu'elle avait rencontré Unweder ? Elle avait un peu la nausée et une sensation étrange dans les articulations, mais c'était tout. Enfin presque, car il y avait également ce doigt minuscule et glacé pointé sur son cœur – la peur de l'inconnu. Très vite, cependant, la sous-magie lui deviendrait familière et ce désagrément disparaîtrait. Ash débordait d'enthousiasme.

—Ash, dit enfin Unweder. Je ne me doutais pas…

—Ça n'a jamais été aussi facile, expliqua-t-elle sans se soucier de ce que sa voix trahissait sa jeunesse et son enthousiasme. Je me suis contentée d'y penser, et l'élémentaire s'est mis en branle.

Unweder se rapprocha de l'eau et lui tendit la main pour l'aider à remonter sur la berge. Ash s'assit dans l'herbe pour faire sécher ses pieds et remarqua que ses genoux tremblaient légèrement. Unweder s'accroupit devant elle.

— Qu'est-ce que ça vous fait ?

— C'est formidable, avoua-t-elle.

— Je veux dire, comment vous y prenez-vous ? Qu'est-ce qui se passe dans votre tête ?

— Mon esprit me permet de les localiser. J'arrive à les voir, ce qui n'a pas l'air de leur faire plaisir, mais ils m'obéissent sans délai et sont soulagés quand je les relâche.

— Tous les élémentaires ?

— L'eau, la terre, les arbres… Je n'en ai pas essayé d'autres.

— Des esprits ?

— C'est-à-dire ?

— Les morts ?

— Je ne sais pas, confessa Ash comme son sang se refroidissait. Je n'ai pas essayé.

Unweder remarqua son malaise et changea de sujet.

— Ces prochaines années, vous allez en découvrir beaucoup plus sur vous-même. Je dois néanmoins vous informer que votre aptitude est rare et puissante. Vous avez été bénie par la Terre Mère.

— Je me demande pourquoi ?

— Il n'y a pas toujours de raison, Ash.

— Si, forcément. J'imagine que je suis censée accomplir quelque chose ou bien…

Elle se tut en voyant Unweder secouer la tête.

— Ne cherchez aucune explication à la sous-magie. N'espérez pas en trouver. Les choses sont ce qu'elles sont, et les sous-magiciens poursuivent leurs propres objectifs.

— Cela me semble tellement…, commença-t-elle en fronçant les sourcils.

— Égoïste ?

— Oui. Égoïste.

L'homme se leva et étira ses bras vers le haut en poussant un soupir.

— Tout le monde est égoïste, affirma-t-il. Tout le monde. Qui servir sinon la personne que nous sommes et serons toujours ?

Ash l'écouta sans rien dire et se demanda s'il avait raison. Bluebell mettait un point d'honneur à servir sa famille et le royaume, mais ce faisant, elle se rendait également service. Ash contempla le ciel à travers les arbres. Une couverture de nuages gris était en train d'engloutir le soleil.

— Il va bientôt pleuvoir, annonça-t-elle en désignant le ciel du doigt.

Unweder suivit son regard et eut une grimace.

— Décidément, je suis maudit cette semaine.

— Unweder…, tenta-t-elle. Puisque nous sommes ici et qu'il fait encore un temps correct, vous pourriez peut-être me montrer vos talents. Vous pourriez me révéler de quel don la Terre Mère vous a gratifié.

— Oh, je fais tout un tas de choses, répondit-il avec un geste dédaigneux de la main.

— Mais vous devez bien avoir un intérêt particulier. Vous avez dit vous-même…

— J'ai beaucoup d'expérience. Je suis un maître dans de nombreuses disciplines. Trop compliquées à expliquer maintenant. Concentrez-vous sur vos propres aptitudes. Vous voyez que vos pouvoirs ont déjà augmenté depuis que vous ne vous polluez plus l'esprit avec des choses inutiles. Ne vous en faites pas pour moi. Venez, reprit-il en lui tendant la main pour l'aider. Retournons à la maison pour prendre notre petit déjeuner.

Elle le suivit à travers les bois tandis que les premières gouttes tombaient sur les feuilles mortes brunes. Elle trouvait suspecte la manière dont il avait éludé sa question. Il devait lui cacher quelque chose.

À présent, Willow avait une mission. Un homme blessé et un garçon aveugle l'attendaient dans les bois. Ils comptaient sur elle pour leur apporter de la nourriture et des remèdes. Chaque matin, avant l'aube, elle les rejoignait donc, le tablier plein de provisions. Parfois, quand elle arrivait sur place, ils étaient encore endormis, alors elle s'asseyait pour les regarder. Enfin, pour regarder Wylm, surtout. Sa poitrine qui se soulevait en rythme, ses paupières légèrement violacées, ses longs doigts repliés près de sa joue. Après leur avoir servi le petit déjeuner, elle retournait à la ferme pour s'occuper de Heath et de son père, puis elle passait quelques heures à prier avant de retourner dans les bois au crépuscule. À sa grande joie, Wylm commençait à aller mieux. Le quatrième jour, les contours de sa plaie étaient secs et rosés, et il n'avait plus de fièvre. Il semblait l'apprécier autant qu'elle l'appréciait, et ils parlaient de Maava. Une fois, il l'avait même comparée à Liava, la mère maudite qui avait péri sur le bûcher avec ses jumeaux afin que d'autres puissent voir la lumière.

— Vous êtes si patiente avec Eni, lui avait-il dit, le regard flanqué de ridules bienveillantes. Comme Liava avec ses propres enfants.

Après cela, elle avait eu du mal à redescendre de son nuage pendant plusieurs heures.

Le jour suivant, cependant, dans la chambre de son père, elle s'efforça de se concentrer sur ses prières plutôt que de repenser au délicieux épisode de la veille. Elle avait remarqué que son esprit avait développé une fâcheuse propension à vagabonder et à retourner constamment dans les bois auprès de Wylm. Il bruinait, et la chambre de son père était particulièrement calme et silencieuse. Étouffante, aussi. Elle essaya de ne pas penser au fait que Wylm subissait la pluie. De ne pas penser à lui tout court. Elle baissa la tête et ferma les yeux.

Maava, dans votre bonté et votre sagesse, donnez-moi la force de résister aux rêves éveillés qui m'assaillent…

Soudain, elle eut une illumination. Les voix des anges aussi lui venaient en esprit au moment où elle s'y attendait le moins. Se pouvait-il que les errements de son âme soient provoqués par les anges ? Par Maava lui-même ?

Qu'en serait-il alors de son rêve, du songe dans lequel Wylm la sauvait des raiders, tel un ange de feu armé d'une épée sacrée ?

La porte de la chambre s'ouvrit, laissant entrer une forte odeur de fumée et de pain cuit. Willow regarda par-dessus son épaule et découvrit Heath et Eni.

— Oh ! lâcha-t-elle en se relevant à la hâte.

— Je croyais que vous l'aviez ramené au village…

— C'est ce que j'ai fait. Il a dû retrouver le chemin tout seul.

— Willow, les gens ne doivent pas savoir où nous sommes.

— Je sais, je sais, répondit-elle en entourant les épaules d'Eni de son bras. Personne ne sait qui je suis, ne vous en faites pas. Personne n'est au courant pour…

Ne voulant pas prononcer le nom de son père, elle le désigna de la tête.

— Lapin dort, dit Eni.

— C'est vrai ? demanda Willow en se répétant pour se rassurer que Heath ne pouvait pas comprendre de qui ils parlaient. Je vais te raccompagner chez toi.

— Soyez prudente, lança Heath en fronçant les sourcils, tandis qu'elle conduisait le garçon vers la sortie.

Son ton autoritaire fit frissonner Willow. Elle était prudente, justement. Et elle prenait soin de personnes de valeur, non pas de vulgaires païens. Mais Heath ne comprendrait rien à tout cela.

— Oui, bien sûr, répondit-elle, de mauvaise humeur, en refermant la porte dans son dos. Tu ne dois plus venir me chercher ici, réprimanda-t-elle Eni, qui ne parut pas comprendre.

Il marchait à ses côtés, tâtant le terrain du bout des pieds.

— Lapin dort, répéta-t-il.

Wylm dormait, effectivement. Son corps, afin de finir de guérir, avait besoin de beaucoup de repos. Elle aurait voulu s'asseoir à côté de lui, mais Eni était très agité, aussi accompagna-t-elle le petit garçon jusqu'au ruisseau où il s'amusa pendant une heure environ avec des cailloux et des brindilles aux formes bizarres. Sans lui lâcher la main.

— Allez, viens, finit-elle par lui dire. Retournons voir Lapin.

Tandis qu'ils serpentaient entre les jeunes arbres et piétinaient un tapis de feuilles mortes, le bruissement familier des ailes des anges commença dans ses oreilles. Son souffle resta coincé entre ses poumons et ses lèvres, l'empêchant de respirer. Elle voulut inspirer, mais ne parvint à produire que quelques sifflements.

— *Tente de lui parler en esprit. Si tu y parviens, c'est que tu peux avoir confiance en lui.*

Je ne comprends pas, ange, mignon de Maava. Je ne saisis pas ce que vous voulez dire.

— *Parle-lui comme tu nous parles – en esprit.*

Un millier de voix aiguës l'entouraient. Comme le dos d'un Wylm endormi apparaissait devant elle, elle cessa d'hésiter et, se concentrant sur lui, lança en esprit : *Réveillez-vous ! Réveillez-vous !*

Les épaules de l'homme tressautèrent, et il s'assit, réveillé en sursaut.

Willow sourit et lui fit un signe de la main. Il lui rendit son salut, l'air ahuri.

J'arrive à lui parler en esprit. Cela signifiait qu'ils étaient liés d'une manière ou d'une autre. Destinés à œuvrer de concert, au nom de Maava, pour le bien du Thyrsland. Elle le savait aussi sûrement qu'elle connaissait son propre nom. Elle se sentait soudain toute légère.

— Eni est venu me chercher à la ferme, expliqua-t-elle en rejoignant Wylm et en s'asseyant.

— J'ai dû m'endormir.

— Ça va vous faire du bien. Votre pansement s'est desserré. Je vais vous le refaire.

Il lui tendit la main, et elle défit complètement le bandage.

— Vous allez beaucoup mieux, commenta-t-elle.

— J'ai toujours du mal à la serrer normalement. Elle est gonflée et brûlante.

— Oui, mais vous n'avez plus de fièvre, contra-t-elle en refaisant le bandage correctement. Il faut fêter ça.

Il lui sourit, et des ailes claquèrent près des oreilles de la jeune femme. Les anges lui avaient délivré leur message et ils étaient manifestement contents d'elle. Peut-être allaient-ils en parler à Maava en personne. Être bien vue à la fois de Heath et Maava était ce qui pourrait lui arriver de plus beau.

— Vous avez un grand cœur et une nature joyeuse, Willow, mais j'ai besoin d'être capable de me défendre, et tant que ma main ne sera pas complètement rétablie..., dit-il en se tournant vers son épée dans son fourreau, près de sa couche.

— C'est votre main gauche, lui fit-elle remarquer.

— Je suis gaucher.

Comme il était original ; c'était merveilleux.

— Elle ira beaucoup mieux dans une semaine.

— J'aurais besoin d'elle tout de suite, protesta-t-il.

— Est-ce l'épée de votre père ? demanda-t-elle en changeant de sujet.

— Non, répondit-il en secouant la tête. Mon père n'était pas vraiment un épéiste. Il était commerçant. Non, je l'ai volée au roi Corbeau.

— Non ! Comme vous êtes courageux !

— J'ai fait ce que je devais faire.

Il dégaina l'épée, et elle vit des runes gravées sur la poignée – la magie des raiders, maléfique, une magie de trolls.

Elle en eut le souffle coupé. C'était l'épée qu'elle avait vue en rêve. Une preuve supplémentaire, s'il en était besoin, de leur connexion miraculeuse et bénie par Maava.

— Qu'y a-t-il ? lui demanda-t-il en scrutant son visage. On dirait que vous avez vu un fantôme.

— J'ai rêvé de cette épée..., répondit-elle avant de s'interrompre, le reste de son rêve étant trop intime pour être partagé.

— C'est vrai ? s'enthousiasma-t-il. Alors le destin... la volonté de Maava... nous deux...

Elle tendit la main, effleura la poignée de l'épée. Wylm posa sa main sur la sienne et la serra pendant un... deux... trois instants...

Il retira sa main, mais, déjà, les rouages d'une grande machine s'étaient mis en branle dans le corps et l'esprit de Willow. Les anges couinèrent, et de l'huile brûlante coula dans ses veines.

— Je devrais y aller, annonça-t-elle en se levant brusquement.

— Revenez vite.

Elle fut incapable de prononcer le moindre mot supplémentaire – même pour lui confirmer qu'elle leur apporterait du pain au crépuscule. Son corps et son cerveau, illuminés par les cieux, refusaient de s'abaisser à communiquer par voie orale.

Le voyage vers l'est et Stonemantel prit trois jours et demi à Rose. Au début, elle fut constamment surplombée de nuages noirs qui la faisaient sangloter comme si elle avait perdu la raison, lui attirant les regards compatissants des voyageurs dont elle croisa la route. Elle avait tellement mal aux membres et aux muscles à force de chevaucher pendant des heures d'affilée qu'elle n'arrivait même pas à dormir la nuit. La lumière du soleil levant lui semblait alors trop puissante, impitoyable. Dès le deuxième soir, elle prit l'habitude de se répéter que Rowan n'était pas morte, mais en sécurité avec sa nounou. Tout espoir n'était pas perdu – au contraire. Elle se répétait ce mot – « espoir » – encore et encore en se dirigeant vers Heath.

La journée touchait à sa fin. La porte de l'écurie était entrouverte tandis qu'elle guidait son cheval dans l'enceinte de la ferme. Les fleurs avaient éclos en grand nombre, embaumant l'atmosphère humide, attirant les bourdons. Elle se dirigea vers l'écurie et se retrouva nez à nez avec Willow, qui sortait de la maison.

— Rose ! s'écria celle-ci, bouche bée.

— Willow ! Tu vas bien ?

— Euh… oui, je vais bien. Où est Bluebell ?

— Elle n'est pas encore rentrée ?

— Non.

Rose fit un rapide calcul dans sa tête. Évidemment que Bluebell n'était pas rentrée, et si elle avait pris le temps de réfléchir – s'il lui restait suffisamment de méninges disponibles pour entretenir des pensées rationnelles –, elle l'aurait deviné seule.

— Bluebell et Ash ont poursuivi leur route sans moi. Je pense qu'elles seront de retour bientôt.

Rose entreprit de défaire la bride de son cheval, mais Willow l'arrêta.

— Tu as l'air fatiguée ? Tu voyages depuis longtemps ?

— Ça fait presque quatre jours. Pourquoi ?

— Laisse-moi m'occuper de ton cheval. Va te laver et manger un morceau. Heath est là.

— Oui, je veux bien, répondit Rose, dont le cœur s'était emballé.

— Allez, va, dit Willow en lui prenant les rênes des mains. Ça me fait plaisir de rendre service à ma sœur.

Rose cligna des yeux et ravala ses larmes ; tant de gentillesse, c'était presque trop pour elle. Elle hocha la tête, effleura l'épaule de Willow et se précipita vers la maison.

Elle poussa la porte, et Heath était là. Heath, la seule personne au monde susceptible de la réconforter.

— Comment se fait-il que tu sois rentrée avant tes sœurs ? s'enquit-il, étonné.

— Oh, Heath…, pleura-t-elle. La situation est tellement compliquée.

Il la prit dans ses bras, la serra contre sa large poitrine, et elle sanglota violemment. Son odeur était tellement enivrante – pluie, terre humide, transpiration et tunique de laine. Elle la respira à pleins poumons en priant pour que le temps s'arrête et que cet instant soit l'ultime événement de ce monde.

Mais Heath s'éloignait déjà, et un courant d'indifférence s'immisçait entre eux. Le temps s'écoula de nouveau, la précipitant vers la vieillesse, la mort. Et puis il lui demanda de lui raconter ce qui s'était passé. Il la prit par les mains et, malgré les sanglots qui la secouaient, elle lui dit tout. Ses yeux couleur de mer étaient pleins de compassion, mais il eut une grimace lorsqu'elle lui révéla que Wengest avait juré de le tuer quand il découvrirait son identité. Quand elle eut terminé, il la serra contre lui, et elle entendit les battements rapides de son cœur.

— Mon seul espoir est que Bluebell parvienne à le forcer à rendre Rowan, conclut-elle.

Il hésita avant de parler, et Rose perçut ses doutes.

— Tu dois te rappeler que rien ne compte plus pour Bluebell que la paix entre Ælmesse et le Netelchester.

Rose fit un pas en arrière pour le regarder, tandis qu'une peur noire prenait possession de son cœur.

— Mais Rowan est notre chair et notre sang.

— Peut-être as-tu raison, dit-il en lui caressant l'épaule.

Elle ne supporta pas d'entendre son ton défait, et s'écroula contre lui en pleurant de plus belle.

— Mon bébé, Heath, où est mon bébé ? Et si je ne la revoyais plus jamais ?

Il décrivit des cercles dans son dos avec sa main et tenta de la réconforter, mais cela ne fonctionna pas. Ils étaient prisonniers d'une situation inextricable, source d'une souffrance intense dans le cerveau de Rose. Lorsque la voix de Heath vibra dans sa poitrine, elle mit quelques secondes à comprendre ce qu'il essayait de lui dire.

— Pardon ?

— J'ai dit que tu étais libérée de ton mariage. Nous pourrions partir. Tous les deux.

Son cœur s'emballa et ses genoux menacèrent de céder. Elle ouvrit les paupières. Derrière le rouge foncé de la tunique de Heath, elle distinguait la fumée qui s'élevait de l'âtre, le rai de lumière qui s'infiltrait sous la porte, celle, fermée, de la chambre de son père. La tension était palpable, comme si tout attendait sa réponse.

— Nous pourrions partir et retrouver la famille de mon père, dans le Nord. Tu ne serais plus obligée d'être la reine Rose ni la princesse Rose. Wengest n'en saurait rien. Bluebell n'en saurait rien. Nous pourrions disparaître et avoir enfin la vie dont nous avons toujours rêvé.

Elle eut un mouvement de recul et pressa les paumes de ses mains sur son front.

— Qu'est-ce que tu en dis, Rose ?

— J'ai l'impression que tu me proposes le plus sucré des fruits enveloppé dans des feuilles empoisonnées.

— Je ne comprends pas.

Bien sûr qu'il ne comprenait pas. S'il était le véritable père de Rowan, il ne ressentait rien pour elle. Abandonner sa fille et disparaître pour toujours ne lui poserait aucun problème.

— Heath, je me dois de rester dans cette vie et de me battre pour récupérer Rowan.

Il hocha la tête, et son visage se radoucit. Il comprenait.

— Je vois. Dans ce cas, je vais moi aussi rester dans cette vie, comme tu dis, et je vais tout faire pour arranger notre situation.

Un bonheur fou s'éloignait en battant des ailes après avoir semblé à portée de main. Il resterait donc insaisissable. Elle laissa Heath la réconforter, mais souffrit néanmoins du fait que Wengest aimait plus Rowan que ne l'aimait son véritable père.

Willow se réveilla dans la nuit et écouta. Quelque chose l'avait tirée du sommeil, un bruit léger, comme issu d'un rêve.

Cela venait de la pièce principale, où dormaient Heath et Rose. Elle s'assit et s'apprêtait à aller voir de quoi il en retournait lorsqu'elle reconnut le bruit. Elle avait déjà entendu Ivy et William Dartwood produire les mêmes bruits dans le lit voisin du sien, à la maison, à Fengyrd. Elle avait fait semblant de dormir, tout en regardant à travers ses cils, tandis qu'Ivy s'adonnait à cette activité captivante avec un entrain et une vigueur que sa sœur ne lui connaissait pas.

Willow écouta Heath et Rose jusqu'à la fin. Alors, son esprit la ramena à son rêve de Wylm, générant des chatouillis étranges entre ses jambes. Elle en eut honte. Essaya de prier. Pour apprendre à contrôler mieux ses pensées. Tout en laissant sa main s'attarder là où elle ressentait un trouble intense. *Arrête, arrête, arrête*, se répétait-elle. Elle n'était pas une chienne en chaleur comme Ivy. Pourquoi cette chose lui arrivait-elle ?

Maava, venez-moi en aide. Je succombe au péché. Le chatouillis changea de nature, devint douleur sous ses doigts. *Je vous en prie, Maava, je ne veux pas être comme ma sœur. Chassez cette sensation de mon corps.*

C'est alors qu'une vague déferla sur elle. Elle en eut le souffle coupé, et ses jambes se mirent à s'agiter comme la queue d'un poisson sorti de l'eau. Et puis le calme revint. Et la culpabilité.

Que lui arrivait-il ? *Que m'arrive-t-il ?* Le silence des anges.

Elle se leva et entrouvrit la porte de la pièce principale. Heath et Rose dormaient près de la lumière mourante de l'âtre. Willow traversa la pièce à pas feutrés et sortit. Elle s'assit dans l'herbe couverte de rosée, dégaina son couteau et releva lentement sa chemise sur ses cuisses blanches, presque lumineuses dans le clair de lune. Là. Elle entaillerait là. Et le sang qui coulerait dirait aux anges qu'elle regrettait.

— *Les païens forniquent ; les trimartyrs engendrent des dynasties.*

La voix lui vint au moment où elle transperçait sa chair. Son rythme cardiaque s'accéléra, et elle coupa de plus belle afin que la voix continue.

— *Maava a rendu l'accouplement agréable afin d'encourager les naissances.*

Les naissances ? Willow se rappelait le nombre de fois où, après ses badinages, Ivy s'était rendue chez les sorcières du village afin d'acheter des substances destinées à mettre un terme à une éventuelle grossesse.

Elle enfonça de nouveau la lame dans sa peau. *Parlez-moi encore. Dites-moi tout ce que j'ai besoin de savoir, mes anges, pour l'amour du grand Maava. Je ferai tout ce que vous me demanderez.* Elle traça trois lignes sur sa cuisse, mais les anges restèrent muets. Elle inspira profondément, laissant son sang couler le long de sa jambe, assimilant les paroles des anges.

« *Les païens forniquent.* » Oui. Rose, Heath, sa jumelle. Et Bluebell, à en croire le père d'Eni. « *Les trimartyrs engendrent des dynasties.* »

Son sang, le sang de Wylm. Le sang trimartyr de la famille royale. Mêler ces sangs signifierait donner naissance à un enfant trimartyr. Celui qui unifierait le Thyrsland sous la bannière du saint triangle.

Elle ferma les yeux et poussa un soupir satisfait. Voilà pourquoi son désir était si insistant. Maava voulait qu'elle s'accouple avec Wylm. Leurs destinées entremêlées l'exigeaient. À présent, elle comprenait sa raison d'être. Elle n'était pas née pour porter les armes comme Bluebell, mais pour porter un enfant. Un enfant miraculeux. Nombreux étaient ceux à arpenter les chemins du trimartyr pendant des décennies sans comprendre le rôle qu'ils avaient à jouer dans le plan de Maava. À peine était-elle devenue une femme, que Willow savait.

Elle pouvait remercier sa bonne étoile.

Chapitre 28

Bluebell fut soulagée de traverser enfin la frontière de son royaume ; le domaine sauvage des sous-magiciens – où aucune loi ne régnait – était enfin derrière elle. Elle était de retour en Ælmesse, où les choses étaient ce qu'elles semblaient être. Elle supportait ces longues journées d'attente et ces nuits passées à galoper, car elle savait que chaque instant qui passait la rapprochait de son objectif. Au terme de ce voyage, elle sauverait peut-être la vie de son père. Et elle dormirait enfin.

La sixième nuit, elles contournèrent Stonemantel et se dirigèrent vers la ferme, tandis que des nuages dissimulaient la lune et que l'atmosphère embaumait la terre humide. Bluebell gonflait la poitrine. Les ténèbres qui l'enveloppaient encore quelques jours plus tôt avaient disparu. Elle ne s'autorisait plus à penser qu'Yldra échouerait peut-être à sauver Æthlric. Sa tante était capable de monter à cheval malgré ses problèmes de hanche, de rendre leurs chevaux et sa chienne aussi rapides que des lièvres. Elle était même parvenue à annuler le sortilège du magicien de la plage. Nul doute qu'elle réussirait à soigner son frère.

Elles dessellèrent les chevaux dans l'écurie plongée dans les ténèbres, et les bêtes, libérées de la magie qui les animait, s'endormirent presque instantanément. Yldra sortit de la bâtisse d'une démarche souple, mais boitait bel et bien lorsqu'elle atteignit la porte d'entrée de la maison. À l'intérieur, l'air était chaud et enfumé. Rose était déjà rentrée, qui dormait dans les bras de Heath. Les idiots. La tentation de s'allonger par terre en leur compagnie et de fermer les paupières pour quelques heures de bonheur était grande, mais il était hors de question de laisser son père sous l'emprise d'un maléfice un instant de plus.

— Père est là-bas, murmura-t-elle à Yldra.

Rose se redressa en se frottant les yeux.

— Bluebell ?

Sa sœur fit comme si elle ne l'avait pas entendue et guida Yldra jusqu'à la chambre de son père, dont elle ouvrit la porte. Willow, qui dormait par terre, ouvrit les yeux, avisa le regard sévère de Bluebell et détala comme un lapin. Quelques instants plus tard, Rose les avait rejoints.

— Bluebell, il faut qu'on parle. Wengest a…

Épuisée, Bluebell n'était pas d'humeur à discuter ni à expliquer. Elle leva la main.

— Pas maintenant. Père d'abord. Après, j'irai dormir. Tu me parleras de tes problèmes avec Wengest demain. Je vois que tu as trouvé quelqu'un pour te réconforter, de toute façon.

Rose était sur le point de mordre à son tour, mais elle s'arrêta à temps et examina le visage de sa sœur.

— Tu as l'air tellement fatiguée.

— Ça fait une semaine que je me contente d'une à deux heures de sommeil par jour.

Bluebell voulut présenter Rose à Yldra, mais cette dernière était en train d'examiner son frère.

Rose se tourna vers sa tante, mais Bluebell lui fit signe de ne pas l'interrompre.

— Pars. Nous discuterons plus tard.

Yldra plissa le nez comme si elle avait senti une mauvaise odeur.

— J'ai besoin d'un calme absolu…

Rose s'en fut à contrecœur, tandis que Bluebell reculait et qu'Yldra s'asseyait sur le bord du lit.

— Il est très gris, reprit-elle. Trop de soucis, j'imagine. C'est ça, être roi, ajouta-t-elle en gratifiant Bluebell d'un sourire sinistre.

— Vous sentez la magie ? lui demanda sa nièce.

— Oh, oui. Elle n'est pas si forte. Autrement, elle l'aurait déjà tué. Je devrais pouvoir m'en débarrasser facilement.

— Putain…, lâcha Bluebell, dont les genoux menaçaient de céder sous son poids.

— Depuis combien de temps est-il dans cet état ?

— Presque cinq semaines.

— Dans ce cas, ça prendra un peu de temps.

— Combien ? Des semaines ? Des mois ?

— Quelques jours. Quand il se réveillera, il ne sera pas du tout conscient du temps écoulé ; il aura l'impression d'émerger d'une nuit de sommeil.

— Il sera déstabilisé, alors.

— Pendant quelque temps. Mais il n'aura rien perdu de ses facultés.

Bluebell ne parvint pas à se retenir de sourire.

— Enfin, avec un peu de chance, ajouta Yldra.

— C'est-à-dire ? s'enquit Bluebell, dont l'enthousiasme était retombé.

— Dans certains cas, la magie, en quittant le corps du malade, le tue. Je ne sais pas… Des sous-magiciens dotent leur maléfice de barbelures qui peuvent être fatales au moment de l'extraction. Cela dépendra de l'objectif premier de la personne responsable de ce qui lui arrive.

Le ventre de Bluebell se serra soudain.

— Pourrez-vous nous dire qui lui a fait ça ? demanda-t-elle.

— En quittant son corps, la magie révélera tous ses secrets, ne t'inquiète pas.

Bluebell réfléchit. Si le maléfice finissait par le tuer, Ælmesse se retrouverait sans roi. Mais dans l'état où il se trouvait, pouvait-on encore parler d'un roi ?

— Tu veux quand même que je continue ? l'interrogea Yldra.

— Oui, quel qu'en soit le coût, répondit Bluebell, sinistre.

Yldra plongea son regard dans celui de sa nièce pendant un long moment. Bluebell n'était pas très douée pour déchiffrer le langage corporel et les attitudes des gens, mais elle crut voir de l'admiration dans les yeux d'Yldra.

— Je commence de suite, dans ce cas. Je resterai avec lui pendant tout le processus. En attendant, vous pouvez vaquer à vos occupations.

Bluebell sortit de la chambre et bouscula Rose, qui attendait dehors. Willow avait disparu. Quant à Heath, il préparait quelque chose à manger dans la cuisine.

— Bluebell…

— Non, Rose. Pas maintenant. Je dois d'abord dormir.

Les yeux de Rose s'emplirent de larmes. Dans d'autres circonstances, Bluebell se serait peut-être radoucie, mais son épuisement était tel qu'elle n'en était plus capable. Elle déroula sa couverture près du feu, s'allongea et dormit pendant que la maisonnée marchait sur la pointe des pieds autour d'elle.

Griðbani. Wylm brandit la lame et examina les runes gravées sur sa poignée dans la lumière de l'aube. Le *randrman* lui avait dit que chacune de ces runes avait un pouvoir magique, qu'elles s'illumineraient lorsque viendrait le moment de combattre Bluebell. Il serra la poignée, faisant naître une douleur intense dans sa main. Mais il serra les dents, supporta la souffrance et serra encore plus fort.

Cela ne servait à rien. Il n'était toujours pas capable de le faire. Passer outre la douleur était possible, mais restait son incapacité physique. Pour le moment, il n'était tout simplement pas capable de tenir son arme correctement.

Il rengaina son épée et refit le bandage de sa main en cherchant Eni du regard. Comme il connaissait de mieux en mieux ces bois, le garçon avait pris confiance et, accroupi au loin, il jouait avec un objet intéressant trouvé par terre.

Des bruits de pas attirèrent l'attention de Wylm. Il se retourna, prêt à réagir. C'était Willow, et la jeune femme arrivait en courant. Wylm commençait à s'habituer à son comportement étrange et imprévisible. En un battement de cils, elle était capable de perdre le fil de la conversation et de s'égarer dans les méandres de son propre esprit. Dans ces moments-là, ses pupilles devenaient presque invisibles au centre de ses iris gris. Il s'était habitué à la voir dessiner constamment des triangles sur sa poitrine, à l'entendre prononcer le nom de Maava comme si elle s'éclaircissait la voix, comme si elle était en train d'étouffer. En revanche, c'était la première fois qu'il la voyait courir.

— Qu'y a-t-il ? s'enquit-il lorsqu'elle fut toute proche.

— Elle est revenue. Bluebell est revenue !

L'estomac de Wylm se liquéfia instantanément. Ses oreilles bourdonnèrent, et il dut se rasseoir pour ne pas tomber.

Il se haït aussitôt d'être si faible. Quel genre d'homme était-il pour s'écrouler comme un chiard à la simple mention du nom de sa belle-sœur ?

— Vous vous sentez bien ? lui demanda Willow en s'accroupissant à côté de lui. Vous êtes tout pâle. Êtes-vous de nouveau fiévreux ?

— Quand ? Quand est-elle revenue ?

— Ce matin. Elle m'a réveillée. Elle est arrivée avec une vieille femme que je ne connais pas. Une vraie païenne, en tout cas. Des colifichets partout, de la boue dans les cheveux…

Une sous-magicienne. Bluebell était partie chercher une sous-magicienne pour soigner Æthlric. Tout risquait d'être bientôt terminé, et il n'était même pas capable de brandir l'épée magique forgée pour la tuer. *C'est trop tôt, trop tôt!* Son destin s'imposait à lui alors qu'il n'était pas encore prêt. Il remarqua à peine que Willow l'avait pris contre son épaule et lui caressait la tête.

— N'ayez pas peur d'elle, dit-elle.

— Je n'ai pas peur, répondit-il à travers une mèche de cheveux raides et bruns.

Qu'était-elle donc en train de faire? Jusque-là, elle avait toujours soigneusement évité tout contact physique non nécessaire avec lui. Telle une véritable vierge trimartyre.

— Bluebell croit-elle que la vieille femme pourra soigner votre père?

— J'ignore ce que Bluebell pense.

— Peut-être son mauvais sort ne fonctionne-t-il pas?

— Tout est entre les mains de Maava, à présent.

Elle se mit alors à marmonner des paroles inintelligibles, comme à son habitude, comme si son esprit avait quitté cette clairière et ces bois.

Wylm resta ainsi dans ses bras. Il l'avait manipulée tellement facilement. La capacité de jugement de Willow avait été détruite par des années passées à adorer son dieu. Il lui avait suffi de se rappeler quelques prières et proverbes pour que la jeune femme se range définitivement de son côté, lui apportant provisions et remèdes, s'occupant d'Eni de temps en temps pour lui permettre de réfléchir et de s'entraîner au maniement de l'épée avec sa main mutilée. Il ne l'avait jamais considérée autrement que comme un objet utile et déplaçable à merci, mais à présent qu'elle lui caressait le dos, il ne pouvait s'empêcher de remarquer son doux parfum et les courbes de sa petite poitrine sous sa robe. Avec ses membres musculeux et secs, elle ressemblait beaucoup à Bluebell, tout en restant très différente d'elle. Vulnérable, innocente, d'un autre monde. Quelque chose se réveilla dans son entrejambe, mais il était suffisamment malin pour considérer la situation froidement, sans émotion aucune. Cela faisait tout simplement très longtemps qu'aucune femme ne l'avait touché.

Doucement, il la repoussa. Elle parut déçue.

— Willow, j'ai besoin que vous surveilliez Bluebell de très près. Vous devrez me prévenir si votre père se réveille. Vous devrez m'en informer sans attendre.

— Bien sûr, acquiesça-t-elle en hochant solennellement la tête.

— Faites très attention quand vous viendrez nous apporter de la nourriture. Elle ne devra ni vous voir ni vous suivre. Elle est maligne. Plus maligne que vous l'imaginez.

— Je connais bien ma sœur.

— Personne ne la connaît vraiment. Voyez en elle la personne la plus maligne et la plus forte du monde, et vous serez encore en dessous de la vérité. Bluebell est un monstre, ne l'oubliez jamais.

Mais l'esprit de la jeune femme n'était déjà plus là – il le voyait à ses pupilles.

— Partez. Soyez mes yeux et mes oreilles.

— Vous ne voulez pas de mon réconfort ?

Sa question le prit par surprise.

— Je... Le mieux que vous puissiez faire pour moi, c'est de vous assurer que Bluebell ne me trouvera pas avant que ma main soit complètement guérie.

Elle hocha la tête et partit. Il la regarda s'éloigner, puis se tourna vers son épée. Peu importait la douleur ou le risque de voir sa plaie se rouvrir, il devrait apprendre à maîtriser cette arme. Et vite.

« *Pas maintenant, Rose…* » Combien de fois Bluebell lui avait-elle répété cette phrase depuis son arrivée ? Sa sœur était fatiguée, c'était évident – ses cernes noirs en étaient la preuve irréfutable. Au réveil, elle avait pris sa chienne et s'en était allée, refusant toute compagnie.

— Je suis trop épuisée pour réfléchir. On en reparlera demain.

Rose aurait dû attendre. Le temps qui passait ne changerait rien à sa situation, et elle avait besoin d'une Bluebell de bonne humeur. Elle songea même à patienter jusqu'au rétablissement de leur père, mais le sentiment d'urgence qui étreignait son cœur était trop insupportable.

Bluebell passa le restant de la journée dans la chambre du roi avec Yldra, à qui Rose n'avait pas encore eu l'occasion d'adresser la parole. Bluebell chassait quiconque essayait de l'approcher. Les frustrations s'accumulaient à mesure que les heures défilaient, et Rose n'était pas plus près de résoudre le problème qui la faisait tant souffrir.

Heath était là pour la consoler, évidemment. Ils quittaient la maison séparément, discrètement, pour se retrouver dans les bois où ils se touchaient, se caressaient, s'embrassaient, faisaient l'amour. Ils parlaient, aussi, mais le même sujet de conversation revenait tout le temps. Elle répétait à quel point Rowan lui manquait, qu'elle n'arrivait pas à croire que cette horreur lui soit arrivée. Qu'elle n'en pouvait plus de souffrir.

Le lundi matin, Rose était en train de moudre du grain dans la cuisine pour préparer le pain. Un peu plus tôt, Willow lui avait retiré ses points de suture avant de sortir cueillir des herbes pour préparer un baume. Heath était parti s'occuper des chevaux. Rose avait peur de la solitude, désormais ; rester seule avec ses pensées était devenu une forme de torture. Comme elle travaillait, les poils de son cou se dressèrent, l'informant de la présence de quelqu'un dans son dos. Elle se retourna et découvrit qu'Yldra était en train de l'observer. La peau de Rose devint toute froide. Elle avait vu sa tante en rêve une fois, mais là, elle se trouvait devant elle en chair et en os. Petite, pâle, le regard très fixe. Elle semblait appartenir à la nuit, elle n'avait pas sa place dans la lumière de l'aube.

— Bonjour, dit Rose avec un sourire hésitant.

— Je t'avais dit de tuer Wengest, rétorqua Yldra, la mine sérieuse.

Les coins de la bouche de Rose se crispèrent.

— Oui, il y a quatre ans.

— Peut-être aurais-tu dû m'écouter, ajouta Yldra avant de claudiquer vers la porte et de disparaître dehors.

Rose retint son souffle, mais sa tante ne revint pas tout de suite.

Bluebell était donc seule avec leur père.

Rose reposa soigneusement le mortier en pierre sur le banc en bois de la cuisine, s'essuya les mains dans son tablier et se dirigea vers la chambre.

Bluebell était assise à côté du lit, les bras tendus, les mains jointes, la joue posée sur la couverture. Dormait-elle ?

— Bluebell ?

Bluebell cligna des paupières et la regarda. Oui, elle s'était assoupie, mais elle paraissait moins fatiguée que la veille.

— Pas maintenant, Rose.

— Si, maintenant. Maintenant. Yldra n'est pas là. Tu as eu une bonne nuit de sommeil. Maintenant. C'est très urgent. C'est un désastre.

Le visage de Bluebell se radoucit. Elle tendit la main pour effleurer les rides furieuses du front de sa sœur.

— C'est guéri, on dirait.

— Oui, grâce à mes sœurs.

— Je t'écoute, l'encouragea Bluebell dans un hochement de tête. Qu'as-tu à me dire ?

Rose retint son souffle, incapable de parler pendant quelques secondes. Tant que Bluebell ne saurait pas tout, tant qu'elle n'aurait pas décidé quoi faire, Rose pourrait toujours espérer récupérer sa fille un jour. Lentement, avec circonspection, elle commença :

— Wengest sait que je l'ai trompé.

— Mais comment ? s'étonna Bluebell en se redressant.

— Ivy le lui a dit.

— Était-elle au courant ?

— Elle nous a… vus. Juste avant que nous partions vers le nord. Mais Wengest ignore qu'il s'agissait de Heath. Et il croit toujours que Rowan est sa fille.

— Tu te rends compte de ce que tu as fait ? lança Bluebell, les lèvres pincées.

Rose n'était pas d'humeur à écouter une leçon de plus. Alors elle s'empressa de raconter la suite d'une traite :

— Wengest cache Rowan quelque part. Il refuse de me dire où est ma fille. Il ne peut pas me faire ça. Il n'a pas le droit de séparer un enfant de sa mère. Je ne sais même pas si elle va bien ou si je lui manque. C'est injuste. Et il m'a demandé de te dire que la paix entre nos deux royaumes ne tiendrait que si je renonçais à la revoir.

— La paix n'est pas encore compromise ? s'enquit Bluebell en fronçant les sourcils.

Le cœur de Rose battait la chamade. Elle savait depuis le début comment cette conversation se terminerait.

— Oui, c'est ce qu'il a dit.

— Dans ce cas, tu ne peux pas revoir Rowan.

— Mais c'est mon bébé, sanglota Rose.

Bluebell poussa un soupir et écarta les bras.

— Je compatis, crois-moi, mais je suis obligée de choisir entre tes désirs et la vie de tous les soldats qui mourront si nous faisons de nouveau la guerre au Netelchester.

— Qui te parle d'un désir ? C'est un besoin !

— Le résultat serait le même.

— J'en mourrai ! Si je ne peux plus la voir, j'en mourrai ! Wengest a peur de toi. Il craint notre royaume. Tu pourrais exiger n'importe quoi de lui.

— Rowan est en vie et bien traitée. Wengest l'adore. Elle a une nounou qu'elle connaît et aime.

— Je vais lui manquer.

— Elle…

— Vas-y, dis-le. Dis ce que tu penses, la provoqua Rose, dont la colère montait. Elle va m'oublier, c'est ça ? C'est bien ce que tu voulais dire ?

— Non. Elle va s'adapter, voilà ce que je voulais dire. Elle est très jeune.

Rose avait l'impression de perdre de sa substance, de se désagréger, de disparaître comme elle disparaîtrait bientôt de l'esprit de sa fille. Elle serait bientôt reléguée au rang de demi-souvenir. Dans son cœur, la douleur fut plus forte que jamais. Rose crut même qu'elle allait en mourir. Bluebell lui demandait d'oublier sa fille.

— Peut-être Wengest se calmera-t-il avec les années, reprit Bluebell. Tu as raison. Il nous craint, et quand sa colère se sera émoussée, nous lui demanderons l'autorisation de revoir Rowan.

— Dans quelques années ? Dans quelques années ! ? Tu te rends compte de ce que tu dis ? lâcha Rose d'un ton hystérique qui lui fit peur.

Elle avait perdu le contrôle. Complètement. Plus rien n'avait de sens. La trame du monde se défaisait, lui glissait entre les doigts.

Bluebell se leva et, dominant Rose de toute sa taille, saisit sa sœur par les bras.

—Je t'avais prévenue, Rose. Crois-moi, te le rappeler ne me procure aucun plaisir, mais je t'ai répété je ne sais combien de fois que baiser ce type ne nous amènerait rien de bon. Si tu m'avais écoutée, Ivy ne t'aurait pas vue et n'aurait rien eu à révéler à Wengest. Tu comprends ? Tu es responsable de ce qui arrive. Tu n'as pas réussi à te contrôler et, par ta faute, Rowan risque de ne plus revoir sa mère.

Rose en eut le souffle coupé. Une partie d'elle-même aurait voulu crier sur Bluebell, si cruelle. Si son amour pour Heath était si destructeur, pourquoi était-il si bon et si pur ? Une autre partie d'elle-même, en revanche, se rendait compte, horrifiée, que sa sœur avait raison. Comme à son habitude, Rose avait fait passer son intérêt avant tout le reste. Elle voulait vraiment que Bluebell déclare la guerre à Wengest. Pas un seul instant elle n'avait pensé aux soldats qui auraient perdu la vie parce qu'elle était amoureuse du neveu de son mari.

—Je regrette que tu sois triste, Rose, lui dit Bluebell en la lâchant. Mais tu as été égoïste. Je ne vais pas te sauver la mise cette fois-ci.

Rose se plia en deux et se prit la tête à deux mains. Elle n'arrivait pas à appréhender ce cauchemar bien trop réel.

—Accepte ton sort et fais pour le mieux, ajouta Bluebell en lui ouvrant la porte pour l'inviter à sortir. Et, par pitié, reste à l'écart de Heath. Wengest le tuera s'il découvre la vérité. Retiens-toi, pour une fois, et ne laisse pas tes caprices et tes désirs le condamner, lui aussi.

Alors la porte se referma, et Rose se retrouva seule de l'autre côté, les débris de son monde à ses pieds.

Bluebell s'en voulait.

Jamais elle n'aurait dû permettre à Heath de les accompagner. Certes, la vérité sur l'état dans lequel se trouvait son père se serait répandue davantage, mais elle aurait dû se douter que ces deux idiots ne résisteraient pas à la tentation de se tripoter. Nul doute qu'ils se répéteraient encore et encore que l'amour était une force incroyable, plus puissante qu'une armée. Mais c'était faux ; l'amour était simplement égoïste. Si bien que les projets que Bluebell avait élaborés pour Rowan étaient caducs.

Elle se retourna encore une fois. Elle avait du mal à s'endormir. Allongée à côté d'elle, Rose avait sombré dans le sommeil après avoir sangloté et reniflé pendant des heures. Willow était de l'autre côté de l'âtre. Yldra, elle, s'était étendue à côté de son frère. Heath, quant à lui, était dans son coin habituel, à une distance respectueuse des sœurs.

Ha ! Que n'avait-il maintenu cette distance respectueuse entre Rose et lui depuis le début !

Bluebell avait du mal à être en colère contre Rose, qu'elle aimait tant ; en revanche, il lui était aisé d'en vouloir à Heath. C'était un bon soldat, et ils avaient combattu côte à côte un certain nombre de fois. Toutefois, elle lui avait demandé de faire une seule chose, et il avait échoué. La chose la plus importante. Et il avait failli. Révéler son identité ne serait peut-être pas une si mauvaise idée ; ainsi, il deviendrait le problème de Wengest.

Mais non. Wengest devrait continuer de croire que Rowan était de lui. C'était l'unique façon de protéger l'enfant. Un seul reflet auburn dans ses cheveux, et Wengest découvrirait la vérité.

Bluebell s'assit et se tourna vers la silhouette endormie de Heath. Ils voudraient certainement passer plus de temps ensemble à présent que Wengest avait chassé son épouse. Il y aurait bientôt d'autres bâtards à assumer. Bluebell écarta sa couverture, se leva et se planta devant Heath, qu'elle poussa du bout du pied. Sans ménagement.

Il se réveilla en sursaut en clignant des yeux. La fixa d'un regard curieux.

— Levez-vous, siffla-t-elle.

Heath se leva tant bien que mal, et elle lui fit signe de la suivre dans la nuit humide. Elle le précéda dans la cour, puis sous l'arche en bois, traînant les pieds dans la rosée. Elle s'adossa à un pilier, et il s'arrêta devant elle, silencieux. Il savait à quoi s'attendre.

— Je vous avais expressément demandé de…

— Je sais ! l'interrompit-il, les paumes tendues vers l'avant.

— Alors pourquoi ?

— Parce que Rose m'a demandé le contraire.

Elle le scruta dans la pénombre. Son visage ne trahissait aucune émotion, mais elle savait qu'il la craignait.

— Donnez-moi une bonne raison de ne pas vous embrocher comme le ferait Wengest s'il savait la vérité…

Heath prit une inspiration profonde et saccadée.

— J'ai été un soldat loyal et dévoué.

— C'est vrai. Dans l'ensemble. Quoiqu'un soldat loyal serait parvenu à garder sa bite dans son pantalon, peut-être.

— N'avez-vous jamais aimé, Bluebell ?

— On croirait entendre Rose, rétorqua-t-elle avec un sourire sinistre. Oui, j'ai aimé. J'aime Rose. J'aime toutes mes sœurs. Et mon père, évidemment. J'ai aussi des amis, que j'aime énormément. J'ai même désiré. Ne soyez pas choqué. Mon amour et mon désir, cependant, sont toujours passés après mon devoir. J'ai un grand pouvoir, de grandes richesses, la gloire. Mais rien de tout cela n'est acquis. Je suis née Bluebell, mais je ne me contente pas de jouir de mes privilèges à la manière d'un Wengest. Je fais tout pour les mériter. Je vis pour mon royaume, et je n'hésiterais pas à mourir pour lui. Je garde toujours à l'esprit mon roi, Ælmesse et le bien du Thyrsland. Une attitude contraire serait coupable. J'avoue que je suis stupéfaite que personne d'autre, dans la famille, ne pense comme moi.

Il baissa la tête. Avait-il honte ? Il aurait dû, en tout cas.

— Je serais prête à donner ma vie pour ce royaume, je me laisserais brûler vive – mes cendres ne trouveraient jamais le repos et voleraient à jamais dans le vent, Heath. Rose et vous, vous n'êtes même pas capables de renoncer l'un à l'autre.

— Je suis désolé.

— Vous devez partir.

— Bien sûr. Je rentre à Folcenham. Ou bien préférez-vous que j'aille à Blicstowe ?

— Ni l'un ni l'autre. Vous devez vous exiler.

Heath releva subitement la tête.

— Vous n'êtes plus mon soldat. Sous peine de mort, vous ne devrez plus mettre les pieds dans mon royaume ni dans celui de votre oncle.

— Bluebell…

— Pas d'excuses ni de supplications, l'interrompit-elle d'un geste de la main. Il en va de la sécurité de Rose et Rowan. Vous devrez rester loin, très loin d'elles. Loin de Wengest, également, qui, dans un éclair de lucidité, peut se rendre compte qu'il n'est pas le père de la petite. Ce jeu dangereux est terminé. Vous allez partir maintenant, et vous ne vous retournerez pas.

Heath releva le menton, mais il avait l'air d'un petit garçon essayant d'impressionner son père. Une chouette ulula dans un arbre, chant sinistre et solitaire.

— Je vais partir, mais pas à cause de vos menaces. Je vais partir parce que j'aime Rose et que je ferais tout pour qu'il ne leur arrive rien, à sa fille et à elle.

— Nourrissez les illusions que vous voulez, ça ne me dérange pas. Partez et trouvez-vous une femme. Faites des enfants. Vivez. Rose ne sera jamais à vous.

Sa dernière phrase lui avait fait mal, comme prévu. Il voulut rétorquer quelque chose, mais se ravisa.

— Puis-je retourner à l'intérieur pour récupérer mes affaires ?

— Et poser une dernière fois votre regard langoureux sur Rose ? Non.

Il hocha la tête, résigné.

— Prenez le cheval que vous voudrez, exception faite d'Isern. Vous survivrez.

— Vous ne me devez pas un cheval. Vous ne me devez rien. Je marcherai. (Il se mit en branle, puis se figea et se retourna.) Bluebell ?

— Oui ?

— Direz-vous à Rose pourquoi je suis parti ?

— Je ne sais pas. Sans doute.

— Je ne voudrais surtout pas qu'elle s'imagine qu'elle ne compte pas pour moi…

— Vous n'avez plus à vous soucier de Rose, rétorqua Bluebell en fronçant les sourcils. Je m'occuperai de ma sœur mieux que vous. Vous ne lui avez apporté que le danger et le malheur.

— Tout ce qui importait pour moi, c'était son bonheur.

— Eh bien, profitez des quelques prochaines années pour réfléchir à tout ça, contra Bluebell d'un ton dédaigneux. Car je ne l'ai jamais vue si malheureuse.

Elle le regarda entrer dans l'écurie, puis retourna dans la maison en faisant attention de ne réveiller personne. Rose dormait, ne se rendant compte de rien. Dans un accès de compassion, Bluebell souffrit pour sa sœur. Elle aurait du mal à se remettre de la perte de Heath, mais ce serait mieux pour elle. Peut-être Bluebell demanderait-elle aux anciens de Thriddastowe de prendre Rose sous leur aile à la place de Willow. Rose avait besoin d'occuper son temps à quelque chose.

Bluebell s'accroupit à côté de sa sœur et lui caressa tendrement les cheveux.

— Je suis désolée, murmura-t-elle.

Puis elle se recoucha et s'endormit enfin.

Chapitre 29

Assise près de l'âtre, Ash nettoyait une robe avec de l'eau et du savon dans une bassine. C'était la robe qu'elle portait la veille, près du ruisseau, lorsqu'elle s'était exercée au contrôle des élémentaires. Une pierre avait bougé sous ses pieds, la faisant tomber. Elle s'était coupé la main sur un caillou aigu et avait taché ses vêtements de sang et de boue. Tout en frottant, elle pensait aux trois robes qu'elle avait prises avec elle, au fait qu'elle n'en aurait pas d'autre avant longtemps. Elle ne se rendrait plus à Blicstowe pour le festival, n'aurait plus l'occasion de commander des robes au tailleur royal. Elle en avait une couleur rouille, une bleue et une dernière, bleue aussi, mais passepoilée d'or. Et puis, elle avait sa cape verte. Et c'était tout. Quant aux souliers, il lui faudrait réparer régulièrement ceux qu'elle avait aux pieds. Ruminer ces idées emplit ses yeux d'une tristesse lourde. Son ancienne vie disparaissait derrière elle, se fondait dans la masse de ses souvenirs. Une nouvelle vie avait commencé avec Unweder, avec les pouvoirs qu'elle tentait d'apprivoiser. Avec une seule paire de chaussures.

— Vous en mettez du temps à laver votre linge, observa Unweder.

Agité, il avait passé la matinée à faire les cent pas, à la regarder travailler, à organiser et ranger ses pots sur son banc.

— Quelque chose ne va pas ? demanda-t-elle pour la troisième fois.

— Non. Je vous l'ai déjà dit, et je ne vous ai pas menti.

Et pourtant, son corps semblait crier le contraire. Ses bras fins étaient collés contre sa cage thoracique, ses épaules voûtées.

— Il ne pleut pas.

Les ténèbres froides qui avaient recouvert le paysage promettaient cependant une belle averse.

— Je me fiche de la pluie, je n'ai pas envie de sortir, c'est tout, rétorqua-t-il en faisant les cent pas.

Elle essora sa robe et se leva.

— Je sors suspendre ça à un arbre et je reviens vider la bassine.

Lorsqu'elle fut à mi-chemin de la porte, Unweder l'attrapa par le poignet.

— Ne revenez pas tout de suite.

— Pardon ?

— J'ai besoin… J'ai besoin de la maison pour moi seul, aujourd'hui.

— Excusez-moi. Il suffisait de demander.

Qu'allait-elle faire, dehors, toute la journée ? Marcher dans la forêt, peut-être. Déterminer les comportements des différents types d'élémentaires.

— Je reviens juste pour m'occuper de la bassine.

— Non, non, je me chargerai de la bassine moi-même. Laissez-moi.

Elle était curieuse, mais tout ce qu'Unweder faisait éveillait systématiquement sa curiosité. Elle devait s'estimer heureuse d'avoir un endroit où habiter et une personne pour la guider durant son apprentissage. Un jour ou l'autre, Unweder s'ouvrirait à elle, espérait-elle.

Elle referma la porte dans son dos et marcha jusqu'à un orme doté d'une branche basse, sur laquelle elle étendit sa robe après l'avoir défroissée en contemplant le ciel. Ni soleil ni vent.

Cette robe sécherait près du feu cette nuit. Lançant un dernier regard en direction de la maison, elle s'en fut vers la forêt.

C'était difficile à dire vu la couverture nuageuse, mais Ash supposait que la matinée était déjà bien entamée. Le chœur des oiseaux s'était tu plusieurs heures plus tôt, et seul un ou deux volatiles chantaient encore, au loin. Elle marchait d'un pas léger dans les couches de feuilles mortes, dont elle humait le parfum vert, faisant glisser ses doigts sur l'écorce lisse des jeunes ormes. Les nuages se déchirèrent un peu, laissant filtrer quelques rayons de soleil. Elle s'assit sur une souche et ferma les yeux, envoyant son esprit à la recherche des élémentaires.

La forêt grouillait d'esprits, et Ash essaya de contrôler sa pensée afin de ne pas se faire remarquer et de pouvoir les observer. Elle sentait leur présence dans les arbres, dans la roche, dans la terre, dans l'air frais et humide. Elle resta là pendant une heure à étudier les élémentaires sans se faire voir. Les mignons de la Terre Mère, l'étincelle de divin présente dans tout ce qui était naturel. Puis elle rouvrit les paupières. Le soleil avait de nouveau disparu, et des grondements lointains annonçaient un orage prochain.

Elle marcha encore un peu, au hasard. Elle avait un excellent sens de l'orientation et ne craignait pas de se perdre. Tous les quatre cents mètres environ, elle s'asseyait un long moment pour observer l'activité des élémentaires, assimilant ses contours. Il y avait plus d'élémentaires là où les jeunes arbres et les jeunes pousses étaient nombreux, et moins là où l'on trouvait des troncs couchés et où un tapis de feuilles mortes empêchait l'herbe de pousser. En milieu d'après-midi, tandis que son estomac gargouillait, incapable qu'elle était de le satisfaire avec les mûres qu'elle cueillait de-ci, de-là, elle rencontra une zone morte. Au début, elle remarqua simplement un léger tintement dans cette partie de son esprit concentrée sur les élémentaires. Et puis le tintement céda progressivement la place à une sensation d'engourdissement, comme quand elle se réveillait la nuit après avoir dormi sur son bras et qu'elle avait l'impression que ce dernier ne lui appartenait plus. L'engourdissement était bien là, dans le champ élémentaire, mais c'était une anomalie. Comme si tout, dans une zone donnée, dormait d'un sommeil surnaturel. Mue par sa curiosité, elle laissa son instinct la guider vers la zone, oubliant son sens de l'orientation, oubliant l'orage qui menaçait. Elle mettait un pied devant l'autre en écoutant avec son esprit.

Le vent se leva, faisant voleter les mèches de cheveux qui s'étaient échappées de sa natte. Le tonnerre se rapprochait. Le ciel commença à cracher de grosses gouttes.

Alors Ash vit où elle se trouvait. Elle avait trouvé la frontière de la zone morte à une dizaine de mètres seulement de la maison d'Unweder. Elle avait décrit un cercle.

Comment ne s'en était-elle pas aperçue ? Il n'y avait donc pas d'élémentaires autour de la maison. Ou alors étaient-ils parfaitement silencieux. Réduits au silence. Elle leva les yeux au ciel. Les nuages étaient bleus, meurtris d'avoir eu à retenir si longtemps le déluge qui s'apprêtait à s'abattre sur elle. Ash était partie depuis des heures ; Unweder ne lui en voudrait pas si elle rentrait un peu plus tôt que prévu. Et puis, elle n'avait qu'à lui poser la question.

Comme la pluie glaciale commençait à tomber, elle contourna la maison en courant et arriva devant la porte d'entrée. Sa robe gisait dans l'herbe, couverte de feuilles mortes. Elle la récupérerait plus tard. Elle entrouvrit la porte et appela doucement :

— Unweder ? Je suis désolée, mais il pleut.

Elle entra dans la maison sombre et referma la porte. Un feu brûlait dans l'âtre, mais Unweder n'était pas là.

— Unweder ?

Pas de réponse. Des petits bruits de pas attirèrent son attention au-dessus de sa tête, et elle eut le temps de voir disparaître une queue de rat derrière une poutre.

Unweder était donc absent. Elle s'assit près du feu, retira ses souliers et les mit à sécher. Puis elle défit sa natte et se brossa les cheveux, les séchant également, se réchauffant. Et se demandant où avait pu passer son hôte. Et pourquoi aucun élémentaire ne vivait près de chez lui. Pourquoi…

Le coffre. Celui qu'elle avait l'interdiction de toucher. Le cadenas était posé par terre, le verrou ouvert.

« *Promettez-moi de ne jamais toucher à ça.* »

Elle regarda autour d'elle en se léchant les lèvres.

« *Promettez-moi de ne jamais toucher à ça.* »

Elle pourrait simplement soulever le couvercle pour jeter un coup d'œil à l'intérieur…

« *Promettez-moi de ne jamais toucher* à ça ».

Sauf qu'elle n'avait rien promis, justement. Elle n'avait pas prononcé cette fameuse phrase : « Je promets de ne jamais chercher à savoir ce que contient ce coffre. » Et Unweder n'était pas là. Comme elle allait habiter avec lui, elle avait le droit de s'informer sur ses activités, non ?

Ash entrouvrit la porte et regarda dehors. La pluie tombait dru. Unweder n'était pas en train de rentrer en courant pour échapper à l'averse ; il devait avoir trouvé un abri dans la forêt.

Le coffre l'attendait. Sa main posée dessus ne semblait pas lui appartenir. On aurait dit le membre d'une femme plus hardie, moins obéissante.

Elle souleva le couvercle, qui grinça un peu. Elle jeta un coup d'œil par-dessus son épaule, s'agenouilla et regarda à l'intérieur.

Elle eut un mouvement de recul, car le coffre était plein d'animaux morts. Il n'y avait pas d'odeur de décomposition, toutefois, ni colonnes de fourmis ou asticots. L'odeur était presque agréable – la fourrure chaude d'un animal de compagnie, un peu humide. Hésitante, elle attrapa le cadavre d'un corbeau. Sa tête roula sur le côté. Son fin squelette était si léger entre ses doigts, ses plumes noires luisantes. Le résidu de chaleur diffusé par son corps signifiait qu'il venait d'avoir été tué, mais elle ne voyait pas comment. Il n'avait de marque nulle part. Elle le reposa soigneusement dans un coin et examina de nouveau l'enchevêtrement de pattes molles et de faces douces. Elle avisa un rat, sur le dessus. Elle le sortit du coffre. Lui aussi était chaud. Ash leva les yeux vers la poutre derrière laquelle avait détalé un rat un peu plus tôt. La bête était là qui la regardait, les moustaches frémissantes.

— Désolée, lui dit-elle. J'espère que ce n'était pas un ami.

Elle posa la paume de sa main sur l'amas d'animaux. Ils étaient bien morts, mais leur chaleur était celle de bêtes vivantes. Comme si, d'une seconde à l'autre, leurs petits poumons pouvaient se remplir d'air, les ranimant. Blaireaux et lapins, hirondelles et alouettes. À quoi servaient-ils ? Avaient-ils quelque chose à voir avec la zone morte qui entourait la maison d'Unweder ? Ash prit soin de poser le corbeau et le rat là où elle les avait trouvés et referma le couvercle du coffre, remettant le verrou dans sa position initiale. Elle se rassit près du feu pour écouter l'orage et la pluie sur le toit. Cependant, elle se sentait coupable et de plus en plus inquiète. Si Unweder refaisait son apparition et la trouvait là alors qu'elle était censée passer la journée loin de la maison, devinerait-il d'une manière ou d'une autre qu'elle avait fouillé dans ses affaires ?

Elle se leva et rouvrit la porte. La pluie était toujours aussi dense. Elle fut tentée de prendre sa moleskine, accrochée derrière la porte, mais Unweder l'avait vue partir sans. Alors elle sortit sous la pluie battante afin de pouvoir rentrer plus tard en faisant comme si elle n'avait rien fait de mal.

Trois heures plus tard, elle décida qu'elle pouvait rentrer en toute sécurité. L'orage était terminé depuis longtemps, et elle avait trouvé un endroit ensoleillé où sécher un peu. Mais elle avait froid, et sa peau était toute fripée à cause de l'humidité.

Assis sur un tabouret devant son banc, Unweder était en train de verser une mixture chaude dans ses petits pots.

— Ah, vous êtes de retour.

— Je suis trempée.

— Le feu est vigoureux. Retirez vos vêtements mouillés.

Elle fit ce qu'il lui dit, gardant uniquement sa chemise en lin et posant sa robe sur le dossier d'une chaise. Elle s'assit devant le feu et étira les doigts vers les flammes. La chaleur était bienvenue qui la réconfortait.

— Vous avez mangé ? lui demanda-t-il.

— Depuis le petit déjeuner, uniquement des mûres.

— Je vais nous couper un peu de fromage et de pain.

Ash regarda furtivement le coffre. Le verrou était fermé. Et le cadenas en place.

Il prit son temps pour couper la nourriture et la disposer dans des assiettes, puis s'assit à côté d'elle. Ils mangèrent en silence pendant quelque temps. Ash sentait son pouls battre avec vigueur dans sa gorge. Elle aurait voulu lui parler de la sensation d'engourdissement qui entourait la maison, mais elle ne savait pas comment aborder la question sans qu'il se doute qu'elle avait fureté dans ses affaires.

— Je sais que vous avez ouvert mon coffre, dit-il soudain sur le ton de la conversation.

Ash releva la tête, la bouche ouverte, prête à se défendre. Mais à quoi bon ? Il savait.

— Comment avez-vous su ? préféra-t-elle demander.

— Je ne suis pas d'humeur à vous le dire, répondit-il dans un haussement d'épaules.

Elle se rendit compte à ce moment-là qu'il était furieux. La pupille de son œil valide était aussi petite qu'une tête d'épingle.

— Je suis désolée…

— Au moins, à présent, je sais que je ne peux pas avoir confiance en vous, l'interrompit-il avec un geste dédaigneux de la main. À partir de maintenant, je n'hésiterai plus à tout verrouiller.

Ash s'agita, honteuse. Elle aurait voulu disparaître.

— Je suis désolée, répéta-t-elle à voix basse.

Mais il ne répondit pas.

L'âtre n'était pas encore froid lorsque le cri de l'ange réveilla Willow. Ses sœurs étaient étendues autour d'elle. Bluebell ronflait doucement. La hanche de Rose était une colline de l'autre côté du feu.

Qu'y a-t-il, mes chers anges ?

Elle n'eut pas droit à des mots, simplement à des cris, des glapissements, des phrases grondées, des babillements inquiétants. Elle ferma les paupières, cherchant le sommeil, mais elle sentit bientôt ce chatouillis, en bas, dans son ventre. Elle n'avait pas fait ce qu'ils lui avaient demandé. Elle n'avait pas accueilli Wylm en elle, et elle ne portait pas encore l'enfant qui régnerait un jour sur le Thyrsland. Voilà pourquoi les anges la dérangeaient dans son sommeil.

Elle avait essayé, pourtant, le serrant contre elle, lui caressant le dos.

Ne sois pas un bébé, Willow. Elle avait vu Ivy le faire. Pas une fois elle n'avait caressé le dos de William Dartwood pour qu'il s'intéresse à elle. Willow se retourna et ferma fort les yeux. Une vierge effarouchée, voilà ce qu'elle était.

Maava, le dieu unique, le seul… Qu'avait-elle si désespérément besoin de lui demander ? Elle craignait ne serait-ce que de mettre ses pensées en mots, de peur d'entendre une fois de plus ce rire cruel. Il n'y avait que le silence, et elle tenta à nouveau d'atteindre son seigneur en esprit. *Je suis en train de tomber amoureuse de Wylm. Si c'est mal, si je fais erreur, dites-le-moi.*

Elle se raidit et attendit un signe. Peut-être deux chouettes ululant dans la nuit, ou bien une étoile filante dans le ciel. Mais il n'y eut pas de signe. Elle attendit encore. Non, rien.

Sois courageuse. Sois courageuse pour Maava. Elle se retourna sans faire de bruit. Repoussa sa couverture. Se leva et sortit de la maison sans que personne l'entende.

Elle retrouva son chemin dans les ténèbres. Eni et Wylm étaient endormis. Leur feu brûlait encore, et elle voyait le garçon allongé sur le dos. Son visage détendu ne trahissait ni sa cécité ni son retard mental. Il était simplement maigrichon et beau.

Willow s'agenouilla près de Wylm, les mains sur les genoux. Elle admira son visage dans la lumière orangée. Dans la lumière de Maava. Il était magnifique. Elle se concentra, comme elle l'avait déjà fait une fois. *Réveillez-vous.*

Dans son sommeil, l'homme plissa le front. Puis ses paupières papillonnèrent. Il eut peur pendant un bref moment, avant de la reconnaître.

— Willow ? croassa-t-il.

Elle posa un doigt sur ses lèvres, comme elle avait vu Ivy le faire. Elle lui prit la main et la posa sur son sein, sauf qu'elle n'avait pas la poitrine de sa sœur, si bien que le mouvement lui sembla maladroit.

Wylm la laissa faire, cependant, et elle sentit ses doigts se refermer sur sa chair. Ses yeux étaient si noirs. D'un mouvement fluide et rapide, il se redressa sur le coude, l'attira près de lui et passa un bras autour de sa taille. Le dos d'Ivy était collé contre le torse de l'homme.

Elle se rendit alors compte qu'un chœur de voix de plus en plus puissant était dirigé vers elle. La chaleur qui émanait du corps de Wylm était la seule chose qui garantissait encore son intégrité physique, car tandis que les voix des anges la traversaient, s'engouffraient entre ses jambes, dans son ventre, avant de ressortir par ses yeux et ses oreilles, son corps se mit à trembler. À trembler comme si ses articulations étaient sur le point de céder, comme si ses membres allaient se détacher pour disparaître en tourbillonnant dans les ténèbres. Craignant de ne plus jamais se retrouver, elle resta dans son corps brûlant tandis que Wylm lui caressait les cuisses et remontait ses jupons, que ses mains glissaient sous ses fesses, que ses doigts la touchaient avec douceur, la trouvant toute mouillée, qu'il lui agrippait les seins à travers le tissu de la robe, que ses lèvres lui parcouraient le cou, que son corps tout entier se pressait contre le sien, lui permettant de sentir son érection, et qu'il entrait en elle – sensation étrangère et bienvenue – effectuant des va-et-vient. La tête rejetée en arrière, les yeux révulsés, les anges et les voix et les paillettes blanches et brûlantes de l'amour de Maava lui déchirant la peau, la gorge, et les ténèbres lentes, ensanglantées…

— Willow ?

Un tintement dans les oreilles.

— Willow ?

C'était Wylm. Elle était allongée sur le dos, et il était penché au-dessus d'elle, lui caressant doucement la joue.

Elle ouvrit les yeux.

— Tu as perdu connaissance, expliqua-t-il. Tu m'as fait peur.

Elle contempla sa beauté dans le noir. Il était à moitié dénudé, ses cheveux étaient en désordre – un désordre sublime. Elle voulut les toucher, emmêla ses doigts dedans.

— Je vais bien, maintenant, répondit-elle, comprenant ce qui s'était passé.

Qu'avait-elle fait ? Derrière la panique, une certitude : Maava l'avait conduite jusque-là.

Maava l'avait accompagnée jusque-là, avait fait naître le désir dans son corps, ce qui signifiait que Wylm et elle étaient destinés à s'unir de la sorte. C'était la volonté de Maava, et elle la respecterait, élèverait cet enfant comme un véritable soldat de la glorieuse armée de Maava.

— Willow, nous n'aurions pas dû…

— Tout va bien, Wylm. Nous ne le referons plus.

Elle avait récolté sa semence. Tout était parfait.

— Je suis désolé. Cela faisait si longtemps qu'une femme ne m'avait…

— Vous n'avez pas à être désolé, le rassura-t-elle dans un sourire. Je dois vite retourner dans mon lit.

Il acquiesça. Elle percevait son regard rivé dans son dos comme elle s'éloignait. Willow appuya ses mains sur son ventre. Ah, elle la sentait déjà. L'étincelle de vie. La mère du roi trimartyr.

La route qui se déroulait vers le nord-est en partant de Folcenham était large et fréquemment empruntée, au contraire de celle de Sæcaster, à l'est, où se trouvait le château de Guthmer, étroite, parcourue d'ornières et entravée par des arbres aux branches déformées. Ivy savait que ces arbres étaient des barreaux et qu'elle entrait dans une cage ; elle était un bel oiseau, que Guthmer admirerait, nourrirait, montrerait. Un oiseau qui resterait captif, cependant. Sa conviction persista longtemps après que les arbres se furent raréfiés et eurent disparu, tandis qu'elle et son escorte composée de deux soldats de Wengest – pas les meilleurs – traversaient la lande fleurie conduisant à la mer. Sæcaster était une importante garnison, une ville bâtie au sommet d'une falaise pour protéger des raiders le port facilement accessible. Guthmer commandait une petite armée, et sa ville était puissamment fortifiée. De loin, Ivy distinguait les hauts murs qui masquaient tout ce qu'il y avait à l'intérieur – la ville, le château, la longère où se déroulerait sa nouvelle vie. Un sentiment d'abattement s'empara d'elle.

Ils traversèrent le pont-levis abaissé au-dessus des douves profondes qui entouraient la ville, puis passèrent sous une porte et arrivèrent sur une large place. L'odeur de poisson et d'algue était omniprésente. Ivy crut qu'elle allait étouffer.

La ville lui sembla petite, sombre et humide comparée à la chaleur claire de Blicstowe, aux larges allées de Folcenham ou encore à la fraîcheur estivale de Fengyrd. Elle s'efforça de se remonter le moral en se disant qu'elle deviendrait bientôt duchesse, la femme la plus importante de Sæcaster. Toutes ces personnes au visage clair, au marché, la connaîtraient bientôt et seraient contraintes de lui sourire, de la respecter. Pour le moment, cependant, elle préféra baisser la tête tandis que leurs chevaux fendaient la foule et se dirigeaient vers les écuries de Guthmer.

Elle mit pied à terre à l'entrée desdites écuries et contempla sa nouvelle demeure. Le château de Guthmer était petit et les longères disposées tout autour étaient peu nombreuses. Rose avait eu beaucoup plus de chance, et ce, uniquement parce qu'elle était plus âgée. En réalité, c'est Bluebell, l'aînée de la famille, qui aurait dû épouser Wengest – ce qui n'aurait pas été une très bonne idée, évidemment. On avait donc changé la règle pour permettre à Rose de prendre sa place, alors pourquoi pas elle ? Elle aurait fait une bien meilleure reine pour le Netelchester.

Une grande femme à la longue chevelure grisonnante arrivait à grands pas. Leur comité d'accueil, supposa Ivy.

— Princesse Ivy d'Ælmesse, commença-t-elle sans sourire du tout, remarqua Ivy. Je m'appelle Elgith. Guthmer m'a demandé de vous montrer votre longère.

— Merci, répondit Ivy en regardant son escorte par-dessus son épaule.

Les deux hommes discutaient avec les palefreniers. Elle ne les connaissait pas vraiment ni ne les appréciait, mais elle appréhendait néanmoins de les quitter. La dernière chose qui la reliait encore à son ancienne vie – voilà ce qu'ils étaient. Ce lien s'étira et finit par se rompre comme elle suivait Elgith vers sa longère.

— Où est Guthmer ? demanda-t-elle.

— Au château, répondit Elgith. Il vous verra plus tard.

Ivy n'aimait pas du tout la manière dont la femme lui parlait – comme si elle lui était supérieure. Elle n'aimait pas non plus la façon qu'elle avait de ne pas sourire, ni le fait qu'elle n'ait pas accueilli comme elle le méritait une princesse originaire du plus puissant des royaumes du Thyrsland. Ivy ne manquerait pas de parler d'elle à Guthmer, d'exiger son renvoi.

La porte de la longère s'ouvrit, et la mâchoire inférieure d'Ivy se décrocha. Alors que la façade était sombre et couverte de lichen, l'intérieur était propre, chaulé, doté d'un parquet beau et lisse et d'un épais tapis rouge. Les murs étaient ornés d'objets scintillants : des épées à la poignée dorée, des plateaux et des coupes en or, de l'ambre et du grenat partout, des tapisseries richement décorées, des chandeliers et des lanternes en argent finement ouvragé. Il y avait également une grande armoire en chêne surplombée de plusieurs rouleaux d'étoffe – bleue, filée d'or, rouge foncé et ambrée.

— Elles sont pour vous, dit Elgith à contrecœur. Avant d'entrer au service de Guthmer, j'étais couturière. Cet après-midi, je passerai prendre quelques mesures pour vous coudre des robes. Guthmer dit que vous aimez les robes.

— C'est vrai. Les souliers, aussi.

— Je vous conduirai chez le cordonnier demain.

Ivy avait ouvert l'armoire et découvert une boîte pleine de nouvelles choses : un peigne en os orné de grenat, un miroir en bronze, des broches en or reliées par une longue chaîne de perles en verre coloré, un collier d'ambre et de jais.

— Ces objets sont pour vous, poursuivit Elgith d'un ton neutre. C'est un cadeau de bienvenue de la part de Guthmer.

Ivy était déjà en train de remplacer ses broches par les nouvelles, en or.

— C'est magnifique, s'enthousiasma-t-elle.

Elle se retourna et avisa le lit. Bas et large, garni de couvertures épaisses et de peaux de mouton. Son moral retomba d'un seul coup. Elle coucherait avec Guthmer dans ce lit. Elle lui ferait cadeau de son corps. Elle se mit à trembler. Ce ne serait peut-être pas si terrible. Elle regarda les rouleaux de tissu par-dessus son épaule.

— Venez, dit Elgith. Guthmer vous attend.

Elles sortirent de la longère et traversèrent la courte distance qui les séparait du château. Le vent marin soufflait fort, qui faisait claquer les drapeaux accrochés à l'avant-toit. Très vite, elles se retrouvèrent à l'intérieur du château faiblement éclairé. Trois serviteurs étaient en train d'installer des tables sous la direction de Guthmer. Entendant la porte se refermer, il releva la tête et sourit.

Ivy essaya de sourire aussi. Elle s'efforça de ne pas lire son âge sur son visage. Malgré la lumière tamisée, elle ne put s'empêcher de remarquer ses cheveux gris, ses rides profondes, ses bajoues. Lorsqu'il voulut prendre ses mains dans les siennes, la vue de ses veines la dégoûta et elle faillit avoir un mouvement de recul. Était-il plus jeune que son père ? Elle n'en était plus si certaine. Ivy prit une profonde inspiration et le laissa prendre ses doigts, qu'il porta à ses lèvres et embrassa. Elle réussit à sourire.

— Guthmer, dit-elle en hochant une fois la tête.

— Ivy, je suis tellement heureux de vous avoir ici. Nous organisons une grande fête en votre honneur.

Une chaleur agréable grossit tout de même en son cœur.

— Une grande fête ? En mon honneur ?

— Oui. Vous apportez votre beauté et votre soleil à Sæcaster, ajouta-t-il en lançant un furtif regard de regret à Elgith. Vous pouvez nous laisser, lui dit-il.

— Comme il vous plaira, monseigneur.

— Oui, vous pouvez nous laisser, intervint Ivy en espérant qu'elle l'appellerait « madame ».

Elle attendit, en vain. Elgith tourna les talons et s'en fut.

Ivy se tourna vers Guthmer le sourcil haussé ; il ne pouvait pas ne pas avoir remarqué le comportement non approprié d'Elgith. Elle écouta les bruits du château, le vent qui faisait claquer les volets, vent salé qui s'infiltrait entre les lattes… Mais Guthmer ne dit rien. Il se contentait de la regarder d'un air narquois.

— Elle s'est montrée très irrespectueuse à mon égard, finit par se plaindre Ivy. Vous devriez la renvoyer.

À sa grande surprise, Guthmer balaya sa remarque d'un geste de la main.

— On ne peut pas se passer d'Elgith. C'est une excellente couturière, et elle fera une très bonne amie pour vous.

— Cela m'étonnerait beaucoup.

— Ivy, reprit-il d'une voix plus forte qu'elle ne s'y attendait. Elgith m'est fidèle depuis de nombreuses années. Il est hors de question que je la renvoie.

Évidemment. Elgith partageait le lit de Guthmer. Voilà pourquoi elle la détestait.

— Le fait qu'Elgith ne vous ait pas accueillie assez chaleureusement importe peu, expliqua-t-il d'une voix redevenue tendre. Ce soir, la ville tout entière va vous souhaiter la bienvenue. Puis-je vous prendre dans mes bras, ma chère ?

Elle hésita un instant, se demandant ce qu'il entendait par là.

— Bien sûr, finit-elle par répondre.

Elle écarta les bras et ferma les yeux ; autant en finir le plus vite possible.

Il la serra contre lui. Il sentait la vieille sueur et les algues. Il lui caressa doucement les cheveux, puis glissa les mains dans son dos avant de remonter sur ses hanches, sa taille. Ivy se raidit en sentant son sexe durcir sous sa tunique.

— N'ayez pas peur, murmura-t-il. Je sais que le monde de l'amour vous est encore étranger. Je promets d'être doux.

Un sanglot monta dans sa gorge. La cage venait de se refermer.

Chapitre 30

Les murs de la chambre semblaient se rapprocher d'heure en heure. Bluebell se leva, fit les cent pas, s'adossa à la porte, tandis qu'Yldra restait immobile, les mains à plat sur la couverture, sur la poitrine d'Æthlric, silencieuse. C'était le troisième jour. Æthlric était comme mort – exactement comme avant le départ de Bluebell et de ses sœurs. Dehors, le soleil brillait vigoureusement. Abeilles et papillons voletaient dans les airs. Dans la chambre plongée dans la pénombre, l'atmosphère était humide et sentait le renfermé.

— Vous pouvez me dire quelque chose ? tenta Bluebell.

— Tu devrais sortir, répondit Yldra dans un sourire serein. Tu ne m'es d'aucune utilité. Au contraire, tu m'agaces en faisant les cent pas.

Bluebell planta fermement ses deux pieds au sol et croisa les bras.

— Je ne bougerai pas d'ici.

— Ta chienne a besoin d'exercice.

— Willow pourra la promener.

— Elle est très bizarre, je trouve, remarqua Yldra en haussant un sourcil.

— Willow ? Elle est jeune, c'est tout.

— Non, il y a quelque chose de fermé en elle. Quelque chose de froid et dur sous sa peau chaude.

Bluebell réfléchit à sa description. Oui, ce n'était pas faux.

Yldra reprit son travail silencieux, et Bluebell l'observa pendant un certain temps. Elle s'attendait à des résultats rapides, dans un sens ou dans l'autre. Un pronostic vital négatif ou une amélioration spectaculaire. Mais pas ce... néant. Bluebell détestait sentir l'épine du doute dans son cœur. Yldra n'avait pas d'amour pour Æthlric. Et si elle ne faisait qu'aggraver la situation ? Et si elle se moquait d'eux ? Et si elle était à l'origine de ce maléfice ?

Voilà pourquoi elle restait près d'elle aussi souvent que possible, pourquoi elle vivait dans le doute et la peur. Bluebell ne se remettrait à respirer normalement que lorsque Æthlric aurait rouvert les yeux – les yeux d'un homme guéri.

— Voilà, tu fais de nouveau les cent pas.

Bluebell se rendit compte que c'était vrai. Elle s'appuya contre le rebord de la fenêtre. Le volet était entrouvert, et un mince et chaud rayon de soleil lui frappait le dos.

— Je suis désolée.

— Je peux te dire une chose, Bluebell : ce maléfice n'est pas l'œuvre d'un sous-magicien.

Bluebell se redressa, faillit se remettre à faire les cent pas, mais se retint.

— Vraiment ? Comment le savez-vous ?

— Ce n'est pas du très bon travail. C'est de la sous-magie, bien sûr, mais de la sous-magie achetée. À un voyageur ou à un colporteur, peut-être. Je suis presque certaine que la personne qui a fait ça à ton père ne voulait pas en arriver là.

L'estomac de Bluebell se serra.

— Que voulez-vous dire ? Que c'était un accident ?

Elle risquait de n'avoir personne à punir pour ce que subissait son père, et cette idée la rendait malade. Car elle avait besoin de faire couler du sang pour oublier le cauchemar de ces dernières semaines.

— Non, pas vraiment un accident. Mais ce n'était pas une tentative d'assassinat. Je penche plutôt pour une petite malédiction aux conséquences plus importantes et graves que prévu.

— Qui a fait ça ?

— Je ne le sais pas encore, mais ça ne saurait tarder. Quand la magie l'abandonnera, je verrai tout.

— Donc… même s'il meurt…

— Tu penses déjà à ta vengeance, c'est ça ?

— Oui.

Yldra ne dit rien.

— Vous me le direz dès que vous saurez ?

— Tu es guidée par le Dieu Cheval. Je vais sans doute te le dire, et je suppose que nous le regretterons toutes les deux. En tout cas, je te conseille de réfléchir avant d'agir.

Bluebell haussa les épaules. Elle avait eu des semaines pour réfléchir. Son père était le roi, et quelqu'un avait essayé de le tuer. Le venger était une obligation, une nécessité. Le sang appelait le sang.

Yldra retourna à sa surveillance silencieuse. Bluebell posa les mains sur le rebord de la fenêtre et appuya la tête contre le volet.

— Fait chier, soupira-t-elle en fermant les yeux.

Des bruissements dans les ajoncs, en contrebas, attirèrent son attention. Elle poussa le volet, regarda à l'extérieur et eut juste le temps de voir Willow disparaître derrière le coin de la maison.

— Eh ! appela-t-elle.

Comme Willow ne rebroussait pas chemin, elle sortit de la chambre, traversa la maison et ouvrit la porte principale.

— Willow ! répéta-t-elle en se mettant à courir.

Elle la trouva derrière la demeure, assise par terre, adossée au mur, les mains sur les genoux. Les lèvres de la jeune femme bougeaient en silence.

Bluebell s'approcha, et Willow lui lança un regard de défi. Des graines de pissenlit volaient dans le vent. L'une d'entre elles s'accrocha aux cheveux de la jeune femme.

— Quoi ?

— Tu traînais sous la fenêtre de la chambre de papa ?

— Oui.

— Pourquoi ?

— Je veux savoir où vous en êtes.

— Il suffit de le demander. Je ne cache rien à personne.

— Je veux rester à ses côtés tant qu'il est malade.

— Tu es bienvenue dans sa chambre pendant qu'Yldra travaille.

— Je n'aime pas Yldra. Elle…

— C'est ta tante. Elle est de la famille.

Willow hocha la tête. Bluebell baissa les yeux et constata que sa sœur agrippait un triangle en argent. Une colère intense bouillonna aussitôt en elle.

— Qu'est-ce que c'est que ça ?

Les doigts de Willow tremblaient, au contraire de sa voix.

— Tu sais très bien ce que c'est, et donc tu sais ce que je suis.

— Merde, Willow, tu es la fille d'un roi païen. Il n'y a aucune chance que Maava t'accepte parmi son troupeau.

Willow s'empourpra et chercha ses mots pendant quelques instants.

— Ne dis pas ça ! Ne répète jamais ça !

— Que faisais-tu ? Tu priais pour l'âme de père ?

Willow pinça les lèvres et hocha la tête.

— Parce qu'il est malade ou parce que Yldra est sous-magicienne ?

— Les deux.

Qu'avait donc fait oncle Robert de ces deux petites ? L'une était obsédée par les hommes, l'autre par Maava. Dès qu'Æthlric irait mieux, ces deux-là rentreraient de Fengyrd et se mettraient au service de la famille.

— Tu es jeune, lança Bluebell, de mauvaise humeur. Tu finiras par oublier ces foutaises.

— Certainement pas. Mon âme appartient à Maava.

— J'avais prévu pour toi une carrière dans les armes – tu as la vigueur pour ça – mais je vois que nous allons devoir te marier, toi aussi. Un mari païen, voilà ce dont tu as besoin.

Les yeux de Willow lancèrent des éclairs d'acier. Bluebell se demanda si elle n'était pas allée trop loin, si elle n'avait pas pris trop de plaisir à la menacer.

— Allez, file hors de ma vue, s'écria-t-elle en donnant un coup de pied dans le mur. Je n'ai pas le temps de m'occuper de ces conneries. Et donne-moi cette chose, ajouta-t-elle en lui arrachant le triangle des mains. Nous reparlerons de ça quand père ira mieux.

— Rends-le-moi ! protesta Willow en se relevant.

— Non, répondit Bluebell en levant la chaîne très haut au-dessus de sa tête. Va-t'en. Thrymm a besoin de se dégourdir les pattes. Et ne rentre pas avant le dîner. Je ne veux plus te voir pour l'instant.

Willow plongea son regard noir dans le sien, rappelant à Bluebell la description qu'Yldra avait faite de sa sœur. Quelque chose de froid et de dur sous sa peau. Elles restèrent là quelques instants, glaciales toutes les deux dans la douceur du printemps. Cependant, Willow finit par baisser la tête et filer vers l'entrée de la maison.

— Viens, ma fille, dit-elle à Thrymm, occupée à croquer ses puces devant la porte.

Bluebell la suivit du regard, tandis que la jeune femme quittait la ferme, et se rappela la mise en garde du Dieu

Cheval : « Prends garde à ta sœur. » Elle eut un mauvais pressentiment, et son ventre se serra. Jamais elle n'aurait cru devoir se méfier un jour de sa famille.

Rose faisait les cent pas tandis que le soleil se couchait derrière une couverture nuageuse grise et qu'il se mettait à pleuvoir. Heath n'était pas là quand elle s'était réveillée, ce matin-là, et Willow lui avait dit que Bluebell l'avait envoyé à Stonemantel pour la journée. Cependant, il aurait dû être rentré depuis des heures. Heath était son seul réconfort dans ce monde froid ; elle avait besoin de lui, même si elle n'avait pas le droit de le toucher. Elle avait déjà utilisé tous les prétextes imaginables pour pouvoir sortir et scruter la cour et la route en espérant l'apercevoir. À présent, elle n'avait plus besoin de se justifier ; adossée à l'encadrement de la porte, elle attendait.

— Ferme cette porte, il commence à faire froid, grommela Bluebell, occupée à manger du ragoût de biche par terre, devant le feu, ses longues jambes étirées devant elle.

— Tu ne trouves pas bizarre que Heath ne soit pas déjà rentré ?

Bluebell continua à manger sans rien dire.

— Si c'était l'une d'entre nous, tu serais inquiète.

— Heath est assez grand pour se débrouiller seul.

— Et s'il avait été attaqué par des raiders ? Ou des bandits ? J'imagine qu'il avait de l'argent sur lui, puisqu'il était en route pour la ville.

— Qu'est-ce qui te fait dire qu'il était en route pour la ville ?

Bluebell n'avait toujours pas relevé la tête. Assise de l'autre côté du feu, Willow faisait semblant de ne pas suivre la conversation. Elle était en train de réparer sa robe en feignant de se passionner pour sa tâche. Rose devenait de plus en plus soupçonneuse.

— Où serait-il parti, autrement ?

Bluebell finit son repas en silence et alla poser son bol sur le banc. Rose fixa son dos du regard, tremblante de rage.

— Tu devrais partir à sa recherche, insista-t-elle. Peut-être attend-il, blessé, sur le bord de la route.

— Je ne partirai pas à sa recherche.

— Alors j'irai moi-même.

— Et où comptes-tu chercher ?

— Autour de la route de Stonemantel. C'est bien là-bas qu'il allait, non ? s'enquit Rose en déglutissant.

Le silence, encore. Rose referma la porte et s'adossa dessus. Bluebell se retourna et la regarda depuis l'autre bout de la pièce. Willow posa sa robe pour assister à la scène. Rose sentait son pouls battre dans son cou.

— Bluebell, dis-moi où est passé Heath, demanda-t-elle, la gorge serrée.

La bouche de Bluebell était une ligne mince et dure. Elle croisa les bras sur sa poitrine.

— Il est parti.

— Parti ? Où ?

Bluebell haussa les épaules.

— Réponds-moi ! s'emporta Rose, folle de rage.

— Je ne peux pas te répondre. Il est parti, c'est tout.

— Tu l'as chassé.

— Il a fait un choix.

Ces mots lui firent mal, comme prévu, certainement. Rose parvint néanmoins à se contrôler.

— Tu lui as laissé le choix entre partir et mourir, c'est ça ?

Non, cela n'aurait pas suffi. Elle aurait voulu que Heath décide de mourir pour elle. Il ne pouvait tout de même pas craindre Bluebell à ce point. Elle n'était qu'une femme après tout.

Bluebell décroisa les bras et fit un signe de tête à Willow.

— Dehors. C'est entre Rose et moi.

Willow ne se fit pas prier et s'éclipsa sans rien dire.

Lorsqu'elles furent seules, Bluebell reprit :

— Heath est parti parce que c'était préférable pour Rowan et toi. C'est ce qu'il a dit.

— A-t-il dit autre chose ?

Peut-être lui avait-il fait une déclaration d'amour éternel. Peut-être avait-il promis de revenir. Mais Bluebell secouait déjà la tête, et Rose savait que Heath n'aurait jamais été assez bête pour dire quelque chose de ce genre devant sa sœur.

— Tu lui as demandé de partir, n'est-ce pas ?

— Je le lui ai suggéré, oui.

Comme elle contenait des sanglots de colère, Rose sentait son visage se contorsionner.

— M'aimes-tu vraiment, ma sœur ?

— Plus que tu ne l'imagines.

— Et pourtant, tu me prives de mes deux plus grands bonheurs.

Bluebell ouvrit la bouche pour répondre, puis changea d'avis. Elle traversa la pièce et posa les mains sur les épaules de Rose.

— Je n'ai rien à ajouter que je ne t'ai déjà dit.

Elle sortit en refermant la porte derrière elle, laissant Rose éclater en sanglots, seule. Willow réapparut aussitôt et la prit dans ses bras, mais cela ne la réconforta aucunement. Le vide – il n'y avait plus que le vide, autour d'elle et devant elle. Des années longues et creuses. Les deux étoiles qui la guidaient dans les ténèbres s'étaient éteintes à tout jamais.

Ash se leva avant Unweder, sortit de la maison étroite sans faire de bruit et descendit vers le ruisseau. Tous les quelques pas, elle s'arrêtait et sondait les alentours avec l'esprit, cherchant la limite de la zone morte autour de la maison de son hôte. Lorsqu'elle l'eut trouvée, elle posa un pied à l'extérieur et garda l'autre à l'intérieur. Pour la première fois, elle examina les arbres morts qui entouraient la propriété d'Unweder. Un arbre dont le tronc se trouvait à l'extérieur de la zone poussait vigoureusement, et ses branches souples étaient longues et chargées de feuilles même lorsqu'elles se trouvaient à l'intérieur de la zone morte. Voilà pourquoi elle avait toujours eu du mal à voir la corruption qui l'entourait. À l'intérieur des limites de la zone, tout était jaune, rabougri, brun. Les rochers étaient couverts de mousse glissante. Les flaques d'eau de pluie stagnaient et sentaient mauvais. Elle avait cru qu'Unweder empêchait les arbres de se propager sur son terrain en le nettoyant régulièrement, mais elle savait désormais qu'aucun arbre ne pouvait pousser dans cette zone. Le tapis de feuilles mortes était épais et gras. Quelque chose était arrivé aux élémentaires autour de la maison qui les empêchait d'accomplir normalement leur mission.

Ash ferma les yeux et calma son esprit, l'étirant vers un élémentaire, dans un arbre. Avec des mots inaudibles, elle lui demanda de traverser la frontière et d'entrer dans la zone morte, et ressentit aussitôt sa résistance. Bien que ne pesant rien, il se fit plus dense, traînant la patte. Mais ce n'était pas uniquement de la résistance ; c'était de la peur. Une peur muette et primitive comparable à celle du bétail en route pour l'abattoir. Elle le libéra d'un seul coup, et il disparut dans l'écorce de l'arbre avec un craquement audible. Elle n'avait pas envie d'envoyer l'élémentaire dans ce silence ; elle ne voulait pas être responsable de cela. Elle ouvrit les yeux et s'étonna de voir qu'Unweder se trouvait à une dizaine de mètres de là, immobile, qui l'observait. Les battements de son cœur s'accélérèrent légèrement. Peur et culpabilité.

Ash retourna dans la zone et s'approcha de lui.

— Bonjour.

— Qu'est-ce que vous faites ?

— Je m'exerce.

Il la fixa de son œil valide pendant quelque temps, puis poussa un soupir en écartant les bras.

— Il n'y a pas grand-chose qui pousse autour de ma maison. Vous avez remarqué, j'imagine.

— Oui, j'ai remarqué.

— Je suis obligé de déménager tous les cinq ou six ans. Autour de moi, tout devient poussière. Même le bois dont est faite la maison finit par pourrir.

Ash réfléchit à ce qu'il venait de dire.

— Vous savez pourquoi ? lui demanda-t-il d'une voix qui trahissait les espoirs qu'il avait mis en elle.

— Il y a comme un engourdissement, autour de votre maison. Il n'y a pas d'élémentaires. Comme s'ils ne pouvaient pas respirer, ici.

L'homme haussa les sourcils.

— Je vois, dit-il en jetant un coup d'œil circulaire sur les feuilles jaunes, sur cet automne au cœur du printemps. Est-il possible de les faire revenir ?

— J'ai essayé d'en forcer un à traverser la frontière, mais il était terrifié, alors je l'ai relâché.

— Vous l'avez libéré ? s'étonna Unweder en se tournant vers elle.

— En effet.

— Vous êtes magnanime, Ash, dit-il dans un faible sourire. C'est une qualité rare chez une sous-magicienne.

Comme elle ne savait pas s'il s'agissait d'un compliment ou d'une critique, elle s'abstint de répondre. Les questions se bousculaient dans sa tête. Pourquoi cette zone morte suivait-elle Unweder partout ? Que faisait-il pour qu'elle apparaisse ? Ou bien effrayait-il les élémentaires ? Peut-être les détruisait-il ? Elle ne lui posa aucune de ces questions, car elle craignait de le mettre de mauvaise humeur après avoir été prise la main dans le sac la veille. Elle tint donc sa langue, et ils se regardèrent sans rien dire, d'un bout à l'autre de la zone morte.

—Je crois qu'il est temps que je vous dise ce que je fais, finit-il par dire.

Ash hocha la tête avec calme en dépit d'un enthousiasme débordant.

Unweder lui fit signe d'approcher, et elle obtempéra. Au début, elle crut qu'il lui tendait la main, ce qu'elle trouva surprenant, car il évitait toujours de la toucher, puis elle vit qu'il tenait un de ses petits pots en verre.

—Qu'est-ce que c'est ? demanda-t-elle.

—Prenez-le.

Ce qu'elle fit.

—Maintenant, ouvrez-le et buvez.

Comme elle hésitait, il s'impatienta.

—Allez-y. Pourquoi voudrais-je vous empoisonner ? Sachez que j'ai bu ce même breuvage hier, et que ça m'a aidé à voir que vous aviez fureté dans mes affaires.

La curiosité l'emporta sur le reste. Était-ce un genre de potion permettant de voir l'avenir ? Elle retira le bouchon du pot, qu'elle porta à ses lèvres. Le liquide était graisseux, et son goût affreux. Elle le but néanmoins et ne put s'empêcher de faire la grimace. Puis elle rendit le pot à Unweder.

—Non, ne fermez pas les yeux, conseilla-t-il.

Elle s'était attendue à ce que quelque chose change dans son cerveau, à ce que des images se superposent à la réalité, à ce que des sons inaudibles résonnent dans ses oreilles. Elle sentit des changements dans son corps. Quelque chose se tortillait horriblement dans son ventre, ses muscles, ses os. Comme si ses organes menaçaient de devenir tout mous, qu'elle était sur le point de s'écrouler pour ne plus jamais se relever. Son cœur s'emballa, et elle tendit la main à Unweder pour ne pas tomber, mais celui-ci s'écarta, la laissant basculer vers l'avant. Des marmonnements étranges l'enveloppèrent, et elle se rendit compte que c'étaient les mots du sous-magicien. Pendant le temps que dura sa chute, son corps fit l'expérience d'une compression extrême – ce devait être la mort, pensa-t-elle, la mort qui l'écrasait.

Mais ce n'était pas la mort. Soudain, elle déploya ses ailes et s'envola, laissant le sol loin en dessous. Elle était légère, faites d'os creux et de plumes, un minuscule cœur brûlant battant vite dans sa poitrine. Elle s'éleva au-dessus du bois corrompu, aperçut le toit couvert de lichen de la maison d'Unweder – une maison qui disparaissait à grande vitesse, car Ash filait au-dessus du monde, vers des arbres et des plaines lointaines. Puis elle fit demi-tour, monta très haut et redescendit très bas, appelée par la voix et les marmonnements d'Unweder. Enfin, elle se posa sur la végétation.

— Ça va faire mal, Ash, dit Unweder d'une voix qui parvenait déformée et étouffée à ses oreilles d'oiseau.

Il s'accroupit devant elle tel un géant, les mains massives, la tête pareille à un rocher. Alors la douleur réapparut, plus violente encore, tandis que ses os et ses tendons redevenaient denses et lourds. Elle poussa un cri, mais n'entendit qu'un couinement d'oiseau. Elle recouvra bientôt sa voix et se rendit compte qu'elle était couchée sur le côté dans les feuilles mortes, roulée en boule. Son corps tout entier lui donnait l'impression d'avoir été martelé de l'intérieur.

Unweder l'aida à se relever. À sa grande surprise, elle était parfaitement capable de se tenir debout. Elle le fixa du regard, le souffle court, stupéfaite d'avoir goûté une forme de magie dont elle ignorait jusque-là l'existence.

— Vous pouvez vous transformer en oiseau ? lui demanda-t-elle.

—En n'importe quelle autre créature vivante. Hier, je vous ai observée depuis une poutre.

—Le rat ?

—Oui.

—Et les animaux du coffre ?

—Je vole leur forme. Ils sont morts, mais leur intégrité physique doit être maintenue par de la magie. Si j'avais détruit l'hirondelle pendant que vous étiez là-haut, vous auriez disparu toutes les deux.

Un vent froid se leva qui agita les feuilles à ses pieds. Elle eut un frisson.

—Je n'en reviens pas.

—Ce n'est pas tout, avoua-t-il dans un sourire pincé.

Elle pencha la tête sur le côté, curieuse.

—Rentrons. Je crois bien qu'il va pleuvoir.

Ils rentrèrent chez Unweder, qui ajouta du bois dans le feu pendant qu'Ash reprenait ses esprits. Son corps était en train de récupérer ; elle se sentait de nouveau elle-même. Son esprit, en revanche, chancelait. Elle se tourna furtivement vers le coffre, sachant que l'hirondelle se trouvait à l'intérieur, pas tout à fait morte, dormant d'un sommeil surnaturel.

Unweder s'assit face à elle, les genoux écartés, les poings se serrant et se desserrant machinalement. Ash attendit tandis que le feu se mettait à crépiter doucement et la pluie à tomber.

—Croyez-vous que les élémentaires soient partis à cause de ma magie ? finit-il par demander.

—Ils ne sont pas partis, affirma-t-elle sans savoir exactement d'où elle tenait cette information. Ils dorment d'un sommeil surnaturel. Comme les animaux du coffre.

—Non, non, les animaux du coffre sont morts.

—Comment les avez-vous tués ?

—Je les capture, puis je les étouffe. Lorsqu'il reste moins d'un quart de souffle dans leurs poumons, je les lie avec ma magie afin qu'ils se figent, afin que les grains de poussière qui les constituent soient suspendus à jamais. Ils ne se décomposent pas, ils ne ramollissent pas, ne raidissent pas. Ils… restent comme ils sont.

— Ils ne sont pas vraiment morts, alors ?

— Je les empêche de vivre. C'est ce qu'on appelle la mort, non ?

Ash se rendit compte qu'elle se retenait de trembler. Il y avait quelque chose de terriblement macabre dans ce qu'il lui décrivait.

— La magie que vous utilisez pour les lier s'échappe de la maison, je suppose. C'est ce qui fige les élémentaires.

Ce qui les empêche de vivre.

Il hocha la tête.

— Êtes-vous capable de les ranimer ? s'enquit-il.

— Je ne sais pas. C'est un peu comme s'ils n'étaient plus là. Peut-être quand je serai plus forte, quand je maîtriserai mieux mon art. À moins que vous libériez les animaux…

— Non, l'interrompit-il sèchement. Je ne peux prendre ce risque. Ash, je dois vous dire certaines choses, et je perçois déjà que vous voyez en moi un magicien de mort. Et pourtant, personne n'hésite à tuer une biche pour la manger ou un lapin pour lui prendre sa fourrure.

— Oui, vous avez raison.

Il baissa la tête. La peau d'Ash la picota. Il était sur le point de lui dire quelque chose qui ne lui plairait pas. Elle se surprit à se rapprocher du feu. Dehors, la pluie s'intensifia, martelant le toit.

— Il y en a d'autres, reprit-il enfin. Ils ne peuvent pas tous tenir dans ce coffre. Je préfère les petits animaux, ceux qu'on ne chasse pas, ceux auxquels on ne fait pas attention. Ça me donne une certaine liberté. Mais j'ai été toutes sortes d'animaux.

— Où sont les corps ?

— Sous la maison, répondit-il en montrant le sol entre ses chaussures. Un cheval. Un loup. Et…

Les pieds d'Ash se glacèrent.

— J'aspire à incarner des formes plus élevées. Si seulement mon corps ne me trahissait pas, je chasserais un dragon pour en devenir un.

— Il ne reste plus aucun dragon en Thyrsland, contra-t-elle en secouant vigoureusement la tête.

— Je sais qu'il en reste un. Je l'ai vu en esprit. Il vit et respire au-delà des limites rocheuses du monde connu. Je fais tout ça pour une raison valable, Ash, affirma-t-il en tournant ses mains devant ses yeux. Je ne change pas de forme et d'espèce par caprice. J'expérimente en marge de la sous-magie. Je pose la plus vieille question qui soit : où est la frontière entre la vie et la mort ?

— La vie et la mort ?

Il acquiesça et la fixa de son œil valide, tandis que l'autre était rivé sur un coin de la pièce. Ce qu'elle ne voulait surtout pas entendre allait suivre.

— J'ai cent douze ans, poursuivit-il à voix basse. Quand ce corps sera usé, je n'aurai qu'à m'en choisir un autre.

Les oreilles d'Ash se mirent à bourdonner comme elle saisissait les implications de sa révélation.

— Vous voulez dire… ? bredouilla-t-elle en montrant les lattes du plancher.

— L'homme que je suis… devenu. Oui. Il est là-dessous avec le cheval et le loup.

— Qu'est-il arrivé à votre ancien corps ? Votre corps originel ?

— Je l'ai laissé mourir dans la forêt. Tout comme le deuxième. Et le troisième et le quatrième. J'ai même été une femme pendant un certain temps, ajouta-t-il dans un sourire.

Ash se tut. Unweder venait d'avouer qu'il commettait des assassinats pour sa sous-magie, pour prolonger son existence. Il venait d'avouer qu'un corps préservé gisait sous les lattes du plancher. Voilà ce qui expliquait le silence absolu qui régnait dans le champ élémentaire. Les élémentaires étaient naturels ; la magie d'Unweder ne l'était pas.

Pouvait-elle rester avec lui maintenant qu'elle connaissait son noir secret ? Où irait-elle, autrement ?

— Vous comprenez pourquoi j'ai besoin de vous, Ash ? lui demanda-t-il, la faisant sursauter.

— Pour empêcher votre maison de pourrir ?

— Non. Pour *me* préserver du pourrissement. Je suis obligé de changer de corps de plus en plus souvent. Comme les arbres meurent autour de moi, comme la maison s'affaisse et se couvre de moisissures, mon état s'aggrave. Je ne suis dans ce corps que depuis huit ans et, déjà, j'ai perdu l'usage d'un œil. Ma main gauche est presque paralysée, et la droite suivra bientôt. J'ai besoin de vie autour de moi. J'ai besoin des élémentaires.

Ash ne savait pas quoi répondre.

— Je sais ce que vous pensez, mais je ne m'en prends jamais aux gens bien, décents. Ce corps-ci appartenait à un ivrogne vagabond. Avant lui, j'occupais celui d'une putain homicide.

C'est mal.

— Ce n'est pas très différent du comportement de votre sœur, qui massacre tous ceux qui l'ennuient.

C'est mal.

— Je découvre des choses que personne ne savait avant moi. Et je vais partager mon savoir avec vous.

La curiosité. Le désir. Participer à quelque chose de colossal. Vivre une vie anormalement longue. L'instant était énorme, tellement important, incroyable. Mais réel.

— Je vais rester, le rassura-t-elle. Et je vous aiderai si je le peux.

Willow moulait de la farine afin de préparer des boulettes pour le repas du soir. Elle avait passé la matinée avec Wylm et Eni près du ruisseau, profitant du soleil. Quelle étrange petite famille ils formaient. Willow avait commencé à enseigner au garçon une prière trimartyre de base – « loué soit Maava », l'avait-elle même entendu prononcer pour son plus grand plaisir. Le plaisir double d'être à la fois avec Wylm et d'être une bonne soldate de Maava lui donnait le vertige et la mettait d'excellente humeur. De retour dans la maison de ses sœurs païennes et de sa tante sous-magicienne, elle s'était sentie oppressée, presque fiévreuse. Elle rêvait de s'en éloigner pour toujours.

Bluebell et Rose avaient disparu, et Yldra s'était enfermée avec sa magie malfaisante dans la chambre de son frère. Willow continua donc à faire son travail en attendant avec impatience de pouvoir retourner auprès de Wylm et Eni. Elle fredonnait dans sa tête, écoutait les murmures des anges et s'efforçait de ne pas penser à l'avenir que lui réservait Bluebell. Étant donné l'importance de l'enfant qu'elle portait, Maava trouverait une manière de lui venir en aide. Comme le feu s'était éteint dans l'âtre, elle alla chercher du petit bois et le ralluma avec son silex, qu'elle rangea dans la poche de son tablier avec le petit flacon d'huile qu'elle avait toujours sur elle lorsqu'elle devait cuisiner.

Un grincement dans le silence. Elle releva la tête et vit Yldra qui la regardait depuis la chambre du roi. Fixement.

— Où est Bluebell ?

— Je ne sais pas.

— J'ai besoin d'elle tout de suite. Va la chercher.

— C'est le roi ? Il va mieux ? s'enquit Willow, le cœur battant sourdement.

— J'ai dit va la chercher.

Willow posa son pilon et sortit de la maison, filant vers l'écurie. Rose, qui cueillait des plantes aromatiques dans le jardin, la vit et se redressa.

— Willow, que se passe-t-il ?

— Yldra veut voir Bluebell.

— Bluebell est partie en ville ce matin. Elle devrait rentrer bientôt.

— Elle dit que c'est urgent.

Rose fronça les sourcils et posa son panier par terre.

— Je vais voir.

Elles retournèrent ensemble à l'intérieur. Willow resta près de la porte de la chambre, tandis que Rose rejoignait Yldra et son père.

— Que se passe-t-il ? demanda Rose à sa tante.

— Où est Bluebell ?

— Elle est sortie.

Yldra poussa un soupir et se passa la main dans les cheveux. Jusque-là, Willow n'avait certes fait que croiser Yldra, mais c'était la première fois qu'elle voyait ce trouble dans son regard.

— Qu'y a-t-il ? la pressa Rose.

Yldra l'attira dans la chambre et poussa la porte derrière elle. Willow se rapprocha un peu de celle-ci pour écouter.

— Le sortilège est en train de quitter Æthlric et je sais qui lui a fait ça.

— Dites ! l'encouragea Rose, le souffle court.

— La reine.

— La reine ?

— Son épouse. Gudrun.

Le cœur de Willow se glaça. Elle pensa à Wylm, à sa mère, à Eni… Grand Maava, Bluebell les tuerait tous !

Elle s'en fut en courant.

Chapitre 31

Willow sortit de la maison en trombe et s'apprêtait à foncer directement à travers champ vers le ruisseau quand Bluebell entra dans l'enceinte de la ferme par l'arche principale, ses longs cheveux flottant dans le vent derrière elle. Willow hésita. Devait-elle rester pour voir ce qui se passerait quand sa sœur découvrirait la vérité ? Peut-être Rose convaincrait-elle Yldra de ne pas le lui dire. Car il était certain que Bluebell voudrait tuer Gudrun – c'était évident. De même pour Wylm.

Bluebell la vit et l'appela ; il n'était plus question de lui échapper. Alors, Willow eut une idée.

Elle rejoignit sa sœur en courant et lança :

—Æthlric va mieux.

—Quoi ? s'écria Bluebell en écarquillant les yeux.

—Je m'occupe de ton cheval, dit Willow en attrapant les rênes d'Isern. Va. Dépêche-toi.

Bluebell sauta de sa monture et se précipita vers la maison. Willow attendit qu'elle soit à l'intérieur, puis guida rapidement Isern vers le ruisseau. Wylm et Eni auraient besoin d'un bon cheval pour s'enfuir.

Le cœur de Bluebell lui faisait l'effet d'être trop gros pour sa cage thoracique. Elle fonça dans la maison et trouva Rose dans le couloir, comme groggy devant la chambre de leur père.

— Il va bien ? demanda-t-elle aussitôt, sans détacher ses mots, pleine d'espoir.

— Bluebell, ce que tu vas entendre…, commença Rose avant d'être interrompue par Yldra.

— Il ne va pas encore mieux, mais ce n'est qu'une question de temps. Dans quelques heures, peut-être demain matin.

Le corps de Bluebell devint tout mou ; ses genoux flageolèrent.

— Oh. Louées soient les étoiles. Louées soient les étoiles…

Elle tomba à genoux devant le lit de son père, dont elle prit la main. Ses joues étaient déjà un peu plus roses, crut-elle remarquer. Il ne ressemblait plus à un cadavre vivant.

— Bluebell, reprit Yldra avec sérieux, les épaules crispées. Je sais qui a fait ça.

Bluebell releva aussitôt la tête. Dans son soulagement, elle avait oublié cette question brûlante.

— Qui ?

Yldra ne répondit pas immédiatement, échangeant d'abord un regard avec Rose.

La peau de Bluebell la picotait. Une fureur brûlante bouillonnait dans son ventre.

— C'est Gudrun, n'est-ce pas ?

Elle était déjà debout, la main sur la hanche. Comme ça la démangeait de sentir le poids de son épée au bout de son poignet.

— Ne te précipite pas, intervint Yldra. Ne commets pas l'irréparable. Attends au moins qu'Æthlric soit réveillé.

— Je vais la tuer, lâcha Bluebell, car c'était tout ce qu'elle pouvait dire, car il n'existait pas d'autres mots. Je vais la tuer !

— C'est ta belle-mère, dit Yldra.

En dépit de la brume rouge de sa colère, Bluebell vit le demi-sourire amusé qui soulevait le coin des lèvres de sa tante.

— Elle a tenté de tuer le roi. Elle ne s'en tirera pas comme ça. Pas plus elle qu'un autre.

— La personne qui lui a fait ça ne souhaitait pas la mort du roi.

— Je m'en fous, je vais la tuer.

Bluebell sortit comme une furie en poussant Rose, qui s'écarta sans rien dire. Elle espérait que Willow n'avait pas encore dessellé Isern. Dans deux jours, elle serait à Blicstowe au milieu d'une flaque de sang. Le sang de sa belle-mère.

Wylm était en train de sculpter un chien – maigrichon – dans une branche pour Eni, lequel était assis au bord de l'eau, ses pieds traçant des ronds sur une pierre plate et couverte de mousse. Sculpter l'aidait à mieux sentir et contrôler sa main et son poignet, avait-il remarqué. Ces petits mouvements lui permettraient bientôt d'en faire de grands, il en était certain. Chaque jour, il se sentait plus fort. Son destin de *kyndrepa* était à portée de main, c'était une évidence.

Cette pensée, cependant, l'emplit d'une peur creuse.

Il leva la tête et vit Willow approcher à travers les branches et la lumière aveuglante. Elle montait le cheval de Bluebell. Surpris, il se leva, projetant une ombre sur Eni qui, sentant le changement de luminosité, se tourna vers lui.

En voyant la mine qu'elle arborait, Wylm sentit des picotements sur sa peau.

— Que se passe-t-il ?

— Ma tante a chassé le sortilège, expliqua Willow, essoufflée.

— Æthlric est guéri ?

— Pas encore, répondit-elle en secouant la tête. Mais ce sera pour très bientôt. Wylm, Yldra dit que c'est votre mère qui lui a fait ça.

—Oh, non, non…, murmura-t-il tandis que son cœur se glaçait.

—Vous croyez que c'est la vérité ?

—Bluebell est au courant ?

—Elle vient justement d'arriver.

Son cerveau s'emplit d'une panique semblable à une volée de corbeaux s'éparpillant dans sa tête en battant bruyamment des ailes. Le grand moment était venu, et il n'était pas prêt. Il avait toujours mal à la main, et était incapable de la serrer normalement, mais il devait arrêter Bluebell avant qu'elle tue sa mère.

—Je vous ai amené son cheval, poursuivit Willow. Vous n'avez qu'à vous enfuir avec Eni. Retournez à Blicstowe pour prévenir votre mère.

—Non, pas à Blicstowe.

Les hommes de Bluebell étaient à sa recherche. Il lui faudrait l'attirer ailleurs. Il saisit Eni par le poignet et le força à se lever.

—Viens, mon garçon.

—Où allez-vous ? s'enquit Willow.

Il secoua la tête pour s'éclaircir les idées.

—Vous allez dire à Bluebell que vous m'avez vu. Dites-lui qu'Eni est avec moi et que nous nous dirigeons vers Blicstowe.

—Je croyais que vous ne vouliez pas…

—Oui, oui. Je ramène Eni chez lui.

—Je ne comprends pas.

—Je n'ai pas le temps d'expliquer. Faites-moi confiance. Je donnerais ma vie pour protéger ce garçon.

Ou plutôt, Bluebell donnerait sa vie pour protéger Eni. Dès qu'elle saurait qu'il le détenait, elle foncerait vers la ferme de son amant pour s'informer de ce qui s'était passé. Elle ignorerait cependant qu'il l'y attendrait armé de son épée magique et de son bouclier humain. Wylm hissa Eni sur le cheval et monta en selle. Willow les regardait avec inquiétude, sans comprendre.

— Je vous expliquerai tout quand ce sera terminé, promit Wylm en se surprenant à ressentir de la pitié pour elle. Pour l'instant, j'ai besoin que vous reteniez Bluebell aussi longtemps que possible. J'ai besoin d'avoir un peu d'avance sur elle. Dites-lui simplement : « Wylm a Eni et se dirige vers Blicstowe. »

— Je ferais tout pour vous, répondit-elle dans un souffle.

— C'est tout ce que je vous demande. Une phrase, mais elle devra être parfaitement prononcée : « Wylm a Eni et se dirige vers Blicstowe. » Rien de plus ni de moins.

— Wylm a Eni et se dirige vers Blicstowe, répéta-t-elle.

— Ce sera parfait.

Il se pencha vers elle pour l'embrasser, mais elle ne comprit pas son intention, se contentant de le regarder avec des yeux morts, étranges.

— Au revoir, Willow.

— Soyez prudent.

— J'espère vous revoir un jour, ajouta-t-il en se rendant compte que c'était un peu vrai. Et j'espère que l'occasion sera heureuse.

Et puis il éperonna Isern.

Retenir Bluebell aussi longtemps que possible. Willow se demandait bien comment elle allait s'y prendre, d'autant qu'elle entendait déjà sa sœur crier à vingt mètres de là, dans l'écurie.

— Où est passé mon putain de cheval ?

L'instinct de Willow lui criait de partir en courant ; Bluebell était effrayante et dangereuse. Les voix des anges, dans sa tête, s'intensifiaient, se confondant, tourbillonnant, inintelligibles. Elle devait réfléchir en dépit du vacarme, ce qui lui faisait mal au cerveau. Tout ce qu'elle savait, c'était qu'elle devait faire ce que Wylm lui avait demandé. Quelque chose de sérieux était en train de se mettre en place, et elle avait un rôle important à jouer.

Elle se dirigea vers l'écurie avec circonspection. Elle raconterait à Bluebell qu'Isern lui avait échappé et qu'il s'était enfui. Oui, ainsi Bluebell partirait à sa recherche et…

Et puis elle se rendit compte qu'il y avait plus simple à faire. Elle ferma la porte de l'écurie d'un coup de pied et abaissa la poutre en bois qui la barrait.

— Qu'est-ce que c'est que ces conneries ?

Willow fit quelques pas en arrière, le cœur battant dans les oreilles, tandis que sa sœur jurait et donnait des coups de pied dans la porte.

— Qui est là ? Qui a fait ça ?

— C'est Willow, répondit-elle d'une voix d'acier.

— Willow, ouvre cette putain de porte. Et garde pour toi tes conneries trimartyres. Je ferai ce que je dois faire. La situation est grave et n'appelle aucune pitié.

Willow comprit que Bluebell pensait qu'elle voulait protéger Gudrun.

— J'ai un message de Wylm.

Le silence. Willow était heureuse de ne pas voir le visage de sa sœur.

— Il a dit qu'il avait Eni et qu'il se rendait à Blicstowe.

— Eni ?

— Oui. Le petit garçon aveugle. Il l'a sauvé. Je sais ce que tu as fait.

Willow se plaqua les mains sur la bouche, se rappelant qu'elle ne devait pas trop en dire.

— Wylm était là ?

Willow ne dit rien. Elle venait de se souvenir de la présence de son silex dans sa poche.

— Ne raconte pas n'importe quoi, Willow. Wylm n'est pas notre ami. Sa mère a tenté de tuer le roi, notre père. Que pourrait-il savoir sur Sabert et Eni ?

Il lui avait fallu quelques secondes seulement pour rassembler et empiler du petit bois devant la porte de l'écurie, processus pendant lequel elle reconnut à peine ses mains. Elle prit alors sa pierre à feu, la frappa. Une étincelle sauta sur le bois. Une petite flamme orangée. De la fumée. Elle agita son tablier pour attiser le feu, qui commença à lécher le bas de la porte avec ses langues noires. Bluebell exigeait toujours des réponses. Une dose généreuse d'huile et… voilà. Le feu prit et grossit.

Laissant tomber sa pierre à feu, elle tourna les talons et s'en fut tandis que les anges n'arrêtaient pas de hurler dans sa tête.

Lorsque Bluebell sentit la fumée, les questions qu'elle se posait au sujet de Wylm, de Sabert et d'Eni se volatilisèrent. Les chevaux étaient inquiets, agités ; leurs oreilles bougeaient dans tous les sens. Bluebell donna un gros coup de pied dans la porte, qui ne bougea pas. Elle appela Willow plusieurs fois, mais comprit vite que sa sœur était partie. L'écurie était en bois et la journée ensoleillée et sèche. Elle n'avait pas beaucoup de temps devant elle.

Bluebell courut jusqu'au volet situé dans le fond et l'ouvrit, l'arrachant de ses gonds. Elle passa les bras dans l'ouverture, tenta de se hisser à l'extérieur, mais comprit rapidement qu'elle ne passerait pas par cette issue. Une fumée étouffante tourbillonnait déjà dans son dos. Les chevaux hennissaient bruyamment, roulaient des yeux et ruaient dans les parois de leur box. Bluebell se laissa glisser par terre. La porte était la proie des flammes ; impossible de l'enfoncer sans se brûler. Des étincelles tombaient sur la paille tapissant le sol. Bluebell les écrasa frénétiquement. Les flammes s'incurvaient autour de la porte, à présent, s'immisçant dans la bâtisse, léchant l'encadrement. La porte s'affaissa soudain, et Bluebell comprit que la poutre qui la barrait avait cédé.

Elle se tourna vers les chevaux. Sur les cinq bêtes présentes, elle choisit la plus calme. Toussant à s'en déchirer la gorge, elle la scella et la tint fermement par les rênes. La monture lui résistait et hennissait sans cesse. Lorsque la porte s'écroulerait, elle aurait quelques secondes devant elle avant que le feu se propage à l'intérieur, et elle voulait se tenir prête. Comme la fumée emplissait l'écurie, elle se rendit compte que les flammes n'étaient plus son plus grand problème. Elle déchira un ruban de tissu de sa tunique, qu'elle noua autour des yeux du cheval. Sans cesser de lui parler calmement, elle lui mit le mors dans la bouche, puis l'immobilisa suffisamment longtemps pour pouvoir monter en selle. Les oreilles de la bête n'arrêtaient pas de bouger d'avant en arrière. Bluebell lui caressa le cou d'une main douce et ferme. Tout comme elle, le cheval serait attiré par l'odeur d'air frais. La porte s'affaissa encore un peu comme le bois, autour des gonds, finissait de brûler. Le corps de Bluebell était tendu comme la corde d'un arc.

— Bluebell !

C'était Rose.

Bluebell poussa un soupir de soulagement. Le cheval essaya de la désarçonner. La chaleur de l'incendie lui desséchait le visage.

— Il y a un abreuvoir et un seau derrière le…

— Je l'ai déjà trouvé.

Une flaque d'eau se propagea sous la porte.

Bluebell tint bon, toussant et crachant. Encore de l'eau. Les flammes commencèrent à céder du terrain. Il devenait possible d'approcher la porte, aussi laissa-t-elle le cheval prendre les devants.

—Écartez-vous ! cria-t-elle.

Sa monture et les autres bêtes se ruèrent vers l'air frais. Rose attendait de l'autre côté, le visage couvert de suie. Bluebell avala goulûment l'air pur, galopa hors du corps de ferme, puis fit demi-tour et revint au pas vers l'arche où l'attendait sa sœur.

—Merci.

—Que s'est-il passé ?

—C'est Willow.

—Willow ? s'étonna Rose en écarquillant les yeux.

—Elle est obsédée par Maava. Elle m'a parlé de Wylm. Wylm est-il venu ici ?

—Non. Autrement, je te l'aurais dit.

—Il se passe quelque chose de bizarre, dit-elle en défaisant le ruban de tissu qui aveuglait le cheval et en essuyant ses mains noircies. Willow a dit qu'elle avait parlé à Wylm.

—Je n'ai pas vu Wylm dans les parages. Mais il est vrai que Heath m'a parlé d'un petit garçon. Il est venu voir Willow plusieurs fois, semble-t-il.

Le cœur de Bluebell s'emballa.

—Un garçon aveugle et un peu simple ?

—Oui. Heath m'a aussi dit qu'elle s'éclipsait régulièrement et qu'elle emportait de la nourriture avec elle. Tu ne crois pas que… ?

Wylm. Wylm avait pris Eni.

—Je dois partir. Maintenant.

Rose ouvrit la bouche, mais n'eut pas le temps de parler.

—Je suppose que tu vas me dire de ne pas commettre d'acte inconsidéré, de ne pas aller à Blicstowe pour tuer ma belle-mère ?

—Je veux surtout te dire de faire ce que te dicte ton cœur, rétorqua Rose en secouant la tête. De toutes les personnes que je connais, tu es la seule à toujours savoir quoi faire.

Bluebell sourit malgré elle, malgré la fumée et ses poumons à vif, malgré le mystère de Wylm et Eni, malgré la trahison douloureuse de Willow.

— Oui. C'est vrai. La bonté de père mettrait en danger le royaume tout entier. Thrymm restera ici pour vous protéger, Yldra et toi, en attendant qu'Æthlric se réveille. Prenez soin d'elle et elle prendra soin de vous. Quand ils seront calmés, rassemble les chevaux et assure-toi que le feu est bien éteint.

— Tu vas directement à Blicstowe ?

— Presque directement.

Si Wylm avait Eni, cela signifiait que quelque chose était arrivé à Sabert, pensa-t-elle en grimaçant.

— Nos routes, à Gudrun et à moi, sont destinées à se croiser très bientôt. Elle n'échappera pas à son destin.

Tard ce soir-là. La lumière jaune, sous les volets, éclairait les branches du frêne dans lequel Willow se cachait depuis le crépuscule. Des voix sifflantes crachaient dans sa tête.

— *Tu as tué ta sœur. Tu l'as assassinée.*

Non, non. Je n'avais pas le choix ! C'est une meurtrière. Je devais sauver la vie du petit garçon. Il pourrait être son fils, mon neveu.

— *Tu te fiches pas mal du petit garçon. C'est l'homme que tu veux. Tu brûles de désir pour lui. Putain ! Meurtrière ! Sororicide !*

Ma sœur est païenne.

— *Elle* était *païenne. Tu l'as tuée.*

Willow pencha la tête sur le côté et se frappa l'oreille, espérant ainsi faire tomber les voix par l'oreille opposée.

— *Laissez-la tranquille. Elle accomplit l'œuvre de Maava. Bluebell serait devenue une reine païenne.*

Oui ! Willow respirait de nouveau. Plus puissante que les autres, cette voix-ci se faisait entendre de temps en temps.

La jeune femme aimait imaginer qu'elle appartenait à Maava lui-même.

— *Elle porte en elle l'enfant de l'héritier légitime du royaume d'Æ*lmesse.

— *Sa sœur est morte, brûlée vive.*

Je n'avais pas le choix.

— *Elle n'avait pas le choix.*

Oui, je n'avais pas le choix.

Willow gémit. Non, elle avait eu le choix. Wylm lui avait seulement demandé de retenir Bluebell, pas de la tuer. Pas de tuer le monstre. Dans sa tête, les voix continuaient à tourbillonner, mais elle commençait à se dire que ses propres pensées les polluaient. La voix qui ne cessait de la traiter de meurtrière était peut-être la sienne. Posées sur une branche devant elle, ses mains tremblaient. Elles étaient couvertes de sang séché. Willow s'était tellement mutilée, son sang avait coulé si abondamment entre ses doigts que ceux-ci étaient restés collés. Des empreintes de mains rouges étaient visibles sur le tronc, là où elle l'avait escaladé. Les blessures de ses poignets lui faisaient mal, lui rappelant qu'elle vivait bel et bien, qu'elle était de ce monde.

Les lumières s'éteignirent enfin. Elle se trouvait à douze kilomètres environ au sud de Stonemantel, devant une maison qu'elle ne connaissait pas, pleine de gens qu'elle ne connaissait pas. Mais il y avait un cheval sous un abri, juste derrière ce frêne, et c'était lui qu'elle voulait. Seul Wylm était capable de lui donner le réconfort dont elle avait besoin, et elle savait où le trouver.

Depuis que Rose avait perdu Rowan, puis Heath, les journées s'écoulaient aussi lentement et mollement que du miel froid. Aussi, quand Yldra lui annonça que Bluebell était partie depuis vingt-quatre heures, Rose fut-elle surprise.

— Déjà ?

Yldra se détourna du volet ouvert et regarda Æthlric, allongé, immobile, entre elles.

— Une journée complète depuis que j'ai chassé le sortilège de son corps, et il ne s'est toujours pas réveillé.

Rose repensa à tout ce qu'elle avait fait depuis le départ de sa sœur. Après avoir aidé celle-ci à sortir de l'écurie, elle avait fait sa toilette et dormi un peu près du feu. Puis elle avait préparé le repas et avait lavé sa robe dans une bassine. Oui, cela faisait bien une journée. Un cycle solaire entier.

— Je ne peux rien faire de plus, regretta Yldra dans un soupir. Il n'y a qu'à attendre. Je vais me dégourdir les jambes, dit-elle en faisant un signe de la tête à Rose. Tu veux bien rester avec lui ? On ne doit pas le laisser seul.

— Bien sûr.

Yldra sortit en boitillant. Le volet était toujours ouvert qui laissait entrer la brise de cette fin d'après-midi, soulevant légèrement les tapisseries du mur. Rose se pencha en avant, croisa les bras sur le lit, posa la tête dessus. La respiration régulière de son père. Elle se demanda si Bluebell était proche de Blicstowe, désormais. Peut-être lui restait-il une journée de route. Cette journée aussi passerait-elle sans qu'elle s'en rende compte ? Tous les jours de sa vie seraient-ils indistincts, embrumés par la tristesse et le malheur ?

Les couvertures bougèrent. Elle releva aussitôt la tête. Était-ce son imagination ? Père n'avait pas bougé depuis des semaines. Elle l'observa pendant un long moment. Il bougea de nouveau, sa main cherchant à sortir de sous les couvertures soigneusement remontées. Stupéfaite, Rose se redressa et regarda Æthlric dégager sa main et la poser sur les couvertures. Se rendant compte qu'elle retenait son souffle, elle se souvint de respirer et murmura :

— Père ?

Le mot ne résonna pas dans la chambre calme à l'ambiance feutrée. Il s'écoula un instant, puis deux, puis trois.

— Bluebell ? finit par articuler Æthlric, telle une statue s'animant soudain, clignant des paupières.

— Non, c'est moi, Rose, répondit-elle, son cœur s'emplissant d'une chaleur douce après des jours de tristesse. Bluebell est... Vous la verrez très bientôt, monseigneur.

— Où suis-je ?

Il se lécha les lèvres et toussa. Après avoir été si longtemps fermés, ses yeux bleu pâle parurent étrangers à sa fille.

Rose se leva pour lui verser de l'eau d'un pichet situé près de la porte.

— Nous sommes tout près de Stonemantel. Vous avez été malade. Nous vous avons conduit jusqu'ici pour vous soigner.

Il but avidement, recrachant quelques gouttes dans sa barbe. Pour la première fois depuis des semaines, cependant, cela le fit réagir, et il jura doucement en s'essuyant du revers de la main.

— Je suis tellement fatigué, Rose, dit-il en lui rendant la coupe.

— Dormez, monseigneur. Prenez tout votre temps. Vous êtes redevenu vous-même.

Il se rallongea et s'abîma dans la contemplation du plafond. Et puis ses paupières retombèrent. Une minute plus tard, il se tourna sur le côté. Un homme endormi. Non pas un roi ensorcelé. Rose se mit à pleurer, la gorge serrée. Si elle ne pouvait être heureuse pour elle-même, elle l'était pour sa famille. Pour Bluebell.

Le maléfice avait enfin quitté le corps de son père.

Chapitre 32

La première nuit avait été un long cauchemar pour Wylm. Il s'était réveillé en sursaut toutes les vingt minutes, persuadé que Bluebell allait apparaître pour le tuer dans son sommeil sans lui laisser le temps d'attraper *Griðbani*. Ils avaient campé dans un fossé, loin de la route, mais cela n'avait pas suffi à lui libérer l'esprit. Ce soir-là, cependant, il était un peu plus détendu. Il avait trouvé une grotte dans une colline, au-dessus de la cime des arbres. Il avait attaché le cheval à un tronc d'arbre, sur un terrain plat, près de la route. La bête était épuisée et ne tiendrait sans doute pas une journée de plus ; Wylm l'avait poussée dans ses derniers retranchements afin de garder son avance sur Bluebell. Il avait donc préféré laisser le cheval au pied de la colline avant de traîner Eni jusqu'à la grotte. Celle-ci était sombre, humide, peu profonde. Ils n'avaient mangé que quelques champignons, plus tôt dans la journée, et le garçon commençait à geindre à cause de la faim et du froid.

— Je suis navré, Eni, mais je n'ose pas allumer un feu. Un monstre nous suit, et je ne veux pas prendre le risque de nous faire repérer.

Eni se calma. Cette histoire de monstre et de fuite fonctionnait à merveille. À présent qu'il faisait nuit, toutefois, Wylm se sentait désolé pour lui. Il retira sa cape et l'enroula autour des épaules du garçon, qu'il attira contre lui. Eni posa sa tête sur ses genoux, et Wylm lui caressa les cheveux comme avait l'habitude de le faire Willow ; il y avait quelque chose de réconfortant dans ce simple contact humain. Wylm se rappela son père, qui le prenait ainsi sur ses genoux une fois par semaine pour lui nettoyer les oreilles. Wylm adorait ces moments, quand il était encadré par les genoux puissants de son père, enveloppé dans sa chaleur virile. Il aurait pu être ce genre d'homme – un homme doux avec les enfants et les animaux, un homme qui n'avait aucune soif de pouvoir ni d'influence. Mais non. Son père était incapable de se défendre seul, il n'aurait jamais eu le cran de tuer quelqu'un, et surtout pas quelqu'un comme Bluebell. Wylm se devait d'être un homme d'un type différent. Il cessa de caresser le garçon.

Il scruta la route en contrebas, au-delà des arbres, dans les ténèbres grises. La silhouette sombre d'un freux insomniaque passa dans le ciel, son croassement se réverbérant sur les rochers et dans les champs. Un signe de Hakon et de son *randrman* ? Wylm eut un frisson. Les freux étaient des présages de mort.

Le grand jour était arrivé. Grâce à Eni, Bluebell ne pourrait pas lui faire de mal – ne lui ferait aucun mal. Cela lui donnerait le temps et la possibilité de lui assener un coup fatal.

Il chercha l'arme dans le noir et la dégaina. Crainte et émerveillement se mêlèrent en son cœur lorsqu'il remarqua que les runes étaient devenues légèrement phosphorescentes. Oui, le moment était venu. La confrontation avec Bluebell approchait. Il soupesa l'épée. Il était incapable d'en serrer la poignée comme il l'aurait dû, mais il s'accommoderait de son handicap. Cette puissante et lumineuse épée avait été forgée pour tuer Bluebell. Il huma l'atmosphère, crut reconnaître le parfum des herbes brûlées du *randrman* et eut un sourire.

Eni sursauta, poussant un gémissement dans son sommeil. Un cauchemar. Wylm écarta une mèche de cheveux de son front.

— Chut, Eni. Bientôt, tu n'auras plus aucune raison de t'inquiéter. Demain, je tuerai le monstre, ajouta-t-il en se retournant vers la route silencieuse.

Comme elle n'avait aucune raison d'être discrète, Bluebell emprunta la Route des géants, l'artère qui menait tout droit à sa ville natale. L'axe était utilisé par de nombreux marchands et voyageurs, et les auberges profitaient du trafic intense et des journées plus longues. Le monde était un tourbillon autour d'elle, mais Bluebell était prisonnière de sa réalité sinistre.

— Il vous reste une chambre ? demanda-t-elle sèchement à une aubergiste.

L'établissement dans lequel elle s'était arrêtée à la nuit tombée était grand, mais aussi très populaire, et le bar était plein.

— Pour vous, madame, nous trouverons bien quelque chose. (La femme cria des ordres à un commis de cuisine.) Vous avez faim ? Souhaitez-vous que nous vous préparions quelque chose ?

— Avez-vous vu un homme et un jeune garçon voyageant ensemble ? Le garçon est aveugle. L'homme a une tête de fouine et les cheveux noirs.

— Non. Vous désirez que je me renseigne ?

— Pourquoi pas ? Faites savoir à vos clients que Bluebell est à la recherche de ces personnes.

— Bien sûr, madame. Puis-je vous demander comment va notre roi ?

— Pourquoi ? s'enquit Bluebell en plissant les yeux. Qu'avez-vous entendu ?

— La rumeur dit qu'il n'a pas été vu à Blicstowe depuis bien longtemps. Certains prétendent même qu'il est devenu fou.

Bluebell avait été naïve de croire que personne ne se rendrait compte de rien.

— Le roi va bien, répondit-elle en regrettant que ses mots ne l'emplissent pas d'une plus grande joie. Il sera bientôt de retour à Blicstowe.

— C'est vrai ? s'enthousiasma la femme avec un sourire soulagé. Je vais le faire savoir autour de moi. S'il vous plaît, madame, prenez place. Je vais vous apporter une assiette et de la bière. Avec les compliments de la maison. Votre chambre sera prête très bientôt.

Bluebell avisa un tabouret libre dans un coin, en face d'une vieille femme occupée à terminer sa soupe. Comme elle s'apprêtait à s'installer, la femme ouvrit la bouche pour dire quelque chose, mais Bluebell la fit taire en levant un index menaçant.

— Ne m'adressez pas la parole. J'ai à réfléchir.

Les lèvres de la vieille tremblotèrent. Elle se hâta de terminer son repas et s'en fut. Bluebell posa les coudes sur la table et observa les gens. Les clients buvaient, discutaient, mangeaient et riaient dans la lumière chaude des lanternes et du feu. L'atmosphère sentait la fumée, la sueur et le chien. Ils avaient tous l'air si insouciant, mais elle savait que ce n'était qu'une illusion. Tout le monde avait des soucis, se battait. Les combats de Bluebell revêtaient simplement une importance particulière. L'avenir de plusieurs royaumes dépendait de ses décisions.

Elle avait trois furieuses envies, trois désirs antagonistes la poussant dans des directions différentes : tuer Gudrun, se rendre à la ferme de Sabert pour s'assurer qu'il ne lui était rien arrivé, trouver Wylm et Eni. Se lancer dans cette dernière quête ne lui servirait à rien, car elle risquerait de perdre des jours, voire des semaines à les chercher partout. Une fois ses deux premiers objectifs atteints, elle utiliserait les ressources du roi pour les localiser. Eni était certes sans défense, mais Bluebell mobiliserait l'armée du royaume si c'était nécessaire.

Si Wylm s'imaginait que prendre Eni en otage empêcherait Bluebell de tuer sa mère, il se trompait lourdement. Il pourrait même lui envoyer une lettre pour lui faire part de ses exigences, elle ne savait pas lire, et le pli lui parviendrait sans doute après l'exécution de Gudrun. Peut-être demanderait-il à Willow de l'arrêter. Peut-être était-ce la raison pour laquelle Willow avait pris son cheval et l'avait enfermée dans l'écurie. Sacrée Willow… Elle avait embrassé le trimartyr et trahi sa famille dans la foulée. Willow était jeune et innocente, et Bluebell se sentait capable de pardonner beaucoup de ses errances, sauf la dernière. Elle avait tenté de la brûler vive. Bluebell ne pourrait plus jamais lui faire confiance, aussi prévoyait-elle de l'enfermer quelque part à Blicstowe et d'égarer les clés. Aucune autre solution ne lui semblait viable.

La ferme de Sabert ne se trouvait qu'à une demi-heure de Blicstowe ; elle s'y arrêterait pour voir si tout allait bien. Peut-être y reverrait-elle Sabert et Eni et découvrirait-elle que Willow avait menti pour la dissuader d'aller tuer Gudrun. Cette idée fit naître un sentiment chaud et agréable dans son ventre. On lui servit son repas, et elle mangea avec appétit. À cette heure-là, le lendemain, tout serait terminé. Gudrun ne serait plus, père serait remis et en route pour Blicstowe, et la vie reprendrait son cours normal, simple et belle comme autrefois.

Autrefois… Avant la rencontre de Gudrun et Æthlric. Avant la conversion de Willow. Avant l'histoire de Rose et Heath. Avant l'exil d'Ash. Avant la révélation, par Yldra, de la vérité sur son père.

Elle attrapa sa bière, bien décidée à noyer ses idées noires.

Ash ouvrit les paupières dans les ténèbres, le cœur battant à tout rompre. Tandis que ses yeux s'adaptaient à l'obscurité de la maison, elle voyait son pouls dans les ténèbres. Pourquoi s'était-elle réveillée ? Les lambeaux de son rêve étaient en train de lui échapper. Il y était question de Bluebell.

Elle se leva. Seules quelques braises rougeoyaient encore dans l'âtre, aussi devait-il être largement plus de minuit. Elle se rapprocha de la porte, l'entrouvrit sans faire de bruit et jeta un coup d'œil à l'extérieur. L'air froid. Les arbres nus. Des nuages déchirés masquant les étoiles. Sa sœur était quelque part dehors, et elle avait des ennuis. Ash le sentait au fond de ses entrailles. Elle essaya de se concentrer, de projeter son esprit au loin, mais elle ne perçut que des demi-images frustrantes. Une personne attendant, allongée. La scène se déroulait de jour, aussi ne s'était-elle pas encore produite. Bluebell subissant une attaque. Les raiders ? Non, quelqu'un de plus proche. Ash avait la bouche sèche. Même quand Bluebell partait à la guerre, elle ne se sentait pas aussi mal. Alors pourquoi ? Parce qu'elle prévoyait sa mort ?

— Ash ?

Elle pivota sur ses talons et se retrouva face à Unweder.

— J'ai fait un rêve.

— Vous vous en souvenez ?

— Non, mais c'était une prémonition. Ma sœur court un grand danger.

— Laquelle ?

— Bluebell. Je crois… Je crois que quelqu'un essaie de la tuer.

Unweder sourit dans les ténèbres.

— Cela lui arrive tous les jours, non ?

— Je crois qu'il va réussir son coup.

Le sous-magicien la prit doucement par le bras et referma la porte.

— Vous ne devez plus avoir confiance dans vos prémonitions, Ash. À mesure que vous développez votre contrôle des élémentaires, vos autres talents faiblissent. Bluebell court très certainement un danger, mais elle a toujours vécu comme ça. Personne ne peut la tuer.

— Dans ce cas, pourquoi ai-je le sentiment que c'est différent cette fois ?

— Les cauchemars ont parfois cet effet. Des ombres se tapissent partout dans la nuit. Vous vous sentirez beaucoup mieux demain matin.

Elle le laissa la raccompagner à son lit, où elle s'assit, serrant ses genoux contre sa poitrine.

— Vous ne faites plus partie de leur vie, Ash, lui dit Unweder en la regardant de haut. Pour accomplir la tâche qui est la vôtre ici, pour développer le talent que vous possédez manifestement, vous devrez vous détacher de votre famille.

— Comment pourrais-je faire ça ? Un même sang coule dans nos veines.

— Les sous-magiciens se soucient peu du sang. À moins que vous ne souhaitiez plus devenir sous-magicienne.

Elle le suivit du regard, tandis qu'il retournait se coucher. L'atmosphère nocturne avait refroidi la maison ; aussi, elle s'allongea et s'enroula dans sa couverture. Elle repensa à ce qu'Unweder avait dit. Peut-être avait-il raison. Peut-être le goût amer de son mauvais rêve avait-il donné une couleur exagérément sombre à sa prémonition. Peut-être le moment était-il venu pour elle d'oublier sa famille.

Ou bien pouvait-elle rendre un dernier service à Bluebell.

Au lever du jour, Wylm examina le cheval de Bluebell et comprit que la bête ne supporterait pas de reprendre la route. Il fut tenté de la seller quand même, de la monter jusqu'à ce qu'elle s'écroule sous son poids, mais en ce jour particulier, le jour où il affronterait son ennemie jurée, il ne se sentait pas d'humeur cruelle. Il avait lui aussi été épuisé, et il savait ce que c'était que d'avoir envie de se débarrasser de son fardeau pour s'allonger.

Il abreuva le cheval et le libéra. De toute façon, il n'aurait plus besoin de tout son équipement. Juste assez de pain et d'eau pour Eni et lui, pour une journée. Pour le reste, il verrait plus tard.

—Nous allons marcher, dit-il en agrippant fermement la main du petit garçon. Reste tout près de moi. Le monstre nous suit peut-être.

Eni serra fort sa main. Ils marchèrent pendant que le soleil montait vers son zénith. Dans l'après-midi, Wylm remarqua que le garçon tournait la tête de tous les côtés, comme un oiseau. Comme s'il reconnaissait des bruits et des odeurs. De fait, ils étaient tout proches de chez lui, désormais. C'était une belle journée, et le sol était ferme sous leurs pieds. Bientôt, les champs de millet apparurent au loin, mer verte ondulant dans le doux vent du Sud. Rien de mauvais ne pourrait arriver par une aussi belle journée, se dit Wylm, réconforté. Il avait tous les avantages de son côté. Elle ne savait même pas qu'il était ici. Il n'aurait qu'à trouver un endroit où se cacher pour l'attendre.

Il fronça les sourcils. Et si elle ne venait pas ? Si elle se rendait directement à Blicstowe ? Si le sort de son amant lui importait moins que son désir de vengeance ? Cette pensée le glaça. Sa mère risquait d'être tuée brutalement dans les heures qui venaient.

Respire. Respire. Il ne pourrait pas la défendre sans risquer de périr lui-même, et sa mère voudrait qu'il vive et devienne roi, ce qui serait envisageable une fois Bluebell éliminée.

La ferme apparut enfin. Eni se crispa.

—Oui, tu sais où nous sommes, n'est-ce pas ? Comment peux-tu savoir puisque tu ne vois pas ?

Wylm prit une profonde inspiration, mais ne décela aucune odeur particulière. La terre, les déjections animales. Peut-être n'en fallait-il pas plus à Eni pour reconnaître sa maison.

— Nous devons faire très attention. Nous devons nous cacher. Et ne faire aucun bruit.

— Papa, dit Eni.

Une vrille de douleur transperça le cœur de Wylm. Il n'était tout de même pas simple au point de croire que son père était toujours en vie ? Wylm examina le visage d'Eni. Non, le garçon était triste, perdu. Wylm se força à parler durement.

— Papa n'est pas là. Le monstre l'a tué. Le monstre va devoir mourir, maintenant.

Il avisa un poulailler à environ sept mètres de la porte de derrière. Il en souleva la porte et se glissa à l'intérieur. L'air y empestait les fientes des volailles et la paille humide. Soulevant quelques trappes, il trouva un œuf pour lui et un pour Eni. Avec son couteau, il les perça pour leur permettre de les gober. Puis il conduisit l'enfant à l'intérieur de la maison, où celui-ci ne cessa de gémir, au paroxysme de l'inquiétude, tandis que les souvenirs du lieu remontaient à la surface de sa mémoire. Wylm trouva un endroit où s'asseoir et attendre, près de la porte, sur des sacs de farine grouillant de minuscules coléoptères. Si Bluebell montrait le bout de son nez, il la verrait avant qu'elle le voie. Il pensa au cou de la jeune femme – lisse et blanc – et eut un frisson. Il espérait qu'elle ne tarderait pas trop.

Rose passa la journée à l'extérieur. Elle lava d'abord toutes les couvertures au ruisseau – Heath et Bluebell étaient partis, et Willow avait disparu –, puis chercha des arbres aux branches basses où les suspendre. Le ciel était parfaitement dégagé, bleu. Une brise légère soufflait dans les herbes hautes aux ombres toujours changeantes, soulevant des nuées de graines de pissenlit, dont certaines se prirent dans ses cheveux. Le soleil lui réchauffait le dos. Rose avait une furieuse envie de marcher sans s'arrêter, de ne pas retourner tout de suite dans cette maison sombre. Elle décida de longer le ruisseau et de chercher des champignons entre les rochers et les arbres. Willow s'était volatilisée, Yldra ne faisait jamais la cuisine, et l'appétit d'Æthlric reviendrait certainement, aussi lui faudrait-il désormais préparer les dîners. Elle se rendit compte que c'était la première fois qu'elle quittait la maison depuis le départ de Heath. Elle se sentait plus légère. Elle pouvait enfin respirer.

À son retour, le soleil était bas dans le ciel et la maison plongée dans le calme. La chienne de Bluebell, Thrymm, leva la tête en l'entendant entrer.

— C'est calme, ici, dit Rose en posant les champignons sur le banc de la cuisine et en essuyant ses mains pleines de terre sur son tablier.

La chienne agita la queue. Rose ouvrit la porte de la chambre pour voir où en étaient Yldra et son père.

Yldra n'était pas là et, plus important encore, son père n'était plus dans son lit. Au début, elle craignit qu'il soit arrivé quelque chose, puis elle constata que les vêtements propres, les bottes et l'épée que Bluebell avait absolument tenu à emporter n'étaient plus à leur place. Æthlric s'était donc levé et habillé. Le matin, juste avant qu'elle quitte la maison, il dormait encore, ronflant doucement. Yldra et lui étaient sortis quelque part – en espérant peut-être comme elle que le soleil et l'air pur lui feraient du bien. Si seulement elle pouvait faire porter un message à Bluebell pour l'informer du fait que leur père s'était réveillé. Son sinistre visage consentirait peut-être à sourire.

Fatiguée d'avoir passé la journée à travailler et à marcher, Rose s'allongea en travers du lit. Thrymm la rejoignit bientôt, posant le museau sur ses pattes de devant. Rose posa sa tête sur celle de la chienne et ferma les yeux.

Sans doute s'était-elle endormie, car lorsqu'elle rouvrit les yeux, Thrymm geignait doucement, assise, les oreilles dressées.

— Qu'y a-t-il ?

Thrymm aboya une fois, sauta du lit et se précipita vers la porte principale. Des bruits de pas. Rose s'assit, embarrassée ; Yldra et son père auraient pu la surprendre en train de dormir alors que le dîner n'était pas prêt.

Mais il ne s'agissait ni d'Yldra ni de son père. Debout dans l'encadrement de la porte se tenait Heath, dont Thrymm léchait les mains avec enthousiasme.

Pendant un moment horrible et trop réel, elle crut qu'elle rêvait, et puis il sourit et écarta les bras. L'instant d'après, elle était collée contre son torse et respirait son parfum de terre propre. Il était chaud, dur et bien réel.

— Je campe dans les bois depuis que Bluebell m'a ordonné de partir. Je ne pouvais pas disparaître sans te dire au revoir. J'ai vu des chevaux partir plus tôt dans la journée. C'était ton père. Il va mieux ?

— Oui. Ils ont pris des chevaux ? Pour aller où ?

— Je n'en ai pas la moindre idée.

— Ils n'ont pas dû aller bien loin. Père est resté alité pendant des semaines, et Yldra est incapable de monter très longtemps. Elle boite terriblement.

— Elle ne boitait pas quand je l'ai vue.

Rose fit la moue, étonnée.

— Je t'ai vue rentrer à la maison toute seule, reprit Heath, et je me suis dit que c'était ma dernière chance de te revoir. Avant de partir.

— Où pars-tu ?

— Vers le nord. Mon père a de la famille sur la côte, en Bradsey. Ils ne me connaissent pas, mais ils m'accepteront peut-être parmi eux pendant un temps.

— Ce sont des Ærfolcs ?

— Oui, et je ne sais rien d'eux, avoua-t-il en frottant son menton couvert d'une barbe de trois jours, rousse. Je vais enfin pouvoir me laisser pousser la barbe, ajouta-t-il dans un sourire. (Voyant qu'elle ne lui rendait pas son sourire, il baissa la tête.) Je suis désolé.

La côte nord. Des mers glaciales, la menace permanente des raiders, la misère.

— On ne se reverra plus jamais, alors ?

— Bluebell a raison. Ce sera mieux pour Rowan. Et pour toi. Et pour moi.

Elle colla de nouveau sa tête contre sa poitrine et entendit battre son cœur.

— Comment se fait-il qu'un amour aussi vrai et pur ne soit pas autorisé à survivre ?

— Je l'ignore, Rose, répondit-il en lui caressant les cheveux et le dos. Tout ce que je sais, c'est que je t'aimerai toujours. Les froides et courtes journées d'hiver, les chaudes et longues journées d'été. Je t'aimerai toujours.

Elle leva les yeux vers lui, et il l'embrassa – d'abord doucement, puis de plus en plus passionnément, leurs langues se cherchant. Puis il fit un pas en arrière, fit sortir Thrymm de la chambre et ferma la porte.

— J'ignore quand Yldra et père vont rentrer, dit-elle.

Il sourit, verrouilla la porte, se rapprocha d'elle et entreprit de défaire les broches qui maintenaient sa robe en place tout en l'embrassant goulûment. La robe tomba sur le sol. Elle lui retira sa tunique, et ils tombèrent de concert sur le lit en terminant tant bien que mal de se déshabiller. Le chemisier de Rose était enroulé autour de sa taille, le pantalon de Heath coincé à hauteur de ses chevilles. Sa bouche trouva ses seins, ses mains ses cuisses, tandis que les ongles de la jeune femme lui agrippaient le dos. Le désir les rendait sourds et aveugles. Il n'y avait plus que la lumière intense et la musique de la passion. Il fut bientôt en elle, et il l'embrassa, et l'embrassa encore, son corps écrasant doucement le sien. Ses sensations étaient amplifiées dans son sang, se réverbéraient dans son corps et dans son souffle. Elle prit ses hanches dans l'étau de ses jambes et se donna comme elle ne s'était jamais donnée. Lorsqu'il jouit, elle se rendit compte qu'elle pleurait en silence. Il embrassa ses larmes et la serra contre lui tandis que sa pression sanguine revenait à un niveau normal et que ses genoux redevenaient solides. La lumière de l'après-midi s'engouffrait dans la chambre par le volet ouvert, baignant la peau de Heath et la couverture dans un carré de soleil. Rose imprima cette image dans son esprit dans le cas où elle ne la reverrait plus jamais.

— J'ai quelque chose à te donner, dit-elle en se levant et en cherchant sa ceinture par terre.

Elle la trouva enfin, la souleva avec force tintements et la posa sur le lit entre eux. Puis elle décrocha le cercle de voyance et le lui tendit.

— Qu'est-ce que c'est ?

— Chaque matin, à l'aube, on peut voir quelqu'un que l'on aime dedans. C'est une sorcière qui me l'a donné, mais il ne fonctionne plus pour moi. Tu peux voir cette personne en train de dormir.

Elle ne voulait plus jamais revoir le lit qu'elle avait partagé avec Rowan à Folcenham. D'autant qu'il resterait vide, désormais.

— Comment dois-je m'y prendre ?

— Prononce le nom de cette personne maintenant. Cela créera un lien magique entre elle et toi.

Il posa ses lèvres contre l'anneau et forma un R. Mais il ne dit pas Rose.

— Rowan, articula-t-il.

Une tristesse et une jalousie intenses comprimèrent les côtes de la jeune femme.

— Ainsi, tu pourras la voir. Si jamais elle n'était pas bien, triste ou blessée…

— Je te ferais prévenir aussitôt, l'interrompit-il.

Elle se demanda cependant s'il le ferait vraiment. Car savoir que sa petite fille avait besoin d'elle sans pouvoir l'aider serait une torture.

Thrymm geignait et grattait la porte.

— Je devrais y aller avant qu'Æthlric revienne.

Ils se rhabillèrent et laissèrent entrer la chienne. La maison était toujours silencieuse. Rose ouvrit la porte et jeta un coup d'œil dehors. Aucun bruit ne provenait de l'écurie à la porte brûlée. Personne sur la route, au-delà.

— Tu vas avoir besoin d'un cheval et d'argent, lui dit-elle.

— Je n'ai besoin de rien. Je me débrouillerai.

— Non, rétorqua Rose en secouant la tête. Tu vas prendre un cheval, et je te donnerai ce qui me reste de pièces.

Heath donna l'impression de vouloir protester, puis se ravisa et poussa un soupir.

— Je devrais être capable de m'occuper de moi…

— Tu m'as donné tant de joie et de réconfort, mon amour. La moindre des choses, c'est que je t'aide matériellement.

Il hocha la tête, et elle sortit sa bourse pour la lui donner. Il rassembla les quelques vêtements de rechange qu'il avait abandonnés plus tôt, puis ils se retrouvèrent tous les deux devant la porte, maladroits.

— Je ne sais pas quoi dire, avoua-t-il.

— Au revoir. Je t'aime, murmura-t-elle.

— Oui.

Il entra dans l'écurie, d'où il émergea quelques minutes plus tard, en selle, en agitant la main. Des larmes coulaient sur les joues de Rose, gouttaient de son menton. Elle eut un frisson comme il disparaissait derrière le mur d'enceinte. Un froid gris s'empara d'elle. Elle se plaqua les mains sur le visage. Elle pouvait encore sentir son odeur.

— Au revoir, dit-elle en embrassant ses doigts avec autant de passion que s'il s'agissait du visage de Heath. Au revoir.

Chapitre 33

Ash prêta attention aux fourmillements et picotements qui accompagnaient sa prémonition. Ses craintes ne s'étaient pas dissipées avec sa nuit de sommeil, contrairement à ce qu'avait promis Unweder. Au contraire, elle était certaine que ce jour serait celui de la mort de Bluebell ; chaque seconde qui passait le lui confirmait. La tension diminua un peu, mais resta constante jusqu'à ce que, en milieu de matinée, une étrange sensation s'accroche à elle et des runes indéchiffrables dansent dans son champ de vision. Ash savait ce qu'elle devait faire, mais elle ignorait quand. Elle n'écouta presque rien de ce qu'Unweder lui raconta durant toute la journée, mais il semblait avoir décidé de la laisser se faire du mauvais sang. À mesure que le soleil décrivait sa courbe descendante dans le ciel, la tension s'intensifia, devint une douleur aiguë dans son ventre.

Elle se leva, fit les cent pas.

— Qu'y a-t-il, Ash ?

— Je dois partir.

— Je ne vous en empêcherai pas, dit Unweder dans un hochement de tête.

Ash quitta la maison en tremblant de peur. Le danger était si proche de sa sœur, désormais ; et Bluebell ne se doutait de rien. De rien du tout. Ash sortit de la zone morte et se dirigea vers le ruisseau et une partie plus dense de la forêt où, savait-elle, les élémentaires grouillaient dans les arbres et la terre. Elle s'assit sur un rocher, ferma les yeux et se concentra, prenant conscience de l'agitation qui l'entourait. Épinglé à sa robe, elle avait un brin d'angélique. Elle s'en saisit, l'écrasa entre ses doigts et se badigeonna les paupières et les tempes de sa sève. Elle respira profondément. Les élémentaires se rassemblaient à une distance respectable, curieux et circonspects.

— Je veux que vous protégiez l'intégrité de mon corps, leur ordonna-t-elle.

Et ils obtempérèrent à contrecœur, se rapprochant et s'asseyant autour de ses chevilles.

Ash plaqua ses mains sur ses tempes, rassemblant ses pensées entre ses doigts. *Voilà. Là.* Elle leva les mains et les pointa vers le sud, vers Bluebell. Elle sentit un à-coup et une force d'attraction colossale comme son énergie, son esprit concentré, son talent, son aptitude à contrôler les élémentaires quittaient son corps et filaient à travers bois sous la forme d'une boule de lumière aveuglante. En esprit, elle suivit sa trajectoire, son voyage onirique parmi des créatures magiques. De minuscules êtres ayant des feuilles pour sourcils, une fissure minérale pour bouche et des branches pour mains se figèrent pour la regarder. Chaque fois que la boule de lumière ralentissait, elle ordonnait à un élémentaire de s'en saisir pour la projeter plus loin, vers le sud. Car ils étaient incapables de résister à la force de son esprit.

Enfin, elle sentit que Bluebell était toute proche. Mais Wylm, leur beau-frère, l'était encore plus. Ash sut aussitôt qu'il avait l'intention de tuer Bluebell, mais il ne lui restait pas assez de méninges disponibles pour chercher à comprendre pourquoi et comment. La sphère lumineuse s'arrêta juste devant la maison sombre dans laquelle il se terrait. Les élémentaires des environs se rapprochèrent avec circonspection, et elle les attira autour d'elle, les obligeant à rester par la force de l'esprit. Une grande et scintillante paire d'yeux se braqua sur elle malgré la distance brumeuse qui les séparait. Un écho du Devenir qu'elle avait rêvé. Elle contint sa peur et utilisa son énergie pour garder les élémentaires autour d'elle en dépit de la vague d'épuisement informe qui menaçait de la faire basculer dans la végétation. Et elle attendit.

Bluebell arriva à la ferme de Sabert comme les ombres de l'après-midi commençaient à s'allonger. Elle avait mal au dos d'avoir chevauché toute la journée, mais son sang bouillonnait littéralement lorsqu'elle mit pied à terre devant la maison. Tout était très calme, mais elle se répéta de ne pas s'en faire. Ce calme pouvait s'expliquer de diverses manières. Elle poussa la porte et constata qu'elle n'était pas verrouillée.

Pourquoi une maison serait-elle tout le temps verrouillée ?

— Saba ? appela-t-elle en entrant. Eni ?

À l'odeur, elle comprit immédiatement qu'il était absent depuis longtemps. Un morceau de viande pourri s'était liquéfié sur le plan de travail à côté de miches de pain couvertes de moisissure. Elle ouvrit la petite porte de la chambre où le jeune homme et elle avaient si souvent pris du plaisir. Personne. Pas de Sabert. Pas d'Eni. Juste une odeur de vieille urine.

Peut-être bien que Wylm avait Eni. Mais, dans ce cas, où était Sabert ? Bluebell regarda dans les placards et les recoins, se rendant compte qu'elle était en train de chercher un corps. La plus grande crainte de Sabert était de mourir en laissant Eni sans protection, ce qui semblait bien être arrivé.

Quelque chose siffla près de son oreille et frappa la paroi en bois, derrière elle, avec un bruit mat. Dégainant son épée, Bluebell vit le couteau planté dans le mur et fit volte-face.

Il s'agissait de Wylm, et il tenait fermement Eni contre lui.

— Eni !

Le garçon se tourna vers elle sans la voir, les coins de la bouche pointant vers le bas dans un mélange de peur et de tristesse. Son expression mit Bluebell dans une rage folle – encore plus que la tentative d'assassinat dont elle venait de faire l'objet.

— Qu'est-ce que vous faites ? hurla-t-elle à l'intention de Wylm.

De sa main libre, l'homme sortit de son fourreau une épée scintillante, dont il colla la lame cruelle contre la gorge du petit garçon.

— Jetez Widowsmith par terre, articula-t-il d'une voix lente et mesurée, qui confirma à Bluebell qu'il faisait dans son pantalon et s'efforçait de ne pas le montrer.

— Préparez-vous à mourir, rétorqua-t-elle.

Wylm appuya doucement sur la lame, transperçant la peau d'Eni et faisant couler un filet de sang.

— Jetez Widowsmith, répéta-t-il.

Elle s'exécuta. Elle avait un couteau à la ceinture et un autre à la cheville. Elle avait largement de quoi le tuer.

— Laissez partir l'enfant.

— Il compte beaucoup pour vous, hein, Bluebell ? Vous l'aimez ? J'ai du mal à croire que vous ayez un cœur.

— C'est le fils d'un ami. Je ne vous laisserai pas lui faire du mal.

— Ah, votre *ami*. Vous parlez sans doute du fermier au cou épais que j'ai tué il y a peu.

Le ventre de Bluebell se serra, mais elle n'avait pas le temps d'être triste.

— Qu'est-ce que vous voulez ?

— Je veux que vous me craigniez, Bluebell, car Hakon m'a nommé le *kyndrepa*. Cette épée, forgée avec mon propre sang, m'a été donnée par son *randrman* et son nom est *Griðbani*. Vous savez ce que ça signifie ?

Elle écarta les bras et, avec une nonchalance exagérée, haussa les épaules.

— Je ne sais pas. Bite molle, peut-être ?

Wylm eut un rire amer.

— Je vois que vous n'êtes pas sensible à la menace. Voilà ce que je vous propose : promettez-moi de ne faire aucun mal à ma mère, et je m'engagerai à vous laisser tranquilles, Eni et vous.

Merde. Elle aurait dû s'y attendre.

— Si j'entends dire que vous lui avez fait du mal, je tuerai cet enfant.

— Quand pourrai-je récupérer Eni ?

— Quand ma mère et moi serons en sécurité à Tweoning.

Elle regarda le visage d'Eni et pensa à Edie, son amie disparue depuis longtemps.

— Entendu, acquiesça-t-elle.

Wylm fit quelques pas en arrière et désigna la porte de la tête. Bluebell recula dans la direction qu'il lui montrait, et il lui emboîta le pas en traînant presque le pauvre Eni. Puis il indiqua une brèche dans la haie qui entourait le jardin.

— Par là, lança-t-il. Et pas d'entourloupe !

Bluebell recula en souriant, les bras tendus devant elle, paumes vers l'avant.

— Retournez-vous ! ordonna-t-il.

— Éloignez-vous, dans ce cas.

Il piétina en arrière en serrant Eni contre lui.

— Retournez-vous ! répéta-t-il en perdant son calme apparent. Ou je le tue !

Eni se mit à sangloter bruyamment, la bouche ouverte.

— Lapin ! pleura-t-il.

Le cœur de Bluebell s'emballa. Elle se retourna et courut se mettre à l'abri, espérant sauter par-dessus la haie. Entendant du mouvement derrière elle, consciente de tourner le dos à l'ennemi, d'être vulnérable, elle regarda par-dessus son épaule et tituba, tombant lourdement sur le ventre. Un sentiment d'incrédulité intense et brûlant s'empara d'elle. Le jour était donc venu. Elle était à terre, désarmée. Comme elle roulait sur le dos, Wylm se matérialisa devant elle, l'épée donnée par Hakon à la main. Les étranges runes dont elle était ornée brillaient d'un feu pâle et éternel, et elle faillit rire en pensant que le puissant Hakon était sur le point d'obtenir vengeance grâce à l'action de ce jeune homme sournois et insaisissable comme une anguille. Aucun coup de pied bien placé, aucun couteau récupéré discrètement ne la sauverait plus. Il était trop près et elle était allongée sur le dos. L'instant était lourd et lumineux. Eni courut vers la maison, seul et sans défense. Sans père, sans mère. Elle regarda de nouveau Wylm, le visage déformé par la colère. Son cœur battait si fort qu'il faisait trembler le sol sous elle. Alors elle déchira sa tunique et dit :

— Allez-y, dans le cœur. Et que ce soit rapide.

Il sourit à la vue de ses seins.

— Ils ne sont donc pas de fer, remarqua-t-il en brandissant son arme.

Le sol trembla de nouveau et, cette fois, Bluebell sut qu'il ne s'agissait pas de son cœur. La secousse fut violente qui déséquilibra Wylm. L'homme se rattrapa en plantant son épée dans le sol à côté de lui, lâchant un cri de douleur dont Bluebell ne comprenait pas l'origine. Cela lui donna le temps de s'asseoir, mais pas de se lever. Un instant plus tard, il brandissait son épée d'une main ensanglantée, mais cette fois, la haie se mit à vibrer. Les longues vrilles de clématite qui poussaient dessus se dressèrent comme si la foudre venait de frapper le sol. Il aurait pu la tuer à ce moment précis. Il était suffisamment près, il avait le temps, mais le mouvement des vrilles attira son attention pendant un instant. Une seconde plus tard, les végétaux jaillissaient et s'enroulaient autour de ses chevilles, le faisant tomber sur le côté. Wylm amortit sa chute avec son bras, qui se tordit de façon peu naturelle sous lui. La situation venait de s'inverser, car Bluebell se tenait désormais au-dessus de lui, *Griðbani* à la main. La seule différence étant que Bluebell n'était pas du genre à perdre du temps en discours et considérations inutiles. Elle souleva l'arme et la lui plongea dans le cœur. Wylm eut néanmoins le temps de murmurer :

— Ayez pitié de ma mère...

— Va te faire foutre, eut-il également le temps d'entendre.

L'acier stoppa les battements de son cœur, et il se figea pour l'éternité après quelques convulsions.

Bluebell lâcha la poignée de l'épée et fit un pas en arrière. Les runes étaient inutiles, désormais, qui s'éteignaient lentement.

— Toi aussi, Hakon, tu peux aller te faire foutre, lâcha-t-elle en s'essuyant le nez du revers de la main.

Elle prit le temps de reprendre son souffle, les seins nus éclairés par le soleil. Les vrilles de clématite s'étaient retirées et le sol avait cessé de trembler. Bluebell ferma les yeux.

— Je t'aime, Ash, chuchota-t-elle avant de remettre sa tunique en place et d'aller s'occuper d'Eni, laissant le cadavre de Wylm aux corbeaux.

Le corps d'Ash avait été séparé si longtemps de son esprit, que le fond de ses orbites était devenu glacial. Elle tint assez longtemps pour entendre le message d'amour de Bluebell, puis se retira, attirant la lumière à elle. Celle-ci avait perdu de sa luminosité, et Ash était épuisée de l'avoir entretenue si loin d'elle. Elle demanda l'aide des élémentaires, qui récupérèrent la lumière dans un champ lointain, proche de Blicstowe, pour la lui rapporter. *Je t'aimerai toujours, ma sœur*, dit-elle sans savoir si ses lèvres avaient bougé, là, dans cette forêt, ou si seul son esprit avait parlé, loin de son corps. Sa conscience vacilla à plusieurs reprises, et elle retrouva sa lumière par terre, où les élémentaires durent la ramasser plusieurs fois pour la transporter vers le nord et Bradsey. Les élémentaires se fichaient pas mal d'elle, ils obéissaient simplement à ses ordres. Ce qui signifiait qu'ils profitaient de ses pertes de connaissance pour abandonner sa lumière sur le sol. Sa fatigue était absolue, mais elle sentait que son esprit et son corps se rapprochaient. Lentement. Trop lentement…

Plus tard – mais combien de temps plus tard ? –, elle se réveilla sur sa couverture, près du feu, dans la maison d'Unweder. Elle avait mal à la tête et aux yeux, comme si ceux-ci étaient meurtris de l'intérieur. Ash eut à peine assez de force pour tourner ses globes oculaires afin de localiser son hôte. Par chance, il n'était pas loin – assis sur un tabouret à ses côtés. La voyant ouvrir les yeux, il se pencha vers elle et posa une main froide sur son front.

— Fermez les paupières et ne bougez pas.

— Que s'est-il passé ? marmonna-t-elle.

— Vous avez pratiqué une magie bien dangereuse.

— J'ai sauvé Bluebell.

— Mais vous avez bien failli vous perdre.

Ash se rappela ce qu'elle avait fait.

— J'ai projeté mon esprit hors de mon corps.

— Et vous vous êtes perdue en chemin. Je vous ai trouvée allongée par terre, dans la forêt, la respiration superficielle. Vous ne réagissiez pas. Heureusement pour vous, je connaissais ce phénomène. Je me suis transformé en oiseau et je suis parti à la recherche de votre esprit. Je l'ai trouvé, petite boule de lumière, à un kilomètre et demi de là, au sud. J'aurais pu l'avaler tout entière, mais je ne l'ai pas fait ; je vous l'ai ramenée.

Ash voulut hocher la tête, mais elle était incapable de bouger.

—Merci, dit-elle.

—Vous auriez pu mourir, Ash. Ou bien être réduite à l'état de corps dénué d'esprit. On ne peut décemment pas faire quelque chose d'aussi dangereux.

—Je n'avais pas le choix.

—J'ai tenté de vous en parler hier, mais vous n'avez pas voulu écouter. Peut-être êtes-vous prête, désormais… Vous ne pouvez pas vivre dans deux mondes, poursuivit-il d'une voix plus douce. Si protéger vos sœurs – je note que vous en avez quatre et qu'elles ont toutes tendance à s'attirer des ennuis – implique de pratiquer une magie aussi dangereuse, alors vous devez réellement peser le pour et le contre, prendre en considération les risques encourus et réfléchir à ce que vous avez à y gagner. La vie continue en dehors de cette maison, c'est sûr, mais elle continue sans nous. Pour être à la fois l'ancienne Ash et la nouvelle Ash, vous devrez vous couper en deux. Littéralement.

Des larmes s'accumulaient dans le coin de ses yeux, brûlantes.

Inhabituellement tendre, Unweder lui caressa les cheveux.

—Vous avez fait preuve d'un courage énorme. Vous avez fait l'étalage d'aptitudes extraordinaires. Mais c'est terminé, maintenant. Il ne faudra pas recommencer.

Ash renifla et ravala ses larmes. Unweder avait raison. Il lui faudrait couper ce dernier lien, ou bien elle risquerait de devenir folle. Son destin n'était pas de rester avec ses sœurs ; elle devait accepter de les laisser partir.

—Oui, acquiesça-t-elle. Je ne recommencerai plus.

Unweder sourit, subitement rayonnant.

—Pour aborder un sujet plus heureux… Non, je vais vous montrer, ce sera plus simple.

Il l'aida à se lever et l'entraîna vers la porte.

— Qu'y a-t-il ? demanda-t-elle.

— Vous allez voir.

Il ouvrit la porte, et elle vit. La végétation avait repris ses droits. Du lierre, des arbres feuillus, des fleurs et des haies épaisses. Ash les voyait presque grandir à vue d'œil, centimètre par centimètre. La zone morte n'était plus.

Sa seconde vue prit le dessus, et elle les vit aussi. Des milliers et des milliers d'élémentaires rassemblés telle une armée devant sa porte, le petit visage païen éclairé par des yeux pleins d'espoir. Ils attendaient ses ordres, semblait-il.

Elle en eut le souffle coupé.

— Que se passe-t-il ? s'enquit Unweder, une lueur dans son œil valide.

— Vous ne les voyez pas ?

— Je ne vois pas quoi ?

— Ils sont si nombreux ! Des milliers ! (Elle se rappelait leur avoir demandé de l'aide, les avoir réduits en esclavage par la force de l'esprit.) Une véritable armée ! J'ai levé une armée par accident !

Unweder écarquilla les yeux, mais il souriait toujours.

Ash pensa à son Devenir, à sa crainte d'être maudite, destinée à entraîner des innocents dans sa chute. Qui pouvait affirmer que ces élémentaires ne s'empareraient pas de la plus petite lueur de son esprit pour la transformer en action ? Les événements seraient-ils provoqués de cette manière ? Une pensée non contrôlée et une armée de petites créatures pour la mettre en œuvre ? Un sentiment de panique se propagea dans ses veines.

— Nous devons partir d'ici, Unweder.

Elle eut une idée. Le dragon de son rêve – le dragon dont rêvait Unweder.

— Nous allons aller vers l'ouest. Nous allons traquer le dragon.

— Vous acceptez de m'aider ?

— Oui.

Non pas pour qu'il puisse s'emparer du corps de la bête, mais pour tuer le monstre et reprendre en main son Devenir.

Il hocha la tête et la prit par les bras.

— Nous partirons demain, dit-il.

— Non, contra-t-elle, car elle ne voulait pas attendre avant de commencer à tromper le destin. Nous partons aujourd'hui.

Dans l'enceinte de Blicstowe, dans la première allée après le corps de garde, était sis l'atelier de Seaton, le forgeron, le frère de Sabert. Sabert et son frère ne s'entendaient pas très bien – quand le premier était vivant, se corrigea Bluebell. La femme du second, cependant, n'avait jamais porté d'enfant ayant dépassé l'âge de cinq ans ; et puis, elle s'était toujours souciée du bien-être d'Eni. Bluebell frappa à leur porte avec Eni sous le bras tandis que le soleil disparaissait derrière les ruines géantes.

L'épouse de Seaton ouvrit la porte. Les martèlements et sifflements de la forge résonnaient dans l'allée.

— Madame, dit la femme en faisant une révérence.

— Je suis une amie de Sabert. Sabert est mort, et il n'y a plus personne pour s'occuper d'Eni. Il ne sait pas grand-chose, mais il a besoin d'amour, ajouta-t-elle en poussant le garçon. Vous accepteriez de le prendre chez vous ? demanda-t-elle d'une voix qui se brisa presque en faisant un pas en avant.

— Oui, bien sûr, répondit la femme en prenant Eni par la main. Pendant combien de temps ?

— Je ne sais pas. Pour toujours, si vous voulez. Je vous enverrai de l'argent tous les mois pour pourvoir à ses besoins. Il est suffisamment malin pour exécuter des tâches simples.

— Pour toujours ? s'étonna la femme en regardant par-dessus son épaule. Il faut que je demande à Seaton.

— Prenez-le pour la nuit. Donnez-lui à manger et un lit confortable. Parlez à votre mari. Vous me donnerez votre réponse demain. Je vous prie de m'excuser, mais je ne peux pas rester. J'ai quelqu'un à tuer.

La femme hocha nerveusement la tête.

Bluebell s'accroupit devant Eni et lui caressa la joue.

— Tout va bien se passer, maintenant. Tu n'as plus à t'en faire.

— Bluebell…

Et Bluebell ne put s'empêcher de sourire.

Willow trouva la ferme de Sabert à la tombée de la nuit. Elle était épuisée, sale, maculée de sang et de crasse, mais il y avait pire : les voix dans sa tête. Les voix qui résonnaient, se réverbéraient, comme des miroirs se reflétant dans d'autres miroirs. Certaines semblaient l'aimer, d'autres la haïr, mais elle ignorait à qui elles appartenaient. En esprit, elle cria à Maava de la guider, mais il ne le fit pas. Dans son crâne, il n'y avait que ce mélange de louanges et d'insultes qui lui faisait perdre la raison. Tout ce qu'elle savait, c'était qu'elle avait besoin de retrouver Wylm et Eni. Wylm réussirait à chasser les mauvaises voix, elle en était certaine.

Elle attacha le cheval à une poutre et mit pied à terre. Comme la porte était grande ouverte, elle entra.

— Wylm ? Vous êtes là ?

— *Putain ! Meurtrière !*

Son cœur eut un raté. Elle avait besoin de lui.

— Wylm ?

Elle sortit par la porte de derrière et regarda dans le jardin. Une silhouette sombre dans l'herbe. Elle sursauta.

— Wylm ! Wylm !

Elle se précipita vers lui. Le freux posé sur la poignée de l'épée plantée dans sa poitrine s'envola vers le ciel en faisant claquer ses ailes. Elle se pencha vers Wylm. Du sang. Tellement de sang.

— Oh, Maava. Maava, non. Faites que ce ne soit pas vrai.

Elle posa la tête sur son torse et pleura, suppliant Maava de l'aider, de l'empêcher de perdre complètement pied dans cette réalité. Les voix s'étaient tues. On n'entendait plus que les criquets et ses sanglots irréguliers.

— Heureux de vous revoir, madame.

— Blicstowe nous a paru bien vide sans vous et votre père.

— Madame, pourrais-je vous parler brièvement du conflit qui m'oppose à mon voisin ?

Bluebell laissa son cheval aux gardes de la porte et entreprit de traverser la ville. Entre la forge de Seaton et les longères familiales, elle croisa énormément de gens qui voulaient la saluer ou lui présenter leurs doléances. Elle les arrêta tous d'un geste de la main en leur promettant de revenir s'entretenir avec eux rapidement. Plus tard. Une rage folle bouillait en elle. Gudrun était coupable de tout ce qui était arrivé. Elle avait empoisonné son père, et son fils avait bien failli la tuer. Gudrun ne s'endormirait pas dans son lit douillet ce soir. Elle ne s'endormirait plus jamais.

Bluebell n'emprunta pas l'entrée du terrain familial, préférant sauter par-dessus la clôture. Le château de son père se dressait, grand et puissant, dans le crépuscule naissant. Un frisson de nuit dans le vent. Elle avisa la longère qu'elle avait demandé à Dunstan d'aménager pour Gudrun. Bluebell dégaina son épée. Elle avait faim de mort. Rien ni personne ne pourrait l'arrêter. Ni les supplications de Wylm, ni les plans de Willow, ni même les leçons de Rose sur le bien et le mal. Son cœur martelait un rythme régulier dans sa poitrine. Le flot de son sang dans ses veines la faisait se sentir plus vivante que jamais. Tout était clair. Lumineux. Juteux.

Il n'y avait pas de cadenas sur le verrou.

Le ventre de Bluebell se contracta. Elle ouvrit la porte d'un coup de pied. Gudrun était bien là, assise sur son lit, occupée à remplir un sac. Elle leva la tête, cria en avisant Bluebell, puis monta sur le lit en agrippant un poteau.

Bluebell tendit son épée devant elle et avança.

— Je sais ce que vous avez fait.

Soudain, la pointe aiguisée d'une épée lui piqua la colonne vertébrale. Folle de rage, elle pivota sur ses talons et se prépara à couper la tête du fumier qui avait eu l'audace de gâcher ce moment. Le bruit métallique de deux armes en acier s'entrechoquant, tandis que l'homme parait son attaque avec une force qui la surprit et lui coupa le souffle.

— Père ?

— Range cette arme, Bluebell. On ne règle pas les problèmes de cette façon.

Obnubilée qu'elle était par la mission qu'elle s'était imposée, Bluebell n'avait pas vu Æthlric et Yldra. Son cœur battait à tout rompre. Sa lame et celle de son père glissaient l'une contre l'autre. Un moment passa. Puis un autre. Il était vieux et il avait dormi pendant des semaines ; dans son état, il n'était pas de taille. Peut-être même ne l'aurait-il pas été s'il s'était trouvé en pleine possession de ses moyens. Son désir de tuer Gudrun était tel qu'une brume de haine enrobait l'esprit de Bluebell.

Elle se tourna vers Yldra, qui haussa un sourcil. Pour la provoquer, peut-être ?

Puis de nouveau vers son père, qui soutint son regard. Son père, son seigneur, son roi.

Malade d'une rage si grande qu'elle ne tenait pas dans sa cage thoracique, consciente d'être observée et jugée par Yldra, Bluebell lâcha son arme.

Chapitre 34

Bluebell entra dans la salle d'honneur. Son père et elle n'avaient pas échangé plus d'une dizaine de mots depuis son retour à Blicstowe, et il avait envoyé Dunstan lui dire qu'il souhaitait s'entretenir avec elle. Elle était vêtue de sa cotte de mailles fraîchement huilée par son écuyer et d'une ceinture aux couleurs du roi. Elle hésitait entre l'appréhension et la défiance, mais, après tout, c'était lui qui décidait.

Elle ferma la porte derrière elle. Æthlric était attablé au milieu de la salle, les bras croisés. Autour de lui, les murs étaient recouverts de riches fourrures, de tapisseries finement ouvragées ornées de fils d'or et d'argent, d'objets en ambre et grenat. Il avait les cheveux propres et peignés, la barbe courte et soigneusement entretenue. Il portait une tunique rouge foncé et une cape jaune magnifiques. Rien, sur son visage ni dans sa posture, ne suggérait qu'il avait passé plusieurs semaines hors de ce monde. Sa ride du lion profonde, en revanche, racontait l'histoire d'une épouse renvoyée à Tweoning dans la disgrâce. Bluebell avait beau essayer, elle n'arrivait pas à être désolée pour lui.

Et elle ne ressentait pas non plus la joie intense qu'elle s'attendait à éprouver en le voyant enfin remis sur pied.

— Merci d'être venue, Bluebell. Est-ce que ça va ?

— Oui, monseigneur.

— Des nouvelles de tes hommes et de leurs recherches ?

Elle avait confié à trois hommes la mission de passer le royaume au peigne fin à la recherche de Willow, qui avait disparu après avoir mis le feu à l'écurie où Bluebell était enfermée.

— Non, elle reste introuvable. Mais je ne suis pas inquiète.

— Tu crois qu'elle va revenir ?

Bluebell haussa les épaules. Elle n'était pas inquiète, car si Willow était morte, cela lui économiserait pas mal de soucis. Elle ne pouvait pas exécuter sa propre sœur, mais pour avoir trahi, Willow croupirait en prison pendant le restant de ses jours. Ce qui ne serait pas très agréable.

— Ne cesse surtout pas de la chercher.

Bluebell ouvrit la bouche pour dire : « Peut-être devrions-nous la laisser disparaître et mourir. » Toutefois, elle ne pouvait plus compter sur son père pour prendre des décisions sensées concernant les gens qui voulaient les tuer.

— Ils la trouveront, préféra-t-elle répondre.

Il hocha la tête, la pencha sur le côté et reprit :

— On dirait que tu m'évites.

— Pas du tout.

— Bien sûr que si. Tu prends congé dès que j'entre dans la même pièce que toi, tu ne prends pas tes repas avec nous. Dunstan m'a dit que tu t'es enfuie lorsque tu l'as vu dans le château, l'autre jour.

— Je n'ai pas fui. Il était tard. J'étais attendue chez Seaton pour le dîner. Je voulais rendre visite à Eni.

Il fit comme s'il n'avait pas entendu son explication.

— Je me rends bien compte que nous sommes en désaccord sur le sort à réserver à Gudrun, mais tu dois comprendre que le fait que tu aies tué son fils est déjà suffisamment grave.

— C'était lui ou moi.

— Je sais. Toutefois, ta réputation en a pris un coup. Ceux qui te détestent sont heureux de te voir comme un monstre, quelqu'un qui a tué un membre de sa famille. Et tu voulais en plus tuer une femme désarmée de presque soixante hivers. Cette tache-là aurait été impossible à effacer.

— Ce n'est pas pour ça que vous m'avez arrêtée. Vous m'avez arrêtée parce que vous l'aimez toujours, alors qu'elle a tenté de vous tuer.

Le corps d'Æthlric s'affaissa presque imperceptiblement.

— Elle n'avait pas l'intention de me tuer.

— C'est ce que vous dites. Sans doute vous l'a-t-elle juré. En revanche, elle avait bien l'intention de vous dresser contre moi.

Il repoussa son argument d'un geste dédaigneux, reprenant son attitude royale.

— Elle est partie, maintenant. Je l'ai chassée. Elle est rentrée chez elle et elle va devoir vivre éternellement avec ce qu'elle a fait. Car c'est elle qui a provoqué la mort de son fils. Son châtiment est déjà grand.

J'aurais préféré faire couler un peu de son sang.

— Si vous le dites, monseigneur. J'ai quelque chose à vous demander.

— Je t'écoute.

— Je veux quitter Blicstowe avec mes hommes. Je veux remplacer Isern pour lui permettre de prendre un repos bien mérité. Et je veux un poste avancé – peut-être une garnison dans le Lyteldyke. J'ai besoin de passer un peu de temps loin… (Elle baissa la tête et choisit soigneusement ses mots.) … loin de la famille.

Il eut un sourire pincé.

— Je crains que ce ne soit pas possible. Pas encore. Tu vas devoir représenter Ælmesse au mariage d'Ivy, la semaine prochaine.

— Moi ? Mais pourquoi ? Personne n'a envie de me voir à un mariage.

— Qui d'autre, sinon ? Pour ma part, j'ai déjà passé trop de temps loin des affaires du royaume. Willow a disparu, Ash a rejoint les sous-magiciens et Rose n'est pas encore rentrée.

Rose raccompagnait leur tante chez elle. Bluebell repensa avec amertume à la dernière chose que lui avait dite Yldra : « Je vois que tu fais tout ce qu'il dit. Je ne resterai pas à Blicstowe, finalement. » Elle avait demandé une charrette, une escorte et Rose pour lui tenir compagnie. Il n'était plus question de chevaucher de nuit avec fluidité et célérité comme elle l'avait fait avec Bluebell et Æthlric. Elle était redevenue une vieille femme handicapée, déterminée à couper les liens avec sa famille. Elle espérait que Rose resterait un peu avec elle, qu'elles s'aideraient et se réconforteraient mutuellement.

— Alors, tu vas y aller ? insista Æthlric.

« *Tu fais tout ce qu'il dit.* » Elle acquiesça.

— Vous êtes mon seigneur et mon roi. Si tel est votre souhait, j'irai.

— Bluebell, je suis ton père, dit-il d'une voix douce. Quand je te regarde, je vois ma fille, non pas un sujet.

Comme elle baissait la tête, il se leva et contourna la table. Il posa une main sur son épaule et, de l'autre, lui souleva le menton pour la regarder dans les yeux. Dans les siens, elle vit de l'amour, de la force, mais aussi de l'humanité. Il avait commis des erreurs. Il n'était pas infaillible.

Et pourtant, elle n'arrivait pas à excuser son comportement. À cause de la manière dont il avait traité Yldra et Gudrun, elle doutait de lui, et c'était la dernière chose dont elle avait envie : vivre dans un monde où elle doutait de son père. Désormais, l'existence aurait une odeur différente. Désormais, elle vivrait dans l'incertitude, et il était au cœur de cette incertitude.

Elle eut un sourire forcé.

— Je suis heureuse que vous alliez mieux, père.

— Tu iras en Netelchester pour moi ?

— Si vous me donnez la permission de boire plus que de raison et de me couvrir de ridicule.

Il rit doucement.

— Bien sûr.

— Dans ce cas, oui, confirma-t-elle en hochant la tête. J'irai pour vous.

Épilogue

Gudrun fut réveillée par des coups dans la porte et des aboiements. Elle s'assit et passa un châle autour de ses épaules en écoutant, apeurée.

La porte s'entrouvrit.

— Madame…

— Oui, Othilaf, qu'y a-t-il ?

— Une jeune femme s'est présentée devant votre demeure. Elle refuse de parler à quelqu'un d'autre que vous.

Gudrun rejoignit Othilaf. Les chiens aboyaient de plus belle.

— Une jeune femme ?

— Elle ne nous a pas dit son nom.

Gudrun cria aux bêtes de se taire.

— Restez bien près de moi.

— Oui, madame.

Ils traversèrent le sol froid, passèrent à côté de l'âtre gris. La porte ouverte laissait entrer un air glacial ; il ne tarderait pas à neiger. Une femme se tenait dans l'entrée, les cheveux couverts d'une capuche qui lui dissimulait le visage. Pas assez grande pour être Bluebell. Gudrun se détendit aussitôt. Peut-être finirait-elle par se persuader que Bluebell avait réellement renoncé à la traquer pour la tuer.

— Qui êtes-vous ? demanda Gudrun.

— Congédiez votre garde.

— Je…

Elle se tourna vers Othilaf, lui fit signe de s'éloigner de la tête, mais constata à son grand soulagement qu'il n'alla pas bien loin, attendant sous une poutre de la cuisine.

— Il est parti, dit-elle à la fille.

Celle-ci retira sa capuche d'une main, et Gudrun la reconnut aussitôt.

— Willow ?

— Je ne suis pas seule.

— Que voulez-vous dire ? l'interrogea Gudrun en scrutant les ténèbres gelées.

De sa main libre, la jeune femme ouvrit le devant de sa cape, révélant un bébé, blotti dans le creux de son bras.

— Oh ! Un bébé ! Entrez, dépêchez-vous ! Le pauvre doit être gelé !

Willow entra dans la maison et confia l'enfant à Gudrun, avant de s'asseoir par terre, où elle se balança d'avant en arrière en serrant ses genoux contre sa poitrine. Le bébé se mit à geindre. Il était si petit. Il n'avait que quelques semaines, tout au plus, peut-être même quelques jours.

— C'est votre enfant ? s'enquit Gudrun en berçant le bébé comme elle avait l'habitude de le faire avec son propre fils, près de vingt ans plus tôt.

Une douleur liquide, dans ses entrailles. Son fils n'était plus.

Willow releva la tête et acquiesça.

— Oui, c'est mon enfant, mais aussi le vôtre, pourrait-on dire. Enfin… c'est l'enfant de Wylm.

Le cœur de Gudrun faillit s'arrêter.

— Vous allez nous aider ?

— Bien sûr, répondit Gudrun à la hâte. Vous habiterez tous les deux ici, avec nous, et la vérité sera révélée en temps voulu. Mon fils ! Je ne me rappelle pas la dernière fois que j'ai été heureuse comme cela. Personne d'autre n'est au courant ? Vous n'en avez parlé à personne ?

— Non, personne n'est au courant, confirma Willow en se levant et en secouant la tête.

— Ce bébé est vulnérable… parce que je suis sa grand-mère… parce que Wylm était son père…

Willow eut un sourire dur, qui ternit momentanément la joie et l'enthousiasme de Gudrun. La jeune femme retira sa cape, qui forma comme une mare autour d'elle. Autour de sa taille était accroché un ceinturon, auquel pendait une épée.

— Non, il n'est pas du tout vulnérable, contra-t-elle en dégainant l'arme, dans laquelle se reflétaient les flammes des chandelles. Car ceci est l'épée de son père.

Remerciements

Ce livre est le fruit d'un long voyage, et il est difficile pour moi de me rappeler tous ceux qui ont contribué à sa création. Jack Dann et Jonathan Strahan m'ont permis d'écrire sur le Thyrsland dans *Legends of Australian Fantasy*. Deonie Fiford et Paula Ellery m'ont dispensé des conseils cruciaux durant le processus d'écriture. Heather Gammage, Marcus Harmes et Janine Haig m'ont assistée dans mes recherches. Drew Keyes, Jo Mackay, Sue Brockhoff et Stephanie Smith font partie des gens qui ont aimé mon histoire et lui ont permis d'être publiée. Et comment ne pas parler du soutien de la communauté SF australienne ? Ces gens sont ma tribu, et je suis très heureuse de les avoir pour amis. Mon atelier d'écriture m'a tellement encouragée et fait rire. Bek, Charlotte, Fiona, Meg, Nicole et Sal – je vous aime. Mary-Rose MacColl n'est sans doute même pas consciente d'être indispensable à mon bien-être. Je dois également beaucoup à ma famille (en particulier à ma mère) – y compris à ma famille élargie, aux ex, aux enfants et aux animaux de compagnie. Parce que les enfants cherchent toujours leur nom dans les livres, je vais remercier Luka, Astrid, Caitlin, Otis, Charlotte et Pixie.

Merci, enfin, à Selwa Anthony, le phare grâce auquel j'ai navigué durant toute ma carrière. Elle a toujours refusé d'abandonner cette histoire, de me laisser tomber, et je l'aime pour cela.

Je dédie ce livre à mon cher Oliver, car il me rend très heureuse.

Achevé d'imprimer en janvier 2018
Par CPI France
N° d'impression : 3026858
Dépôt légal : février 2018
Imprimé en France
2811127-1